COLLECTION FOLIO

Léon Trotsky

Ma vie

Traduit du russe par Maurice Parijanine
Introduction d'Alfred Rosmer

Gallimard

INTRODUCTION

L'essai autobiographique publié sous le titre Ma Vie *fut le premier livre que Léon Trotsky écrivit pendant son exil. Il lui fut proposé par un éditeur allemand, le directeur de Fischer Verlag, qui avait fait le voyage de Constantinople dans ce but et fut assez persuasif pour emporter un acquiescement. Trotsky n'avait jamais songé à ce genre d'ouvrages; bien qu'il fût rompu à toutes les formes d'écrits, depuis l'article de journal, les controverses polémiques jusqu'aux essais théoriques et aux tableaux d'histoire, il avait hésité avant d'accepter l'offre qui lui était faite : la nécessité où il serait de parler de soi, de se mettre constamment au centre du récit, lui était déplaisante; il était toujours gêné quand il devait le faire. En outre, sa préoccupation dominante était alors d'organiser, dans les conditions nouvelles qui lui étaient imposées, la lutte que, depuis la mort de Lénine, l'opposition communiste menait contre les nouveaux dirigeants du régime soviétique.*

Cependant, à la réflexion, l'autobiographie lui apparut comme un moyen de poursuivre la bataille qu'il n'avait jamais cessé de mener pendant les trente années de son activité politique. Si la rédaction des premiers chapitres consacrés à l'enfance, au milieu familial, lui donna du souci — elle lui prit beaucoup de temps, il reprenait ce qu'il avait écrit, retranchait, remaniait — il se sentit parfaitement à l'aise dès qu'il eut à décrire sa rencontre avec les cercles socialistes et ouvriers de Nikolaïev — il avait alors dix-huit ans — et la longue suite d'événements décisifs, personnels et historiques, qui la suivirent. L'autobiographie devenait, sous sa plume, une esquisse du mouvement ouvrier et de la révolution russe durant le « demi-siècle » : il allait avoir cinquante ans, et c'est le titre qu'il aurait voulu donner à son ouvrage; il dut se résigner à celui, plus banal, que préféra l'éditeur.

*La traduction française fut publiée par les Éditions Rieder en trois tomes qui parurent successivement au cours de l'année 1930. Comme je l'ai fait pour la réimpression de l'*Histoire de la Révolution russe, *il m'a été possible d'en établir un texte revisé et corrigé selon les recommandations de l'auteur. Durant le séjour que je fis dans la maison de Coyoacan en 1939-1940, Trotsky préparait la mise en ordre de ses archives qu'il comptait confier à la Harvard Library où elles seraient plus en sûreté que dans son logis qu'il savait être toujours sous la menace d'un attentat. Il songeait aussi à la réimpression de ses ouvrages; le peu d'exemplaires qui restaient à la veille de la guerre avaient été découverts et détruits par la Gestapo. Il avait relu, corrigé et annoté l'édition en langue française de l'essai autobiographique; la présente réimpression faite en tenant compte de ses corrections et recommandations doit donc être considérée comme l'édition définitive* [1].

Alfred Rosmer.

Avril 1953.

1. *Note de l'éditeur :* L'édition de *Ma vie* publiée aux Éditions Gallimard en 1953 comporte un appendice dans lequel A. Rosmer a relaté les dix dernières années de la vie de Trotsky en Turquie, en France et au Mexique jusqu'à l'attentat du 20 août 1940. A notre grand regret, nous n'avons pu, faute de place, le reproduire en fin de la présente édition.

AVANT-PROPOS

Notre époque, de nouveau, abonde en Mémoires, peut-être plus que jamais. C'est que l'on a bien des choses à raconter. L'intérêt que suscite l'histoire contemporaine est d'autant plus vif que l'époque est plus dramatique et qu'elle est plus riche en sinuosités. L'art du paysage n'aurait pu naître au Sahara. Des temps « intersectés » comme le nôtre créent le besoin de considérer le jour d'hier, jour déjà si lointain, du point de vue de ceux qui s'y sont trouvés activement engagés. Ainsi s'explique l'énorme développement de la littérature mémorialiste depuis la dernière guerre. Ainsi peut-être se justifie le livre que voici.

La possibilité même de sa publication est due à une pause dans la vie politique active de l'auteur. Constantinople a été, dans mon existence, une des étapes imprévues, quoique non fortuites. Je suis ici au bivouac — non pour la première fois — et j'attends patiemment de voir ce qui viendra ensuite. Sans une certaine dose de « fatalisme », la vie d'un révolutionnaire serait en général impossible. D'une manière ou d'une autre, l'entr'acte de Constantinople aura été un moment des plus propices pour jeter un coup d'œil en arrière, en attendant que les circonstances permettent d'aller de l'avant.

Au début, j'avais rédigé, au courant de la plume, de brefs essais autobiographiques pour des journaux, et je pensais me borner à cela. Je noterai que, de mon asile, je ne pouvais surveiller et voir sous quelle forme ces essais parvenaient au lecteur. Mais toute besogne a sa logique. Je pris possession de mon sujet juste au moment où j'achevais les articles destinés à des journaux. Je me décidai alors à écrire un livre. J'établis mon plan sur une échelle incomparablement plus étendue et repris mon travail du début. Entre les articles qui ont paru d'abord dans les journaux et ce livre, il n'y a de commun que le sujet, qui est le même. Pour le reste, ce sont ouvrages tout différents.

J'ai donné des détails particulièrement circonstanciés sur la deuxième période de la révolution soviétique qui coïncide avec la maladie de Lénine et l'ouverture d'une campagne contre le « trotskysme ». La lutte des épigones pour la possession du pouvoir, comme je tente de le démontrer, n'a pas été seulement une lutte de personnes. Elle ouvrait un nouveau chapitre en politique : c'était une réaction contre Octobre et la préparation d'un Thermidor. De là on en vient naturellement à la question que l'on m'a posée si souvent : « Comment donc avez-vous perdu le pouvoir ? »

L'autobiographie d'un homme politique révolutionnaire touche nécessairement à de nombreuses questions théoriques qui se rattachent, partiellement, à l'évolution sociale de la Russie, et à celle de toute l'humanité, qui se rapportent en particulier aux périodes critiques que l'on appelle des révolutions. Bien entendu, je n'ai pas eu, dans ces pages, la possibilité d'examiner à fond de complexes problèmes théoriques. Et, en particulier, la théorie dite de la *révolution permanente*, qui a joué dans ma vie personnelle un si grand rôle et, observation plus importante, acquiert à présent un si vif intérêt d'actualité pour les pays d'Orient, passe à travers ce livre comme un leitmotiv entendu à distance. Si quelque lecteur n'en était pas satisfait, je pourrais lui dire seulement que l'examen des problèmes de la révolution, pour le fond, sera l'objet d'un ouvrage spécial dans lequel j'essaierai d'établir les plus importantes des conclusions théoriques suggérées par l'expérience de vingt ou trente des dernières années.

Comme, dans ces pages, on verra défiler un bon nombre d'hommes sous une tout autre lumière que celle qu'ils auraient choisie pour eux-mêmes ou pour leur parti, ils seront plus d'un à déclarer que mon exposé manque de l'objectivité indispensable. Déjà, la publication de fragments de cet ouvrage dans la presse périodique a provoqué certaines réfutations. C'était inévitable. On peut être sûr que si même j'avais réussi à ne faire de cette autobiographie qu'un simple daguerréotype de ma vie — ce que je n'ai pas cherché du tout — le résultat n'en aurait pas moins réveillé des échos des controverses que suscitèrent les conflits racontés ici. Mais ce livre n'est pas une impassible photographie de mon existence; c'en est une partie composante. Dans ces pages, je poursuis la lutte à laquelle toute ma vie est consacrée. Tout en exposant, je caractérise et j'apprécie; en racontant, je me défends et, plus souvent encore, j'attaque. Et je pense que c'est là le seul moyen de rendre une biographie objective dans un certain sens plus élevé, c'est-à-dire d'en faire l'expression la plus adéquate de la personnalité, des conditions et de l'époque.

L'objectivité n'est pas dans la feinte indifférence avec laquelle une hypocrisie confirmée traite des amis et des adversaires, suggérant indirectement au lecteur ce qu'il serait incommode de lui dire tout net. Pareille objectivité n'est qu'une rouerie mondaine, rien de plus. Je n'en ai pas besoin. Dès lors que je me suis soumis à la nécessité de parler de moi — et l'on n'a pas encore vu d'autobiographie dont l'auteur aurait réussi à ne pas parler de lui — je ne puis avoir aucun motif de dissimuler mes sympathies ou mes antipathies, mes affections ou mes haines.

Ceci est un livre de polémique. Il reflète la dynamique d'une vie sociale qui est tout établie sur des contradictions. Insolences de l'écolier envers son maître; dans les salons, propos acerbes de l'envie, glissés sous des apparences d'amabilité; incessante concurrence commerciale; émulation enragée dans toutes les carrières de la technique, de la science, de l'art, du sport; escarmouches parlementaires dans lesquelles on peut toucher de profonds antagonismes d'intérêts; lutte quotidienne et furieuse dans la presse; grèves ouvrières; fusillades dirigées contre des manifestants; valises chargées de pyroxyline que s'expédient entre eux, par la voie des airs, des voisins civilisés; langues de flamme de la guerre civile qui ne s'éteignent presque jamais sur notre planète : ce sont là diverses formes de la « polémique » sociale, depuis la plus coutumière, quotidienne, normale, presque imperceptible malgré son intensité, poussée jusqu'à la polémique extraordinaire, explosive, volcanique, des guerres et des révolutions. Telle est notre époque. Nous avons grandi avec elle. Nous la respirons, nous en vivons. Comment pourrions-nous nous dispenser de polémique si nous voulons être fidèles à notre « patrie dans le temps »?

Mais il existe un autre critérium, plus élémentaire — celui de la simple bonne foi dans l'exposition des faits. De même que la lutte révolutionnaire la plus intransigeante doit tenir compte des circonstances de temps et de lieu, l'ouvrage le plus polémique doit maintenir les proportions qui existent entre les choses et les gens. Je veux espérer que cette exigence aura été observée par moi, non seulement dans l'ensemble, mais dans le détail.

En plusieurs cas, peu nombreux à vrai dire, je rapporte sous forme de dialogues des conversations qui ont eu lieu voilà longtemps. Personne n'exigerait que de tels entretiens soient reproduits mot à mot après bien des années. Et je n'y prétends pas. Certains dialogues ont plutôt un caractère symbolique. Mais tout homme a connu dans sa vie des moments où telle ou telle conversation s'est gravée plus nettement dans sa mémoire. D'ordinaire, on fait part, à plus d'une reprise, de tels propos à ses proches, à des amis politiques. Et les mots se fixent ainsi dans la mémoire. Je songe ici, bien entendu, avant tout, aux entretiens politiques.

Je veux noter maintenant que j'ai coutume de faire confiance à ma mémoire. Les témoignages qu'elle m'a apportés ont été plus d'une fois soumis à des vérifications objectives, et l'examen a été subi avec succès. Cependant, il est indispensable de faire, sur ce point, une réserve. Si ma mémoire topographique, sans parler de mes facultés de souvenir musical, est très faible, si ma mémoire visuelle, de même que la linguistique, est assez médiocre, ma mémoire des idées est de beaucoup au-dessus du niveau moyen. Or, dans ce livre, les idées, leur développement et la lutte des hommes pour ces idées occupent en somme la principale place.

Il est vrai que la mémoire n'est pas un compteur automatique. Elle est moins que toute chose désintéressée. Fréquemment, elle met en valeur ou rejette dans l'ombre des épisodes peu avantageux pour l'instinct vital qui la contrôle, le plus souvent du point de vue de l'amour-propre. Mais c'est là une affaire de critique « psychanalytique », d'une critique parfois spirituelle et instructive, plus souvent pourtant capricieuse et arbitraire.

Inutile de dire que j'ai contrôlé sans cesse mes souvenirs au moyen de ma documentation. Si gênantes qu'aient été les conditions de mon travail, en ce qui concerne les recherches dans les bibliothèques et dans les archives, j'ai tout de même eu la possibilité de vérifier les faits les plus essentiels et les dates dont j'avais besoin.

A dater de 1897, c'est surtout par la plume que j'ai combattu. Ainsi, les événements de ma vie ont laissé, en imprimé, une trace presque ininterrompue pendant trente-deux années. La lutte fractionnelle dans le parti, depuis 1903, fut fertile en épisodes individuels. Ni mes adversaires ni moi ne ménagions les coups. Toutes les blessures ont laissé des cicatrices dans la presse. Depuis la révolution d'Octobre, l'histoire du mouvement révolutionnaire a pris une large place dans les études des jeunes savants soviétiques et des grandes institutions. On recherche dans les archives de la révolution, dans celles du département de la police tsariste, tout ce qui offre quelque intérêt, et on publie les documents avec des commentaires de fait détaillés. Au cours des premières années de la révolution, lorsqu'il n'était pas encore besoin de cacher ou de masquer quelque chose, ce travail était fait avec une entière bonne foi. Les *Œuvres* de Lénine et une partie des miennes ont été publiées par les Éditions d'État avec des remarques qui occupent des dizaines de pages et qui donnent des renseignements indispensables sur l'activité des auteurs, comme aussi bien sur les événements des périodes correspondantes. Tout cela a naturellement facilité mon travail, m'aidant à établir un canevas chronologique exact, et à éviter les erreurs de fait, du moins les plus grossières.

Je ne puis nier que ma vie n'a pas été des plus ordinaires. Mais il faut en chercher les causes plutôt dans les circonstances de l'époque qu'en moi-même. Bien entendu, il fallait aussi qu'il existât certains traits personnels pour que j'aie rempli la tâche, bonne ou mauvaise, que j'ai remplie. Cependant, dans d'autres circonstances historiques, ces particularités individuelles auraient pu paisiblement somnoler, de même que somnolent, innombrables, des inclinations et passions humaines que la vie sociale ne réclame pas. En revanche il se peut que se soient manifestées d'autres qualités qui sont actuellement rejetées ou écrasées. En fin de compte, l'objectif prend le pas sur le subjectif et décide de tout.

Mon activité consciente et active — j'en marque le début vers mes dix-sept ou dix-huit ans — a été dans une lutte constante pour des idées déterminées. Il n'y a pas eu dans ma vie personnelle d'événements qui méritent l'attention de l'opinion publique. Tous les faits tant soit peu remarquables de mon passé se rattachent à la lutte révolutionnaire et reçoivent d'elle leur sens. C'est seulement cette considération qui peut justifier la publication de mon autobiographie.

Mais c'est par là aussi que l'auteur se sent gêné. Les faits de sa vie personnelle ont été si étroitement insérés dans le tissu des événements historiques qu'il est difficile de séparer les uns des autres. Pourtant, ce livre n'est pas un ouvrage d'histoire. Les événements sont pris dans leur signification objective, mais dans la mesure où ils ont été rattachés aux faits d'une existence. Il n'est pas étonnant que, dans la caractéristique donnée de différents événements et d'étapes entières, l'on n'ait pas les proportions que l'on devrait exiger d'un livre qui constituerait une étude historique. La démarcation entre une autobiographie et une histoire de la révolution a dû être recherchée à tâtons, empiriquement. Sans dissoudre la description d'une vie dans une étude d'histoire, il fallait pourtant permettre au lecteur de se reporter à certains faits de l'évolution sociale. Je suis parti de cette hypothèse que les contours essentiels des grands événements seraient connus des lecteurs et que sa mémoire n'aurait besoin que de brefs rappels aux faits historiques et à leur succession.

Au moment où paraîtra ce livre j'aurai cinquante ans. Le jour de ma naissance coïncide avec celui de la révolution d'Octobre. Les mystiques et les disciples de Pythagore peuvent tirer de là les conclusions qu'ils voudront. Je ne me suis aperçu moi-même de cette curieuse coïncidence que trois ans après les journées d'Octobre. Jusqu'à l'âge de neuf ans, j'ai vécu dans une campagne éloignée de tout, sans en sortir. Durant huit années, j'ai suivi des cours d'enseignement secondaire. J'ai été arrêté pour la première fois un an après être sorti de l'école. De même que nombre de mes contemporains, j'ai eu pour universités la prison, la déportation, l'émigration. J'ai été emprisonné à deux reprises, sous le régime tsariste, et j'ai été détenu au total pendant quatre ans. J'ai été déporté environ deux ans la première fois et quelques semaines la seconde fois. Je me suis évadé deux fois de Sibérie. J'ai émigré deux fois et la durée totale de mon émigration a été d'environ douze ans, dans différents pays d'Europe et d'Amerique : deux années d'émigration avant la révolution de 1905 et presque dix années après l'écrasement de celle-ci. Pendant la guerre, j'ai été condamné par contumace à la prison dans l'Allemagne des Hohenzollern (1915); l'année suivante, j'étais expulsé de France en Espagne où, après une courte détention dans la prison de Madrid et un séjour d'un mois sous la surveillance de la police à Cadix, je fus expédié en Amérique. C'est là que je vis venir la révolution de Février. Rentrant au pays, de New York, je fus arrêté, en mars 1917, par les Anglais, et retenu tout un mois dans un camp de concentration au Canada.

J'ai participé aux révolutions de 1905 et de 1917; j'ai été président du soviet des députés de Pétersbourg en 1905, puis en 1917. J'ai pris une part active à la révolution d'Octobre et j'ai été membre du gouvernement soviétique. En qualité de commissaire du peuple aux Affaires étrangères, j'ai mené les pourparlers de paix à Brest-Litovsk, avec les délégations allemande, austro-hongroise, turque et bulgare. En qualité de commissaire du peuple à la Guerre et à la Marine, j'ai consacré environ cinq années à l'organisation de l'armée rouge et à la reconstitution de la flotte rouge. Pendant l'année 1920, j'ai joint à ce travail la direction du réseau ferroviaire qui était en désarroi.

Les années de guerre civile mises à part, l'essentiel de mon existence a été constitué par une activité de militant du parti et d'écrivain. Les Éditions d'État ont entrepris, en 1923, la publication de mes œuvres complètes. Elles ont réussi à en faire paraître treize volumes, sans compter les cinq tomes d'ouvrages militaires qui avaient été publiés précédemment. La publication fut interrompue en 1927 lorsque les persécutions exercées contre le « trotskysme » devinrent particulièrement acharnées.

En janvier 1928, j'ai été déporté par le gouvernement soviétique actuel et j'ai passé un an sur la frontière de la Chine; j'ai été expulsé en Turquie, en février 1929; j'écris ces lignes à Constantinople.

Même présentée dans son raccourci, ma vie ne pourrait être dite monotone. Bien au contraire, si l'on en considère tous les tournants, l'imprévu, les conflits aigus, les relèvements et les descentes, on peut affirmer que cette existence a été plutôt surabondante en « aventures ». Pourtant, je me permettrai de dire que, par mes penchants, je n'ai rien de commun avec les chercheurs d'aventures. Je suis plutôt pédant et conservateur dans mes habitudes. J'aime et apprécie la discipline et la méthode. Non point pour le paradoxe, mais parce qu'il en est ainsi, je dois dire que je ne tolère pas le désordre et la destruction. J'ai toujours été un écolier très appliqué, très soigneux. J'ai gardé plus tard les deux mêmes qualités. Pendant les années de guerre civile, alors que, dans mon train, je couvrais des distances plusieurs fois égales à la longueur de l'équateur, je me réjouissais chaque fois que j'apercevais une palissade neuve, faite de fraîches planches de sapin. Lénine, qui connaissait en moi cette petite passion, m'a raillé amicalement là-dessus plus d'une fois.

Un livre bien écrit, où l'on puisse trouver des pensées neuves, une bonne plume qui vous permette de répandre vos idées, furent toujours pour moi et sont encore les résultats les plus précieux et les plus proches de la culture. L'envie de m'instruire ne m'a jamais quitté et, bien des fois dans ma vie, j'ai eu comme le sentiment que la révolution m'empêchait de travailler méthodiquement. Néanmoins, c'est presque un tiers de siècle de ma vie consciente qui a été intégralement rempli par la lutte révolutionnaire. Mais si j'avais à recommencer, je m'engagerais sans hésitation dans la même voie.

Je dois écrire ceci dans l'émigration, pour la troisième fois de ma vie, alors que les plus proches de mes amis peuplent les lieux de déportation et de détention de la république soviétique qu'ils ont contribué à constituer d'une façon décisive. Quelques-uns d'entre eux hésitent, s'écartent, s'inclinent devant l'adversaire. Les uns parce qu'ils ont dépensé toutes leurs ressources morales; les autres parce qu'ils ne trouvent pas indépendamment d'issue au labyrinthe des circonstances; les autres enfin, sous les duretés de la répression.

Deux fois déjà, j'ai vu des masses déserter le drapeau : après l'écrasement de la révolution de 1905 et au début de la guerre mondiale. Je sais ainsi, d'assez près, par expérience, ce que sont les flux et les reflux de l'histoire. Ils sont soumis à certaines lois. Il ne suffit pas de se montrer impatient pour les transformer plus vite. Je me suis accoutumé à prendre la perspective de l'histoire d'un autre point de vue que celui de mon sort personnel. Connaître les causes rationnelles de ce qui s'accomplit et y trouver sa place, telle est la première obligation d'un révolutionnaire. Et telle est aussi la plus haute satisfaction personnelle à laquelle puisse aspirer celui qui ne confond pas sa tâche avec les intérêts du jour présent.

L. Trotsky.

Prinkipo, le 14 septembre 1929.

CHAPITRE PREMIER

IANOVKA

On dit de l'enfance que c'est le temps le plus heureux d'une existence. En est-il toujours ainsi? Non. Peu nombreux ceux dont l'enfance est heureuse. L'idéalisation de l'enfance a ses lettres d'origine dans la vieille littérature des privilégiés. Une enfance assurée de tout et, avec surcroît, une enfance sans nuage dans les familles héréditairement riches et instruites, toute de caresses et de jeux, restait dans la mémoire comme une clairière inondée de soleil à l'orée du chemin de la vie. Les grands seigneurs en littérature ou les plébéiens qui chantèrent les grands seigneurs ont magnifié cette idée de l'enfance toute pénétrée d'esprit aristocratique. L'immense majorité des gens, si seulement ils jettent un coup d'œil en arrière, aperçoivent au contraire une enfance sombre, mal nourrie, asservie. La vie porte ses coups sur les faibles, et qui donc est plus faible que les enfants?...

Mon enfance à moi n'a connu ni la faim ni le froid. Au moment où je suis né, la famille de mes parents possédait déjà une certaine aisance. Mais c'était le bien-être rigoureux de gens qui sortent de l'indigence pour s'élever et qui n'ont pas envie de s'arrêter à moitié chemin. Tous les muscles étaient tendus, toutes les idées dirigées dans le sens du travail et de l'accumulation. Dans ce genre d'existence, la place réservée aux enfants était plus que modeste. Nous ne connaissions pas le besoin, mais nous n'avons pas connu non plus les largesses de la vie, ni ses caresses. Mon enfance n'a pas été pour moi une clairière ensoleillée comme pour l'infime minorité; ce ne fut pas non plus la caverne de la faim, des coups et des insultes, comme il arrive à beaucoup, comme il arrive à la majorité.

Ce fut une enfance toute grisâtre, dans une famille petite bourgeoise, au village, dans un coin perdu, où la nature est large, mais où les mœurs, les opinions, les intérêts sont étroits, étriqués.

L'atmosphère spirituelle qui a entouré mes premières années et celle dans laquelle s'est écoulée ensuite ma vie consciente — ce sont là deux mondes différents, séparés l'un de l'autre non seulement par des dizaines d'années et par des espaces, mais aussi par les arêtes montagneuses des grands événements et par des crevasses intérieures, moins remarquables, qui n'en sont pas moins considérables pour un individu. Lorsque j'ai esquissé pour la première fois ces souvenirs, il m'a semblé plus d'une fois que je décrivais non pas mon enfance, mais un voyage d'autrefois dans un pays lointain. J'ai même essayé de raconter ce que j'avais vécu en parlant de moi à la troisième personne. Mais cette forme conventionnelle tombe trop facilement dans la pure littérature, et c'est ce que je voulais éviter avant tout.

Malgré la contradiction qui existe entre ces deux mondes différents, l'individualité perce de l'un à l'autre par des voies secrètes. C'est ce qui explique, d'une façon générale, l'intérêt que l'on porte aux biographies et autobiographies de ceux qui, par suite de telle ou telle circonstance, ont occupé une place un peu plus étendue dans la vie sociale. C'est pourquoi je tenterai de raconter d'une façon un peu détaillée mon enfance et mes années d'école, sans chercher à deviner et à résoudre d'avance, sans vouloir rattacher les faits à des généralisations conçues *a priori*, — c'est-à-dire tout simplement en narrant comment les choses se sont passées et ce que ma mémoire a conservé de ce temps-là.

Il m'a semblé parfois que je me rappelais même comment j'avais tété le sein de ma mère. Il faut croire que j'ai simplement reporté sur moi ce que j'avais vu faire aux nourrissons. J'avais de confus souvenirs d'une scène qui aurait eu lieu sous un pommier dans le verger lorsque j'avais dix-huit mois. Mais cette souvenance non plus n'est pas sûre. Ce qu'il y a de mieux gravé dans ma mémoire, c'est le fait suivant : j'étais avec ma mère à Bobrinetz, dans la famille Ts., où il y avait une fillette de deux ou trois ans. On dit de moi que je suis le fiancé et que la fillette est ma promise. Les enfants jouent, dans la grande salle, sur un plancher peint. Puis la fillette disparaît. Le garçonnet reste seul, appuyé à une commode; il est là, un moment hébété, comme en songe. La mère revient avec la maîtresse de maison. La mère regarde le garçonnet, puis elle voit près de lui une petite flaque; elle regarde encore son garçon, secoue la tête en signe de reproche et lui dit : « N'as-tu pas honte? »... Le garçonnet regarde sa mère, jette un coup d'œil sur lui-même, puis sur la flaque comme sur quelque chose qui ne le concerne pas.

— Ce n'est rien, ce n'est rien, dit la maîtresse de maison; les enfants se sont oubliés en jouant.

Le garçonnet n'éprouve ni honte ni remords. Quel âge pouvait-il avoir? Peut-être deux ans, mais peut-être trois.

Vers ce temps-là, au cours d'une promenade avec ma bonne dans le verger, je tombai sur une vipère. C'est la bonne qui me dit, me montrant quelque chose de brillant dans l'herbe : « Regarde, Liova, une tabatière enterrée ici... » La bonne prit une baguette et entreprit de déterrer l'objet. Elle-même ne devait guère avoir plus de seize ans. La tabatière se déroula, se détendit, devint un serpent qui s'élança, rampant sur l'herbe, en sifflant.

— Aïe, aïe! s'écria la bonne et, me saisissant par la main, elle se mit à fuir. J'avais de la peine à la suivre. Après cela j'étouffais presque à raconter que nous avions cru trouver une tabatière dans l'herbe et que c'était un serpent.

Il me souvient encore d'une scène de mon premier âge qui se passa à la cuisine « des maîtres ». Ni mon père ni ma mère n'étaient à la maison. A l'office, les domestiques et les cuisinières avaient leurs invités. Mon frère aîné, Alexandre, qui était venu en vacances, tournait aussi par là. Il monte, des deux pieds, sur une pelle en bois, comme sur des échasses, et il saute longtemps là-dessus, par le sol de terre battue de la cuisine. Je demande à mon frère de me céder la pelle, j'essaie de grimper dessus, je tombe et je pleure. Mon frère me relève, m'embrasse et m'emporte dans la cuisine.

Je devais avoir déjà quatre ans quand on m'assit sur une grande jument grise, paisible comme une brebis, sans selle et sans bride, seulement avec un bridon de corde. Écartant largement les jambes, je me tenais des deux mains à la crinière. La jument me mena doucement vers un poirier et passa sous une branche qui me venait au ventre. Sans comprendre ce qui m'arrivait, je glissai sur la croupe, et m'étalai dans l'herbe. Cela ne me fit pas mal, mais j'étais ahuri.

Dans mon enfance je n'eus presque pas de ces jouets que

l'on achète. Une fois seulement, ma mère me rapporta de Kharkov un cheval en carton et une balle. Avec ma sœur cadette je m'amusais à fabriquer des poupées. Un jour, la tante Fénia et la tante Raïssa, les sœurs de mon père, nous firent plusieurs poupées avec des chiffons et la tante Fénia dessina au crayon les yeux, les bouches et les nez des marionnettes. Ces poupées nous parurent extraordinaires, je les vois encore aujourd'hui.

A la veillée d'un soir d'hiver, Ivan Vassiliévitch, notre mécanicien, découpa dans du carton et assembla en collant les pièces un wagon qui avait des fenêtres et des roues. Mon frère aîné, qui était venu en congé pour la Noël, déclara qu'on pouvait fabriquer un pareil wagon en deux temps et trois mouvements. Il commença par décoller mon wagon, s'arma d'une règle, d'un crayon et de ciseaux; il dessina longtemps et, quand il eut fait son découpage il se trouva que les pièces du wagon n'allaient pas ensemble.

Ceux de nos parents ou de nos connaissances qui se rendaient en ville me demandèrent plus d'une fois ce qu'ils devaient me rapporter d'Elisavetgrad ou de Nikolaïev. Mes yeux s'allumaient. Que demander? On me donnait des conseils. Qui proposait un dada, qui des livres, qui des crayons de couleur, qui des patins. Et moi de répondre : « Des patins « demi-Halifax. » J'avais entendu ce mot-là de mon frère. Les prometteurs oubliaient leur promesse dès qu'ils avaient passé le seuil de la maison. Mais moi, je passais des semaines à vivre d'espérance, et, ensuite, je souffrais longtemps de ma désillusion.

Dans le jardin palissadé, une abeille s'est posée sur une fleur d'hélianthe. Comme je sais que les abeilles piquent et qu'il faut y aller prudemment, j'arrache une feuille de bardane et, à travers cette feuille, je saisis l'abeille entre deux doigts. Je ressens une douleur soudaine, perçante, intolérable. Je me précipite en hurlant à travers la cour, vers l'atelier, vers Ivan Vassiliévitch. Il extrait l'aiguillon et humecte le doigt d'un liquide guérisseur.

Ivan Vassiliévitch possédait en effet un bocal dans lequel des tarentules nageaient dans de l'huile de tournesol. On estimait que c'était le plus sûr moyen pour remédier aux piqûres. Moi-même, de compagnie avec Vitia Ghertopanov, je m'occupais d'attraper des tarentules. Pour cela, il fallait attacher à un fil un morceau de cire qu'on descendait dans le trou de l'araignée. La tarentule s'accrochait par les pattes à la cire et s'y trouvait collée. Il ne restait plus qu'à la cueillir et à l'enfermer dans une boîte à allumettes. Au surplus, la chasse aux tarentules doit se rapporter à une période ultérieure.

Je me rappelle une conversation entre nos anciens qui eut lieu par une longue soirée d'hiver devant le thé : on disait quand et comment on avait acheté Ianovka, quel était alors l'âge des enfants et à quelle époque Ivan Vassiliévitch était entré à notre service. Et ma mère dit alors : « Notre Liova, on l'a apporté ici de la ferme déjà tout arrangé... » Et elle jeta sur moi un regard malicieux. Je me mets à réfléchir et je dis ensuite : « Je suis donc né dans une ferme? — Non, me dit-on, tu es né ici, à Ianovka. — Comment donc maman dit-elle qu'on m'a amené ici tout arrangé? — Maman a dit ça comme ça, elle plaisantait. »

Je n'étais pas satisfait, je songeais que c'était une étrange plaisanterie, mais je me tus, voyant sur les visages des anciens ce sourire particulier des initiés que je n'aime pas du tout.

De ces souvenirs d'un soir d'hiver où l'on prenait le thé sans hâte, subsiste une chronologie. Je suis né en octobre, le 26. Par conséquent, mes parents ont quitté la ferme pour s'établir à Ianovka au printemps ou pendant l'été de 1879.

L'année de ma naissance fut celle des premiers coups portés à la dynamite contre le tsarisme. Peu de temps auparavant s'était formé le parti terroriste de la Liberté du Peuple (*Narodnaïa Volia*) qui, le 26 août 1879, deux mois avant ma venue au monde, prononça la condamnation à mort d'Alexandre II. Le 19 novembre eut lieu l'attentat commis par des dynamiteurs contre le train du tsar. Une lutte terrible s'engageait qui amena, le 1er mars 1881, le meurtre d'Alexandre II, mais qui causa aussi la perte de la *Narodnaïa Volia.*

Un an auparavant s'était achevée la guerre russo-turque. En août 1879, Bismarck jetait les bases de l'alliance austro-allemande. Zola publiait, cette année-là, un roman dans lequel le futur organisateur de l'Entente, le prince de Galles de l'époque, était représenté comme un délicat amateur de chanteuses d'opérette (*Nana*). Le vent de la réaction, qui avait soufflé de plus en plus fort dans la politique européenne depuis la guerre franco-allemande et l'écrasement de la Commune de Paris, ne faiblissait pas encore. En Allemagne, la social-démocratie était déjà sous le coup des lois d'exception de Bismarck. Victor Hugo et Louis Blanc, en 1879, réclamaient au

Sénat et à la Chambre des députés l'amnistie pour les communards...

Mais ni les débats parlementaires, ni les actes diplomatiques ni même les explosions de dynamite n'avaient d'écho dans le village d'Ianovka où j'ai vu le jour et passé les dix premières années de ma vie. Dans les steppes incommensurables du gouvernement de Kherson et de la région de Novorossiisk, l'empire des froments et des brebis vivait de ses lois particulières. Il était solidement protégé contre les envahissements de la politique par l'immensité de ses espaces et le manque de routes. Il reste par là, dans les steppes, d'innombrables *kourganes* [1] qui sont comme les jalons de la grande transmigration des peuples.

Mon père était agriculteur, de petite condition au début, qui, plus tard, devint plus aisé. Il était encore tout jeune quand il quitta, suivant sa famille, une petite localité juive du gouvernement de Poltava, allant chercher fortune dans les libres steppes du Midi. A cette époque-là, il existait dans les gouvernements de Kherson et d'Ekaterinoslav environ quarante colonies agricoles juives dont la population était à peu près de vingt-cinq mille âmes. Les agriculteurs juifs vivaient sur un pied d'égalité avec les paysans non seulement en droit (jusqu'à 1881), mais aussi en indigence. C'est par un effort inlassable, par un dur travail, sans ménager ni lui-même ni les autres, que mon père gravissait l'échelle sociale, se consacrant à la première accumulation.

Le registre de l'état civil, dans la colonie de Gromokleï, n'était pas tenu très régulièrement. Bien des actes étaient rédigés avec du retard. Lorsque l'on voulut me placer dans un établissement de l'enseignement secondaire, comme il se trouvait que je n'avais pas encore l'âge pour entrer en première, on écrivit dans le registre que j'étais né en 1878 et non pas en 1879. Et c'est pourquoi j'ai toujours eu deux dates de naissance : l'une officielle et l'autre pour la famille.

Durant les dix premières années de mon existence, vivant au village de mon père, je n'ai presque pas mis le nez dehors,

1. Les *kourganes*, dans la plaine russe, sont des mamelons, des monticules, tantôt d'origine naturelle, tantôt façonnés par les hommes. Suivant la tradition, ils servirent de postes de veilleurs et les bûchers qu'on y allumait avertissaient les intéressés de l'approche de l'ennemi. En outre, dans nombre d'entre eux, l'on a découvert des sépultures antiques, des armes, des ustensiles. (*N. d. T.*)

L'endroit s'appelait Ianovka, du nom du propriétaire Ianovsky à qui l'on avait acheté la terre. Le vieux Ianovsky, ancien simple soldat, était parvenu au grade de colonel, avait connu les bonnes grâces de ses chefs sous Alexandre II et avait obtenu le droit de se choisir cinq cents déciatines [1] dans les steppes non encore peuplées du gouvernement de Kherson. Il se bâtit une maisonnette en terre maçonnée, couverte de chaume, ainsi que des dépendances dont l'architecture n'était pas plus compliquée. Les affaires de son ménage, cependant, n'allèrent pas. Après la mort du colonel, sa famille alla se fixer à Poltava. Mon père avait acheté à Ianovsky plus de cent déciatines, et en outre il en avait pris à ferme deux cents. Je me rappelle fort bien la colonelle, une petite vieille toute sèche : elle venait une ou deux fois par an toucher le prix du fermage et voir si tout était bien en place. On envoyait une voiture la chercher à la gare et, à son arrivée, on apportait une chaise pour l'aider à descendre du fourgon à ressorts. Mon père n'eut un phaéton que plus tard, quand on acheta des étalons bons pour l'attelage. On préparait pour la vieille colonelle du bouillon de poule et des œufs à la coque. Se promenant dans le verger avec ma sœur, la vieille arrachait, de ses ongles secs, aux troncs des arbres fruitiers, de la résine et affirmait que c'était la meilleure des friandises.

Nos cultures gagnaient en étendue, le nombre des chevaux et des bestiaux augmentait. On tenta l'élevage des mérinos. Mais cela ne réussit pas. En revanche, on avait beaucoup de porcs. Les cochons se promenaient en toute liberté dans la cour, fouillèrent tout le terrain d'alentour et ruinèrent définitivement le verger. Les affaires de l'exploitation étaient conduites avec soin mais selon de vieilles méthodes. On ne pouvait apprécier qu'à l'à-peu-près d'où venait le profit et d'où le déficit. Pour la même raison, il était difficile d'apprécier la valeur générale du bien. Toutes les ressources venaient toujours de la terre, de l'épi, du grain qui restait dans des coffres ou était expédié vers les ports. Parfois, à l'heure du thé, ou bien au souper, mon père se rappelait tout à coup : « Ah! notez donc ça : j'ai touché 1 300 roubles du commissionnaire : j'en ai envoyé 660 à la colonelle, j'en ai rendu 400 à Dembovsky; écrivez aussi que j'ai donné 100 roubles à Féodosia Antonovna, ce printemps, quand je suis allé à Elisavetgrad... »

1. La déciatine correspond à peu près à l'hectare. (*N. d. T.*)

C'est ainsi, à peu près, que l'on tenait la comptabilité. Et néanmoins mon père, lentement mais obstinément, accroissait sa fortune.

Nous habitions la maisonnette de terre maçonnée qui avait été bâtie par le vieux colonel. Le toit était de chaume. Il y avait d'innombrables nids de moineaux sous l'avance du toit. Les murs, du côté extérieur, étaient profondément fendillés et, dans les fentes, des couleuvres faisaient leur nid. On les prenait parfois pour des vipères et on versait dans les trous de l'eau bouillante du samovar, mais sans aucun résultat. Par les grandes pluies, l'eau coulait des plafonds bas, surtout dans l'entrée : on mettait sur le sol de terre battue de la vaisselle, des cuvettes. Les chambres étaient petites, les fenêtres à moitié aveugles; dans les deux chambres à coucher et dans la chambre des enfants on marchait sur de la glaise et là, les puces se multipliaient. Dans la salle à manger, on avait fait un plancher que l'on frottait, une fois par semaine, avec du sable jaune. Dans la principale chambre, dont la longueur était de huit pas et qu'on appelait pompeusement la salle, le plancher était ciré. C'est là qu'on logeait la colonelle.

Dans le jardin qui entourait la maison, croissaient des acacias jaunes, des roses blanches et rouges, et en été de la cuscute. La cour n'avait aucune fermeture. Le grand bâtiment en glaise, couvert de tuiles, qui fut construit par mon père, comprenait : l'atelier, la cuisine des maîtres et celle des domestiques. Venaient ensuite le « petit » grenier en bois, le « grand » grenier et enfin le « nouveau » grenier, tout cela couvert de roseaux. Pour que l'eau n'y entrât pas et que le grain ne pût fermenter, les trois greniers étaient surélevés sur des pierres. Qu'il fît très chaud ou trop froid, les chiens, les porcs et la volaille se cachaient là-dessous. Les poules y trouvaient des coins discrets pour pondre. Plus d'une fois je suis allé tirer de là des œufs, rampant sur le ventre entre les pierres : un adulte n'aurait pu passer. Sur le toit du grand grenier s'établissaient des cigognes. Levant vers le ciel leurs becs rouges, elles avalaient des couleuvres et des grenouilles; c'était effrayant à voir; le reptile frétillait hors du bec et l'on eût dit qu'il dévorait la cigogne par le dedans.

Dans le grenier que cloisonnaient de grands coffres, c'était du frais froment odorant, de l'orge aux barbes piquantes, de la graine de lin, plate, visqueuse, presque coulante, les perles noires, à reflets bleus, du colza, de la fine et légère avoine. Quand les enfants jouent à cache-cache, on leur permet, non pas toujours, mais à l'occasion d'une visite de gens estimés, d'aller se cacher même dans les greniers. Me glissant à travers la cloison, je grimpe sur le haut monceau de froment et je me laisse glisser de l'autre côté. J'enfonce jusqu'aux coudes, jusqu'aux genoux dans la masse mouvante; du grain entre dans mes souliers qui sont souvent déchirés et j'en ai dans les manches jusqu'à l'aisselle. La porte du grenier est fermée et quelqu'un y a suspendu pour la tromperie un cadenas, mais sans tourner la clé : c'est ce que veut la règle du jeu. Je suis allongé dans la fraîcheur du grenier, plongé dans le grain, dont je respire la poussière végétale et j'entends Sénia V***, ou bien Sénia J-sky, ou bien Sénia S*** ou bien ma sœur Lisa, ou bien quelque autre, qui va et vient dans la cour, découvre les cachettes, mais ne parvient pas à me trouver, moi qui suis noyé dans le blé frais.

Les écuries, l'étable aux vaches, la porcherie et le poulailler se trouvaient de l'autre côté de la maison. Tout cela avait été bousillé à peu près avec de la glaise, des sarments et de la paille. A une centaine de pas de la maison, le puits levait vers le ciel sa haute grue. Au-delà, c'est l'étang qui arrosait les potagers des moujiks. A chaque printemps, les grandes eaux emportaient le barrage et il fallait de nouveau le consolider : avec de la paille, de la terre, du fumier. Sur une éminence, à proximité de l'étang, se trouvait le moulin, une baraque en planches qui enfermait une machine à vapeur de 10 CV à deux meules. C'est là que, durant ma première enfance, ma mère passait la plus grande partie de ses heures de travail. Le moulin ne servait pas seulement pour notre exploitation, mais pour tous les environs. Les paysans venaient d'une distance de dix ou quinze verstes [1] apporter leur grain et ils payaient une redevance du dixième pour la mouture. A l'époque où cela chauffait, à la veille du battage, on travaillait au moulin vingt-quatre heures par jour et quand j'eus appris à écrire et à compter, j'eus parfois l'occasion de peser les sacs de blé et de calculer combien de farine l'on devait rendre aux paysans qui les apportaient. Pendant la moisson, on fermait le moulin, et le moteur allait servir au battage. On installa plus tard un moteur à demeure; le moulin fut reconstruit en pierre et en tuiles, et la maison des maîtres,

1. La *verste* équivaut à peu près au kilomètre. (*N. d. T.*)

faite de terre bousillée, céda la place à une grande maison de briques couverte de tôle. Mais tout cela n'arriva qu'à l'époque où j'atteignais déjà ma dix-septième année. Pendant mes dernières vacances, je calculai pour la future maison les espacements à mettre entre les fenêtres, ainsi que les dimensions des portes; mais je n'arrivais pas au bout de mes calculs. Lorsque je revins au village, la fois suivante, je vis les fondations en pierre. Je n'ai jamais eu l'occasion d'habiter cette maison. C'est une école soviétique qui l'occupe à présent.

Les moujiks attendaient parfois des semaines entières au moulin. Ceux qui vivaient à proximité posaient leurs sacs derrière ceux des autres, et rentraient chez eux. Mais ceux qui étaient venus de loin restaient là, logeant sur leurs chariots et, en cas de pluie, venaient coucher dans le moulin même, sur des sacs. Un jour, un des clients s'aperçut qu'une bride de harnais avait disparu. Quelqu'un avait vu un gamin tourner autour du cheval. On courut faire une perquisition dans le chariot de son père et on découvrit la bride cachée sous du foin. Le père du gamin, un moujik barbu et morose, fit de grands signes de croix vers l'Orient, jurant que c'était ce maudit gaillard, ce réchappé de prison, qui avait eu l'idée de cela, et déclarant qu'il viderait les tripes au garnement. Mais personne ne voulut y croire. Le moujik saisit son fils au collet, le jeta à terre et se mit à le cingler avec la bride volée. Caché derrière les grandes personnes, je contemplais cette scène. Le gamin criait et jurait de ne pas recommencer. Tout autour se tenaient, sombres, les hommes d'âge, indifférents aux gémissements du garçon, fumant des cigarettes et marmonnant dans leur barbe que le moujik ne fouettait pas pour de bon, que c'était seulement pour l'apparence et que, pour faire tant, il aurait fallu le fouetter aussi.

Derrière les hangars et les étables s'allongeaient des *klouni*, c'est-à-dire d'immenses toitures, s'étendant sur des dizaines de sagènes [1], l'une en roseaux, l'autre en paille, qui reposaient sur des poteaux à même le sol, sans aucun mur de soutènement. On déversait des monceaux de grain sous ces toitures et, par les temps de pluie ou de grand vent, on y faisait travailler le tarare ou le tamis. Plus loin, au-delà de ces toitures, se trouvait l'aire où l'on battait le blé. Au-delà

1. *Sagène*, mesure de longueur : 2,1336 m. (*N. d. T.*)

d'une ravine, il y avait un enclos pour le bétail, tout jonché de fumier sec.

Toute ma vie d'enfance se rattache à la maisonnette de terre du colonel et à un vieux divan qui était dans la salle à manger. Assis sur ce divan qui était plaqué de bois mince coloré en acajou, je prenais le thé, je dînais, je soupais, je jouais avec ma sœur à la poupée et, plus tard, je lisais. En deux endroits, le revêtement du meuble était crevé. Le plus petit trou se trouvait du côté du fauteuil d'Ivan Vassiliévitch et le plus grand du côté de la place que j'occupais, près de mon père.

— Il serait bien temps de recouvrir ça avec du drap neuf, dit Ivan Vassiliévitch.

— Depuis longtemps on aurait dû le faire, répond ma mère. Nous ne l'avons pas recouvert depuis l'année où l'on a tué le tsar.

— Dame, vous savez, réplique mon père, cherchant à se justifier, on arrive dans cette ville maudite, il faut courir à droite et à gauche, l'*izvochtchik* [1] mord, et on ne pense qu'à s'arracher de là au plus vite pour rentrer à la maison; et alors on oublie tous les achats...

A travers toute la salle à manger, sous le plafond bas, s'allongeait le *svolok*, longue poutre non blanchie sur laquelle on posait et rangeait les objets les plus divers : des assiettes dans lesquelles il y avait de la mangeaille qu'on ne voulait pas laisser à la portée du chat, des clous, des ficelles, des livres, un encrier bouché avec un morceau de papier, un porte-plume avec sa vieille plume rouillée. Les plumes à écrire étaient plutôt rares. Il y a eu des semaines où je me taillais, avec un couteau de table, des plumes en bois pour copier les chevaux que je trouvais dessinés dans les vieux numéros de la *Niva* illustrée [2]. Tout en haut, sous le plafond, là où se trouvait la saillie du tuyau de cheminée, vivait la chatte. C'est là qu'elle faisait ses petits et elle les descendait de là, les tenant

1. Le cocher de fiacre vous écorche. (*N. d. T.*)

2. La revue populaire illustrée *Niva* (*le Champ*) a joué pendant de très longues années un rôle d'éducation. Elle renseignait ses lecteurs sur les principales manifestations artistiques et littéraires du temps ainsi que sur les questions sociales et politiques dans la mesure où le régime policier le lui permettait. En outre, elle donnait à ses abonnés, en prime, des éditions bien faites des meilleurs auteurs russes et étrangers. (*N. d. T.*)

entre ses dents par le cou, d'un bond audacieux, quand il commençait à faire trop chaud. Inévitablement, les hôtes de la maison, s'ils étaient de haute taille, se cognaient la tête au *svolok* en se levant de table et c'est pourquoi l'on prit l'habitude de prévenir les invités : « Attention! Attention! » en leur montrant du doigt le plafond.

Ce qu'il y avait de plus remarquable dans la petite salle, c'était un clavecin qui n'occupait pas moins du quart de la pièce. L'époque de l'apparition chez nous de cet instrument compte déjà dans mes souvenirs. Une propriétaire ruinée, qui habitait à quinze ou vingt verstes de chez nous, alla vivre en ville après avoir vendu son mobilier. Mes parents lui achetèrent le divan, trois chaises viennoises et un vieux clavecin démoli qui resta longtemps dans le hangar avec ses cordes cassées. On l'avait payé seize roubles et on le transporta à Ianovka sur une *arba* [1]. Quand on le démonta dans l'atelier, on tira de dessous la table d'harmonie deux souris crevées. Durant plusieurs semaines d'hiver, l'atelier fut occupé par le clavecin. Ivan Vassiliévitch le nettoyait, recollait, vernissait, se procurait des cordes, les tendait, les accordait. Tout le clavier fut réparé et l'instrument tinta enfin dans la salle, de toutes ses voix un peu cassées mais irrésistiblement émouvantes. Ivan Vassiliévitch, dont les doigts merveilleux s'étaient exercés sur les touches de l'accordéon, passa au clavier du clavecin et jouait la *kamarinskaïa* [2], une polka et *Mein lieber Augustin*. Ma sœur aînée se mit à apprendre la musique. Parfois, mon frère aîné, qui avait appris le violon pendant quelques mois à Elisavetgrad, pianotait sur notre instrument. Enfin, moi-même, d'après les notes rapportées par mon frère, et qui étaient faites pour le violon, je jouais aussi d'un seul doigt. Je n'avais pas « d'oreille » et mon amour de la musique resta pour toujours aveugle et sans espoir. C'est aussi sur ce clavecin qu'un de nos voisins, Moïsseï Kharitonovitch Morgounovsky, montrait l'art de sa main droite qui était bonne pour exécuter des concerts.

Au printemps, la cour devient une mer de boue. Ivan Vassiliévitch se fabrique des galoches en bois ou plutôt de véritables cothurnes, et, de la fenêtre, ravi, je le regarde marcher, la taille

1. Chariot d'usage en Ukraine, le plus souvent traîné par des bœufs. (*N. d. T.*)
2. Air de danse national en Russie et en Ukraine. (*N. d. T.*)

grandie de presque trente centimètres. Bientôt apparaît dans l'exploitation un vieux bonhomme, le bourrelier. Personne, apparemment, ne sait son nom. Il a plus de quatre-vingts ans. C'est un ancien soldat de Nicolas Ier. Il a servi vingt-cinq ans dans l'armée. Énorme, trapu, barbe blanche et cheveux blancs, remuant à peine ses lourdes jambes, il s'avance vers le hangar où il a établi son atelier de campagne.

— Les jambes ne vont plus guère, dit-il.

Mais il y a déjà dix ans qu'il se plaint ainsi.

En revanche, ses mains, qui sentent le cuir, sont plus solides que des tenailles. Ses ongles, pareils à des touches d'ivoire, sont très pointus.

— Veux-tu que je te montre Moscou? me dit le vieux.

Bien sûr que je veux. Le vieil homme me saisit aux oreilles et me lève en l'air. Je sens l'attouchement des terribles ongles, cela me fait mal et je suis vexé. Je secoue les jambes, je demande à être remis par terre.

— Tu ne veux pas, dit le vieux. Bon, ce n'est pas la peine.

Quoique vexé, je ne m'en vais pas.

— Eh bien, dit le vieux, grimpe un peu l'échelle du hangar et regarde ce qui se passe sur le toit.

Je pressens une malice et j'hésite.

Il se trouve que, sur le toit, il y a Constantin, qui travaille comme aide à la meunerie, il est en compagnie de la cuisinière Katioucha. Tous deux sont beaux, gais; ce sont de bons travailleurs.

— Quand donc épouseras-tu Katioucha? demande la maîtresse de maison à Constantin.

— Eh! nous nous trouvons bien comme ça, répond Constantin. Pour se marier, il faut y mettre dix roubles; j'aime mieux acheter des bottes à Katia.

Après l'été brûlant de la steppe, où toutes les forces sont tendues, où le travail atteint son point culminant, après la moisson, la *strada* [1] où l'on besogne souvent loin de la maison, arrivent les premiers jours d'automne où l'on fera le compte d'une année de labeur de galériens. Le battage du grain est en pleine activité. Toute la vie s'est reportée sur l'aire, derrière les *klouni*, à un quart de verste derrière la maison. Sur l'aire

1. *Strada :* substantif, de formation populaire, dont la racine est commune avec le verbe russe : *souffrir*. Il désigne l'époque des plus durs travaux (fenaison, moisson, arrachage des pommes de terre, etc.). (*N. d. T.*)

s'élève un nuage de poussière de balle. Le tambour de la batteuse grogne. Le meunier Philippe, avec ses lunettes, se tient près du tambour. Sa barbe noire est couverte de poudre grise. De la charrette on lui passe les gerbes, il les prend sans regarder, dénoue le lien, étale la gerbe, et la pousse dans le tambour. La machine, avalant la brassée, gronde comme un chien qui s'empare d'un os. Le secoueur rejette la paille, se jouant d'elle au passage. Sur le côté, d'une manche, fuit la balle. On la traîne roulée vers la meule et je me tiens sur la queue en planches, tenant les guides de corde.

— Fais attention de ne pas tomber! crie mon père.

Mais c'est déjà la dixième fois que je tombe, tantôt dans la paille, tantôt dans la balle. Le nuage de grise poussière s'épaissit sur l'aire, le tambour gronde, la balle se glisse dans les plis de la chemise, on en a dans le nez, on éternue.

— Hé! Philippe, plus doucement! s'exclame mon père lorsque le tambour se remet à gronder trop furieusement.

Je soulève la poutre, elle m'échappe et retombe de tout son poids, me frappant un doigt. La douleur est telle que, du coup je ne vois plus rien devant moi. A la dérobée, je m'éclipse, pour qu'on ne voie pas que je pleure, puis je cours à la maison. Ma mère me verse de l'eau froide sur le doigt et l'entoure d'un chiffon. Mais le mal ne cesse pas. Il se forme un panaris et ce sont plusieurs jours de torture.

Les sacs de froment remplissent les hangars, les *klouni*, et sont rangés en rond, sous de la toile à bâche, dans la cour. Le patron, en personne, se tient souvent près du crible, entre les perches, et montre aux hommes comment on doit tourner la jante pour expulser la balle et comment ensuite, d'une brève secousse, on rejette, sans en rien laisser, le grain nettoyé qui tombe en tas. Sous les *klouni* et sous le hangar où l'on est protégé du vent, tournent les tarares et les cribleurs. On purifie le grain, on le prépare pour le marché.

Arrivent les intermédiaires, les marchands, apportant leurs récipients de cuivre et des balances dans des boîtes soigneusement vernies. Ils expertisent le grain, proposent un prix et cherchent à vous glisser des arrhes. Ils sont poliment reçus, on leur offre du thé et des petits beurres, mais on ne vend pas. Ce sont gens de peu. Le patron a déjà dépassé les voies de ce petit commerce. Il a un commissionnaire à lui à Nikolaïev. « Le grain peut rester là », répondait mon père, « il ne demande pas à manger. » Huit jours plus tard, on recevait une lettre de

Nikolaïev, parfois même un télégramme : le prix avait monté de cinq *kopecks* au *poud* [1]. « Voilà, nous y avons gagné un millier de *karbovantsi* [2] », disait le patron, « ça ne traîne pas partout, ça [3]. » Mais il arrivait qu'au contraire les prix tombaient. Les mystérieuses puissances du marché mondial se frayaient un chemin jusqu'à Ianovka. En rentrant de Nikolaïev, le père disait d'une voix sombre : « On dirait que... comment que ça s'appelle... l'Argentine expédie beaucoup de blé cette année. »

En hiver, tout est calme au village. Il n'y a que le moulin et l'atelier qui travaillent pour de bon. On chauffe avec de la paille que les domestiques apportent par énormes brassées, en répandant en route et, chaque fois, balayant derrière eux. Il est gai d'enfourner la paille et de voir comme elle prend feu. Un jour, l'oncle Grégoire nous trouva, ma sœur cadette Olia [4] et moi, seuls dans la salle à manger qui était toute bleue d'acide carbonique. Je tournais dans la chambre, sans plus rien voir devant moi, et, à l'appel de l'oncle, je m'évanouis profondément. Pendant les journées d'hiver, nous restions souvent seuls à la maison, surtout lorsque mon père partait en tournée et que tous les soins du ménage incombaient à ma mère. Parfois, au crépuscule, ma petite sœur et moi restions assis, serrés l'un contre l'autre, sur le divan, les yeux grand ouverts et craignant de faire un mouvement. Parfois aussi, dans l'obscurité de cette salle à manger, surgissait, venant du dehors glacé, un géant dont les énormes bottes de feutre crissaient; une énorme fourrure à l'énorme col renversé, un énorme bonnet, d'énormes moufles aux mains, et aux moustaches, à la barbe, d'énormes glaçons collés; et le géant, d'une voix énorme, disait dans l'obscurité : « Bonjour! » Figés côte à côte dans un coin du divan, nous avions peur de répondre à cette politesse. Alors, le géant allumait une allumette et nous découvrait dans le coin. Il se trouvait que c'était un voisin. Parfois, notre isolement dans la salle à manger devenant tout à fait intolérable, je sortais en courant, malgré le gel, je passais l'entrée, j'ouvrais la porte, je faisais un bond sur la grande pierre plate qui se trouvait devant le seuil et je

1. Environ 15 centimes pour environ 16 kilos. (*N. d. T.*)
2. Mot ukrainien qui signifie : rouble. (*N. d. T.*)
3. Cette expression correspond à notre formule populaire : « ça ne se trouve pas sous le sabot d'un cheval. » (*N. d. T.*)
4. Olga. (*N. d. T.*)

criais de là, dans le noir : « Machka, Machka, viens à la salle à manger, viens à la salle à manger! » Je criais longtemps, longtemps, car, à ce moment-là, Machka avait beaucoup à faire : à la cuisine, au logis des domestiques ou ailleurs. Enfin ma mère revenait du moulin, allumait la lampe, et le samovar faisait son apparition.

Le soir, nous restions d'ordinaire dans la salle à manger, jusqu'au moment où nous commencions à nous endormir. On entrait dans la pièce, on en sortait, on prenait et on rapportait des clés; de la table, des instructions étaient données, on préparait la journée suivante. Ma sœur cadette Olia, ma sœur aînée, Lisa, moi et, partiellement, la servante, vivions à ces heures une vie toute dépendante de celle des adultes et étouffée par eux. Quelquefois, un mot de l'un d'eux réveillait en nous une réminiscence. Je clignais de l'œil vers ma sœur, elle riait d'un rire étouffé; quelqu'un de nos anciens la regardait alors distraitement. Je clignais encore de l'œil; elle essayait de cacher son rire sous la toile cirée et se cognait le front à la table. Le rire me gagnait, il était parfois contagieux pour ma sœur aînée qui, tout en cherchant à garder sa dignité de fillette de treize ans, louvoyait entre les cadets et les anciens. Quand le rire s'échappait trop tumultueusement, j'étais forcé de descendre sous la table, de me glisser entre les jambes des anciens et, après avoir écrasé la queue du chat, de me réfugier dans le cabinet voisin qu'on appelait la chambre aux enfants. Quelques minutes après, tout recommençait. A force de rire, nous avions une telle faiblesse aux doigts que nous n'étions pas capables de tenir un verre. Tête, lèvres, mains, jambes, tout se dissolvait et coulait en rires. « Qu'est-ce que vous avez donc? » demandait ma mère fatiguée. Les deux cercles de la vie, le supérieur et l'inférieur, se confondaient pour un instant : les anciens considéraient les enfants d'un air interrogateur, parfois avec bienveillance, plus souvent avec irritation. Alors le rire, saisi à l'improviste, s'échappait bruyamment. Olia, de nouveau, plongeait tête la première sous la table, je tombais sur le divan, Lisa se mordait la lèvre inférieure, la servante disparaissait derrière la porte.

— Allez donc vous coucher! disaient les anciens.

Mais nous ne sortions pas, nous nous cachions dans les coins, et nous avions peur de nous regarder entre nous. On emportait ma petite sœur; moi, le plus souvent, je m'endormais sur le divan. Quelqu'un venait me soulever pour m'emporter. Ensommeillé, je poussais parfois un cri perçant. Il me semblait que j'étais assailli par des chiens, ou que des serpents sifflaient sous moi, ou que des brigands m'emportaient dans une forêt. Le cauchemar enfantin s'introduisait dans l'existence des aînés. En m'emportant, on cherchait à me calmer, on me caressait, on m'embrassait. C'est ainsi que du rire au sommeil, du rêve au cauchemar, du cauchemar au réveil, je rentrais dans le sommeil, mais alors, sous l'édredon, dans la chambre chauffée.

L'hiver était la période de la vraie vie de famille. Il arrivait que, durant des journées entières, mon père et ma mère ne sortissent presque pas de la chambre. Mon frère aîné et ma sœur venaient en congé de leurs écoles pour la Noël. Le dimanche, Ivan Vassiliévitch, bien lavé, les cheveux coupés, s'arme de ciseaux et d'un peigne et entreprend de rafraîchir la coiffure de mon père d'abord, puis celle de Sacha le réaliste [1], puis la mienne. Sacha pose une question.

— Mais, savez-vous, Ivan Vassiliévitch, couper les cheveux « à la Capoul »?

Tout le monde lève la tête, on regarde Sacha : il raconte qu'à Elisavetgrad, un perruquier lui avait fait la taille « à la Capoul » d'une façon remarquable et que, le lendemain, l'inspecteur de l'école l'avait pour cela sévèrement semoncé.

Après l'opération, on dîne. Mon père et Ivan Vassiliévitch occupent les fauteuils aux deux bouts de la table; les enfants sont sur le divan; ma mère en face de nous. Ivan Vassiliévitch mangeait avec ses patrons tant qu'il ne se fut pas marié. En hiver on dînait longuement, on bavardait après le repas, Ivan Vassiliévitch fumait et lançait des anneaux de fumée assez compliqués. Parfois on demandait à Sacha ou à Lisa de faire la lecture à haute voix. Mon père somnolait, assis sur la couche basse du poêle [2], et on l'y attrapait. Le soir, mais rarement,

1. *Sacha :* diminutif familier d'Alexandre. *Le réaliste :* élève d'une *école réale;* c'est ainsi qu'on appelait les établissements d'enseignement secondaire où la préférence était donnée aux études modernes, tandis que dans les *gymnases* prédominaient les études classiques. (*N. d. T.*)

2. En Russie, surtout dans les campagnes, le poêle en briques, genre hollandais, comporte une surface sur laquelle dorment d'ordinaire les paysans, tout habillés ou allongés sur de la paille. La *léjanka* est une variété de poêle, elle est beaucoup plus basse, à moitié hauteur d'homme, et l'on peut s'y asseoir, tandis que sur le poêle ordinaire il faut grimper par des échelons. *(N. d. T.)*

on se mettait à jouer aux *douraki* [1] et il se produisait alors bien du remue-ménage, on riait beaucoup, mais parfois aussi on se disputait un peu. Ce qui paraissait le plus séduisant, c'était de tricher aux dépens de mon père qui jouait sans aucune attention, qui riait quand il avait perdu, différent en cela de ma mère qui jouait mieux, qui s'émouvait et surveillait de près mon frère aîné pour l'empêcher de tricher à ses dépens.

D'Ianovka au plus proche bureau de poste, la distance était de vingt-trois kilomètres; pour atteindre le chemin de fer, elle était de plus de trente-cinq kilomètres. Il y avait loin jusqu'aux administrations publiques, jusqu'aux magasins, jusqu'aux centres des villes et l'on se trouvait encore plus loin des grands événements de l'histoire. La vie était uniquement réglée par le rythme du travail agricole. Tout le reste semblait indifférent : tout le reste, sauf les cours des blés sur le marché mondial. En ces années-là, on ne recevait au village ni journaux ni revues : on ne commença à en voir que plus tard, lorsque j'étais déjà réaliste. On ne recevait des lettres que rarement par occasion. Parfois, un voisin qui avait pris à Bobrinetz une lettre la gardait dans sa poche huit ou quinze jours. Recevoir une lettre, c'était un événement; recevoir un télégramme, c'était une catastrophe. On m'avait expliqué que les télégrammes marchaient sur des fils de fer; or, j'avais vu de mes propres yeux un cavalier apporter de Bobrinetz un télégramme avec taxe de deux roubles cinquante *kopecks*. Un télégramme, c'est un bout de papier, tout comme une lettre, et les mots y sont écrits au crayon. Comment donc peut-il marcher sur un fil de fer, si ce n'est poussé par le vent? On me répondit que c'était par l'électricité. Ça n'en allait pas mieux. Un jour, l'oncle Abram me donna l'explication d'un air entendu :

— Le long du fil, le courant marche et il fait des signes sur un ruban. Répète.

Je répétai :

— Le long du fil, le courant et des signes sur un ruban.

— Tu as compris?

— J'ai compris. Mais, demandai-je, comment donc cela fait-il une lettre?

Car je pensais au papier télégramme qui nous arrivait de Bobrinetz :

1. Jeu de cartes très populaire en Russie; le perdant est traité d'*imbécile (dourak)*. *(N. d. T.)*

— La lettre va séparément, répondit mon oncle.

J'étais dans l'incertitude, me demandant à quoi servait le courant, puisque la « lettre » arrivait dans la poche d'un cavalier. Mais mon oncle se fâcha ; il se mit à crier :

— Laisse-moi tranquille avec ta lettre! Je t'explique ce que c'est qu'un télégramme, et toi tu ne parles que de la lettre.

C'est ainsi que la question resta pour moi insoluble.

Mes parents reçurent, comme invitée, Polina Pétrovna, une petite dame de Bobrinetz qui avait de grandes boucles d'oreilles et une longue mèche de cheveux tombant sur le front. Ma mère la ramena ensuite à Bobrinetz et je fus de la partie. Comme on passait devant le *kourgane* qui se trouve à la onzième verste, j'aperçus des poteaux télégraphiques et j'entendis le bourdonnement du fil.

— Comment marche un télégramme? demandai-je à ma mère.

Embarrassée, elle me répondit :

— Demande plutôt à Polina Pétrovna, elle t'expliquera.

Polina Pétrovna me donna l'explication suivante :

— Les signes, sur le ruban, équivalent à des lettres; un télégraphiste les transcrit sur du papier et un cavalier emporte le télégramme.

C'était compréhensible.

— Mais comment marche le courant? On ne voit rien! dis-je en regardant le fil de fer.

— Le courant passe à l'intérieur, répondit Polina Pétrovna: tous ces fils de fer sont faits comme de petits tuyaux et le courant passe dedans.

Cela aussi était compréhensible et je me tranquillisai pour longtemps. Les fluides électro-magnétiques dont j'entendis parler, quatre ans plus tard, par le professeur de physique, me parurent beaucoup moins accessibles à la raison.

MA FAMILLE

Mon père et ma mère ont vécu leur existence de travailleurs non sans contrariétés entre eux, mais ils furent très unis, bien qu'ils fussent de conditions différentes. Ma mère était d'une famille petite bourgeoise de la ville qui regardait de haut en bas un cultivateur aux mains crevassées. Mais mon père avait été, dans sa jeunesse, un bel homme, de fine stature, au visage viril, énergique. Il était parvenu à amasser quelque pécune qui, dans les années suivantes, lui permit d'acheter Ianovka.

En arrivant d'un chef-lieu de gouvernement dans un village de la steppe, la jeune femme n'entra pas du premier coup dans les austères conditions de l'économie agricole, mais elle finit par y entrer totalement et, depuis lors, elle y resta attelée pendant presque quarante-cinq années. Sur huit enfants qui naquirent de ce mariage, quatre survécurent. Dans l'ordre des naissances, je fus le cinquième. Quatre moururent dans leur première enfance, de la diphtérie, de la scarlatine; ils moururent presque inaperçus de même que les survivants subsistèrent inaperçus. La terre, le bétail, la volaille, le moulin réclamaient tous les soins et n'en permettaient pas d'autres. Les saisons se succédaient et les travaux des champs, dans leur suite ininterrompue, passaient sur les affections de famille. Il n'y avait pas de tendresse entre nous, surtout dans les premières années. Mais il existait un lien profond, celui du travail, entre ma mère et mon père.

— Donne une chaise à ta mère, disait mon père dès qu'il entendait sa femme, toute blanche de la poussière du moulin, s'approcher du seuil.

— Machka, apprête le samovar bien vite, criait la patronne avant même d'arriver à la maison; le patron va rentrer bientôt des champs.

Tous deux savaient fort bien quelle est la limite extrême de la fatigue.

Mon père était incontestablement supérieur à ma mère par l'esprit et le caractère. Il était plus profond, plus retenu, il avait plus de tact. Il avait un coup d'œil rare, non seulement sur les choses, mais sur les gens. Mes parents achetaient en général fort peu, surtout dans les premières années — l'un et l'autre savaient ménager les *kopecks* — mais mon père comprenait sans la moindre erreur ce qu'il achetait. Pour le drap, pour un chapeau, ou des bottines, pour un cheval ou une machine, il avait en tout le sens de la qualité.

— Je n'aime pas les liards, me disait-il plus tard comme pour se justifier de sa parcimonie, mais je n'aime pas non plus qu'ils manquent. C'est un malheur quand on a besoin d'argent et qu'on n'en a pas.

Il parlait incorrectement, mélangeant le russe et l'ukrainien, avec prédominance de cette dernière langue. Il jugeait les gens à leurs manières, à leur visage, à toute leur façon d'être et de se tenir, et il les jugeait juste.

— Comme quoi que votre étudiant ne me plaît guère, disait-il d'un hôte; dites-moi un peu, ne serait-il pas bébête, celui-là?

Les enfants étaient vexés pour leur hôte, mais ils sentaient qu'au fond, le père avait raison. Dès qu'il avait visité une ou deux fois une maison étrangère, il devinait fort bien tous les dessous de la vie de famille dans cette maison.

Après ses nombreuses couches et tous ses travaux, ma mère fut malade un certain temps et alla à Kharkov consulter un professeur. De tels déplacements faisaient événement, on s'y préparait longtemps d'avance. Ma mère faisait provision d'argent, de pots de beurre, prenait un sac de biscuits, des poulets rôtis, etc. On prévoyait de fortes dépenses. La consultation devait coûter trois roubles. On en parlait beaucoup entre soi, on le disait aux visiteurs en levant un doigt vers le ciel, et en faisant une mine significative; il se mêlait là de la considération pour la science, le regret de voir qu'elle coûtait si cher, et la fierté de constater qu'on avait les moyens de payer de ces sommes inouïes. Le retour de ma mère était attendu avec agitation. Elle revenait pourvue d'une nouvelle robe qui, dans la salle à manger d'Ianovka, semblait incroyablement fastueuse. Elle rapportait un réchaud à pétrole sur lequel, pendant quelques semaines, elle se ferait de la cuisine, une balle en caoutchouc et un cheval de carton pour moi, une poupée pour ma sœur cadette.

Tant que les enfants furent petits, mon père les traita avec plus de douceur et d'une manière plus égale. Ma mère se montrait souvent énervée, parfois sans motif, reportant tout simplement sur les enfants sa fatigue ou les ennuis du ménage. En ces années-là, quand il fallait demander quelque chose, on s'adressait de préférence au père. Mais avec le temps, son caractère devint plus rêche. La cause en était aux difficultés de la vie, aux soucis qui s'accroissaient à mesure que grandissait l'entreprise, surtout durant la crise agraire des années 80, et aux déceptions que lui causèrent ses enfants. Par les longs hivers, lorsque la neige des steppes bloquait Ianovka de tous côtés, s'amoncelant autour de la maison plus haut que les fenêtres, ma mère aimait à lire. Elle s'asseyait sur la petite *lejanka* triangulaire, posant ses pieds sur une chaise, ou bien, lorsque venait le crépuscule si rapide en hiver, elle se mettait dans le fauteuil de mon père, près de la petite fenêtre givrée, et elle lisait, chuchotant perceptiblement quelque roman archi-usé de la bibliothèque de Bobrinetz, promenant un doigt fatigué sous les lignes. Fréquemment, elle faisait erreur sur les mots et restait embarrassée devant les phrases compliquées. Parfois, l'un des enfants lui ayant soufflé son idée, ce qu'elle lisait lui apparaissait sous une lumière toute différente. Mais elle lisait avec persistance, inlassablement, et durant les heures de loisir des calmes journées d'hiver, on pouvait entendre dès l'entrée son chuchotement régulier.

Mon père était déjà vieux quand il apprit à épeler pour avoir la possibilité de lire au moins les titres de mes livres. Je l'observais avec émotion, en 1910, à Berlin, quand il mettait toute son application à comprendre le livre que j'ai écrit sur la social-démocratie allemande.

Au moment de la révolution d'Octobre, mon père vivait déjà tout à fait à l'aise. Ma mère est morte en 1910, mais mon père a vécu jusqu'à l'instauration du pouvoir des soviets. Au fort de la guerre civile qui sévit très longtemps dans le Midi et pendant laquelle le pouvoir changeait constamment, ce vieillard de soixante-quinze ans dut faire à pied des centaines de kilomètres pour trouver un asile provisoire à Odessa. Les Rouges étaient dangereux pour lui, gros propriétaire. Les Blancs le persécutaient parce qu'il était mon père. Lorsque les troupes des soviets eurent nettoyé le Midi, il eut la possibilité de venir à Moscou. La révolution d'Octobre lui avait bien entendu enlevé tout ce qu'il avait gagné dans sa vie. Pendant plus d'un an, il administra un petit moulin appartenant à l'État, dans la banlieue de Moscou. Le commissaire du peuple au Ravitaillement, qui était alors Tsiouroupa, aimait à s'entretenir avec lui de questions économiques. Mon père mourut du typhus en novembre 1922, à l'heure même où je faisais un rapport au IVe congrès de l'Internationale communiste.

L'endroit principal d'Ianovka, un endroit très important, c'était l'atelier où travaillait Ivan Vassiliévitch Greben. Il était entré au service chez nous à l'âge de vingt ans, l'année même de ma naissance. Il tutoyait tous les enfants, même les aînés, mais nous, nous lui disions « vous » et nous l'appelions respectueusement Ivan Vassiliévitch. Quand il fut convoqué pour le service militaire, mon père l'accompagna, versa un pot-de-vin et Greben resta à Ianovka. C'était un homme très doué, d'un beau type, aux moustaches d'un roux foncé, portant une barbiche à la française. Ses connaissances techniques étaient universelles : il réparait les machines à vapeur, s'occupait de la chaudière, tournait le métal et le bois, fabriquait des coussinets en cuivre, construisait des *drojki* montés sur ressorts, réparait les montres, les horloges, accordait le piano, tapissait les meubles, et il avait usiné de toutes pièces une bicyclette, mais sans pneus. Après la classe préparatoire, en attendant d'entrer en première, j'appris à monter à bicyclette sur cette machine. Des colons allemands venaient de loin à l'atelier pour y faire réparer des semeuses, des lieuses et demandaient à Ivan Vassiliévitch de venir avec eux quand il s'agissait d'acheter une batteuse ou une machine à vapeur. On consultait mon père quand il s'agissait d'économie générale ; on consultait Ivan Vassiliévitch sur les questions de technique. Il y avait des aides et des apprentis à l'atelier. Pour bien des choses, je me mis à l'école de ces apprentis. Nous vîmes d'abord entrer là Sénia Ghertopanov, fils d'un propriétaire jadis opulent qui s'était complètement ruiné. Il ne put rester dans cette place. Ivan Vassiliévitch l'en chassa. Il fut remplacé par Vitia Ghertopanov, son frère cadet, un solide et bel adolescent, puis vint David Tchernikhovsky , fils du vieux Hersch, meunier pourvu d'une barbe incroyable. David était faible, mais il s'appliquait au travail. Il modifia plus d'une fois, à l'atelier, le bandage que portait son père qui souffrait d'une hernie.

— Qu'est-ce que tu fais, Davidka? Une bride pour ton père? lui demandait le contremaître Foma.

David souriait d'un air confus et se remettait en hâte à son travail.

Plus d'une fois, j'ai taraudé dans l'atelier des écrous et des vis. Ce travail donnait de la satisfaction parce qu'on en avait immédiatement le résultat entre les mains. Parfois, je me chargeais d'étaler de la couleur sur un disque de pierre bien poli. Mais j'étais bientôt fatigué et je demandais de plus en plus souvent s'il n'y en avait pas assez. Ivan Vassiliévitch frottait du doigt le mélange gras et faisait non de la tête. Finalement j'abandonnais la pierre à un des apprentis.

Parfois Ivan Vassiliévitch s'asseyait sur une mallette, dans un coin, derrière l'établi : un instrument à la main, il fumait et regardait vaguement devant lui, peut-être réfléchissant, peut-être cherchant à se rappeler quelque chose ou bien se reposant tout simplement sans penser à rien. Dans ces cas-là, je me glissais vers lui, de côté, et je me mettais à tortiller d'une main caressante une de ses épaisses moustaches rousses, ou bien je regardais attentivement ses mains, les mains remarquables, tout à fait particulières, du maître ouvrier. Toute la peau en était tachetée de points noirs : c'étaient des éclats infiniment petits qui pour toujours étaient entrés dans la chair lors de l'affûtage de la meule. Les doigts étaient visqueux, comme de grosses racines, mais pas rêches du tout; ils s'élargissaient au bout, ils étaient extrêmement mobiles, et le pouce pouvait se relever en arc de cercle. Chaque doigt était conscient de lui-même, vivait et agissait à sa manière; ensemble, toute la main formait une équipe extraordinaire. Si jeune que je sois, je vois, je sens, que cette main ne tient pas un marteau et des tenailles comme le feraient celles des autres. A la main gauche, le pouce porte une cicatrice circulaire, en biais. Le jour même de ma naissance Ivan Vassiliévitch s'était blessé d'un coup de hache, le doigt pendait, à peine retenu par la peau. Par hasard mon père aperçut le jeune mécanicien qui, ayant mis sa main sur une planche, se préparait à couper le doigt tout à fait.

— Arrêtez, cria mon père, le doigt peut se recoller.

— Vous croyez qu'il se recollera? dit le mécanicien, et il déposa sa hache.

Le pouce se recolla en effet, il travaille convenablement; seulement, il ne peut pas se replier en arrière aussi bien que celui de la main droite.

Ivan Vassiliévitch transforma un vieux fusil à balle en fusil à plomb, et l'on essaya la justesse du tir : chacun à son tour venait brûler une capsule pour éteindre, à la distance de quelques pas, une chandelle allumée. Tout le monde n'y réussissait pas. Par hasard, mon père entra. Quand il se mit à viser, ses mains tremblaient et il tenait le fusil sans assurance. Néanmoins, il éteignit la chandelle. Il avait de l'œil en toute affaire, et Ivan Vassiliévitch le comprenait bien. Entre eux, il ne s'élevait jamais de différends, et pourtant mon père traitait tous les autres en patron, les grondant souvent et les corrigeant.

A l'atelier, je ne restais jamais inoccupé. J'actionnais le soufflet de la forge qui avait été installée par Ivan Vassiliévitch d'après son propre système : le ventilateur était invisible puisqu'il se trouvait au grenier, et tous ceux qui venaient y voir en restaient stupéfiés. Je faisais tourner jusqu'à complet épuisement la roue du tour, surtout quand on y fabriquait des boules en acacia strié pour le croquet. En outre, les conversations de l'atelier étaient toutes plus intéressantes les unes que les autres. La décence n'y était pas toujours observée. Mieux vaudrait dire qu'elle ne l'était jamais. En revanche, mes horizons s'élargissaient, non de jour en jour, mais d'heure en heure. Foma parlait des propriétés dans lesquelles il avait travaillé et des diverses aventures des patrons et des patronnes. Il faut ajouter qu'il ne manifestait pas pour ces derniers une bien grande sympathie. Le meunier Philippe rattachait à ce sujet des souvenirs de sa vie de soldat. Ivan Vassiliévitch posait des questions, arrêtait, complétait.

Le chauffeur Iachka, qui faisait parfois office de batteur, un homme roux, morose, d'une trentaine d'années, ne restait pas longtemps en place. Quelque chose lui prenait, tantôt en automne, tantôt au printemps; il disparaissait pour ne revenir que six mois plus tard. Il buvait rarement, mais quand il buvait, c'était pour se saouler au dernier degré. Il avait la passion de la chasse, mais il avait vendu son fusil pour boire. Foma racontait qu'un jour, à Bobrinetz, Iachka était entré dans une boutique : ses pieds nus étaient tout gluants de la boue noire des champs; il demanda une amorce pour son vieux fusil à baguette, il fit exprès de renverser la boîte, ramassa les amorces, mit le pied sur une et l'emporta ainsi.

— Est-ce vrai, ce que dit Foma? demanda Ivan Vassiliévitch.

— Pourquoi mentir? répondit Iachka. Je n'avais pas un *kopeck* dans la poche.

Ce moyen de se procurer les choses dont on a besoin me semblait remarquable et digne d'imitation.

— Notre Ignat est arrivé, annonçait la bonne Macha. Mais Dounka n'est pas là, elle est allée voir les siens, pour la fête.

Quand on parlait du chauffeur Ignat, on disait « *notre* Ignat » pour le distinguer d'Ignat le bossu qui avait été *staroste* [1] avant Tarass. « Notre » Ignat était parti pour la conscription. Ivan Vassiliévitch en personne avait mesuré son

1. Chef élu d'un village dont les fonctions sont un peu celles d'un maire. *(N. d. T.)*

tour de poitrine et avait dit : « Jamais on ne le prendra. » Le conseil de révision mit Ignat pour un mois à l'hôpital, aux fins de vérification. Là il fit connaissance avec des ouvriers de la ville et résolut de tenter sa chance dans une usine. Ignat portait des bottes comme ceux de la ville et une pelisse courte à ornements de couleur : Ignat passa toute une journée dans l'atelier, parlant de la ville, du travail, du régime qui y régnait, des machines, des salaires.

— Bien sûr, une usine..., disait rêveusement Foma.

— Une usine, c'est pas comme un atelier, ajoutait Philippe.

Et les regards de tous se portaient, méditatifs, au-dessus de l'usine.

— Il y a beaucoup de machines? demandait avidement Victor.

— Que c'en est une forêt.

J'écoutais sans ciller et j'essayais d'imaginer une usine comme autrefois je me représentais une forêt : ni en haut, ni à droite, ni à gauche, ni en arrière, ni devant soi, on ne voit autre chose que des machines, et, au milieu de ces machines, Ignat, la taille fortement serrée par une ceinture de cuir. De plus, Ignat avait rapporté une montre. On se la passait de main en main. Le soir, le patron se promenait dans la cour avec Ignat, suivi par le commis. J'étais là, avec eux, tantôt du côté de mon père, tantôt du côté d'Ignat.

— Alors, pour ce qui est de manger? Tu achètes du pain? tu achètes du lait? Tu paies pour ton logement?

— C'est tout comme ça se doit, on paie pour tout ce qu'il y a! avouait Ignat. Seulement la paie n'est pas la même.

— Je sais que ce n'est pas la même. Mais tout ce que tu gagnes s'en va pour la nourriture.

— Pourtant, remarquait fermement Ignat, en six mois, je me suis habillé un peu et j'ai acheté une montre. Tiens, la petite machine est dans ma poche.

Et il sortait encore sa montre. Cet argument était irrésistible. Le patron se taisait, puis demandait encore :

— Et tu ne bois pas, Ignat? Tu as là-bas de ces maîtres qui t'apprendront vivement à boire.

— Ben, je n'en ai même pas besoin... Qu'est-ce que c'est que cette vodka?

— Et alors, demandait la patronne, tu prendras Dounka avec toi, Ignat?

Ignat souriait de côté, d'un air un peu contrit, mais ne répondait pas.

— Hé! je vois ça d'ici, reprenait la patronne : tu t'es déjà trouvé une gueuse de la ville, avoue-nous ça, charlatan...

Et c'est ainsi qu'Ignat quitta Ianovka.

On grondait les enfants quand ils allaient dans la maison des domestiques. Mais pouvait-on les surveiller? Il y avait toujours là, chez les serviteurs, bien du nouveau. Pendant longtemps, la cuisinière fut une femme aux pommettes saillantes, au nez ravagé. Son mari, un vieux qui avait la moitié de la figure paralysée, gardait le bétail. On les appelait des *katsapy*, parce qu'ils étaient originaires d'un gouvernement de l'intérieur. Ce couple avait une fillette de huit ans, très gentille, aux yeux bleus et aux cheveux blonds. Et elle était habituée à voir le vieux et la vieille se quereller perpétuellement.

Le dimanche, les filles procédaient à certaines recherches dans les cheveux des garçons, ou bien entre elles. Sur une brassée de paille, dans la maison des domestiques, sont allongées les deux Tatiana : la grande et la petite. Le garçon d'écurie, Afanassi, fils du commis Poud et frère de la cuisinière Paraska, s'est assis entre elles, en travers; les jambes passant sur la petite Tatiana, il s'appuie du coude sur la grande.

— Vois-tu ça, ce Mahomet! dit avec envie un jeune commis. N'est-il pas temps de mener boire tes chevaux?

Cet Afanassi roussâtre et le noir Moutouzok étaient mes persécuteurs. Lorsque j'arrivais au moment de la distribution du *kander* ou de la *kacha* [1], une voix moqueuse s'élevait toujours :

— Dis donc, Liova, tu devrais dîner avec nous!...

Ou bien :

— Dis donc, Liova, tu devrais demander à ta maman des poulets pour nous.

J'étais confus et m'éloignais en silence.

A Pâques, on faisait cuire pour les ouvriers des *koulitchi* [2]

1. Le *kander* est une bouillie claire faite avec de la semoule de millet. La *kacha* est une bouillie plus épaisse que l'on peut préparer avec différentes semoules (blé, sarrasin, etc.); Trotsky nous écrit qu'on la faisait chez lui comme le *kander* avec du millet. (*N. d. T.*)

2. Sorte de gâteau monumental, en forme de tour, plus ou moins sucré et rempli de raisin de Corinthe, orné de fruits confits et de fleurs en papier; le *koulitch* se mange à Pâques, avec la *paskha*, friandise faite de crème, de fromage blanc et d'autres sucreries. (*N. d. T.*)

et on colorait des œufs durs. Tante Raïssa s'entendait en artiste à les colorer. Elle avait rapporté de la colonie plusieurs œufs décorés et elle m'en avait donné deux. Derrière la cave, sur une pente, on faisait rouler les œufs, on les lançait les uns contre les autres pour voir lequel était le plus dur.

L'épreuve m'avait réussi presque jusqu'au bout, il ne restait plus qu'Afanassi.

— Ils sont jolis? lui dis-je, lui montrant les œufs colorés.

— Pas mal, répondit Afanassi d'un air indifférent. Veux-tu qu'on les cogne, pour voir lequel qu'est le plus dur?

Je n'osai pas rejeter ce défi. Afanassi cogna et mon bel œuf craqua au sommet.

— C'est moi qui ai gagné, dit Afanassi. Montre voir l'autre.

Docilement, je tendis l'autre œuf. Afanassi frappa encore.

— Encore gagné, dit-il.

Il s'empara de mes deux œufs, vivement, et s'en alla sans se retourner. Je le regardais avec stupéfaction et j'avais bien envie de pleurer, mais l'affaire était irréparable.

Il y avait chez nous des ouvriers travaillant constamment à l'année, mais en petit nombre. Les autres, — et on en comptait des centaines dans les années de grande culture, — étaient des saisonniers, de Kiev, de Tchernigov, de Poltava, qu'on louait jusqu'à la fête du Voile, c'est-à-dire jusqu'au 1er octobre. Dans les années d'abondance, le gouvernement de Kherson absorbait deux ou trois cent mille hommes de cette main-d'œuvre. Pour quatre mois d'été, les faucheurs touchaient de quarante à cinquante roubles, nourris, les femmes de vingt à trente roubles. Pour logement ils avaient les champs devant eux; par temps de pluie, les meules. Pour dîner, du *borchtch* et de la *kacha*, pour souper, une bouillie de millet. On ne leur donnait pas de viande; on ne leur accordait, comme matières grasses, que des huiles végétales et en très petite quantité. Ce traitement provoquait parfois un certain mécontentement. Les ouvriers abandonnaient le travail de la moisson, se réunissaient dans la cour, se couchaient sur le ventre dans l'ombre des hangars, levant en l'air leurs pieds nus, crevassés, tout piqués de chaume, et ils attendaient. On leur donnait alors du lait aigre, ou des arbouses ou bien un demi-sac de *tarani* (*vobla* séchée), et ils retournaient à leur travail, souvent en chantant. C'est ainsi que cela se passait dans toutes les entreprises agricoles. Il y avait des faucheurs d'un âge assez avancé, bien musclés, hâlés, qui revenaient à Ianovka dix ans de suite, sachant que le travail leur serait toujours assuré. Ils touchaient quelques roubles de plus que les autres et recevaient de temps à autre un petit verre de vodka parce qu'ils réglaient le rythme du travail. Certains d'entre eux arrivaient avec leur famille, toute une nichée. Ils venaient de leurs gouvernements d'origine à pied, marchant tout un mois, se nourrissant de quignons de pain, passant les nuits dans les marchés. Il y eut un été où tous les ouvriers tombèrent malades, les uns après les autres, d'héméralopie. Au crépuscule, ils allaient et venaient lentement, tendant les bras devant eux. Un neveu de ma mère qui était en visite chez nous écrivit à ce sujet un petit article qui fut remarqué au *zemstvo* et un inspecteur fut envoyé. Mon père et ma mère furent très vexés de ce qu'avait fait notre « correspondant » que pourtant ils aimaient beaucoup. Lui-même n'était guère réjoui de son initiative. Pourtant l'incident n'eut pas de conséquences fâcheuses : l'inspection constata que la maladie provenait de l'insuffisance des graisses alimentaires, qu'elle était répandue dans presque tout le gouvernement, car on nourrissait partout les ouvriers de la même façon, et, dans certains endroits, plus mal.

A l'atelier, dans la maison des domestiques, à la cuisine, dans les arrière-cours, la vie s'ouvrait devant moi plus largement et autrement que dans la famille. Le film de la vie n'a pas de fin et je n'en étais qu'au début. Je ne gênais personne par ma présence, étant petit. Les langues se déliaient sans aucune gêne, surtout en l'absence d'Ivan Vassiliévitch ou du commis qui, tout de même, faisaient à moitié partie des dirigeants. A la lumière du foyer de la forge ou de celui de la cuisine, les parents, père et mère et autres proches, les voisins, m'apparaissaient sous un tout nouveau jour. Bien des choses qui furent dites alors dans ces causeries sont restées en moi pour toujours. Bien de ces choses, peut-être, sont devenues les bases de mes rapports avec la société contemporaine.

leur serait toujours assuré. Ils donnaient quelques coups de pied que les autres [illegible] de temps à autre du petit verre de [illegible] qu'ils [illegible] en dehors du travail, [illegible] d'entre eux [illegible] avec leur famille, [illegible]. En [illegible] de leurs [illegible] d'[illegible] à [illegible] tout [illegible] de [illegible] les [illegible] dans les [illegible] qu'il [illegible] en tous les ouvriers [illegible] les uns après les autres, d'[illegible] [illegible] [illegible] [illegible] [illegible] [illegible] [illegible] [illegible] [illegible] [illegible]

[illegible]

CHAPITRE II

LES VOISINS — PREMIÈRES ÉTUDES

A une verste ou même moins de notre Ianovka se trouvait le domaine des Dembovsky. Mon père avait pris en location une partie de leurs terres et avait avec eux des relations d'affaires depuis de longues années. La propriétaire du domaine se nommait Féodosia Antonovna : c'était une vieille Polonaise, devenue maîtresse de maison après avoir été gouvernante. Après la mort de son premier mari, qui était riche, elle s'était donné pour conjoint le gérant de l'exploitation, un certain Casimir Antonovitch, plus jeune qu'elle d'une vingtaine d'années. Mais, depuis longtemps, Féodosia Antonovna ne vivait plus avec ce second mari, lequel continuait à administrer son bien. Casimir Antonovitch, Polonais comme elle, était un grand gaillard moustachu, jovial et criard. Il venait fréquemment prendre le thé chez nous, à la grande table ovale, et contait à grand bruit des histoires insignifiantes, s'y reprenant à deux ou trois fois, répétant certains mots à effet en faisant claquer ses doigts.

Casimir Antonovitch possédait un remarquable rucher, installé à bonne distance des écuries et des étables, car les abeilles ne tolèrent pas l'odeur des chevaux. Les mouches à miel butinaient les arbres fruitiers, les blancs acacias, le colza, le sarrasin : en un mot, elles avaient de l'espace devant elles. De temps à autre, Casimir Antonovitch nous apportait, dans une serviette, entre deux assiettes, un rayon de miel tout plein d'or transparent.

Ivan Vassiliévitch m'emmena un jour chez Casimir Antonovitch, dans le dessein de se procurer des pigeons pour l'élevage. Dans une des pièces d'angle d'une grande maison vide, Casimir

Antonovitch nous offrit le thé. Sur de larges assiettes à l'odeur d'humidité, il y avait du beurre, du fromage blanc, du miel. Je buvais mon thé à la soucoupe et j'écoutais la nonchalante causerie.

— Ne sera-t-il pas trop tard? disais-je tout bas à Ivan Vassiliévitch.

— Non, attends, répondait Casimir Antonovitch; il faut leur laisser le temps de se tranquilliser sous le toit. Il y en a là des nuées.

Je me morfondais. Enfin, avec une lanterne, on grimpa jusqu'aux combles d'un grenier.

— Ah! maintenant, gare à toi! me dit Casimir Antonovitch.

Le haut du grenier était en longueur, il y faisait sombre, des poutres le coupaient en divers sens. Cela sentait la souris, la poussière, la toile d'araignée et la fiente d'oiseau. On éteignit la lanterne.

— Ils sont là, attrapez-les, dit tout bas Casimir Antonovitch.

Sur quoi commença quelque chose d'indescriptible. Dans l'obscurité la plus profonde, ce fut un remue-ménage infernal : les combles se réveillèrent, tournèrent, tourbillonnèrent. Un moment, il me sembla que le monde s'écroulait, que tout était perdu. Je ne revins à moi que peu à peu, entendant des voix tendues :

— Tenez, encore, ici, ici... Fourrez-le dans le sac... Là!...

Au retour, Ivan Vassiliévitch porta le sac, et, pendant le trajet, ce fut, sur son dos, comme la continuation de ce qui avait eu lieu dans le grenier.

Un pigeonnier avait été construit sous le toit de l'atelier. Je grimpais à l'échelle dix fois par jour, portant aux pigeons de l'eau, du mil, du blé, des miettes de pain. Une semaine plus tard, deux petits œufs se trouvèrent dans un des nids. Mais nous n'eûmes pas le temps de nous pénétrer comme il convenait du plaisir de cette découverte que les pigeons nous quittèrent, couple après couple, rentrant à leur ancienne demeure. Il ne nous en resta que trois paires, ceux auxquels on avait coupé les extrémités des ailes; mais, peu de jours après, leurs plumes ayant repoussé, ils désertèrent comme les autres notre pigeonnier pourtant fort bien bâti, d'après le système à couloirs.

Près d'Elisavetgrad, mon père avait pris en location de la terre appartenant à une dame T-skaïa. C'était une veuve, d'une quarantaine d'années, qui avait du caractère. Elle avait auprès d'elle un pope, veuf comme elle, amateur de musique, du jeu de cartes et de bien d'autres choses.

La dame T-skaïa, avec le pope veuf, vient à Ianovka reviser les conditions du fermage. On leur réserve la grand-salle et la chambre voisine. A table, on sert une poule préparée au beurre, de l'eau-de-vie aux cerises, des *varéniki* [1] aux cerises aussi. Après le dîner, je reste dans la salle et je vois le pope s'asseoir tout près de la dame T-skaïa : il lui chuchote à l'oreille des choses qui doivent être très drôles. Retournant le bas de sa soutane et tirant de la poche de son pantalon rayé un étui en argent à monogramme, le petit père allume une cigarette et, lançant adroitement des anneaux de fumée, raconte, en l'absence de la dame, que, dans les romans, elle ne lit que les dialogues. Tout le monde sourit par politesse, mais on s'abstient d'exprimer un jugement, sachant que le petit père rapporte tout à la dame, et qu'il y ajoute même du sien.

Mon père avait loué la terre de la dame T-skaïa en commun avec Casimir Antonovitch. Vers ce temps, ce dernier devint veuf et se transforma du coup : les poils blancs qu'il avait dans sa barbe disparurent, il porta un col empesé, une cravate avec épingle, et il eut dans sa poche le portrait d'une autre dame. Casimir Antonovitch se moquait un peu, comme nous tous, de « l'oncle » Grégoire, mais c'était précisément à lui qu'il se confessait sur toutes ses affaires de cœur, et il lui montrait une photo qu'il tirait d'une enveloppe.

— Regardez, disait Casimir à l'oncle qui se pâmait d'admiration, regardez bien, je dis à cette personne : « Madame, vos lèvres sont faites pour les baisers... »

Casimir Antonovitch épousa cette « personne », mais, un an ou dix-huit mois après son mariage, il périt d'une manière imprévue : dans la cour de T-skaïa, un taureau fonça sur lui et le tua à coups de cornes.

A huit verstes de chez nous se trouvait le domaine des frères F-zer. Leur fonds était estimé à quelques milliers de déciatines. Leur maison ressemblait à un palais, elle était richement meublée, elle comptait de nombreuses pièces réservées aux hôtes de passage, il s'y trouvait une salle de billard et tout ce qu'on voudra. Les frères F-zer, Lev et Ivan avaient reçu tout cela en

1. Pâte de farine, fourrée de fruits ou de fromage, que l'on fait bouillir et que l'on sert avec de la crème. (*N. d. T.*)

héritage de leur père Timofeï et mangeaient peu à peu leur patrimoine. Le bien était confié à un gérant.

— David Léontiévitch habite une maison en terre bousillée; notez bien que, quand même, il est plus riche que moi.

Ainsi parlait parfois de mon père l'aîné des F-zer, et quand on rapportait de tels propos à mon père, celui-ci en était visiblement satisfait.

Un jour, le cadet, Ivan, passa à cheval par Ianovka, avec deux chasseurs, tous trois ayant le fusil en bandoulière et suivis d'une meute de lévriers blancs. Jamais Ianovka n'avait rien vu de pareil.

— Ils auront bientôt fait de tuer en chasse leur héritage, dit mon père d'un ton désapprobateur.

Ces familles de propriétaires du gouvernement de Kherson étaient marquées, condamnées d'avance. Leur évolution était extrêmement rapide et, dans la plupart des cas, c'était une décadence, bien que leur milieu fût très composite : nobles de vieille souche, fonctionnaires gratifiés pour les services rendus, Polonais, Allemands, et des juifs qui avaient pu acheter des terres avant 1881. Nombre des fondateurs de ces dynasties de la steppe furent des hommes éminents en leur genre, des chançards, et rapaces de nature. A vrai dire, je n'en ai connu personnellement aucun : vers 1880 à peu près tous avaient disparu. Beaucoup d'entre eux avaient débuté avec un sou percé mais, par leur hardiesse à rafler, par le crime bien souvent, ils s'étaient emparés de formidables morceaux. La deuxième génération grandissait déjà dans des conditions de vie aristocratique prématurée : on parlait français, on avait chez soi un billard et l'on se livrait à tous les désordres. La crise agraire des années 80, causée par la concurrence transatlantique, frappa sans pitié ce monde. Ces gens tombèrent comme feuilles mortes. La troisième génération donna une très forte proportion de chenapans à demi pourris, de nullités, de déséquilibrés et d'impotents précoces.

Le plus pur résultat de cette décadence de la noblesse était représenté par la famille des Ghertopanov. Leur nom était celui d'un grand bourg et de tout le canton. Jadis tout le pays avait appartenu à cette famille. Le vieux de la maison possédait encore quatre cents déciatines, mais hypothéquées et surhypothéquées. Mon père loua cette terre et l'argent du fermage allait à la banque. Timofeï Issaévitch gagnait sa vie en rédigeant, pour les paysans, des placets, des demandes, des lettres.

Quand il venait chez nous en visite, il dérobait dans sa manche du tabac et du sucre. Sa femme agissait de même. Lançant des postillons, elle contait sa jeunesse, parlait de serves, de pianos à queue, de soieries et de parfums. Leurs deux fils furent élevés dans une ignorance presque complète. Le cadet, Victor, devint apprenti dans notre atelier.

A cinq ou six verstes de chez nous, il y avait d'autres propriétaires, la famille juive des M-sky : une famille extravagante, détraquée. Le plus vieux, Moisseï Kharitonovitch, se distinguait par une instruction digne d'un noble : il parlait couramment le français, jouait du piano, et il s'y connaissait un peu en littérature. Sa main gauche était faible, mais la droite, selon lui, aurait été bonne pour des concerts. Il frappait le clavier d'un vieux clavecin du bout de ses griffes mal soignées, comme avec des castagnettes. Commençant par une « polonaise » d'Oguinsky, il passait insensiblement à une rhapsodie de Liszt et, brusquement, glissait à la « Prière d'une Vierge ». Mêmes soubresauts dans sa conversation. Soudain, cessant de jouer, le vieux s'approchait d'une glace et, s'il n'y avait personne près de lui, s'occupait à brûler du feu de sa cigarette sa barbe qu'il égalisait ainsi. Il fumait sans arrêt, suffoquant et comme avec dégoût. Il y avait quinze ans qu'il ne disait plus un mot à sa femme, une lourde vieille.

Son fils, David, âgé de trente-cinq ans, avait toujours le visage bandé d'un linge blanc et un œil rouge qui clignotait au-dessus du bandage. Étant au service militaire, il avait insulté, dans le rang, un officier. Celui-ci l'avait frappé. David donna une gifle à l'officier, s'enfuit vers la caserne et tenta de se tuer d'un coup de fusil. La balle lui traversa la joue : de là le bandage qu'il portait constamment. La peine qui l'attendait, simple soldat, devait être la plus rigoureuse. Mais, à cette époque, vivait encore le fondateur de cette dynastie, le vieux Khariton, riche, autoritaire, despote peu instruit. Il mit sur pied toute la province, il obtint que son petit-fils fût reconnu irresponsable. Peut-être, après tout, n'était-il pas si loin de la vérité! Et David vécut, avec sa joue percée et un signalement de fou.

Les M-sky se rappelèrent à moi bien des fois. Au cours de mes premières années, Moisseï Kharitonovitch venait encore nous voir, en phaéton, avec de beaux chevaux. Tout petit (je devais avoir quatre ou cinq ans), j'allai en visite chez les M-sky, avec mon frère aîné. Le jardin était grand, bien entretenu; il s'y trouvait même des paons : c'était la première fois que je voyais de ces êtres extraordinaires qui ont une couronne sur leur tête capricieuse, de merveilleux petits miroirs sur leur queue fabuleuse, et des éperons aux pattes.

Puis les paons disparurent et bien d'autres choses avec eux. La palissade qui entourait le jardin tomba en ruines. Le bétail bouscula les arbres fruitiers, écrasa les fleurs. Moisseï Kharitonovitch venait à Ianovka dans un fourgon traîné par des chevaux du genre de ceux qu'ont les paysans.

Ses fils tentèrent de restaurer le domaine non pas à la façon des propriétaires nobles mais à la manière des moujiks.

— Nous achèterons, disaient-ils, une rosse, nous sortirons le matin comme Bronstein.

— Ça ne leur réussira pas, disait mon père.

David fut envoyé à la foire d'Elisavetgrad, pour acheter un cheval. Il arpenta la foire, examinant les chevaux en vrai soldat de cavalerie, et il en choisit trois. Il revint au village tard dans la soirée. La maison était pleine d'hôtes, tous en légers costumes d'été. Abram, la lampe à la main, descendit du perron voir les chevaux. Des dames, des étudiants, des adolescents sortirent avec eux. David se sentit aussitôt dans sa sphère et se mit à expliquer les qualités particulières de chacun des chevaux, surtout de celui qui, selon lui, ressemblait à une demoiselle.

Abram se grattait le bas de la barbe et répétait :

— Les chevaux sont bons...

Cela se termina par un pique-nique. David prit à une gentille visiteuse son soulier, y versa de la bière et le porta à ses lèvres.

— Non, vraiment, vous allez boire? s'écria la dame, et elle rougit, soit d'effarement, soit de contentement.

— Moi qui n'ai pas eu peur de me tirer un coup de fusil... répliqua notre héros, et il but d'un trait le contenu du soulier.

— Tu ferais mieux de ne pas te vanter de tes exploits, observa soudain la mère qui, d'habitude, restait silencieuse.

C'était une grande femme flasque. Elle avait à sa charge tous les soins du ménage.

— C'est du froment d'automne que vous avez là? dit à mon père Abram M-sky, cherchant à montrer qu'il s'entend en affaires.

— Dame, c'est pas du blé de printemps...

— Du *nikopol?*

— Je vous dis du blé d'automne...

— Je sais... Mais quelle espèce : du *nikopol* ou de la *ghirka ?...*

— J'ai guère entendu dire qu'il y ait du *nikopol* d'automne... Y a peut-être des gens qui en ont. Moi, j'en ai pas. Chez moi, c'est du *sandomir*.

L'effort d'Abram ne le conduisit à rien. Un an plus tard, la terre était de nouveau louée à mon père.

Les colons allemands formaient un groupe distinct. Il y avait parmi eux de véritables richards. Ils étaient plus résistants que d'autres. La vie familiale était chez eux plus rude; il était rare que leurs fils fussent envoyés à la ville; les filles, d'ordinaire, travaillaient aux champs. Leurs maisons étaient en briques, couvertes de tôle peinte en vert ou en rouge; ils avaient des chevaux de race, dont le harnachement était soigné, et des voitures à ressorts qu'on appelait des fourgons allemands.

Le plus proche des colons voisins était Ivan Ivanovitch Dorn, gros homme agile, portant bottines à ses pieds nus, qui avait les joues tannées, hérissées de poil, d'un poil grisonnant. Il passait toujours dans un superbe fourgon, peint de couleurs vives et traîné par des étalons noirs qui battaient fortement la terre de leurs sabots.

L'espèce des Dorn était nombreuse. Au-dessus de tous se dressait la haute figure de Falz-Fein, le roi du mouton, le *Kannichtverstann* de la steppe.

Des troupeaux passent interminablement.

— A qui ces moutons?

— A Falz-Fein.

Passent des voituriers, menant du foin, de la paille, de la balle de grain.

— A qui ça?

— A Falz-Fein.

Passe au galop, dans un traîneau décoré de peintures, une sorte de pyramide de fourrures.

C'est le gérant de Falz-Fein.

Ou bien, tout à coup, c'est une caravane de chameaux qui vous terrifient par leur aspect et leurs grognements. Falz-Fein était le seul à entretenir des chameaux. Il possédait des étalons d'Amérique, des taureaux suisses.

Le fondateur de cette famille, qui n'était encore qu'un Falz, non un Falz-Fein, avait été *Schafmeister* du duc d'Oldenbourg, lequel obtint du Trésor une forte somme pour entreprendre l'élevage des mérinos. Le duc fit environ un million de roubles de dettes; il ne fit rien de plus. Falz racheta l'entreprise et la conduisit non pas en duc mais en *Schafmeister*. Ses troupeaux multiplièrent, de même que s'accroissaient ses pâturages et ses exploitations. Sa fille épousa l'éleveur Fein. Ainsi s'unirent ces deux dynasties moutonnières. Le nom de Falz-Fein retentissait comme le tapotement de dizaines de milliers de brebis, comme d'innombrables bêlements, comme les cris et les sifflets des pasteurs de la steppe qui portent la houlette sur le dos, comme les abois des innombrables chiens de berger. La steppe même exhalait ce nom par la canicule et par les temps de grand gel.

J'ai laissé derrière moi mes cinq premières années. Mon expérience s'élargit. La vie est extrêmement fertile en inventions et s'applique tout autant à réaliser ses combinaisons, dans un coin perdu de la campagne que sur l'arène mondiale. Les événements tombent sur moi les uns après les autres.

On rapporte des champs une ouvrière qu'une vipère a mordue, pendant la moisson. La jeune fille pleurait lamentablement. Elle avait la jambe gonflée; on lui fit un nœud serré au-dessus du genou et la jambe fut trempée dans un barillet de lait caillé. Ensuite, on mena l'ouvrière, en voiture, à l'hôpital de Bobrinetz. Quand elle revint au travail, elle portait au pied blessé un bas sale et déchiré, et les ouvriers ne l'appelaient pas autrement que « demoiselle ».

Un verrat mordit au front, aux épaules, à la main, le gars qui lui donnait à manger. Ce porc était une énorme bête, nouvellement achetée, qui devait avoir pour fonction de régénérer le troupeau. Le gars, épouvanté, sanglotait comme un gosse. On l'expédia aussi à l'hôpital.

Deux jeunes ouvriers, debout sur des chariots pleins de gerbes, s'amusaient à se lancer l'un à l'autre leurs fourches. Moi, je dévorais des yeux ce spectacle. Une fourche s'enfonça dans le flanc de l'un deux et il tomba en hurlant.

Tout cela se produisit dans le courant d'un seul été. Or, pas une année ne se passait sans événements.

Pendant une nuit d'automne, toute la charpente du moulin fut emportée dans l'étang. Le pilotis était vermoulu depuis longtemps, et, sous la force de l'ouragan, les cloisons de planches cédèrent comme des voiles. La locomobile, les roues motrices, la broyeuse, le blutoir apparaissaient à nu dans les ruines. A tout instant, d'énormes rats de moulin bondissaient de dessous les planches.

Un peu à la dérobée, j'accompagnais aux champs le porteur d'eau, allant à la chasse aux zizels. Il fallait verser avec précaution, ni trop vite ni trop lentement, de l'eau dans le terrier et attendre, le bâton à la main, l'apparition à l'orifice d'un fin museau de rat, au poil dru, couché, mouillé. Un vieux zizel peut résister longtemps, bouchant le trou avec son derrière, mais un deuxième seau d'eau a raison de lui et il saute dehors, courant à la mort. Il faut couper les pattes à l'animal tué et les attacher ensemble par un fil : le *zemstvo* vous le paie un *kopeck* pièce. Autrefois, on vous réclamait la petite queue de zizel, mais des malins réussissaient à faire, avec la peau, une dizaine de queues, et le *zemstvo* décida de s'en tenir aux pattes.

Je rentrais à la maison tout sale de terre, tout mouillé. Dans la famille, on n'approuvait guère ces expéditions; on préférait me voir assis sur le divan, dessinant d'après modèle un Œdipe aveugle avec son Antigone.

Un jour, nous revenions avec ma mère, en traîneau de Bobrinetz, qui était la ville la plus prochaine. Aveuglé par la neige, bercé par la marche, je somnolais. A un tournant, le traîneau se renverse et je tombe à plat ventre. Je me trouve enfoui sous la couverture et le foin. J'entends les appels angoissés de ma mère, mais il m'est impossible de répondre. Le cocher, nouveau chez nous, un jeune gaillard, de haute taille, de poil roux, soulève la couverture et me tire de là. Nous reprenons place dans le traîneau et repartons. Mais alors je commence à me plaindre de sentir comme un fourmillement dans le dos, à cause du froid.

Le jeune cocher à barbe rousse se retourne :

— Un fourmillement? dit-il, montrant de fortes dents blanches.

Je regarde sa bouche et je dis :

— Oui, vous savez, c'est comme un fourmillement...

Le cocher se met à rire.

— Ce n'est rien, dit-il. Nous arriverons bientôt!

Et il cingle le cheval isabelle.

Dans la nuit qui suivit, ce même cocher disparut avec le cheval qu'il avait conduit.

L'alarme est donnée dans l'exploitation. On prépare la poursuite, mon frère aîné prend la tête de l'expédition. Il selle pour lui le cheval « Mutz » et promet de corriger sévèrement le ravisseur.

— Rattrape-le d'abord, dit mon père, d'un ton morose.

Deux grandes journées et deux nuits s'écoulent jusqu'au retour de l'expédition. Mon frère se plaint du brouillard qui l'a empêché de rejoindre le voleur. Ainsi, ce beau garçon, si gai, c'était ce qu'on appelle un voleur de chevaux? Et il avait de si belles dents blanches...

La fièvre me tourmentait, je m'agitais. Mes jambes, mes bras, ma tête me gênaient; ils se gonflaient, poussaient contre le mur et le plafond et, de tous ces empêchements, il était impossible de se défaire parce que leur cause était en moi. J'avais mal à la gorge, j'étais tout brûlant. Ma mère vient regarder mon gosier, puis mon père, et ils se considèrent, anxieux, et décident enfin de passer sur l'endroit malade la pierre infernale.

— Je crains, dit ma mère, qu'il n'ait la diphtérie.

— Si Liova avait la diphtérie, réplique Ivan Vassiliévitch, il y a longtemps qu'il serait couché sur le banc.

Je devine confusément qu'être couché sur le banc c'est être mort, comme l'a été ma petite sœur Rosotchka. Mais je ne crois pas que cela puisse me concerner et j'écoute tranquillement.

A la fin des fins, on décide de m'emmener à Bobrinetz. Ma mère n'est pas des plus pratiquantes, mais elle ne se résout pas à partir pour la ville un samedi. C'est Ivan Vassiliévitch qui me conduira.

Nous descendons chez la petite Tatiana, qui a été domestique chez nous et qui est maintenant mariée, à Bobrinetz. Elle n'a pas d'enfants, il n'y a donc pas danger de contagion.

Le docteur Chatounovsky examine ma gorge, prend la température et, selon son habitude, déclare que l'on ne peut encore rien savoir. La maîtresse de la maison, Tania, me donne une bouteille à bière à l'intérieur de laquelle on a construit, avec des bâtonnets et des planchettes, toute une église. Bras et jambes cessent de me tourmenter. Je reviens à la santé. Quand cela s'est-il produit? Peu de temps avant l'ouverture de « l'ère ».

Voici ce dont il s'agit. L'oncle Abram, vieil égoïste qui pouvait passer devant les enfants sans les voir pendant des semaines entières, m'appela un jour, dans un de ses bons moments, et me questionna :

— Dis-moi tout de suite en quelle année nous sommes. Tu ne

sais pas? En 1885! Répète. Rappelle-toi. Je te le redemanderai.

Que signifiait cela? Je n'arrivais pas à comprendre.

— Oui, c'est maintenant 1885, dit ma cousine, la paisible Olga, et, après, ce sera 1886.

Je ne pouvais y croire. Si l'on admet que le temps ait un nom, 1885 doit exister éternellement, c'est-à-dire très, très longtemps, comme une grosse pierre qui sert de seuil, comme le moulin, comme moi-même enfin.

Bétia, sœur cadette d'Olga, ne savait qui croire. Tous trois, nous nous sentions inquiets d'être entrés dans un nouveau domaine, comme si l'on avait ouvert en coup de vent une porte donnant sur une chambre pleine d'ombre, vide de meubles, où les voix retentissaient longuement. En fin de compte, je dus me rendre. Tout donnait raison à Olga. Et ainsi la première année numérotée dont je pris conscience fut l'année 1885. Ce fut le terme d'une durée informe, de l'époque préhistorique de mon existence, d'un chaos : à ce nœud commença ma chronologie. J'avais alors six ans. Pour la Russie, ce fut une année de disette, de crise, et une grande agitation dans le monde ouvrier se manifesta pour la première fois. Pour moi, j'étais seulement stupéfait d'apprendre que l'année avait un nom inconcevable. Inquiet, je tâchais de découvrir le lien mystérieux qui existait entre le temps et les chiffres.

Puis les années se succédèrent, d'abord lentement, puis de plus en plus vite. Mais 1885 resta longtemps l'aînée d'entre elles, l'année d'origine. Ce fut mon « ère ».

Un jour se produisit l'incident que voici : devant le perron, attendant mon père, j'avais pris la place sur le fourgon et saisi les guides. Les chevaux, qui étaient jeunes, m'emportèrent, dépassant la maison, dépassant le grenier, le verger, hors des chemins, à travers champs, dans la direction du domaine des Dembovsky. Derrière moi, des cris s'élevaient. Devant moi s'ouvrait un ravin. Les chevaux couraient éperdument. C'est seulement arrivés devant la crevasse que, se jetant brusquement de côté, renversant presque le fourgon, ils s'arrêtèrent comme sidérés. A ma suite accouraient le cocher, deux ou trois ouvriers, puis, de plus loin, mon père, et enfin, à plus grande distance, ma mère criait tandis que ma sœur aînée se tordait les bras. Ma mère criait encore quand je m'élançai vers elle. Je ne puis dissimuler que je reçus deux torgnioles de mon père qui était pâle comme la mort. Je n'en fus même pas vexé, tant l'aventure était extraordinaire.

C'est probablement en cette même année que mon père m'emmena à Elisavetgrad. Nous partîmes à l'aube, roulant sans hâte; à Bobrinetz, on donna à manger aux chevaux; vers le soir, nous arrivâmes à Vchivaïa, village que par politesse on dénommait Chvivaïa [1]; là, nous attendîmes l'aurore parce qu'il y avait des brigands aux environs de la ville.

Aucune des capitales du monde — ni Paris ni New York — n'a produit sur moi une aussi forte impression que celle que je reçus alors d'Elisavetgrad avec ses trottoirs, ses toits peints en vert, ses balcons, ses magasins, ses agents de police et ses globes rouges pendus à des fils. Durant quelques heures je pus contempler en face la civilisation.

Un an après l'ouverture de « l'ère », je commençai mes études. Un matin, ayant bien dormi et m'étant lavé en vitesse (à Ianovka, on se lavait toujours en vitesse) goûtant d'avance la nouvelle journée et, avant tout, le thé au lait et le pain brioché, j'entrai dans la salle à manger. Ma mère s'y trouvait assise avec un inconnu, un homme maigriot, au sourire pâle et comme obséquieux. Ma mère et l'inconnu me regardèrent de telle façon qu'il fut clair qu'ils parlaient de moi.

Ma mère m'appela :

— Dis bonjour, Liova. Ce sera ton maître.

Je regardai le maître avec une certaine appréhension, mais non sans curiosité. Lui me salua avec l'affabilité que pratiquent toujours les maîtres à l'égard d'un futur élève, en présence des parents.

Ma mère termina devant moi la conversation d'affaires : pour tant de roubles et tant de pouds de farine, le maître s'engageait à m'enseigner, dans son école, à la colonie, le russe, l'arithmétique et la Bible en hébreu. L'étendue des connaissances que je devais acquérir restait, d'ailleurs, plutôt confuse, car ma mère n'y entendait pas grand-chose. Le thé au lait de ce matin-là me donnait déjà un avant-goût du changement qui devait se produire dans ma destinée.

Le dimanche suivant, mon père me conduisit à la colonie et me plaça chez tante Rakhil. Nous avions emporté pour elle, dans le fourgon, de la farine de froment et d'orge, du sarrasin, du millet et d'autres produits.

Entre Gromokleï et Ianovka, la distance était de quatre

1. *Vchivaïa* signifie : village pouilleux. *Chvivaïa* ne veut rien dire. (*N. d. T.*)

verstes. La colonie était située sur les deux versants d'une combe; d'un côté les juifs, de l'autre les Allemands. Deux parties très différentes. Dans le quartier allemand, des habitations bien entretenues, à toitures de tuiles ou de roseaux; de solides chevaux, des vaches à robe lustrée. Chez les juifs, de petites isbas tombant de vétusté, des toits ébréchés, un bétail misérable.

Il est singulier, à première vue, que l'école où je débutais ne m'ait laissé que fort peu de souvenirs. L'ardoise sur laquelle je copiais pour la première fois les lettres de l'alphabet russe; le maigre index du maître, plié sur un porte-plume; la lecture à voix haute, en chœur, de la Bible; telle punition infligée à un gamin qui avait volé — rien que de confuses bribes, des taches brumeuses; pas une seule image vive. Il y avait à faire exception, à vrai dire, pour la femme du maître, grande et replète, qui, de temps à autre, intervenait dans la vie de l'école, toujours d'une manière imprévue.

Un jour, pendant la classe, elle vint se plaindre à son mari, disant que la farine récemment achetée avait une sorte de relent; comme il baissait son nez pointu sur la main qu'elle lui tendait, elle lui jeta toute la farine au visage. C'était, à son idée, une bonne blague. Les garçons et les fillettes riaient. Mais le maître était tout penaud. J'eus pitié à le voir, debout au milieu de la classe, la figure poudrée.

Je vivais chez la bonne tante Rakhil sans même la remarquer. Sur la même cour, dans la principale habitation, le seigneur et maître était l'oncle Abram. Il traitait avec une complète indifférence ses neveux et nièces. Parfois, cependant, il me distinguait, m'appelait et me régalait d'un os à moelle, ajoutant :

— Cet os-là, je ne le donnerais pas pour dix roubles!

La maison de l'oncle se trouvait presque tout à fait à l'entrée de la colonie. A l'extrémité opposée vivait un juif de haute taille, maigre et noir, qui passait pour un voleur de chevaux et, d'une façon générale, pour un maître en affaires ténébreuses. Il avait une fille dont on disait aussi peu de bien. Non loin de chez lui, un casquettier cousait à la machine : c'était un jeune juif, à la barbiche d'un roux flamboyant. La femme du casquettier vint trouver l'inspecteur gouvernemental des colonies, qui, en tournée, descendait chez l'oncle Abram, et se plaignit à lui de la fille du voleur de chevaux, l'accusant de lui débaucher son mari. L'inspecteur, évidemment, n'y put rien. Rentrant un jour de l'école, je vis une foule qui, avec des cris, des hurlements, des crachements, traînait dans la rue une jeune femme, la fille du voleur de chevaux. Cette scène biblique se grava dans ma mémoire pour toujours. Quelques années plus tard, l'oncle Abram épousait cette même femme. A cette époque, le père voleur avait été déporté en Sibérie, sur décision des colons, comme élément indésirable dans la société.

Celle qui avait été ma nourrice, Macha, était maintenant servante chez l'oncle Abram. Je courais souvent la voir à la cuisine. Elle personnifiait pour moi mes liens avec Ianovka. Mais elle avait d'autres visiteurs, parfois très impatients, et alors, en douceur, on me faisait sortir en me poussant par les épaules. Un beau matin, avec toute la population enfantine de la maison, j'appris que Macha avait mis au monde un enfant. Nous en chuchotions dans les coins, dans une anxiété radieuse. Quelques jours après, ma mère arriva de Ianovka, et elle se rendit plusieurs fois à la cuisine pour voir Macha et l'enfant. J'entrai une fois derrière ma mère. Macha était debout, un fichu baissé sur les yeux, et un petit être était couché de côté sur un large banc. Ma mère regardait Macha, puis l'enfant, et dodelinait de la tête, d'un air de reproche, sans rien dire. Macha, silencieuse, fixa d'abord du regard le plancher, puis contempla l'enfant et dit :

— Vois-tu ça, il s'appuie la joue sur sa menotte, comme un grand...

— Et tu as pitié de lui? demanda ma mère.

— Non, répondit Macha, hypocritement : c'est trop dire...

— Tu mens!... Tu as pitié de lui, répliqua ma mère d'un ton conciliant.

Huit jours après l'enfant mourait aussi mystérieusement qu'il avait fait son apparition.

Je retournais souvent de l'école au village natal, où je restais presque chaque fois une semaine ou plus. Je ne devins familier avec aucun de mes compagnons d'études, ne sachant pas parler le yiddish. Mon séjour en cet endroit ne dura que quelques mois. Ainsi sans doute peut s'expliquer la pauvreté de mes souvenirs d'école. Néanmoins, Schufer, le pédagogue de Gromokleï, m'avait appris à lire et à écrire, deux arts qui m'ont rendu des services dans la suite. C'est pourquoi je garde de la reconnaissance au premier de mes maîtres.

Je commençais à me débrouiller dans l'imprimé. Je copiais des vers. J'en écrivais. Plus tard, j'entrepris avec mon cousin

Sénia J-sky d'éditer une revue. Pourtant, cette voie nouvelle eut des épines. Je commençais à peine à posséder l'art de l'écriture qu'il devint pour moi une dangereuse séduction. Un jour, resté seul dans la salle à manger, je me mis à écrire, en caractères d'imprimerie, certains mots qu'on prononçait à l'atelier et à la cuisine, mais qu'on ne proférait pas dans la famille. Je sentais bien que je n'agissais pas comme il convient, mais les mots étaient pour moi séduisants précisément parce qu'ils étaient défendus. J'avais décidé de mettre le fatal écrit dans une boîte d'allumettes vide que j'enterrerais profondément derrière le grenier. J'étais loin d'avoir rédigé mon document jusqu'au bout quand ma sœur aînée entra dans la salle et voulut voir ce que j'écrivais. Je saisis le papier. Justement survint ma mère. On me demanda de montrer mon ouvrage. Brûlant de honte, je le jetai derrière le dossier du divan. Ma sœur voulait l'y chercher, mais je poussais des cris hystériques :

— J'irai, moi, moi, le chercher...

Je me glissai sous le divan, je déchirai le papier. Mon désespoir, mes larmes furent sans limites.

A la Noël, sans doute en 1886, car je savais alors écrire, un soir, notre salle à manger fut envahie, au moment du thé, par une troupe de déguisés. C'était tellement inattendu que d'effroi je tombai sur le divan sur lequel j'étais assis. On me calma et j'écoutai avidement le « tsar Maximilien ». Devant moi s'ouvrait pour la première fois un monde fantastiquement transformé en réalité théâtrale. Je restai stupéfié quand j'appris que le principal rôle avait été joué par l'ouvrier Prokhor, un soldat.

Le lendemain, muni d'un crayon et de papier, je me glissai dans la chambre des domestiques vers la fin de leur dîner, et je priai le « tsar Maximilien » de me dicter ses monologues. Prokhor se récusait. Je m'accrochai à lui, je le priai, j'exigeai, je suppliai, ne lui laissant aucune échappatoire. A la fin des fins, nous nous installâmes près d'une fenêtre, je me mis à consigner, sur l'appui raboteux de la croisée le discours rimé du « tsar Maximilien ». Cinq minutes ne s'étaient pas écoulées que mon père jeta un coup d'œil à la porte, vit ce qui se passait près de la fenêtre et me dit sévèrement :

— Liova, rentre dans la chambre!...

Je pleurai, inconsolable, jusqu'au soir.

J'écrivais des vers, des lignes impuissantes, qui décelaient peut-être une affection précoce pour le verbe, mais qui ne promettaient certainement pas un avenir de poète. Ma sœur aînée connaissait mes vers; ma mère les connut par cet intermédiaire, puis, par ma mère, mon père. On me demandait de les lire devant les visiteurs. C'était un tourment, c'était pénible. Je refusais. On cherchait à me persuader, d'abord d'un ton caressant, puis avec une certaine irritation, puis par des menaces. Souvent, je m'enfuyais. Mais les anciens savaient exiger. Le cœur battant, les larmes aux yeux, je lisais mes vers, honteux des lignes que j'avais empruntées ou des mauvaises rimes.

Pourtant, d'une manière ou d'une autre, j'avais goûté au fruit de l'arbre de la science. Ma vie s'élargissait, non de jour en jour, mais d'heure en heure. Du divan troué de la salle à manger, des fils étaient tendus vers d'autres mondes. La lecture ouvrait une nouvelle époque dans ma vie.

CHAPITRE III

LA FAMILLE ET L'ÉCOLE

En 1888 commencèrent dans ma vie les grands événements. On m'envoya poursuivre mes études à Odessa.

Voici comment cela arriva :

Un neveu de ma mère passa une partie de l'été au village; c'était Moïsseï Filippovitch Spenzer, jeune homme de vingt-huit ans, intelligent et bon, qui, en son temps, avait « légèrement souffert pour la cause » comme on disait alors et, par suite, n'avait pu, sortant du gymnase, entrer à l'Université. Il s'occupait un peu de journalisme et un peu de statistique. Il vint à la campagne par précaution contre une menace de tuberculose. Chez sa mère et ses sœurs, Monia, comme on l'appelait, était un objet d'orgueil pour ses capacités comme pour son caractère. L'estime que l'on avait pour lui gagna notre famille. Tous se réjouissaient d'avance de son arrivée. J'étais en secret de ceux qui se réjouissaient. Lorsque Monia entra dans la salle à manger, je me trouvais en deçà sur le seuil de ce qu'on dénommait « la chambre des enfants », une petite pièce d'angle, et je ne pouvais me résoudre à faire un pas en avant parce que mes deux bottines ouvraient deux bouches béantes. La pauvreté n'en était pas cause; à cette époque, la famille avait déjà beaucoup d'aisance; mais, à la campagne, on se souciait peu de ces choses-là, on était surchargé de travail et les exigences de la vie familiale n'étaient pas très grandes.

— Bonjour, garçon, dit Moïsseï Filippovitch. Viens donc par ici...

— Bonjour, répondit le garçon, mais il ne bougeait pas.

Avec des rires un peu confus, on expliqua au visiteur la raison de mon trouble; gaiement, il me tira de cette situation pénible en passant le seuil et en m'amenant fortement embrassé.

Au dîner, Monia fut l'objet de toutes les attentions : ma mère lui servait les meilleurs morceaux, lui demandait si c'était bon et cherchait à savoir ce qu'il aimait.

Le soir, quand on rentra le troupeau dans l'enclos, Monia me dit :

— Allons un peu boire du lait fraîchement trait. Prends des verres... Attention, mon pigeon, ne mets pas tes doigts dedans... Il faut les prendre par le dehors...

J'appris de Monia bien des choses que je ne savais pas encore : comment on tient des verres, comment on se lave, quelle est la vraie prononciation de certains mots et pourquoi du lait pris au pis même de la vache était salutaire pour la poitrine. Spenzer se promenait, écrivait, jouait aux quilles, m'enseignait l'arithmétique et le russe, me préparant à entrer en première. Je le considérais avec enthousiasme, mais aussi avec une certaine inquiétude. En lui se sentait le début d'une discipline plus exigeante : et ce devait être la discipline de la ville.

Monia était affable à l'égard de ses parents campagnards, il plaisantait souvent et chantonnait d'une voix veloutée de ténor. Mais, par moments, il s'assombrissait, il était, au dîner, silencieux et renfermé. On le regardait avec inquiétude, on lui demandait s'il n'était pas malade. Il répondait brièvement, évasivement. C'est confusément, et seulement vers la fin de son séjour chez nous, que je devinai les causes de ces accès de mutisme : Monia était frappé par une certaine grossièreté rustique ou par des injustices. Non pas que son oncle ou sa tante fussent des maîtres rigoureux : non, en aucun sens il ne serait permis de l'affirmer. Les relations que l'on entretenait avec les ouvriers et les paysans n'étaient pas pires que celles qui existaient dans toutes les autres exploitations. Mais elles n'étaient guère meilleures. Ce qui veut dire qu'elles étaient pénibles.

Il arriva une fois que le commis cingla d'un fouet à longue lanière un berger qui avait tenu jusqu'au soir les chevaux au bord de l'eau. Monia blêmit et dit entre ses dents :

— Quelle saloperie !

Et je sentis que c'était une saloperie. Je ne sais si je l'aurais senti sans Monia. Je pense que si. Mais il m'aida à le sentir et cela déjà devait m'attacher à lui, pour toute la vie, par un sentiment de reconnaissance.

Spenzer se disposait à épouser la directrice de l'école gouvernementale d'Odessa pour jeunes filles juives. A Ianovka, personne ne connaissait cette personne, mais tous estimaient par avance qu'elle devait être des plus distinguées : comme directrice d'une école et comme femme de Monia. On décida qu'au printemps suivant on me conduirait à Odessa, que j'habiterais chez les Spenzer et que j'entrerais au gymnase.

Le tailleur de la colonie bâcla à peu près mon trousseau; on mit dans une grande caisse des pots de beurre, des pots de confiture, et autres présents pour les parents de la ville.

Les adieux furent longs, je pleurai fort; ma mère pleurait, mes sœurs pleuraient, et, là, je sentis pour la première fois à quel point m'étaient chers Ianovska et tous ceux qui y vivaient. Nous gagnâmes la station en voiture, par la steppe, et je pleurai jusqu'au tournant qui donne sur la grand-route. A Novyi Boug nous prîmes le train jusqu'à Nikolaïev, et là nous nous embarquâmes sur le bateau à vapeur. La sirène me mit des fourmis dans le dos, elle retentit comme l'annonce d'une vie nouvelle. Ce n'était pourtant encore que le Boug. La mer nous attendait.

Beaucoup et bien d'autres choses. attendaient. Voici le port, un cocher avec sa voiture, une petite rue — ruelle Pokrovsky — et une grande vieille maison où se trouve l'école des filles avec sa directrice. On m'examine sous toutes les faces, on m'embrasse au front et sur les deux joues : c'est d'abord une jeune femme, puis une vieille, sa mère. Moïsseï Filippovitch plaisante comme toujours, il me questionne sur Ianovka, sur tous ses habitants et même sur les vaches de notre connaissance. Mais les vaches me semblent maintenant des êtres si insignifiants que je me sens gêné à en parler dans une société aussi choisie.

L'appartement n'était pas grand. Un coin m'avait été réservé, dans la salle à manger, derrière un rideau. C'est là que j'ai passé les quatre premières années de ma vie d'écolier.

Je me trouvai tout de suite et entièrement au pouvoir de la discipline séduisante mais exigeante dont j'avais eu le pressentiment au village, auprès de Moïsseï Filippovitch. Le régime de la famille n'était pas tellement sévère que réglé : c'est précisément pour cela que, dans les premiers temps, il me parut sévère. Je dus d'abord me coucher à neuf heures. C'est seulement au fur et à mesure de ma montée en classes que l'on m'autorisa à me coucher plus tard. Petit à petit, on m'enseigna qu'il fallait dire bonjour le matin, se nettoyer les mains et les ongles, ne pas porter les aliments à sa bouche avec son couteau, ne jamais être en retard, remercier la domestique quand elle vous servait et ne pas parler mal des gens derrière leur dos. J'appris que des dizaines de mots qui m'avaient toujours semblé les plus justes au village n'étaient pas du russe, que c'était de l'ukrainien corrompu. Chaque jour, je découvrais une nouvelle parcelle d'un monde plus cultivé que celui où j'avais passé les dix premières années de mon existence. Même le souvenir de l'atelier commençait à pâlir, à perdre de ses charmes devant les séductions de la littérature classique et l'ensorcellement du théâtre. Je devenais un petit citadin. Mais, parfois, la campagne prenait un éclat brusque dans ma conscience et me rappelait à elle comme un paradis perdu. Alors, j'étais saisi de nostalgie, je ne tenais pas en place, j'écrivais du bout du doigt des messages à ma mère sur le carreau de la fenêtre et je pleurais dans mon oreiller.

On vivait modestement chez Moïsseï Filippovitch, on arrivait tout juste à joindre les deux bouts. Le chef de famille n'avait pas d'emploi fixe. Il traduisait du grec, avec notes et commentaires, des tragédies; il écrivait des contes et nouvelles pour enfants; il étudiait de près Schlosser et autres historiens, afin de dresser des tables chronologiques; il aidait enfin sa femme à administrer l'école. Ce n'est que plus tard qu'il créa une petite maison d'édition, laquelle eut bien du mal à se développer durant les premières années, mais qui grandit ensuite rapidement. Dix ou douze ans plus tard, il était devenu le plus important éditeur du Midi de la Russie, il possédait une grande imprimerie, il était propriétaire d'une maison.

Je passai dans cette famille six années qui coïncidèrent avec la période de création de cette entreprise. Je me familiarisai avec la composition, la correction, la mise en pages, le tirage, le pliage et le brochage. La correction des épreuves devint ma distraction favorite. J'aime le papier fraîchement imprimé, et cette passion date de mes lointaines années d'école.

Comme il arrive toujours dans les familles bourgeoises, et surtout petites bourgeoises, les domestiques jouèrent un rôle assez important, quoique peu marqué, dans ma vie.

La première servante, Dacha, se lia à moi d'une amitié particulière, clandestine : elle me confiait ses divers secrets. Après le dîner, tandis que l'on faisait la sieste, je me rendais furtivement à la cuisine. Là, Dacha me disait, à bâtons rompus, quelle était sa vie, quel avait été son premier amour.

Après Dacha, l'on eut une juive de Jitomir qui s'était séparée de son mari; elle se plaignait de lui à moi :

— Il est si méchant, si vicieux, disait-elle.

J'entrepris de lui apprendre à lire. Chaque jour, elle passait au moins une demi-heure devant ma table, s'instruisant aux arcanes de l'alphabet et de l'arrangement des signes en mots.

A cette époque, un enfant était né dans la famille, et l'on avait eu besoin d'une nourrice. J'écrivais des lettres pour elle. S'adressant à son mari qui était parti pour l'Amérique, elle formulait des doléances. Sur sa requête, j'employais, à retracer ses chagrins, les plus sombres couleurs; puis, j'ajoutais que « seul, notre nourrisson est une claire étoile sur le noir firmament de ma vie ». La nourrice était ravie. Moi-même j'avais du plaisir à relire la lettre à haute voix, bien que je me sentisse gêné par la péroraison, où il y avait une demande de dollars...

La nourrice reprenait :

— Et maintenant, encore une lettre...

— A qui? disais-je, me préparant à une nouvelle création artistique.

— A mon cousin, répondait la nourrice, mais elle n'avait pas l'air très sûre d'elle.

La lettre parlait aussi d'une sombre existence, il n'y était pas question d'étoile, et cela s'achevait par un consentement à venir voir le destinataire s'il le désirait.

A peine la nourrice était-elle sortie, en possession de ses lettres, que l'autre servante, mon élève, entrait à son tour; elle avait certainement écouté à la porte :

— Et ce n'est pas du tout son cousin, me chuchotait-elle, indignée.

— Qui est-ce, alors? demandais-je.

— Simplement, quelqu'un comme ça... répondait-elle.

Et j'avais ainsi l'occasion de méditer sur la complication des rapports entre les gens.

A dîner, Fanny Solomonovna me dit, avec un certain sourire :

— Eh bien, l'auteur, tu ne veux plus de soupe?

— Comment? répondis-je, inquiet.

— Oh! ce n'est rien. Mais c'est bien toi qui as composé des lettres pour la nourrice? Dans ce cas, tu es un auteur... Comment donc as-tu dit ça : « une étoile au noir firmament... »? C'est vrai que tu es un auteur!...

Elle ne put garder ce ton, elle éclata de rire.

Moïsseï Filippovitch voulut me tranquilliser :

— Tu as bien écrit, me dit-il. Seulement, tu sais, ne fais plus de lettres pour elle. Que ce soit plutôt Fanny qui les écrive...

Les dessous embrouillés de l'existence, que l'on ne voulait avouer ni dans la famille ni à l'école, n'en existaient pas moins; ils étaient même assez puissants et omniprésents pour requérir l'attention d'un garçonnet de dix ans. On ne leur ouvrait d'issue ni au seuil de la classe ni par l'entrée principale de la maison : ils s'étaient frayé un chemin par la cuisine.

Le quota de dix pour cent pour les juifs dans les établissements d'enseignement de l'État fut établi en 1887. On ne pouvait guère espérer d'entrer au gymnase quand on était juif : il y fallait du moins des protections ou des pots-de-vin. L'école réale avait un programme différent de celui du gymnase en ceci qu'on n'y enseignait pas les langues classiques et que les cours de mathématiques, de sciences naturelles et de langues modernes y étaient plus étendus. Le quota était appliqué aux écoles réales. Mais on se portait vers elles en moins grand nombre et, par conséquent, les candidats avaient plus de chances d'y entrer.

Dans les revues et les journaux, on polémisa longtemps sur la valeur relative de l'enseignement classique et des études modernes. Les conservateurs estimaient que le classicisme inculquait une discipline; plus exactement, ils espéraient qu'un citoyen qui, dans son enfance, aurait ânonné les rudiments du grec, tolérerait toute sa vie le régime des tsars. Les libéraux, sans renoncer au classicisme, frère de lait du libéralisme puisqu'il provient comme lui de la Renaissance, patronnaient tout de même l'enseignement moderne.

Vers le temps où je me préparais à entrer dans une école de l'État, la polémique cessa, le gouvernement ayant interdit par une circulaire spéciale de discuter sur la supériorité de telle ou telle forme d'enseignement.

L'automne venu, je passai l'examen d'entrée en première, à l'école réale Saint-Paul. Le résultat de cette épreuve fut médiocre : j'obtins un « 3 » pour le russe, un « 4 » pour l'arithmétique [1]. Ces notes n'étaient pas suffisantes car le quota

1. Le système des notes scolaires était basé sur le chiffre 5, représentant la mention « très bien », et nuancé par des + (plus) et des — (minus). Trotsky avait donc obtenu la note « passable » pour le russe et « bien » pour l'arithmétique. (*N. d. T.*)

impliquait une sélection des plus rigoureuses, aggravée, bien entendu, par la nécessité d'acheter les examinateurs. On décida alors de me placer dans la classe préparatoire qui était une annexe de l'école de l'État, mais à titre d'école privée, et d'où les juifs pouvaient passer en première toujours dans les limites du quota, la préférence leur étant pourtant accordée sur les externes.

L'école réale Saint-Paul avait été fondée par des Allemands. Elle se rattachait à la communauté luthérienne et répondait aux besoins des nombreux Allemands qui habitaient Odessa et tout le Midi. Cette institution jouissait des « droits de l'État », mais comme elle n'avait que six classes, on était obligé de « faire sa septième » dans une autre école réale si l'on voulait entrer dans un établissement d'enseignement supérieur. Il est probable que, par cette mesure, le gouvernement espérait éliminer un certain excédent d'esprit allemand. Au surplus, même dans l'école Saint-Paul, cet esprit s'en allait, d'une année à l'autre. Les élèves allemands constituaient moins de la moitié de l'effectif : les maîtres de même nationalité étaient persévéramment évincés de l'administration.

Mes premières journées à l'école furent toutes d'affliction; puis vinrent des jours d'allégresse. Je me rendais à l'établissement en uniforme neuf, tiré à quatre épingles, j'avais une casquette neuve, à ruban jaune, ornée d'un remarquable insigne en métal : les initiales entrelacées de l'école, entre deux branches à trois feuilles. Je portais sur le dos un sac tout neuf qui contenait des livres de classe, aux reliures brillantes et toutes fraîches, et un beau plumier avec le crayon bien taillé, le porte-plume et une gomme. Enthousiaste, je promenais cette charge magnifique par la longue rue Ouspenskaïa, me réjouissant à penser qu'il y avait loin jusqu'à l'école. Il me semblait que tous les passants contemplaient avec stupéfaction, certains même, peut-être, avec jalousie, mon merveilleux attirail. En toute confiance, avec curiosité, je dévisageais tous ceux que je rencontrais. Mais, tout à coup, à l'improviste, un grand garçon maigre, âgé d'environ treize ans, venant probablement d'un atelier, car il portait une sorte d'objet en tôle, s'arrête à deux pas devant le reluisant réaliste, rejette la tête en arrière, expectore bruyamment et lance un gros crachat sur ma blouse toute neuve, à l'épaule; il me jette un regard de mépris et, sans dire un mot, passe son chemin.

Qu'est-ce qui le poussait à agir ainsi? Maintenant, je le vois clairement : un garçonnet dépourvu de tout, à la chemise loqueteuse, les pieds seulement enveloppés de bandes, devait faire les sales commissions de ses patrons, tandis que les enfants des maîtres se donnaient des airs dans leurs beaux costumes d'écoliers... Et l'enfant avait déversé sur moi son sentiment de protestation sociale. Mais je n'en étais pas encore aux généralisations. Longtemps, je me frottai l'épaule avec des feuilles de marronnier, j'étais hors de moi de dépit et d'impuissance et j'achevai le trajet dans les pensées les plus sombres.

Un second coup m'attendait à l'école :

— Piotr Pavlovitch, en voilà encore un, criaient les écoliers; il a aussi un uniforme, ce pauvre de la préparatoire!

De quoi s'agissait-il? Voici : comme la classe préparatoire était réputée école privée, il était sévèrement interdit à ses élèves de porter l'uniforme. Le surveillant, Piotr Pavlovitch, un maître à barbe noire, m'expliqua que je devrais me défaire de l'écusson de ma casquette, des pattes de mon collet, de la boucle de mon ceinturon et remplacer les boutons ornés de l'aigle par de simples boutons en os.

Ce fut pour moi la deuxième catastrophe.

Ce jour-là, on ne travailla pas à l'école. Les élèves allemands, et beaucoup d'autres avec eux, se rendirent à l'église luthérienne dont l'établissement portait le nom. Je me trouvai soudain sous la tutelle d'un garçon trapu qui devait redoubler la classe préparatoire : il connaissait le règlement et les habitudes de la maison; il m'installa près de lui sur un banc de l'église. Pour la première fois j'entendis l'orgue dont les sons me remplirent l'âme d'un frémissement. Puis apparut un homme de haute taille, rasé, en costume à revers blancs, et sa voix roula dans l'édifice de telle façon qu'une onde sonore courait après l'autre et la rejoignait. Comme je ne comprenais pas la langue, le sermon me paraissait dix fois plus majestueux.

— Qui est-ce qui parle? demandai-je, tout ému.

— C'est le pasteur Binnemann en personne, m'expliqua Karlsohn ; il est très intelligent, c'est l'homme le plus intelligent d'Odessa.

— Et qu'est-ce qu'il a dit?

— Ah! tu sais, il a dit tout ce qu'il fallait dire, déclara Karlsohn, d'un ton qui marquait beaucoup moins d'enthousiasme; il a dit qu'on doit être de bons élèves, qu'on doit s'appliquer et vivre en bon accord avec les camarades...

Ce garçon aux pommettes saillantes, admirateur de Binnemann, se révéla par la suite fainéant entre tous et batailleur enragé qui distribuait des bleus à droite et à gauche pendant les récréations.

La deuxième journée fut consolante pour moi. Je me distinguai immédiatement en arithmétique et je copiai bien les modèles d'écriture qui étaient au tableau. Le maître, Roudenko, fit mon éloge devant toute la classe et m'octroya deux « 5 ». Cela me réconcilia avec les boutons en os que je devais porter sur ma veste. L'allemand, dans les petites classes, était enseigné par le directeur lui-même, Christian Christianovitch Schwanebach. C'était un homme d'une tenue très soignée qui ne devait d'occuper un poste si élevé qu'à sa qualité de gendre de Binnemann. Il commença par examiner les mains de tous les élèves, et trouva que les miennes étaient propres. Ensuite, comme j'avais encore copié avec soin les mots allemands qui figuraient au tableau le directeur m'approuva et me marqua un « 5 ». Ainsi, après cette première journée d'études, je revins à la maison sous le poids de trois « 5 ». Je les portais dans mon sac comme un dépôt précieux; je courais plutôt que je ne marchais par la ruelle Pokrovsky, poussé par la soif de connaître la gloire dans la famille.

C'est comme cela que je devins écolier. Je me levais de bonne heure, buvais en hâte le thé, fourrais dans la poche de mon paletot mon déjeuner enveloppé dans du papier, et je me précipitais vers l'école pour arriver à temps, à la prière du matin. Je passai régulièrement de classe en classe. Lorsque je rencontrais un maître dans la rue, je le saluais avec toute la déférence possible.

Parmi les hommes, la proportion des originaux est très élevée, mais elle l'est plus que partout parmi les maîtres d'école. A l'école Saint-Paul, le niveau intellectuel des professeurs était, mettons, au-dessus de la moyenne. L'établissement avait une bonne réputation, et non sans raison : le régime était sévère, on s'y montrait exigeant; d'année en année, les rênes étaient tendues de plus près, surtout après que le directeur Schwanebach eut été remplacé par Nicolas Antonovitch Kaminsky.

Celui-ci était professeur de physique par spécialité et misanthrope par tempérament. Il ne regardait jamais en face la personne à laquelle il s'adressait; il glissait sans bruit par les corridors et par les classes sur des semelles doublées de caoutchouc, et sa voix était un petit fausset enroué qui, sans s'élever, savait inspirer la terreur. Extérieurement, Kaminsky semblait équilibré, mais, au fond, il ne sortait jamais d'un état d'irritation refoulée. Même à l'égard des meilleurs élèves, son attitude était celle de la neutralité armée. C'est ainsi, en particulier, qu'il se comportait à mon égard.

Comme physicien, Kaminsky avait inventé un appareil pour démontrer la loi de Boyle-Mariotte sur la compressibilité des gaz. Après l'expérience, il se trouvait toujours deux ou trois élèves pour chuchoter entre eux, de façon à être entendus :

— Ça, c'est fort!...

Quelqu'un se levait, comme pris d'un doute, et posait la question :

— Mais qui donc a inventé cet appareil?

Kaminsky répondait d'un ton négligent, de sa voix enrhumée de fausset :

— C'est moi qui l'ai construit.

Tous s'entre-regardaient et ceux qui ne recevaient que des « 2 » expectoraient aussi fort que possible un soupir d'admiration.

Lorsque Schwanebach, pour la russification, fut remplacé par Kaminsky, l'inspecteur nommé fut Anton Vassiliévitch Kryjanovsky, professeur de lettres. C'était un malin à barbe rousse, ancien séminariste, grand amateur de cadeaux, très légèrement teinté de libéralisme, qui savait fort bien dissimuler ses idées de derrière la tête sous une feinte bonhomie. Dès qu'il devint inspecteur, il se montra plus sévère et plus conservateur. Kryjanovsky enseignait le russe à partir de la première. Il m'avait distingué pour l'orthographe et mon application à apprendre le russe. Conformément à une règle solidement établie, il lisait à voix haute mes compositions en classe et me donnait la note « 5 » avec un *plus*.

Le mathématicien Iourtchenko était un être trapu, flegmatique, réfléchi en son à-part-soi, qu'on avait surnommé le *bindioujnik*, ce qui, dans le langage d'Odessa, veut dire : *le camionneur*. Iourtchenko tutoyait tous les élèves de la première classe à la dernière, et ne ménageait pas les expressions. Par sa grossièreté calculée, il inspirait une sorte de respect qui se volatilisa avec le temps quand les gamins apprirent, à coup sûr, que ce Iourtchenko prenait des pots-de-vin.

D'ailleurs, les autres maîtres prélevaient leur tribut de

diverses manières. Tel écolier, qui ne réussissait pas, s'il était d'une autre localité, prenait pension chez le maître qui l'inquiétait le plus. Ceux qui étaient d'Odessa demandaient des leçons particulières, au prix fort, au pédagogue qui les menaçait le plus.

L'autre mathématicien, Zlotchansky, était tout l'opposé de Iourtchenko : maigre, avec de piquantes moustaches sur une face d'un jaune verdâtre, le blanc des yeux toujours embué, las de ses mouvements comme s'il venait à peine de se réveiller, il graillonnait à tout instant, à grand bruit, et crachait en classe. On savait de lui qu'il avait des malheurs dans sa vie amoureuse, qu'il faisait la noce et buvait. Mathématicien non sans valeur, Zlotchansky regardait pourtant au-dessus de ses élèves, au-dessus de ses devoirs, au-dessus même des mathématiques. Quelques années après il se coupa la gorge d'un coup de rasoir.

Mes rapports avec les deux professeurs de mathématiques furent toujours également faciles et agréables, car j'étais fort dans cette science. Parvenu aux classes supérieures de l'école réale, je songeais même à suivre la voie des mathématiques pures.

L'histoire était enseignée par Lioubimov, homme de forte taille et d'aspect imposant, portant des lunettes à monture d'or sur un petit nez, la face pleine encadrée d'une virile et jeune barbiche. C'est seulement quand il souriait que l'on découvrait soudain, — cela sautait aux yeux, même pour nous autres gamins, — que sa belle prestance n'était qu'illusoire, qu'il était de volonté faible, timoré, déchiré en son for intérieur, craignant toujours qu'on ne sût ou qu'on ne pût apprendre quelque chose le concernant.

Je commençais à m'intéresser, et de plus en plus, à l'histoire, quoique d'une façon très dispersée. J'élargissais peu à peu le cercle de mes études, abandonnant les pauvres manuels officiels pour prendre les cours professés à l'université et les lourds volumes de Schlosser. Mon entrain dans ce sens comportait, sans aucun doute, un certain esprit sportif : j'apprenais par cœur une multitude de noms et de détails inutiles, de ceux qui ne font qu'encombrer la mémoire, pour le plaisir de mettre quelquefois le professeur dans une situation difficile.

Lioubimov n'était pas en état de bien mener sa classe. Parfois, pendant la leçon, subitement, il piquait un fard, jetait autour de lui des regards irrités, cherchant à surprendre un chuchotement, croyant qu'on voulait l'insulter. Les élèves, étonnés, se mettaient sur leurs gardes.

Lioubimov était également professeur dans un gymnase de filles. Là aussi, il se signala par des bizarreries.

Enfin, dans une crise de démence, il se pendit un jour à l'espagnolette d'une fenêtre.

On craignait comme le feu le professeur de géographie, Joukovsky. Il épluchait les écoliers comme une machine. Durant les cours, il exigeait un silence absolument irréalisable. Souvent, interrompant la récitation d'un élève, il tendait l'oreille, tel un rapace qui cherche à surprendre le bruit d'un danger encore lointain. Toute la classe savait ce que cela voulait dire : ne plus broncher et, autant que possible, ne plus souffler.

Une fois seulement, pour autant qu'il m'en souvienne, Joukovsky relâcha quelque peu les guides; ce fut, je crois, un jour anniversaire de sa naissance. Un des élèves lui dit quelque chose qui ne se rapportait pas directement au sujet de la leçon. Joukovsky toléra l'incartade. C'était déjà un événement. Aussitôt se leva de son banc l'écolier Wacker, un flagorneur, qui, avec un faux sourire, s'exprima ainsi :

— Entre nous, tout le monde dit que Lioubimov ne vaut pas la semelle de Joukovsky.

Du coup, le maître se crispa tout entier :

— Qu'est-ce que c'est? Asseyez-vous!

Immédiatement régna le particulier silence qu'on ne connaissait qu'en classe de géographie. Wacker s'effondra comme sous un coup de foudre. De tous côtés se tournaient vers lui des regards désapprobateurs ou méprisants.

— Vrai Dieu, c'est pourtant ça, chuchotait Wacker, espérant tout de même toucher le cœur du géographe qui ne l'estimait guère.

Le principal professeur d'allemand s'appelait Struhve; c'était un énorme Germain, à grosse tête; sa barbe lui descendait jusqu'à la ceinture. Sur de petites pattes, presque enfantines, il roulait son corps pesant qui semblait un vase de bonhomie. Extrêmement honnête, il souffrait des insuccès de ses élèves, s'agitait, exhortait, se faisait un chagrin d'avoir à marquer un « 2 »; jamais il ne se décida à descendre jusqu'à un « 1 ». Il tâchait de ne réduire aucun élève à redoubler sa classe. Il avait fait admettre à l'école le neveu de sa cuisinière, le Wacker dont il vient d'être question, garçon qui se révéla d'ailleurs peu doué et encore moins avenant. Struhve était une figure un peu comique, mais en somme sympathique.

C'était un Suisse qui enseignait le français : Gustave Samoïlovitch Burnand : un être étique, au profil plat comme s'il sortait d'un étau, légèrement chauve, aux fines lèvres bleuâtres et mauvaises, au nez pointu. Il portait sur le front une mystérieuse cicatrice en forme d'X. Tous étaient d'accord pour déclarer qu'ils ne pouvaient supporter Burnand, et il y avait de quoi. Souffrant de dyspepsie, il ingurgitait pendant les leçons on ne savait quels bonbons et voyait dans chaque élève un ennemi personnel. La cicatrice qu'il avait au front était pour nous le sujet d'innombrables présomptions et hypothèses. On affirmait que, dans sa jeunesse, Gustave s'était battu en duel et que son adversaire avait réussi à le stigmatiser ainsi. Quelques mois plus tard, cette explication fut démentie. Point de duel : une opération chirurgicale au cours de laquelle on avait dû prélever une partie de la peau du front pour réparer le nez. Les écoliers examinaient aussi soigneusement que possible le nez du « Français » et les plus hardis affirmaient qu'ils avaient très bien vu la couture. Des esprits calmes, cherchant à s'expliquer la cicatrice par un accident de la première enfance, arrivaient à ceci : il a dû tomber d'un escalier. Mais on rejetait cette explication comme trop prosaïque.

D'ailleurs, il était absolument impossible de se figurer Burnand sous les traits d'un enfant.

Le portier principal, qui jouait un rôle non négligeable dans notre existence, était un impassible Allemand, nommé Anton, aux favoris grisonnants et très majestueux. En ce qui concernait les arrivées en retard, les privations de dîner, les détentions au cachot, Anton ne disposait en quelque sorte que des pouvoirs d'un technicien, mais, en réalité, son influence était grande et il convenait d'entretenir des relations amicales avec lui. Je le regardais d'ailleurs avec assez d'indifférence et lui me considérait de même, car je n'étais pas du nombre de ses clients. J'arrivais à l'heure, mon sac d'écolier était en ordre et j'avais toujours mon billet [1] dans la poche, du côté gauche de mon veston, en toute assurance. Mais il y avait des dizaines d'élèves qui, chaque jour, tombaient sous la coupe d'Anton

1. Sorte de carte d'identité dont étaient munis obligatoirement les écoliers et les étudiants. (*N. d. T.*)

et qui devaient acheter sa complaisance par divers moyens. En tout cas, il était pour nous une des assises de l'école Saint-Paul.

Quel ne fut pas notre étonnement lorsque, rentrant de vacances, nous apprîmes que le vieil Anton avait tiré, par passion, par jalousie, un coup de feu sur une demoiselle de dix-huit ans, fille d'un autre portier, et qu'il était en prison!

C'est ainsi que, dans la vie mesurée de l'école, dans toute la vie sociale d'alors, étouffée, repoussée en dedans, des catastrophes individuelles éclataient, qui, chaque fois, produisaient une impression excessive, comme un gémissement sous le vide d'une voûte.

Il existait, près l'église Saint-Paul, un orphelinat. Un coin de notre préau lui était réservé. Vêtus d'une toile bleue décolorée par le blanchissage, les garçons de l'asile apparaissaient dans la cour avec un air sans joie, traînaient, mornes, dans leur coin, et, mélancoliquement, remontaient l'escalier qui les ramenait chez eux.

Bien que la cour fût commune et qu'il n'y eût aucun obstacle entre le coin des orphelins et le nôtre, les *réalistes* et les *pupilles* formaient deux mondes séparés. J'essayai à deux reprises de causer avec les garçonnets qui portaient sur eux de la toile bleue, mais ils me répondirent d'un ton morose, de mauvaise grâce, et se hâtèrent de rentrer chez eux : il leur était sévèrement enjoint de ne pas se mêler des affaires des réalistes.

C'est ainsi que pendant sept années j'ai pu me promener dans cette cour sans savoir même le nom d'aucun des orphelins. Il faut croire qu'au début de l'année scolaire le pasteur Binnemann les bénissait en écourtant le rituel.

Du côté de la cour qui était contigu à l'orphelinat s'élevait un portique de gymnastique : anneaux, perches, échelles verticales et obliques, trapèzes, barres parallèles, etc.

Bientôt après mon admission à l'école, je voulus répéter ce qui avait été fait sous mes yeux par un des enfants de l'orphelinat : grimpant à l'échelle, je me suspendis, par les semelles, à l'échelon supérieur, tête en bas, et, saisissant des deux poings un autre échelon, aussi bas que possible, je repoussai d'un coup le support de mes pieds, afin de décrire en l'air un arc de cent quatre-vingts degrés et de retomber sur terre d'un saut élastique. Mais je lâchai trop tard l'échelon que je tenais et, ayant décrit cette courbe, je me heurtai de tout mon corps à l'échelle. J'eus la poitrine comme prise par des tenailles et la respiration coupée... Je me tordais par terre, comme un ver, attrapant par les jambes les garçons qui m'entouraient. Et je perdis connaissance.

Après cette épreuve, je devins plus prudent en gymnastique.

Je connus fort peu la vie de la rue, de la place, les sports et les distractions en plein air. Je regagnais tout cela à la campagne, pendant les vacances. La ville me semblait faite pour les études et la lecture. Les batailles de gamins qui avaient lieu dans la rue me semblaient une honte. Or, les motifs de bataille ne manquèrent jamais.

Les élèves de gymnases, avec leurs boutons et leurs insignes argentés, passaient pour « des harengs blancs », tandis que les réalistes, aux parements d'un jaune de cuivre, étaient dénommés : « les harengs fumés ».

Rue Iamskaïa, lorsque je rentrais à la maison, j'étais poursuivi avec persistance par un grand flandrin de « gymnasiste » qui me harcelait ainsi :

— Combien, chez vous, les harengs saurs?

Comme je ne répondais rien à cette question éminemment utile, il me poussa un jour, d'un coup d'épaule.

— Qu'avez-vous à me taquiner? lui dis-je d'un ton de politesse oppressée.

Interloqué, il réfléchit un instant, puis :

— Est-ce que vous avez une « fourchette »?

— Une « fourchette », repris-je, intrigué; qu'est-ce que c'est?

Mon flandrin de « gymnasiste » tira de sa poche, sans dire un mot, un petit appareil : c'était un élastique tendu entre les deux branches d'une fourche en bois et une sorte de balle de plomb :

— Avec ça, en me postant à la lucarne, je tue des pigeons sur le toit et, après, je les fais rôtir...

Je considérais ma nouvelle connaissance avec étonnement. Pareille occupation me semblait non dépourvue d'intérêt, mais en quelque sorte déplacée et comme inconvenante en ville.

Nombreux parmi les gamins étaient ceux qui se promenaient en barque sur la mer, pêchant à la ligne dans les vagues. J'ignorais absolument ces plaisirs. Chose étrange, en ce temps-là, la mer ne prit aucune place dans mon existence, bien que j'aie vécu sept ans sur les bords. De toute cette période, je n'ai pas fait une seule promenade en bateau, je n'ai jamais pêché et, d'une façon générale, je n'ai vu la mer qu'en voyageur, rentrant au village et en revenant.

Lorsque Karlsohn reparaissait, le lundi, montrant un nez brûlé qui pelait, et se vantait d'avoir attrapé au large des *bouitchki*, ces joies me semblaient distantes et sans aucun rapport avec moi. La passion du chasseur et du pêcheur ne s'était pas encore éveillée.

En classe préparatoire, je me liai de près avec Kostia R., fils d'un médecin. Plus jeune que moi d'un an, il était plus petit; d'apparence placide, c'était pourtant un espiègle, un farceur aux yeux vifs. Il avait sur moi le grand avantage de bien connaître la ville. Il n'était pas des plus appliqués. Or, dès le début, je n'obtins que des « 5 ». Chez lui, Kostia ne parlait que de son nouvel ami. En fin de compte, sa mère, une petite femme ratatinée, vint trouver Fanny Solomonovna :

— Nos garçons, dit-elle, ne pourraient-ils étudier ensemble?

On tint conseil, je fus invité à donner mon avis, et l'on se mit d'accord. Pendant deux ou trois ans, Kostia et moi occupâmes le même banc, jusqu'au jour où il dut redoubler sa classe. Nous fûmes alors séparés. Pourtant, notre liaison devait durer plus longtemps.

Kostia avait une sœur, de deux ans plus âgée que lui, élève d'un gymnase de filles. Et elle avait des amies. Les amies avaient des frères. Les sœurs apprenaient la musique. Les frères tournaient autour des amies de leurs sœurs. Quand on fêtait l'anniversaire d'une naissance, les parents invitaient les jeunes gens. Et c'était tout un petit monde de sympathies, d'émulation; on valsait, on jouait aux petits jeux; il y avait des jalousies et des inimitiés. Le centre de ralliement de ce petit monde était la famille du riche marchand A*** qui habitait la même maison que les parents de Kostia, au même étage, de sorte que les couloirs de l'un et l'autre appartement donnaient sur un même balcon où avaient lieu des rencontres fortuites et non fortuites.

Chez les A*** l'atmosphère n'était pas celle à laquelle je m'étais habitué chez les Spenzer.

Chez les premiers, il y avait toujours beaucoup de garçons et de filles, élèves des gymnases : les uns s'exerçaient à faire la cour aux autres sous les sourires indulgents de la mère. En bavardant, on nommait souvent quelqu'un de ceux qui avaient un faible pour quelqu'un d'autre. Dans toutes ces conversations, je faisais montre d'un parfait dédain qui était, d'ailleurs, assez hypocrite.

L'aînée des sœurs A***, une fillette de quatorze ans, me disait d'un ton impératif :

— Lorsque vous deviendrez amoureux de quelqu'un, vous serez tenu de me le dire.

— Comme je ne risque rien, je puis vous le promettre, répondis-je, de l'accent digne, un peu hautain, d'un garçon qui sait sa valeur : j'étais déjà élève de deuxième.

Quinze jours plus tard, les fillettes représentaient des tableaux vivants. La plus jeune des sœurs, sur le fond d'un grand châle noir piqué d'étoiles d'argent en papier, figurait, levant le bras, la nuit...

— Voyez comme elle est jolie, me dit l'aînée, en me poussant légèrement.

Je regardais; en mon for intérieur, j'étais du même avis, et, pourtant, brusquement, je me dis : « le moment est venu de t'exécuter... »

Mais l'aînée continuait à m'interroger :

— Vous n'avez rien à dire?

Hélas! baissant les yeux, je répondis :

— Si!

— Qui est-ce?

J'étais incapable de parler. Elle me proposa de nommer la première lettre. C'était plus facile. L'aînée s'appelait Anna; la cadette Berta. Je donnai la deuxième lettre de l'alphabet et non la première.

— B...? reprit Anna, évidemment déçue.

Et l'entretien s'arrêta là.

Le lendemain, je partais pour l'école avec Kostia, et, comme toujours, par le long couloir qui donnait sur la cour. Dès le palier de l'escalier, j'avais remarqué que les deux sœurs, avec leur mère, étaient assises à leur porte, sur le balcon. Il ne me restait plus à faire que quelques pas jusqu'à ce groupe féminin : je me sentis alors transpercé par les aiguilles croisées de regards ironiques. La cadette ne souriait pas; au contraire, elle détournait les yeux, d'un air d'effroyable indifférence. Du coup, je compris que j'avais été trahi. La mère et la fille aînée me serrèrent la main d'une façon qui disait clairement : « Tu peux prendre des airs sérieux, mon gaillard; nous savons ce que cela vaut... » La cadette me tendit la main comme une planchette, sans me regarder et sans répondre à la pression. Après cela, je devais passer par tout le balcon, en long et en travers, sous les yeux de mes tourmenteuses. Et je me sentais tout le temps percé par les mêmes aiguilles assassines. Depuis cette trahison inouïe, je décidai de rompre définitivement avec cette peuplade perfide, de ne plus aller chez eux, de les oublier, de les arracher pour jamais de mon cœur. J'y fus aidé par les vacances qui venaient.

On constata un jour qu'à mon insu j'étais myope. On me mena chez un oculiste qui prescrivit des lunettes. Je ne saurais dire que j'en fusse chagriné : à tout prendre, les verres me donnaient un air d'importance. Ce n'est pas sans plaisir que j'imaginais d'avance l'effet de mon arrivée, ainsi monté, à Ianovka. Mais ce fut pour mon père un coup qu'il ne put supporter. Il crut à de la simulation, à de l'affectation, et m'enjoignit catégoriquement d'ôter mes lunettes. En vain lui assurai-je qu'en classe je ne voyais pas ce qu'on écrivait au tableau et que je ne pouvais pas lire les enseignes dans les rues. Je dus me résigner, au village, à ne porter des verres qu'en cachette.

Pourtant, à la campagne, j'étais beaucoup plus hardi, plus crâne et plus entreprenant. Je secouais de mes épaules la discipline de la ville. Je me rendais seul, à cheval, à Bobrinetz et je rentrais dans la soirée du même jour. C'était un raid de cinquante kilomètres. A Bobrinetz, je mettais mes lunettes, ne doutant pas de l'impression produite dans la rue.

Il n'existait à Bobrinetz, pour les garçons, qu'une école municipale; le plus prochain gymnase se trouvait à Elisavetgrad, à cinquante kilomètres de là. Mais Bobrinetz avait un progymnase de filles, dont les élèves prenaient pour partenaires les garçons de l'école municipale. Cependant, en été, la situation changeait. Les gymnasistes et réalistes qui revenaient d'Elisavetgrad, dans la splendeur de leurs uniformes, et avec toute la distinction de leurs manières, repoussaient à l'arrière-plan les écoliers de Bobrinetz. L'antagonisme était féroce. Outragés, les garçons de l'école se constituaient en petits groupes de choc et non seulement se servaient de pierres et de bâtons, mais, à l'occasion, jouaient du couteau.

Je me trouvais un jour assis, en toute quiétude, sur une branche de mûrier, dans le jardin d'une famille de nos connaissances, et je me régalais de baies quand, soudain, une pierre d'une jolie grosseur, partie de derrière la haie, m'atteignit à la tête.

Ce fut un petit épisode de la lutte prolongée et non exempte de sang versé qui se livrait et ne s'interrompait qu'avec le départ de la caste privilégiée, quand elle retournait à ses études.

A Elisavetgrad, la situation était encore différente : pendant toute l'année scolaire, les gymnasistes et les réalistes étaient les maîtres de la rue et des cœurs. Mais, en été, de Kharkov, d'Odessa et de cités universitaires plus éloignées, revenaient les étudiants qui, d'emblée, rejetaient les gymnasistes dans l'arrière-cour. Là aussi, l'antagonisme était féroce. L'inconstance des demoiselles était indescriptible. Mais, en règle générale, les armes spirituelles étaient employées de préférence dans la bataille.

Chez nous, au village, je jouais au croquet, aux quilles; je prenais la direction des petits jeux où l'on donne des gages, et disais des insolences aux filles. Là, également, j'appris à monter à bicyclette, sur une machine entièrement fabriquée par Ivan Vassiliévitch. C'est ce qui me donna plus tard l'audace de m'exercer au vélodrome d'Odessa.

Bien plus : à la campagne, je guidais tout seul un étalon, un pur sang, attelé en *biégounki* [1]. A cette époque, on possédait déjà, à Ianovka, de beaux chevaux de trait.

J'invite à une promenade avec moi l'oncle Brodsky, le brasseur.

— Mais, tu ne me renverseras pas? dit l'oncle, qui est, de nature, peu enclin aux entreprises risquées.

— Allons donc, mon oncle! m'écriai-je, d'un ton si vexé qu'il prit place en soupirant, mais sans murmurer, derrière mon dos.

Je sors de l'enclos par le ravin, passant devant le moulin, sur une route que vient de madéfier une pluie d'été. L'étalon bai voudrait prendre du large, il est agacé d'avoir à grimper une pente et, dès le début, il tire à lui. Je tends les guides, pesant des pieds sur l'avant-train et me soulevant tout juste assez pour que l'oncle ne voie pas que je suis pendu aux rênes. Cependant, l'étalon a de l'amour-propre. Il est trois fois plus jeune que moi, il a quatre ans et j'en ai treize. Il emporte vers le haut le léger véhicule avec l'irritation d'un chat qui voudrait se défaire d'une boîte à conserves attachée à sa queue.

Je sens que l'oncle, derrière moi, a cessé de fumer, que sa poitrine est oppressée et qu'il s'apprête à poser un ultimatum. Je me cale sur le siège, je rends la bride et, pour me donner

1. Le mot signifie : « voiture de course ». En Russie centrale, on dit : « drojki ». Le véhicule est un banc rembourré, monté sur quatre roues, et sur lequel on s'assoit à califourchon, les occupants se plaçant l'un derrière l'autre. (*N. d. T.*)

toute assurance, je claque de la langue au rythme du toc-toc de la rate de l'étalon, qui ronronne à plaisir.

— Pas de blagues, allons, mon petit, dis-je d'un ton protecteur à mon cheval quand il essaie de prendre le galop, et j'écarte les coudes.

Je sens que l'oncle a dû se calmer et qu'il tire de nouveau sur sa cigarette. J'ai gagné la partie; j'ai seulement le cœur battant; il bat aussi fort que la rate du cheval bai.

Rentré en ville, je reprends le joug de la discipline. Je le fais sans grand effort. Les jeux et le sport font place aux livres et partiellement au théâtre. Je me soumets à la ville sans presque prendre contact avec elle. La vie de la cité passe à peu près totalement à côté. Et non seulement à côté de moi. Parmi les habitants, les adultes s'efforçaient aussi de ne pas trop mettre le nez à la fenêtre. Odessa était, à vrai dire, la ville la plus empoliciérée de toute la Russie empolicée.

Le principal personnage y était le *gradonatchalnik* [1], l'ancien contre-amiral surnommé Vert-Deux (*Zélionoï-Vtoroï*). Son pouvoir illimité se combinait avec un tempérament sans aucun frein. On contait sur lui d'innombrables anecdotes, les Odessites se les repassaient par chuchotements. A l'étranger, dans une imprimerie libre, parut alors tout un recueil de récits sur les exploits du contre-amiral Vert-Deux.

Je ne l'ai vu qu'une fois, et de dos seulement. Mais cela me suffit. Le *gradonatchalnik*, dressé de toute sa taille sur son équipage, éructait d'une voix enrouée, par toute la rue, des injures, et brandissait le poing. Devant lui s'alignaient des agents de police, la main à la visière, et des garçons de cour [2] le bonnet à la main. On entrevoyait, derrière les rideaux, des visages épouvantés.

Lorsque je veux ressusciter dans ma mémoire l'image de la Russie officielle, telle qu'elle fut en ma première jeunesse, j'aperçois le dos du *gradonatchalnik*, son poing tendu, et j'entends de rauques invectives qu'il n'est pas d'usage de mentionner dans les dictionnaires.

1. Préfet de police d'une ville. (*N. d. T.*)

2. Les « garçons de cour » (*dvorniki*), dont les fonctions étaient en partie celles de nos concierges, appartenaient presque tous à la police. (*N. d. T.*)

CHAPITRE IV

LES LIVRES ET LES PREMIERS CONFLITS

La nature et les hommes, non seulement au cours de mes années scolaires, mais plus tard en ma jeunesse, prirent moins de place en ma vie spirituelle que les livres et les idées. Quoique né à la campagne, je n'étais pas très sensible à la vie des champs. Je n'y devins attentif, je ne m'efforçai de la comprendre que plus tard, lorsque j'eus laissé derrière moi non seulement mon enfance, mais ma première adolescence. Longtemps, les gens passèrent dans ma conscience comme des ombres fortuites. Je regardais en moi-même et dans les livres, cherchant encore en ceux-ci à me découvrir, moi ou mon avenir.

Je commençai à lire en 1887, époque à laquelle Moïsseï Filippovitch arriva à Ianovka : il apportait un paquet de livres parmi lesquels se trouvaient les publications populaires de Tolstoï. Dans les premiers temps, il n'était pas si doux, de pénétrer les livres; c'était plutôt dur. Chaque brochure avait ses difficultés : des mots nouveaux, des rapports incompréhensibles entre les êtres et le flou qui sépare le réel du fantastique. Dans la plupart des cas, je ne savais qui interroger. Je m'y perdais; je commençais, j'abandonnais, je recommençais, ajoutant la joie indécise de la connaissance à l'effroi de l'inconnu. On pourrait peut-être comparer ma lecture d'alors à un voyage de nuit sur les chemins des steppes. Vous entendez le grincement des roues, les voix qui se coupent; des bûchers surgissent, dans les ténèbres, le long de la route; on a l'impression de tout connaître et, en même temps, on ne comprend pas ce qui se passe, on ne sait ni qui marche ni ce qu'il transporte; on ne sait même pas où l'on va soi-même, si l'on avance ou si l'on recule. Et il n'y a personne comme l'oncle Grégoire pour vous expliquer :

— Ce sont nos convoyeurs qui mènent le grain...

A Odessa, le choix des livres était infiniment plus large, et l'on était conseillé d'une manière attentive, bienveillante. Je dévorais les livres voracement. On était obligé de m'enlever pour me conduire en promenade. En marche, je revivais ce que j'avais lu et j'avais hâte de connaître la suite. Le soir, je demandais un quart d'heure de sursis, ou du moins cinq minutes, pour achever la lecture d'un chapitre. Chaque soir se produisaient à ce sujet de petites chamailleries.

Le désir naissant de voir, de savoir, de conquérir, trouvait son issue dans cette infatigable absorption de textes imprimés; mes mains et mes lèvres d'enfant étaient toujours tendues vers la coupe de l'invention littéraire. Tout ce que la vie devait me donner par la suite d'intéressant, de saisissant, de joyeux ou d'affligeant, était déjà contenu dans les émotions de mes lectures, en allusion, en promesse, comme une timide et légère esquisse au crayon ou à l'aquarelle.

A la veillée, dans les premières années de mon séjour à Odessa, la lecture à haute voix fit les meilleures heures ou plutôt demi-heures de la journée, entre l'achèvement des occupations domestiques et le sommeil. C'était Moïsseï Filippovitch qui lisait; il prenait d'ordinaire Pouchkine ou Nékrassov, et plus souvent ce dernier. Mais, le moment venu, Fanny Solomonovna disait :

— Liouvouchka, il est temps pour toi d'aller dormir...

Je la regardais d'un air suppliant.

— Garçon, tu dois te coucher, disait Moïsseï Filippovitch.

— Encore cinq minutes! répondais-je et l'on m'accordait un répit. Après quoi, j'embrassais l'un et l'autre et me retirais persuadé que j'aurais pu écouter la lecture toute la nuit; mais à peine avais-je porté ma tête jusqu'à l'oreiller que je m'endormais.

Une gymnasiste qui était en huitième, Sofia, parente éloignée, vint par hasard habiter chez les Spenzer quelques semaines, attendant la fin d'une scarlatine qui sévissait chez elle. C'était une fille très douée et qui avait beaucoup lu; il est vrai qu'elle manquait d'originalité et de caractère et qu'elle déclina bientôt. J'étais enthousiaste d'elle, découvrant chaque jour en elle de nouvelles connaissances et de nouvelles qualités, éprouvant constamment ma propre nullité. Je recopiais pour elle le programme des examens et lui rendais une foule de petits services. En revanche, après dîner, tandis que nos aînés faisaient la sieste, la grande gymnasiste lisait avec moi; puis nous entreprîmes de composer ensemble un poème satirique, intitulé : *Voyage dans la Lune*. Dans ce travail, je perdais le rythme à tout instant. A peine avais-je suggéré modestement quelque idée, ma collaboratrice aînée s'en emparait, développait rapidement le thème, y introduisait des variantes, trouvait des rimes avec facilité, m'entraînant à sa remorque.

Lorsque les six semaines de séparation obligatoire furent écoulées et que Sofia put rentrer chez elle, je me sentis grandi.

Parmi les connaissances les plus distinguées de la famille on comptait Sergueï Ivanovitch Sytchovsky, vieux journaliste, romantique, réputé dans le Midi comme amateur averti et commentateur de Shakespeare. C'était un homme de talent, mais qui s'était perdu par la boisson. Du fait qu'il buvait fort, son attitude à l'égard des gens, même des enfants, était celle d'un coupable. Il connaissait Fanny Solomonovna depuis ses jeunes années et l'appelait familièrement Faniouchka. Il se prit d'une forte affection pour moi dès le premier abord. Après m'avoir interrogé sur ce qui se passait dans notre école, le vieil homme me donna pour tâche d'écrire un parallèle entre deux poèmes : *Le Poète et le Libraire* de Pouchkine, *Le Poète et le Citoyen* de Nékrassov. Je restai tout décontenancé. Je n'avais pas même lu le second de ces ouvrages; et puis Sytchovsky m'intimidait surtout en sa qualité d'*écrivain*. Ce seul mot avait pour moi un retentissement qui tombait d'une hauteur inaccessible.

— A l'instant, nous allons lire tout ça... dit Sergueï Ivanovitch.

Il se mit à lire et il lisait admirablement.

— Tu as compris? Eh bien, écris maintenant!...

On m'installa dans le cabinet, on me donna Pouchkine et Nékrassov, du papier et de l'encre.

Tragiquement, je chuchotais à l'oreille de Fanny Solomonovna :

— Mais je ne peux pas... Qu'est-ce que je vais écrire?...

— Allons, ne te tourmente pas, répondit-elle en me caressant les cheveux. Écris la chose comme tu l'as comprise. Écris tout simplement.

Elle avait la main douce et la voix tendre. Je me tranquillisai un peu, c'est-à-dire que je trouvai le moyen de prendre le dessus sur mon amour-propre effarouché, et je me mis à écrire.

Une heure après, ou environ, on vient me demander de rendre mes comptes. J'apportai une grande feuille toute couverte de mon écriture et, avec un frémissement que je n'avais jamais connu à l'école, la remis entre les mains de l'*écrivain.*

Sergueï Ivanovitch parcourut quelques lignes en silence, puis tourna vers moi un regard plein de vives étincelles, et s'écria :

— Eh bien, écoutez un peu ce qu'il a écrit... En voilà un gaillard!...

Et il lut tout haut :

« Le poète vivait avec la nature bien-aimée dont chaque son, et joyeux et dolent, avait un écho dans son cœur... »

Sergueï Ivanovitch leva le doigt :

— A-t-il bien dit ça!... « Dont chaque son — vous entendez — et joyeux et dolent, avait un écho dans son cœur! »

Et c'est ainsi que ces mots s'inscrivirent si bien alors dans mon propre cœur que je me les suis rappelés toute ma vie. Au dîner, Sergueï Ivanovitch plaisanta beaucoup, évoquant des souvenirs, contant des histoires, s'inspirant du petit verre : de la vodka avait été préparée pour lui. De temps à autre, il jetait un regard sur moi, d'un côté de la table à l'autre, et s'écriait :

— Mais comment as-tu si bien expliqué tout ça?... Laisse-moi t'embrasser!...

De sa serviette, il s'essuyait avec soin les moustaches et les lèvres, se soulevait de la chaise et, à pas mal assurés, se lançait à faire le tour de la table. J'attendais assis, comme sous le coup d'une catastrophe, — d'une catastrophe joyeuse qui n'en était pas moins une catastrophe.

— Lève-toi, Liovotchka, me chuchotait Moïsseï Filippovitch; va à sa rencontre...

Après le dîner, Sergueï Ivanovitch récita par cœur le satirique *Songe de Popov.* Je considérais avec une profonde attention les moustaches grises d'où tombaient des mots si amusants. L'état de demi-ébriété de l'écrivain ne diminuait en rien l'autorité qu'il avait à mes yeux. Les enfants sont extrêmement capables d'abstraction.

Parfois, avant le crépuscule, j'allais en promenade avec Moïsseï Filippovitch et, quand il était d'humeur à cela, nous causions sur les sujets les plus divers. Un jour, il me raconta l'histoire de Faust, d'après l'opéra qu'il aimait beaucoup. J'écoutais avidement son récit, rêvant d'entendre l'opéra sur la scène. Au ton du conteur, je devinai que nous en arrivions à un passage embarrassant... J'étais ému pour le narrateur et je craignais de ne pas apprendre la suite de l'histoire. Mais Moïsseï Filippovitch se domina et poursuivit ainsi :

— Alors, Gretchen eut un enfant avant le mariage...

Cet obstacle étant sauté, nous nous sentîmes plus à l'aise tous deux et le récit put s'achever sans difficulté.

Il arriva que j'étais couché avec une compresse sur la gorge; pour me consoler, on me donna à lire *Oliver Twist*. Dès la première phrase du docteur qui, dans la maison d'accouchement, observe qu'une femme n'a pas d'anneau au doigt, je restai interdit :

— Qu'est-ce que ça signifie? dis-je à Moïsseï Filippovitch. Pourquoi cette question d'anneau?

Non sans quelque hésitation, il me répondit :

— Voilà... Quand les gens ne sont pas mariés, ils n'ont pas d'anneau...

Je me rappelai Gretchen. Et la destinée d'Oliver Twist se déroula dans mon imagination à partir de l'anneau, de cet anneau qui avait manqué.

Ainsi, la sphère interdite des rapports sociaux prenait place dans ma conscience par le truchement des livres et bien des choses déjà entendues par hasard, le plus souvent en termes grossiers, indécents, se trouvaient généralisées et ennoblies par la littérature qui les élevait à un autre niveau.

A cette époque, la *Puissance des Ténèbres* de Tolstoï, récemment parue, agitait les esprits. On en parlait d'un air significatif et l'on se perdait en commentaires. Pobiédonostsev [1] obtint d'Alexandre III l'interdiction de la pièce. Je savais que Moïsseï Filippovitch et Fanny Solomonovna, quand ils m'avaient envoyé coucher, lisaient ensemble ce drame, dans la chambre voisine; j'entendais à peine le ronronnement des voix.

— Et moi, puis-je lire? demandai-je.

— Non, mon pigeon; il est encore trop tôt pour toi, me fut-il répondu, mais d'un ton si catégorique que je n'insistai pas.

Je remarquai pourtant que le mince livre, tout neuf, avait fait son apparition sur une planche que je connaissais bien. Profitant des heures d'absence des aînés, je lus en quelques reprises le drame de Tolstoï. Il agit sur moi beaucoup moins

1. Pobiédonostsev (1827-1907) fut « procureur du Saint-Synode », sous les derniers tsars. (*N. d. T.*)

profondément que n'avaient pu le craindre mes éducateurs. Les passages les plus tragiques, comme celui où nous apprenons comment l'on étouffa l'enfant et comment craquaient ses petits os, me firent l'impression non d'une terrible réalité, mais d'une invention livresque, d'une fantaisie scénique; c'est-à-dire qu'en somme ils ne m'émurent aucunement.

Pendant les vacances, je découvris, sur un bahut, sous le plafond, parmi de vieux papiers, une brochure que mon frère aîné avait dû rapporter d'Elisavetgrad ; l'ouvrant, j'y flairai quelque chose d'insolite et de mystérieux. C'était le compte rendu d'une affaire judiciaire; il s'agissait de l'assassinat d'une petite fille, commis après un viol. L'ouvrage était tout plein d'observations médicales et de considérations juridiques. Je le lus avec anxiété, comme si je m'étais perdu la nuit dans une forêt où je me serais heurté à des arbres fantomatiques, à demi éclairés par la lune, sans pouvoir en sortir. Mais cette impression se dissipa vite. La psychologie humaine, surtout celle des enfants, a ses tampons, ses freins, ses soupapes, ses amortisseurs; c'est un grand mécanisme bien établi pour prévenir des chocs trop brusques ou inopportuns.

J'allai au théâtre pour la première fois lorsque j'étais élève de préparatoire. Ce fut extraordinaire et il est impossible d'exprimer cela. On m'envoya à un spectacle qui se donnait en dialecte ukrainien; j'étais accompagné par le gardien de l'école, Grigori Kholod. J'étais pâle comme un linge à la représentation, — c'est Grigori qui le raconta à Fanny Solomonovna, — et je souffrais de la joie que je ne parvenais pas à loger toute en moi. Pendant les entractes, je ne bougeais pas de ma place pour ne rien laisser perdre, Dieu préserve!

La séance s'achevait par un vaudeville : *le Locataire au trombone*. Les esprits tendus par le drame se délivrèrent alors par de fous rires. Je me balançais à ma place, tête en l'air. Puis je m'attachais à suivre la scène, de tous mes yeux. Rentré à la maison, je racontai ce que c'était que « le locataire au trombone », ajoutant à l'histoire force et force nouveaux détails afin de provoquer une hilarité comme celle par laquelle je venais de passer. Mais je constatai avec amertume que je n'arrivais pas à mes fins.

— A ce que je vois, *Nazar Stodolia* ne t'a pas plu du tout?... me dit Moïsseï Filippovitch.

Ces mots pénétrèrent en moi comme un reproche. Je me rappelai les souffrances de Nazar et je dis :

— Si! C'était tout à fait remarquable...

A la veille d'entrer en troisième, je vécus quelque temps en villégiature près d'Odessa, chez un ingénieur, mon oncle. J'assistai ainsi à une représentation d'amateurs dans laquelle un rôle de domestique était tenu par un certain Krougliakov, élève de notre école. C'était un garçon faible de poitrine, tout marqué de taches de rousseur, aux yeux pleins d'intelligence, mais tout à fait malade. Je m'attachai à lui de toute mon âme et le suppliai d'organiser un spectacle avec moi. Nous choisîmes *le Chevalier avare* de Pouchkine. J'eus à prendre le rôle du fils; Krougliakov eut celui du père. Je me soumis entièrement à sa direction et je passai des journées entières à apprendre par cœur les strophes de Pouchkine. Quelle délicieuse émotion c'était! Mais bientôt tout s'écroula : les parents de Krougliakov lui interdirent de préparer le spectacle, tenant compte de sa santé. Après la rentrée, il ne se montra à l'école que durant quelques semaines. A chaque occasion, je l'attendais à la sortie pour pouvoir, sur le chemin du retour, m'entretenir avec lui de littérature. Il disparut enfin tout à fait. Je sus qu'il était malade; quelques mois plus tard, on apprit qu'il était mort de la tuberculose.

La magie du théâtre me posséda plusieurs années. Par la suite, je m'épris de l'opéra italien dont Odessa était fière.

Étant en sixième, je me décidai même à donner des leçons payantes à seule fin d'avoir de l'argent pour aller au théâtre. Plusieurs mois durant, je fus secrètement amoureux d'une virtuose soprano qui portait le nom mystérieux de Giuseppina Huguette et me semblait descendue des cieux sur les planches du théâtre d'Odessa.

Je n'étais pas autorisé à lire les journaux, mais, à cet égard, le régime n'était pas très sévère et, peu à peu, en cédant du terrain quelquefois, je conquis le droit de les lire, principalement pour le feuilleton [1]. La presse d'Odessa s'occupait surtout de théâtre, et, avant tout, de l'opéra; les divers courants de l'opinion publique se manifestaient à vrai dire dans le sens des prédilections théâtrales. C'est seulement dans ce domaine que les journaux avaient la permission de montrer quelque chose comme du tempérament.

1. Dans la presse russe, le « feuilleton » n'était pas, en général, du roman; c'étaient des essais, des chroniques, des articles de critique. (*N. d. T.*)

En ce temps-là se levait l'étoile du feuilletoniste Dorochévitch. Il devint à bref délai un dominateur, bien qu'il ne parlât que de choses insignifiantes et, fréquemment, de bêtises. Mais il avait un talent incontestable et, par la forme risquée de chroniques bien inoffensives au fond, il semblait casser les carreaux dans la ville administrée et opprimée par Vert-Deux. Je me jetais avec impatience sur le journal du matin, cherchant la signature de Dorochévitch. Ses articles passionnaient alors aussi bien les pères modérément libéraux que les enfants qui n'étaient pas encore sortis de la modération.

La passion de l'expression littéraire m'avait pris dès mes premières années; elle m'avait suivi, tantôt plus faible, tantôt plus forte; en somme, elle grandissait certainement. Les écrivains, les journalistes, les artistes formaient pour moi le monde le plus séduisant, dont l'accès n'était ouvert qu'à une élite.

En deuxième, nous entreprîmes de rédiger une revue. Je consultai beaucoup là-dessus Moïsseï Filippovitch, qui trouva même un titre : *Kaplia* (*la Goutte*), dans cette idée que la classe de seconde de l'école réale Saint-Paul apporterait sa minime contribution à l'océan de la littérature. J'écrivis sur ce thème une poésie qui devait en même temps servir d'article-programme. Nous publiâmes des vers et des contes, dont la plupart étaient de moi. Un de nos dessinateurs décora la couverture d'un ornement compliqué. Un camarade proposa de montrer la revue à Kryjanovsky. Un certain I***, qui logeait en pension chez le professeur, se chargea de cette mission. Il la remplit brillamment : quittant son banc, il s'approcha de la chaire, y déposa d'une main ferme *la Goutte*, s'inclina poliment et retourna à sa place d'un pas non moins ferme. Toute la classe se tint coite.

Kryjanovsky regarda la couverture, grimaça des sourcils, des moustaches et de la barbe, et, sans dire un mot, se mit à lire.

Un profond silence régnait, interrompu seulement par le léger bruissement des feuilles de la revue.

Ensuite, Kryjanovsky se leva de sa chaire et lut, d'un ton pénétré, ma *Petite goutte pure...*

— Est-ce bien? demanda-t-il.

— C'est bien, répondit un chœur assez unanime.

— Que ce soit bien, c'est possible, dit Kryjanovsky; mais l'auteur ne connaît pas la prosodie...

Et, s'adressant à moi qu'il avait deviné sous le transparent pseudonyme :

— Allons, voyons, sais-tu ce que c'est qu'un dactyle?

J'avouai mon ignorance.

— Eh bien, je vais vous raconter ça...

Et Kryjanovsky, abandonnant pour quelques leçons la grammaire, la syntaxe, expliqua aux élèves de la petite classe les secrets de la métrique.

— Pour ce qui est de la revue, dit-il à la fin, mieux vaut que ce ne soit pas une revue; et point n'est besoin d'un « océan de littérature » : que ce soit seulement un cahier d'exercices...

C'est qu'en fait il était interdit de rédiger des revues ou journaux dans les écoles.

Mais la solution arriva d'un autre côté : le paisible cours de mes études fut brusquement interrompu; je fus mis à la porte de l'école.

J'avais connu, depuis ma première enfance, bien des conflits provoqués, dirait un homme de loi, par le besoin de combattre pour le droit foulé aux pieds. Le même besoin détermina fréquemment des liaisons ou des ruptures avec des camarades. Il serait trop long de passer en revue tous les épisodes. Mais j'eus, à l'école, deux histoires plus graves.

La plus grosse fut celle qui m'arriva en deuxième, avec le Burnand qu'on appelait « le Français » bien qu'il fût Suisse. L'allemand, à l'école, faisait une certaine concurrence au russe. Mais, pour le français, cela n'allait guère. En majorité, les élèves n'en étaient qu'aux premières notions de cette langue et les enfants des colons allemands avaient plus de peine que d'autres à l'apprendre. Burnand faisait une guerre terrible aux Allemands. Sa victime de choix était Wacker. De fait, ce dernier apprenait mal. Mais un jour, le plus grand nombre, sinon tous, eurent l'impression que Burnand avait été injuste en marquant un « 1 » à Wacker. Au surplus, ce jour-là, le professeur sévissait, absorbant une double dose de bonbons digestifs.

— On lui fait un concert, chuchotèrent les écoliers, échangeant des clins d'œil et se poussant l'un l'autre du coude. Et j'étais du nombre, non des derniers, peut-être même des premiers.

On avait déjà organisé, à quelques reprises, de ces « concerts », surtout en l'honneur du maître de dessin que l'on détestait pour sa bête méchanceté.

Un « concert », c'était ceci : lorsque le maître, la leçon finie, se dirigeait vers la porte, toute la classe lui faisait un haut murmure d'accompagnement, nul ne desserrant les lèvres, pour qu'il fût impossible de prendre un des choristes en flagrant délit.

Deux fois déjà, nous avions reconduit ainsi Burnand, mais tout doucement, en sourdine, car nous avions peur de lui. Cette fois-ci, nous prîmes notre courage à deux mains. A peine « le Français » avait-il mis sous son bras le journal de classe qu'un hurlement monta du coin le plus opposé, qui gagna, roulant en vague, le banc le plus proche de la porte. Pour ma part, je faisais ce que je pouvais. Burnand, qui avait déjà passé le seuil, se retourna brusquement et, atteignant d'un bond le milieu de la classe, tout verdâtre, fit tête à ses ennemis, projetant des étincelles, mais sans dire un mot. Les garçons, à leurs pupitres, prenaient aussitôt les airs les plus innocents, surtout ceux qui occupaient les bancs d'avant. Ceux du fond faisaient semblant de fouiller dans leurs sacs, comme si rien n'était arrivé. Burnand resta là une demi-minute, puis se tourna vers la sortie avec une telle fureur que les pans de son frac se tendirent comme des voiles. Et alors, ce fut un hurlement unanime, inspiré, qui accompagna « le Français », le poursuivant bien loin dans le couloir.

A la leçon suivante arrivèrent ensemble Burnand, Schwanebach et le surveillant Mayer qu'en notre simple langage nous appelions « le mouton » parce qu'il avait les yeux saillants, le front dur et l'esprit obtus de l'animal. Schwanebach prononça une sorte d'exorde, évitant avec soin les récifs des conjugaisons et des déclinaisons de la langue russe. Burnand respirait sa soif de vengeance. Mayer faisait des yeux énormes, scrutait, l'un après l'autre, les visages des écoliers, interpellant les plus espiègles et leur disant :

— Pour sûr que tu en étais, toi!...

Certains niaient, d'autres gardaient le silence. C'est ainsi que dix ou quinze garçons furent mis en retenue, et « sans dîner », qui pour une heure, qui pour deux. Les autres furent relaxés, et je fus du nombre, bien que Burnand, à ce qu'il m'avait semblé, eût jeté sur moi, lors de l'appel, un regard inquisiteur. Je n'avais rien fait pour obtenir mon élargissement, mais je ne m'étais pas dénoncé non plus. Je sortis de classe plutôt avec regret car il aurait été, me parut-il, plus amusant de rester avec les camarades.

Le lendemain, comme je me dirigeais vers l'école, ayant à moitié oublié l'histoire de la veille, je rencontrai près de la porte de l'établissement un élève de ma classe, du groupe qui avait été puni.

— Écoute, me dit-il, tu vas avoir un malheur... Hier, Danilov t'a dénoncé à Mayer. Mayer a fait appeler Burnand... Ensuite, le directeur est venu... Ils ont essayé de savoir si c'était toi l'organisateur...

Je me sentis le cœur flancher.

Juste à ce moment, je me trouvai devant le surveillant Piotr Pavlovitch :

— Allez chez le directeur...

Ce surveillant qui m'avait attendu sur le seuil, le ton dont il me parlait, cela ne présageait rien de bon.

Demandant mon chemin aux appariteurs, je parvins au corridor inconnu de moi sur lequel donnait la salle de réception du directeur, et je m'arrêtai à la porte. Le directeur passa devant moi, me jeta un coup d'œil significatif et hocha la tête. Je me tenais debout, ni mort ni vif. Le directeur sortit encore de son cabinet, jetant seulement ces mots :

— C'est bon, c'est bon...

Je compris que ce n'était pas bon du tout.

Quelques minutes plus tard, les maîtres sortaient à leur tour de leur salle de réunion qui se trouvait à côté; pour la plupart, ils s'empressaient de gagner leur classe et ne firent pas attention à moi. Kryjanovsky, en réponse à mon salut, fit une maligne grimace qui voulait dire sans doute : « te voilà tombé dans une vilaine histoire, je le regrette pour toi, mais rien à faire... »

Quant à Burnand, lorsque je le saluai poliment, il tourna vers moi une barbiche mauvaise, qu'il pencha tout à fait sur moi, et il dit, écartant brusquement les bras :

— Le premier élève de deuxième est... un monstre moral...

Il s'arrêta là une seconde, soufflant sur moi une haleine peu fraîche, répéta : « un monstre moral », me tourna le dos et s'éloigna.

Un moment après survint « le mouton ».

— Ah! te voilà, espèce de jard, dit ce Mayer avec une visible satisfaction; eh bien, nous allons te montrer...

Alors commença pour moi un supplice qui devait durer longtemps. Dans ma classe, où je ne fus pas admis, on ne donnait aucune leçon; on procédait aux interrogatoires. Burnand, le directeur, Mayer, l'inspecteur Kaminsky s'étaient constitués en haute commission d'enquête sur l'affaire du « monstre moral » que j'étais...

Il paraît que l'histoire avait commencé ainsi. Pendant les heures de retenues, un des écoliers avait dit à Mayer :

— Ce n'est pas juste... On a laissé partir ceux qui ont crié. B*** a excité les autres, et il a crié lui-même, et on l'a lâché... Tenez, Karlsohn le sait bien...

— Pas possible, répondit Mayer. B*** est un garçon sage.

Mais Karlsohn, celui-là même qui m'avait désigné le pasteur Binnemann comme l'homme le plus intelligent d'Odessa, confirma les propos du délateur, et d'autres après lui. Mayer fit alors appeler Burnand. Encouragés et poussés par leurs maîtres, subissant la contagion de l'exemple, dix ou douze dénonciateurs se trouvèrent dans la classe.

Et alors on évoqua tout le passé :

« L'année dernière, en promenade, B*** a dit ça et ça sur le directeur... » — « B*** a soufflé sa leçon à un tel... » — « B*** était de ceux qui ont fait un « concert » à Zmigrodsky... »

Wacker, qui était la première cause de toute cette histoire, la racontait ainsi, avec sentiment :

— Bien sûr que j'ai pleuré quand Gustave Samoïlovitch m'a marqué un « 1 ». Mais B*** s'est approché de moi, il m'a mis la main sur l'épaule et il m'a dit : « Ne pleure pas, Wacker... Nous écrirons au curateur une lettre telle qu'il chassera Burnand... »

— A qui, une lettre?...

— Au curateur!...

— Pas possible! Et qu'est-ce que tu as dit?

— Bien sûr que je n'ai rien dit.

Et Danilov de continuer :

— Oui, oui, B*** nous a proposé d'écrire une lettre au curateur de l'arrondissement scolaire, mais de ne pas la signer de nos noms, pour qu'on ne soit pas mis à la porte; chacun devait seulement écrire une lettre à la suite pour former chaque mot...

— Ah! tiens, tiens, s'écriait Burnand, ravalant sa salive; chacun aurait écrit une lettre à la suite pour former les mots!...

Tous sans exception furent interrogés. Certains de mes petits camarades nièrent carrément aussi bien ce qui n'était pas vrai que ce qui était vrai. Parmi eux Kostia R*** qui pleurait amèrement, voyant qu'on noyait son meilleur ami, le premier élève de la classe. Ces négateurs obstinés furent compromis par les délateurs qui les montraient comme mes amis. Il y avait une panique dans la classe. La majorité se renfermait en elle-même, se taisait. Danilov joua là le premier rôle, ce qui ne lui était jamais arrivé, ce qui ne devait plus lui arriver jamais. J'étais debout dans le corridor, près du cabinet du directeur, près d'une armoire vernie en jaune, tel un criminel d'État. Tout à tour, on appelait chez le directeur les principaux témoins pour les confronter avec les accusés. Finalement, on me renvoya à la maison.

— Allez-vous-en et dites à vos parents de se présenter à l'école.

— Mes parents sont loin, à la campagne.

— Alors, dites-le à vos éducateurs.

La veille encore j'étais, sans conteste, le premier élève de ma classe, devançant de beaucoup le deuxième. Les soupçons de Mayer ne m'avaient même pas effleuré. Or, aujourd'hui, j'étais précipité des hauteurs, tandis que Danilov, connu pour sa paresse et ses tares, me piétinait sous les yeux de toute la classe et des autorités scolaires.

Qu'était-il donc arrivé? Ceci, que j'avais pris trop énergiquement la défense d'un opprimé qui ne m'était pas plus proche que cela et qui ne m'inspirait, en somme, aucune sympathie... Ceci encore que j'avais trop compté sur la solidarité de la classe...

A vrai dire, sur le chemin du retour, vers la ruelle Pokrovsky, je songeais à tout autre chose qu'à des généralisations. La face défaite, le cœur battant, m'étouffant de mots et de larmes, je racontai tout ce qui s'était passé. Mes éducateurs me réconfortèrent comme ils purent, bien qu'ils fussent eux-mêmes très effrayés. Fanny Solomonovna se rendit chez le directeur, chez l'inspecteur Kryjanovsky, chez Iourtchenko; elle donna des explications, tenta de convaincre, se référant à sa propre expérience pédagogique.

Tout cela à mon insu. Je m'étais retiré dans mon coin; mon sac d'écolier, bouclé, était couché sur la table; j'étais angoissé. Des journées passèrent. Comment cela finirait-il?...

Le directeur avait dit :

— Le conseil pédagogique sera convoqué pour examiner la question sous tous ses rapports.

Parole terrifiante.

La séance eut lieu. Ce fut Moïsseï Filippovitch qui alla s'enquérir de la décision prise. J'attendis son retour avec beaucoup plus d'agitation que je n'attendis plus tard les sentences des tribunaux tsaristes. La porte d'entrée, en bas, fit entendre son heurt habituel; des pas familiers gravirent les marches de fonte, la porte de la salle à manger s'ouvrit et, en même temps, surgit, sur le seuil de la chambre voisine, Fanny Solomonovna. Je soulevai un peu le rideau qui me cachait.

— Exclu, dit Moïsseï Filippovitch, d'un ton de grande lassitude.

— Exclu? reprit Fanny Solomonovna, toute saisie.

— Exclu, répéta à voix plus basse Moïsseï Filippovitch.

Je ne dis rien. Je regardai seulement Moïsseï Filippovitch, puis Fanny Solomonovna, et me retirai derrière mon rideau.

Aux vacances d'été, Fanny Solomonovna qui était venue passer quelque temps chez nous, à Ianovka, raconta ainsi l'affaire, parlant de moi :

— Quand ce mot à été prononcé, il est devenu tout vert, tellement que j'ai eu peur pour lui.

Je ne pleurai pas. J'étais accablé.

Au conseil pédagogique, la discussion s'était engagée sur trois formes possibles d'exclusion : avec interdiction d'entrer dans aucun autre établissement d'enseignement; avec interdiction de retour à l'école réale Saint-Paul; enfin, avec droit de réintégration à la même école. C'était cette dernière mesure, la plus douce, qui avait été adoptée.

Je me demandais en frémissant comment mon père et ma mère prendraient toute cette histoire. Mes éducateurs firent leur possible pour préparer et atténuer le coup. Fanny Solomonovna écrivit à ma sœur aînée une longue lettre comportant des instructions sur la manière dont il faudrait avertir mes parents. Je restai à Odessa jusqu'à la fin de l'année scolaire et vins chez nous en vacances comme toujours.

Par les longues soirées, quand père et mère dormaient déjà, je racontais à ma sœur et à mon frère aîné comment les choses s'étaient passées, jouant les rôles des maîtres et des élèves. Mon frère et ma sœur avaient encore de trop récents souvenirs de leurs propres études. Ils me considéraient alors en personnes plus âgées. Tantôt hochant la tête, tantôt riant aux éclats de mon récit. Du rire, ma sœur passa un jour aux larmes et pleura longtemps, le front sur la table. Il fut décidé que j'irais passer huit ou quinze jours chez des amis et qu'en mon absence ma sœur raconterait tout à notre père. Elle-même redoutait cette mission. Après les échecs scolaires de mon frère aîné, les ambitions de mon père s'étaient reportées sur moi. Les premières années avaient promis un plein succès, et, tout d'un coup, tout s'en allait à vau-l'eau...

Revenant huit jours plus tard d'un séjour chez l'ami Gricha, je compris immédiatement que l'on savait tout. Ma mère fut affable pour Gricha, mais fit semblant de ne pas me remarquer. Par contre, mon père se comporta comme si rien n'était arrivé. C'est seulement quelques jours plus tard que, revenu, par une chaude journée, des champs, et se reposant dans la fraîcheur de l'entrée, il me questionna tout à coup, en présence de ma mère :

— Dis-moi, comment as-tu sifflé ton directeur? Comme ça? Les deux doigts dans la bouche?

Il fit le geste et se mit à rire.

Ma mère nous regardait avec étonnement, lui et moi. Le sourire qui lui venait était combattu par de l'indignation : pouvait-on parler si légèrement de choses si terribles?

Mais mon père poursuivit l'interrogatoire :

— Montre un peu comment tu sifflais...

Si chagriné qu'il fût, il est évident qu'il lui plaisait de penser que son rejeton, quoique premier élève de la classe, eût eu l'audace de siffler des chefs élevés en grade. En vain lui certifiai-je qu'on n'avait pas sifflé, qu'il y avait eu seulement une rumeur discrète, absolument inoffensive. Mon père en tenait pour les coups de sifflet. En fin de compte, ma mère se mit à pleurer.

Durant l'été, je ne fis presque rien pour préparer mes examens. Ce qui s'était passé m'avait pour un temps dégoûté de l'étude. Ce fut pour moi une saison de transes; des disputes éclataient à tout instant. Je rentrai à Odessa quinze jours avant l'épreuve, mais, là encore, je ne travaillai que mollement. Je m'appliquai le plus, me semble-t-il, à préparer mon français. Mais Burnand se contenta de me poser quelques brèves questions. Les autres examinateurs furent encore moins exigeants. Je fus reçu en troisième. J'y retrouvai la majorité de ceux des élèves qui m'avaient trahi, ou qui m'avaient défendu, ou qui s'étaient tenus à l'écart. Ainsi étaient fixés pour longtemps les rapports personnels. Nombreux étaient ceux à qui je n'adressais pas la parole et ne tendais pas la main; en revanche, je me rapprochai plus intimement de ceux qui m'avaient soutenu dans les moments difficiles.

Telle fut ma première épreuve politique en quelque sorte. Les groupements qui s'étaient formés en cette occasion : cafards et envieux d'une part; garçons francs et hardis à l'autre extrémité; au milieu, les neutres, masse mouvante et instable, — ces trois groupements ne devaient pas se résorber, loin de là, dans les années qui suivirent. Plus tard, je les ai rencontrés à maintes reprises, dans les circonstances les plus diverses.

Le balayage de la neige n'était pas achevé dans les rues, mais il faisait déjà doux. Les toits, les arbres et les moineaux sentaient déjà le printemps. Un élève de quatrième s'en revenait de l'école, tenant, contre tout usage, une des courroies de son sac par la main, l'agrafe s'étant détachée. Son long paletot lui pesait comme une charge inutile qui le faisait transpirer par tout le corps. A la transpiration s'ajoutait une langueur. Le garçon voyait toutes choses autour de lui et lui-même avant tout d'une façon nouvelle. Le soleil printanier lui apprenait qu'il est des réalités infiniment plus puissantes qu'une école avec son inspecteur, qu'un sac mal attaché, plus puissantes que les leçons, les échecs, les repas, même les lectures et le théâtre, plus puissantes enfin que toute la vie quotidienne. Et l'angoisse de tout l'inexploré, des impérieuses puissances qui se dressent au-dessus de l'individu, saisit le garçon jusqu'à la moelle des os, éveillant en lui la dolente douceur d'une défaillance.

Il arriva à la maison la tête bourdonnante, une maladive musique lui battant les tempes, jeta son sac sur la table, s'étendit sur le lit et, sans s'en apercevoir, se mit à pleurer dans l'oreiller. Pour justifier à ses propres yeux ces larmes, il évoqua des scènes touchantes des livres et de sa propre vie, et c'était comme s'il avait jeté du combustible dans un foyer, et il pleurait et pleurait les larmes de l'angoisse printanière. Il aurait bientôt quatorze ans.

Dès ses premières années, le garçon avait souffert d'une maladie que les médecins, dans leurs certificats officiels, appelaient un catarrhe stomaco-intestinal, et qui intervint intimement dans toute sa vie. Souvent il dut avaler des médicaments et prendre la diète. Les secousses nerveuses avaient presque toujours leur répercussion sur l'appareil digestif. En quatrième, la maladie s'aggrava au point de paralyser les travaux de l'écolier. Après l'avoir traité longtemps, mais sans succès, les médecins prescrivirent la campagne.

Cette ordonnance me fut alors plus agréable qu'affligeante mais il fallait encore emporter l'assentiment de mes parents... Il fallait trouver au village un répétiteur pour ne pas perdre une année d'études. C'étaient là de nouvelles dépenses, et l'on n'aimait pas, à Ianovka, les dépenses superflues. Cependant, grâce à Moïsseï Filippovitch, l'affaire finit par s'arranger. On trouva un répétiteur : l'ex-étudiant G***, petit homme dont l'opulente chevelure était assez grisonnante sur les tempes. C'était un être très légèrement infatué, très légèrement fantaisiste, babillard et sans caractère, de la catégorie des ratés qui ne possèdent qu'une moitié d'instruction universitaire.

Il écrivait des poésies, et il avait même réussi à en faire imprimer deux dans un journal d'Odessa. Il portait toujours les deux numéros sur lui et les montrait volontiers.

Ses rapports avec moi furent mouvementés, avec une tendance constante au pire. Au début, G*** se rendit de plus en plus familier avec moi, déclarant à toute occasion qu'il désirait être mon ami. Dans ce but, il me montrait le portrait d'une certaine Klavdia et me parlait de ses relations compliquées avec elle. Puis brusquement, il battait en retraite et exigeait de moi la déférence d'un élève à l'égard de son maître. Tout ce brouillamini finit mal : par une explication violente et par une rupture définitive. Mais l'épisode du répétiteur laissait des traces : après tout, un homme dont les tempes grisonnaient m'avait confié les secrets de ses rapports avec une femme qui, en photographie, avait un air très impressionnant. Je m'en sentis grandi.

Dans les classes supérieures, l'enseignement de la littérature passa des mains de Kryjanovsky à celles de Gamov. C'était un blondin encore jeune, replet, très myope et maladif, chez lequel il n'y avait pas la moindre étincelle d'inspiration, pas le moindre enthousiasme pour son sujet. Languissamment, nous clopinions à sa suite, de chapitre en chapitre.

Pour comble, Gamov n'était pas assidu à sa tâche et traînait en longueur, jusqu'à la dernière extrémité, la correction de nos devoirs. En cinquième, il était prévu quatre compositions à rédiger chez soi dans le courant de l'année. Ce genre de travail me passionnait de plus en plus. Je ne lisais pas seulement les ouvrages indiqués par le professeur; je consultais beaucoup d'autres livres, notant des faits, des passages à citer;

je m'appropriais en les modifiant les phrases qui m'avaient plu; en un mot, je travaillais avec un entrain qui ne s'arrêtait pas toujours à la limite d'un innocent plagiat. Plusieurs élèves regardaient ainsi que moi la composition autrement que comme une corvée. Les uns inquiets, les autres pleins d'espérance, les élèves de cinquième attendaient un jugement. Le juge ne se prononçait pas. Il en fut pour le deuxième trimestre de même que pour le premier. Au troisième trimestre, je présentai une composition qui remplissait tout un cahier. Une semaine s'écoule, puis deux, puis trois : aucun vent... En termes circonspects, on rappelle la chose à Gamov. Il répond d'une phrase évasive. A la leçon suivante, Iablonovsky, un des auteurs les plus zélés, demande au professeur, à brûle-pourpoint :

— Comment expliquer que nous ne parvenons pas à connaître le sort de nos compositions et qu'en est-il fait, à proprement parler?

Gamov le rembarra brutalement. Iablonovsky ne voulut pas céder. Fronçant des sourcils qui se rejoignaient même sans cela à la racine du nez, et secouant nerveusement le couvercle du pupitre, il éleva la voix, répétant qu'on ne pouvait pas travailler ainsi.

— Je vous invite à vous taire et à vous asseoir, répondit Gamov.

Mais Iablonovsky ne s'asseyait pas et ne cessait de parler.

— Donnez-vous la peine de sortir de classe, s'écria Gamov.

Mes rapports avec Iablonovsky étaient depuis longtemps gâtés. L'histoire que j'avais eue, en deuxième, avec Burnand, m'avait rendu plus prudent. Mais, là, je sentis qu'il n'était pas possible de se taire. Et je dis :

— Anton Mikhaïlovitch, Iablonovsky a raison, nous le soutenons tous...

— C'est juste, s'exclamèrent quelques-uns.

Gamov fut d'abord interloqué, puis entra en fureur :

— Qu'est-ce que c'est? criait-il d'une voix qui n'était plus la sienne. Je sais par moi-même ce que j'ai à faire et quand il faut le faire!... Vous n'avez pas d'ordres à me donner... Vous faites du désordre...

Nous l'avions touché au point sensible.

— Nous voulons, dit un troisième, revoir nos compositions, et voilà tout!...

Gamov était hors de lui.

— Iablonovsky, sortez d'ici...

Iablonovsky ne bougeait pas.

— Va, va donc! Qu'est-ce que tu attends?... lui chuchotait-on de divers côtés.

Secouant les épaules, roulant des yeux blancs sur sa face brune, battant le plancher, Iablonovsky sortit de classe en faisant claquer la porte de toutes ses forces.

Au début de la leçon suivante, Kaminsky fit une entrée sans bruit, roulant sur ses semelles de caoutchouc. Cela n'annonçait rien de bon. Le silence régna. D'une voix de fausset, quelque peu rauque, de la voix d'un homme qui sortirait d'une crise d'ivrognerie, le directeur nous fit une semonce brève, mais très sévère, menaçant les coupables d'exclusion, et annonça les punitions :

Iablonovsky aurait vingt-quatre heures de cachot et un « 3 » de conduite; moi, simplement vingt-quatre heures de cachot; le troisième des protestataires, douze heures.

Telle fut la deuxième traverse sur le chemin de mes études. L'affaire, cette fois-ci, n'eut pas de plus graves conséquences. Gamov ne nous rendit pas nos compositions, et nous en fîmes le sacrifice.

En cette même année, le tsar mourut. L'événement semblait formidable, même invraisemblable, mais lointain, comme un tremblement de terre en pays étranger. Ni moi ni personne autour de moi n'éprouvâmes de compassion pour le malade, ni de sympathie. Le lendemain du décès, lorsque j'arrivai à l'école, il y régnait une sorte de grande panique sans motif.

— Le tsar est mort, disaient entre eux les écoliers, et ils ne savaient que dire de plus, ni comment exprimer leur sentiment, car ils ne voyaient pas au juste en quoi ce sentiment consistait.

En revanche, on savait que les classes n'auraient pas lieu, et l'on s'en réjouissait à part soi, surtout quand on était de ceux qui n'avaient pas préparé leurs leçons ou qui craignaient d'être appelés au tableau.

Le portier dirigeait tous les arrivants vers la grand-salle où se préparait le service funèbre. Un pope à lunettes d'or prononça quelques paroles assorties à la circonstance : les enfants s'affligent lorsque leur père vient à décéder; combien plus grande est leur douleur lorsque meurt le père de tout le peuple...

Mais il n'y avait aucune affliction. La cérémonie liturgique dura longtemps. Ce fut fatigant et ennuyeux. Puis on nous enjoignit à tous de prendre le deuil : un crêpe à coudre à la manche gauche et un autre sur l'écusson de la casquette. Après quoi, la vie reprit son cours habituel.

En cinquième, les élèves commençaient déjà à causer entre eux du choix d'une école d'enseignement supérieur et de la route à suivre plus tard. On parlait beaucoup d'examens au concours; on se disait comment les professeurs d'université de Pétersbourg cherchaient à recaler les candidats, quels problèmes casse-tête ils vous posaient et quels étaient les spécialistes de la capitale qui se chargeaient de vous faire réussir. Parmi les aînés, certains recommençaient le même voyage tous les ans, échouaient, se préparaient de nouveau et repartaient pour Pétersbourg. La seule idée de ces épreuves futures glaçait le cœur à plus d'un, et cela deux années d'avance.

Il n'y eut pas d'incidents en sixième. Chacun avait envie d'en finir au plus vite avec les tracas de l'école. Les examens de sortie eurent un caractère solennel; dans la salle des actes, en présence de professeurs d'université délégués par l'arrondissement scolaire. Le directeur, à chaque épreuve, ouvrait pompeusement le pli expédié par le curateur qui contenait le thème de l'écrit. Après lecture de ce texte, un soupir général de frayeur se faisait entendre, comme si, tous, on nous avait brusquement plongés dans l'eau froide. La tension nerveuse était telle qu'on s'imaginait la tâche absolument insurmontable. Mais ensuite on découvrait que ce n'était pas si terrible. A la fin des deux heures qui nous étaient accordées, les maîtres nous aidaient à tromper la vigilance des délégués. Mon travail fini, je restai là, au lieu de le remettre, du consentement tacite de l'inspecteur Kryjanovsky, et j'eus une correspondance animée avec ceux dont les affaires n'allaient pas.

La classe de septième était considérée comme complémentaire. L'école Saint-Paul n'avait pas de septième; il fallait entrer dans un autre établissement. Dans l'intervalle, nous jouissions d'une pleine liberté. Chacun de nous s'était fait faire pour l'occasion un costume de ville. Après avoir reçu nos certificats, nous tînmes séance, le soir, en groupe nombreux, au restaurant du Jardin d'Été; il y avait des chanteuses sur l'estrade; l'entrée de ce lieu était sévèrement interdite aux élèves. Tous, nous avions des cravates. Il y eut deux bouteilles de bière sur notre table et nous fumions des cigarettes. Nous nous sentions intimidés par notre propre hardiesse.

A peine avions-nous ouvert la première bouteille que survint

à notre table le surveillant Wilhelm, surnommé « la chèvre » pour sa voix chevrotante. Instinctivement, nous allions faire le geste de nous lever, et nous ressentîmes tous un petit coup au cœur. Mais l'affaire tourna bien.

— Ah! vous êtes déjà là..., dit Wilhelm, d'un ton nuancé de tristesse; et, condescendant, il nous tendit la main.

Le plus âgé d'entre nous, K***, qui avait une bague au petit doigt, lui offrit sans gêne de prendre un verre avec nous.

C'en était trop. Wilhelm refusa dignement, nous dit au revoir en toute hâte et partit à la recherche des élèves qui auraient pu passer le seuil du Jardin défendu.

Plus sûrs de nous que jamais, nous nous mîmes à boire.

Les sept années que je passai dans cette école, en comptant la classe préparatoire, ne furent pas dépourvues de joies. Mais, évidemment, les joies furent moins nombreuses que les chagrins. En somme, mes souvenirs d'école, s'ils ne sont pas tout en noir, sont colorés en gris. Indépendamment de tous les incidents, pénibles ou heureux, l'on sentait sur soi un régime de froide indifférence, de formalisme administratif. J'aurais du mal à me rappeler le nom d'un professeur que je puisse citer vraiment avec affection.

Et pourtant notre école n'était pas des plus mauvaises. Elle m'a appris quelque chose; elle m'a donné des connaissances élémentaires, l'habitude d'un travail méthodique et de la discipline extérieure. J'eus besoin de tout cela dans la suite. D'autre part, l'école, contrairement au but qu'elle s'assignait, jeta en moi la semence de la haine à l'égard de ce qui existe en ce monde. Cette semence, en tout cas, n'est pas tombée sur un sol de pierre.

CHAPITRE V

LA CAMPAGNE ET LA VILLE

J'ai passé au village, sans en sortir, les neuf premières années de ma vie. Au cours des sept années qui suivirent, j'y revenais chaque été, parfois aussi à la Noël et aux fêtes de Pâques. Jusqu'à mes dix-huit ans ou presque, je fus étroitement lié avec Ianovka et ce qui l'entourait. En ma première enfance, l'influence du village fut sur moi toute-puissante. Dans la période consécutive, cette influence fut combattue par celle de la ville et dut lui céder sur toute la ligne.

La vie à la campagne me donna la connaissance de l'agriculture, de la meunerie, de la botteleuse américaine. Elle me familiarisa avec les moujiks, ceux du pays et ceux qui venaient au moulin des environs, ou de loin, ceux qui, des provinces de l'Ukraine, arrivaient avec une faux et une besace à l'épaule, en quête de gain.

Bien des choses de mon expérience villageoise furent ensuite comme oubliées, effacées dans ma mémoire, mais à chaque nouveau tournant de la vie, ceci ou cela remontait à la surface, et j'en faisais mon profit.

La campagne me montra dans la réalité des types de la noblesse décadente et du capitalisme en progression. Elle me découvrit bien des aspects des rapports entre hommes, dans leur grossièreté naturelle et, par là, me fit sentir plus vivement un autre genre de culture, celui de la ville, d'une catégorie plus élevée mais plus pénétrée de contradictions.

Dès les premières vacances, il y eut, dans ma conscience, comme une confrontation de la ville et du village. Sur le chemin de chez nous, j'éprouvais la plus grande impatience. Mon cœur sautait de joie. J'avais hâte de revoir tous les miens et de me montrer à tous. A Novyi Boug, mon père était venu me chercher. J'étalai sous ses yeux tous les « 5 » que j'avais reçus et lui expliquai qu'étant maintenant élève de première, j'avais absolument besoin d'un uniforme de cérémonie [1].

Nous fîmes route la nuit, en fourgon; un jeune commis remplissait la fonction de cocher. Dans la steppe, surtout dans les dépressions, un petit froid humide passait sur nous et on m'enveloppa dans une grande *bourka* [2]. Grisé par le changement, par le voyage, par les souvenirs et les impressions, je racontais inlassablement; je parlais de l'école, des bains, de mon ami Kostia R***, du théâtre. Incapable de me taire une minute, je narrai d'abord l'histoire de *Nazar Stodolia*, puis celle du *Locataire au trombone*. Mon père écoutait, s'assoupissait de temps à autre, se secouait ensuite et riait assez. Le jeune commis tournait parfois la tête et regardait le patron d'un air de dire : ça, c'est une bonne histoire...

Au petit matin, je m'endormis et ne me réveillai qu'à Ianovka. La maison me parut terriblement petite; le pain de froment du village était gris; toutes les coutumes de la campagne étaient en même temps miennes et étrangères. Je racontais à ma mère et à mes sœurs mes histoires de théâtre, mais je n'y mettais plus tant de feu que durant la nuit passée avec mon père.

Dans l'atelier, je trouvai Vitia et David presque méconnaissables : ils avaient beaucoup grandi et étaient devenus plus costauds.

Moi aussi, je leur parus différent. Du coup, ils me vouvoyèrent. Je protestai.

— Eh bien, quoi? répliqua David, garçon basané, maigre et calme. Vous êtes savant, maintenant...

Ivan Vassiliévitch, pendant mon absence, s'était marié. La cuisine des domestiques avait été transformée en logement pour lui, juste à côté de l'atelier; derrière ce local, on avait établi la même cuisine dans une nouvelle maison en terre bousillée.

Cependant, il ne s'agissait pas de tout cela. Entre moi et ce

1. Les élèves et les étudiants devaient avoir deux uniformes (de même que les professeurs) : un de tous les jours (dit : *toujourka*) et un dit « de parade ». Plus tard, on n'exigea plus l'uniforme de parade. (*N. d. T.*)

2. Grand manteau caucasien, sans capuchon, presque toujours noir et en poil de chèvre ou de chameau. (*N. d. T.*)

qui avait marqué mon enfance, quelque chose de nouveau s'était dressé comme un mur. C'était cela et ce n'était plus cela. Choses et gens semblaient substitués. Bien entendu, il y avait eu des changements dans l'année. Mais ma façon de voir avait beaucoup plus changé. Dès ce premier retour, une sorte d'éloignement se manifesta entre ma famille et moi, d'abord dans des détails insignifiants, puis, avec les années, en plus sérieux et en plus profond.

La dualité des influences exercées sur moi, par la ville et la campagne, teinta toute la période de mes études. En ville je me sentais en rapports incomparablement plus réguliers avec les gens : exception faite de certains conflits, mais alors violents, comme ceux que j'avais eus avec le « Français » de l'école ou avec le professeur de lettres, je marchais d'une allure assez égale, obéissant aux rênes de la discipline familiale et scolaire. La cause n'en était pas seulement dans les habitudes de la famille Spenzer où les exigences étaient raisonnables et le critérium des rapports entre personnes relativement élevé; elle était dans tout le régime de la vie urbaine. A vrai dire, dans celle-ci, les antagonismes n'étaient pas du tout moindres que ceux qui existaient dans la vie rurale, bien au contraire, mais en ville, les oppositions d'intérêts étaient beaucoup mieux dissimulées, ordonnées et réglementées. Les gens de classes différentes n'avaient de contact que dans leurs affaires communes; ensuite, ils se perdaient de vue.

Mais, à la campagne, chacun vivait forcément sous les yeux de tous. Chacun était asservi aux autres, et cela se sentait comme on sent percer le ressort d'un vieux canapé. Au village, mon caractère était bien moins égal, beaucoup plus tracassier. Même à l'égard de Fanny Solomonovna, lorsqu'elle venait passer quelque temps chez nous, si parfois elle prenait contre moi le parti de ma mère ou de ma sœur, je me montrais querelleur et, dans certains cas, je lui disais des insolences; pourtant, à la ville, mes rapports avec elle étaient non seulement bons mais marqués de tendresse. Nos conflits avaient quelquefois des motifs insignifiants. Mais, souvent, ils étaient causés par des choses plus graves.

Vêtu d'un complet de toile claire fraîchement lavée, portant un ceinturon de cuir à boucle de cuivre, la casquette blanche ornée d'un écusson jaune qui étincelle au soleil, je suis toute splendeur. Il faut montrer cela à tout le monde. Mon père et moi, nous nous rendons aux champs, en voiture, au plus fort de la moisson du froment d'hiver. Arkhip, premier faucheur, de caractère morose et pourtant doux, s'avance en tête sur un mamelon, suivi par onze moissonneurs et par douze javeleuses. Les douze faux coupent le blé; l'air est embrasé. Arkhip ne porte que des braies munies d'un seul bouton de corne. Les javeleuses ont sur elles des jupons déchirés ou bien des chemises de toile écrue. De loin, le son que donnent les faux semble un bruissement de chaleur.

— Passe-moi ça un peu, dit mon père; que je voie comment il est, le chaume d'hiver...

Il prend la faux des mains d'Arkhip et marche à sa place. Je regarde avec émotion.

Mon père fait des mouvements simples, coutumiers; on ne dirait pas qu'il travaille, on dirait plutôt qu'il se prépare à travailler; ses pas sont légers, des pas d'essai, comme s'il cherchait l'endroit où il pourra prendre sa volée. Sa faux chemine simplement, sans aucune affectation de gaillardise; on penserait même qu'elle n'est pas très sûre; pourtant elle coupe bien à ras, très bas, et d'une secousse rejette sur la gauche, en ruban régulier, ce qu'elle a abattu.

Arkhip guigne cela d'un œil et il n'est pas besoin qu'il parle pour savoir qu'il approuve. Les autres ont, chacun, leur manière de voir. Certains semblent sympathiser : le patron, ça se voit, connaît son affaire. D'autres restent froids : il n'a pas de mal à moissonner ce qui lui appartient, et puis c'est seulement pour la montre.

Peut-être n'ai-je pas traduit ici en toute précision ce qui se passait; mais je sentais alors le mécanisme complexe des relations humaines.

Mon père ayant gagné une coupe voisine, j'essayai aussi d'instrumenter avec la faux.

— Prenez le chaume sous le talon, sous le talon; lâchez en avant la semelle; ne serrez pas...

D'émotion, je ne discerne même pas où elle est, la semelle, et la pointe de mon soulier, au troisième coup de faux, se plante dans la terre.

— Hé! hé! dit Arkhip, de cette façon-là, la faux sera bientôt démolie... Apprenez avec votre père...

Je sens sur moi les regards moqueurs d'une javeleuse hâlée

et empoussiérée; je me hâte de me tirer des rangs avec cet écusson de casquette sous lequel ruisselle la sueur.

— Va plutôt manger chez ta mère du pain d'épices...

C'est une voix moqueuse que j'entends derrière moi. C'est celle de Moutouzok. Je connais ce faucheur, noir comme une botte. Voici bientôt trois ans qu'il travaille à Ianovka : c'est un immigré, un type adroit, qui a la langue mauvaise; l'année précédente, il lui arrivait de dire, et tout exprès en ma présence, des mots méchants, mais qui tombaient juste, sur les patrons. Moutouzok me plaît par son adresse et sa hardiesse; en même temps il suscite en moi une aversion impuissante par ses railleries grossières. J'aurais bien envie de dire quelque chose qui puisse le conquérir, ou bien, au contraire, de lui couper autoritairement la parole, mais je ne sais comment...

Revenu des champs, je vois sur le seuil de notre maison une femme aux pieds nus. Appuyée au mur, assise près d'une pierre, elle n'ose pas prendre place sur cette pierre : c'est la mère d'Ignatka, petit pastour à moitié idiot. Elle a fait sept verstes pour venir demander un rouble, mais il n'y a personne à la maison et nul n'est en mesure de lui donner ce rouble. Elle attendra jusqu'au soir. J'ai le cœur comme pincé à la vue de cet être qui incarne en lui la misère et la résignation.

Un an plus tard, cela n'allait pas mieux. Bien au contraire. Revenant de jouer au croquet, je rencontrai dans la cour mon père qui arrivait des champs, fatigué et agacé, tout couvert de poussière. Derrière lui, un moujik bigarré remuait ses pieds nus, piqués de taches noires :

— Pour Dieu, disait-il, rendez la vache, et il jurait qu'il ne laisserait plus la bête aller dans les blés.

Mon père répondait :

— Ta vache en a mangé pour dix *kopecks*, mais elle m'a fait du dégât pour dix roubles.

Le moujik reprenait son histoire, et il y avait une note de haine dans sa supplication.

Cette scène me secoua tout entier, jusqu'au plus profond de moi-même, jusqu'à la dernière fibre. L'état d'esprit dans lequel je me trouvais après une partie de croquet jouée sous les poiriers, et où j'avais battu mes sœurs à plate couture, fit place, du coup, à un violent désespoir.

Je passai à pas feutrés devant mon père, gagnai ma chambre, tombai à plat ventre sur mon lit et pleurai éperdument, bien que je fusse en possession d'un livret d'élève de deuxième.

Mon père passa par l'entrée à la salle à manger; le moujik qui le suivait, battant le sol de ses pieds nus, s'arrêta au seuil. J'entendis le bruit des voix. Puis le moujik s'en alla.

Ma mère rentra du moulin, je distinguai sa voix, j'entendis préparer les assiettes pour le dîner, j'entendis ma mère m'appeler... Je ne répondis pas, je pleurais. Les larmes finissaient par avoir un goût de bonheur suprême.

La porte s'ouvrit et ma mère se pencha sur moi :

— Qu'est-ce que tu as, Liovotchka?

Je ne répondis pas. Ma mère chuchota avec mon père.

— C'est au sujet de ce moujik?... On lui a rendu sa vache et on n'a pris aucune amende...

— Ce n'est pas du tout pour ça, répondis-je, le visage enfoui dans l'oreiller, torturé de honte à l'idée de ce qui causait mes larmes.

Ma mère insista :

— On ne lui a pris aucune amende...

C'était mon père qui avait deviné le motif de mon chagrin et qui en avait averti ma mère. En passant, d'un rapide coup d'œil, il savait observer bien des choses.

Un jour, en l'absence du maître de maison, arriva un brigadier de gendarmerie, grossier, avide, insolent : il réclama les passeports des ouvriers [1]. Il en trouva deux qui étaient périmés. Il fit immédiatement appeler les intéressés, qui se trouvaient aux champs, et les déclara en état d'arrestation, aux fins d'expédition par étapes dans leur pays natal.

L'un des délinquants était un vieillard dont le cou brunâtre était profondément raviné; l'autre était un jeune homme, son neveu. Tous deux, dans l'entrée, tombèrent de leurs genoux secs sur le sol de terre battue, le vieux d'abord, le jeune ensuite, se prosternant et répétant :

— Faites-nous cette grâce du bon Dieu, ne nous perdez pas!...

Râblé et suant, le brigadier, jouant du sabre et buvant à petits coups du lait froid qu'on lui avait monté de la cave, répliquait :

— Je ne fais grâce que les jours de fête; aujourd'hui, c'est un jour ordinaire...

1. Tous les habitants de la Russie étaient soumis au régime du *passeport* (il faut entendre par ce mot, adopté dans un sens impropre, l'équivalent d'une carte d'identité) généralement renouvelable tous les ans. (*N. d. T.*)

J'étais là comme sur de la braise et je fis entendre une sorte de protestation d'une voix qui se brisait.

— Jeune homme, dit sévèrement le brigadier, en détachant les syllabes, ça ne vous regarde pas...

Et ma sœur aînée me fit du doigt un rappel à la prudence.

Le gendarme emmena les ouvriers.

Pendant les vacances, je m'occupais de la comptabilité, c'est-à-dire qu'à tour de rôle, mon frère et ma sœur, mes aînés, et moi, inscrivions dans un registre l'état des ouvriers embauchés, les conditions de l'embauche, les paiements faits en nature ou en argent.

Dans le règlement des comptes des salariés, j'assistais souvent mon père et, alors, de brèves altercations éclataient entre nous, étouffées par la présence du personnel. On ne se trompait jamais dans les comptes, mais les clauses des contrats étaient toujours interprétées trop strictement. Les ouvriers, surtout les plus âgés, remarquaient qu'un jeune garçon était là pour leur prêter main-forte, et cela agaçait mon père.

Après certaines disputes violentes, je sortais, emportant un livre, et parfois ne rentrais pas pour le dîner. Une fois, après une de ces querelles, je fus surpris dans les champs par un orage : le tonnerre grondait sans interruption; la steppe perdait le souffle sous l'averse énorme; les éclairs, semblait-il, cherchaient à m'atteindre de côté et d'autre. J'allais et venais tout mouillé, mes souliers clapotaient et ma casquette ruisselait comme une gouttière. Lorsque je rentrai à la maison, tous me regardèrent en silence, de travers. Ma sœur m'apporta de quoi me changer et manger.

Les vacances finies, c'était d'habitude mon père qui me reconduisait. Aux changements de train, nous ne prenions pas de porteur; nous nous chargions nous-mêmes du bagage. Mon père empoignait le plus lourd et je voyais, à la forme de son dos, à ses bras tendus, qu'il avait du mal. Il me faisait pitié et je tâchais de porter tout ce que je pouvais.

Mais quand nous avions une grande caisse, contenant des produits du village, destinés à la parenté d'Odessa, on prenait un porteur. Mon père payait l'homme chichement; le porteur était souvent mécontent et hochait la tête d'un air fâché. Cela me faisait toujours mal à voir.

Lorsque je voyageais seul et que j'avais à prendre un porteur, j'avais vite fait de dépenser mon argent de poche, craignant toujours de n'avoir pas donné assez et interrogeant du regard, avec inquiétude, le commissionnaire. C'est ainsi que je réagissais contre la parcimonie de la maison natale, et cela m'est resté toute ma vie.

A la ville comme à la campagne, j'ai vécu dans un milieu petit bourgeois, où tous les efforts tendaient à l'enrichissement. C'est ce qui m'a éloigné du village de ma première enfance et de la ville de mes années scolaires. Les instincts d'acquisition, le régime de vie et les visées de la petite bourgeoisie, voilà ce que j'ai lâché d'une violente secousse. et je m'en suis détaché pour toute ma vie.

En ce qui concerne les questions de religion et de nationalité, la ville et le village ne s'opposaient pas l'une à l'autre : ils se complétaient, de diverses façons.

Il n'y avait pas de religiosité dans ma famille. Il en resta d'abord quelque apparence par la force d'inertie : aux grandes fêtes, mes parents se rendaient à la synagogue de la colonie; le samedi, ma mère renonçait à coudre, du moins ne cousait-elle pas ouvertement. Mais même ces pratiques rituelles perdirent avec les années de leur importance, à mesure que grandissaient les enfants et qu'augmentait le bien-être. Mon père ne croyait pas en Dieu depuis ses jeunes années et, plus tard, il en parlait franchement devant sa femme et ses enfants. Ma mère préférait laisser de côté cette question et, quand cela lui paraissait convenable, elle levait les yeux vers le ciel.

Lorsque j'avais sept ou huit ans, la croyance en Dieu était pourtant encore admise chez nous comme officielle.

Une fois, un visiteur devant lequel mes parents se vantaient, comme d'habitude, du fils qu'ils avaient, me demanda de lui montrer mes dessins et de lui dire de mes vers.

Il m'interrogea ensuite :

— Et qu'est-ce que Dieu?

— Dieu, répondis-je sans hésitation, c'est un homme qui...

Mais notre hôte secoua la tête :

— Non, Dieu n'est pas un homme...

— Alors, qu'est-ce que Dieu? demandai-je à mon tour, car, à part l'homme, je ne connaissais que les animaux et les plantes.

Notre hôte, mon père et ma mère échangèrent de ces regards et de ces sourires de confusion qui sont coutumiers entre adultes lorsque les enfants commencent à attaquer les lieux communs les plus inébranlables.

— Dieu est un pur esprit, dit notre hôte.

Je considérais maintenant avec un sourire décontenancé les anciens, pour voir, à leurs visages, s'ils ne se moquaient pas de moi.

Mais il n'y avait aucune plaisanterie. Il fallait accepter. Je m'habituai bientôt à cette idée que Dieu était un pur esprit. Comme doit le faire un jeune sauvage, je rattachais l'idée de Dieu à celle de mon propre « esprit » que j'appelais âme, sachant déjà que l'esprit, c'est-à-dire le souffle, cesse au moment de la mort. Mais je ne savais pas encore que c'est là une doctrine qui se nomme animisme.

Pendant mes premières vacances, m'étendant pour dormir sur une couchette dans la salle à manger, j'engageai un entretien avec l'étudiant Z*** qui était venu en invité à Ianovka et qui allait faire sa sieste sur le divan. On parla de Dieu. A cette époque, je ne croyais guère ou ne croyais pas à l'existence de Dieu; je ne m'intéressai pas particulièrement à cette question, mais je n'aurais pas été fâché de connaître une bonne solution.

— Et où va se fourrer l'âme après la mort? demandai-je, m'inclinant sur mon oreiller.

Réponse :

— Et où va-t-elle se fourrer quand on s'endort?...

— Ah! mais, pourtant, alors... répliquai-je, luttant contre le sommeil.

Z*** reprit l'offensive :

— Et où va se fourrer l'âme d'un cheval qui crève?

Cette réplique me contenta tout à fait et je m'endormis sans trouble.

Dans la famille de Spenzer, il n'y avait absolument aucune religiosité, exception faite pour une vieille tante dont on ne tenait pas compte.

Mon père a voulu pourtant que je connusse la Bible dans l'original; c'était un des articles de son amour-propre de parent. Et je pris à Odessa des leçons particulières de lecture de la Bible chez un vieillard très savant.

Nos travaux communs ne durèrent que quelques mois et ne me fortifièrent pas du tout dans la foi de mes pères. Ayant saisi, dans les propos de mon maître, une nuance d'équivoque à l'égard du texte que nous étions en train d'étudier, je l'interrogeai avec prudence, en diplomate :

— Si l'on pense, comme le croient certains, qu'il n'y a pas de Dieu, comment donc a été produit le monde?

— Hum!... répondit mon maître, mais vous pouvez lui adresser cette question à lui-même.

Ainsi s'exprima, en termes énigmatiques, le vieillard. Je compris que celui qui m'enseignait la loi divine ne croyait pas en Dieu et j'en fis mon deuil définitif.

Les élèves de l'école réale étaient de diverses nationalités et de diverses confessions. La loi « divine » était enseignée par un prêtre orthodoxe, par un pasteur protestant, par un *pater* catholique, par un rabbin.

Le pope, neveu de l'archevêque et, à ce qu'on disait, favori des dames, était un jeune blondin beau comme en peinture, dans le genre du Christ, mais tout à fait un homme de salon, aux lunettes d'or, à l'opulente chevelure dorée, et, en somme, d'une intolérable magnificence.

Avant la leçon de catéchisme, les élèves se divisaient; ceux dont la religion déclarée n'était pas l'orthodoxie devaient quitter la classe, passant parfois sous le nez du prêtre. Il faisait toujours la mine, regardant ceux qui sortaient avec l'expression d'un mépris à peine atténué par une indulgence toute chrétienne.

— Où allez-vous? demandait-il à un de ceux qui sortaient.

— Nous sommes catholiques, répondait l'autre.

— Ah! catholiques..., répondait le pope, dodelinant de la tête. Bon, bon, bon... Et vous autres?

— Nous sommes juifs...

— Petits juifs, des petits juifs, bon..., bon, bon...

L'ombre noire du *ksendz* [1] se glissait vers les catholiques, toujours effacée contre le mur, disparaissant subitement, de sorte que, de toutes les années passées à l'école, je ne parvins jamais à dévisager sa face rasée.

Un brave homme nommé Ziegelmann enseignait aux juifs, mais en russe, la Bible et l'histoire des Hébreux. Personne ne prenait ces occupations au sérieux.

La question de nationalité n'avait pas de place particulière dans mes pensées parce qu'elle ne se posait pas d'une façon très sensible dans la vie quotidienne. Lorsque furent édictées les lois d'exception de 1881, mon père, à vrai dire, perdit la

1. Mot polonais : prêtre catholique. (*N. d. T.*)

faculté d'acheter des terres — ce qui avait été sa grande ambition — et ne pouvait plus qu'en louer, et discrètement. Mais tout cela ne m'atteignait que fort peu. Fils d'un agriculteur aisé, j'appartenais plutôt à la classe privilégiée qu'à celle des opprimés. La langue parlée dans la famille et chez les domestiques était un russe mêlé d'ukrainien. Sans doute, les juifs qui voulaient entrer dans une école se heurtaient au *numerus clausus*, et je dus perdre ainsi une année. Mais, dans la suite, je fus toujours le premier de ma classe et je ne me ressentais pas directement de la loi établie. Les minorités nationales, dans l'établissement, n'étaient pas franchement persécutées. Jusqu'à un certain point, la diversité des nationalités représentées non seulement par les élèves, mais par le personnel enseignant, s'y opposait. Un certain chauvinisme dissimulé se sentait pourtant, et il éclatait parfois. Le professeur d'histoire Lioubimov interrogeait avec une partialité flagrante tel élève polonais sur les persécutions autrefois exercées par ses compatriotes à l'égard des orthodoxes de Russie Blanche et de Lituanie. Mickiewicz, garçonnet basané et maigrelet, les joues marbrées de teintes verdâtres, les dents serrées, se tenait devant lui sans dire un mot.

— Eh bien, qu'est-ce que vous attendez? disait Lioubimov, poussant l'écolier avec une nuance visible de sadisme. Pourquoi vous taisez-vous?

Un des élèves ne put y tenir :

— Mickiewicz lui-même est Polonais et catholique!

— Ah! ah!... repartit Lioubimov, d'une voix traînante, feignant un véritable étonnement. Ici, nous ne faisons pas de ces distinctions-là...

Les hypocrites canailleries du professeur d'histoire à l'égard des Polonais, la méchanceté chicanière de Burnand à l'égard des Allemands, et les hochements de tête du petit pope parlant des « petits juifs » m'étaient également sensibles. L'inégalité des droits nationaux fut, probablement, une des causes cachées qui m'amenèrent à détester le régime; mais ce motif se perdait entièrement parmi d'autres faits d'injustice sociale et, loin de me servir de base, n'eut pas même un rôle indépendant.

Le sentiment de la prédominance du général sur le particulier, de la loi sur le fait, de la théorie sur l'expérience individuelle, naquit de bonne heure en moi et se fortifia avec les années. Pour la réalisation formelle de ce sentiment, qui devint le fond de ma conception du monde, l'influence de la ville fut décisive.

Lorsque des garçons qui étudiaient la physique et les sciences naturelles parlaient superstitieusement du lundi, disant que c'était un mauvais jour, ou d'un pope qui avait traversé la route devant eux, j'étais pris d'une violente indignation, je sentais en cela une offense à la pensée. J'aurais fait je ne sais quoi pour détacher mes camarades de ces honteuses croyances.

Parfois, à Ianovka, on se donnait un mal infini à mesurer la superficie d'un champ qui avait, par exemple, une forme de trapèze. Euclide en main, je faisais le calcul en deux minutes. Mais ma solution ne correspondait pas à celle qu'on avait obtenue en pratique, et l'on ne me croyait pas. J'apportais et montrais mon cours de géométrie, j'en jurais par la science, je me montais, je disais des insolences, mais je voyais bien que je ne persuadais personne et je tombais dans le désespoir.

Je discutais furieusement avec notre mécanicien de village, Ivan Vassiliévitch, qui ne voulait pas renoncer à l'espoir de construire une machine au mouvement perpétuel. La loi de la conservation de l'énergie lui paraissait une invention ayant peu de rapport avec son objet.

— Ça, c'est le livre; mais il y a la pratique, disait-il.

Il me semblait incompréhensible, intolérable, que les gens s'écartassent de vérités inébranlables, invoquant des erreurs coutumières ou des fantaisies absurdes.

Dans la suite, le sentiment de la supériorité du général sur le particulier entra comme partie indissoluble dans mes écrits et dans ma politique. L'empirisme borné, une attitude simplement rampante devant le fait, parfois devant un fait seulement imaginaire, souvent devant un fait mal compris, me furent odieux. Au-dessus des faits, je cherchai des lois. Cela me conduisit, bien entendu, plus d'une fois, à des généralisations hâtives, surtout en mes jeunes années, lorsque me manquaient une suffisante connaissance des livres et l'expérience de la vie. Mais, dans tous les domaines sans exception, je ne me sentais capable de me mouvoir et d'agir qu'à condition de posséder un accès aux généralisations. Le radicalisme social et révolutionnaire qui devint la ligne médiane de ma vie spirituelle, et pour toujours, vint précisément de cette aversion intellectuelle pour tout ce qui est lutte mesquine, empirisme, pour tout ce qui, d'une façon générale, n'est pas idéologiquement formé, n'est pas largement établi par la théorie.

Je tente de jeter sur moi un coup d'œil en arrière. Je fus un garçon sans aucun doute plein d'amour-propre, bouillant, mettons peut-être peu accommodant. Il est douteux qu'en entrant à l'école ce garçon ait eu un sentiment de supériorité sur ceux de son âge. Il est vrai qu'au village, on faisait montre de lui devant les visiteurs, mais là il n'y avait pas de comparaison possible; quant aux garçons de la ville qui venaient parfois à Ianovka, ils avaient toujours le prestige inaccessible de gymnasistes, sans compter celui de l'âge, de telle sorte qu'on ne pouvait les considérer que de bas en haut.

Par contre, l'école est une arène de dure rivalité. Dès le moment où le garçon dont nous parlons fut déclaré le premier élève, laissant loin derrière lui le deuxième, le petit natif d'Ianovka sentit qu'il pouvait plus que d'autres. Les gamins qui se liaient avec lui reconnaissaient sa suprématie. Cela ne pouvait pas ne pas influer sur le caractère. Les maîtres l'approuvaient aussi; quelques-uns, comme Kryjanovsky, le donnaient même très souvent en exemple. Pourtant, ces professeurs, s'ils le traitaient bien en général, s'y prenaient d'une manière assez sèche. Les élèves étaient divisés : notre garçon avait d'ardents amis, mais aussi des ennemis.

Il n'était pas incapable de se critiquer lui-même. Il était même plutôt vétilleux à son propre égard. Les connaissances qu'il pouvait avoir et les traits de son caractère ne le contentaient pas; et, avec le temps, ce sentiment devint de plus en plus vif. Il s'acharnait à se surprendre à n'avoir pas dit la vérité; il se reprochait à tout instant de n'avoir pas lu des livres que d'autres citaient en toute assurance. Bien entendu, cela tenait encore étroitement à son amour-propre. L'idée qu'il avait de devenir meilleur, plus élevé, plus instruit, le poignait de plus en plus, en pleine poitrine. Il méditait sur la destinée de l'homme en général et sur la sienne en particulier.

Un soir, passant devant moi, Moïsseï Filippovitch me questionna d'un ton solennel :

— Dis donc, frère, réfléchis-tu à ce que c'est la vie?

Mon éducateur recourait souvent à cette plaisante rhétorique et prenait par ironie un ton théâtral. Mais, cette fois-ci, ce fut pour moi comme une brûlure sur tout le corps.

Oui, je réfléchissais précisément à la vie; seulement, je n'étais pas capable de mettre ce mot sur mon anxiété de garçonnet devant l'avenir. Il me sembla que mon éducateur, écoutant à la porte, avait surpris ma pensée.

— Je vois, dit-il, que j'ai mis dans le mille...

Il avait parlé d'un tout autre ton, il me frappa doucement sur le dos et rentra dans sa chambre.

Y avait-il, dans la famille Spenzer, des opinions politiques? D'un libéralisme modéré, à base humanitaire, telles étaient celles de Moïsseï Filippovitch : de vagues sympathies pour le socialisme, nuancées de populisme et de tolstoïsme. On ne parlait presque jamais de politique, surtout en ma présence : peut-être craignait-on tout bonnement que je n'allasse dire quelques mots de trop devant mes camarades; on ne voulait pas provoquer un malheur. Lorsque, dans les conversations, l'on évoquait par hasard des faits du mouvement révolutionnaire, quand on disait par exemple : « c'était l'année du meurtre d'Alexandre II », cela sonnait pour moi comme d'un lointain passé, comme si l'on avait dit: « l'année de la découverte de l'Amérique par Christophe Colomb »... Le milieu où je vivais était étranger à la politique. Moi-même, en ces années d'étude, je n'eus ni opinions de cette sorte, ni même besoin d'en avoir. Mais mes tendances inconscientes étaient d'opposition. J'éprouvais une répugnance profonde pour le régime existant, pour l'injustice, pour l'arbitraire. D'où cela me venait-il ? De la situation générale à l'époque d'Alexandre III, de la tyrannie policière, de l'exploitation à laquelle se livraient les propriétaires, des exactions dont se rendaient coupables les fonctionnaires, des dénis de droits qui frappaient les minorités nationales, des injustices commises à l'école et dans la rue, de mes rapports étroits avec les petits paysans, les domestiques, les ouvriers, des conversations entendues dans l'atelier, de l'esprit d'humanité qui régnait dans la famille Spenzer, de la lecture des poèmes de Nékrassov et de bien d'autres livres, en un mot de toute l'atmosphère sociale de ce temps-là. Je découvris en moi, brusquement, cette mentalité d'opposition en prenant contact avec deux camarades de classe : Rodzévitch et Kologrivov.

Vladimir Rodzévitch était le fils d'un colonel; pendant un certain temps il fut classé comme deuxième élève. Il insista auprès de ses parents pour obtenir l'autorisation de m'inviter un dimanche. Je fus reçu assez sèchement, mais convenablement. Le colonel et sa femme causèrent peu avec moi et semblaient m'éprouver. Au cours des trois ou quatre heures que je passai dans cette famille, je me heurtai à deux reprises à je ne sais quoi d'étrange qui m'inquiéta, qui m'était même détestable : on avait effleuré les questions de religion et de pouvoir. Le ton de cette maison était celui de la dévotion conservatrice, et j'en fus frappé comme d'un coup en pleine poitrine. Les parents ne me laissèrent pas approcher par Vladimir et notre liaison fut rompue. Après la première révolution, le nom d'un certain Rodzévitch, probablement membre de cette famille, devint très connu, comme celui d'un Cent-Noir, à Odessa.

L'impression qui devait me rester de Kologrivov fut encore plus frappante. Il était entré d'emblée en deuxième, au second semestre. On le distingua en classe comme un être bizarre, de haute taille et mal formé. Son assiduité était extraordinaire. Toutes les fois qu'il le pouvait, il apprenait sa leçon par cœur. Au cours du premier mois qu'il passa à l'école, il perdit la tête à force d'ânonner. Le professeur de géographie l'ayant appelé à répondre devant la carte, Kologrivov n'attendit pas d'être questionné, il se mit à réciter :

— « Jésus-Christ a laissé comme testament au monde... »

Il se croyait au catéchisme qui devait avoir lieu après la leçon de géographie.

Dans une causerie avec ce Kologrivov qui ne me traitait pas sans déférence, car j'étais le premier élève, je critiquai je ne sais plus qui, le directeur ou un autre de nos maîtres.

— Peut-on parler ainsi du directeur? demanda Kologrivov, sincèrement indigné.

— Pourquoi pas? répliquai-je, plus sincèrement encore étonné.

— Mais c'est un chef, dit-il. Si ton chef te commande de marcher sur la tête, tu dois obéir sans critiquer...

Ce furent ses propres termes. Cette formule achevée me frappa. Je ne devinais pas alors que le gamin avait simplement répété ce qu'il avait entendu dire plus d'une fois chez les siens, dans une famille où l'on entendait maintenir l'esclavage. Je n'avais pas encore d'opinion à moi; mais je sentis qu'il y avait des opinions que je ne pouvais m'assimiler, pas plus que je n'aurais accepté des aliments contenant de la vermine.

En même temps que naissait en moi de l'hostilité à l'égard du régime politique de la Russie, je commençais, sans m'en apercevoir, à idéaliser les pays étrangers, l'Europe occidentale et l'Amérique. D'après des observations partielles, fragmentaires, que complétait l'imagination, je me représentais une haute culture, toute égale, s'étendant à tous les hommes sans exception. Plus tard, je devais y rattacher la conception d'une démocratie idéale. Mon jeune rationalisme me disait que si quelque chose avait été compris, c'était chose réalisée. Il me semblait donc invraisemblable qu'il pût exister des superstitions en Europe et qu'en Amérique on pût persécuter les Noirs.

Cette façon d'idéaliser, imperceptiblement acquise dans le milieu petit bourgeois et libéral où je vécus, subsistait encore plus tard, lorsque je commençai à me pénétrer d'idées révolutionnaires. J'aurais probablement été fort surpris, en ces années-là, si j'avais su, si j'avais pu savoir, qu'une république allemande, gouvernée par des social-démocrates, accorderait le droit d'asile à des monarchistes, mais le refuserait à des révolutionnaires. Depuis lors, heureusement, j'ai cessé de m'étonner de bien des choses. La vie expulsa de moi le rationalisme et m'enseigna la dialectique. Hermann Müller en personne n'est pas capable de m'étonner.

CHAPITRE VI

LA BRISURE

L'évolution politique de la Russie, à dater du milieu du siècle dernier, doit être évaluée par périodes de dix ans. De 1860 à 1870, après la guerre de Crimée, c'est l'époque de l'initiation aux lumières, notre bref XVIIIe siècle. Durant les dix années qui suivirent, les intellectuels tentèrent de résoudre en pratique les idées de l'époque précédente : ils commencèrent par fréquenter le peuple, lui apportant la propagande révolutionnaire, et finirent par le terrorisme. Cette période de 1870 à 1880 est entrée dans l'histoire surtout parce qu'elle fut l'époque du parti de la « Liberté du Peuple ». Les meilleurs éléments de cette génération se consumèrent dans le feu d'une lutte menée avec des bombes à la dynamite. L'ennemi se maintint sur toutes ses positions. Vint alors une dizaine d'années de relâchement, de désillusion, de pessimisme, de recherches religieuses et morales : de 1880 à 1890. Sous le couvert de la réaction se poursuivait cependant le sourd travail des forces du capitalisme. De 1890 à 1900, on voit venir les grèves ouvrières et surgir les idées marxistes. Ce redressement atteint son apogée au début de notre siècle : c'est 1905.

Depuis 1880 environ, la Russie était sous la coupe du procureur général du saint-synode, Pobiédonostsev, classique défenseur de l'autocratie, mainteneur de l'immobilité générale. Les libéraux le considéraient comme un pur bureaucrate, ignorant tout de la vie. Il n'en était pas ainsi. Pobiédonostsev savait juger des antagonismes dissimulés dans le tréfonds de la vie publique beaucoup plus sagement, plus sérieusement, que les libéraux. Il comprenait que si l'on relâchait tant soit peu les écrous, la pression d'en bas ferait sauter le couvercle social tout entier, et qu'alors s'en irait à tous les vents ce que non seulement lui, Pobiédonostsev, considérait comme les assises de la civilisation et de la morale, mais que les libéraux estimaient comme lui. Pobiédonostsev, à sa façon, voyait plus profond que les libéraux. Ce n'est pas de sa faute si le processus historique se trouva plus puissant que le système byzantin défendu avec tant d'énergie par l'inspirateur d'Alexandre III et de Nicolas II.

Durant la période des années 80, au moment le plus étouffé, lorsqu'il semblait aux libéraux que tout était mort, Pobiédonostsev sentait sous ses pieds rouler sourdement le flot, il sentait passer les secousses souterraines. Il ne fut pas tranquille même pendant les plus calmes années du règne d'Alexandre III. Il écrivit à ses affidés :

« Cela a été pénible, ce l'est encore — il est amer de le dire — et ce le sera. Le poids de tout cela me pèse toujours à l'âme parce que je vois et sens à toute heure quel est l'esprit du temps et ce que sont devenus les hommes... Comparant le présent avec le passé lointain, nous sentons que nous vivons dans on ne sait quel autre monde *où tout retourne en arrière vers le chaos primitif*, et nous, dans toute cette fermentation, nous sentons impuissants... »

Pobiédonostsev put atteindre l'année 1905, au cours de laquelle les forces souterraines qui l'avaient tant effrayé éclatèrent en surface et quand les premières fissures profondes se révélèrent dans les fondations et les gros murs du vieil édifice.

Officiellement, l'année considérée comme celle de la brisure en politique russe est 1891, que marquèrent la disette et la famine. Cette nouvelle période de dix ans devait poser non pas seulement en Russie la question ouvrière. En 1901, la social-démocratie allemande adoptait à Erfurt son programme. Le pape Léon XIII consacrait une encyclique à la situation du monde ouvrier. Guillaume II s'occupait d'idées sociales, combinant les divagations d'un ignorant avec un romantisme de bureaucrate. L'accord du tsar avec la France assurait un afflux de capitaux en Russie. Witte étant nommé ministre des finances, une ère nouvelle fut ouverte pour le protectionnisme industriel. L'intense développement du capitalisme fit naître cet « esprit du temps » qui tourmentait et accablait de pressentiments Pobiédonostsev.

Dans le sens de l'activité, le mouvement politique se manifesta d'abord dans les milieux intellectuels. De plus en plus souvent et plus résolument s'affirmèrent les jeunes marxistes. En même temps se réveillait le populisme qui s'était endormi. En 1893 parut légalement le premier ouvrage marxiste en russe : il était de la plume de Strouvé. J'allais alors sur mes quatorze ans, j'étais encore loin de ces questions.

Alexandre III mourut en 1894. Comme toujours, dans ces cas-là, les libéraux reportèrent leurs espérances sur l'héritier. Il leur répondit d'un coup de pied. Recevant les délégués des *zemstvos*, le jeune tsar dit de leurs espérances constitutionnelles que c'étaient « d'absurdes rêveries ». Ce discours fut imprimé dans tous les journaux. D'après un bruit qui courut alors, le texte manuscrit qu'avait lu le souverain portait les mots : « insoutenables rêveries [1] »; mais, pris d'émotion, le tsar s'était exprimé plus grossièrement qu'il ne l'aurait voulu.

A cette époque, j'avais quinze ans. Sans m'en rendre compte, j'étais partisan des « absurdes rêveries » et non du tsar. Confusément, je croyais en un perfectionnement graduel qui devait rapprocher la Russie arriérée de l'Europe avancée. Mes idées politiques n'allaient pas au-delà.

Odessa, ville commerçante, peuplée d'éléments divers, bariolée, criarde, était extrêmement distancée en politique par les autres centres. A Pétersbourg, à Moscou, à Kiev, il existait déjà, en ce temps-là, de nombreux petits cercles socialistes dans les établissements d'enseignement. Il n'y en avait pas à Odessa.

Frédéric Engels mourrut en 1895. Dans plusieurs villes de Russie, des cercles d'étudiants et d'élèves consacrèrent au disparu des causeries clandestines. J'allais avoir seize ans. Mais je ne connaissais même pas le nom d'Engels et je n'aurais guère pu dire quelque chose de précis de Marx; à tout prendre, je ne savais encore rien de lui.

Mes inclinations politiques, à l'école, étaient vaguement celles d'un opposant; rien de plus. Dans cet établissement, les problèmes de la révolution ne furent même jamais soulevés devant moi. On chuchotait seulement que, dans une salle de gymnastique, maison particulière tenue par le Tchèque Novak, des groupes se réunissaient, qu'il y avait eu des arres-

1. *Bezsmyslennya :* absurdes, dépourvues de sens. *Bezpotchvennya :* insoutenables, dénuées de base. (*N. d. T.*)

tations et que, précisément pour ce motif, Novak, qui enseignait aussi chez nous, avait été révoqué et remplacé par un officier.

Dans le milieu que je fréquentais par mes attaches avec la famille Spenzer, on était mécontent du régime, mais on le croyait inébranlable. Les plus hardis rêvaient d'une constitution qu'on obtiendrait dans quelques dizaines d'années.

Inutile de dire comment on pensait au village. Lorsque, ayant terminé mes études à l'école réale, je rentrai à Ianovka, imbu de confuses idées démocratiques, mon père se mit sur ses gardes et déclara aussitôt, d'un ton hostile :

— Ça ne se fera pas, même dans trois cents ans...

Il était convaincu de l'inutilité des efforts tentés pour obtenir des réformes et il craignait pour son fils.

En 1921, quand, ayant échappé aux Rouges comme aux Blancs, il parvint à me rejoindre au Kremlin, je lui dis en plaisantant :

— Vous rappelez-vous, vous prétendiez que le régime des tsars en avait encore pour trois cents ans?...

Le vieillard sourit malicieusement et me répondit en ukrainien :

— Pour cette fois-ci, que ta vérité soit la plus vieille...

Parmi les intellectuels, au début des années 90, les opinions tolstoïennes étaient en voie de disparition; le marxisme s'avançait de plus en plus victorieusement contre le populisme. Des échos de cette lutte idéologique remplissaient la presse de toutes tendances. Partout, on signalait de jeunes présomptueux qui se disaient matérialistes. Je ne constatai tout cela, pour la première fois, qu'en 1896.

Les problèmes de morale individuelle, qui se rattachaient si intimement à l'idéologie passive des années 80, glissèrent sur moi durant une période où « le perfectionnement de soi-même » m'apparaissait un besoin organique de ma croissance spirituelle plutôt qu'une direction intellectuelle. Mais, de cette idée de perfectionnement spontané, je tombai aussitôt sur la question d'une « conception du monde » qui, à son tour, me conduisit à une option essentielle : populisme ou marxisme? La lutte des tendances ne m'entraîna qu'avec un retard de quelques années à l'égard de la brisure générale qui se manifestait dans les idées du pays. Lorsque j'en fus à l'*a b c* des sciences économiques et en vins à me demander si la Russie devait passer par la phase du capitalisme, les marxistes de la génération précédente avaient déjà su trouver le chemin de la classe ouvrière et se transformer en social-démocrates.

Dans ma voie, je parvins au premier grand carrefour, étant encore peu préparé au sens politique, même pour un jeune homme de dix-sept ans. Trop de problèmes se posèrent simultanément et brusquement devant moi, problèmes que je n'avais pas étudiés d'une façon suivie et dans l'ordre où ils se posaient. Je sautais de l'un à l'autre. Ce qu'il y a seulement de certain, c'est que, dans ma conscience, la vie avait déjà déposé une forte réserve d'idées sociales protestataires. En quoi consistaient-elles? En sympathies pour les opprimés, en indignations devant les injustices. Et ce dernier sentiment était peut-être le plus fort. De toutes les impressions que j'ai gardées de la vie quotidienne, depuis ma première enfance, celle de l'inégalité entre les hommes se distinguait par des aspects exceptionnellement grossiers et étalés; l'injustice prenait fréquemment les airs d'une insolence qui ne craint pas de châtiment; la dignité humaine était à tout instant foulée aux pieds. Il suffit ici de rappeler que l'on fustigeait des paysans. Tout cela me frappait vivement, avant l'assimilation d'aucune théorie, et créait une réserve d'impressions dont la force explosive devait être grande. C'est peut-être précisément pour cela que j'ai semblé hésiter un certain temps devant les grandes déductions que j'avais à tirer nécessairement des observations de la première période de ma vie.

Mais mon évolution se fit encore d'un autre côté. Une génération suivant l'autre, il n'est pas rare que ce qui est mort gagne ce qui est vivant. Il en fut ainsi pour la génération de révolutionnaires russes dont la première jeunesse se forma sous l'oppression, dans l'ambiance des années 80. En dépit des larges perspectives qui étaient ouvertes par la nouvelle doctrine, les marxistes se trouvaient en bon nombre prisonniers, pratiquement, des sentiments conservateurs qui dataient de 1880 : ils étaient incapables de prendre hardiment l'initiative, ils se retiraient devant les obstacles, ils remettaient la révolution à un avenir indéterminé, ils étaient enclins à considérer le socialisme comme l'œuvre d'une évolution de plusieurs siècles.

Dans une famille comme celle des Spenzer, la voix de la critique politique aurait retenti beaucoup plus fort quelques années plus tôt ou quelques années plus tard. Mais je me trouvai chez eux à l'époque du grand silence. On ne parlait presque jamais de politique; on éludait les grandes questions. Sans aucun doute, je m'imprégnai de cette atmosphère des années 80 et, plus tard, quand je commençai à me former comme révolutionnaire, je me surpris à douter parfois de l'action des masses, à considérer la révolution dans un esprit livresque, dans l'abstrait, et, par suite, avec scepticisme. Je dus combattre tout cela en moi-même, par la méditation, par la lecture, surtout par l'expérience, jusqu'au jour où je surmontai les éléments d'inertie psychique.

A quelque chose, pourtant, malheur est bon : peut-être d'avoir dû justement vaincre en moi consciemment les survivances des années 80, je suis parvenu à considérer les problèmes essentiels de l'action des masses plus sérieusement, plus concrètement, plus profondément. Il n'y a de solide que ce qui a été pris de haute lutte. Tout ceci, cependant, se rapporte à d'autres chapitres, dans la suite de mon récit.

Je fis ma septième non pas à Odessa, mais à Nikolaïev. C'était une ville plus provinciale; le niveau intellectuel de l'école était inférieur. Pourtant, l'année que je passai là (1896) fut celle d'une brisure dans mon adolescence, car, alors, se posa pour moi la question de la place que j'avais à prendre dans la société des hommes. Je logeais chez des gens qui avaient des enfants déjà grands et légèrement entraînés par les nouveaux courants. Phénomène remarquable : les premiers temps, je m'opposais résolument dans les conversations aux « utopies socialistes ». Je me donnais les airs d'un sceptique qui a passé par tout cela. Aux questions politiques je ne répondais pas autrement que d'un ton d'ironique supériorité. Ma maîtresse du logis me contemplait avec surprise, et me citait même en exemple, sans être, à vrai dire, bien sûre de ce qu'elle disait, à ses enfants qui étaient un peu plus âgés que moi et tiraient vers la gauche. Mais, de ma part, il n'y avait là qu'une lutte inégale pour mon indépendance. Je tâchais d'échapper à l'influence que pouvaient prendre sur moi les jeunes socialistes avec lesquels le sort m'avait confronté. Cette bataille ne dura que quelques mois. Les idées qui étaient dans l'air devaient l'emporter. D'autant plus qu'au fond de l'âme, je ne souhaitais rien tant que de m'y soumettre. Après un séjour de peu de mois à Nikolaïev, ma conduite changea radicalement. Je renonçai à jouer au conservateur et je me jetai vers la gauche avec un élan qui effaroucha certains de mes nouveaux amis.

— Comment donc? disait ma logeuse; j'ai eu tort, alors, de vous donner en exemple à mes enfants?...

Je laissai tomber l'école. Au surplus, les connaissances que j'avais rapportées d'Odessa me suffisaient à peu près à me maintenir dans la situation officielle de premier élève. Mes manquements devenaient de plus en plus fréquents.

Un jour, un inspecteur vint en visite chez moi, pour se rendre compte du bien-fondé de mes absences. Je me sentis humilié au dernier degré. Mais l'inspecteur se conduisit courtoisement ; il constata que, dans la famille où je vivais comme dans ma chambre, tout était en ordre, et il s'en alla paisiblement. Sous mon matelas, il y avait plusieurs brochures illégales.

A Nikolaïev, je ne rencontrai pas seulement des jeunes qui tendaient vers le marxisme ; j'y trouvai aussi, pour la première fois, quelques anciens déportés qui résidaient sous la surveillance de la police. C'étaient des comparses, datant de la décadence du mouvement populiste. Les social-démocrates n'en étaient pas encore à revenir de la déportation : on les y envoyait. Les deux courants contraires formaient des remous idéologiques. J'y tournai quelque temps. Le populisme sentait le moisi. Le marxisme effrayait par ce qu'on appelait son « étroitesse ». Brûlant d'impatience, j'essayais de saisir les idées par le flair. Mais elles ne se livraient pas si facilement. Autour de moi, je ne voyais personne qui pût être un sûr appui. Et, en outre, à toute nouvelle conversation, je devais me convaincre, avec amertume, avec dépit, avec désespoir, de mon ignorance.

Je fis connaissance et devins familier avec un jardinier nommé Chvigovsky, qui était Tchèque d'origine. Pour la première fois, je voyais un ouvrier qui recevait des journaux, lisait l'allemand, connaissait les classiques et participait librement aux discussions entre marxistes et populistes. Sa chaumine, dans un jardin, qui n'avait qu'une chambre, était le lieu de rencontre des étudiants en vacances, des anciens déportés et d'une certaine jeunesse locale. Par l'intermédiaire de Chvigovsky, l'on pouvait se procurer un livre interdit. Dans les causeries des déportés passaient les noms de certains membres du parti de la Liberté du Peuple : Jéliabov, Pérovskaïa, Figner, non comme ceux de héros de légende, mais comme ceux de vivants qu'avaient rencontrés, sinon ces anciens déportés, leurs amis plus âgés. J'avais le sentiment d'être inséré comme un petit chaînon dans une grande chaîne.

Je me jetais sur les livres, craignant de n'avoir pas assez de toute ma vie pour me préparer à l'action. Je lisais nerveusement, impatiemment et sans aucun système. Des brochures illégales de l'époque précédente, je passais à la *Logique* de John Stuart Mill, puis, sans en avoir lu même la moitié, m'appliquais à la *Culture primitive* de Lippert. L'utilitarisme de Bentham me semblait être le dernier mot de la pensée humaine. Durant quelques mois, je me sentis irrésistible benthamiste. Dans le même sens, je fus poussé vers l'esthétique réaliste de Tchernychevsky. Je n'en avais pas fini avec Lippert que je me jetais sur l'*Histoire de la Révolution française* de Mignet. Chaque livre avait sa vie à lui, ne trouvant pas de place dans l'ensemble. La lutte que je menais pour trouver un système était violente, parfois forcenée. En même temps, je reculais devant le marxisme, précisément parce qu'il offrait un système achevé.

A la même époque, je me mis à lire les journaux, non pas comme je l'avais fait à Odessa, mais du point de vue de la politique. La plus grande autorité était acquise alors au journal libéral *Rousskia Viédomosti*, qui paraissait à Moscou. C'est peu de dire que nous lisions ce journal, nous l'étudiions, commençant par les éditoriaux d'un impotent professorat et finissant par les feuilletons scientifiques. Les articles des correspondants étrangers, surtout ceux qui venaient de Berlin, faisaient l'orgueil de cette gazette. C'est par les *Rousskia Viédomosti* que j'eus une première idée de la vie politique de l'Europe occidentale, et surtout de ses partis parlementaires. Il est actuellement difficile d'évoquer l'émotion avec laquelle nous suivions les discours de Bebel et même d'Eugène Richter. Et, jusqu'à présent, je me rappelle la phrase que lança Daszinski aux policiers qui envahissaient le parlement : « Je représente ici trente mille ouvriers et paysans galiciens : qui de vous osera me toucher? » Nous imaginions en lisant cela la figure titanesque du grand révolutionnaire. La perspective scénique du parlementarisme — hélas! — nous illusionnait cruellement. Les succès du socialisme allemand, les élections présidentielles aux États-Unis, les remaniements qui se produisaient dans le Reichsrat autrichien, les menées des royalistes français, tout cela nous intéressait beaucoup plus que notre sort personnel.

Mes rapports avec ma famille se gâtèrent alors. Mon père, qui était venu vendre du blé à Nikolaïev, fut renseigné, je ne sais comment, sur mes nouvelles fréquentations. Il sentait venir un danger, mais il espéra le prévenir par l'autorité de ses remontrances paternelles. Il y eut entre nous plusieurs explications violentes. Je me montrai intraitable à défendre mon indépendance et le droit que j'avais de choisir ma voie. En fin de compte, je renonçai aux subsides de la famille, je quittai le logement d'élève où l'on m'avait placé et m'installai chez Chvigovsky : il venait justement de louer un autre jardin où l'isba était plus vaste. Nous fûmes six à y vivre en « commune ». En été, notre effectif s'augmentait d'un ou deux étudiants tuberculeux qui avaient besoin d'air pur. Je me mis à donner des leçons. Nous vivions en spartiates, sans draps de lit, et nous nourrissions de soupes grossières que nous préparions nous-mêmes. Nous portions des blouses bleues, des chapeaux de paille, nous avions des cannes de bois noir. En ville, on pensait que nous avions adhéré à une secte mystérieuse. Nous lisions ce qui nous tombait sous la main, nous discutions furieusement, nous explorions l'avenir d'un regard passionné, et, en somme, nous étions heureux à notre manière.

Quelque temps après, nous fondâmes une société pour la diffusion des livres utiles dans les milieux populaires. Nous recevions des cotisations, achetions des volumes édités à bon marché, mais ne savions pas les répandre. Dans le jardin de Chvigovsky travaillaient un tâcheron et un apprenti. Nous dirigeâmes avant tout sur eux notre énergie d'éducateurs. Mais il se trouva que le tâcheron n'était qu'un mouchard, introduit parmi nous pour nous surveiller. On l'appelait Kirill Tjorjevsky. Il réussit à attacher l'apprenti au service des gendarmes. Celui-ci nous vola un gros paquet de livres populaires et le porta à la gendarmerie. Nos débuts n'étaient évidemment pas heureux. Mais nous comptions fermement sur des succès dans l'avenir.

J'écrivis pour une publication populiste qui se faisait à Odessa un article de polémique contre la première des revues marxistes. Cet article comportait nombre d'épigraphes, de citations, et beaucoup de venin. Pour le fond, il était bien moins riche. J'expédiai l'article par la poste et, huit jours après, j'allai moi-même chercher la réponse. Le rédacteur en chef, à travers de larges lunettes, considéra avec sympathie l'auteur qui avait une énorme gerbe de cheveux sur le crâne, en l'absence du moindre indice de végétation sur la figure. Mon article ne vit jamais le jour. Personne n'y perdit, et moi moins que tout autre.

Lorsque la direction de la bibliothèque publique, qui était désignée par voie d'élection, prétendit porter l'abonnement annuel de cinq à six roubles, nous vîmes là une tentative pour écarter la démocratie et nous sonnâmes le tocsin. Durant plusieurs semaines, nous ne nous occupâmes que de préparer l'assemblée générale des membres de la bibliothèque. Nous retournâmes entièrement nos poches démocratiques, ramassant les roubles et les *poltinniks* [1], et, avec cet argent, nous fîmes inscrire de nouveaux membres, plus radicaux, dont un grand nombre étaient loin de posséder non seulement les six roubles indispensables, mais même les vingt ans d'âge requis par les statuts. Le registre des réclamations à la bibliothèque devint, par nos soins, un recueil de pamphlets ardents. A l'assemblée annuelle, deux partis s'opposèrent : d'une part, celui des fonctionnaires, des maîtres et professeurs, des propriétaires libéraux et des officiers de marine; d'autre part, notre parti à nous, celui de la démocratie. Sur toute la ligne, nous fûmes vainqueurs : nous rétablîmes l'abonnement à cinq roubles et élûmes une nouvelle direction.

Courant toujours plusieurs lièvres à la fois, nous décidâmes de créer une université basée sur l'enseignement mutuel. Il y eut une vingtaine d'auditeurs. Le cours de sociologie m'échut. Cela sonnait fièrement. J'employai tous mes efforts à préparer ces leçons. Mais après deux causeries, qui s'étaient d'ailleurs fort bien passées, je sentis tout à coup que mes ressources étaient épuisées... L'autre conférencier, qui était chargé d'un cours d'histoire de la Révolution française, s'embrouilla dès les premières phrases et promit de donner sa leçon par écrit. Bien entendu, il ne tint pas sa promesse. Notre entreprise en resta là.

Et alors, ce deuxième conférencier, qui était l'aîné des frères Sokolovsky, et moi, nous résolûmes d'écrire un drame. A cette fin, nous quittâmes même, pour un temps, la commune et prîmes une chambre pour nous seuls, cachant à tous notre adresse.

Notre pièce était toute pénétrée de tendances sociales, présentées sur le fond d'une lutte entre deux générations. Les dramaturges considéraient encore le marxisme avec quelque défiance : néanmoins, le populiste que nous mettions en scène avait plutôt l'air d'un invalide, tandis que la vaillance, la fraîcheur, l'espoir étaient du côté des jeunes marxistes. Telle était la forte influence du temps! Comme élément romanesque, nous avions trouvé ceci : un révolutionnaire de la génération précédente, brisé par l'existence, s'éprend d'une marxiste,

1. Le *poltinnik* (cinquante *kopecks*) est la moitié d'un rouble. (*N. d. T.*)

mais elle le rembarre sans miséricorde par un discours sur l'effondrement du populisme.

Notre travail de rédaction ne fut pas peu considérable. Parfois, nous écrivions ensemble, nous stimulant et nous corrigeant l'un l'autre; parfois, nous nous partagions la tâche, et chacun de nous, dans le courant de la journée, préparait une scène ou un monologue. Il faut avouer que les monologues, dans notre ouvrage, ne manquaient pas.

Le soir, Sokolovsky revenait d'un service qui lui permettait d'élaborer librement les jérémiades de l'homme de 70 que la vie avait brisé. Moi, j'étais de retour de mes leçons ou de chez Chvigovsky. La fille de la logeuse nous apportait le samovar. Sokolovsky tirait de ses poches du pain et du saucisson. Et, séparés du reste du monde par un mystérieux blindage, les dramaturges passaient leur soirée à une besogne intensive. Nous écrivîmes entièrement le premier acte, sans oublier la scène à effet qui est de règle avant la tombée du rideau. Les autres actes — encore quatre — ne furent qu'esquissés.

Cependant, à mesure que nous avancions dans ce travail, nous nous refroidissions. Quelque temps s'étant écoulé, nous en vînmes à cette conclusion que mieux valait abandonner notre mystérieuse chambrette et remettre à plus tard l'achèvement du drame. Le rouleau des manuscrits fut déposé par Sokolovsky dans je ne sais quel autre logement.

Par la suite, lorsque nous fûmes incarcérés à Odessa, mon collaborateur essaya, par l'intermédiaire de parents, de reprendre l'ouvrage. Peut-être s'était-il vaguement dit que le temps de la déportation serait le plus propice à l'élaboration définitive du drame. Mais le manuscrit avait disparu sans laisser de traces. Il est plus que probable que les dépositaires, après l'arrestation des infortunés auteurs, jugèrent expédient de le livrer aux flammes. Je me résigne à cette idée d'autant plus volontiers que, sur la route de ma vie, qui n'a pas toujours été des mieux nivelées, j'ai perdu des manuscrits d'une importance infiniment plus considérable.

[illegible]

[illegible]

[illegible]

[illegible]

[illegible]

[illegible]

[illegible]

CHAPITRE VII

MA PREMIÈRE ORGANISATION RÉVOLUTIONNAIRE

En 1896, à l'automne, j'allai tout de même voir mon village. Mais tout se borna à une courte trêve avec la famille. Mon père voulait que je devinsse ingénieur. Or, j'hésitais encore entre les mathématiques pures, vers lesquelles j'étais très porté, et la révolution qui, peu à peu, s'emparait de moi. Toutes les fois que l'on touchait à cette question, il y avait une crise sérieuse dans la maison. Tout le monde s'assombrissait, tous souffraient, ma sœur aînée pleurait à la dérobée, et personne ne savait qu'entreprendre. Un oncle qui vint en visite, ingénieur et propriétaire d'une usine à Odessa, me persuada de passer quelque temps chez lui. C'était du moins une issue provisoire, dans cette impasse.

Je vécus chez l'oncle plusieurs semaines. Nous discutions de bénéfices et de plus-values. L'oncle était plus capable de réaliser des bénéfices que de les expliquer. Je tardais à m'inscrire à la faculté des sciences. J'habitais Odessa et je cherchais. Que cherchais-je? Avant tout, je me cherchais moi-même. Je me liais à l'occasion avec des ouvriers, je me procurais de la littérature illégale, je donnais des leçons, je faisais des conférences clandestines aux élèves des classes supérieures d'une école professionnelle, je discutais avec des marxistes, tâchant encore de ne pas me rendre. Je pris le dernier bateau qui partait en automne pour Nikolaïev et je m'installai de nouveau dans le jardin de Chvigovsky.

Tout recommença comme par le passé. Nous examinions ensemble les dernières livraisons des revues radicales, nous controversions sur le darwinisme, nous nous préparions d'une façon indéterminée et nous attendions. Quelle fut l'immédiate impulsion qui nous engagea dans la propagande révolutionnaire? Il est difficile de répondre à cette question. L'impulsion fut intérieure. Dans le milieu intellectuel que je fréquentais, personne ne s'occupait d'une véritable besogne révolutionnaire. Nous nous rendions compte de ceci qu'entre nos interminables causeries devant des verres de thé et une organisation révolutionnaire, il y avait tout un abîme. Nous savions que, pour établir la liaison avec des ouvriers, il fallait une grande *conspiration*. Nous prononcions ce mot sérieusement, d'un ton grave, presque mystique. Nous ne doutions pas qu'à la fin des fins nous en arriverions, des séances de thé, à la *conspiration*, mais nul de nous ne pouvait dire nettement quand et comment cela se produirait. Le plus souvent, pour justifier nos retardements, nous nous disions entre nous : « Nous devons nous préparer d'abord... » Et ce n'était déjà pas si mal.

Mais il y eut, évidemment, quelque chose de déplacé dans l'atmosphère, qui nous poussa brusquement dans la voie de la propagande révolutionnaire. Le choc se produisit non pas immédiatement dans Nikolaïev, mais dans tout le pays, avant tout dans les capitales, et il eut son retentissement chez nous.

En 1896 éclatèrent, à Pétersbourg, les célèbres grèves de masse des tisserands. Ce qui ranima les intellectuels. Sentant se réveiller les fortes réserves, les étudiants devinrent plus hardis. Aux vacances d'été, à la Noël et aux fêtes de Pâques, des dizaines d'étudiants, rentrant à Nikolaïev, apportèrent des échos des luttes engagées à Pétersbourg, à Moscou et à Kiev. Certains avaient été exclus de l'université; des jeunes gens, tout récemment encore élèves des gymnases, revenaient avec une auréole de combattants.

En février 1897, Vétrova, étudiante des cours supérieurs, emprisonnée dans la forteresse Pierre-et-Paul, se suicida en mettant le feu à ses vêtements. Ce drame qui n'a jamais été expliqué secoua tout le monde. Il y eut des troubles dans les villes universitaires. Les arrestations et déportations devinrent de plus en plus nombreuses.

J'accédai au travail révolutionnaire avec l'accompagnement des manifestations provoquées par l'affaire Vétrova.

Voici comment cela se passa :

Je suivais une rue avec le plus jeune de notre commune, Grigori Sokolovsky, qui était à peu près de mon âge.

— Il faudrait tout de même que nous commencions, nous aussi, lui dis-je.

— Il faudrait commencer, répondit Sokolovsky.

— Mais comment?

— Voilà justement : comment?

— Il faut trouver des ouvriers, n'attendre personne, ne demander rien à personne, mais trouver des ouvriers et commencer.

— Je pense qu'on peut en trouver, dit Sokolovsky. Je connaissais autrefois un gardien sur le boulevard, un érudit de la Bible. Je vais le voir.

Le même jour, Sokolovsky se rendit chez le connaisseur de la Bible. Il y avait longtemps qu'il avait quitté les lieux. Sokolovsky ne trouva qu'une femme qui avait une connaissance elle aussi : un autre sectateur. Par l'intermédiaire de cet individu connu d'une femme que nous ne connaissions pas, Sokolovsky, dans la même journée, fit connaissance avec plusieurs ouvriers, parmi lesquels l'électricien Ivan Andréévitch Moukhine qui devint bientôt le principal personnage de l'organisation.

Sokolovsky revint de ses recherches les yeux brillants :

— Ça, c'est des hommes, c'est des hommes!...

Le lendemain, nous étions dans une taverne, formant un groupe de cinq ou six. La musique mécanique grondait furieusement sur nous, voilant notre causerie aux oreilles étrangères.

Moukhine, maigriot, la barbiche en pointe, cligne malicieusement de l'œil gauche qui est plein d'intelligence, considère amicalement, mais non sans crainte, mon visage dépourvu de moustaches et de barbe, et en termes circonstanciés, faisant des pauses malignes, m'explique ceci :

— L'Évangile, pour moi, dans cette affaire, c'est comme un hameçon. Je commence par la religion, je finis par la vie. Il y a quelques jours, j'ai découvert toute la vérité aux stundistes [1] avec des haricots...

— Comment, avec des haricots?

— C'est très simple : je mets un haricot sur la table, c'est le tsar; autour de lui, d'autres haricots : c'est les ministres, les évêques, les généraux; ensuite, les nobles, les marchands; et ce tas de haricots, c'est le simple peuple. Et maintenant, je demande : où est le tsar?

L'orateur montre le haricot du milieu.

1. Sectes qui consacrent des heures à l'étude de la Bible. Il existe de ces sectes chez les juifs comme chez les Allemands qui ont colonisé la Russie. (*N. d. T.*)

— Où sont les ministres?

Il montre ce qui entoure le haricot du milieu.

— C'est comme j'ai dit, reprend-il, et l'autre est d'accord. Mais attends... attends maintenant...

Il ferme tout à fait l'œil gauche. Une pause.

— Là, je mêle, de la main, tous les haricots ensemble... Eh bien, que je dis, où est le tsar? où sont les ministres? — Comment s'y retrouver? qu'il me répond. On ne les voit plus... — C'est bien ça, que je dis, on ne les voit plus... Il faut seulement mélanger tous les haricots...

D'enthousiasme, j'étais en sueur, écoutant Ivan Andréévitch. Ça, c'était du vrai, et nous étions là, nous autres, à faire les malins, à essayer de deviner, sans résultat. La boîte à musique joue ; nous sommes en pleine conspiration ; Ivan Andréévitch, avec ses haricots, détruit le mécanisme des classes : propagande révolutionnaire...

— Seulement, comment les mélanger? Les mouches les mangent, voilà l'affaire, me dit Moukhine, d'un tout autre ton, et il me regarde sévèrement, des deux yeux cette fois Ce n'est pourtant pas des haricots, hein?...

Et c'est lui, maintenant, qui attend une réponse de mon côté.

A partir de ce jour, nous nous jetâmes dans le travail à corps perdu. Nous n'avions ni anciens pour nous guider, ni expérience personnelle; mais, je crois, nous n'éprouvâmes pas une seule fois de difficultés ni d'embarras. Une chose sortait de l'autre, aussi irrésistiblement que tout était sorti de l'entretien mené, dans une taverne, avec Moukhine

La vie économique de la Russie, vers la fin du siècle dernier, passait brusquement vers le sud-est. Dans le Midi s'élevaient, l'une après l'autre, de grandes usines, dont deux à Nikol: ïev. En 1897, dans cette ville, on comptait environ huit mille ouvriers d'usine et à peu près deux mille artisans. Le niveau culturel des ouvriers, comme leurs salaires, était relativement élevé. Les illettrés constituaient l'infime minorité. Les organisations révolutionnaires étaient suppléées, dans une certaine mesure, par des sectes religieuses qui combattaient efficacement l'orthodoxie officielle. Ne connaissant pas de grosses alertes, la gandarmerie de Nikolaïev somnolait en paix. L'état où elle était nous servit. Si la surveillance policière avait été exercée sérieusement, nous aurions été arrêtés dès les premières semaines. Mais nous étions seulement des pionniers et nous avions tous les avantages de cette situation. Nous ne mîmes en branle les gendarmes qu'après avoir mis en branle les ouvriers de Nikolaïev.

Quand je fis connaissance de Moukhine et de ses amis, je me nommai Lvov. Ce premier mensonge de conspirateurs ne me fut pas facile : il m'était véritablement douloureux de « tromper » des gens avec lesquels je m'entendais pour une si grande et si bonne cause. Mais ce pseudonyme de Lvov resta bientôt attaché à ma personne, et je m'y habituai.

Les ouvriers venaient d'eux-mêmes à nous, comme si nous avions été attendus depuis longtemps dans les usines. Chacun amenait un copain; plusieurs nous amenèrent leurs femmes; certains ouvriers âgés entrèrent dans nos cercles avec leurs fils. Cependant, ce n'était pas nous qui cherchions les ouvriers; c'étaient eux qui nous cherchaient. Jeunes dirigeants inexpérimentés, nous perdîmes bientôt le souffle dans le mouvement que nous avions soulevé. Le moindre mot avait son écho. A nos leçons et causeries clandestines, qui se faisaient dans des logements, dans les bois, au bord de la rivière, nous réunissions de vingt à vingt-cinq personnes, et quelquefois plus. La majorité se composait d'ouvriers hautement qualifiés, qui gagnaient assez bien leur vie. Aux chantiers maritimes de Nikolaïev, la journée de huit heures était déjà de règle. Les ouvriers de ces ateliers ne se préoccupaient pas de grève; ils cherchaient seulement à établir de la justice dans les relations sociales. Certains d'entre eux se disaient baptistes, stundistes, chrétiens évangéliques. Mais ce n'étaient pas les membres de sectes dogmatiques. S'éloignant simplement de l'orthodoxie, ces travailleurs prenaient le baptisme comme étape d'un court trajet vers le chemin de la révolution. Au cours des premières semaines de nos entretiens, certains d'entre eux usaient encore de formules de sectes chrétiennes et cherchaient des analogies avec le christianisme primitif. Mais presque tous se débarrassèrent bientôt de cette phraséologie que raillaient sans cérémonie de plus jeunes ouvriers.

Aujourd'hui encore, les figures les plus remarquables se dressent devant moi comme vivantes. Le menuisier Korotkov, portant chapeau melon, qui avait renoncé depuis longtemps à toute mystique, fantaisiste et versificateur.

— Je suis un *ratialiste* (rationaliste), disait-il solennellement.

Et lorsque Tarass Savéliévitch, vieil adepte de l'Évangile,

qui avait des petits-enfants, recommençait pour la centième fois à parler des premiers chrétiens dont les réunions, comme les nôtres, avaient eu lieu en secret, Korotkov lui coupait brusquement la parole :

— Tes histoires de bon Dieu, voilà ce que j'en fais!

Et, se décoiffant, indigné, il lançait son chapeau melon quelque part en l'air au milieu des arbres. Un moment après, il s'en allait rechercher son couvre-chef. Cela se passait dans un bois, sur un terrain sablonneux.

Bien des ouvriers, emportés par de nouveaux sentiments, se mirent à composer des vers. Korotkov écrivit une « marche prolétarienne » qui débutait ainsi : « *Nous sommes les alphas et les omégas, les commencements et les fins...* »

Nestérenko, qui était également charpentier, et qui avait adhéré avec son fils au cercle d'Alexandra Lvovna Sokolovskaïa, composa en ukrainien une *doumka* [1] sur Karl Marx. On la chantait en chœur. Mais Nestérenko devait mal tourner : il se lia avec la police et lui livra toute l'organisation.

Le jeune Efimov, manœuvre, géant au poil blond et aux yeux bleus, originaire d'une famille d'officiers, sachant bien lire et écrire, et ayant même beaucoup lu, vivait dans les basfonds de la ville. Je le découvris dans une gargote de trimardeurs. Il travaillait au port comme docker, ne buvait ni ne fumait, se montrait retenu et poli, mais en lui vivait quelque secret qui le rendait morose, bien qu'il n'eût que vingt et un ans.

Efimov me confia bientôt qu'il avait fait connaissance avec une mystérieuse organisation de *narodovoltsy* [2] et s'offrit à nous mettre en rapports avec eux.

Nous fûmes trois, Moukhine, Efimov et moi, à prendre le thé dans la bruyante taverne « Russie », écoutant une étourdissante machine à musique et patientant. Enfin, Efimov nous désigna, d'un simple coup d'œil, un grand et solide bonhomme qui portait une barbe de marchand. C'était « lui ». Le bonhomme prit son thé, longuement, à une table séparée, puis endossa son pardessus et, d'un geste automatique, se signa dans la direction des icones.

1. Sorte de récitatif, ou chanson de geste, ou ballade d'ordinaire consacrée à des faits ou personnages historiques. La racine du mot est *douma*, pensée, méditation, rêverie. (*N. d. T.*)

2. Partisans de la « liberté du peuple ». (*N. d. T.*)

— Ça, par exemple, pour un révolutionnaire!... s'exclama tout bas Moukhine.

Le partisan de la « liberté du peuple » éluda tout rapprochement avec nous, transmettant, par l'intermédiaire d'Efimov, je ne sais plus quelle confuse explication. Cette histoire resta à tout jamais obscure. Quant à Efimov, il devait régler bientôt ses comptes avec l'existence : il s'asphyxia au gaz.

Il se peut que le géant au yeux bleus n'ait été qu'un jouet entre les mains d'un limier de police; mais on peut encore supposer le pire...

Moukhine, qui était électricien, comme je l'ai dit, avait établi dans son logement un système compliqué de signalisation pour le cas d'une incursion policière.

Il avait vingt-sept ans, il crachait un peu le sang; il était riche d'expérience, tout plein de sagesse pratique, et me faisait presque l'effet d'un vieillard. Il resta révolutionnaire toute sa vie. Après sa première déportation, il se retrouva en prison, puis fut encore déporté. Je l'ai revu à vingt-trois ans de distance, à Kharkov, à la conférence du parti communiste ukrainien. Nous restâmes longtemps dans un coin, remuant la poussière des vieux souvenirs, nous remémorant certains épisodes, nous racontant ce qu'étaient devenus plusieurs de ceux avec qui nous avions été liés à l'aube de la révolution. Moukhine, à cette conférence, fut élu membre de la commission centrale de contrôle du parti ukrainien. Il avait bien mérité cette distinction par l'exemple de toute sa vie. Mais, peu après, il s'alita et ne devait pas se relever.

A peine avions-nous fait connaissance que Moukhine me mit en relations avec un ami à lui, qui était aussi membre d'une secte religieuse. Il se nommait Babenko. Il possédait une maisonnette et quelques pommiers dans son jardin. Boiteux, lent de ses mouvements, toujours sobre, il m'apprit à boire le thé avec des pommes et non pas avec du citron.

Au même moment que d'autres il fut arrêté, resta un bon bout de temps en prison, puis revint à Nikolaïev. Il était de notre destinée d'être séparés tout à fait. En 1925, je lus par hasard dans un journal qu'un ancien membre de l'Union ouvrière du Midi, Babenko, vivait dans la province du Kouban. Vers ce temps-là, il perdit l'usage des deux jambes. Je parvins à obtenir (en 1925, ce ne m'était déjà plus très facile) qu'on transférât le vieillard à Essentouki, pour une cure. Babenko put de nouveau marcher. J'allai le voir au sanatorium. Il ignorait que Trotsky et Lvov fussent une seule et même personne. Nous prîmes encore le thé avec des pommes, en évoquant le passé. C'est lui qui a dû s'étonner en apprenant bientôt que Trotsky était un contre-révolutionnaire!...

Nombreuses furent les figures intéressantes; il est impossible de les énumérer toutes. Nous avions parmi les jeunes une élite très cultivée qui avait passé par l'école technique des chantiers de constructions navales. Elle comprenait à demi-mot son moniteur. Ainsi, la propagande révolutionnaire s'avéra incomparablement plus facile que nous ne l'avions imaginé. Nous étions surpris et grisés par les exceptionnels résultats de notre travail. D'après ce que nous avions entendu dire de l'activité des militants, nous savions que, d'ordinaire, le chiffre des ouvriers gagnés à la cause s'exprimait par quelques unités. Un révolutionnaire qui avait persuadé deux ou trois travailleurs comptait cela pour un succès non négligeable. Or, chez nous, le nombre des ouvriers qui s'étaient affiliés à nos cercles ou désiraient y entrer semblait pratiquement illimité. On ne manquait que de dirigeants. La littérature manquait aussi. Entre moniteurs, on s'arrachait un unique exemplaire archi-usé du *Manifeste communiste* de Marx et Engels, exemplaire manuscrit, copie faite par plusieurs mains à Odessa, comportant bien des lacunes et altérations.

Bientôt, nous nous chargeâmes nous-mêmes de créer une littérature. Ce fut, à proprement parler, le début de mes travaux d'écrivain. Il coïncida presque avec le début de mon activité révolutionnaire. J'écrivis des proclamations, des articles; je les recopiais ensuite en caractères d'imprimerie pour l'hectographe. A cette époque, nul n'avait entendu parler de machines à écrire. Je dessinais les lettres avec le plus grand soin. Je me faisais un point d'honneur d'obtenir qu'un ouvrier même presque illettré pût déchiffrer sans peine la proclamation sortie de notre hectographe. Chaque page demandait au moins deux heures de travail. J'y passais parfois toute une semaine, le dos plié, ne me redressant que pour aller aux réunions et occupations des cercles. Mais quelle satisfaction c'était quand on apprenait, des usines, des corporations, comment les mystérieuses feuilles aux lettres violettes avaient été avidement lues, transmises et ardemment discutées par les ouvriers. Ils se représentaient l'auteur des proclamations comme un puissant et mystérieux personnage qui pénétrait dans toutes les usines, savait ce qui se passait dans les corporations, et était en mesure de répondre aux événements, dans les vingt-quatre heures, par des feuilles toutes neuves.

Au début, nous faisions fondre la matière de l'hectographe et imprimions les proclamations dans notre chambre, la nuit. Quelqu'un se tenait en sentinelle dans la cour. Dans le poêle ouvert, il y avait du pétrole et des allumettes pour détruire les pièces du délit en cas de danger. Tout cela était extrêmement naïf. Mais les gendarmes de Nikolaïev n'étaient guère plus expérimentés que nous.

Plus tard, nous transférâmes notre imprimerie dans le logement d'un ouvrier âgé, qui avait perdu la vue par accident. Il n'hésita pas à nous livrer son local.

— Pour un aveugle, disait-il avec un tranquille sourire, c'est la prison partout...

Peu à peu, nous arrivions à constituer chez lui une grosse provision de gélatine, de glycérine et de papier. On travaillait la nuit. La chambre délabrée, dont le plafond vous pesait sur la tête, avait véritablement un air misérable, indigent. Nous préparions sur un poêle de fonte la bouillie révolutionnaire, la versant ensuite sur une plaque de fer-blanc. L'aveugle était le plus sûr de ses mouvements dans la demi-obscurité de la chambre, et nous aidait. Un jeune ouvrier et une ouvrière se regardaient entre eux, pénétrés de respect, lorsque je soulevais de l'hectographe la feuille fraîchement imprimée.

Si quelqu'un avait jeté un coup d'œil « de haut », le coup d'œil d'un homme « raisonnable », sur cette jeunesse qui s'agitait dans la pénombre, autour d'un misérable appareil à copier, combien fantaisiste et ridicule lui eût paru l'idée que nous avions de renverser un régime puissant qui durait depuis des siècles! Or, ce dessein a été mis à exécution dans la durée qu'on assigne à une génération : depuis les nuits dont je parle, jusqu'à 1905, il ne s'était écoulé que huit ans; jusqu'à 1917, il n'y a pas eu tout à fait vingt années.

La propagande orale ne me donnait pas, me semble-t-il, d'aussi grandes satisfactions que celle que je pouvais faire par écrit. Mes connaissances étaient insuffisantes et je ne savais pas encore les présenter d'une manière convenable. Nous ne prononcions pas encore de discours dans le vrai sens du mot. Une fois seulement, en forêt, pour le Premier Mai, j'eus à parler. Cela me troubla profondément. Chaque mot, au moment où il allait passer mon gosier, me paraissait intolérablement faux. Mais nos causeries, dans les cercles, réussissaient parfois assez bien. Dans l'ensemble, le travail révolutionnaire était en pleine marche. J'entretenais et développais mes relations avec Odessa. Tel soir, j'allais au port de Nikolaïev, prenais pour un rouble un billet de troisième classe, m'installais sur le pont du vapeur, aussi près que possible de la cheminée, roulais sous ma tête mon veston et me couvrais de mon paletot. Au matin, à mon réveil, j'étais à Odessa, et je me rendais aux adresses que je savais.

Je passais la nuit suivante, de retour, sur le bateau. De cette façon, je n'avais pas perdu de temps.

Mes rapports avec Odessa s'enrichirent d'une manière inattendue. A l'entrée de la bibliothèque publique, je fis connaissance d'un ouvrier qui portait lunettes : nous nous dévisageâmes et devinâmes ce que nous étions. Lui était Albert Poliak, ouvrier compositeur, qui organisa une imprimerie centrale, fameuse plus tard, du parti. Notre liaison avec lui fit époque dans la vie de notre organisation. Quelques jours plus tard, je rapportais à Nikolaïev une valise toute pleine de littérature illégale, éditée à l'étranger. C'étaient de petites brochures toutes neuves, aux couvertures de couleurs gaies. Nous nous reprîmes plus d'une fois à ouvrir la valise pour admirer notre trésor. Ces brochures furent rapidement distribuées et augmentèrent fortement notre autorité dans les milieux ouvriers.

J'appris par hasard de Poliak, en causant, que le technicien Schrenzel, qui se faisait passer pour ingénieur et qui tournait depuis longtemps autour de nous, était un vieil agent provocateur. Bête et importun, Schrenzel portait une casquette à cocarde [1]. D'instinct, nous nous étions méfiés de lui, mais il était renseigné sur certaines personnes et certains faits. Je l'invitai à venir chez Moukhine. Là, j'exposai en détail quelle avait été la carrière de Schrenzel, sans toutefois le nommer, et le poussai ainsi jusqu'à un complet affolement. Nous le menaçâmes d'une exécution sommaire pour le cas où il nous livrerait. Cet avertissement eut apparemment son effet, car nous ne fûmes pas inquiétés pendant trois mois. En revanche, après notre arrestation, Schrenzel accumula dans ses dépositions horreurs sur horreurs.

Nous avions donné à notre organisation le nom d'Union

1. L'insigne des fonctionnaires de l'État. (*N. d. T.*)

ouvrière de la Russie méridionale, espérant nous adjoindre d'autres villes. Je rédigeai les statuts de l'Union dans l'esprit de la social-démocratie. L'administration [1] essaya de combattre notre influence dans les usines en y prononçant des discours. Mais, dès le lendemain, nous donnions la réplique par des proclamations. Ce duel mettait l'émotion non seulement dans les milieux ouvriers, mais dans toute la population de la ville. Partout, à la fin, il fut question de ces révolutionnaires qui répandaient à profusion leurs papiers dans les usines. On nous nommait de tous côtés. Mais la police tardait à agir, ne croyant pas que « les gamins de chez le jardinier » fussent capables de mener une pareille campagne et s'imaginant que derrière nous se cachaient des dirigeants plus expérimentés. Elle soupçonnait probablement les anciens déportés. C'est ainsi que nous gagnâmes deux ou trois mois. Cependant, à la fin des fins, la filature exercée devint trop évidente et la gendarmerie parvint à connaître tous nos cercles, l'un après l'autre. Nous résolûmes de nous disperser pour quelques semaines et de quitter Nikolaïev, afin de dépister la police. Je devais me rendre chez mes parents au village; Sokolovskaïa et son frère iraient à Ekaterinoslav, etc. En même temps, nous décidâmes fermement qu'au cas où se produiraient des arrestations en masse, nous ne nous cacherions pas et nous laisserions prendre, afin que les gendarmes ne pussent dire aux ouvriers que leurs dirigeants les avaient « lâchés ».

Avant mon départ, Nestérenko voulut absolument que je lui remisse de la main à la main un paquet de proclamations. Il me fixa un rendez-vous, très tard dans la soirée, derrière le cimetière. Il y avait une épaisse couche de neige. Clair de lune. Au-delà du champ de repos, un terrain vague, absolument désert. Je trouvai Nestérenko à l'endroit indiqué. Mais, au moment où je lui passais le paquet, que je tirais de dessous mon paletot, un individu se détacha du mur du cimetière, passa tout près de nous et frôla du coude Nestérenko.

— Qui est-ce? demandai-je, étonné.

— Je n'en sais rien, répondit Nestérenko, en suivant des yeux l'inconnu.

Il était déjà en rapports avec la police. Mais l'idée ne me vint même pas de le soupçonner.

1. Dans la Russie d'autrefois, ce mot désignait les autorités, et plus particulièrement la police. (*N. d. T.*)

Le 28 janvier 1898, il fut procédé à des arrestations en masse. Plus de deux cents personnes furent appréhendées. Et la répression commença. Un des prisonniers, le soldat Sokolov, fut tellement terrorisé que, du haut d'un couloir de la maison d'arrêt, du premier étage, il se jeta sur le pavé; il en fut quitte pour de graves contusions. Un autre détenu, Lévandovsky, fut atteint d'un dérangement cérébral. Il y eut d'autres victimes.

Nombre de ceux qui furent pris le furent par accident. Certains de ceux sur lesquels nous comptions nous lâchèrent, ou trahirent même. En revanche, d'autres qui s'étaient tenus dans l'ombre montrèrent de la force de caractère. Il y eut, parmi les emprisonnés, et pour longtemps, un ouvrier tourneur, l'Allemand Auguste Dorn, âgé d'environ cinquante ans; arrêté on ne savait pourquoi, car il était venu tout juste deux fois jeter un coup d'œil dans un cercle. Il se tint à merveille, chantant, à se faire entendre de toute la prison, des chansonnettes allemandes, qui, à vrai dire, n'étaient pas toujours des plus vertueuses, plaisantant en un russe qu'il estropiait, entretenant le courage des jeunes. Au Dépôt des déportés, à Moscou, nous nous trouvâmes ensemble, dans une salle commune; Dorn avait sa façon d'appeler à lui le samovar et terminait son monologue ainsi : « Ah! tu ne veux pas venir! Eh bien, c'est Dorn qui va te chercher! » Quoique cette scène se répétât de jour en jour, on riait tous, de bon cœur.

L'organisation de Nikolaïev avait été durement frappée, mais ne fut pas détruite. Nous fûmes bientôt remplacés. Les révolutionnaires comme les gendarmes devenaient plus expérimentés.

CHAPITRE VIII

MES PREMIÈRES PRISONS

Lors du coup de filet de janvier 1898, je fus arrêté non pas à Nikolaïev, mais dans le domaine du gros propriétaire Sokovnine où Chvigovsky s'était engagé comme jardinier. Je passai chez lui, sur le chemin d'Ianovka à Nikolaïev : j'avais une grande serviette bourrée de manuscrits, de dessins, de lettres et de bien d'autres documents illégaux. Avant la nuit, Chvigovsky cacha le dangereux ballot dans une fosse, avec des choux, et, à l'aube, comme il allait planter des arbres, il tira le paquet du trou pour me le remettre afin que je pusse travailler. C'est juste à ce moment-là que tombèrent sur nous les gendarmes. Chvigovsky eut le temps de jeter, dans l'entrée, le ballot derrière une cuve pleine d'eau. Il put aussi chuchoter à la gouvernante, qui, sous la surveillance des gendarmes, nous donnait à dîner, qu'il fallait emporter le paquet et le bien cacher. La vieille ne trouva rien de mieux que d'enfouir ce paquet dans la neige du jardin. Nous espérions fermement que les documents ne tomberaient pas aux mains de l'ennemi. Mais le printemps vint, la neige fondit, l'herbe monta et découvrit le paquet gonflé par les eaux printanières. Nous étions en prison. Arriva l'été. Un ouvrier fauchait l'herbe dans le jardin du propriétaire; ses deux garçonnets qui jouaient près de lui, tombèrent sur le paquet, le remirent à leur père; celui-ci le porta à la maison du maître; épouvanté, le propriétaire libéral se rendit immédiatement à Nikolaïev et livra les papiers au colonel des gendarmes. L'écriture des divers manuscrits servit de preuve contre plusieurs personnes.

La vieille prison de Nikolaïev n'était pas du tout adaptée pour recevoir des détenus politiques, surtout que nous étions en nombre. Je me trouvai en cellule avec le jeune relieur Iavitch. La pièce était très grande, elle aurait pu loger trente personnes, elle n'était pas du tout meublée, elle était à peine chauffée. Il y avait à la porte un grand guichet, donnant sur un corridor qui s'ouvrait directement sur la cour. C'étaient alors les grandes gelées de janvier. Pour la nuit, on nous mettait, sur le plancher, une paillasse que l'on remportait à six heures du matin. C'était un supplice que de se lever et de s'habiller. En paletot, coiffés de nos bonnets, chaussés de caoutchoucs, nous nous asseyions avec Iavitch, épaule contre épaule, sur le sol, et, nous adossant au poêle à peine tiède, nous rêvions et somnolions une heure ou deux. C'était probablement le meilleur moment de la journée. On ne nous appelait pas à l'interrogatoire. Nous courions d'un coin à l'autre pour nous réchauffer, nous livrant à nos souvenirs, à nos conjectures, à nos espérances. J'entrepris d'étudier avec Iavitch. Ainsi s'écoulèrent trois semaines. Puis il y eut du changement. On me convoqua au greffe de la prison, m'ordonnant d'emporter mes effets, et on me remit à deux grands gendarmes qui me transférèrent en voiture à la prison de Kherson. L'édifice était encore plus ancien que celui de Nikolaïev. La cellule était vaste, mais sa fenêtre était étroite, aveuglée par une lourde grille qui laissait à peine passer la lumière. Mon isolement était complet, absolu, sans le moindre allégement. Pas de promenades, pas de voisins. Par la fenêtre calfeutrée pour l'hiver, on ne voyait rien. Je ne recevais aucune communication du dehors. Je n'avais ni thé, ni sucre. La soupe des détenus était distribuée une fois par jour, à l'heure du dîner. La portion de pain de seigle avec du sel me servait de déjeuner et de dîner. Je monologuais longuement, me demandant si j'avais le droit d'augmenter la portion du matin au détriment de celle du soir. Les motifs que j'avais trouvés dans la matinée me semblaient, le soir, absurdes et criminels. En soupant, je détestais celui qui avait déjeuné le matin. Je n'avais pas de linge de rechange. Pendant trois mois, je portai les mêmes sous-vêtements. Je n'avais pas de savon. Les parasites qu'on trouve en prison me dévoraient. Je m'imposais de faire en diagonale mille cent onze pas. J'allais alors avoir dix-neuf ans. Mon isolement était si absolu que je n'en ai jamais connu de pareil nulle part, bien que j'aie passé par une vingtaine de prisons. Je n'avais pas un seul livre, pas de crayon, pas de papier. La cellule n'était pas ventilée. Je pouvais juger de l'air qu'on y respirait par la grimace du chef adjoint qui venait parfois me voir. Je grignotais un petit morceau de pain de la prison, allais et venais en diagonale et composais des vers. Je refis le chant de *La Trique* (*Doubinouchka*), création des populistes, je le transformai en un chant prolétarien, *Le Chant de la Machine* (*Machinouchka*). Je composai aussi une « *kamarinskaïa* [1] » révolutionnaire. Ces vers, de qualité fort médiocre, devinrent dans la suite très populaires. On les reproduit dans les recueils jusqu'à présent. Mais, parfois la cruelle angoisse de la solitude me rongeait. Et alors, je comptais plus fortement qu'il n'était nécessaire, sur mes semelles usées, les mille cent onze pas que je m'étais imposés. A la fin du troisième mois, comme le pain de prison, le sac rempli de paille et les poux étaient devenus pour moi des éléments de vie tout aussi ordinaires que le jour et la nuit, les surveillants, un soir, apportèrent dans ma cellule tout un monceau de choses qui provenaient d'un autre monde fantastique : du linge propre, une couverture, un oreiller, du pain blanc, du thé, du sucre, du jambon, des conserves, des pommes, et même de grosses oranges aux couleurs vives... A présent encore, et il y a trente et un ans de cela, j'énumère non sans émotion ces choses étonnantes et je me surprends même à avoir oublié de mentionner un pot de confitures, du savon et un peigne.

— C'est votre mère qui vous a apporté ça, me dit le chef adjoint.

Je ne m'entendais guère alors à lire dans les âmes, mais au ton du chef, je compris aussitôt qu'il avait touché un pot-de-vin.

Bientôt après, on me transféra par le bateau à Odessa et on me logea dans une prison cellulaire qui avait été construite quelques années auparavant d'après le dernier mot de la technique moderne. Après Nikolaïev et Kherson, cette prison d'Odessa me parut idéale. La correspondance entre prisonniers par frappements, les petits billets qu'on se transmettait, le « téléphone » ou tout simplement les cris par la fenêtre, en un mot, tout ce qui est du service de liaison, tout cela était mis en œuvre presque constamment. C'est ainsi que je communiquai par frappements à mes voisins les vers que j'avais composés à Kherson; eux me répondaient par des informa-

1. *Kamarinskaïa* : air de danse nationale très connu. (*N. d. T.*)

tions. De Chvigovsky, par la fenêtre, je sus que les gendarmes étaient entrés en possession de mon paquet de papiers et, par conséquent, je n'eus aucune peine à démonter le plan du lieutenant-colonel Dremliouga qui tentait de me prendre au piège. Il faut dire qu'en cette période-là nous n'avions pas encore décidé de refuser toute réponse aux interrogatoires comme nous le fîmes quelques années après.

La prison était comble, depuis l'échec du mouvement qui avait eu lieu dans toute la Russie au printemps. Le 1er mars 1898, alors que j'étais en prison à Kherson, se réunit à Minsk le congrès constituant du parti social-démocrate. Il se composait au total de neuf personnes et il sombra aussitôt dans le flot des arrestations. Quelques mois après, on n'en parlait plus. Mais les conséquences de ce congrès, plus tard, se sont inscrites dans l'histoire de toute l'humanité... Le manifeste adopté traçait la perspective suivante de lutte politique : « ... Plus l'on va à l'Orient de l'Europe, plus, sous le rapport politique, la bourgeoisie est lâche et vile, et, par conséquent, les tâches culturelles et politiques qui s'imposent au prolétariat n'en sont que plus grandes. » Il y a, historiquement, quelque chose de piquant dans ce fait que l'auteur du manifeste était le bien connu Pierre Strouvé qui devint dans la suite le leader du libéralisme et, plus tard, un publiciste de la réaction religieuse et monarchiste.

Durant les premiers mois de mon séjour dans la prison d'Odessa, je ne recevais pas de livres du dehors et j'étais forcé de me contenter de la bibliothèque de la prison. Elle consistait principalement en revues de religion et d'histoire, d'esprit conservateur, et datant de nombreuses années. Je les étudiais avec une inlassable avidité. Je connus toutes les sectes et toutes les hérésies des temps anciens et de l'époque contemporaine, les privilèges particuliers du culte orthodoxe, les meilleurs arguments à invoquer contre le catholicisme, le protestantisme, le tolstoïsme, le darwinisme. L'esprit chrétien — lisais-je dans la *Revue orthodoxe* — aime les vraies sciences et, dans ce nombre, les sciences naturelles comme parentes intellectuelles de la foi. Le miracle de l'ânesse de Balaam, qui se mit à discuter avec le prophète, ne peut être mis en doute même du point de vue des sciences naturelles : « car enfin il existe des perroquets et même des canaris qui parlent ». Cet argument de l'archevêque Nikanor m'occupait des journées entières et j'en rêvais parfois la nuit. Les recherches sur les diables ou démons, sur leur prince Satan et sur leur ténébreux royaume me frappaient toujours et enthousiasmaient d'une certaine façon une jeune pensée rationaliste qui considérait la sottise codifiée des millénaires. Une longue étude sur le paradis, sur son aménagement intérieur et sur l'endroit où il se trouvait, s'achevait sur cette remarque mélancolique : « On ne connaît rien de certain sur l'emplacement du paradis. » Je me répétais cette phrase en dînant, en prenant le thé et en promenade : on ne connaît rien de sûr au sujet de la latitude géographique des béatitudes célestes. Toutes les fois que j'en avais l'occasion, j'engageais une controverse théologique avec le sous-officier de gendarmerie Mikline. Mikline était rapace, menteur, méchant, tout pénétré de la lecture des livres saints et pieux au dernier degré. En grimpant à toute vitesse avec ses clés les sonores escaliers de fer, il marmonnait des chants d'église. Il me disait, cherchant à m'impressionner :

— Pour un mot, pour un seul mot, génitrice du *Christ*, au lieu de génitrice de *Dieu*, l'hérétique Arius a crevé du ventre.

— Mais pourquoi donc, dans ce cas, les hérétiques d'aujourd'hui restent-ils indemnes?

— Maintenant, maintenant..., répondait d'un air vexé Mikline, ce n'est plus le même temps.

Ma sœur venue du village m'avait apporté, sur ma demande, les quatre évangiles en langues étrangères. Profitant des connaissances acquises à l'école, pour ce qui était de l'allemand et du français, je lus parallèlement, verset par verset, l'Évangile en anglais et en italien. Ainsi, en quelques mois, je fis de considérables progrès. Il faut pourtant dire que mes facultés de linguiste sont des plus médiocres. Jusqu'à présent, je ne connais à la perfection aucune langue étrangère bien que j'aie vécu dans divers pays d'Europe.

Pour les entrevues avec la parenté, les détenus entraient dans d'étroites cages de bois qui étaient séparées des visiteurs par deux grilles. A sa première visite, mon père s'imagina que, durant tout le temps de ma détention, je serais forcé de rester dans cette boîte étroite. Un frémissement le priva de la parole. A mes questions il ne répondait que par un remuement de ses lèvres blanches. Jamais je n'oublierai le visage qu'il avait alors. Quand ma mère vint, elle était déjà prévenue et se montra plus calme.

Des échos des événements mondiaux arrivaient à nous sous forme fragmentaire. La guerre de l'Afrique du Sud nous toucha à peine. Nous étions encore des provinciaux dans le sens absolu du mot. Nous penchions à expliquer la lutte engagée par les Anglais contre les Boers du point de vue d'une inévitable victoire du gros capital sur le petit. L'affaire Dreyfus qui atteignait, à ce moment, son point culminant, nous saisissait de temps à autre par son caractère dramatique. Un jour courut parmi nous le bruit qu'en France un coup d'État avait eu lieu et que la royauté était rétablie. Nous fûmes pris d'un sentiment d'opprobre indicible. Les gendarmes, inquiets, couraient par les corridors et les escaliers de fer pour mettre fin aux frappements et aux cris. Ils s'imaginaient que nous étions encore mécontents d'un dîner fait avec des provisions peu fraîches. Mais non, le quartier politique protestait violemment contre la restauration de la monarchie en France.

Les articles des revues théologiques sur la franc-maçonnerie m'intéressèrent. D'où venaient ces étranges courants? me demandais-je. Comment l'expliquerait le marxisme? Je résistai relativement longtemps au matérialisme historique, m'en tenant à la théorie de la multiplicité des facteurs historiques qui est jusqu'à présent, on le sait, la théorie la plus répandue dans la science sociale. Des gens disent des divers aspects de leur activité sociale que ce sont des facteurs, ils donnent à ce concept un caractère super-social et ensuite ils expliquent superstitieusement leur propre activité sociale comme un produit de l'action mutuelle de ces forces indépendantes. D'où viennent ces facteurs, c'est-à-dire dans quelles conditions se sont-ils développés depuis l'humanité primitive? L'éclectisme officiel s'arrête à peine à cette question. Je lus, avec enthousiasme, dans ma cellule, deux essais bien connus du vieil hégélien italien Antonio Labriola, marxiste aussi, qui avaient pénétré en français dans la prison. Comme peu d'écrivains de race latine, Labriola possédait la dialectique matérialiste, sinon en politique, où il était impuissant, du moins dans le domaine de la philosophie de l'histoire. Sous l'éclatant dilettantisme de son exposé, il y avait de véritables profondeurs. Il réglait magnifiquement son compte à la théorie des multiples facteurs qui peuplent l'Olympe de l'histoire et qui, de là, gouvernent nos destinées. Bien qu'il se soit écoulé trente ans depuis que j'ai lu ses *Essais*, la marche générale de sa pensée est restée fixée dans ma mémoire, comme un refrain : « Les idées ne tombent pas du ciel. » Après cela, les théoriciens russes de la multiplicité et de la diversité des facteurs,

Lavrov, Mikhaïlovsky, Karéïev et d'autres m'ont paru sans force. Bien plus tard, je ne parvenais pas à comprendre les marxistes qui ont été influencés par le livre stérile du professeur allemand Stamler : *L'Économie et le Droit;* cet ouvrage est une des innombrables tentatives qui ont été faites pour ouvrir une voie au grand courant naturel et historique qui vient de l'amibe à nous et qui nous dépasse, à travers les cercles fermés des catégories éternelles qui ne sont en réalité qu'impressions d'un vivant processus dans le cerveau d'un pédant.

En cette période, précisément, je m'intéressais à la franc-maçonnerie. Durant plusieurs mois je lus avec application des livres sur l'histoire des maçons, livres qui m'étaient apportés de la ville par des parents et des amis. Pourquoi, dans quel but, des commerçants, des artistes, des banquiers, des fonctionnaires et des avocats avaient-ils décidé, depuis le début du XVIIIe siècle de s'appeler *maçons*, reconstituant le rituel d'une corporation du Moyen Age? D'où venait cette étrange mascarade? Peu à peu, le tableau devenait plus clair pour moi. La corporation d'autrefois n'avait pas été seulement un groupement de production; elle avait été aussi une organisation qui avait sa personnalité morale et ses mœurs. Elle portait sur la vie de toute la population citadine, sous tous les rapports, surtout sur la corporation des demi-artisans, demi-artistes du bâtiment. La dissolution d'une économie corporative marquait la crise morale d'une société qui venait à peine de laisser derrière elle le Moyen Age. La nouvelle morale se définissait beaucoup plus lentement que ne se détruisait l'ancienne. De là cette tentative si fréquente dans l'histoire humaine pour conserver les formes de la discipline morale sous lesquelles le processus historique a depuis longtemps sapé les bases sociales et, dans le cas envisagé, les bases corporatives de la production. La maçonnerie opérante est devenue une maçonnerie spéculative. Mais, comme toujours dans des cas pareils, les formes qui procédaient de la morale et des mœurs et que des gens essayaient de garder pour elles-mêmes, ont pris par force un tout autre contenu. Dans certaines branches de la franc-maçonnerie, il y eut de forts éléments de réaction féodale, par exemple dans le rite écossais. Au XVIIIe siècle, les organisations de la franc-maçonnerie, dans un bon nombre de pays, se complètent d'une tendance militante à l'enseignement, d'un certain illuminisme, et jouent leur rôle prérévolutionnaire; à leur aile gauche il y a évolution vers les *carbonari*. Louis XVI était franc-maçon; mais le docteur Guillotin, qui inventa la guillotine, l'était aussi. Dans l'Allemagne du Sud, la franc-maçonnerie prit un caractère nettement révolutionnaire et, à la cour de Catherine II, elle donna la mascarade d'une hiérarchie de nobles et de fonctionnaires. Le franc-maçon Novikov [1] fut déporté en Sibérie par l'impératrice franc-maçonne.

Si actuellement, à l'époque des vêtements de confection à bon marché, presque personne ne songe plus à porter, pour l'user jusqu'au bout, la redingote de son grand-père, en revanche, dans le domaine des idées, la redingote et la crinoline sont encore très à la mode. La garde-robe idéologique passe d'une génération à l'autre, bien que les oreillers et les couvertures des grands-mères aient une odeur surette. Ceux-là même qui sont forcés de modifier dans le fond leurs idées les insèrent le plus souvent dans des formes anciennes. La révolution qui s'est produite dans la technique de notre production a été beaucoup plus puissante que celle qui a eu lieu dans la technique de notre pensée où l'on aime mieux rafistoler et retourner les vêtements que de faire quelque chose de neuf. Voilà pourquoi les parlementaires petits-bourgeois en France, s'efforçant d'opposer à la force dissolvante des rapports contemporains une certaine apparence de lien moral entre les hommes, ne trouvent rien de mieux que de revêtir un tablier blanc et de s'armer soit d'un compas, soit d'un fil à plomb. Et à vrai dire, en agissant ainsi, ils n'ont pas l'intention de construire un nouveau bâtiment; ils veulent seulement pénétrer dans l'antique édifice d'un parlement et d'un ministère.

Comme en prison, pour obtenir un cahier neuf on devait rendre celui qui avait servi, je pris pour mes études sur la franc-maçonnerie un cahier de mille pages numérotées et j'y copiai d'une écriture très fine des extraits de nombreux livres, y intercalant mes propres réflexions sur la franc-maçonnerie et la conception matérialiste de l'histoire.

Ce travail me prit environ un an. Je mettais au point certains chapitres, les transcrivais dans des cahiers de contrebande et les envoyais, aux fins d'examen, à mes amis, dans les cellules voisines. Pour cela nous appliquions un système très compliqué qui s'appelait entre nous « le téléphone ». Le des-

1. Un des premiers représentants des idées libérales qui se développèrent en Russie sous l'influence de l'Occident. (*N. d. T.*)

tinataire, quand sa cellule ne se trouvait pas trop loin de la mienne, attachait à une ficelle un objet lourd, sortait le bras de la fenêtre, à travers la grille, le plus loin possible, et donnait à son projectile un mouvement giratoire. Comme nous nous étions entendus d'avance par la méthode du frappement, je tendais, aussi loin que possible, un balai, au-dehors, et lorsque la charge parvenait à s'enrouler autour du balai, je ramenais à moi celui-ci et j'attachais au bout de la corde mon manuscrit. Quand le destinataire se trouvait loin, la transmission se faisait par étapes et, bien entendu, c'était alors très compliqué.

Vers la fin de mon séjour à la prison d'Odessa, le gros cahier, vérifié par le brigadier de gendarmerie Oussov et revêtu de sa signature, était devenu un véritable trésor d'érudition historique et de profondeur philosophique. Je ne sais si l'on pourrait l'imprimer maintenant tel qu'il a été écrit. J'avais appris trop de choses à la fois, concernant divers domaines, diverses époques, divers pays, et je crains d'avoir voulu en dire beaucoup trop d'un coup dans mon premier ouvrage. Mais je pense que les idées essentielles et les déductions étaient justes. Alors déjà, je me sentais suffisamment solide sur mes jambes, et ce sentiment devenait plus fort au fur et à mesure que le travail avançait. Je donnerais beaucoup, maintenant, pour retrouver ce gros cahier. Je l'avais pris dans mon paquet quand on me déporta; à vrai dire, en Sibérie, je cessai d'étudier la franc-maçonnerie, m'occupant alors d'apprendre le système économique de Marx. Après mon évasion à l'étranger, Alexandra Lvovna me fit tenir ce cahier du lieu de déportation, par l'intermédiaire de mes parents qui vinrent me voir à Paris en 1903. Ce cahier est resté avec toutes mes modestes archives d'émigré à Genève, lorsque je partis, dans des conditions illégales, pour la Russie et est resté dans le fonds de l'*Iskra* qui fut pour lui, prématurément, une tombe. Après ma deuxième évasion de Sibérie, je tentai vainement de retrouver mon ouvrage à l'étranger. Probablement, la propriétaire à laquelle les archives avaient été confiées, en Suisse, s'était-elle servie du cahier pour allumer ses poêles ou pour d'autres besoins. Je ne puis me retenir d'adresser un reproche à cette honorable dame.

Le fait que cette étude sur la franc-maçonnerie a été faite en prison où je ne disposais que d'un nombre très limité de livres, fut à mon avantage. Jusqu'alors, je ne connaissais rien de l'essentiel de la littérature marxiste. Les essais d'Antonio Labriola avaient le caractère de pamphlets philosophiques. Ils supposaient des connaissances que je ne possédais pas et auxquelles j'étais forcé de suppléer par des conjectures. En sortant de la lecture de Labriola, j'avais un tas d'hypothèses dans la tête. Le travail fait sur la franc-maçonnerie me servit à vérifier la valeur de mes propres hypothèses. Je ne découvris rien de nouveau. Toutes les déductions méthodologiques auxquelles je parvins avaient été trouvées depuis longtemps et étaient appliquées en fait. Moi, j'y arrivais à tâtons et, dans une certaine mesure, par mes propres forces. Je pense que cela eut de l'importance pour toute mon évolution idéologique dans la suite. Je découvris plus tard, dans les travaux de Marx, d'Engels, de Plékhanov, de Mehring, la confirmation de ce qui m'avait semblé, en prison, n'être qu'une simple conjecture, encore sujette à vérification et qui avait besoin d'être motivée. Je ne m'assimilai pas tout d'abord le matérialisme historique dans sa forme dogmatique. La dialectique se présenta à moi, pour commencer, non dans ses définitions abstraites, mais comme un vivant ressort que je découvrais dans le processus historique même, pour autant que je cherchais à le comprendre.

A cette époque, le flot commençait à monter dans le pays. La dialectique historique travaillait alors à souhait, mais pratiquement et sur une très large échelle. Le mouvement universitaire tournait en manifestations. Les cosaques cinglaient de leurs fouets les étudiants. Les libéraux étaient indignés parce que c'étaient leurs enfants qui pâtissaient. La social-démocratie se renforçait, fusionnant de plus en plus avec le mouvement ouvrier. La révolution cessait d'être l'occupation privilégiée de cercles d'intellectuels. Le nombre des ouvriers emprisonnés était de plus en plus grand. Bien qu'on fût à l'étroit dans les prisons, on y respirait mieux. Vers la fin de la deuxième année, nous connûmes la sentence prononcée sur l'affaire de l'Union de la Russie méridionale : les quatre principaux accusés devaient être déportés pour quatre ans en Sibérie orientale. Nous dûmes passer encore plus de six mois au dépôt de Moscou. Ce fut un temps, pour moi, de grande application aux études théoriques. C'est là que j'entendis parler pour la première fois de Lénine et que j'étudiai son livre, qui venait de paraître tout récemment, sur le développement du capitalisme russe. C'est là que je rédigeai et fis passer au-dehors une brochure sur le mouvement ouvrier à Nikolaïev qui fut, peu après, imprimée à Genève. C'est pendant l'été que nous quittâmes le dépôt de Moscou. Nous fîmes halte, à plusieurs reprises, dans d'autres prisons. Nous n'arrivâmes au lieu de déportation qu'à l'automne de 1900.

CHAPITRE IX

PREMIÈRE DÉPORTATION

Nous descendions la Léna. Le courant emportait lentement plusieurs barges chargées de prisonniers et de gardiens. La nuit, il faisait froid et les pelisses dont nous nous couvrions étaient toutes semées de givre au petit matin. En route, devant des villages désignés d'avance, on déposait à terre un ou deux condamnés. Jusqu'au bourg d'Oust-Kout, nous flottâmes, je m'en souviens, environ trois semaines. C'est là qu'on me laissa avec une femme qui m'était devenue proche depuis l'affaire de Nikolaïev. Alexandra Lvovna avait occupé une des premières places dans l'Union de la Russie méridionale. Son profond dévouement au socialisme et sa complète abnégation de tout intérêt personnel lui avait fait une autorité morale incontestable. Le travail en commun nous lia étroitement. Pour ne pas être séparément déportés, nous nous mariâmes au dépôt de Moscou.

Le bourg comptait une centaine d'isbas. Nous logeâmes sur l'extrême limite. Autour de nous, des bois; en bas, la rivière. Plus loin, vers le nord, sur la Léna, on exploitait des terrains aurifères. Il y avait un reflet d'or sur toute la rivière. Le bourg où nous étions avait connu des temps meilleurs, de furieuses débauches, le pillage et le brigandage. Mais il s'était assagi. Il lui restait, d'ailleurs, l'ivrognerie. Le patron et la patronne de notre isba buvaient à ne pas s'en réveiller. Existence sombre, bornée, au plus loin des lointains du monde. Des blattes, la nuit, remplissaient l'isba de bruissements inquiétants, rampaient sur la table, sur le lit, vous grimpaient jusqu'au visage. De temps à autre, il fallait quitter les lieux, laissant les portes tout ouvertes par trente degrés de froid. En été, on était tourmenté par les thrips qui tuèrent de piqûres une vache égarée dans le bois. Les paysans se voilaient le visage d'un filet en crins de cheval, enduit de cambouis. Au printemps et en automne, le bourg était noyé dans les fanges.

Pourtant, la nature était bien belle. Mais, en ces années-là, elle me laissait froid. J'aurais eu comme du regret de dépenser de l'attention et du temps à admirer la nature. Je vivais entre la forêt et la rivière sans presque les remarquer. Les livres et mes relations personnelles m'absorbaient. J'étudiais Marx en chassant les blattes qui venaient se fourrer sur ses pages.

La Léna était la grande voie fluviale de la déportation. Ceux qui avaient fait leur temps rentraient au pays en suivant la rivière vers le sud. La liaison entre les nids de déportés, qui se multipliaient à mesure que montait le flot révolutionnaire, n'était presque jamais interrompue. Les lettres qu'on échangeait prenaient parfois les dimensions de véritables traités théoriques. On obtenait assez facilement du gouverneur d'Irkoutsk l'autorisation de changer de résidence. Alexandra Lvovna et moi, nous allâmes nous établir à deux cent cinquante verstes plus à l'est, sur les bords de l'Ilim, où nous avions des amis. Là, je servis, pour une courte durée, comme employé comptable, chez un marchand. Un millionnaire. Ses entrepôts de fourrures, ses boutiques, ses cabarets étaient dispersés sur une étendue de pays égale à celle de la Belgique et de la Hollande réunies. C'était un puissant seigneur féodal du négoce. Les nombreux milliers de Toungouses qui étaient sous sa coupe, il les appelait « mes petits Toungouses ». Il était incapable de signer un papier, il faisait une croix. Il vivait en avare, chichement, toute l'année, mais dépensait à faire la noce des dizaines de mille roubles à la foire de Nijni-Novgorod. Je restai chez lui six semaines. Un jour, je portai sur une facture un poud de sulfate de cuivre au lieu d'une livre et expédiai ce compte exorbitant à une boutique lointaine. Ma réputation fut compromise et je demandai mon solde. Nous revînmes à Oust-Kout. L'hiver, à ce moment, était féroce, le froid atteignait jusqu'à quarante-quatre degrés Réaumur. Le cocher de notre traîneau se servait de sa moufle pour arracher les glaçons qui pendaient aux museaux des chevaux. J'avais sur les genoux une fillette de dix mois. Elle respirait par une sorte de tube de fourrure aménagé au-dessus de sa tête. A chaque étape, nous retirions avec inquiétude l'enfant de ses enveloppes. Pourtant, ce voyage se passa bien. Mais nous ne devions pas rester longtemps à Oust-Kout. Quelques mois plus tard, le gouverneur nous permit d'aller vivre un peu plus au sud, à Verkholensk, où nous avions d'autres amis.

Là, parmi les déportés, l'aristocratie était représentée par de vieux populistes qui, avec les années, avaient pu s'installer à peu près. Les jeunes marxistes formaient un milieu distinct. Durant mon séjour dans ce Nord commencèrent à arriver, l'un après l'autre, des grévistes, ouvriers arrachés fortuitement à la vie des masses, souvent peu instruits. Pour eux, la déportation fut une école de politique et de culture générale que rien n'aurait pu compenser.

Les dissensions idéologiques, comme il arrive toujours dans les endroits où des gens sont forcés de vivre entassés les uns sur les autres, se compliquaient de noises personnelles. Ces conflits, surtout ceux qui avaient des motifs romanesques, tournaient au drame assez fréquemment. Il en résultait des suicides. A Verkholensk, nous nous attachâmes à surveiller, à tour de rôle, un étudiant originaire de Kiev. J'avais remarqué qu'il y avait sur sa table de brillantes limailles de plomb. On sut plus tard qu'il avait fabriqué des balles pour un fusil de chasse. Nous ne pûmes le sauver. S'appliquant au cœur le canon de l'arme, il fit partir, d'un orteil, la détente. Nous l'enterrâmes, en grand silence, sur une hauteur. Nous hésitions encore à prononcer des discours, craignant de dire faux.

Dans toutes les grandes colonies de déportés, il existait des tombes de suicidés. Certains des condamnés se dissolvaient dans le milieu, surtout ceux qui habitaient des villes. D'autres se noyaient dans l'ivrognerie. Il n'y avait qu'un travail intensif sur soi-même qui pût vous sauver dans la déportation comme en prison. Il faut dire que les marxistes étaient à peu près les seuls à travailler la théorie.

Sur la grand-route de la Léna, je connus, en ces années lointaines, Dzerjinsky, Ouritsky et d'autres jeunes révolutionnaires qui devaient jouer plus tard des rôles très importants. Chaque nouvelle équipe de déportés était attendue par nous avec la plus vive impatience. Par une sombre nuit de printemps, auprès d'un bûcher, au bord de la Léna qui était sortie largement de son lit, Dzerjinsky lut un poème à lui, en polonais. Son visage et sa voix étaient très beaux; le poème était faible. La vie même de cet homme fut le plus austère des poèmes.

Bientôt après mon arrivée à Oust-Kout, je collaborai à un

journal d'Irkoutsk, *Vostotchnoïé Obozrénié*[1]. C'était une gazette de province, légale, fondée par de vieux populistes déportés, mais dont les marxistes s'emparaient de temps à autre. Je commençai par envoyer des chroniques villageoises. J'attendis avec émotion la publication de la première. Les rédacteurs m'encouragèrent. J'en vins à la critique littéraire et à des articles de publiciste.

Pour trouver un pseudonyme, j'ouvris au hasard un dictionnaire italien. Je tombai sur le mot *antidoto* et, pendant de longues années, je signai mes articles *Antide Oto*, expliquant gaiement aux amis que je voulais glisser l'antidote du marxisme dans la presse légale.

Tout à coup, sans m'en avoir averti, le journal doubla mes honoraires : quatre *kopecks* la ligne, au lieu de deux. C'était la meilleure preuve de succès. Je parlais dans mes articles de la classe paysanne, des classiques russes, d'Ibsen, de Hauptmann, de Nietzsche, de Maupassant, d'Estaunié, de Léonide Andréïev et de Gorki. Je passais des nuits à griffonner mes manuscrits dans tous les sens, à la recherche d'une idée indispensable ou d'un mot qui me manquait. Je devenais écrivain.

Depuis 1896, époque où j'avais essayé de m'écarter des idées révolutionnaires, et 1897, année pendant laquelle j'avais déjà milité, repoussant encore, cependant, la théorie du marxisme, j'avais fait un bon bout de chemin. Vers le temps de ma déportation, le marxisme était définitivement devenu pour moi la base de ma conception du monde et ma méthode de pensée. En Sibérie, j'essayai d'aborder, du point de vue que je m'étais assimilé, ce que l'on appelle les « éternels problèmes » de l'humanité : ceux de l'amour, de la mort, de l'amitié, de l'optimisme et du pessimisme, etc. Selon les époques et les milieux sociaux, l'homme a diverses façons d'aimer, de haïr et d'espérer. De même qu'un arbre, par ses racines, nourrit ses feuilles, ses fleurs et ses fruits des sucs de la terre, l'individu trouve un aliment pour ses sentiments et ses pensées, même les plus « élevés », dans le sol économique de la société. Dans mes articles littéraires d'alors, je n'étudiais guère au fond qu'un seul thème : l'individu dans ses rapports avec la société. Il n'y a pas bien longtemps que ces articles ont été reproduits dans un tome de mes œuvres. Si j'avais à les écrire

1. *La Revue de l'Orient.* (*N. d. T.*)

aujourd'hui, je m'y prendrais certes autrement. Mais je n'aurais rien à y changer pour le fond.

Le marxisme russe, officiel ou légal, passait alors par une crise terrible. Je sais à présent, par expérience, comment de nouvelles exigences sociales se taillent sans cérémonie un uniforme idéologique dans une étoffe de théorie qui était destinée à de tout autres fins. Jusqu'à environ 1890, la très grande majorité des intellectuels russes croupissaient dans le populisme, niant avec lui les progrès du capitalisme et idéalisant la commune paysanne. Or le capitalisme frappait à toutes les portes, promettant aux intellectuels toutes sortes d'avantages et un rôle politique important. Les intellectuels bourgeois eurent bien besoin de l'instrument affilé du marxisme pour se défaire du cordon ombilical que le populisme avait été entre eux et un passé rebutant. C'est pourquoi les idées marxistes se répandirent rapidement et victorieusement dans les dernières années du siècle. Mais à peine la théorie de Marx était-elle parvenue à ce premier résultat qu'elle gêna déjà les intellectuels. La dialectique était bonne quand il s'agissait de démontrer que les méthodes capitalistes de développement avaient un caractère progressiste. Mais là où commençait la négation révolutionnaire du capitalisme, la dialectique devenait gênante et on la déclarait périmée. Sur la ligne de démarcation de deux siècles — qui coïncida pour moi avec des années de prison et de déportation — les intellectuels russes passèrent par une période de critique générale du marxisme. Ils s'en assimilaient la justification historique du capitalisme qui s'y trouve, mais rejetaient les conclusions révolutionnaires qui repoussent le capitalisme. Par ces voies détournées, les intellectuels archaïquement populistes devenaient des libéraux bourgeois.

La critique du marxisme qui se faisait en Europe trouva alors en Russie de larges débouchés, tout à fait indépendamment de la valeur qu'elle pouvait avoir. Il suffit de dire qu'Édouard Bernstein devint des plus populaires parmi ceux qui conduisaient du socialisme au libéralisme. La philosophie « normative » l'emportait de plus en plus sur la dialectique marxiste. L'opinion qui commençait à se former dans la société bourgeoise avait besoin de normes rigides non seulement contre l'arbitraire de l'autocratie et de sa bureaucratie, mais aussi contre le déchaînement des masses révolutionnaires. Kant, s'il parvint à renverser Hegel, ne resta pas longtemps sur ses pieds. Le libéralisme russe était de formation tardive et vécut, dès le début, sur un terrain volcanique. L'impératif catégorique fut pour lui une assurance trop abstraite et de peu d'avenir. Aux masses révolutionnaires, il fallait opposer des moyens plus puissants. Les idéalistes transcendentalistes évoluaient en chrétiens orthodoxes. Le professeur d'économie politique Boulgakov, qui avait commencé par une révision du marxisme sur la question agraire, passa à l'idéalisme et finit par endosser la soutane : il ne lui fallut pour cela que quelques années.

Dans les premières années de ce siècle, la Russie était un immense laboratoire où s'élaborait l'idéologie d'une société. Le travail que j'avais consacré à l'histoire de la franc-maçonnerie m'avait suffisamment armé pour que je comprisse la fonction subsidiaire des idées dans le processus historique. « Les idées ne tombent pas du ciel », répétais-je après le vieux Labriola.

Il ne s'agissait plus d'une récherche purement scientifique; il fallait choisir une voie dans la politique. La revision du marxisme, à laquelle on procédait dans toutes les directions, m'aida, ainsi que bien d'autres jeunes révolutionnaires, à concentrer mes pensées et à affûter les armes. Nous avions besoin du marxisme non pas seulement pour en finir avec le populisme qui nous avait très légèrement atteints, mais, avant tout, pour engager une lutte sans merci contre le capitalisme, et sur le terrain même de celui-ci.

La lutte contre le revisionnisme nous donnait de la trempe non seulement en théorie, mais en politique. Nous devenions des révolutionnaires prolétariens.

Au cours de la même période, nous nous heurtâmes à la critique de gauche. Il y avait, dans une des colonies les plus éloignées vers le Nord, à Viliouisk je crois, un déporté dont le nom, Makhaïsky, gagna bientôt une assez large célébrité. Makhaïsky débuta par une critique de l'opportunisme dans la social-démocratie. Son premier cahier hectographié, qui avait pour objet de dénoncer l'opportunisme de la social-démocratie allemande, obtint un grand succès dans nos colonies d'exilés. Le deuxième cahier donnait la critique du système économique de Marx, et aboutissait à cette conclusion inattendue : le socialisme est un régime social basé sur l'exploitation des ouvriers par les intellectuels professionnels. Le troisième cahier apportait, dans l'esprit de l'anarcho-syndicalisme, la négation de la lutte politique. Durant plusieurs mois, les travaux de Makhaïsky prirent toute l'attention des déportés de la Léna. Ce fut, pour moi, un puissant sérum contre l'anarchisme qui a beaucoup d'allant quand il s'agit de nier, mais qui manque de vie et se montre même timoré dans les déductions pratiques.

J'avais rencontré pour la première fois un anarchiste en chair et en os au dépôt de Moscou. C'était un instituteur, du nom de Louzine, un homme fermé, taciturne, rêche. En prison, il avait un penchant marqué pour les criminels de droit commun et les écoutait avec intérêt raconter des assassinats et des cambriolages. Il n'aimait pas beaucoup s'engager dans des discussions théoriques. Une fois seulement, comme je le pressais, lui demandant comment, dans un ensemble de communes autonomes, seraient administrés les chemins de fer, il me répliqua :

— Au diable! Pourquoi, en anarchie, irais-je rouler sur des voies ferrées?

Cette réponse me suffit tout à fait.

Louzine tentait d'amener à lui des ouvriers et, entre nous, une sourde lutte était engagée, non exempte d'animosité.

Nous fîmes route avec lui vers la Sibérie. C'était l'époque où les rivières débordent. Louzine décida de traverser la Léna en barque. Il était aviné et me défia de passer avec lui. J'acceptai le risque. Les grandes eaux charriaient des poutres et des bêtes crevées; les remous étaient assez nombreux. Cette traversée s'acheva non sans émotions, mais sans accident. Louzine, d'un ton morose, m'accorda je ne sais quel certificat verbal : « bon camarade » ou quelque chose dans ce genre. Nos rapports s'adoucirent.

Bientôt, d'ailleurs, on l'expédia plus au nord. Quelques mois après, il donnait un coup de couteau à un *ispravnik* [1]. Le commissaire n'était pas méchant homme et sa blessure fut légère. Devant le tribunal, Louzine déclara qu'il ne voulait aucun mal, personnellement à l'*ispravnik*, mais qu'il avait prétendu frapper en lui le pouvoir arbitraire de l'État. Louzine fut condamné aux travaux forcés.

Tandis que, dans les lointaines colonies de déportation, au fond de la Sibérie bloquée par les neiges, on discutait passion-

1. Dans les campagnes, commissaire de police de district. La plus haute autorité après celle du gouverneur de la province. (*N. d. T.*)

nément de la différenciation des paysans russes, des trade-unions britanniques, d'une relation entre l'impératif catégorique et les intérêts de classes, du darwinisme et du marxisme, une lutte idéologique avait lieu dans les sphères gouvernementales.

Le saint-synode excommunia Léon Tolstoï en février 1901. Le mandement du synode fut imprimé dans tous les journaux. Tolstoï était accusé de six crimes :

1° D'avoir nié la personne du Dieu vivant, célébré dans la Sainte-Trinité;

2° D'avoir nié le Christ Dieu-homme, ressuscité des morts;

3° D'avoir nié l'Immaculée Conception, la virginité avant et après l'enfantement de la très pure mère de Dieu;

4° De ne pas reconnaître la vie de l'au-delà et la justice suprême;

5° De repousser l'action du Saint-Esprit, qui donne la grâce;

6° De tourner en ridicule le mystère de l'eucharistie.

Des métropolites barbus, aux cheveux blancs, Pobiédonostsev qui les inspirait, et autres colonnes de l'État nous considéraient, nous autres, révolutionnaires, non seulement comme des criminels, mais comme d'insensés fanatiques, et s'imaginaient représenter la saine raison, basée sur l'expérience historique de toute l'humanité : et ces gens-là réclamaient du grand artiste réaliste qu'il crût à une conception sans fécondation séminale et à la transmission du Saint-Esprit par des pains azymes.

Nous lisions et relisions la liste des hérésies de Tolstoï, et c'était chaque fois un nouvel étonnement, et nous nous disions en nous-mêmes : nous nous appuyons sur l'expérience de l'humanité tout entière; c'est nous qui représentons l'avenir, et là-bas, dans les sphères supérieures, ce ne sont pas seulement des criminels, ce sont des maniaques... Et nous sentions qu'à coup sûr nous aurions l'avantage sur cette maison de fous.

Le vieil édifice de l'État craquait dans tous les coins. C'étaient encore les étudiants qui préludaient à la lutte. Pris d'impatience, ils recoururent à des actes de terrorisme. Après les coups de feu de Karpovitch et de Balmachov [1], tout le

1. Karpovitch tua Bogolyepov, ministre de l'Éducation, en 1901. Balmachov tua le ministre de l'Intérieur, Sipiaguine, en 1902. (*N. d. T.*)

monde des déportés s'agita comme à l'appel du clairon sonnant l'alarme. Des discussions s'élevèrent sur la tactique du terrorisme. Il y eut parmi les marxistes des hésitations individuelles, mais l'ensemble se prononça contre la terreur. La chimie des explosifs ne peut suppléer les masses, disions-nous. Quelques-uns se consumeront dansu ne lutte héroïque sans être parvenus à soulever la classe ouvrière. Notre affaire, ce n'est pas de tuer les ministres du tsar, c'est de renverser le tsarisme par la révolution.

Telle fut la ligne de démarcation entre les social-démocrates et les socialistes-révolutionnaires. La prison avait été pour moi une période de formation théorique; la déportation fut l'époque où je me déterminai en politique.

Ainsi s'écoulèrent deux années de ma vie. Il avait passé de l'eau sous les ponts de Pétersbourg, de Moscou et de Varsovie. Le mouvement clandestin commençait à déborder dans les rues. Dans certains gouvernements, la classe paysanne se mettait à remuer. Des organisations social-démocrates se fondaient même en Sibérie, sur la ligne du chemin de fer. Elles entrèrent en liaison avec moi. J'écrivis pour elles des appels et des tracts. Après une interruption de trois années, je me rattachais à la lutte active.

Les déportés ne voulaient plus rester en place. Ce fut une épidémie d'évasions. On dut s'inscrire pour prendre son tour. Il y avait presque dans chaque bourg de ces paysans qui, dès l'enfance, avaient subi l'influence des révolutionnaires d'une génération plus âgée. Ils enlevaient les prisonniers politiques en bateau, en télègue, en traîneau, et se les repassaient d'un bourg à l'autre. La police sibérienne était, en somme, aussi impuissante que nous-mêmes. L'immensité des espaces la servait comme elle lui nuisait. Il était difficile de rattraper un évadé. Il y avait plus de chances de croire qu'il se noierait dans une rivière ou qu'il resterait gelé dans la taïga.

Le mouvement révolutionnaire, en prenant de l'étendue, restait pourtant dispersé. Chaque région et chaque ville luttaient séparément. Le tsarisme avait l'énorme prépondérance de l'unité d'action. La nécessité de créer un parti centralisé perçait dans bien des cervelles. J'écrivis à ce sujet une étude dont les copies furent distribuées dans les centres de déportation et ardemment discutées. Il nous semblait que ceux qui, en Russie ou dans l'émigration, partageaient nos opinions, ne réfléchissaient pas assez à cette question. Pourtant, ils y pensaient et agissaient. Au printemps de 1902, je reçus par la voie d'Irkoutsk des livres dans les reliures desquels étaient insérées les dernières publications faites à l'étranger, reproduites sur du papier très fin. Nous sûmes ainsi qu'en Europe avait été créé un journal, l'*Iskra*, organe marxiste ayant pour dessein de constituer une organisation centralisée des révolutionnaires de profession et de les unir dans l'action par une discipline de fer. Nous reçûmes la brochure de Lénine, éditée à Genève, intitulée : *Que faire?* qui était entièrement consacrée à l'examen de la même question. Mes études hectographiées, les articles que je donnais au journal et les proclamations que j'adressais à l'Union sibérienne me parurent du coup insignifiants, d'un intérêt médiocrement provincial, devant la nouvelle et grandiose tâche qui se posait. Il fallait chercher carrière ailleurs. Il fallait d'abord s'évader.

Nous avions alors, ma femme et moi, déjà deux fillettes. La cadette allait atteindre quatre mois. La vie en Sibérie était dure. Mon évasion devait imposer à Alexandra Lvovna un double fardeau. Mais elle rejetait cette considération d'un seul mot : *il faut*. Le devoir révolutionnaire l'emportait à ses yeux sur toutes autres questions, et avant tout sur les questions personnelles. Elle fut la première à donner l'idée de cette évasion, lorsque nous nous fûmes rendu compte des nouveaux et importants problèmes qui s'offraient. Elle dissipa, sur ce point, tous mes doutes. Durant plusieurs jours, après ma disparition, elle réussit à cacher mon absence aux policiers. Ayant gagné l'étranger, je parvenais à peine à correspondre avec elle. Elle subit ensuite une deuxième déportation. Plus tard, nous ne devions nous rencontrer qu'en diverses occasions, par hasard. Le sort nous avait séparés; mais nous gardâmes indissolubles le lien des idées et l'amitié.

CHAPITRE X

PREMIÈRE ÉVASION

L'automne allait venir et nous étions menacés d'avoir la route coupée. Pour hâter mon évasion, il fut décidé de mettre deux fournées en une seule. Un paysan de nos amis se chargea de m'enlever de Verkholensk avec E. G., traductrice de Marx. La nuit, dans un champ, il nous cacha dans sa télègue avec une natte et du foin, comme charge. En même temps, pour gagner deux jours sur les poursuites de la police, on étendait chez moi une couverture sur le mannequin d'un faux malade. Le cocher nous mena à la sibérienne, c'est-à-dire à une vitesse de vingt verstes à l'heure. Mon dos tenait compte de toutes les fondrières et j'entendais les geignements contenus de ma voisine. Il fallut changer de chevaux deux fois en route. Avant d'arriver au chemin de fer, ma compagne de voyage et moi nous séparâmes, de peur d'aggraver les erreurs ou périls de notre entreprise. Je pris place en wagon sans incident et j'y trouvai une valise, apportée par des amis d'Irkoutsk, qui contenait du linge empesé, une cravate et d'autres attributs de la civilisation. J'avais entre les mains un *Homère*, celui qu'a traduit en hexamètres Gniéditch [1]. En poche, un passeport au nom de Trotsky que j'y avais inscrit à tout hasard, ne prévoyant pas que ce nom resterait le mien pour toute la vie.

Je suivais la ligne sibérienne vers l'ouest. Les gendarmes des gares me laissaient passer avec indifférence. Des femmes de haute taille apportaient aux quais des poules et des porcelets rôtis, des bouteilles de lait, des monceaux de pain. Chaque station avait un air d'exposition de l'abondance sibérienne.

1. Nicolas Gniéditch (1784-1833), directeur de la Bibliothèque impériale, traduisit l'*Iliade* en vers classiques. Fut lié d'amitié avec les premiers romantiques russes. (*N. d. T.*)

Durant tout le trajet, les habitants du wagon prirent du thé, avalant par là-dessus des galettes vendues à bon marché. Je lisais les hexamètres et rêvais d'une existence à l'étranger. Cette évasion n'eut rien de romantique : elle fut absorbée tout entière dans des libations de thé.

Je m'arrêtai à Samara où s'était concentré à cette époque l'état-major intérieur, c'est-à-dire non émigré, de l'*Iskra*. Il avait à sa tête, sous un pseudonyme de conspirateur (*Clair*), l'ingénieur Krjijanovsky, actuellement président du *Gosplan*. Lui et sa femme furent amis de Lénine, militant avec lui dans la social-démocratie à Pétersbourg en 1894-1895, et aussi du temps de leur déportation en Sibérie. Bientôt après l'écrasement de la révolution de 1905, Clair, avec bien des milliers d'autres militants, abandonna le parti et, à titre d'ingénieur, occupa une place très en vue dans le monde industriel. Ceux du *sous-sol* se plaignaient de ce qu'il leur refusait même l'assistance naguère consentie par les libéraux. Dix ou douze ans plus tard, Krjijanovsky rentrait dans le parti, qui avait alors, conquis le pouvoir. Telle est la voie qu'ont suivie un grand nombre d'intellectuels qui constituent maintenant le plus sûr appui de Staline.

A Samara, j'adhérai pour ainsi dire officiellement à l'organisation de l'*Iskra*, sous un pseudonyme de conspiration que me donna Clair; je m'appelai *Péro* (La Plume); c'était tenir compte des succès que j'avais remportés comme journaliste en Sibérie. L'*Iskra* réorganisait le parti. Au Ier congrès qui s'était tenu en mars 1898, à Minsk, on n'avait pas réussi à constituer un parti centralisé. Des arrestations en masse brisèrent le jeune appareil qui n'avait pas encore la base indispensable dans le pays. Le mouvement révolutionnaire, après cela, prit son développement dans des foyers isolés les uns des autres, gardant un caractère provincial. En même temps, son niveau idéologique baissait. Dans la lutte pour la conquête des masses, les social-démocrates rejetaient les mots d'ordre politiques à l'arrière-plan. Alors se forma la tendance dite « économique », qui fut alimentée par une vigoureuse poussée commerciale et industrielle et par une vague de grèves. Tout à la fin du siècle s'ouvrit une crise qui aggrava tous les antagonismes dans le pays et donna une impulsion au mouvement politique. L'*Iskra* engagea une lutte décisive contre le provincialisme des « économistes », pour la création d'un parti révolutionnaire centralisé. Le grand état-major de l'*Iskra* résidait à l'étranger, assurant la stabilité idéologique de l'organisation qui se recrutait parmi des révolutionnaires dits « professionnels », étroitement liés par l'unité de la théorie et des tâches pratiques. A cette époque, les militants de l'*Iskra* étaient encore en majorité des intellectuels. Ils luttaient pour prendre la prépondérance dans les comités social-démocrates des divers groupements et pour préparer un congrès du parti qui fût en mesure d'assurer la victoire des idées et des méthodes de l'*Iskra*. Ce fut, pour ainsi dire, une esquisse, un brouillon de l'organisation révolutionnaire qui, se développant, se trempant, prenant l'offensive ou battant en retraite, se liant de plus en plus étroitement avec les masses ouvrières et leur proposant des tâches de plus en plus étendues, devait, quinze ans plus tard, renverser la bourgeoisie et se saisir du pouvoir.

Mandaté par le bureau de Samara, je visitai Kharkov, Poltava et Kiev, où je devais avoir des entrevues avec un certain nombre de révolutionnaires qui avaient déjà adhéré à l'*Iskra* ou qu'il fallait persuader. Je rentrai à Samara avec d'assez pauvres résultats : dans le Midi, les liaisons étaient faiblement organisées; l'adresse qu'on m'avait donnée pour Kharkov n'était pas la bonne; à Poltava, je tombai sur du patriotisme régional. Il était impossible d'arriver à des résultats par une rapide incursion. Il fallait un travail sérieux.

Cependant Lénine, avec qui le bureau de Samara était en correspondance très active, me pressait de gagner l'étranger. Clair me donna de l'argent pour le voyage et les indications indispensables pour le passage de la frontière autrichienne près de Kamenetz-Podolsk.

Une série d'aventures plus amusantes que tragiques commença dès la gare de Samara. Pour ne pas intriguer une fois de plus les gendarmes, j'avais décidé de n'arriver au train qu'au dernier moment. L'étudiant Soloviov, qui est devenu aujourd'hui un des dirigeants du Syndicat du pétrole, se chargea d'occuper une place pour moi en wagon et de m'attendre avec ma valise. Je me promenais tranquillement dans un champ, loin derrière la gare, regardant ma montre de temps à autre, lorsque, soudain, j'entendis le deuxième coup de cloche. Devinant qu'on s'était trompé en m'indiquant l'heure du départ, je me mis à courir à toutes jambes. Soloviov, qui m'avait consciencieusement attendu dans un wagon, sauta, ma valise à la main, sur la voie, du train en marche. Il fut bientôt cerné par des agents de la gare et par des gendarmes.

Là-dessus, l'apparition d'un homme essoufflé qui accourait après le départ du train — il s'agit de moi — attira l'attention générale. Le procès-verbal que les gendarmes se disposaient à dresser à Soloviov fut oublié au milieu des risées dont nous fûmes, tous deux, l'objet.

Je parvins sans encombre jusqu'à la zone frontière. A la dernière station, un policier me demanda mon passeport. Je fus sincèrement étonné qu'il trouvât parfaitement régulier un document que j'avais fabriqué moi-même.

Le passage illégal de la frontière était commis à la direction d'un gymnasiste qui est devenu maintenant un illustre chimiste et se trouve à la tête d'un des instituts scientifiques de la république des Soviets.

Il se trouva que ses sympathies allaient aux socialistes-révolutionnaires. Apprenant de moi que j'appartenais à l'organisation de l'*Iskra*, il prit brusquement le ton d'un accusateur menaçant :

— Savez-vous que l'*Iskra*, dans ses derniers numéros, mène une polémique indigne contre le terrorisme?

J'allais m'engager dans une discussion de principes quand le gymnasiste ajouta aigrement :

— Je ne vous ferai pas passer la frontière!...

Cette conclusion me frappa par son imprévu. Pourtant, elle était entièrement légitime. Quinze ans plus tard, les armes à la main, nous devions renverser le pouvoir des socialistes-révolutionnaires. Mais à ce moment-là, je ne me préoccupais guère de perspectives historiques. Je démontrais que je n'étais pas sujet à vindicte pour un article paru dans l'*Iskra* et, en fin de compte, je déclarai que je ne quitterais pas la place avant d'avoir obtenu un conducteur. Le gymnasiste prit un ton plus doux :

— Allons, dit-il, c'est bon... Mais dites-leur, là-bas, que c'est la dernière fois.

Il me logea pour la nuit dans l'appartement vide d'un commis voyageur qui vivait seul et ne devait revenir que le lendemain. Je me rappelle vaguement qu'il fallut entrer par la fenêtre dans ce logis que le locataire avait fermé à clef.

Au cours de la nuit, une lumière soudaine me réveilla. Sur moi se penchait un inconnu, un petit homme, coiffé d'un chapeau melon, tenant une chandelle d'une main et un bâton de l'autre. Du plafond rampait vers moi une ombre à l'énorme chapeau.

— Qui êtes-vous? demandai-je indigné.

— Voilà qui me plaît, répondit l'inconnu d'un ton tragique : il est couché dans mon lit et il me demande qui je suis!

C'était clair : j'avais devant moi le maître de maison. J'essayais de lui expliquer qu'il n'aurait dû rentrer que le lendemain, mais sans aucun succès.

— Je sais fort bien quand je dois rentrer! répliqua-t-il, et il faut avouer qu'il avait assez raison.

La situation devenait embarrassante.

— Je comprends, s'écria le maître du logis, sans cesser de m'éclairer la figure : c'est encore une des blagues d'Alexandre. Je vais lui dire deux mots demain...

Très volontiers, je repris et soutins cette heureuse idée : le responsable de tous les malentendus était cet absent, Alexandre...

Je passai le reste de la nuit chez le commis voyageur qui m'offrit même, aimablement, du thé.

Le lendemain matin, le gymnasiste, après une violente explication avec mon logeur, me livra à des contrebandiers du bourg de Brody.

Je passai toute la journée sur la paille, dans la grange d'un Petit-Russien qui m'alimenta avec des arbouses.

La nuit, sous une pluie battante, il me fit passer la frontière. Nous dûmes errer longtemps dans les ténèbres, trébuchant à tout instant.

— Eh bien, maintenant, dit mon guide, montez-moi sur le dos. Nous avons de l'eau devant nous...

Je ne voulais pas monter. Le Petit-Russien insista :

— Vous ne pourriez pas, tout mouillé, continuer votre chemin de l'autre côté. Impossible!

Je dus céder et faire la traversée à dos d'homme, ce qui ne m'empêcha pas d'avoir mes chaussures pleines d'eau.

Un quart d'heure plus tard, nous nous séchions dans une isba juive, déjà du côté autrichien de Brody. Là, on m'assura que le guide avait fait exprès de me conduire vers des eaux profondes pour toucher davantage. De son côté, le Petit-Russien, en toute bonhomie, me quittant, me mit en garde contre les juifs qui prennent toujours trois fois plus qu'on ne leur doit. Mes ressources, effectivement, s'épuisaient vite. J'avais encore un trajet de huit kilomètres à faire, la nuit, jusqu'à la prochaine gare. Route difficile et dangereuse sur un ou deux kilomètres, en bordure de la frontière : c'était à suivre un chemin délavé par les pluies avant d'atteindre la route.

Un vieil ouvrier juif me conduisit dans une voiture à deux roues.

— Un jour ou l'autre, j'y laisserai ma peau, marmonnait-il.

— Comment cela?

— Les soldats vous crient « qui vive »! Quand on ne répond pas, ils tirent. Tenez, là-bas, voilà leur feu. Aujourd'hui, par bonheur, la nuit est encore bonne...

Elle était bonne en effet : une méchante et impénétrable nuit d'automne, une pluie incessante vous cinglant la figure, la fange clapotant profondément sous les sabots du cheval. Nous étions à une montée, les roues dérapaient; le vieux stimulait la bête, par des chuchotements contenus et rauques; les roues s'embourbaient, la légère voiture penchait de plus en plus sur un côté et, tout à coup, elle se renversa. Il y avait là une boue d'octobre, profonde et froide. J'y tombai à plat ventre, enfonçant jusqu'à mi-corps, et pour comble de malheur, j'y perdis mon pince-nez. Mais le plus terrible fut qu'aussitôt après notre chute retentit un cri perçant, à proximité, tout près de nous, une plainte désespérée, un appel au secours, une invocation mystique aux cieux, et il était impossible, dans cette nuit noire et pluvieuse, de concevoir à qui pouvait appartenir cette voix mystérieuse, si expressive, et qui n'avait pourtant rien d'humain.

— Il nous perdra, c'est moi qui vous le dis, marmottait le vieillard, anéanti; il nous perdra...

— Mais qu'est-ce que c'est? demandai-je, retenant ma respiration.

— Un coq. Malédiction sur lui! C'est un coq! La patronne me l'a donné à porter au tueur, à égorger pour samedi....

A intervalles réguliers, des cris perçants retentissaient maintenant.

— Il nous perdra. D'ici, il y a juste deux cents pas jusqu'au poste... Un soldat va sortir...

— Étouffez-le, dis-je, furieux.

— Qui ça?

— Le coq!

— Et où l'attraper? Il doit être écrasé par quelque chose...

Nous rampâmes tous deux dans les ténèbres, fouillant des deux mains la boue; la pluie nous cinglait; nous maudissions le coq et le sort. Enfin, le vieillard parvint à dégager la misérable victime qui s'était trouvée enfouie sous ma couverture. L'oiseau, reconnaissant, se tut aussitôt. Nous nous mîmes à deux pour relever la voiture et nous continuâmes le voyage.

A la gare, j'employai trois heures à me sécher et à me nettoyer avant l'arrivée du train.

Après l'opération du change, il se trouva que je n'avais plus assez d'argent pour atteindre le lieu de destination, c'est-à-dire Zurich, où je devais me présenter à Axelrod. Je pris un billet valable jusqu'à Vienne : là, je verrais.

Ce qui me frappa dans Vienne, avant tout, c'est qu'ayant appris l'allemand à l'école, je n'y comprenais rien; et la plupart des passants me payèrent de la même monnaie. Je parvins pourtant à expliquer à un vieillard qui portait une casquette rouge que j'avais besoin de trouver la rédaction de l'*Arbeiter Zeitung*. Je m'étais résolu à expliquer à Victor Adler lui-même, leader de la social-démocratie autrichienne, que les intérêts de la révolution russe exigeaient incontinent la continuation de mon voyage vers Zurich. Le vieillard, qui était un commissionnaire, s'engagea à me conduire où il fallait. Nous marchâmes toute une heure. Il se trouva que la rédaction du journal avait changé d'adresse depuis deux ans. Nous marchâmes encore une demi-heure. Le portier de la gazette nous déclara que ce n'était pas l'heure des réceptions. Je n'avais pas de quoi payer mon guide, j'étais affamé, et puis, surtout, je devais absolument atteindre Zurich... Or, à ce moment, un monsieur de haute taille, d'apparence peu amène, descendait l'escalier. Je lui demandai si je pouvais voir Adler.

— Savez-vous quel jour nous sommes? me dit-il sévèrement.

Je n'en savais rien. En wagon, en voiture, dans le logement du commis voyageur, dans la grange du Petit-Russien, dans ma bataille nocturne avec un coq, j'avais perdu la notion du temps.

— C'est aujourd'hui dimanche, reprit le monsieur en détachant les syllabes, et il voulut passer.

— Ça ne fait rien, dis-je. Il faut que je voie Adler.

Mon interlocteur me parla alors du ton que doit avoir un chef de bataillon commandant à sa troupe en pleine tempête :

— Le dimanche, vous dit-on, impossible de voir le docteur Adler!...

— Mais c'est pour une affaire très sérieuse, répliquai-je obstinément.

— Et quand bien même votre affaire serait dix fois plus sérieuse, avez-vous compris?... (J'étais en présence de Fritz Austerlitz en personne, terreur de sa propre rédaction, dont la conversation, aurait dit Hugo, était faite de coups de tonnerre.)

Quand bien même vous viendriez nous apprendre que votre tsar, entendez-vous? que votre tsar a été tué et que la révolution, entendez-vous? a commencé chez vous, cela ne vous donnerait pas le droit de troubler le repos dominical du docteur!

Ce monsieur m'en imposait littéralement par les roulements de sa voix. Pourtant, il me semblait bien qu'il disait des bêtises. Impossible de concevoir que le repos du dimanche fût au-dessus des exigences de la révolution! Je résolus de ne pas céder. J'avais besoin d'atteindre Zurich. La rédaction de l'*Iskra* m'attendait. En outre, je m'étais évadé de Sibérie. Cela aussi valait d'être considéré. Au pied de l'escalier, barrant le chemin à mon terrifiant interlocuteur, je finis par obtenir ce que je désirais : Austerlitz me donna l'adresse.

Conduit par le même guide, me voilà reparti. J'arrive à la maison qu'habitait Adler.

Je fus accueilli par un homme de taille moyenne, un peu voûté, presque bossu, qui avait des paupières gonflées sur un visage las. C'était, à Vienne, une époque d'élections au Landtag; Adler avait parlé, la veille, dans plusieurs réunions, et il avait employé sa nuit à écrire des articles, des appels. C'est ce que j'appris, un quart d'heure plus tard, de sa belle-fille.

— Excusez-moi, docteur, de venir troubler votre repos dominical...

— Allons au fait, au fait, dit Adler, avec une certaine raideur, mais d'un ton qui, loin d'effaroucher, était plutôt encourageant.

L'esprit transparaissait par toutes les rides de cet homme.

— Je suis Russe...

— Oh! inutile de le dire, j'ai déjà pu le deviner...

Je racontai au docteur, qui m'étudiait rapidement du regard, l'entretien que j'avais eu au seuil de la rédaction.

— Tiens, tiens! On vous a dit ainsi! Qui pouvait-ce bien être? Un grand? Et qui crie? C'est Austerlitz. Il crie, dites-vous?... Austerlitz!... Ne prenez pas cela trop au sérieux. Si vous apportez jamais de Russie des nouvelles de révolution, vous pouvez sonner chez moi, même la nuit... Katia! Katia!... s'écria-t-il soudain.

Sa belle-fille entra. C'était une Russe.

— Maintenant, vos affaires vont aller mieux, dit-il en nous quittant.

J'étais sûr de pouvoir continuer mon voyage.

CHAPITRE XI

PREMIÈRE ÉMIGRATION

J'arrivai de Zurich à Londres, en passant par Paris, durant l'automne de 1902, probablement en octobre, un matin, de bonne heure. En gesticulant, je réussis à me faire comprendre d'un cocher et le cab me conduisit à une adresse que j'avais sur un papier et qui indiquait ma destination. Cet endroit, c'était le logement de Lénine. On m'avait fait la leçon d'avance, à Zurich, on m'avait dit de frapper trois fois avec l'anneau de la porte. Ce fut Nadejda Konstantinovna qui vint m'ouvrir : elle avait dû sauter du lit, je pense, au bruit que je faisais. L'heure était trop matinale et un homme plus accoutumé que moi aux manières de la civilisation aurait attendu tranquillement une heure ou deux, à la gare, au lieu de venir heurter, dès la pointe du jour, à la porte d'autrui. Mais j'étais encore dans tout l'élan de mon évasion de Verkholensk. De la même manière, en barbare, j'avais à Zurich inquiété l'appartement d'Axelrod, non pas à l'aube, mais en pleine nuit.

Lénine était encore au lit et, sur son visage, l'affabilité se nuançait d'un légitime étonnement. C'est dans ces conditions qu'eurent lieu notre première entrevue et notre premier entretien. Lénine et Nadejda Konstantinovna avaient été renseignés sur moi par une lettre de Clair et m'attendaient. C'est ainsi que l'on m'accueillit :

— *Péro* est arrivé.

Je sortis aussitôt mon modeste bagage d'impressions russes : la liaison dans le Midi était faible, l'adresse de Kharkov ne valait plus rien, la rédaction du *Ioujny Rabotchy* (*L'Ouvrier du Midi*) s'opposait à la fusion, la frontière autrichienne était entre les mains d'un « gymnasiste » qui ne voulait pas aider les partisans de l'*Iskra.* Les faits que je rapportais n'étaient pas des plus encourageants, mais la foi en l'avenir surabondait.

Dans la même matinée, ou le lendemain, je fis avec Vladimir Ilitch une grande promenade dans Londres. Il me montra Westminster, du pont, et d'autres édifices remarquables. Je ne me rappelle pas comment il dit, mais il y eut dans sa parole cette nuance : « C'est *leur* fameux Westminster. » *Leur*, bien entendu, concernait non pas les Anglais, mais leurs classes dirigeantes. Cette nuance, nullement soulignée, profondément organique, exprimée surtout par le timbre de la voix, se retrouvait toujours chez Lénine lorsqu'il parlait de quelqu'une des valeurs de la civilisation, ou de progrès récents, de la riche bibliothèque du British Museum, de l'information fournie par la grande presse européenne, ou, bien des années plus tard, de l'artillerie allemande ou de l'aviation française : ils savent ou possèdent, ils ont fait ou obtenu, mais quels ennemis!... L'ombre de la classe dirigeante, imperceptible, semblait s'étendre à ses yeux sur toute la culture humaine, et cette ombre lui était toujours sensible, aussi indubitablement apparente que la lumière du jour.

Je n'ai dû, cette fois-là, montrer que fort peu d'attention pour l'architecture londonienne. Brusquement transféré de Verkholensk à l'étranger, où je me trouvais d'ailleurs pour la première fois, je ne reçus alors de Vienne, de Paris et de Londres que des impressions très sommaires et je n'avais que faire encore de « détails » comme le palais de Westminster. Au surplus, ce n'est pas pour cela, on le conçoit, que Lénine m'avait emmené en grande promenade. Son but était de faire connaissance et de m'examiner sans avoir l'air. Et l'examen porta en effet « sur toutes les matières du cours ».

Je lui racontai les discussions que nous avions eues en Sibérie, principalement sur la question d'une organisation centralisée; je lui parlai du rapport que j'avais écrit sur ce sujet; du violent conflit qui s'était élevé entre les vieux populistes et moi, lors d'un séjour de plusieurs semaines que je fis à Irkoutsk; des trois cahiers de Makhaïsky, etc. Lénine savait écouter.

— Et où en était-on du point de vue de la théorie?

Je racontai qu'au Dépôt de Moscou nous avions étudié en commun le livre de Lénine intitulé : *Le développement du capitalisme en Russie*, et que, sur les lieux de déportation, nous nous étions appliqués au *Capital*, mais en étions restés au tome II.

Nous avions suivi attentivement la controverse entre Bernstein et Kautsky, puisant aux premières sources. Il n'y avait pas eu, parmi nous, de partisans de Bernstein. Dans le domaine de la philosophie, nous avions été séduits par le livre de Bogdanov qui combinait avec le marxisme la théorie de la connaissance de Mach-Avenarius. Lénine aussi croyait alors que le livre de Bogdanov exprimait des idées justes.

— Je ne suis pas philosophe, disait-il, non sans inquiétude, mais voici que Plékhanov condamne violemment la philosophie de Bogdanov, comme une des variantes masquées de l'idéalisme...

Quelques années plus tard, Lénine consacrait à la philosophie de Mach-Avenarius une grande étude. Dans l'ensemble, il en jugeait à la façon de Plékhanov.

Au cours de notre conversation, je dis que l'énorme quantité de statistiques mises en œuvre par Lénine dans son livre sur le capitalisme russe avait produit une grande impression chez les déportés.

— Mais, ça ne s'est pas fait d'un seul coup... répondit Vladimir Ilitch, un peu confus.

Évidemment, il lui était très agréable que les cadets de ses camarades eussent apprécié à sa valeur le formidable labeur qu'il avait consacré à la principale de ses études économiques.

Quand nous en vînmes à parler de mon travail ultérieur, la conversation se borna, pour cette fois, à des généralités.

Il fut entendu que je passerais quelque temps à l'étranger, que je prendrais connaissance de la littérature, que je regarderais autour de moi et qu'on verrait ensuite. En tout cas, je pensais rentrer un peu plus tard, illégalement, en Russie, pour y poursuivre ma tâche révolutionnaire.

Pour me loger, Nadejda Konstantinovna me conduisit dans un quartier voisin, dans une maison où habitaient Zassoulitch, Martov et Blumenfeld qui dirigeait l'imprimerie de l'*Iskra*. Il se trouva là une chambre libre pour moi aussi. L'appartement, selon la disposition habituelle des logements anglais, était réparti non en largeur, mais verticalement : en bas, la propriétaire; ses locataires habitaient l'un au-dessus de l'autre. Il y avait de plus une salle commune où l'on prenait le café, où l'on fumait et palabrait interminablement, où, un peu par la faute de Zassoulitch, mais aussi avec la complicité de Martov, régnait le plus grand désordre. Plékhanov après sa première visite, appela cette pièce *Le Repaire*.

Ainsi débuta la courte période londonienne de mon existence. Je me jetai avidement sur les numéros de l'*Iskra* et sur les brochures de *Zaria* (*l'Aube*) que publiait la même rédaction. C'étaient de brillants écrits où se joignaient une science approfondie et la passion révolutionnaire. Je m'épris de l'*Iskra*, j'eus honte de mon ignorance et je m'employai de toutes mes forces à y remédier le plus vite possible. Bientôt, je collaborai à ce journal. Je donnai d'abord de petites notes, puis des articles de politique et même des éditoriaux.

C'est alors que je fis une conférence à Whitechapel où je me mesurai avec le patriarche de l'émigration, Tchaïkovsky et avec l'anarchiste Tcherkézov qui n'était pas jeune non plus. Je fus sincèrement étonné d'entendre les arguments enfantins dont se servaient de vénérables vieillards pour démolir le marxisme.

Il me souvient que je rentrai chez moi dans un état d'extrême exaltation; je ne sentais pas le trottoir sous mes semelles...

La liaison avec Whitechapel et, en général, avec le monde extérieur, m'était assurée par un vieil habitant de Londres, l'émigré marxiste Alexéiev qui était en rapports avec la rédaction de l'*Iskra*. C'est lui qui m'initia à la vie anglaise, et il fut en général pour moi la source de toutes les sortes de notions et connaissances. Alexéiev avait pour Lénine le plus grand respect :

— J'estime, me disait-il, que, pour la révolution, Lénine est plus important que Plékhanov.

Bien entendu, je ne rapportai pas ce propos à Lénine, mais j'en fis part à Martov, qui ne souffla mot.

Un dimanche, j'allai, avec Lénine et Kroupskaïa, visiter une église de Londres où se tenait un meeting social-démocrate entremêlé de psaumes chantés. L'orateur était un compositeur-typographe, revenu d'Australie. Il parla de la révolution sociale. Ensuite, toute l'assistance se leva et chanta :

« Dieu tout-puissant, fais qu'il n'y ait plus ni rois ni richards... »

Je n'en croyais ni mes yeux ni mes oreilles.

— Il y a, dans le prolétariat anglais, une multitude d'éléments révolutionnaires et socialistes qui sont dispersés, disait à ce sujet Lénine, quand nous sortîmes de l'église; mais tout cela se combine avec du conservatisme, de la religion, des préjugés, cela ne réussit pas à percer et à se généraliser...

Revenus de l'église social-démocrate, nous déjeunâmes dans la petite cuisine-salle à manger du logement qui se composait de deux pièces. On plaisanta comme toujours au sujet de mon retour au logis, se demandant si j'arriverais à trouver tout seul le chemin : j'étais fort maladroit à reconnaître les rues et, par penchant pour la systématisation, j'appelais ce défaut : mon « crétinisme topographique ». Plus tard, je fis des progrès en cette matière, mais non sans peine.

Mes modestes notions d'anglais, acquises dans la prison d'Odessa, ne s'accrurent presque pas pendant ce séjour à Londres. J'étais trop absorbé par les affaires russes. Le marxisme britannique était sans intérêt. Le centre des idées de la social-démocratie se trouvait alors en Allemagne, et nous suivions de près la lutte qui se déroulait entre orthodoxes et révisionnistes.

A Londres, comme plus tard à Genève, je rencontrai beaucoup plus souvent Zassoulitch et Martov que Lénine. A Londres dans le même logement, à Genève déjeunant et dînant ordinairement dans les mêmes petits restaurants, Martov, Zassoulitch et moi nous rencontrions plusieurs fois par jour, tandis que Lénine vivait dans son intérieur familial; aussi, chaque entrevue avec lui, en dehors des séances officielles, prenait-elle l'importance d'un petit événement.

Les habitudes et prédilections de la vie de bohème, qui pesèrent tant dans l'existence de Martov, restèrent complètement étrangères à Lénine. Il savait que le temps, malgré toute sa relativité, est le plus absolu des biens. Il passait de longues heures à la bibliothèque du British Museum, s'occupant de théorie et y écrivant d'ordinaire ses articles. Avec son aide, j'obtins mes entrées dans ce sanctuaire. Mon sentiment, était celui d'une faim inextinguible, l'abondance des livres m'étouffait...

Mais je dus bientôt regagner le continent.

Après mes conférences *d'essai* à Whitechapel, on m'envoya parler à Bruxelles, à Liège et à Paris. Le thème que je présentais était une défense du matérialisme historique contre la critique de l'école russe dite école subjective. Lénine se montra très curieux de ce sujet. Je lui soumis un résumé détaillé et il me conseilla d'en faire un article pour le prochain numéro de *Zaria*. Mais je n'eus pas l'audace de parler en théoricien à côté de Plékhanov et d'autres.

De Paris, je fus bientôt rappelé par télégramme à Londres.

Il s'agissait de m'envoyer illégalement en Russie : on se plaignait là-bas d'avoir des « trous », de manquer de militants, et on réclamait mon retour. Mais je n'eus pas le temps d'arriver à Londres que, déjà, le plan était modifié. Deutch, qui se trouvait alors à Londres et me traitait fort bien, me raconta comment « il était intervenu en ma faveur », remontrant que ce « jeune homme » (il ne m'appelait pas autrement) avait besoin de vivre à l'étranger pour s'instruire, et que Lénine était tombé d'accord avec lui.

Il était séduisant de travailler en Russie, dans l'organisation de l'*Iskra*; néanmoins, j'acceptai bien volontiers de rester encore quelque temps à l'étranger. Je revins à Paris où existait une grande colonie d'étudiants russes, ce que l'on ne trouvait pas à Londres. Les partis révolutionnaires se combattaient avec acharnement pour acquérir de l'influence parmi les étudiants. Voici une page des mémoires de N.-I. Sédova qui se rapporte à cette époque :

« L'automne de 1902 fut riche en conférences dans la colonie russe de Paris. Le groupe de l'*Iskra*, auquel j'appartenais, vit d'abord Martov, puis Lénine. Il y avait lutte contre les « économistes » et les socialistes-révolutionnaires. Dans notre groupe, on parlait de l'arrivée d'un jeune camarade, évadé de la déportation. Il se rendit chez Catherine Mikhaïlovna Alexandrova, ancienne militante de la « Liberté du Peuple », qui s'était ralliée à l'*Iskra*. Nous autres, jeunes, aimions beaucoup Alexandrova, l'écoutions avec intérêt et étions sous son influence. Lorsque survint à Paris le jeune collaborateur de l'*Iskra*, Alexandrova me chargea de lui chercher une chambre dans le voisinage. Il y en avait une libre dans la maison où j'habitais; elle coûtait douze francs au mois, mais elle était très petite, étroite, sombre, pareille à un cachot. Lorsque j'en fis la description à Alexandrova, celle-ci me coupa la parole :

« — C'est bon, c'est bon... Inutile d'en dire tant... Il y sera bien. Qu'il la prenne!...

« Lorsque le jeune camarade, dont on ne nous disait pas le nom, se fut installé dans ce cabinet, Alexandrova me questionna :

« — Eh bien, prépare-t-il sa conférence?

« — Je n'en sais rien, répondis-je. Probablement... Cette nuit, en montant l'escalier, je l'ai entendu siffler dans sa chambre.

« — Dites-lui qu'il se prépare bien, au lieu de siffler.

« Alexandrova était très inquiète de « lui », se demandant s'il parlerait avec succès. Mais son anxiété n'était pas justifiée. La conférence fut très réussie, la colonie était enthousiasmée, le jeune militant de l'*Iskra* surpassa les espérances. »

Je pris connaissance de Paris beaucoup plus attentivement que je n'avais étudié Londres. Ce fut sous l'influence de N.-I. Sédova. J'étais né et avais été élevé à la campagne, mais c'est à Paris que je me rapprochai de la nature. C'est là aussi que je me trouvai mis en présence de l'art véritable. J'avais autant de mal à comprendre la peinture qu'à aimer la nature. Dans des notes de Sédova, rédigées, plus tard, on lit ceci :

« L'impression générale que lui fit Paris : " Ça ressemble à Odessa, mais Odessa est mieux. " Cette conclusion venue en dépit du bon sens s'explique ainsi : L. D. était totalement absorbé par la vie politique et ne se rendait compte de toute autre vie que dans la mesure où les choses s'imposaient à lui; il les percevait alors comme des importunités auxquelles on ne saurait échapper. Je n'admettais pas son jugement sur Paris et me moquais un peu de lui. »

Oui, c'était bien cela. J'entrais dans l'ambiance du centre mondial, mais en entêté, en rétif. Je commençai par « *nier* » Paris et j'essayai même de l'ignorer délibérément. Au fond, j'étais le barbare qui lutte pour sa propre conservation. Je sentais que, pour accéder à la vie de cette capitale et la saisir vraiment tout entière, il fallait beaucoup trop se dépenser. Or, j'avais mon domaine à moi, un domaine très exigeant et qui n'admettait pas de concurrence : la révolution. Peu à peu, péniblement, je me familiarisais avec l'art. Le Louvre, le Luxembourg, les expositions provoquèrent mes résistances. Rubens trop repu et content de lui-même; Puvis de Chavannes trop incolore, trop ascète. Les portraits de Carrière m'agaçaient par leur flou crépusculaire. Mêmes difficultés pour la sculpture et l'architecture. En somme, je regimbai contre l'art, de même qu'autrefois je m'étais rebellé contre la révolution, puis contre le marxisme, comme, plus tard, pendant des années, je me montrai récalcitrant à l'égard de Lénine et de ses méthodes. La révolution de 1905 devait bientôt interrompre le processus de mon acclimatation à l'Europe et à sa culture. C'est seulement au cours de ma deuxième émigration que je revins aux choses d'art, regardant, lisant, écrivant parfois. Je ne dépassai pourtant pas les limites du dilettantisme.

A Paris, j'entendis parler Jaurès. C'était à l'époque du cabinet Waldeck-Rousseau, Millerand étant ministre du Commerce et Galliffet ministre de la Guerre. Je pris part à une manifestation des guesdistes, dans la rue, et je m'appliquai à crier comme les autres toutes sortes d'invectives à l'adresse de Millerand. Jaurès ne produisit pas sur moi, en cette période, l'impression qui convenait; je sentais trop immédiatement en lui un adversaire. C'est seulement quelques années plus tard que j'appris à estimer cette splendide figure, sans pour cela atténuer en rien mon jugement sur le jaurésisme.

Sur les instances de la section marxiste des étudiants, Lénine devait faire trois conférences sur la question agraire à l'École des Hautes Études, organisée à Paris par des professeurs qui avaient été chassés des universités russes. Ces professeurs libéraux invitèrent l'incommode conférencier à s'abstenir autant que possible de polémique. Mais Lénine refusa d'accepter aucune condition et commença sa première leçon en disant que le marxisme était une théorie révolutionnaire qui, par conséquent, comportait nécessairement de la polémique.

Il me souvient qu'avant cette première causerie, Vladimir Ilitch était très ému. Mais, à la tribune, il reprit aussitôt possession de lui-même, ou, du moins, il en eut tout l'air. Le professeurs Gambarov, qui était venu pour l'écouter, exprima à Deutch son impression en deux mots : « Un vrai professeur ». Il croyait évidemment décerner ainsi le plus grand des éloges.

Il fut décidé que l'on montrerait à Lénine ce que c'est qu'un opéra. Sédova fut chargé d'organiser l'affaire. Lénine se rendit à l'Opéra-Comique muni de la serviette qu'il emportait à ces conférences. Nous formions un groupe dans une galerie du théâtre : outre Lénine, Sédova et moi, il y avait, ce me semble, Martov. Cette visite à l'Opéra-Comique se rattache à un souvenir qui n'a absolument rien de musical. Lénine avait acheté des chaussures à Paris. Elles se trouvèrent trop étroites. Comme par hasard, mes chaussures à moi demandaient avec insistance à être remplacées. Lénine me donna les siennes et, au commencement, il me sembla qu'elles étaient juste à ma pointure. Quand nous nous rendîmes à l'Opéra, cela marcha parfaitement. Mais, au théâtre, je sentis que l'affaire se gâtait. Sur le chemin du retour, je souffrais atrocement et Lénine me raillait tout le temps, d'autant plus impitoyable qu'il avait enduré lui-même, plusieurs heures, le supplice de ces chaussures.

De Paris, j'allai faire des conférences dans les colonies d'étudiants russes de Bruxelles, Liège, ainsi qu'en Suisse et en Allemagne. A Heidelberg, j'écoutai le vieux Kuno Fischer, mais le kantisme ne me séduisit pas. La philosophie normative m'était organiquement étrangère. Va-t-on coucher sur la paille quand on a près de soi de l'herbe moelleuse et pleine de suc?... Heidelberg était devenu le nid des étudiants russes idéalistes. Parmi eux se trouvait, Avxentiev, futur ministre de l'Intérieur de Kérensky. Je brisai là bien des lances dans une lutte ardente pour la dialectique matérialiste.

CHAPITRE XII

LE CONGRÈS DU PARTI ET LA SCISSION

Lénine était arrivé à l'étranger dans sa maturité, à l'âge de trente ans. En Russie, dans les cercles d'étudiants, dans les premiers groupes de la social-démocratie, dans les colonies de déportés, il avait occupé la première place. Il ne pouvait pas ne pas sentir sa force, déjà pour cette simple raison que tous ceux qu'il rencontrait et avec qui il travaillait la reconnaissaient. Il partit pour l'étranger déjà en possession d'un important bagage théorique et d'une sérieuse provision d'expérience révolutionnaire. A l'étranger, il devait d'abord collaborer avec le « Groupe de l'Émancipation du Travail » et, avant tout, avec Plékhanov, brillant commentateur de Marx, qui avait instruit plusieurs générations, théoricien, politique, publiciste, orateur, qui s'était fait un nom européen et des relations dans toute l'Europe. A côté de Plékhanov se trouvaient deux hautes autorités : Zassoulitch et Axelrod. Non seulement son héroïque passé mettait au premier rang Véra Ivanovna — c'était un esprit des plus pénétrants, d'une large instruction, principalement historique, et d'une rare intuition psychologique. Par l'intermédiaire de Zassoulitch s'était faite, en son temps, la liaison du « Groupe » avec le vieil Engels. A la différence de Plékhanov et de Zassoulitch, qui étaient plus étroitement liés avec le socialisme latin, Axelrod représentait dans le « Groupe » les idées et l'expérience de la social-démocratie allemande. Pour Plékhanov, cependant, commençait déjà, en ces années, la période de la décadence. Ce qui le minait, c'était précisément ce qui donnait des forces à Lénine : l'approche de la révolution. Toute l'activité de Plékhanov tendit à préparer la révolution par les idées. Il fut le propagandiste et le polémiste du marxisme, mais non pas le politique révolutionnaire du prolétariat. Plus la révolution devenait imminente, plus il sentait le sol lui glisser sous les pieds. Il ne pouvait pas ne pas le sentir, et c'était là le motif essentiel de l'agacement qu'il manifestait à l'égard des jeunes.

Le directeur politique de l'*Iskra* fut Lénine. La grande ressource du journal était Martov, publiciste qui écrivait facilement et interminablement, de même qu'il parlait. Coude à coude avec Lénine, qui était alors son plus proche compagnon de lutte, Martov ne se sentait déjà plus à son aise. Ils se tutoyaient encore, mais, de toute évidence, un certain froid commençait à passer entre eux. Martov vivait beaucoup plus du jour présent, de ses intérêts éphémères, de son travail courant de publiciste, ainsi que de dernières nouvelles et de conversations. Lénine, écrasant sous lui les faits du jour, pénétrait profondément par la pensée dans le lendemain. Martov avait d'innombrables et souvent brillantes intuitions, il concevait des hypothèses, il faisait des propositions que lui-même, parfois, oubliait à bref délai; mais Lénine saisissait ce dont il avait besoin et seulement au moment où il en avait besoin. La transparente fragilité des pensées de Martov obligea plus d'une fois Lénine à hocher la tête en signe d'inquiétude. Aucune différence entre leurs lignes politiques n'avait encore eu le temps de se définir, ni même d'apparaître. Plus tard, lors de la scission au IIe congrès, les collaborateurs de l'*Iskra* se divisèrent en « durs » et « doux ». Ces appellations, comme on sait, eurent cours dans les premiers temps, prouvant que s'il n'existait pas encore de ligne de partage, il y avait pourtant une différence dans la façon d'aborder les questions, dans la décision, dans la persévérance vers le but. Pour ce qui est de Lénine et de Martov, on peut dire que même avant la scission et avant le congrès, Lénine était déjà un « dur », tandis que Martov était un « doux ». Et tous deux le savaient bien. Lénine considérait Martov, qu'il estimait beaucoup, d'un œil critique et légèrement soupçonneux; Martov, sentant ce regard sur lui, en était gêné et, par un tic nerveux, secouait sa maigre épaule. Lorsqu'ils se rencontraient et causaient, il n'y avait plus entre eux d'intonations amicales, de plaisanteries, ou du moins ne m'en apercevais-je pas. Lénine, en parlant, ne le regardait pas en face, et les yeux de Martov se vitrifiaient sous son pince-nez, penché en avant et qu'il n'essuyait jamais.

Et quand Lénine causait avec moi de Martov, il y avait dans sa voix une nuance particulière : « Quoi donc, c'est Julius qui a dit cela? » Et alors, le nom de Julius était prononcé d'une certaine façon, légèrement souligné, comme si Lénine donnait un avertissement : « Il est bon, sans doute, il est bon, il est même remarquable, mais vraiment trop doux... » De plus, incontestablement, Véra Ivanovna Zassoulitch exerçait sur Martov une influence, non politique mais psychologique, l'écartant de Lénine.

La liaison avec la Russie était toute entre les mains de Lénine. C'était sa femme, Nadejda Konstantinovna Kroupskaïa, qui avait assumé le secrétariat de la rédaction. Elle était au centre de tout le travail d'organisation, recevait les camarades venus de loin, instruisait et accompagnait les partants, fixait les moyens de communication, les lieux de rendez-vous, écrivait les lettres, les chiffrait et les déchiffrait. Dans sa chambre, il y avait presque toujours une odeur de papier brûlé venant des lettres secrètes qu'elle chauffait au-dessus du poêle pour les lire. Et fréquemment elle se plaignait, avec sa douce insistance, de ne pas recevoir assez de lettres, ou de ce que l'on s'était trompé de chiffre, ou de ce que l'on avait écrit à l'encre sympathique de telle façon qu'une ligne grimpait sur l'autre, etc.

Lénine dans son travail courant d'organisation politique, s'efforçait de dépendre le moins possible des anciens, et, avant tout de Plékhanov, avec lequel il avait eu déjà de graves conflits pour différents motifs, notamment lors de l'élaboration du projet de programme du parti. Le premier projet de Lénine, opposé à celui de Plékhanov, avait provoqué de la part de ce dernier une appréciation très brutale, formulée sur un ton de raillerie hautaine, par quoi se distinguait, dans ces cas-là, Georges Valentinovitch. Mais ce n'était pas ainsi, bien entendu, que l'on pouvait décourager ou intimider Lénine. Le conflit prit un caractère tout à fait dramatique. Les médiateurs furent Zassoulitch et Martov; Zassoulitch pour Plékhanov, Martov pour Lénine. Les deux intermédiaires étaient tout disposés à obtenir la conciliation et, en outre, ils avaient l'un pour l'autre, beaucoup d'amitié. Véra Ivanovna, elle-même l'a raconté, disait à Lénine :

— Georges (Plékhanov) est un lévrier : il mordille bien, mais il finit toujours par lâcher; vous êtes un bouledogue : quand vous mordez, vous ne lâchez plus...

Quand Véra Ivanovna, plus tard, me rapporta ce propos, elle ajouta :

— Et il (Lénine) a beaucoup aimé ça. « Je mords et ne lâche plus »? a-t-il répété, avec plaisir.

Et Véra Ivanovna imitait avec une bonhomie railleuse l'intonation et le grasseyement de Lénine.

Toutes ces graves escarmouches avaient eu lieu avant mon arrivée à l'étranger. Je ne les avais pas soupçonnées. Je ne savais pas non plus que les rapports à l'intérieur de la rédaction s'aggravèrent encore quand il fut question de moi. Quatre mois après mon arrivée, Lénine écrivait à Plékhanov :

Paris, le 2 mars 1903.

J'invite tous les membres de la rédaction à admettre par cooptation *Péro*, avec des droits égaux à ceux des autres membres (j'estime que pour une cooptation, la majorité ne suffit pas, il faut l'unanimité). Nous avons *fort besoin* d'un septième membre, tant pour la commodité dans les votes (six étant un nombre pair) que pour compléter nos forces. *Péro* écrit depuis des mois dans chaque numéro. D'une façon générale, il travaille pour l'*Iskra* de la façon la plus énergique, il fait des conférences (et avec un énorme succès). Pour les rubriques d'actualité (articles et notes) il nous sera non seulement très utile, mais vraiment indispensable. C'est un homme aux capacités indubitablement hors de pair, convaincu, énergique, qui ira encore de l'avant. Et, dans le domaine des traductions et de la littérature populaire, il saura faire bien des choses.

Objections possibles : 1. il est jeune; 2. il rentrera (peut-être bientôt) en Russie; 3. sa plume (sans guillemets) garde des traces du style des feuilletons, il s'exprime d'une façon par trop recherchée, etc.

Rép. 1. — On ne présente pas *Péro* pour qu'il occupe un poste indépendant, mais pour qu'il soit membre d'une collectivité. Il y prendra de l'expérience. Le « flair » d'un membre de parti, d'un homme de fraction, est indubitablement en lui; quant aux connaissances et à l'expérience, ce sont des choses qui s'acquièrent dans la vie. Il est également indubitable qu'il étudie et travaille. Il est indispensable de le coopter pour l'attacher définitivement à nous et l'encourager.

Rép. 2. — Si *Péro* se met au courant de tous les travaux, il se peut qu'il ne parte pas de sitôt. S'il part, la liaison de l'organisation avec notre groupe et sa subordination à ce dernier ne seront pas un *minus* (—) mais un énorme *plus* (+).

Rép. 3. — Les défauts de style n'ont pas d'importance. Il se formera. Actuellement, il accepte qu'on le « corrige » en silence (et pas très volontiers). Dans notre groupe, il y aura des discussions;

les votes et « indications » prendront une forme mieux déterminée et plus insistante.

Ainsi, je propose : 1. aux six membres de la rédaction de voter *à l'unanimité* la cooptation de *Péro;* 2. ensuite, si celui-ci est admis, de réglementer définitivement les rapports et les modalités de vote à l'intérieur de la rédaction, d'élaborer des statuts précis. *C'est nécessaire pour nous-mêmes* et c'est important pour le congrès.

P.-S. — J'estime qu'il serait *extrêmement incommode* et maladroit de *différer* la cooptation, car, pour moi, j'ai déjà constaté un *assez sérieux* mécontentement de *Péro* (qu'il n'exprime pas directement, bien entendu) : il se voit toujours comme l'oiseau sur la branche, il lui semble toujours qu'on le traite comme « un petit jeune homme ». Si nous ne recevons pas *Péro* immédiatement et s'il part, disons dans un mois, pour la Russie, je suis convaincu qu'il prendra cela comme *un refus formel* de l'admettre à la rédaction. Nous pouvons ainsi « laisser échapper l'occasion » et ce serait très mauvais.

Je cite presque intégralement cette lettre, (exception faite pour des détails techniques), dont je n'ai eu moi-même connaissance que récemment, parce qu'elle caractérise au plus haut degré la situation qui s'était faite à l'intérieur de la rédaction, la personne de Lénine et son attitude à mon égard. De la lutte qui se déroula à mon insu, quand il fut question de m'admettre parmi les rédacteurs, je ne sus rien, comme je l'ai déjà dit. Lorsque Lénine écrivait que j'étais « assez sérieusement » mécontent de n'être pas admis dans la rédaction, il disait quelque chose d'erroné, et cela ne correspondait pas du tout à mon état d'esprit d'alors. En fait, cette ambition ne m'était même pas venue à la pensée. Dans la rédaction, je me conduisais en écolier devant ses maîtres. J'avais vingt-trois ans. J'étais le plus jeune. Martov avait sept ans de plus et Lénine dix. J'étais grandement satisfait du sort qui m'avait introduit si intimement dans ce groupe remarquable. De chacun d'eux, je pouvais apprendre bien des choses, et je m'y appliquais.

Comment se fait-il que Lénine ait parlé de mon mécontentement? Je pense que c'était tout simplement un procédé de tacticien. Toute la lettre de Lénine est pénétrée du désir de démontrer, de convaincre et d'arriver à ses fins. C'est à dessein que Lénine cherche à inquiéter les autres membres de la rédaction en leur parlant de mon mécontentement supposé et de mon éloignement possible de l'*Iskra.* C'est de sa part un argument complémentaire, rien de plus. Il en est de même de l'argument concernant « le petit jeune homme ». Le vieux Deutch m'appelait souvent ainsi, et il était seul à me donner ce nom. Or, justement, Deutch, qui n'avait et ne pouvait avoir sur moi aucune influence politique, entretenait avec moi les rapports les plus amicaux. Lénine se sert du mot uniquement pour persuader les anciens de la nécessité de me compter comme un homme parvenu à sa maturité en politique.

Huit jours après l'expédition de la lettre de Lénine, Martov écrivait à Axelrod :

Londres, le 10 mars 1903.

Vladimir Ilitch nous invite à accepter comme membre de la rédaction, jouissant des mêmes droits que ses collègues, *Péro* que vous connaissez. Ses travaux littéraires montrent qu'il est indubitablement doué; il est tout à fait « nôtre » par ses tendances, il est complètement entré dans les intérêts de l'*Iskra* et jouit ici (à l'étranger) d'une grande influence grâce à son talent d'orateur, qui est hors de pair. Il parle magnifiquement, on ne peut mieux. Je m'en suis convaincu de même que Vladimir Ilitch. Il a des connaissances et travaille de toutes ses forces à les compléter. Je donne mon adhésion sans condition à la proposition de Vladimir Ilitch.

Dans cette lettre, Martov n'est que le juste écho de la voix de Lénine. Mais il ne reprend pas l'argument de mon mécontentement. Nous vivions, Martov et moi, dans le même logement, côte à côte, il m'observait de trop près pour me soupçonner de l'impatiente ambition de devenir membre de la rédaction.

Pourquoi Lénine insistait-il tellement sur la nécessité de m'attacher de plus près au groupe? Il voulait obtenir une majorité stable. Sur un bon nombre d'importantes questions, la rédaction se divisait en deux groupes égaux : les anciens, Plékhanov, Zassoulitch, Axelrod; et les jeunes, Lénine, Martov, Potressov. Lénine ne doutait pas que sur les points les plus graves je serais avec lui. Un jour, comme il fallait se prononcer contre Plékhanov, Lénine me prit à part et me dit malicieusement :

— Que Martov y aille d'abord!... Il essaiera de graisser... Après, vous taillerez.

Et remarquant sur mon visage un certain étonnement, il ajouta aussitôt :

— Moi, j'aime mieux tailler, mais, pour cette fois, contre Plékhanov, mieux vaut graisser...

La proposition de Lénine, tendant à me faire admettre dans la rédaction, rencontra la résistance de Plékhanov. Bien pis; cette proposition fut la cause principale de la vive antipathie que devait manifester Plékhanov à mon égard. Il avait deviné que, contre lui-même, Lénine cherchait une solide majorité. La question d'une réforme de la rédaction fut différée jusqu'au congrès. Cependant, le groupe décida que, sans attendre ce congrès, je participerais aux séances, avec voix consultative. Plékhanov s'opposa catégoriquement même à cette solution. Mais Véra Ivanovna lui dit :

— Eh bien, c'est moi qui l'amènerai...

Et, effectivement, c'est elle qui « m'amena » à la séance suivante. Ne connaissant pas le secret des coulisses, je ne fus pas peu interloqué lorsque Georges Valentinovitch m'accueillit avec la froideur distinguée dans laquelle il était passé maître. L'antipathie de Plékhanov à mon égard dura longtemps; en somme, elle ne disparut jamais. En avril 1904, Martov, dans une lettre à Axelrod, parlait d'une « haine personnelle, humiliante pour lui (Plékhanov) et peu noble, à l'égard d'une certaine personne ». Il s'agissait de moi.

L'observation faite par Lénine, dans sa lettre, au sujet de mon style d'alors, est curieuse. Elle est juste sous les deux rapports : j'écrivais d'une façon quelque peu recherchée, et je n'acceptais pas très volontiers qu'on me corrigeât. Mes premiers ouvrages dataient d'environ deux ans et les questions de style occupaient une grande place, tout à fait à part, dans mon travail. Je commençais seulement à prendre goût à la matière littéraire. Comme les enfants, quand ils font leurs dents, éprouvent le besoin de se frotter les gencives, même à l'aide d'objets peu appropriés à cet usage, la recherche spontanée du mot, de la formule, de l'image, répondait à la période où, comme écrivain, je faisais mes dents. Je ne devais parvenir à épurer mon style qu'avec le temps. Mais comme mon effort pour arriver à l'expression n'était ni fortuit, ni superficiel, comme il correspondait aux démarches intérieures de mon esprit, il n'est pas étonnant que, malgré toute ma déférence pour la rédaction, j'aie défendu instinctivement ma personnalité d'écrivain en formation contre l'intrusion d'autres écrivains complètement faits, mais d'une structure différente...

Cependant, la date fixée pour le congrès approchait et, finalement, on décida de transférer la rédaction à Genève : la vie y coûtait incomparablement moins cher et la liaison avec la Russie y était plus facile. Lénine, à contre-cœur, y consentit.

« A Genève, nous nous installâmes dans deux petites chambres mansardées, écrit Sédova. L. D. était absorbé par les travaux préparatoires pour le congrès. Je me disposais à me rendre en Russie, pour y militer dans le parti. »

Les premiers délégués arrivaient et l'on avait avec eux des conférences incessantes. Dans ce travail préparatoire, Lénine avait incontestablement la direction, bien que son rôle ne fût pas toujours perceptible. Une partie des délégués étaient venus avec des doutes ou des récriminations. Cette élaboration préliminaire prenait beaucoup de temps. Dans nos réunions, on se préoccupa fort d'établir des statuts : le point important, dans les schémas d'organisation, était de déterminer les rapports mutuels de l'organe central (l'*Iskra*) et du comité central qui agissait en Russie. J'étais arrivé à l'étranger avec cette idée que la rédaction devait se « subordonner » au comité central. Telle était la disposition d'esprit de la majorité des adeptes de l'*Iskra*.

— Ça ne marchera pas, me répliquait Lénine. La proportion des forces ne se présente pas ainsi. Voyons, comment feront-ils pour nous diriger du fond de la Russie? Ça ne marchera pas... Nous sommes un centre stable, nous sommes idéologiquement plus forts, et c'est nous qui dirigerons d'ici.

— Alors, c'est la complète dictature de la rédaction? demandai-je.

— Et qu'y voyez-vous de mal? répliqua Lénine. C'est ainsi qu'il en doit être dans la présente situation.

Les plans d'organisation de Lénine m'inspiraient certains doutes. Mais j'étais loin de penser que le congrès du parti exploserait sur ces questions.

J'étais mandaté par l'Union sibérienne, avec laquelle j'avais été étroitement lié au temps de ma déportation. Avec le délégué de Toula, le médecin Oulianov, frère cadet de Lénine, je partis pour le congrès, non de Genève, pour échapper aux *filatures*, mais de Nyon, la station suivante, petite gare tranquille, où le rapide ne s'arrêtait qu'une demi-minute. En bons provinciaux de Russie que nous étions, nous attendîmes le train sur le quai opposé à celui qu'il fallait prendre et, quand le rapide arriva, nous nous élançâmes vers un de ses wagons à travers les voies. Nous n'avions pas eu le temps de grimper que le train se mit en marche. Le chef de gare, apercevant deux voyageurs sur une des voies, lança un coup de sifflet d'alarme. Le train s'arrêta. Aussitôt que nous fûmes montés en wagon, un contrôleur vint nous faire comprendre qu'il voyait pour la première fois de sa vie d'aussi stupides individus et que nous avions à payer 50 francs pour avoir causé l'arrêt du train. A notre tour, nous lui donnâmes à comprendre que nous ne savions pas un mot de français. Ce n'était pas tout à fait vrai, mais c'était indiqué pour la circonstance : après nous avoir grondés deux ou trois minutes encore, ce Suisse épais nous laissa tranquilles. Et il fut, en cela, d'autant plus raisonnable, que nous ne possédions pas les 50 francs. Il se contenta, un peu plus tard, en contrôlant les billets, d'exprimer à d'autres voyageurs son opinion extrêmement méprisante pour ces deux messieurs qu'on avait dû ramasser sur la voie. Le malheureux ne savait pas que nous étions en route pour fonder un parti.

La session s'ouvrit à la Maison du Peuple de Bruxelles. Dans le magasin qui nous fut assigné, endroit suffisamment dissimulé aux regards curieux, il y avait des balles de laine, et nous subîmes les attaques d'une innombrable quantité de puces. Nous les appelâmes les guerriers d'Anseele, mobilisés pour donner l'assaut à la société bourgeoise. Les séances furent pour nous une véritable torture physique. Bien pis : dès les premiers jours, les délégués remarquèrent qu'ils étaient activement filés. J'avais un passeport au nom d'un Bulgare, un certain Samokovliev, que je ne connaissais pas. Dans le courant de la seconde semaine, comme nous sortions, Zassoulitch et moi, tard dans la nuit, du petit restaurant « Au Faisan doré », un délégué d'Odessa, Z***, nous coupa la route et, sans nous regarder, chuchota rapidement :

— Un mouchard derrière vous... Séparez-vous... Il suivra l'homme...

Z*** était un grand spécialiste en matière de filatures, son coup d'œil, à cet égard, avait la précision d'un instrument d'astronomie. Comme il s'était logé à proximité du « Faisan doré », à un étage supérieur, il avait fait de sa fenêtre un poste d'observation.

Je pris aussitôt congé de Zassoulitch et continuai mon chemin tout droit. J'avais dans la poche le passeport bulgare et cinq francs.

Le mouchard, un grand et maigre Flamand au nez en bec de canard, emboîta le pas derrière moi. Il était déjà plus de minuit et la rue était absolument déserte. Je revins brusquement en arrière :

— *M'sieu*, comment s'appelle cette rue?

Le Flamand, abasourdi, s'adossa contre un mur.

— Je ne sais pas...

Il s'attendait sûrement à recevoir un coup de revolver.

Je continuai mon chemin, toujours tout droit, par un boulevard. Quelque part, une horloge sonna une heure. Parvenu à la première rue transversale, je m'y engageai et me mis à courir à toutes jambes. Le Flamand s'élança à ma poursuite. C'est ainsi qu'en pleine nuit, deux hommes qui ne se connaissaient pas détalaient, l'un cherchant à rattraper l'autre, par les rues de Bruxelles. J'entends encore le tapotement de leurs chaussures.

Ayant fait le tour d'un pâté de maisons par ses trois côtés, je ramenai le Flamand sur le boulevard. Nous étions tous deux fatigués et furieux; nous nous remîmes au pas, d'une allure maussade. J'aperçus deux ou trois fiacres. Mais à quoi bon en prendre un? Le mouchard eût sauté dans l'autre. Nous continuâmes à marcher. L'interminable boulevard semblait arriver à sa fin, nous allions sortir de la ville. Près d'un petit cabaret de nuit stationnait encore un fiacre. Et là, il n'y en avait pas d'autres. D'un bond, j'y pris place.

— En route! Et vivement! Je suis pressé!

— Où allez-vous?

Le mouchard tendit l'oreille. Je nommai un parc qui était à cinq minutes de marche de mon logement.

— C'est cent sous!

— Allez toujours!...

Le cocher ramassa ses guides. Le mouchard se précipita dans le cabaret, en ressortit avec un garçon et lui désigna du doigt l'ennemi en fuite.

Une demi-heure plus tard, j'étais dans ma chambre. Ayant allumé une bougie, j'aperçus sur ma table de nuit une lettre qui portait mon nom de Bulgare. Qui donc pouvait m'écrire à cette adresse? Il se trouva que « le sieur Samokowlieff » était invité à se présenter le lendemain, à dix heures du matin, au commissariat de police, avec son passeport. Un autre mouchard avait donc réussi à me filer la veille, et toute cette galopade nocturne par le boulevard n'avait été qu'un exercice désintéressé pour l'un et l'autre partenaire. D'autres délégués, dans la même nuit, eurent l'honneur de recevoir une toute pareille invitation. Ceux qui se présentèrent à la police furent sommés d'avoir à quitter la Belgique dans les vingt-quatre heures. Je n'allai pas au commissariat; je partis tout simplement pour Londres où le congrès était transféré.

Celui qui dirigeait alors, à Berlin, l'agence de la police russe, un certain Harting, écrivit dans son rapport au département dont il dépendait, que « la police bruxelloise s'était étonnée d'un considérable afflux d'étrangers et qu'elle avait soupçonné dix personnes d'agissements anarchistes ». Harting lui-même « étonna » à son tour la police bruxelloise; il s'appelait en réalité Heckelmann; c'était un dynamiteur provocateur; il avait été condamné par contumace, par un tribunal français, aux travaux forcés; il devint ensuite général dans l'*Okhrana* du tsarisme et, sous un faux nom, chevalier de la Légion d'honneur... Il était renseigné par un autre agent provocateur, le docteur Jitomirsky, qui, de Berlin, participa activement à l'organisation du congrès. Mais tout cela ne se découvrit que plusieurs années après. Il semblait que le tsarisme tînt entre ses mains tous les fils... Cela ne l'a pourtant pas sauvé.

Au cours du congrès se manifestèrent les antagonismes entre les cadres principaux de l'*Iskra*. On commença à distinguer les « durs » et les « doux ». Au début, les dissensions s'exprimèrent sur le paragraphe 1er des statuts : qui devait-on considérer comme membre du parti? Lénine insistait pour assimiler le parti à une organisation illégale. Martov voulait que l'on reconnût aussi comme membres du parti ceux qui militaient sous la direction d'une organisation illégale. Pratiquement, ce dissentiment n'avait pas d'importance immédiate, puisque, selon les formules de l'un et de l'autre, les membres des organisations illégales étaient seuls à jouir du droit de voix délibérative. Néanmoins, on se trouvait sans aucun doute devant deux tendances divergentes. Lénine voulait de la netteté dans les formes, une ligne rigoureusement marquée dans les rapports à l'intérieur du parti. Martov était enclin à admettre les flottements. La façon dont on se groupa sur cette question devait déterminer toute la marche du congrès et fixer, en particulier, la composition des institutions dirigeantes du parti.

Dans la coulisse, il y avait lutte pour ou contre tel délégué. Lénine n'épargna aucun effort pour me gagner. Il fit avec Krassikov et moi une longue promenade au cours de laquelle tous deux s'efforcèrent de me démontrer que la voie suivie par

Martov ne pouvait être la mienne, car Martov était un « doux ». Krassikov caractérisait les membres de la rédaction de l'*Iskra* avec un tel sans-gêne que Lénine faisait la grimace et que je frémissais. Je considérais encore la rédaction en jeune homme très sentimental. Cette conversation m'éloigna plus qu'elle ne me séduisit. Les dissentiments étaient encore vagues, tous avançaient à tâtons et opéraient sur des impondérables.

Il fut décidé qu'on convoquerait une conférence des principaux membres de l'*Iskra* et qu'on s'expliquerait. Mais le choix d'un président suscitait déjà des difficultés.

— Je propose d'élire votre Benjamin, dit Deutch, cherchant une issue.

C'est ainsi que j'eus à présider la réunion des membres de l'*Iskra*, où se décida la future scission entre bolcheviks et menchéviks. Chez tous, la tension nerveuse était à l'extrême. Lénine sortit de là en faisant claquer la porte. C'est la seule fois que, sous mes yeux, il ait perdu possession de lui-même dans une grave lutte à l'intérieur du parti.

La situation devint encore plus sérieuse. Les dissensions se manifestèrent au congrès même. Lénine fit encore une tentative pour m'amener du côté des « durs ». Il m'envoya la déléguée Z*** et son frère cadet, Dmitri. L'entretien avec eux, dans un parc, dura plusieurs heures. Les émissaires ne voulaient à aucun prix me lâcher.

— Nous avons l'ordre de vous ramener, à quelque prix que ce soit.

Finalement, je refusai carrément de les suivre.

La scission éclata d'une façon inattendue pour tous les membres du congrès. Lénine qui, dans cette lutte, était le plus actif, n'avait pas prévu la scission et n'en voulait pas. Des deux côtés, les événements qui avaient éclaté furent ressentis d'une façon extrêmement pénible. Après le congrès, Lénine souffrit plusieurs semaines d'une maladie nerveuse.

Dans les Mémoires de Sédova, on lit ceci :

> « De Londres, L. D. écrivait presque journellement ; ses lettres étaient de plus en plus alarmées, et, enfin, la lettre sur la scission dans l'*Iskra* disait avec désespoir que l'*Iskra* n'existait plus, qu'elle était morte... Nous souffrîmes beaucoup de cette scission. Bientôt après le retour de L. D., venant du congrès, je partis pour Pétersbourg, emportant des documents sur ces assises, copiés de l'écriture la plus fine sur du fin papier qui fut inséré dans la reliure d'un dictionnaire Larousse. »

Pourquoi me suis-je trouvé au congrès parmi les « doux »? De tous les membres de la rédaction, j'étais le plus lié avec Martov, Zassoulitch, et Axelrod. Leur influence sur moi fut indiscutable. Dans la rédaction, jusqu'au congrès, il y avait eu des nuances, mais non des dissentiments nettement exprimés. J'étais surtout éloigné de Plékhanov : après les premiers conflits, qui n'avaient en somme qu'une importance secondaire, Plékhanov m'avait pris en aversion. Lénine me traitait fort bien. Mais c'était justement lui, alors, qui, sous mes yeux, attaquait une rédaction formant à mon avis un ensemble unique et portant le nom prestigieux de l'*Iskra*. L'idée d'une scission dans le groupe me paraissait sacrilège.

Le centralisme révolutionnaire est un principe dur, autoritaire et exigeant. Souvent, à l'égard de personnes ou de groupes qui partageaient hier vos idées, il prend des formes impitoyables. Ce n'est pas par hasard que, dans le vocabulaire de Lénine, se rencontrent si fréquemment les mots : *irréconciliable et implacable*. C'est seulement la plus haute tension vers le but, indépendante de toutes les questions bassement personnelles, qui peut justifier une pareille inclémence.

En 1903, il ne s'agissait tout au plus que d'exclure Axelrod et Zassoulitch de la rédaction de l'*Iskra*. A leur égard, j'étais pénétré non seulement de respect, mais d'affection. Lénine, lui aussi, les estimait hautement pour leur passé. Mais il en était arrivé à conclure qu'ils devenaient de plus en plus gênants sur la route de l'avenir. Et, en organisateur, il décida qu'il fallait les éliminer des postes de direction. C'est à quoi je ne pouvais me résigner. Tout mon être protestait contre cette impitoyable suppression d'anciens qui étaient enfin parvenus au seuil du parti. De l'indignation que j'éprouvai alors provint ma rupture avec Lénine au IIe congrès. Sa conduite me semblait inacceptable, impardonnable, révoltante. Pourtant, cette conduite était juste au point de vue politique et, par conséquent nécessaire pour l'organisation. La rupture avec les anciens qui étaient restés figés dans l'époque préparatoire était de toute façon inévitable. Lénine l'avait compris avant les autres. Il fit encore une tentative pour conserver Plékhanov, en le séparant de Zassoulitch et d'Axelrod. Mais cet essai, comme le montrèrent bientôt les événements, ne devait donner aucun résultat.

Ainsi, ma rupture avec Lénine eut lieu en quelque sorte sur un terrain « moral » et même sur un terrain individuel. Mais ce n'était qu'en apparence. Pour le fond, nos divergences

avaient un caractère politique qui ne se manifesta que dans le domaine de l'organisation.

Je me considérais comme centraliste. Mais il est hors de doute qu'en cette période je ne voyais pas tout à fait à quel point un centralisme serré et impérieux serait nécessaire au parti révolutionnaire pour mener au combat contre la vieille société des millions d'hommes. Ma première jeunesse s'était écoulée dans une atmosphère crépusculaire de réaction qui dura, à Odessa, cinq ans de plus qu'ailleurs. L'adolescence de Lénine remontait à l'époque de la « Liberté du Peuple ». Ceux qui étaient plus jeunes que moi de quelques années étaient déjà éduqués dans l'ambiance d'un nouveau redressement politique. Au temps du congrès de Londres de 1903, une révolution était encore à mes yeux, pour une bonne moitié, une abstraction théorique. Le centralisme léniniste ne procédait pas encore pour moi d'une conception révolutionnaire claire et indépendamment méditée. Or, le besoin de comprendre par moi-même un problème et d'en tirer toutes les déductions indispensables fut toujours, ce me semble, l'exigence la plus impérieuse de ma vie spirituelle.

La gravité du conflit qui avait éclaté au congrès, si l'on met de côté les dissensions de principe qui commençaient à peine à se dessiner, avait pour cause le manque de justesse des appréciations portées par les anciens, qui ne voyaient pas comme il fallait la croissance et l'importance de Lénine. Pendant le congrès et aussitôt après, l'indignation d'Axelrod et des autres membres de la rédaction, devant la conduite de Lénine, s'accompagnait d'un certain étonnement : « Comment avait-il pu oser?... »

« Il n'y a pourtant pas si longtemps qu'il est arrivé à l'étranger, disaient les anciens; il est arrivé en qualité de disciple, et son attitude était celle d'un élève. D'où lui vient tout à coup cette outrecuidance? Comment a-t-il eu l'audace?... »

Mais Lénine pouvait oser, et il s'y était décidé. Pour cela, il lui avait fallu se convaincre de l'incapacité des anciens et prendre en main la direction immédiate de l'organisation qui militait pour l'avant-garde prolétarienne, aux approches de la révolution. Les anciens s'y trompèrent, et non seulement les anciens : Lénine n'était déjà plus, simplement, un militant d'élite; c'était un chef, tout entier tendu vers son but et qui, ce me semble, se sentit définitivement devenu chef lorsqu'il se trouva coude à coude avec les anciens, avec les maîtres, et

constata qu'il était plus fort et plus indispensable qu'eux. Parmi les états d'esprit assez confus encore qui se groupaient sous le drapeau de l'*Iskra*, Lénine fut seul à se représenter entièrement et jusqu'au bout le lendemain, avec toutes ses tâches austères, ses cruels conflits et ses innombrables victimes.

Au congrès, Lénine conquit Plékhanov, mais sans espoir de le garder; en même temps, il perdait Martov, et ce fut pour toujours. Plékhanov avait évidemment senti quelque chose à ce congrès. Du moins dit-il alors à Axelrod, parlant de Lénine :

— C'est de cette pâte que l'on fait les Robespierre...

Plékhanov lui-même avait joué au congrès un rôle peu enviable. Il ne m'arriva qu'une fois de le voir et de l'entendre dans toute sa force : ce fut à la commission du congrès qui devait établir le projet de programme. Il avait dans la tête un schéma clair, scientifiquement parachevé. Sûr de lui-même, de ses connaissances, de sa supériorité, le regard allumé d'une gaie lueur d'ironie, les moustaches, qui grisonnaient, pointues et gaies également, faisant des gestes d'une manière légèrement théâtrale, mais des gestes vifs et expressifs, Plékhanov, qui présidait, projetait sa lumière sur la nombreuse réunion comme un vivant feu d'artifice de science et d'humour.

Le leader des menchéviks, Martov, fut une des plus tragiques figures du mouvement révolutionnaire. Écrivain très doué, inventif en politique, esprit pénétrant, Martov était infiniment supérieur au courant d'idées dont il prit la tête. Mais sa pensée n'était pas assez courageuse, sa perspicacité n'était pas aidée par la volonté. La ténacité ne pouvait remplacer ce qui lui manquait. La première réaction de Martov devant les événements manifestait toujours une tendance révolutionnaire. Mais, tout aussitôt, sa pensée qui n'avait pas le ressort de la volonté, retombait sur elle-même. Mes affinités avec lui ne résistèrent pas à l'épreuve des premiers grands événements de la révolution qui venait.

Quoi qu'il en soit, le IIe congrès fut une grande étape dans ma vie, au moins pour cette raison qu'il me sépara de Lénine pour plusieurs années. Quand je considère maintenant le passé dans son ensemble, je ne regrette pas ce qui arriva. Je revins à Lénine plus tard que bien d'autres, mais je revins à lui par mes propres voies, ayant traversé et médité l'expérience de la révolution, de la contre-révolution et de la guerre impérialiste. Grâce à ces circonstances, je revins à lui plus fermement et sérieusement que ceux de ses « disciples » qui, de son vivant, imitaient, parfois d'une façon déplacée, le maître dans ses paroles et ses gestes, et qui, après sa mort, se sont avérés d'impuissants épigones et d'inconscients instruments aux mains des forces ennemies.

CHAPITRE XIII

RETOUR EN RUSSIE

Ma liaison avec la minorité du IIe congrès ne dura pas longtemps. Dès les premiers mois, deux lignes se dessinèrent dans cette minorité. J'estimais qu'il fallait préparer au plus vite une nouvelle union avec la majorité, considérant que la scission, si elle avait été un grave épisode, n'avait été rien de plus. Pour d'autres, cette scission fut un point de départ pour une évolution dans le sens de l'opportunisme. Toute l'année 1904 fut pour moi remplie de conflits, sur des questions de politique et d'organisation, avec le groupe dirigeant des menchéviks. Les différends se situaient autour de deux points essentiels : l'attitude à prendre à l'égard des libéraux ; l'attitude à prendre à l'égard des bolcheviks. J'étais d'avis qu'il fallait s'opposer implacablement aux tentatives faites par les libéraux pour obtenir l'appui des masses et, en même temps, précisément par le même motif, je réclamais de plus en plus résolument la fusion des deux fractions de notre social-démocratie. En septembre 1904, je déclarai formellement que je quittais la minorité, dont, en fait, je n'étais plus depuis le mois d'avril. Je passai, durant cette période, quelques mois à l'écart de l'émigration russe, à Munich, qui était alors considéré comme la ville la plus démocratique et la plus artistique de l'Allemagne. Je connus assez bien la social-démocratie bavaroise, les musées de la ville et les caricaturistes du *Simplicissimus*.

Dès l'époque du congrès de Londres, tout le Midi de la Russie était en proie à un puissant mouvement de grèves. Les soulèvements chez les paysans devenaient de plus en plus fréquents. Les universités bouillonnaient. La guerre russo-japonaise arrêta pour un temps le mouvement, mais la débâcle des armées du tsar donna bientôt une formidable impulsion à la révolution. La presse devenait plus hardie, les actes de terrorisme étaient plus fréquents, les libéraux s'ébranlèrent, une campagne de banquets fut ouverte. Les questions essentielles de la révolution furent posées nettement. Ce qui était resté abstrait pour moi prit alors véritablement un contenu social. Les menchéviks, et Zassoulitch en particulier, reportaient de plus en plus leurs espoirs sur les libéraux.

Déjà, avant le congrès, après une des séances de la rédaction au café « Landolt », Zassoulitch, du ton qu'elle prenait en de telles circonstances, ton réservé et insistant, s'était plainte de nos attaques trop poussées, disait-elle, contre les libéraux. C'était là son point le plus sensible.

— Voyez comme ils s'efforcent, — disait-elle, et son regard évitait Lénine, mais c'était surtout à lui qu'elle s'adressait. Strouvé exige que les libéraux russes ne rompent pas avec le socialisme, sans quoi ils seraient menacés de subir le misérable sort du libéralisme allemand; il veut qu'ils s'inspirent de l'exemple des radicaux-socialistes français.

— Il faut cogner sur eux d'autant plus fort, dit Lénine, souriant gentiment, et comme pour taquiner Véra Ivanovna.

— Eh bien, voilà! voilà! s'écria-t-elle, tout à fait désolée : ils font un pas vers nous, et nous devrions cogner sur eux!

J'étais tout à fait d'accord avec Lénine sur cette question qui, avec le temps, prit une importance de plus en plus décisive.

Pendant la campagne de banquets des libéraux, qui aboutit bientôt à les jeter dans une impasse, durant l'automne de 1904, je posai la question : « Que fera-t-on, à présent? » Et je répondis : « Il ne peut y avoir d'issue que dans une grève générale, ensuite dans une insurrection du prolétariat qui prendra la tête des masses populaires contre le libéralisme. » Cela me sépara encore davantage des menchéviks.

Le 23 janvier 1905, au matin, je rentrais à Genève d'une tournée de conférences, fatigué, brisé par la nuit passée sans dormir en wagon. Un gamin me vendit un journal qui datait de la veille. On parlait d'une manifestation d'ouvriers qui devait se diriger sur le Palais d'Hiver, mais on en parlait au futur. Je conclus que la manifestation n'avait pas eu lieu.

Une heure ou deux après, je passai à la rédaction de l'*Iskra*. Martov était dans tous ses états.

— Elle n'a pas eu lieu? dis-je.

— Comment pas eu lieu! s'écria-t-il, s'élançant vers moi.

Nous avons passé toute la nuit au café, à lire les derniers télégrammes. Mais vous ne savez donc rien?... Tenez, tenez, tenez!...

Il me tendait un numéro du jour. Je parcourus les dix premières lignes du compte rendu télégraphique sur le dimanche sanglant. Un flot sourd et brûlant me monta à la tête.

Je ne pouvais plus rester à l'étranger. Je n'avais plus de relations avec les bolcheviks depuis le congrès. J'avais rompu avec l'organisation des menchéviks. Je devais agir à mes risques et périls. Des étudiants me procurèrent un passeport. Avec ma femme, qui m'avait rejoint à l'étranger en automne (1904), nous nous rendîmes à Munich. Parvus nous logea chez lui. Il lut alors en manuscrit l'étude que j'avais consacrée aux événements antérieurs au 9 janvier, et il en fut transporté. Il écrivit pour ma brochure une préface dans laquelle il disait en subtance : « Les événements ont entièrement confirmé ces pronostics. Maintenant, nul ne pourra nier que la grève générale soit la méthode essentielle de lutte. Le 9 janvier, c'est la première grève politique, quoique abritée derrière une soutane. Il faut seulement ajouter que la révolution en Russie peut amener au pouvoir un gouvernement ouvrier démocratique. »

Parvus était, sans aucun doute, un marxiste éminent, à la fin du dernier siècle et au début de celui-ci. Il était en pleine possession de la méthode de Marx, voyait largement, se tenait au courant de tout ce qui se passait d'important sur l'arène mondiale, et, avec l'exceptionnelle hardiesse de sa pensée, son style viril, musclé, fit de lui un écrivain véritablement remarquable. Ses travaux d'antan m'avaient conduit aux questions de révolution sociale, et par lui, j'arrivai à me représenter la conquête du pouvoir par le prolétariat non comme une « finale » à distance astronomique, mais comme la tâche pratique de notre temps.

Néanmoins, il y eut toujours en Parvus quelque chose d'extravagant et de peu sûr. Entre autres étrangetés, ce révolutionnaire était possédé par une idée tout à fait inattendue : celle de s'enrichir. Et, en ces années-là, il rattachait même ce rêve à ce qu'il concevait de la révolution sociale.

Il se plaignait ainsi :

— L'appareil du parti s'est ankylosé. On a même du mal à voir ce qui se passe dans la tête de Bebel... Nous autres, révolutionnaires marxistes, avons besoin d'un grand journal quotidien qui paraisse simultanément en trois des principales langues européennes. Mais, pour cela, il faut de l'argent, beaucoup d'argent...

Ainsi s'enchevêtraient, dans cette lourde tête charnue de bouledogue, les idées de révolution sociale et les idées de richesse.

Il essaya d'ouvrir à Munich une maison d'éditions à lui, mais sa tentative échoua assez piteusement. Ensuite, il se rendit en Russie et participa à la révolution de 1905. En dépit de son esprit d'initiative et de son ingéniosité, il ne manifesta pas du tout les qualités d'un chef.

La défaite de la révolution de 1905 marque pour lui le début de la décadence. Il quitte l'Allemagne, s'établit à Vienne, puis à Constantinople, et alors éclate la guerre mondiale. Il s'y enrichit aussitôt, se livrant à des opérations commerciales pour l'armée. En même temps, il se déclarait publiquement champion de la mission progressiste du militarisme allemand, rompait définitivement avec la gauche de la social-démocratie germanique et devenait un des inspirateurs de l'extrême aile droite. Inutile d'ajouter que, depuis la guerre, j'avais coupé tous rapports politiques ou personnels avec lui.

De Munich, nous gagnâmes Vienne, Sédova et moi. Le torrent de l'émigration avait déjà reflué sur la Russie. Victor Adler était tout entier absorbé dans les affaires russes : il procurait de l'argent, des passeports, des adresses aux émigrés... Dans son appartement, un coiffeur me fit une autre tête, mon signalement étant trop connu des agents de la Sûreté russe à l'étranger.

— Je viens, me dit Adler, de recevoir un télégramme d'Axelrod, m'annonçant que Gapone [1] est arrivé à l'étranger et qu'il s'est déclaré social-démocrate. C'est regrettable... S'il avait disparu tout à fait, une belle légende serait restée. Comme émigré, il ne peut être qu'un comique...

Et il ajouta, ses yeux s'allumant de cette petite flamme qui adoucissait la dureté de son ironie :

— Vous savez, il vaut mieux que de pareilles gens soient des martyrs de l'histoire que des camarades de parti...

J'appris à Vienne la nouvelle de l'exécution du grand-duc Serge [2]. Les événements se précipitaient. La presse social-

1. G. A. Gapone (1872-1906), prêtre de l'Église russe orthodoxe. Étudiant à l'Académie ecclésiastique (grand séminaire) de Pétersbourg, il se fit missionnaire dans les milieux ouvriers.

2. Le grand-duc Serge Alexandrovitch, frère d'Alexandre III, oncle de Nicolas II, fut tué, le 17 février 1905, par le socialiste-révolutionnaire Kaliaev. (*N. d. T.*)

démocrate se tourna toute vers l'Orient. Ma femme partit la première pour trouver un logement à Kiev et établir la liaison. Muni du passeport d'un certain sous-lieutenant en retraite, nommé Arbouzov, j'arrivai en février à Kiev, où, en quelques semaines, je dus passer d'un appartement à un autre : je logeai d'abord chez un jeune avocat qui avait peur même de son ombre, puis chez un professeur de l'Institut technologique, enfin chez une veuve d'opinion libérale. Pendant un certain temps, je dus même me cacher dans une clinique où l'on soignait les maladies des yeux. Sur ordonnance du médecin en chef, qui était au courant de mon histoire, une infirmière me prépara — et j'en fus assez humilié — des bains de pieds; elle me fit aussi, aux yeux, des injections anodines. Je fus forcé de prendre de doubles précautions comme conspirateur : je rédigeais des proclamations en cachette de l'infirmière qui me surveillait de près pour m'empêcher de me fatiguer les yeux. A l'heure de la visite, le professeur, s'étant débarrassé d'un adjoint peu sûr, s'engouffrait dans ma chambre avec une adjointe en laquelle il avait confiance, fermait vivement la porte à clef et tirait le rideau de la fenêtre, comme s'il s'agissait d'examiner mes yeux. Ensuite, tous trois, nous nous mettions à rire, avec précaution, mais bien gaiement.

— Avez-vous des cigarettes? demandait le professeur.

— J'en ai.

— *Quantum satis?*

— *Quantum satis...*

On riait encore ensemble. C'était la fin de l'examen, je m'appliquais de nouveau à rédiger mes proclamations. Cette vie était fort amusante pour moi. Je me sentais seulement gêné devant la bonne vieille infirmière qui me préparait consciencieusement des bains de pieds.

Il existait alors à Kiev une fameuse imprimerie clandestine qui réussit, malgré de nombreuses débâcles autour d'elle, à subsister plusieurs années sous le nez même du général de gendarmerie Novitsky. C'est là qu'au printemps de 1905 furent imprimées mes proclamations. Mais je confiai des appels plus importants au jeune ingénieur Krassine, avec qui je fis connaissance à Kiev. Krassine était membre du comité central bolchevik et disposait, au Caucase, d'une grande typographie clandestine, bien outillée. J'écrivis, à Kiev, pour cette imprimerie, une série de feuilles qui furent reproduites avec une netteté absolument exceptionnelle en ce régime d'illégalité.

Le parti, de même que la révolution, était encore dans sa première jeunesse; dans les hommes comme dans les œuvres, on discernait tout de suite l'inexpérience et l'inachèvement. Bien entendu, Krassine, pas plus que d'autres, n'était exempt de ces faiblesses. Mais il y avait déjà en lui quelque chose de solide, de la résolution et de « l'esprit administratif ». Comme ingénieur, il avait fait un certain stage, il avait servi et bien servi, il était très apprécié, le cercle de ses connaissances était infiniment plus étendu et plus divers que celui de n'importe lequel des jeunes révolutionnaires d'alors. Dans les quartiers ouvriers, chez les ingénieurs, dans les beaux appartements des fabricants libéraux de Moscou, dans les milieux littéraires, partout Krassine avait des relations. Il savait combiner tout cela et, devant lui, s'ouvraient des possibilités pratiques qui étaient inaccessibles à d'autres.

En 1905, Krassine, tout en collaborant au travail général du parti, fut le dirigeant dans les domaines les plus dangereux : groupes de combat, achats d'armes, préparation d'explosifs, etc. Bien qu'il fût homme aux larges vues, Krassine était avant tout, en politique et, en général, dans la vie, celui qui cherche des résultats immédiats. C'était là sa force. Mais là aussi était son talon d'Achille. De longues années s'écoulèrent pendant lesquelles on groupa minutieusement les forces, pendant lesquelles on se fit une éducation politique et on transforma l'expérience en théorie : non, Krassine, n'avait pas de vocation pour ce travail. Lorsque la révolution de 1905 ne put justifier ses promesses, Krassine envisagea avant tout l'électrification du pays et, en général, son industrie. Il est hors de doute que les gros succès qu'il remporta comme ingénieur lui donnèrent une satisfaction personnelle qu'il avait connue précédemment comme révolutionnaire. Il jugea d'abord la révolution d'Octobre avec de l'étonnement et de l'hostilité, comme une aventure condamnée d'avance. Longtemps, il fut incapable de croire que nous pourrions parer au désarroi. Mais ensuite la possibilité de travailler largement le séduisit...

Pour moi, la liaison avec Krassine en 1905 fut un véritable bienfait. Nous convînmes de nous rencontrer à Pétersbourg. C'est lui qui m'indiqua les lieux de rendez-vous. La première et la plus importante de ces adresses était celle d'Alexandre Alexandrovitch Litkens, médecin principal à l'école d'artillerie Constantin; le sort me lia avec sa famille pour longtemps. Plus d'une fois, au cours des journées et des nuits d'alarme de

1905, je dus me cacher dans l'appartement des Litkens, dans le bâtiment même de l'école, sur la perspective Zabalkansky. Parfois, l'appartement du médecin en chef, sous les yeux du gardien, était visité par des types qu'on n'avait jamais vus ni dans la cour, ni dans les escaliers de cette école militaire. Mais le petit personnel de l'établissement avait de la sympathie pour le médecin-chef; il n'y eut pas de dénonciations et tout se passa fort bien. Le fils aîné du docteur, Alexandre, qui avait dix-huit ans, appartenait déjà à notre parti; quelques mois plus tard, il dirigea un mouvement de paysans dans le gouvernement d'Orel, mais ne put résister à des ébranlements nerveux, tomba malade et mourut. Son frère cadet, Evgraf, gymnasiste à cette époque, devait jouer plus tard un rôle important dans la guerre civile et dans le travail éducateur du pouvoir soviétique; mais, en 1921, il fut tué par des bandits en Crimée.

Aux yeux des autorités, je vécus à Pétersbourg sous le nom du propriétaire noble Vikentiev. Dans les cercles révolutionnaires, je me faisais appeler Piotr Pétrovitch. Au point de vue de l'organisation, je n'appartenais à aucune des fractions. Je continuais à collaborer avec Krassine qui était alors un bolchevik disposé à la conciliation : cela nous rapprocha davantage, en raison de mon attitude de ce temps. Mais, à la même époque, je restais en liaison avec le groupe local des menchéviks dont la conduite était très révolutionnaire. C'est sous mon influence que ce groupe adopta le point de vue d'un boycottage de la première Douma pourvue de droit consultatifs et se mit en conflit avec le centre qu'il avait à l'étranger. Cependant, le groupe menchévik fut bientôt détruit. Il fut trahi par un de ses membres les plus actifs, Dobroskok, surnommé « Nicolas aux lunettes d'or », qui était un agent provocateur de profession. Il savait que j'étais à Pétersbourg, il me connaissait bien de vue. Ma femme fut arrêtée à une réunion de Premier Mai, dans un bois. Je fus forcé de me cacher provisoirement. C'était l'été : je me rendis en Finlande.

Là, je pus souffler un peu, c'est-à-dire que je me livrai à de longs travaux d'écrivain, avec la récréation de courtes promenades. Je dévorais les journaux, je me tenais au courant de la formation des partis; je découpais, je groupais les faits. C'est en cette période que se forma définitivement l'idée que j'avais des forces intérieures du monde russe et des perspectives de la révolution chez nous.

J'écrivais alors :

« La Russie se trouve devant une révolution bourgeoise-démocratique. A la base de cette révolution, il y a le problème agraire. La classe ou le parti qui saura entraîner à sa suite les paysans contre le tsarisme et les propriétaires nobles s'emparera du pouvoir. Ni le libéralisme, ni les intellectuels démocrates ne peuvent parvenir à ce résultat : leur époque historique est finie. Le prolétariat occupe déjà l'avant-scène révolutionnaire. C'est seulement la social-démocratie qui peut entraîner, par l'intermédiaire des ouvriers, la classe paysanne. Ceci ouvre, devant la social-démocratie russe, des perspectives de conquête du pouvoir qui anticipent celles des États d'Occident. La tâche directe de la social-démocratie sera de parachever la révolution démocratique. Mais le parti du prolétariat, quand il aura conquis le pouvoir, ne pourra se borner à un programme démocratique. Il sera forcé d'entrer dans la voie des mesures socialistes. Le trajet qu'il pourra faire dans cette voie dépendra non seulement des rapports internes de nos forces, mais aussi de toute la situation internationale. Pour la social-démocratie, la grande ligne stratégique est donc de lutter implacablement contre le libéralisme, pour influer sur la classe paysanne, et de s'imposer, dès le temps de la révolution bourgeoise, le problème de la conquête du pouvoir. »

La question de la perspective générale de la révolution était très étroitement liée aux problèmes de tactique. Le principal mot d'ordre du parti était l'Assemblée constituante. Mais, par la marche même de la révolution, la question se posa de savoir par qui et comment serait convoquée cette Constituante. D'après les perspectives du soulèvement populaire, que dirigeait le prolétariat, il était clair qu'on devait constituer un gouvernement révolutionnaire provisoire. Le rôle dirigeant du prolétariat dans la révolution devait lui assurer une autorité décisive dans le gouvernement provisoire.

Sur cette question s'engagèrent, dans les hautes sphères du parti, de grandes discussions; Krassine et moi, nous eûmes aussi des contestations. Je rédigeai des thèses dans lesquelles je démontrais que la complète victoire de la révolution sur le tsarisme serait ou bien le pouvoir du prolétariat s'appuyant sur la classe paysanne, ou bien la prise directe du pouvoir par le prolétariat. Krassine fut effrayé par une solution si décisive. Il adopta le mot d'ordre d'un gouvernement révolutionnaire provisoire et le projet de travaux que je traçais pour ce gouvernement, mais sans décider d'avance la question d'une majorité social-démocrate dans le gouvernement. C'est sous cette forme que mes thèses furent imprimées à Pétersbourg, et Krassine se chargea de les défendre au congrès du parti qui devait se tenir, en mai, à l'étranger. Mais ce congrès n'eut pas lieu. Cependant Krassine participa activement à la discussion sur le gouvernement provisoire au congrès des bolcheviks, et présenta mes thèses comme amendement à la résolution proposée par Lénine. Cet épisode politique est tellement intéressant que je me vois forcé de citer des passages des procès-verbaux du IIIe congrès.

« En ce qui concerne la résolution du camarade Lénine, disait Krassine, je vois son défaut précisément en ceci qu'elle ne souligne pas la question du gouvernement provisoire et qu'elle ne marque pas assez nettement le rapport entre le gouvernement provisoire et l'insurrection armée. En réalité, le gouvernement provisoire émane de l'insurrection populaire, comme organe de cette dernière... Je trouve, en outre, inexactement formulée, dans la résolution, cette idée que le gouvernement révolutionnaire provisoire apparaîtrait seulement *après* la victoire définitive de l'insurrection armée et la chute de l'autocratie. Non, ce gouvernement fait son apparition précisément dans le processus même de l'insurrection et s'occupe très activement de la conduire; il en assure la victoire par sa propre influence organisatrice. Il est naïf de penser que les social-démocrates ne pourront participer au gouvernement qu'à partir du moment où l'autocratie sera définitivement tombée : si d'autres se chargent de tirer les marrons du feu, aucun n'aura l'idée de les partager avec nous. »

Ainsi reproduisait-on, presque mot pour mot, les formules de mes thèses.

Lénine qui, dans son rapport principal, avait posé la question dans un sens purement théorique, donna un assentiment très vif au point de vue de Krassine. Voici ce qu'il déclara :

« Au total et dans l'ensemble, je partage l'opinion du camarade Krassine. Il est naturel que moi, en tant que théoricien, j'aie porté mon attention sur le côté théorique de la question. L'importance du but de la lutte est très justement indiquée par le camarade Krassine, et je me joins entièrement à lui. On ne saurait combattre si l'on ne compte occuper le point qui est l'objectif de la lutte... »

La résolution fut remaniée dans ce sens.

Il n'est pas superflu de noter que, dans la polémique de ces dernières années, la résolution prise par le IIIe congrès sur le gouvernement provisoire fut invoquée des centaines de fois contre le « trotskysme ». Les « professeurs rouges » de formation staliniste ne soupçonnent pas qu'en cherchant à donner un spécimen de léninisme, ils citent, pour me les opposer, des lignes que j'ai moi-même écrites.

Le décor dans lequel je vécus en Finlande n'était guère fait pour évoquer la révolution permanente : des collines, des pins, des lacs, la transparente atmosphère de l'automne, le calme. En fin septembre, je me retirai dans un coin encore plus isolé, à l'intérieur du pays : c'était en forêt, sur le rivage d'un lac; je m'installai dans une pension de famille qui s'appelait « Rauha ». Le mot, en finnois, signifie : « Tranquillité ». L'immense établissement, vers la fin de la saison, avait été complètement déserté. Un écrivain suédois, en compagnie d'une actrice anglaise, y passa les derniers beaux jours : tous deux partirent sans avoir payé. Le patron de l'hôtel se lança à leur poursuite jusqu'à Helsingfors. La patronne était couchée, gravement malade; on soutenait en elle l'activité du cœur en lui faisant boire du champagne. Je ne l'ai d'ailleurs jamais vue. Elle mourut en l'absence de son mari. Le cadavre reposait dans une chambre située juste au-dessus de la mienne. Le principal *Kellner* partit pour Helsingfors, à la recherche du patron. Il ne resta pour le service qu'un jeune garçon. La première neige, tôt venue, tomba en abondance. Les pins furent enveloppés d'un suaire. Le sanatorium n'avait plus de vie. Le garçon s'éclipsait à la cuisine, quelque part dans un sous-sol. Là-haut, cette morte, l'hôtelière. J'étais seul. C'était bien ça : « rauha », le grand calme... Pas une âme, pas un son. J'écrivais, je me promenais.

Un soir, le facteur apporta un paquet de journaux de Pétersbourg. Je les dépliai les uns après les autres. Ce fut comme si une tempête furieuse s'était engouffrée par une fenêtre ouverte. La grève montait, s'étendait, passait de ville en ville. Dans le silence de l'hôtel, le bruissement du papier journal retentissait à mes oreilles comme le grondement d'une avalanche. La révolution était en pleine marche. Je demandai mon compte au garçon, commandai une voiture et, laissant là toute « tranquillité », partis à la rencontre de l'avalanche. Le soir même, je prenais la parole à Pétersbourg, dans la grand'salle de l'Institut polytechnique.

CHAPITRE XIV

1905

La grève d'octobre s'était déclenchée, on peut le dire, sans aucun plan. Elle commença par une grève de typos, à Moscou, puis s'apaisa. Les partis prévoyaient les batailles décisives pour le 9/22 janvier. Voilà pourquoi, sans trop me hâter, je terminais mes travaux dans mon asile, en Finlande. Mais la grève occasionnelle, qui était déjà en liquidation, passa subitement aux chemins de fer, et alors elle prit le mors aux dents. A dater du 10 octobre, la grève, avec des mots d'ordre qui concernaient déjà la politique, se répand de Moscou au pays tout entier. Dans toute l'étendue du monde, on n'avait jamais vu de grève pareille. En bien des villes, il y eut, dans les rues, des collisions avec les troupes. Cependant, dans l'ensemble et au total, les événements d'octobre restaient au niveau d'une grève politique; il n'y avait pas encore insurrection armée. Néanmoins, l'absolutisme perdant la tête, céda. Le manifeste constitutionnel du 17/30 octobre fut promulgué. A vrai dire, le tsarisme, meurtri, gardait entre ses mains la machine du pouvoir. La politique gouvernementale, d'après une appréciation de Witte [1], fut plus que jamais « une combinaison de lâcheté, d'aveuglement, de perfidie et de bêtise ».

Et la révolution avait remporté une première victoire, incomplète, mais qui promettait.

« L'argument le plus sérieux de la révolution russe de 1905, écrivait plus tard le même Witte, consistait, bien entendu, en ce mot d'ordre des paysans : *donnez-nous la terre.* » Sur ce point, on pouvait être d'accord avec lui. Mais Witte continuait ainsi : « Quant au soviet des ouvriers, je ne lui attribuais pas

1. S. J. Witte (1849-1915). Un des principaux hommes d'État sous le règne des deux derniers empereurs. (*N. d. T.*)

tellement d'importance. Et il ne le méritait pas. » Cela prouve seulement que le plus éminent des bureaucrates ne comprit pas le sens d'événements qui étaient un dernier avertissement pour les classes dirigeantes. Witte mourut à temps pour n'être pas obligé de reviser ce qu'il avait pensé des soviets ouvriers.

Je parvins à Pétersbourg au plus fort de la grève d'octobre. Le mouvement ne cessait de s'élargir, mais il y avait danger qu'il échouât, n'étant pas encadré par une organisation de masse. J'arrivai de Finlande ayant établi le plan d'une organisation électorale sans parti, qui compterait un délégué pour mille ouvriers. L'écrivain Iordansky, qui devait être plus tard ambassadeur des Soviets en Italie, m'apprit, le jour même de mon arrivée, que les menchéviks avaient déjà lancé le mot d'ordre d'un organe électoral révolutionnaire ayant un délégué pour cinq cents ouvriers. C'était juste. Ceux des membres du comité central bolchevik qui se trouvaient alors à Pétersbourg s'opposèrent résolument à une organisation électorale indépendante des partis, craignant qu'elle ne fît concurrence à la social-démocratie. Les ouvriers bolcheviks n'avaient pas du tout la même appréhension. Les sphères supérieures du bolchevisme se conduisirent en sectaires à l'égard du soviet jusqu'à l'arrivée de Lénine qui eut lieu en novembre. On pourrait écrire un chapitre édifiant sur la direction que donnèrent les « léninistes » en l'absence de Lénine. Celui-ci était supérieur à ses disciples à un tel degré que, devant lui, ils se sentaient comme exemptés de la nécessité de résoudre par eux-mêmes les problèmes de théorie et de tactique. Leurs communications avec Lénine ayant été coupées à une minute critique, ils furent stupéfiants d'impuissance. Il en fut ainsi durant l'automne de 1905. Il en fut ainsi au printemps de 1917. En ces deux périodes comme en bien d'autres cas d'une moindre importance historique, les masses du parti saisissaient beaucoup plus justement, par intuition, la ligne à suivre que les demi-leaders livrés à eux-mêmes. Si Lénine rentra un peu trop tard de l'étranger, ce fut une des causes pour lesquelles la fraction bolchevique ne réussit pas à prendre une position dirigeante dans les événements de la première révolution.

J'ai déjà noté que N. I. Sédova avait été surprise par un encerclement de troupes de cavalerie, le 1er mai, à un meeting en forêt. Elle resta emprisonnée six mois et, ensuite, fut envoyée à Tver, sous le régime de haute surveillance de la police. Quand le manifeste d'octobre eut été promulgué, elle rentra à Pétersbourg. Sous le nom de Vikentiev, nous louâmes une chambre chez un monsieur, qui, comme nous l'apprîmes, spéculait à la Bourse. Ses affaires ne marchaient pas. Bien des spéculateurs furent alors obligés de vivre plus à l'étroit. Chaque matin, un vendeur nous apportait tous les journaux qui sortaient. Le principal occupant du logis les demandait parfois à sa femme, lisait et... grinçait des dents. Ses affaires se gâtaient de plus en plus. Un jour, il fit invasion dans notre chambre, secouant en l'air une feuille :

— Voyez ça, hurlait-il, le doigt planté sur l'article que je venais d'écrire : *Bonjour, dvornik de Pétersbourg*[1] *!* Voyez! Ils en viennent maintenant à soulever les garçons de cour! Si je tenais ici ce bagnard-là, je tirerais sur lui avec ça!...

Il sortit de sa poche un revolver et le brandit en l'air. Il avait l'air d'un fou. Il lui fallait de l'assentiment. Ma femme vint à la rédaction me faire part de cette nouvelle inquiétante. Il eût fallu chercher un autre logement. Mais nous n'avions pas une minute de liberté. Et nous nous en remîmes à la destinée. C'est ainsi que nous vécûmes chez le boursier en détresse jusqu'au jour où je fus arrêté. Par chance, ni notre loueur, ni la police ne surent jamais quel était l'homme qui avait vécu sous le nom de Vikentiev. Après mon arrestation, il n'y eut même pas de perquisition dans notre logement.

Au soviet, je prenais la parole sous le nom de « Ianovsky », en souvenir du village où je suis né. Je signais mes articles « Trotsky ». Je dus collaborer à trois journaux. Avec Parvus, nous prîmes la tête de la petite *Rousskaïa Gazeta* (*Gazette russe*) dont nous fîmes un organe de combat pour les masses. En quelques jours, le tirage monta de 30 000 à 100 000 exemplaires. Un mois plus tard, la demande était d'un demi-million. Mais notre technique ne pouvait être à la hauteur de la demande. De cette difficulté nous ne pûmes sortir à la fin des fins que grâce à la débâcle gouvernementale. Le 13 novembre, nous fîmes bloc avec des menchéviks pour lancer un grand organe politique, *Natchalo*[2]. Le tirage de ce journal s'accroissait non

1. A Moscou et à Pétersbourg, ainsi que dans les principales villes de province, le *dvornik* (garçon de cour) était un des personnages les plus effacés et les plus importants dans un immeuble. En grande majorité, les *dvorniki* étaient appointés par la police. Les révolutionnaires avaient donc intérêt à les circonvenir. Le garçon de cour, demi-concierge et demi-balayeur, était d'ailleurs un pauvre bougre. (*N. d. T.*)

2. *Natchalo : le Commencement, le Début.* (*N. d. T.*)

de jour en jour, mais d'heure en heure. La *Novaïa Jizn* [1] des bolcheviks était plutôt terne en l'absence de Lénine. Par contre, *Natchalo* jouissait d'un formidable succès. Je pense que cette publication, plus qu'aucune autre en l'espace d'un demi-siècle, se rapprocha de son prototype classique *Die Neue Rheinische Zeitung*, qu'avait éditée Marx en 1848. Kaménev, qui appartenait alors à la rédaction de la *Novaïa Jizn*, m'a raconté plus tard que, voyageant en chemin de fer, il avait observé, dans les gares, la marche de la vente des derniers journaux reçus. A l'arrivée du train de Pétersbourg, des queues interminables de chalands se formaient. Les acheteurs ne voulaient que des publications révolutionnaires.

— *Natchalo! Natchalo! Natchalo!* criait-on.

Ensuite :

— *Novaïa Jizn!*

Et de nouveau :

— *Natchalo! Natchalo! Natchalo!...*

Et Kaménev m'a fait alors cet aveu :

— Je me disais, avec dépit : décidément, ceux de *Natchalo* écrivent mieux que nous...

Je ne collaborais pas seulement à la *Rousskaïa Gazeta* et à *Natchalo*. J'écrivais aussi des éditoriaux pour les *Izvestia* [2], organe officiel du soviet. Je rédigeai également de nombreux appels, manifestes et résolutions. Les cinquante-deux journées pendant lesquelles exista le premier soviet furent surchargées de travail à n'en plus pouvoir : réunions du soviet, comité exécutif, meetings incessants et trois journaux. Je ne vois pas moi-même bien clairement comment nous vécûmes dans ce remous de grandes eaux. Mais, dans le passé, bien des choses semblent inconcevables parce que les souvenirs ont perdu toute trace d'activité. On ne se voit plus soi-même que de loin.Cependant, en ces journées-là, nous fûmes suffisamment agissants. Non seulement nous tournions dans le remous, mais nous le provoquions. Tout se faisait à la va vite, mais pas trop mal, et quelquefois très bien. Le rédacteur responsable, un vieux démocrate le docteur D. M. Herzenstein, visitait de temps à autre la rédaction; vêtu d'une impeccable redingote noire, il s'arrêtait au milieu de la salle de travail et considérait d'un œil curieux le chaos où nous nous débattions. Un an plus tard, il dut répon-

1. *Novaïa Jizn : la Vie nouvelle.* (*N. d. T.*)

2. *Les Nouvelles.* Le même titre a été repris après la révolution de 1917. (*N. d. T.*)

dre devant les tribunaux des excès révolutionnaires du journal sur lequel il n'avait eu aucune influence. Ce vieil homme ne nous renia pas. Loin de là! Les larmes aux yeux, il raconta aux juges comment, rédigeant le journal le plus populaire de tous, nous nous alimentions entre-temps avec des pâtés secs que le gardien nous apportait, enveloppés dans du papier, de la boulangerie voisine. Le vieux dut faire un an de prison pour la révolution qui n'avait pas vaincu, pour la confrérie des émigrés et pour les pâtés secs.

Dans ses *Mémoires*, Witte a écrit plus tard qu'en 1905 « l'immense majorité de la Russie perdit la tête en quelque sorte ». La révolution n'apparaît, aux yeux d'un conservateur, comme une folie collective que parce qu'elle pousse aux dernières extrémités la démence « normale » des antagonismes sociaux. C'est ainsi que des gens refusent de se reconnaître dans une audacieuse caricature. Cependant, toute l'évolution moderne aggrave, tend, aiguise les antagonismes, les rend intolérables et, par conséquent, prépare une situation dans laquelle l'immense majorité « perd la tête ». Mais, en de pareils cas, c'est la folle majorité qui applique la camisole de force à la sage minorité. Et c'est ainsi que l'histoire peut avancer.

Le chaos d'une révolution n'est pas du tout celui d'un tremblement de terre ou d'une inondation. Dans le désordre révolutionnaire commence immédiatement à se former un nouvel ordre; les gens et les idées se répartissent naturellement sur de nouveaux axes. La révolution ne paraît être une absolue folie qu'à ceux qu'elle balaie et renverse. Pour nous, la révolution a été l'élément natal, quoique fort agité. Tout y trouvait son heure et sa place. Certains arrivaient même à vivre encore de leur vie individuelle, à devenir amoureux, à faire de nouvelles connaissances, voire encore à fréquenter les théâtres révolutionnaires. Parvus goûta tellement une nouvelle pièce satirique alors jouée, qu'il acheta d'un coup cinquante billets pour la représentation suivante, dans le dessein de les envoyer à des amis. Il convient d'expliquer qu'il avait touché, la veille, le montant de ses droits d'auteurs pour ses livres. Il fut arrêté et l'on trouva sur lui cinquante billets de théâtre. Les gendarmes se creusèrent longtemps la tête pour déchiffrer cette énigme révolutionnaire. Ils ignoraient que Parvus faisait toujours les choses largement.

Le soviet souleva de formidables masses. Tous les ouvriers, comme un seul homme, tenaient pour le soviet. Dans les campagnes, il y avait de l'agitation, de même que dans les troupes qui revenaient d'Extrême-Orient, après la paix de Portsmouth. Mais les régiments de la garde et les Cosaques étaient encore fermes partisans du régime. Tous les éléments d'une révolution victorieuse existaient en puissance, mais il n'étaient pas encore mûris.

Le 18/31 octobre, lendemain du jour où fut promulgué le manifeste, il y eut, devant l'université de Pétersbourg, de nombreux milliers de manifestants, encore tout chauds de la lutte et enivrés de la première victoire. Je leur citai, du haut du balcon, que le demi-succès remporté n'était pas sûr, que l'on avait devant soi un ennemi inconciliable, qu'il y avait un piège à prévoir; je déchirai le manifeste du tsar devant cette foule et en jetai les morceaux au vent. Mais de tels avertissements politiques ne font que de légères égratignures sur le sentiment des masses. Il faut qu'elles passent par l'école de plus grands événements.

Je me rappelle, à cet occasion, deux scènes de la vie du soviet de Pétersbourg.

La première eut lieu le 29 octobre. On ne parlait en ville que d'un pogrom préparé par les Cent-Noirs. Les députés ouvriers qui arrivaient directement des usines au soviet montraient à la tribune des modèles d'armes fabriquées pour combattre les réactionnaires. Ils brandissaient des couteaux finnois, des casse-tête, des poignards, des garcettes en fil de fer, mais tout cela plutôt gaiement, et même avec des plaisanteries et des facéties populaires. Ils semblaient croire qu'il suffisait de leur volonté de résistance pour résoudre le problème. Dans leur grande majorité, ils n'avaient pas encore compris qu'il s'agissait d'une lutte à mort. Les journées de décembre devaient le leur apprendre.

Le soir du 3 décembre, le soviet de Pétersbourg fut cerné par les troupes. Toutes les issues furent closes. Du haut d'une galerie où le comité exécutif tenait séance, je criai vers ceux d'en bas (il y avait déjà là des centaines de députés) :

— Ne pas opposer de résistance; ne pas rendre d'armes à l'ennemi!

On avait des armes de poche : des revolvers. Et alors, dans la salle des séances, déjà bloquée de tous côtés par des détachements d'infanterie de la garde, de cavalerie et d'artillerie, les ouvriers se mirent à briser ces armes. Des mains expertes broyaient les brownings sur les mausers et les mausers sur les brownings. Et ce n'étaient plus là des blagues et badinages comme ceux du 29 octobre. Dans les tintements, cliquetis, grincements du métal qu'on brisait, on discernait aussi les grincements de dents d'un prolétariat éprouvant pour la première fois comme il convenait qu'il faudrait autre chose, un effort plus puissant et plus implacable pour renverser et écraser l'ennemi.

La demi-victoire de la grève d'octobre, indépendamment de son importance politique, eut pour moi une inappréciable signification théorique. Ce ne furent ni l'opposition de la bourgeoisie libérale, ni les soulèvements spontanés des paysans, ni les actes de terrorisme des intellectuels qui forcèrent le tsarisme à s'agenouiller : ce fut la grève ouvrière. L'hégémonie révolutionnaire du prolétariat s'avéra incontestable. J'estimai que la théorie de la révolution permanente venait de sortir avec succès de sa première grande épreuve. De toute évidence, la révolution ouvrait au prolétariat la perspective de la conquête du pouvoir. Les années de réaction qui allaient bientôt suivre ne purent m'obliger à abandonner ce point de vue. Mais j'en tirais aussi des conclusions pour l'Occident. Si telle était la force du jeune prolétariat en Russie, quelle ne serait pas la puissance révolutionnaire de l'autre prolétariat, celui des pays les plus cultivés?

Lounatcharsky, avec l'inexactitude et la négligence qui lui sont propres, a, plus tard, caractérisé ainsi ma conception révolutionnaire :

« Le camarade Trotsky avait adopté — en 1905 — ce point de vue que les deux révolutions — bourgeoise et socialiste — sans coïncider, sont liées entre elles, de sorte que nous avons devant nous une révolution permanente. Étant entrée dans la période révolutionnaire par un coup d'État de la bourgeoisie, la portion russe de l'humanité, et, avec elle, le monde entier ne pourront sortir de cette période avant le parachèvement de la révolution sociale. On ne peut nier que le camarade Trotsky, en formulant de telles idées, ait fait preuve d'une grande perspicacité, bien qu'il se soit trompé pour une quinzaine d'années. »

La remarque faite au sujet de mon erreur portant sur une quinzaine d'années n'en est pas devenue plus profonde parce qu'elle a été reproduite par Radek. En 1905, toutes nos prévisions, tous nos mots d'ordre étaient calculés sur une perspective de victoire, et non de défaite, de la révolution.

Nous ne parvînmes alors à réaliser ni la république, ni une réforme agraire, ni la journée de huit heures. Cela signifie-t-il que nous nous trompions quand nous formulions de telles revendications? L'échec de la révolution ferma *toutes* les perspectives et non pas seulement celle que j'ai indiquée. Il ne s'agissait pas de fixer des délais; il s'agissait d'analyser les forces intérieures de la révolution et d'en prévoir les progrès d'ensemble.

Que furent, en 1905, mes rapports avec Lénine? Après sa mort, l'histoire officielle a été refaite : même pour 1905, on a établi qu'une lutte s'était produite entre deux principes, celui du bien et celui du mal. Qu'en fut-il en réalité? Lénine ne participa point directement aux travaux du soviet, il n'y prit pas la parole. Inutile d'ajouter qu'il suivait attentivement chaque démarche du soviet, qu'il influençait sa politique par l'intermédiaire des représentants de la fraction bolchevique, qu'il expliquait l'action du soviet dans son journal. Sur aucune question Lénine ne se trouva en désaccord avec la politique du soviet. En outre, comme le prouvent les documents, toutes les décisions du soviet, sauf peut-être quelques-unes occasionnelles et peu importantes, furent rédigées par moi, soumises par moi au comité exécutif et rapportées par moi-même, au nom du comité, devant le soviet. Lorsque se constitua une commission fédérative de délégués des bolcheviks et des menchéviks, c'est encore moi qui eus charge de parler au nom de la commission devant le comité exécutif. Et aucun conflit ne se produisit alors.

Le premier président du soviet fut élu à la veille de mon arrivée de Finlande : c'était le jeune avocat Khroustalev, figure épisodique dans la révolution, qui occupa une place intermédiaire entre celle de Gapone et la social-démocratie. Khroustalev présidait, mais ne donnait pas de direction politique. Après son arrestation, un nouveau bureau fut élu, à la tête duquel je me trouvai.

Svertchkov, un de ceux qui furent assez remarqués parmi les membres du soviet, écrit dans ses souvenirs :

« La direction idéologique du soviet vint de L. D. Trotsky. Le président, Nossar-Khroustalev, servit plutôt de paravent, car il n'était pas capable de résoudre personnellement une seule question de principe. En proie à un amour-propre maladif, il prit en haine L. D. Trotsky précisément parce qu'il dut demander constamment à ce dernier des conseils et des indications. »

D'autre part, Lounatcharsky relate ceci dans ses Mémoires :

« Je me rappelle que, quelqu'un ayant dit en présence de Lénine : " L'étoile de Khroustalev est à son déclin, et l'homme fort du soviet est actuellement Trotsky ", Lénine parut s'assombrir une seconde, puis déclara : " Pourquoi pas? Trotsky a conquis cette situation par un labeur inlassable et brillant. " »

Les rapports entre les deux rédactions étaient des plus amicaux. Il n'y eut aucune polémique entre elles. On lut dans la *Novaïa Jizn* des bolcheviks :

« Le premier numéro de *Natchalo* vient de paraître. Nos félicitations à notre compagnon de lutte. A signaler, dans ce premier numéro une brillante description de la grève de novembre, due au camarade Trotsky. »

Ce n'est pas ainsi qu'on écrit quand on est en bataille. Mais nous ne nous combattions pas. Bien au contraire, nos journaux se défendaient mutuellement contre la critique bourgeoise. Lénine était déjà arrivé quand la *Novaïa Jizn* prit la défense de mes articles sur la révolution permanente. Nos journaux, de même que nos fractions, tendaient à la fusion. Le comité central des bolcheviks, avec la participation de Lénine, adopta à l'unanimité une résolution dans laquelle il était dit, en substance, que la scission n'avait pu être que le résultat des conditions spéciales de l'émigration et que les événements de la révolution avaient détruit toute base de lutte entre fractions. Ce fut aussi la ligne que je défendis dans *Natchalo*, contre la résistance passive de Martov.

Sous la pression des masses, les menchéviks membres du soviet, au cours de la première période, se rangèrent tant qu'ils purent à l'aile gauche. Ils ne firent volte-face qu'après le premier coup porté par la réaction. En février 1906, le leader des menchéviks, Martov, se lamentait dans une lettre à Axelrod :

« Voici déjà deux mois... que je ne parviens à terminer aucun des travaux commencés... Je ne puis dire si c'est de la neurasthénie ou de la fatigue psychique, mais je n'ai pas pu me rendre maître de mes pensées. »

Martov ne savait comment nommer sa maladie. Or, elle avait un nom bien déterminé : *le menchévisme*. En temps de révolution, l'opportunisme est avant tout traduit par de l'effarement et par de l'incapacité à « maîtriser les idées ».

Lorsque les menchéviks déclarèrent publiquement qu'ils se repentaient et condamnèrent la politique qui avait été suivie par le soviet, je défendis cette politique dans la presse russe, puis dans la presse allemande et dans la revue polonaise de Rosa Luxemburg. De cette lutte pour les méthodes et les traditions de 1905 résulta un livre que j'intitulai d'abord : *la Russie en révolution* et qui a ensuite été réédité, tant en Russie qu'en divers pays, sous ce titre : *1905*. Après la révolution d'Octobre, cet ouvrage devint une sorte de manuel d'histoire non seulement en Russie, mais dans les partis communistes d'Occident. C'est seulement après la mort de Lénine, lorsque s'engagea une campagne soigneusement préparée contre moi, que mon livre sur l'année 1905 tomba sous la fusillade. On se borna d'abord à émettre certaines observations, à me chercher chicane sur de pauvres choses sans intérêt. Mais, peu à peu, la critique s'enhardit, s'étendit, se multiplia, se compliqua, devint insolente et d'autant plus bruyante qu'elle avait à couvrir la voix de ses propres inquiétudes. C'est ainsi qu'après coup l'on créa la légende d'un conflit entre Lénine et Trotsky sur les lignes qui étaient à suivre pendant la révolution de 1905.

Cette révolution causa une brisure dans la vie du pays, dans la vie du parti et dans ma vie personnelle. Brisure dans le sens d'une plus grande maturité.

Mon premier travail révolutionnaire, à Nikolaïev, avait été une expérience provinciale, faite à tâtons. Pourtant, cette épreuve ne fut pas sans profit. Jamais peut-être, au cours de toutes les années qui suivirent, je n'eus l'occasion de prendre contact avec les ouvriers de la base aussi intimement qu'à Nikolaïev. Je n'avais pas encore ce qu'on appelle « un nom » et rien ne me distinguait d'eux. Les principaux types qui caractérisent le prolétariat russe s'imposèrent alors à mon esprit, et ce fut pour toujours. Dans la suite, je ne rencontrai plus guère que des variétés de l'espèce. En prison, je dus entreprendre l'étude des doctrines révolutionnaires en débutant presque par l'*a b c*. Deux années et demie de détention, deux années de déportation me donnèrent la possibilité d'établir les bases théoriques d'une philosophie révolutionnaire. La première émigration me fut une haute école de politique. Sous la direction de marxistes révolutionnaires éminents, j'appris à considérer les événements selon de grandes perspectives historiques et en fonction des rapports internationaux. Vers la fin de cette période d'émigration, je me séparai tout à la fois des deux groupes dirigeants : bolcheviks et menchéviks. Je rentrai en Russie en février 1905; les autres leaders émigrés ne revinrent qu'en octobre et en novembre. Parmi les camarades russes, pas un qui pût alors m'enseigner quelque chose. Bien au contraire, je me trouvai dans la situation d'un maître. Les événements de cette année tumultueuse se précipitaient l'un après l'autre. Il fallait prendre position sur-le-champ. A peine écrite, une proclamation était portée à l'imprimerie clandestine. Les principes théoriques établis en prison et sur les lieux de déportation, les méthodes politiques acquises dans l'émigration trouvaient maintenant, pour la première fois, leur application immédiate dans le combat. Je sentais en moi de l'assurance devant les événements. J'en comprenais le mécanisme, — du moins me semblait-il, — je me représentais quelle devait en être l'action sur la conscience ouvrière et je prévoyais dans les grandes lignes ce que serait le lendemain. De février à octobre, ma participation fut surtout d'ordre littéraire. En octobre, je me jetai brusquement dans le formidable remous qui, pour moi personnellement, était la plus sérieuse épreuve. C'est sous le feu qu'il fallait prendre des décisions. Je ne puis me dispenser de noter ici que je réussissais à les prendre comme des déterminations qui s'imposaient d'elles-mêmes. Je ne me retournais pas pour savoir ce qu'en diraient d'autres, j'avais rarement la faculté de consulter quelqu'un, — tout se faisait à la hâte. Plus tard, c'est avec étonnement et aversion que je vis le plus intelligent des menchéviks, Martov, se laisser constamment surprendre par les grands événements et en rester déconcerté. Sans y réfléchir (il me restait trop peu de temps pour m'examiner moi-même), je sentis, organiquement, que j'avais dépassé l'âge de la scolarité. Non en ce sens qu'alors j'aie cessé d'étudier : non pas, car le besoin d'apprendre et le zèle me sont restés, dans toute leur intensité et leur fraîcheur, jusqu'à ce jour. Mais, à partir d'un certain moment, je poursuivis mes études en maître, et non plus en élève. Lorsque je fus arrêté pour la deuxième fois, j'avais vingt-six ans. Et c'est le vieux Deutch qui reconnut ma maturité : en prison avec moi, il renonça solennellement à me dire « jeune homme » et m'appela par mon prénom et nom patronymique.

Lounatcharsky, dans un livre intitulé *Silhouettes*, que j'ai déjà cité, et qui est maintenant interdit, apprécie comme il suit le rôle des leaders de la première révolution :

« Sa popularité [Trotsky] dans le prolétariat de Pétersbourg était très grande à l'époque de son arrestation et s'accrut en résultat de sa conduite exceptionnellement brillante [?] et héroïque [?] devant le tribunal. Je dois dire que Trotsky, entre tous les leaders social-démocrates de 1905-1906, se montra indubitablement, malgré sa jeunesse, le mieux préparé; moins que tout autre, il portait la marque d'une certaine étroitesse d'esprit due à l'émigration, étroitesse dont Lénine, comme je l'ai déjà dit, n'avait pu lui-même encore se défaire; Trotsky sentait mieux que d'autres ce que c'est qu'une lutte politique. Et il sortit de la révolution avec le plus fort acquis de popularité : en somme, ni Lénine ni Martov n'avaient rien gagné en ce sens. Plékhanov avait beaucoup perdu, par suite des tendances à demi cadettes qu'il avait manifestées. Trotsky fut, dès lors, au premier rang. »

Ces lignes tracées en 1923 sont d'autant plus significatives que Lounatcharsky, à l'heure présente, écrit exactement le contraire; conduite qui de sa part n'a rien de très « brillant » ni de très « héroïque ».

On ne conçoit pas qu'une grande œuvre puisse être accomplie sans intuition, c'est-à-dire sans cette perspicacité subconsciente que les travaux théoriques et pratiques peuvent développer et enrichir, mais qui doit être avant tout un don de nature. Ni l'instruction théorique ni la routine dans la pratique ne peuvent tenir lieu du coup d'œil qui permet à l'homme politique de démêler une situation, de l'apprécier dans son ensemble et d'en prévoir les suites. Cette faculté spéciale acquiert une importance décisive dans les périodes de poussées violentes, de bouleversements, autrement dit en temps de révolution. Les événements de 1905 ont révélé, me semble-t-il, en moi cette intuition révolutionnaire sur laquelle j'allais ainsi pouvoir m'appuyer dans la suite. Je noterai ici-même que les fautes que j'ai commises, si graves qu'elles aient été, — et il y en eut d'une très grosse importance, — se rapportaient toujours à des questions subsidiaires d'organisation ou de tactique, mais non pas aux problèmes essentiels, non pas à la stratégie. Dans l'appréciation d'une situation politique en son ensemble et de ses perspectives révolutionnaires, je ne puis, en conscience, me reprocher aucune erreur sérieuse.

Pour la Russie, la révolution de 1905 fut la répétition générale de 1917. Et elle eut la même signification pour moi personnellement. Je m'engageai dans les événements de 1917 avec résolution et en toute assurance parce que je n'y voyais que la continuation et le développement de l'œuvre interrompue par l'arrestation des membres du soviet de Pétersbourg, le 3 décembre 1905.

Nous fûmes appréhendés le lendemain de la publication de ce qu'on a appelé notre « manifeste financier », dans lequel était annoncée l'inévitable faillite du régime tsariste : on donnait catégoriquement à savoir que les dettes des Romanov ne seraient pas reconnues par le peuple, le jour où il remporterait la victoire.

Le manifeste du soviet des députés ouvriers déclarait nettement ceci :

« L'autocratie n'a jamais joui de la confiance du peuple et n'a pas été fondée par lui en pouvoirs. En conséquence, nous décidons que nous n'admettrons pas le paiement des dettes sur tous emprunts que le gouvernement du tsar aura conclus alors qu'il était en guerre ouverte et déclarée avec tout le peuple. »

La Bourse de Paris devait répliquer, quelques mois plus tard, à notre manifeste en accordant au tsar un nouvel emprunt de sept cent cinquante millions de francs. La presse de la réaction et des libéraux se gaussait des impuissantes menaces du soviet à l'égard des finances tsaristes et des banquiers d'Europe. Ensuite, on tâcha d'oublier le manifeste. Mais il devait rentrer de lui-même dans les mémoires. La banqueroute financière du tsarisme, préparée par tout le passé, éclata en même temps que la débâcle militaire. Et, après la victoire de la révolution, un décret du conseil des commissaires du peuple, en date du 10 février 1918, déclara purement et simplement annulées toutes les dettes du tsar. Ce décret est encore en vigueur. Ils ont tort, ceux qui affirment que la révolution d'Octobre ne reconnaît aucune obligation. La révolution reconnaît fort bien *ses obligations à elle*. L'engagement qu'elle avait pris le 2 décembre 1905, elle l'a tenu le 10 février 1918.

Elle a absolument le droit de dire aux créanciers du tsarisme : « Messieurs, vous avez été prévenus en temps opportun ! »

Sous ce rapport comme sous tous les autres, 1905 avait préparé 1917.

CHAPITRE XV

JUGEMENT, DÉPORTATION, ÉVASION

Un deuxième cycle commençait dans la série de mes prisons. Je l'endurai beaucoup plus aisément que le premier; au surplus, les conditions de détention étaient incomparablement plus douces que huit ans auparavant. Je fus enfermé quelque temps dans une geôle de *Kresty*, puis dans la forteresse Pierre-et-Paul, et enfin dans la maison de détention préventive. Avant de nous expédier en Sibérie on nous fit encore passer par le dépôt des déportés. Au total, nous en eûmes pour quinze mois. Chacune de ces prisons avait des particularités auxquelles il fallait se faire. Mais il serait fastidieux d'en parler car, si différentes en apparence qu'elles soient, toutes les prisons sont les mêmes. Le temps revint où je pus m'occuper méthodiquement de travaux scientifiques et littéraires. Je m'appliquai à l'étude de la rente agraire et à l'histoire des rapports sociaux en Russie. Un grand ouvrage que je composai sans le terminer sur la rente agraire s'égara par la suite, dans les premières années qui suivirent la révolution d'Octobre. Ç'a été pour moi la perte la plus pénible après la destruction de mon étude sur la franc-maçonnerie. Quant à mes recherches sur l'histoire sociale de la Russie, elles aboutirent à un article intitulé : *Bilan et perspectives* qui constitue, pour cette période, l'argument le plus achevé de la théorie de la révolution permanente.

Quand on nous eut transférés à la maison de détention préventive, nos avocats obtinrent le droit de visite. La Ire Douma avait rendu de l'animation à la vie politique. Les journaux parlèrent avec une nouvelle hardiesse. Les entreprises d'éditions des marxistes se réveillèrent. Il fut possible de revenir à des travaux de publicistes combatifs. J'écrivis beaucoup en prison; les avocats emportaient les manuscrits dans leurs serviettes. A cette période se rattache mon pamphlet : *Pierre Strouvé dans la politique*. J'y travaillai avec tant de fougue que la promenade quotidienne dans la cour me contrariait comme une vexation. Cet ouvrage, dirigé contre le libéralisme, était au fond un plaidoyer pour le soviet de Pétersbourg, pour l'insurrection de décembre à Moscou et, en général, pour la politique révolutionnaire, contre les critiques de l'opportunisme. La presse bolchevique accueillit le pamphlet mieux qu'avec de la sympathie. La presse menchévique n'en souffla mot. Cet écrit fut répandu à des dizaines de milliers d'exemplaires en quelques semaines.

Mon compagnon de détention, D. Svertchkov, exposait ainsi, plus tard, les faits de cette période, dans son livre : *A l'Aube de la Révolution* :

« L. D. Trotsky écrivait au courant de la plume et livrait par fragments à l'impression son livre : *la Russie et la Révolution* dans lequel il formula pour la première fois avec netteté cette idée que la révolution commencée en Russie ne pourrait s'arrêter tant qu'on ne serait pas parvenu à un régime socialiste. Sa théorie de la " révolution permanente ", terme qui fut adopté pour exprimer cette idée, ne fut alors admise par à peu près personne. Cependant, Trotsky restait fermement sur ses positions et discernait déjà, dans la situation des différents États du monde, tous les symptômes d'une décomposition de l'économie bourgeoise capitaliste et la proximité relative de la révolution socialiste... »

Svertchkov continue ainsi :

« La cellule de Trotsky se transforma bientôt en une sorte de bibliothèque. On lui faisait passer absolument tous les livres qui méritaient quelque attention. Il les lisait et, toute la journée, du matin jusque tard dans la nuit, il s'occupait de travaux littéraires. " Je me porte à merveille, disait-il. Je suis là à travailler, sachant fort bien qu'on ne viendra plus m'arrêter... Convenez-en, dans les limites de la Russie tsariste; c'est une sensation assez rare... " »

Pour me délasser, je lisais les classiques de la littérature européenne. Étendu sur ma couchette de prisonnier, je m'enivrais d'eux : délice physique qui doit être celui des gourmets quand ils sifflent des vins fins ou sucent des cigares aromatiques. C'étaient mes meilleures heures. Il reste des témoignages de ces études, sous forme d'épigraphes et de citations, dans tous mes écrits de cette période. C'est alors que, pour la première fois, je fis connaissance de près avec les « grands seigneurs [1] » du roman français. L'art du récit est avant tout un art français. Je crois savoir l'allemand un peu mieux que le français, surtout dans le domaine de la terminologie scientifique; mais je lis plus aisément les œuvres de pure littérature des écrivains français que celles des Allemands. J'ai gardé jusqu'à ce jour ma prédilection pour le roman français. Même au temps de la guerre civile, je trouvais, en wagon, des heures pour parcourir les dernières nouveautés de la littérature française.

En fin de compte, je ne puis me plaindre de mes prisons. Elles furent pour moi une bonne école. Je quittai ma cellule solidement verrouillée de la forteresse Pierre-et-Paul avec un certain regret : il y régnait un tel calme, un silence toujours si égal!... On y était idéalement bien pour un travail intellectuel.

Par contre, la maison de détention préventive était bondée de gens, pleine de vaine agitation. Il s'y trouvait un bon nombre de condamnés à mort : les actes de terrorisme et les expropriations à main armée s'étaient multipliés dans le pays. Le régime de l'établissement était libéral, eu égard à la Ire Douma; les cellules n'étaient pas fermées dans la journée; les promenades se faisaient en commun. Nous passions des heures à jouer avec entrain à saute-mouton : les condamnés à mort sautaient et tendaient le dos tout comme les autres. Ma femme venait me voir deux fois par semaine. Les gardiens de service fermaient les yeux sur nos échanges de lettres et de manuscrits. L'un deux, qui était déjà assez âgé, nous traitait particulièrement bien. Sur sa demande, je lui fis cadeau de mon livre et de ma photographie, avec une dédicace.

— Mes filles sont des étudiantes, chuchotait-il d'un air ravi, et il m'adressait un clin d'œil de complice.

J'ai rencontré cet homme après l'instauration du pouvoir soviétique et j'ai fait ce qui dépendait de moi pour l'aider en des années de famine.

Parvus se promenait avec le vieux Deutch dans le préau. Fréquemment, je me joignais à eux. Il existe une photographie où l'on nous voit tous trois dans la cuisine de la prison. L'infatigable Deutch cherchait à organiser l'évasion d'un groupe, il avait facilement conquis Parvus à son idée et il me persua-

1. En français dans le texte. (*N. d. T.*)

dait avec insistance de me joindre à eux. Je résistais, étant séduit par l'importance politique du procès qui allait s'ouvrir. Mais trop nombreux furent les adhérents. Dans la bibliothèque de la prison, qui servait de centre d'opérations, un surveillant découvrit un trousseau d'instruments de serrurerie. A vrai dire, l'administration étouffa l'affaire, soupçonnant les gendarmes d'avoir manigancé pour provoquer un changement de régime dans la maison. Cependant, Deutch, pour s'évader une quatrième fois dans sa vie, dut partir de Sibérie et non de la geôle de Pétersbourg.

Le fractionnement du parti se manifesta de nouveau avec violence après la défaite de décembre. La dissolution de la Douma souleva derechef tous les problèmes de la révolution. Je consacrai à l'étude de ces questions une brochure concernant la tactique à suivre, que Lénine publia aux éditions des bolcheviks. Les menchéviks battaient déjà en retraite sur toute la ligne. Pourtant, les dissensions fractionnelles n'eurent pas, dans les prisons, l'acuité qu'elles avaient prise au dehors. C'est pourquoi nous eûmes la possibilité de mettre au jour collectivement un ouvrage auquel collaborèrent encore les menchéviks.

Le procès du soviet des députés ouvriers s'ouvrit le 19 septembre, sous la lune de miel des cours martiales de Stolypine. La cour du Palais de Justice et les rues avoisinantes avaient été transformées en camp retranché. Toutes les forces de police de Pétersbourg étaient sur pied. Mais le procès fut mené assez librement : la réaction voulait compromettre définitivement Witte, révélant son « libéralisme » et ses faiblesses à l'égard de la révolution. Environ quatre cents témoins furent cités, dont plus de deux cents vinrent déposer. Ouvriers, fabricants, gendarmes, ingénieurs, domestiques, simples habitants de la ville, journalistes, employés des postes et télégraphes, maîtres de police, élèves des gymnases, conseillers municipaux, garçons de cour, sénateurs, voyous, députés, professeurs et soldats défilèrent pendant un mois devant le tribunal, et, sous les feux croisés qui partaient des fauteuils des juges, de ceux des procureurs, des chaises de la défense et des bancs des accusés, — surtout de ce côté-ci, — ils reconstituèrent ligne par ligne, trait par trait, l'époque de l'activité du soviet ouvrier. Les accusés donnèrent leurs explications. Je parlai du rôle d'une insurrection armée dans une révolution. Le but principal fut ainsi atteint. Le tribunal s'étant refusé à citer sur notre demande le sénateur Lopoukhine, qui, pendant l'automne de 1905, avait ouvert, au département de la police, une imprimerie pogromiste, nous fîmes défaut et demandâmes à être renvoyés en prison. Aussitôt après nous, les avocats, les témoins et le public quittèrent l'audience. Les juges restèrent en tête à tête avec le procureur. C'est en notre absence qu'ils rapportèrent leur sentence. Le compte rendu sténographique de ce procès exceptionnel, qui dura un mois, n'a pas été publié jusqu'à présent, et, ce me semble, n'a même pas été retrouvé. J'ai raconté tout l'essentiel de l'affaire dans mon livre : *1905*.

Mon père et ma mère assistèrent au procès. Leurs pensées et leurs sentiments étaient de double sorte. Ils ne pouvaient déjà plus s'expliquer ma conduite comme une suite d'enfantillages, ainsi qu'ils l'avaient fait du temps de mon séjour dans le jardin de Chvigovsky, à Nikolaïev. J'étais maintenant rédacteur en chef de journaux, président du soviet, j'avais un nom comme écrivain. Cela leur en imposait. Ma mère entrait en conversations avec les défenseurs, tâchant d'entendre d'eux, encore et encore, des propos flatteurs pour moi. Lorsque je prononçai mon discours, dont le sens ne pouvait être tout à fait clair pour ma mère, elle versa des larmes silencieuses. Elle pleura plus fort quand une vingtaine d'avocats vinrent, l'un suivant l'autre, me serrer la main. Un des défenseurs avait justement réclamé une suspension d'audience, qu'il motivait par l'émotion générale. C'était A. S. Zaroudny. Plus tard, dans le cabinet Kérensky, il devait être le ministre de la Justice, et il me tint en prison comme inculpé de haute trahison. Mais dix ans s'étaient écoulés...

Durant la suspension d'audience, mes parents me regardaient d'un air heureux. Non seulement ma mère était persuadée que l'on m'acquitterait, mais elle s'attendait à me voir conférer je ne sais quelle distinction. Je lui assurais qu'il fallait prévoir les travaux forcés. Épouvantée, perplexe, elle considérait tour à tour les défenseurs et moi, se demandant comment une pareille fin serait bien possible. Mon père était pâle, silencieux, heureux et abattu tout à la fois.

Nous fûmes condamnés à la privation de tous droits civils et à la déportation. La sentence était relativement douce. Nous nous attendions aux travaux forcés. Cependant, la déportation n'était plus du tout la mesure administrative que j'avais subie la première fois. Elle devait être perpétuelle;

toute tentative d'évasion devait être punie de trois ans de travaux forcés. Les quarante-cinq coups de fouet qu'on infligeait en outre aux fuyards avaient été supprimés depuis deux ou trois ans.

J'écrivais à ma femme, le 3 janvier 1907 :

« Voilà déjà deux ou trois heures que nous sommes enfermés dans la prison de déportation. Je l'avoue, c'est avec une certaine inquiétude nerveuse que j'ai quitté ma cellule de détention préventive. J'étais si bien habitué à cette petite cabine dans laquelle j'avais la possibilité de travailler. A la maison de déportation, nous savions qu'on nous mettrait dans une chambre commune, — et que peut-il y avoir de plus fatigant? Ensuite, ce serait la boue, les allées et venues et tous les tracas du voyage par étapes que je connais si bien. Qui sait combien de temps s'écoulera avant que nous arrivions à destination? Et qui pourrait prédire à quelle époque nous en reviendrons? Ne vaudrait-il pas mieux rester enfermé comme devant dans la cellule nº 462, lire, écrire et... attendre?...

« On nous a transférés ici subitement, sans nous prévenir. Dans la salle d'écrou, on nous a obligés à revêtir le costume des détenus. Nous avons accompli cette formalité avec une curiosité d'écoliers. Il nous était intéressant de nous voir en pantalon gris, souquenille grise, bonnet gris. Cependant, nous ne portons pas sur le dos la marque classique, l'as de carreau. On nous a permis de garder notre linge et nos chaussures. Nous sommes entrés en bande fort animée, attifés de ces nouveaux vêtements, dans la chambre qui nous attendait... »

Il n'était pas d'une petite importance pour moi d'avoir pu garder mes chaussures : j'avais un excellent passeport dans une de mes semelles et des pièces d'or dans mes hauts talons.

Notre destination à tous était le bourg d'Obdorsk, bien au-dessus du cercle polaire. Du chemin de fer à cet endroit, on compte mille cinq cents verstes; la distance jusqu'à la plus proche station télégraphique est de huit cents verstes. Le courrier n'arrive que tous les quinze jours. Pendant la débâcle, au printemps et en automne, le service de la poste est complètement interrompu durant six semaines ou deux mois.

En cours de route, on prit à notre égard des mesures exceptionnelles. On n'avait guère confiance dans les gardiens qui nous convoyèrent à partir de Pétersbourg. Et, en effet, le sous-off' qui était de faction, sabre au clair, dans notre wagon de détenus, nous déclamait des poésies révolutionnaires tout récemment parues. Dans la voiture voisine, il y avait un peloton de gendarmes qui encerclaient notre wagon à chaque station. En même temps, les autorités pénitentiaires nous traitaient avec les plus grandes prévenances : car les poids de la révolution et de la contre-révolution oscillaient encore et l'on ne savait quel plateau de la balance prendrait sur l'autre. L'officier qui commandait le convoi commença par nous montrer un papier de ses chefs qui l'autorisait à ne pas nous passer les menottes, mesure pourtant exigée par la loi.

Le 11 janvier, j'écrivais à ma femme :

« Si l'officier de l'escorte est prévenant et poli, que dire des soldats? Presque tous ont lu le compte rendu de notre procès et ils nous donnent les marques de la plus vive sympathie... Jusqu'à la dernière minute, les soldats ne savaient quelles gens ils devaient conduire, ni dans quelle direction. A en juger par les mesures de prudence dont leur départ subit fut entouré quand on les amena de Moscou à Pétersbourg, ils croyaient devoir nous escorter jusqu'à Schlusselbourg, pour exécution capitale. Dans la salle d'écrou de la prison de déportation, j'ai remarqué que les hommes de l'escorte étaient très émus et d'une obligeance étrange, comme s'ils se sentaient un peu coupables. Ce n'est qu'en wagon que j'en ai connu la raison. Comme ils furent heureux quand ils se surent en présence des « députés ouvriers » qui n'étaient condamnés qu'à la déportation.

« Les gendarmes, dont le rôle est, en quelque sorte, de convoyer l'escorte, ne se montrent pas du tout dans notre wagon. Ils font seulement la garde extérieure ; ils entourent la voiture, se mettent en sentinelles devant les portières, et sans doute, surveillent surtout les soldats de l'escorte. »

Nos lettres, en cours de route, étaient secrètement jetées à la boîte par les soldats.

Jusqu'à Tioumen, nous eûmes le chemin de fer. De là, nous partîmes en voiture. Pour quatorze déportés, il y avait cinquante-deux soldats d'escorte, sans compter le capitaine, un commissaire et un brigadier de police rurale. Tous ensemble, nous occupions environ quarante traîneaux. De Tioumen par Tobolsk, nous suivîmes le cours de l'Obi.

« Chaque jour, écrivais-je à ma femme, nous parcourons, en ces derniers temps, environ quatre-vingt-dix ou cent verstes vers le nord, c'est-à-dire que nous nous déplaçons presque d'un degré. Par suite de ce mouvement ininterrompu, les apparences de la civilisation, — s'il peut être ici question de civilisation, — s'effacent les unes après les autres. Chaque jour nous descendons d'une marche dans le royaume du froid et de la sauvagerie. »

Après avoir traversé des régions où sévissait le typhus, nous atteignîmes, le 12 février, trente-troisième jour de notre voyage, Bérézov où avait été déporté jadis le prince Menchikov, compagnon de lutte de Pierre. Nous eûmes une halte de deux jours en cet endroit. Il nous restait encore à faire un trajet de cinq cents verstes environ jusqu'à Obdorsk. Nous nous promenions en liberté. A une telle distance, les autorités ne craignaient pas d'évasion. Il n'y avait qu'une seule route pour le retour, celle qui suit le cours de l'Obi et que longe la ligne télégraphique : tout évadé aurait été bientôt rattrapé.

A Bérézov vivait un déporté, l'arpenteur Rochkovsky. Je le consultai sur les chances d'une fuite. Il me dit qu'on pouvait tenter l'entreprise en se dirigeant directement vers l'ouest, le long de la rivière Sosva, du côté de l'Oural; avec un attelage de rennes, on gagnerait les usines métallurgiques, on devait parvenir à l'usine Bogoslovsky que relie un decauville à la grande ligne de Perm, station Kouchva. De là, Perm, Viatka, Vologda, Pétersbourg, Helsingfors...

Cependant, le long de la Sosva, il n'y a pas de routes. Au delà de Bérézov, on tombe dans des lieux sauvages, inhabités. Aucune police sur des milliers de verstes; pas un cantonnement russe; de loin en loin quelques yourtes [1] d'Ostiaks [2]; inutile de parler de télégraphe; pas même de chevaux; le trafic se fait exclusivement avec des rennes. Les poursuivants ne vous rejoindraient pas. Mais il y avait le risque de se perdre dans le désert, de périr dans les neiges. Et l'on était en février, mois de bourrasques hivernales...

Un vieux révolutionnaire, qui faisait partie de notre groupe de déportés, le docteur Feit, m'apprit à simuler une sciatique, ce qui me permettrait de rester quelques jours de plus à Bérézov. Je me tirai avec succès de cette partie secondaire du programme. On sait qu'il est impossible de vérifier une sciatique. On me mit à l'hôpital. J'y trouvai un régime d'absolue liberté. J'en sortais des heures entières, lorsque je me sentais « mieux ». Le médecin encourageait mes promenades. Personne, je le répète, ne craignait une évasion de Bérézov en cette saison.

1. Primitives habitations, tentes formées de quelques perches disposées en cône, et couvertes de peaux ou de feutre. (*N. d. T.*)

2. Peuplades nomades de race finno-ougrienne, cantonnées dans l'Extrême-Nord de la Russie d'Europe et dans le Nord-Ouest de la Sibérie. (*N. d. T.*)

Il fallait prendre une décision. Je me prononçai pour la direction de l'ouest : tout droit vers l'Oural.

Rochkovsky consulta un paysan de l'endroit, connu sous le sobriquet de « Pied-de-Chèvre ». Ce petit bonhomme, sec et raisonnable, fut l'organisateur de l'évasion. Il agit avec un parfait désintéressement. Lorsque le rôle qu'il avait joué fut révélé, il fut cruellement châtié. Après la révolution d'Octobre, *Kozia Nojka* (Pied-de-Chèvre) ne sut pas de sitôt que c'était bien moi qu'il avait aidé à fuir dix ans auparavant. C'est seulement en 1923 qu'il vint me voir à Moscou, et la rencontre fut chaleureuse. On le revêtit de l'uniforme de parade de l'Armée rouge, on le mena dans divers théâtres, on lui fit cadeau d'un phonographe et d'autres objets. Le vieux mourut peu après, dans son Extrême-Nord.

Pour partir de Bérézov, il fallait un attelage de rennes. L'important de l'affaire était de trouver un guide qui, en cette saison, consentît à s'engager dans une voie peu sûre. *Kozia Nojka* trouva un Zyriane, adroit et expérimenté, comme la plupart de ceux de cette tribu.

— Mais, n'est-ce pas un ivrogne?

— Comment, pas un ivrogne? Un ivrogne invétéré. Mais il parle couramment le russe, le zyriane et les deux dialectes ostiaques, celui d'aval et celui d'amont, qui ne se ressemblent presque pas. Vous ne trouverez pas un pareil conducteur : c'est un déluré.

C'est ce même « déluré » qui trahit dans la suite *Kozia Nojka*. Mais il avait fait réussir mon évasion.

Le départ devait avoir lieu un dimanche, à minuit. Ce jour-là, les autorités locales donnaient un spectacle d'amateurs. Je me montrai à la caserne où le théâtre était monté et, rencontrant l'*ispravnik*, je lui dis que je me sentais beaucoup mieux et que, très prochainement, je pourrais partir pour Obdorsk. C'était là de la perfidie, mais c'était indispensable.

Lorsque minuit sonna au clocher, je gagnai en catimini la cour de *Kozia Nojka*. Un traîneau bas était prêt. Je m'y étendis, mettant une pelisse sous moi. *Kozia Nojka* me couvrit d'une paille froide, glacée, qu'il attacha avec des cordes, en croix et nous partîmes. La paille se réchauffait et une eau froide ruissela sur mon visage.

A quelques verstes de distance, nous nous arrêtâmes. *Kozia Nojka* délia les cordes. Je sortis de dessous la paille. Mon conducteur siffla. Des voix lui répondirent, qui, hélas!

étaient celles de gens ivres. Le Zyriane était aviné, et il avait amené avec lui des amis. C'était un mauvais début. Mais il n'y avait pas à choisir. Je pris place sur un léger traîneau avec mon petit bagage. J'avais sur moi deux pelisses, l'une à poil en dedans, l'autre à poil en dehors, des bas en poil, les bottes fourrées, le bonnet doublement fourré comme les moufles : en un mot, j'étais équipé comme un Ostiak en plein hiver. J'avais dans mon bagage quelques bouteilles d'esprit-de-vin, c'est-à-dire ce qu'il y a de plus adéquat dans un désert de neige.

Svertchkov a écrit ceci dans ses mémoires :

« Du haut de la tour des pompiers de Bérézov, on pouvait observer, au moins à une verste de distance, tout mouvement sur le blanc tapis de neige, dans le sens de la ville ou dans le sens contraire. Supposant avec raison que la police demanderait au pompier de service si personne n'avait quitté la ville cette nuit-là, Rochkovsky s'arrangea pour qu'un des habitants partît, au même moment, emportant dans la direction de Tobolsk un veau fraîchement tué. Ce mouvement, comme on s'y attendait, fut remarqué, et la police, quand elle découvrit, deux jours plus tard, l'évasion de Trotsky, se lança d'abord à la poursuite du veau, perdant ainsi deux autres journées... »

Moi, je ne sus cela que beaucoup plus tard.

Nous prîmes le chemin de la Sosva. Mon conducteur acheta des rennes, à son choix, prenant dans un troupeau de quelques centaines de têtes. Au début du voyage, il s'endormit plusieurs fois parce qu'il était ivre, et l'attelage s'arrêtait. Tous deux, nous étions alors en danger. Finalement, il ne réagit plus du tout lorsque je le secouais. Je le décoiffai de son bonnet, ses cheveux se couvrirent bientôt de givre et l'ivresse lui passa peu à peu. Nous poursuivîmes notre voyage : un beau voyage en vérité, dans la vierge solitude des neiges, à travers des bouquets de sapins, où l'on voyait les foulées d'animaux sauvages. Les rennes couraient avec entrain, sortant la langue de côté et haletant : « *tchou-tchou-tchou* »... La piste était étroite, les rennes se serraient l'un contre l'autre, et l'on devait s'étonner qu'ils ne se gênassent point entre eux dans leur course. Curieuses créatures qui ne connaissent ni la faim ni la fatigue... Nos rennes n'avaient pas mangé depuis vingt-quatre heures avant notre départ et il devait y avoir bientôt vingt-quatre heures qu'ils nous traînaient sans avoir été nourris. D'après l'explication de mon cocher, c'était tout juste alors qu'ils « prenaient leur élan ». Ils couraient d'un pas régulier, infatigablement, faisant de huit à dix verstes à l'heure. Ils cherchaient eux-mêmes leur pitance. On leur attachait au cou une bûche et on les lâchait en liberté. Ils choisissaient une place où, sous la neige, ils flairaient de la mousse, ils creusaient à coups de sabots un trou profond, s'y enfouissaient presque tout entiers et mangeaient. J'avais pour ces animaux à peu près le sentiment que doit éprouver un aviateur pour son moteur, quand il se trouve, à quelques centaines de mètres de hauteur, en plein vol sur l'océan. Un des trois rennes, le principal, le « conducteur », se mit à boiter. Quel tintouin! Il était indispensable de le remplacer. Nous cherchâmes un campement d'Ostiaks. Dans ces parages, ces groupes sont dispersés à des dizaines de verstes de distance de l'un à l'autre. Mon guide les découvrait pourtant, à des indices presque imperceptibles. A plusieurs verstes, il devinait une odeur de fumée.

Nous perdîmes plus de vingt-quatre heures pour changer d'attelage. Mais, en compensation, à l'aube, je fus témoin d'un spectacle merveilleux : trois Ostiaks, munis du lasso, attrapaient en pleine course des rennes choisis d'avance, dans un troupeau de quelques centaines de têtes que les chiens chassaient sur eux.

Nous repartîmes, tantôt à travers des bois, tantôt sur des marais couverts de neige, tantôt à travers d'immenses forêts décimées par l'incendie. Sur la neige, nous faisions bouillir de l'eau de neige et prenions le thé. Mon guide préférait, d'ailleurs, l'esprit-de-vin, mais je le surveillais de près et l'empêchais de dépasser la mesure.

La route semblait être toujours la même, et cela changeait sans cesse. On pouvait en juger à l'allure des rennes. Ici, l'on passait par un endroit découvert, entre un bouquet de bouleaux et le lit de la rivière. Chemin exténuant. Le vent vous efface sous les yeux l'étroit sillage du traîneau. A tout instant, le renne de volée trébuche et lâche la piste. Il enfonce dans la neige jusqu'au ventre et plus encore, fait quelques bonds désespérés, remonte sur la route, pousse le limonier, jette de travers le renne « conducteur ».

Plus loin, la route, réchauffée par le soleil, devient si peu praticable qu'au traîneau qui nous précède, les traits se rompent à deux reprises : à chaque arrêt, les patins gèlent, adhérant à la route, et il est difficile de repartir. Après les deux premiers « trajets [1] », les rennes sont déjà sensiblement fatigués...

Mais le soleil disparaît, le chemin gèle et cela va de mieux en mieux. « Une route douce, où pourtant on n'enfonce pas », « tout ce qu'il y a de bon comme route », selon le cocher; les pas de l'attelage s'entendent à peine; les rennes nous emmènent comme en se jouant. Il fallut même dételer l'un des trois et l'attacher derrière le traîneau, parce que, n'ayant plus aucune peine, les animaux faisaient des écarts brusques et auraient pu briser le véhicule. Notre voiture glissait d'une allure égale, sans bruit, comme une barque sur le miroir d'un étang. Dans un crépuscule enténébré, la forêt semblait plus gigantesque. Je ne discernais absolument pas la route, je ne sentais presque pas le mouvement du traîneau. Des arbres de mirage couraient au-devant de nous, les buissons fuyaient sur les côtés, de vieilles souches couvertes de neige, à côté, de hauts bouleaux disparaissaient sous nos yeux. Tout cela semblait plein de mystère. *Tchou-tchou-tchou...* Le souffle égal et pressé des rennes s'entendait seul dans le grand silence de la nuit et de la forêt.

Ce voyage dura une semaine. Nous avions fait un raid de sept cents kilomètres et approchions de l'Oural. De plus en plus souvent, nous rencontrions des convois. Je me faisais passer pour un ingénieur de l'expédition polaire du baron Toll. A peu de distance de l'Oural, nous tombâmes sur un commis qui avait fait partie de cette expédition et savait de qui elle était composée. Il m'accabla de questions. Fort heureusement, il n'était pas non plus en possession de ses facultés. Je me hâtai de me sortir d'affaire à l'aide d'une bouteille de rhum que j'avais prise à tout hasard. Tout se passa bien.

Dans l'Oural, on voyageait avec des chevaux. Là, je passai pour un fonctionnaire et, avec un contrôleur des contributions indirectes qui faisait le tour de son district, j'atteignis le chemin de fer à voie étroite des mines. Le gendarme de la gare me vit, avec indifférence, me débarrasser des pelisses que j'avais rapportées de chez les Ostiaks.

Sur la voie de jonction avec le chemin de fer de l'Oural, ma situation n'était pas encore des plus sûres : sur cet embranchement où n'importe quel étranger est remarqué, on aurait pu m'arrêter dans une station quelconque, d'après un télé-

1. On appelle « trajets » la distance de dix à quinze kilomètres que des rennes peuvent parcourir sans souffler. (*N. d. T.*)

gramme qu'on aurait reçu de Tobolsk. En route, je fus anxieux. Mais lorsque, vingt-quatre heures plus tard, je me trouvai dans le confortable wagon de la ligne de Perm, je sentis aussitôt que j'avais gagné la partie.

Le train passa par les gares où nous avaient reçus si solennellement des gendarmes, gardes mobiles et *ispravniks*. Mais je suivais maintenant la direction opposée et j'éprouvais de tout autres sentiments. Dans les premiers moments, le wagon spacieux et presque vide me parut étroit et étouffant. Je me mis sur la plate-forme, où le vent soufflait, où il faisait sombre, et, de ma poitrine, s'échappa le cri de l'instinct, un grand cri de joie et de liberté!

A l'une des premières haltes, je télégraphiai à ma femme, l'invitant à venir au-devant de moi à une gare de bifurcation. Elle ne s'attendait pas à recevoir cette dépêche, ou du moins ne l'attendait pas si tôt. On le concevra sans peine. Notre voyage jusqu'à Bérézov avait duré plus d'un mois. Les journaux de Pétersbourg décrivaient avec force détails notre progression vers le Nord. Nos correspondances continuaient encore à parvenir aux destinataires. Tout le monde me croyait sur la route d'Obdorsk. Or, il ne me fallut que onze jours pour refaire tout le voyage en sens inverse. Il est clair que ma femme devait considérer comme invraisemblable une rencontre avec moi aux environs de Pétersbourg. Et ce n'en fut que mieux : nous nous rencontrâmes tout de même.

Voici comment N. I. Sédova raconte l'aventure dans ses mémoires :

« Ayant reçu le télégramme à Térioki, bourg finlandais à proximité de Pétersbourg, où je vivais absolument isolée avec mon jeune fils, je ne pouvais tenir en place, tant j'étais émue et heureuse. Dans la même journée, je reçus de L. D. une longue lettre écrite en cours de route, dans laquelle, après m'avoir décrit son voyage, il me demandait de lui apporter des livres et un certain nombre d'effets indispensables dans le Nord, lorsque je prendrais la route d'Obdorsk. Il fallait conclure qu'il avait brusquement changé d'avis, que, par des voies inimaginables, il revenait à toute vitesse, puisqu'il me donnait même rendez-vous à une gare de bifurcation. Mais, chose étonnante, le nom de la station qu'il indiquait avait disparu du texte du télégramme. Le lendemain matin, je pars pour Pétersbourg et je tâche de trouver sur un indicateur le nom de la gare pour laquelle je dois prendre un billet. Je ne me risque pas à demander des renseignements et je me mets en route sans savoir où je dois exactement aller. J'ai pris mon billet pour Viatka; je pars le soir. Le wagon est plein de propriétaires qui reviennent de Pétersbourg, chargés d'emplettes faites dans les magasins d'alimentation, regagnant leur domaines où ils vont fêter le carnaval. Ils ne parlent que de crêpes, de caviar, de balyk, de vins, etc. J'avais du mal à supporter ces conversations, tout agitée à la pensée du rendez-vous, tourmentée à l'idée des accidents qui pouvaient se produire... Et pourtant, en mon for intérieur, vivait l'assurance que nous nous retrouverions. J'attendis avec la plus extrême impatience le matin : le train qui venait en sens contraire devait se rencontrer avec le mien à la station Samino : c'est seulement en wagon que j'appris ce nom et je me le suis rappelé pour toute ma vie. Les deux trains s'arrêtèrent, le mien et l'autre. Je courus à la gare : personne... Je sautai dans le train rencontré, je parcourus, anxieuse au dernier degré, les voitures : personne et personne! Tout à coup, j'aperçois, dans un compartiment, la pelisse de L. D. Il est donc ici! Mais où?... Je saute hors du wagon et je tombe tout de suite sur L. D. qui revenait, courant, de la gare où il m'avait cherchée. Il fut furieux d'apprendre que son télégramme avait été écorché et il voulait en faire sur place toute une histoire. J'eus grand mal à l'en dissuader. Lorsqu'il m'avait expédié la dépêche, il comprenait, certes, fort bien qu'au lieu de moi des gendarmes pourraient l'attendre à son rendez-vous, mais il estimait qu'à Pétersbourg il se sentirait mieux en ma compagnie et il comptait sur son étoile. Nous nous installâmes dans le compartiment et continuâmes le voyage ensemble. Je fus frappée de la liberté, de l'aplomb que manifesta L. D. riant et parlant haut, en wagon et dans les gares. J'aurais voulu le rendre invisible, le bien cacher : ne risquait-il pas les travaux forcés pour son évasion? Mais il se montrait à tous et me disait que c'était là la meilleure mesure de protection. »

De la gare de Pétersbourg, nous nous rendîmes directement à l'école d'artillerie, chez nos sûrs amis. Jamais je n'ai vu de gens aussi stupéfaits que le furent les Litkens. J'étais là comme un fantôme dans la grande salle à manger; toute la famille du docteur me considérait, tous avaient la respiration coupée. On s'embrassa : puis l'étonnement reprit, et, de nouveau, on n'en croyait pas ses yeux. En fin de compte il fallut bien admettre que moi, c'était moi... Et je le sens encore : ce furent de douces heures. Mais le danger subsistait, il était loin d'être passé. C'est le docteur qui nous le rappela le premier. Dans un certain sens, le péril ne faisait même que commencer. Des télégrammes avaient certainement été reçus de Bérézov, annonçant ma disparition. A Pétersbourg, j'étais beaucoup trop connu de vue depuis le soviet des députés ouvriers. Ma femme et moi décidâmes de gagner la Finlande, où les libertés conquises par la révolution se maintinrent plus longtemps qu'en Russie. Le point le plus dangereux était la gare de Finlande. Peu avant le départ du train, plusieurs officiers de gendarmerie, qui passaient en revue les voyageurs, entrèrent dans notre wagon. Aux yeux de ma femme qui se tenait tournée vers la portière, je vis quel était le risque. Nous vécûmes une minute d'extrême tension nerveuse. Les gendarmes nous regardèrent avec une parfaite indifférence et passèrent. C'était ce qu'ils avaient de mieux à faire.

Depuis longtemps déjà, Lénine et Martov avaient quitté Pétersbourg et vivaient en Finlande. La fusion des fractions, qui avait eu lieu au congrès de Stockholm en avril 1906, présentait déjà une profonde fissure. Le reflux de la révolution continuait. Les menchéviks se repentaient des folies commises en 1905. Les bolcheviks ne se repentaient de rien et persistaient à tendre vers une nouvelle révolution. J'allai rendre visite à Lénine et à Martov qui habitaient des agglomérations voisines.

Dans la chambre de Martov régnait comme toujours le plus excentrique désordre. Il y avait, dans un coin, un tas de journaux, à hauteur d'homme. En causant, Martov, de temps à autre, plongeait dans ce tas et atteignait l'article dont il avait besoin. Sur sa table étaient des manuscrits parsemés de cendres. Un pince-nez dont les verres n'avaient pas été essuyés pendait au nez mince de Martov. Comme toujours, il avait une quantité d'idées, de fines et brillantes idées, mais il lui en manquait une, la plus importante : il ne savait qu'entreprendre.

Dans la chambre de Lénine régnait, comme toujours, un ordre exemplaire. Il ne fumait pas. Les journaux dont il avait besoin et qu'il avait marqués au crayon étaient sous sa main. Et l'essentiel était l'assurance invincible, quoique retenue en expectative, qui se manifestait sur ce visage prosaïque, mais extraordinaire.

On ne voyait pas bien encore s'il y avait définitivement reflux de la révolution ou seulement un temps d'arrêt avant la reprise. Mais, dans un cas comme dans l'autre, il était indispensable de combattre les sceptiques, de reviser théoriquement l'expérience de 1905, de former des cadres pour une nouvelle montée ou pour la révolution suivante.

Lénine approuva, dans la conversation, les travaux que j'avais faits en prison, mais me reprocha de n'en avoir pas tiré les déductions indispensables au point de vue de l'organisation, c'est-à-dire de n'être pas encore venu du côté des bolcheviks. Il avait raison.

En me disant adieu, il me donna des adresses pour Helsingfors qui furent pour moi sans prix. Les amis qu'il m'indiquait m'aidèrent à m'établir, avec ma famille, en un coin commode, à Oglbiou, près d'Helsingfors, où vécut quelque temps après nous Lénine. Le *maître de police* d'Helsingfors était un *activiste*, c'est-à-dire un nationaliste finnois révolutionnaire. Il promit de m'avertir dans le cas où il y aurait du danger du côté de Pétersbourg.

Je passai à Oglbiou quelques semaines avec ma femme et mon fils qui était né pendant mon séjour en prison. Là, dans la solitude, je rédigeai une relation de mon voyage *Aller et Retour*, et les honoraires que je touchai me permirent de partir pour l'étranger par Stockholm. Ma femme et mon fils restèrent pour le moment en Russie. Je fus accompagné jusqu'à la frontière par une jeune « activiste » finnoise. A cette époque, c'étaient des amis. En 1917, les « activistes » devinrent fascistes et les pires ennemis de la révolution d'Octobre.

C'est sur un paquebot scandinave que je partis pour une nouvelle émigration qui devait durer dix ans,

CHAPITRE XVI

DEUXIÈME ÉMIGRATION LE SOCIALISME ALLEMAND

Le congrès du parti, en 1907, tint ses assises à Londres, dans une église socialiste. L'assemblée, nombreuse, dura longtemps, fut tumultueuse et chaotique. A Pétersbourg, la IIe Douma était encore en vie. La révolution allait déclinant, mais l'intérêt qu'on lui portait, même dans les cercles politiques anglais, était encore très vif. Des libéraux en vue invitaient les délégués les plus renommés pour les montrer à leurs hôtes. Cependant, le reflux du mouvement révolutionnaire, qui s'était déclaré, se manifesta d'abord par une baisse dans la caisse du parti. Les fonds manquèrent non seulement pour les voyages de retour, mais aussi pour mener à bonne fin le congrès. Lorsque cette triste nouvelle fut annoncée sous les voûtes de l'église, interrompant les débats sur l'insurrection armée, les délégués s'entre-regardèrent avec étonnement et anxiété. Que faire? On ne pouvait rester là, dans cette église de Londres... Cependant, une issue fut trouvée, tout à fait inattendue. Un des libéraux anglais consentit à la révolution russe un emprunt, qui, je m'en souviens, fut de trois mille livres sterling. Mais il exigea que la reconnaissance fût signée par tous les délégués au congrès. L'Anglais reçut un document sur lequel figuraient plusieurs centaines de signatures, tracées avec les caractères qui appartiennent à toutes les populations de la Russie. Il eut cependant à attendre longtemps le versement de la somme marquée sur cet effet. Pendant la réaction et la guerre, le parti ne pouvait penser à payer de pareilles sommes. C'est seulement le gouvernement soviétique qui racheta la traite signée par le congrès de Londres. La révolution fait honneur à ses engagements, bien que d'ordinaire avec un certain retard.

Dans les premiers jours du congrès, un homme m'arrêta sur un des bas-côtés de l'église; un homme de haute taille, anguleux, au visage rond, aux pommettes saillantes, au chapeau rond.

— Je suis votre admirateur, dit-il, avec un petit rire accueillant.

— Mon admirateur? demandai-je, surpris.

Il se trouva que l'on me parlait des pamphlets que j'avais écrits en prison. Mon interlocuteur était Maxime Gorki. C'était la première fois que je le trouvais devant moi.

— J'espère, lui répondis-je, qu'il est inutile de vous dire que je suis aussi votre admirateur.

Gorki, en cette période, avait du penchant pour les bolcheviks.

Avec lui se trouvait une artiste réputée, Andrééva. Nous visitâmes Londres, tous trois ensemble.

— Comprenez-vous ça, disait Gorki, en secouant la tête d'un air ébahi, du côté d'Andrééva : elle parle toutes les langues!

Lui ne savait que le russe, mais comme il parlait bien!

Quand un mendiant venait refermer sur nous la portière d'un cab, Gorki disait, d'un ton suppliant :

— Il faudrait bien lui donner de ces *pence*...

— C'est déjà fait, répondait Andrééva, c'est fait, Aléchennka.

Au congrès de Londres, je connus de plus près Rosa Luxemburg avec laquelle j'avais été en relations dès 1904. De petite taille, frêle, même maladive, elle avait de nobles traits, de très beaux yeux, qui rayonnaient d'esprit, et elle subjuguait par la virilité de son caractère et de la pensée. Son style, tendu, précis, implacable, restera à jamais le reflet de son âme héroïque. C'était une créature aux aspects variés, riche en nuances. La révolution et ses passions, l'homme et son art, la nature, les herbes et les oiseaux pouvaient également faire vibrer en elle des cordes qui étaient nombreuses.

« Il faudrait pourtant, écrivait-elle à Louise Kautsky, que quelqu'un me croie quand je dis que c'est seulement par suite d'un malentendu que je suis prise dans le tourbillon de l'histoire mondiale, et qu'en réalité j'étais née pour paître des oies. »

Mes rapports avec Rosa n'atteignirent aucun degré d'intimité personnelle : nous nous sommes vus trop peu, trop rarement. Je l'admirais en observateur. Et pourtant il se peut qu'alors je ne l'aie pas suffisamment appréciée...

Sur la question dite de « la révolution permanente », Luxemburg défendait la position de principe qui était aussi la mienne. Dans les couloirs, il s'éleva entre Lénine et nous un débat émaillé de plaisanteries sur ce sujet. Les délégués nous entourèrent en groupe pressé.

— Tout ça, dit Lénine à l'adresse de Rosa, c'est parce qu'elle ne parle pas assez bien le russe.

— Oui, répliquai-je, mais elle parle bien le marxiste.

Les délégués riaient, et nous avec eux.

A une des séances du congrès, j'eus l'occasion d'exposer encore une fois mes idées sur le rôle du prolétariat dans la révolution bourgeoise et, en particulier, sur l'attitude du prolétariat à l'égard de la classe paysanne.

Lénine, qui prit la parole pour conclure, dit à ce sujet :

« Trotsky se place au point de vue de la communauté des intérêts du prolétariat et des paysans dans la révolution contemporaine... » Aussi « voyons-nous ici une solidarité sur les points essentiels du problème de l'attitude à prendre à l'égard des partis bourgeois ».

Nous voilà loin de la légende qui prétend qu'en 1905 j'aurais délibérément « ignoré » la classe paysanne.

Il reste à ajouter que le discours-programme prononcé par moi à Londres en 1907, et que je considère encore aujourd'hui comme absolument juste, a été réimprimé à plusieurs reprises depuis la révolution d'Octobre, et qu'il a été présenté comme un modèle de jugement bolchevique sur la classe paysanne, et la bourgeoisie.

De Londres, je me rendis à Berlin, à la rencontre de ma femme qui devait arriver de Pétersbourg. Vers le même temps, Parvus s'évadait de Sibérie. A Dresde, aux éditions social-démocrates Kaden, il plaça ma brochure intitulée : *Aller et Retour*. Pour cet ouvrage où je racontais mon évasion, j'entrepris d'écrire une préface concernant la révolution même. En quelques mois, cette préface devint un livre : *Russland in der Revolution*.

A trois, ma femme, Parvus et moi, nous partîmes en voyage à pied par la « Suisse » saxonne. C'était la fin de l'été, les journées étaient belles, un petit vent froid soufflait le matin, nous buvions du lait et l'air des montagnes. Une tentative que nous fîmes, ma femme et moi, pour descendre dans une vallée en quittant la route, faillit nous coûter la vie. Nous arrivâmes en Bohême, dans le petit bourg de Hirschberg, lieu de villégiature fréquenté par de petits fonctionnaires, et nous y passâmes plusieurs semaines. Lorsque l'argent arrivait à sa fin, — et c'était une crise périodique, — Parvus ou moi écrivions en toute hâte un article pour la presse social-démocrate. Je rédigeai, à Hirschberg, un petit livre sur la social-démocratie allemande pour les éditions bolcheviques de Pétersbourg. Dans cet ouvrage, j'exprimai pour la deuxième fois une idée que j'avais émise en 1905 : je déclarai que la formidable machine de la social-démocratie allemande pourrait, à un moment de crise de la société bourgeoise, devenir la force principale de l'ordre conservateur. A cette époque, je ne prévis pas moi-même à quel point cette hypothèse toute théorique devait être justifiée par les faits.

De Hirschberg, nous partîmes dans des directions différentes. Je me rendis au congrès de Stuttgart; ma femme alla en Russie chercher son enfant; Parvus rentra en Allemagne.

Au congrès de l'Internationale, on sentait encore le souffle de la révolution russe de 1905. Le front se faisait sur le flanc gauche. Mais on remarquait déjà une certaine désillusion à l'égard des méthodes révolutionnaires. On regardait encore les révolutionnaires russes avec intérêt, mais non sans une nuance d'ironie : « Ah! vous voilà revenus chez nous! »

Lorsque, en février 1905, rentrant en Russie, j'avais passé par Vienne, je demandai à Victor Adler ce qu'il pensait d'une participation de la social-démocratie à un futur gouvernement provisoire. Adler me répondit à sa manière :

— Vous avez encore trop à faire avec le gouvernement *existant* pour vous casser la tête à vous demander ce que sera le gouvernement *futur*.

A Stuttgart, je rappelai ce propos à Adler.

— Je l'avoue, dit-il, vous avez été plus près du gouvernement provisoire que je ne l'attendais.

D'une façon générale, Adler avait beaucoup de sympathie pour moi : car enfin le droit du suffrage universel en Autriche était, au fond, une conquête du soviet des députés ouvriers de Pétersbourg.

Le délégué anglais Quelch, qui m'avait donné accès, en 1902, au British Museum, s'exprima peu respectueusement, au congrès de Stuttgart, sur une conférence d'ambassadeurs qui se tenait alors : il appela cela une réunion de brigands. L'expression ne pouvait plaire au prince de Bulow. Le gouvernement de Wurtemberg, sous la pression de Berlin, décréta d'expulser le délégué Quelch. Bebel se sentit aussitôt mal à son aise. Le parti n'osa pas entreprendre quoi que ce fût contre l'expulsion. Il n'y eut même pas de manifestation pour protester. Le congrès international se conduisit comme une bande d'écoliers : le maître chasse de classe un élève insolent, et tous se taisent. Si considérables que fussent les effectifs de la social-démocratie allemande, on devinait fort bien son impuissance.

En octobre 1907, je me trouvais déjà à Vienne. J'y fus bientôt rejoint par ma femme qui ramenait notre enfant. Dans l'attente d'une nouvelle montée du flot révolutionnaire, nous nous installâmes en banlieue, à Hutteldorf. Nous devions attendre longtemps. Sept ans plus tard, ce qui nous éloigna de Vienne, ce ne fut pas le flot de la révolution, ce fut une tout autre marée, celle qui a imprégné de sang humain toutes les terres de l'Europe.

Pourquoi avions-nous choisi Vienne en 1907, alors que toute l'émigration russe se concentrait en Suisse et à Paris? C'est qu'en cette période j'étais surtout porté vers la vie politique allemande. Je n'aurais pu m'établir à Berlin, à cause de la police. Nous optâmes donc pour Vienne. Mais, pendant les sept années qui s'écoulèrent, je suivis beaucoup plus attentivement la vie de l'Allemagne que celle de l'Autriche qui rappelait par trop les évolutions d'un écureuil dans sa roulette.

Je connaissais depuis 1902 Victor Adler qui, de l'aveu de tous, était le grand leader. Le temps était venu de me mieux renseigner sur son entourage et sur l'ensemble du parti.

Je fis la connaissance d'Hilferding pendant l'été de 1907, chez Kautsky. Hilferding en était alors à son plus haut période d'élan révolutionnaire, ce qui ne l'empêchait pas de détester Rosa Luxemburg et de parler avec dédain de Karl Liebknecht. Mais, en ce qui concernait la Russie, il était disposé à adopter alors, de même que bien d'autres, les vues les plus extrémistes. Il fit l'éloge de certains de mes articles que la *Neue Zeit* avait publiés, avant mon évasion, sur des traductions faites d'après les textes russes, et, d'une manière tout à fait inattendue, dès le début de l'entretien, me proposa le tutoiement. Nos rapports prirent donc une apparence d'intimité. Cette familiarité n'avait aucune base, ni morale, ni politique.

Hilferding, en cette période, traitait avec un grand mépris la social-démocratie allemande, inerte et passive, lui opposant l'activité des Autrichiens. Ce n'était, cependant, que de la critique en chambre. Officiellement, Hilferding se conduisait en rédacteur appointé du parti allemand, — et n'allait pas au-delà.

Quand il vint à Vienne, Hilferding me rendit visite et me conduisit un soir dans un café, où il me présenta à ses amis austromarxistes. Lors de quelques brefs séjours à Berlin, j'allai voir Hilferding. Nous eûmes, lui et moi, une entrevue avec Mac Donald, dans un café berlinois. Ce fut Édouard Bernstein qui servit d'interprète. Hilferding questionnait, Mac Donald répondait. Je ne me souviens actuellement ni des questions ni des réponses, qui n'eurent rien de remarquable sinon par leur banalité. Je me demandais seulement quel était celui des trois qui s'éloignait le plus de ce que j'appelais socialisme, et je ne savais comment me répondre à moi-même.

Durant les pourparlers de Brest-Litovsk, je reçus une lettre d'Hilferding. Je ne pouvais m'attendre à rien de remarquable, mais j'ouvris l'enveloppe avec curiosité. Depuis la révolution d'Octobre, c'était le premier écho qui nous parvenait de l'Occident socialiste. Et que trouvai-je? Hilferding me demandait seulement de rendre la liberté à un *docteur*, de la race si nombreuse des médecins de Vienne. *Pas un mot sur la révolution.* Pourtant, Hilferding me tutoyait dans sa lettre. Je connaissais assez bien l'extérieur de cet homme. Il me semblait que je ne m'étais fait aucune illusion sur son compte. Et pourtant je n'en croyais pas mes yeux.

Je me rappelle que Lénine me demanda avec vivacité :

— Il paraît que vous avez reçu une lettre d'Hilferding?

— Oui.

— Eh bien?

— Intercède pour un prisonnier de sa connaissance.

— Mais que dit-il de la révolution?

— Rien.

— Non, vraiment, — rien?...

— Rien.

— Pas possible!...

Lénine me regardait de tous ses yeux.

J'avais sur lui une supériorité : j'avais eu le temps de m'assimiler cette idée que pour Hilferding la révolution d'Octobre et la tragédie de Brest n'avaient été qu'une occasion pour intervenir en faveur d'une de ses connaissances.

Je dispense le lecteur de lire les deux ou trois épithètes par lesquelles se soulagea la stupéfaction de Lénine.

Hilferding me mit en relations, tout d'abord, avec ses amis de Vienne : Otto Bauer, Max Adler et Karl Renner. C'étaient des hommes très instruits, qui, dans divers domaines, en savaient plus que moi. J'écoutai avec le plus vif intérêt, on pourrait presque dire avec respect, leur entretien au « Café central ». Mais bientôt des doutes me vinrent. Ces gens-là n'étaient pas des révolutionnaires. Ils représentaient même le type opposé à celui du révolutionnaire. Cela se voyait en tout : dans leur façon d'aborder les questions, dans leurs réflexions sur la politique, dans leurs appréciations psychologiques, dans la satisfaction — je ne dis pas dans l'assurance — qu'ils avaient d'eux-mêmes, et je crus même reconnaître l'accent du philistin dans le timbre de leurs voix.

Ce qui me frappa, c'est que ces érudits du marxisme étaient absolument incapables de posséder la méthode de Marx dès qu'ils abordaient les grands problèmes de la politique et surtout ses tournants révolutionnaires.

Je m'en convainquis d'abord par les propos de Renner. Nous nous attardâmes au café, il n'y avait plus de tramways pour Hutteldorf, et Renner me proposa de passer la nuit chez lui. Ce fonctionnaire des Habsbourg, instruit et doué de talent, était loin de penser que le malheureux sort de l'Autriche-Hongrie, dont il fut historiquement l'avocat, ferait de lui, dans une dizaine d'années, le chancelier de la république autrichienne.

En revenant du café, nous parlâmes des perspectives de développement de la révolution en Russie, où se consolidait alors la contre-révolution. Renner discutait de ces questions avec l'urbanité et l'indifférence d'un étranger instruit. Ce qui l'intéressait le plus, c'était le ministère du baron Beck qu'on annonçait en Autriche. Ses idées sur la Russie se résumaient en ceci que l'union des propriétaires de biens-fonds et de la bourgeoisie, exprimée dans la constitution par Stolypine, après le coup d'État du 3 juin 1907, correspondait parfaitement au développement des forces productrices du pays, et que, par conséquent, cette union avait toutes chances de subsister.

Je lui répliquai qu'à mon avis le bloc dirigeant des propriétaires fonciers et de la bourgeoisie préparait une seconde révolution qui porterait probablement au pouvoir le prolétariat de Russie. Je vois encore le coup d'œil fugitif, étonné et indulgent que jeta sur moi Renner, sous un bec de gaz. Il considérait probablement mon pronostic comme une des rêveries d'un ignorant, dans le genre des prédictions apocalyptiques de l'Australien mystique, qui était venu au congrès de Stuttgart prédire, quelques mois auparavant, le jour et l'heure de la future révolution mondiale.

— C'est là ce que vous pensez? me dit Renner.

Et il ajouta avec une politesse écrasante :

— Il est possible que je ne connaisse pas suffisamment bien la situation en Russie.

Il était inutile de prolonger l'entretien : nous n'avions plus de terrain commun. Il était évident pour moi que cet homme était aussi étranger à la dialectique révolutionnaire qu'aurait pu l'être le plus conservateur des pharaons d'Égypte.

Mes premières impressions ne purent que s'approfondir dans la suite. Ces hommes étaient très savants, ils étaient fort capables d'écrire, dans les cadres d'une politique routinière, de bons articles marxistes. Mais ils n'avaient rien de commun avec moi. Je m'en persuadais davantage à mesure que s'agrandissait le cercle de mes relations et de mes observations. Dans des causeries où l'on s'exprime sans la moindre gêne, ils manifestaient, bien plus franchement que dans leurs articles et leurs discours, tantôt un chauvinisme éhonté, tantôt la vantardise du petit acquéreur de biens, tantôt la terreur sacrée que leur inspirait la police, tantôt la vulgarité de leurs jugements sur les femmes. Et, à part moi, je m'écriais, stupéfait :

— Des révolutionnaires! C'est ça?

Je ne parle pas ici des ouvriers, chez lesquels on peut, certes, trouver aussi pas mal de traits de caractère petit-bourgeois, en plus simple et plus naïf cependant. Non, je fréquentais la fleur du marxisme autrichien d'avant-guerre, des députés, des écrivains, des journalistes. Au cours de ces rencontres, j'appris à comprendre quels éléments hétérogènes peut comporter une psychologie individuelle et comme il y a loin de l'assimilation passive de quelques parties d'un système à la transsubstantiation psychologique totale de ce système, à la rééducation de la personnalité dans l'esprit du système. Le type psychologique du marxiste ne peut se former qu'à une époque de bouleversements sociaux, lorsque la révolution fait une rupture dans les traditions et les coutumes. L'austro-marxiste n'était que trop souvent un philistin qui étudiait telle ou telle partie de la théorie de Marx, comme un autre aurait étudié la science du droit, et qui vivait sur les intérêts du *Capital*. A Vienne, vieille cité impériale, hiérarchisée, pleine de vaine agitation et de vanité, les académiciens du marxisme se donnaient délicieusement l'un à l'autre de l'*Herr Doktor*. Assez souvent, des ouvriers appelaient les académiciens de la révolution : *Genosse Herr Doktor*.

Durant les sept années que j'ai passées à Vienne, je n'ai pas pu converser une seule fois à cœur ouvert avec un des membres de cette élite : pourtant, j'étais inscrit dans la social-démocratie autrichienne, j'allais à ses réunions, participais à ses manifestations, collaborais à ses publications et faisais parfois de courtes conférences en allemand. Devant les leaders, j'avais la sensation d'être en présence d'étrangers, et, en même temps, je trouvais sans la moindre peine une langue commune avec les ouvriers social-démocrates que je voyais aux réunions ou à la manifestation du 1er mai.

La correspondance de Marx et d'Engels fut pour moi, dans ces conditions, le plus indispensable et le plus familier de tous les livres, car j'y vérifiai en grand et de la façon la plus sûre non seulement mes idées, mais toute l'aperception que j'avais du monde. Les leaders viennois de la social-démocratie se servaient de formules identiques aux miennes. Mais il suffisait de faire jouer dans la moindre mesure n'importe laquelle de ces formules, de la déplacer de cinq degrés sur son axe, pour constater aussitôt que nous ne mettions pas du tout le même contenu dans les mêmes concepts. Notre solidarité fut temporaire, superficielle et illusoire. La correspondance de Marx et d'Engels ne fut pas pour moi une révélation théorique : ce fut une révélation psychologique. *Toutes proportions gardées* [1], je me convainquais à chaque page des affinités spirituelles qui me rattachaient directement à ces deux hommes. Leur façon de considérer les gens et les idées m'était proche. Je devinais ce qu'ils n'avaient pas entièrement énoncé, je partageais leurs sympathies, leurs indignations, leurs haines. Marx et Engels furent des révolutionnaires jusque dans la moelle des os. En outre, il n'y eùt en eux pas ombre de sectarisme ou d'ascétisme. Tous deux, et particulièrement Engels, auraient pu, à n'importe quel moment, déclarer que rien d'humain ne leur était étranger. Mais les larges vues révolutionnaires dont ils étaient innervés leur permirent toujours de s'élever au-dessus des vicissitudes du sort, au-dessus des œuvres de l'homme. Rien de mesquin n'était compatible non seulement avec eux, mais avec leur seule présence. Aucune bassesse ne pouvait s'attacher même à leurs semelles. Leurs appréciations, leurs sympathies, leurs plaisanteries, même les plus ordinaires, sont toujours enveloppées de l'air pur des hauteurs, de noblesse spirituelle. Ils peuvent porter sur un homme un jugement meurtrier, mais ils

1. En français dans le texte. (*N. d. T.*)

ne colporteront pas des cancans. Ils peuvent être impitoyables, mais ils ne seront pas félons. Pour tout ce qui est d'un éclat extérieur, des titres, des grades, des qualifications honorifiques, ils n'ont qu'un tranquille mépris. Ce que des philistins et des êtres vulgaires prenaient en eux pour de l'esprit aristocratique faisait justement et seulement leur supériorité de révolutionnaires. Supériorité dont la caractéristique essentielle était une absolue indépendance organique à l'égard de l'opinion publique officielle, toujours et en toutes circonstances. A lire leurs lettres, plus encore qu'à lire leurs ouvrages, je sentais que ce qui me liait intimement au monde de Marx et d'Engels était précisément ce qui m'opposait, sans possibilité de conciliation, aux austro-marxistes.

Ces derniers se piquaient de réalisme, de positivisme en affaires. Mais là encore, ils ne nageaient qu'en basse eau.

En 1907, le parti, afin d'augmenter ses ressources, prit idée de créer une grande boulangerie à lui. C'était une aventure des plus scabreuses, dangereuse en principe et pratiquement condamnée d'avance. Dès le début, je combattis ce projet, mais je ne rencontrai, parmi les marxistes viennois, que des sourires indulgents de supériorité. Quelque vingt ans après, le parti autrichien devait, passant par des tribulations de tout ordre, céder avec déficit, avec esclandre, son entreprise à des particuliers. Pour parer au mécontentement des ouvriers dont les sacrifices inutiles avaient été si nombreux, Otto Bauer chercha à démontrer la nécessité d'abandonner l'établissement en rappelant, bien tard, les avertissements que j'avais donnés au moment même où l'on engageait l'affaire. Mais il n'expliqua pas aux ouvriers pourquoi il n'avait pas tenu compte de mes avertissements qui n'étaient nullement le résultat de ma perspicacité personnelle. Je m'étais basé non sur la situation générale du marché des blés ni sur l'état de la caisse du parti, mais sur la situation du parti du prolétariat dans la société capitaliste. J'avais l'air de parler en doctrinaire : il se trouva que mon critérium était le plus réaliste de tous. Si mes prévisions se sont justifiées, c'est seulement que la méthode marxiste l'emporte sur sa contrefaçon autrichienne.

Victor Adler était, sous tous les rapports, infiniment supérieur à ses collaborateurs. Mais il était depuis longtemps devenu sceptique. Son tempérament de militant se gaspillait dans l'agitation des petites affaires courantes de la vie autrichienne. Aucune perspective ne s'ouvrait et Adler, parfois, tournait ostensiblement le dos aux perspectives qui pouvaient s'ouvrir.

Le métier de prophète disait-il, est un métier ingrat, surtout en Autriche.

C'était un refrain dans ses conversations.

Dans les couloirs du congrès de Stuttgart, comme il était question de l'augure australien dont j'ai parlé, il déclara :

— Comme vous voudrez! Pour ma part, des prédictions politiques basées sur l'Apocalypse me sont plus agréables que celles que l'on peut faire d'après une conception matérialiste de l'histoire.

C'était, bien entendu, une boutade. Mais ce n'était pas que cela. Et c'est par là que je me trouvais en opposition avec Adler, sur le point le plus vital pour moi : je ne puis concevoir indépendamment d'une large prognose historique non seulement une activité politique mais, plus généralement, une vie spirituelle. Victor Adler était devenu sceptique et, comme tel, il supportait tout, s'accommodait de tout, particulièrement du nationalisme qui rongeait profondément la social-démocratie autrichienne.

Mes rapports avec les dirigeants du parti se gâtèrent bien davantage lorsque je me prononçai ouvertement contre le chauvinisme du parti austro-allemand. C'était en 1909. Lors de mes rencontres avec des socialistes balkaniques, surtout avec des Serbes, et, en particulier, avec Dmitri Toutsovitch, qui fut ensuite, servant comme officier, tué à la guerre des Balkans, j'eus plus d'une fois l'occasion d'entendre des récriminations indignées à ce sujet : on signalait que toute la presse bourgeoise de Serbie citait malignement les algarades chauvines de l'*Arbeiter Zeitung* contre les Serbes, afin de prouver que la solidarité internationale des travailleurs n'était qu'une fable mensongère. J'écrivis pour la *Neue Zeit* un article très circonspect, très modéré contre le chauvinisme de l'*Arbeiter Zeitung*. Kautsky l'imprima après avoir beaucoup hésité. Un vieil émigré russe, S. L. Kliatchko, avec qui j'étais en relations très amicales, me fit savoir, le lendemain même, que, dans les cercles dirigeants du parti, l'indignation provoquée par moi était des plus grandes. « Comment a-t-il osé!... »

Otto Bauer et quelques autres austro-marxistes avouèrent, dans des conversations privées, que Leitner, chef de la rubrique étrangère, allait un peu loin. Ils reflétaient ainsi l'opinion d'Adler, lequel, tout en se résignant à tolérer les plus extrêmes incartades des chauvins, ne les approuvait pas. Mais, devant l'intervention présomptueuse de quelqu'un du dehors, tous les dirigeants se sentirent unanimes. Peu après, un samedi, Otto Bauer s'approcha de la table de café à laquelle nous étions assis, Kliatchko et moi, et il entreprit de me donner une sévère leçon. Je conviens que je perdis même ma présence d'esprit sous le déluge de mots dont il m'accabla. Ce qui me frappa, ce ne fut pas tant le ton de régent que prit Bauer, ce furent les arguments qu'il invoqua.

— Quelle importance peuvent avoir les articles de Leitner? me disait-il avec une hauteur comique. La politique extérieure n'existe pas pour l'Autriche-Hongrie. Pas un ouvrier ne lit ces choses-là. Cela n'a pas le moindre intérêt...

J'écoutais, écarquillant les yeux. Ces gens-là ne croyaient donc pas à la révolution; ils ne croyaient même pas à la guerre. Dans leurs manifestes pour le Premier Mai, ils parlaient bien de guerre et de révolution, mais ils ne prenaient pas cela au sérieux et, sur la fourmilière où ils s'agitaient à tête perdue, ils ne voyaient pas du tout que l'histoire levait une énorme botte de soldat. Six ans plus tard ils durent apprendre que la politique extérieure existait aussi pour l'Autriche-Hongrie. Et dès le début de la guerre, ils tinrent le langage impudent auquel les avaient instruits les Leitner et autres chauvins de même acabit.

A Berlin, l'esprit qui régnait n'était peut-être pas beaucoup meilleur, mais il était différent. On n'y sentait presque pas le mandarinisme ridicule des académiciens du socialisme viennois. Les rapports étaient plus simples. Il y avait à Berlin moins de nationalisme, ou du moins, le nationalisme n'avait pas de motifs de se manifester d'une façon aussi fréquente et aussi criante que dans l'Autriche peuplée de races différentes. Le sentiment national se dissolvait en quelque sorte, pour un temps, dans un orgueil de parti : l'Allemagne était le plus puissant parti social-démocrate, le premier violon de l'Internationale!...

Pour nous autres Russes la social-démocratie allemande fut la mère, l'éducatrice, le vivant modèle. Nous l'idéalisions à distance. Les noms de Bebel et de Kautsky étaient prononcés avec vénération. Quels que fussent, théoriquement, les pressentiments inquiets, dont j'ai fait mention ci-dessus, que j'éprouvais à l'égard de la social-démocratie allemande, j'étais encore, en cette période, indiscutablement, sous son empire. D'autant plus, dans une large mesure, que je vivais à Vienne et que, faisant, de temps à autre, une incursion à Berlin, comparant les deux capitales de la social-démocratie, je me disais pour me consoler : Non, Berlin n'est pas comme Vienne!...

J'eus deux fois, à Berlin, l'occasion de visiter les réunions hebdomadaires des gauches. Elles se tenaient le vendredi au restaurant « Rheingold ». Le personnage central, dans ces rencontres, était Franz Mehring. On y voyait aussi Karl Liebknecht, qui arrivait toujours en retard et partait des premiers. Ce fut Hilferding qui m'amena la première fois. A cette époque, il se considérait encore comme un homme de gauche, bien qu'il détestât déjà Rosa Luxemburg, lui portant la haine que semait en Autriche Daszinski.

Des propos qui furent tenus, il ne me reste en mémoire rien de remarquable.

Mehring, contractant nerveusement une de ses joues — c'était un tic — me demanda ironiquement quelles étaient celles de ses « œuvres immortelles » qui avaient été traduites en russe.

Hilferding parla de la gauche allemande, disant que c'étaient des révolutionnaires.

— Nous, des révolutionnaires? interrompit Mehring. Les révolutionnaires, les voilà!

Et il hocha la tête de mon côté.

Je connaissais trop peu Mehring, j'avais vu trop souvent comment les philistins raillaient la révolution russe, et je ne savais guère si Mehring se moquait ou s'il parlait sérieusement. Or, il se trouvait qu'il parlait sérieusement, et il l'a prouvé par le reste de sa vie.

Je vis Kautsky pour la première fois en 1907. Ce fut Parvus qui me conduisit chez lui. Ce n'est pas sans émotion que je gravis l'escalier de la petite maison proprette, à Friedenau, près de Berlin. Un petit vieillard enjoué, tête blanche aux clairs yeux bleus, m'accueillit par un « bonjour » dit en russe. Avec tout ce que je savais de Kautsky par ses livres, cela faisait une figure très séduisante. Ce qui était surtout attachant en lui, c'était sa sérénité : aucune vaine agitation; comme je le compris plus tard, ce calme intérieur était dû à l'incontestable autorité dont il jouissait alors. Ses adversaires l'appelaient « le Pape de l'Internationale ». Fréquemment, des amis lui donnaient le même titre, mais dans un sens affectueux. La mère de Kautsky, auteur de romans à tendances sociales qu'elle dédicaçait « à son fils et maître », reçut, le jour où elle atteignit son soixante-dixième anniversaire, des félicitations des socialistes italiens, adressées *alla Mamma del Papa*.

Kautsky estimait que sa mission de théoricien consistait principalement à concilier l'esprit réformiste avec l'esprit révolutionnaire. Mais lui-même s'était créé une idéologie à l'époque du réformisme. La réforme seule était pour lui une réalité. La révolution n'était qu'une perspective historique perdue dans des brumes. Après avoir adopté le marxisme comme un système tout fait, Kautsky le popularisa en maître d'école. Les grands événements furent trop lourds à ses épaules. Il commença à décliner dès la révolution de 1905. Un entretien particulier avec Kautsky ne donnait que peu de chose. Il a l'esprit anguleux, sec, peu inventif, dénué d'intuition psychologique; ses appréciations sont schématiques, ses plaisanteries banales. C'est pour cela que Kautsky est extrêmement faible comme orateur.

Son amitié avec Rosa Luxemburg coïncida avec la meilleure période de son activité créatrice. Mais bientôt après la révolution de 1905 apparurent entre eux les premiers symptômes d'un refroidissement. Kautsky eut beaucoup de sympathie pour la révolution russe et il ne la commenta pas mal — de loin. Mais il était organiquement hostile à une implantation des méthodes révolutionnaires sur le terrain allemand. Au moment où allait avoir lieu une manifestation dans un parc de Berlin, je trouvai, chez Kautsky, Rosa Luxemburg en violente discussion avec lui. Ils se tutoyaient encore et sur un ton d'amicale intimité, mais, dans les répliques de Rosa, l'on sentait nettement une indignation contenue et, dans les répliques de Kautsky, un trouble profond qu'il dissimulait sous des plaisanteries mal assurées. Nous nous rendîmes ensemble à la manifestation : Rosa, Kautsky, sa femme, Hilferding, feu Gustav Eckstein et moi. Il y eut de vives collisions en cours de route : Kautsky ne voulait aller là qu'en spectateur; Rosa Luxemburg voulait se joindre aux manifestants.

Entre eux, l'antagonisme se déclara ouvertement en 1910, sur la question de la lutte à mener pour le droit électoral en Prusse. Kautsky développa alors la philosophie d'une « stratégie d'usure » (*Ermattungsstrategie*) l'opposant à la stratégie qui visait à terrasser l'ennemi (*Niederwerfungsstrategie*). Il s'agissait de deux tendances inconciliables. La ligne suivie par Kautsky était celle d'une adaptation de plus en plus profonde au régime existant. Et, dans ce cas, l'usure atteignait non pas la société bourgeoise, mais l'idéalisme révolutionnaire des masses ouvrières. Tous les philistins, tous les fonctionnaires, tous ceux qui voulaient faire carrière étaient partisans de Kautsky : il tissait pour eux les voiles idéologiques dont ils avaient besoin pour vêtir leur nudité.

La guerre arriva. A la stratégie d'usure en politique succéda la stratégie d'usure dans les tranchées. Kautsky s'adapta à la guerre tout aussi bien qu'il s'était adapté à la paix. Mais Rosa montra comment elle comprenait la fidélité à ses idées...

Il me souvient que l'on fêta chez Kautsky, le soixantième anniversaire de Ledebour. Parmi la dizaine d'invités était présent Auguste Bebel qui avait alors dépassé ses soixante-dix ans. C'était la période où le parti avait atteint son point culminant. L'unité dans la tactique semblait absolue. Les anciens enregistraient les succès et regardaient avec assurance du côté de l'avenir. Celui que l'on fêtait, Ledebour, dessina, au souper, des caricatures amusantes. C'est au cours de cette soirée intime que je fis connaissance de Bebel et de sa Julia. Ceux qui étaient là, et Kautsky comme les autres, tâchaient de saisir le moindre mot du vieil Auguste. Inutile de dire que j'écoutais aussi.

La personne de Bebel représentait la montée lente et obstinée de la classe nouvelle. Ce vieillard, de sèche apparence, semblait fait tout entier d'une volonté patiente mais infrangible, toujours tendue vers un seul but. Dans sa façon de penser, dans son éloquence, dans ses articles et ses livres, Bebel se dispensait absolument de tous frais d'énergie spirituelle qui n'auraient pas répondu à une tâche pratique immédiate. En cela était la beauté particulière de son sentiment politique. Il donnait l'image de la classe qui s'instruit à ses rares heures de loisir, qui est avare de chaque minute et qui dévore ce qui lui est rigoureusement indispensable. Quelle incomparable figure! Bebel mourut dans la période de la conférence de Bucarest qui suivit la guerre balkanique et précéda la grande guerre. C'est dans une gare, à Ploësti, en Roumanie, que j'appris la nouvelle. Elle me parut invraisemblable. « Bebel était mort. Qu'allait-il advenir de la social-démocratie?... » Je me souvins aussitôt de ce qu'avait dit Ledebour de la vie intérieure du parti allemand : « 20 % de radicaux, 30 % d'opportunistes; les autres suivant Bebel. »

Le successeur que Bebel se désignait par prédilection fut Haase. Ce qui séduisait le vieillard, c'était, sans aucun doute, l'idéalisme de Haase, non pas un large idéalisme révolutionnaire, qui n'existait pas en lui, mais un idéalisme plus étroit, plus personnel et vulgaire; il se montra, par exemple, tout disposé à renoncer, dans l'intérêt du parti, à la riche clientèle qu'il avait comme avocat à Kœnigsberg. Sur ce sacrifice qui n'avait en somme rien de tellement héroïque, Bebel parla, étonnant fortement les révolutionnaires russes, même dans un discours au congrès du parti qui se tint, je crois, à Iena, et il recommanda avec insistance Haase comme vice-président du comité central du parti.

Je connaissais assez bien Haase. Après une des conférences du parti, nous fîmes ensemble un petit voyage en Allemagne; nous visitâmes Nuremberg. Facile et attentif dans ses relations personnelles, Haase resta, en politique, jusqu'à la fin, une honnête médiocrité, un démocrate provincial, dépourvu de tempérament révolutionnaire, ainsi que de larges horizons comme théoricien. En philosophie, il disait, lui-même, non sans une certaine gêne, qu'il était kantiste. Dans toutes les situations critiques, il était enclin à s'abstenir des décisions qui ne permettent pas de retour en arrière, recourant à des demi-mesures et temporisant. Il n'est pas étonnant que le parti des indépendants l'ait élu plus tard comme un de ses leaders.

D'un tout autre type était Karl Liebknecht. Je l'ai connu durant de longues années, mais je ne le rencontrais qu'à de rares intervalles. Son logement à Berlin était le grand quartier général des émigrés russes. Lorsqu'il fallait faire entendre une protestation contre les services rendus au tsarisme par la police allemande, nous nous adressions d'abord à Liebknecht, qui allait frapper à toutes les portes et cogner sur tous les crânes. Marxiste instruit, Liebknecht n'était cependant pas un théoricien. C'était un homme d'action. Nature impulsive, passionnée, pleine d'abnégation, il possédait l'intuition politique, le sens des masses et des situations, une hardiesse incomparable dans l'initiative. C'était un révolutionnaire. C'est pourquoi il resta toujours à demi étranger dans la maison de la social-démocratie allemande où régnait une bureaucratie pondérée, constamment disposée à battre en retraite. Que de philistins et d'êtres vulgaires j'ai vus qui regardaient Liebknecht ironiquement, de haut en bas!

Au congrès social-démocrate d'Iena, qui se tint au début de septembre 1911, on me demanda, sur la proposition de Liebknecht, de parler des actes de violence commis par le gouvernement tsariste en Finlande. Mais, avant qu'on en fût arrivé à me donner la parole, on apprit par une dépêche que Stolypine venait d'être tué à Kiev. Bebel, aussitôt, m'accabla de questions : Que signifiait cet attentat? Quel parti en pouvait être responsable? N'allais-je pas attirer sur moi, en prononçant un discours, l'attention indésirable de la police allemande?

— Vous craignez, — dis-je délicatement au vieillard, me rappelant ce qui s'était passé pour Quelch à Stuttgart, — vous craignez que mon discours ne provoque certaines difficultés?...

— Oui, me répondit Bebel, je l'avoue, j'aimerais mieux que vous ne parliez pas.

— Dans ce cas, inutile d'y songer.

Bebel exhala un soupir de soulagement.

Un instant plus tard, Liebknecht accourait vers moi, tout anxieux :

— Est-il bien vrai qu'ils vous ont invité à vous taire? Et vous avez consenti?...

— Comment n'aurais-je pas consenti? répliquai-je. C'est Bebel qui est le maître ici. Ce n'est pas moi.

Liebknecht donna issue à son indignation dans un discours où il attaqua avec la dernière violence le gouvernement du tsar, sans tenir compte des signes d'avertissement que lui faisaient les membres du bureau, redoutant des complications dans le genre d'une accusation de lèse-majesté.

Tout ce qui devait se passer plus tard apparaissait en germe dans ces petits épisodes...

Lorsque les organisations syndicales tchèques se déclarèrent en opposition avec la direction allemande, les austro-marxistes usèrent contre la scission d'une argumentation qui était assez habilement présentée sous un aspect d'internationalisme. Au congrès international de Copenhague, le rapport sur cette question fut fait par Plékhanov. Comme tous les Russes, il soutint intégralement et sans réserves la thèse des Allemands contre les Tchèques. C'était le vieil Adler qui avait posé la candidature de Plékhanov pour cette mission, estimant qu'en une affaire si délicate un Russe vaudrait mieux pour dénoncer le chauvinisme slave. Naturellement, je ne pouvais avoir rien de commun avec le misérablement étroit nationalisme de gens tels que Nemec, Soukup, Smeral qui cherchaient avec insistance à me démontrer que les Tchèques avaient raison. Mais, en même temps, j'avais observé de trop près la vie intérieure du mouvement ouvrier autrichien pour accuser les Tchèques ou leur attribuer seulement la plus grave faute. Bien des choses prouvaient que, dans sa masse, le parti tchèque était plus radical que le parti austro-allemand et que le mécontentement légitime de la masse des ouvriers tchèques, à l'égard de la direction opportuniste qui leur venait de Vienne, était habilement utilisé par des chauvins tchèques, du genre de Nemec.

En route pour Copenhague, venant de Vienne, je rencontrai tout à fait par hasard, dans une des gares où il fallait changer de train, Lénine qui venait de Paris. Nous dûmes attendre à peu près une heure et il en résulta une longue causerie, très amicale dans la première partie, peu amicale dans la seconde. Je démontrais que la responsabilité de la scission des syndicats tchèques retombait avant tout sur la direction viennoise qui appelait, avec jactance, les ouvriers de tous les pays, et notamment les Tchèques, à la lutte, et qui finissait toujours par s'entendre, dans les coulisses, avec la monarchie. Lénine m'écouta avec le plus grand intérêt. Il avait une faculté spéciale d'attention lorsqu'il cherchait avec exigence dans les propos de son interlocuteur ce dont il avait besoin, et alors il évitait le regard de celui qui lui parlait, les yeux dirigés vers l'espace, loin, loin...

Cependant notre conversation prit un tout autre tour lorsque je parlai à Lénine de mon dernier article paru dans le *Vorwaerts* sur la social-démocratie russe. Cet article avait été écrit pour le congrès et était une dure critique aussi bien pour les menchéviks que pour les bolcheviks.

Dans cette production, le point le plus grave était celui qui concernait les « expropriations ». Lorsque la révolution fut brisée, les expropriations à main armée et les attentats des terroristes devenaient inévitablement une cause de désorganisation pour le parti le plus révolutionnaire. Le congrès de Londres, par les voix des menchéviks, des Polonais et d'une partie des bolcheviks, avait interdit les expropriations. Des cris s'élevèrent :

— Et Lénine? Et Lénine?...

Énigmatique, il se contentait de rire.

Les expropriations continuèrent après le congrès de Londres, nuisant au parti. C'est sur ce point que j'avais porté le coup dans le *Vorwärts*.

— Est-il possible que vous ayez écrit cela? s'écriait Lénine d'un ton de reproche, lorsque, sur ses instances je lui communiquai, de mémoire, les principales idées et formules de mon article. Ne pourrait-on, par un télégramme, empêcher la publication?

— Non, répondis-je, l'article doit paraître ce matin. Et puis, pourquoi en arrêter la publication? L'article est juste.

En réalité, l'article n'était pas juste, car il visait à une reconstitution du parti par la fusion des bolcheviks et des menchéviks qui aurait retranché tous les extrémistes; or, le parti se refit grâce à la lutte implacable que menèrent les bolcheviks contre les menchéviks.

Lénine tenta d'obtenir de la délégation russe un blâme pour mon article. Ce fut, de toute notre vie, le moment où le conflit fut le plus aigu entre nous. En outre, Lénine était alors mal portant, il souffrait affreusement des dents, il avait la figure enveloppée d'un bandeau.

L'ensemble de la délégation se montra assez hostile à l'égard de l'article et de son auteur, car les menchéviks n'étaient pas moins mécontents d'un écrit qui, pour les principes, était surtout dirigé contre eux.

En octobre 1910, Axelrod écrivait à Martov :

« Et comme son article dans la *Neue Zeit* était révoltant! Plus révoltant encore que celui du *Vorwärts*... »

Lounatcharsky écrit ceci :

« Plékhanov, qui ne pouvait souffrir Trotsky, mit à profit cette circonstance et organisa une sorte de conseil de discipline pour le juger. Il me parut que c'était injuste, je parlai assez énergiquement en faveur de Trotsky et, d'une façon générale, avec l'aide de Riazanov, je contribuai à détruire le plan formé par Plékhanov. »

En majorité, les délégués ne connaissaient l'article que par ce qu'on leur en avait raconté. J'en exigeai la lecture. Zinoviev prétendit prouver qu'il n'était nullement nécessaire d'avoir lu cet écrit pour le condamner. La majorité ne fut pas de son avis. Ce fut, je m'en souviens, Riazanov qui lut à haute voix l'article et qui le traduisit.

D'après les propos qui furent tenus dans les couloirs, l'article avait paru tellement épouvantable qu'à la lecture on eut une impression toute contraire : on le jugea inoffensif. L'écrasante majorité de la délégation russe rejeta le blâme.

Ce qui ne m'empêche pas, maintenant, de condamner

mon article où j'appréciais mal la fraction des bolcheviks.

Sur la question des syndicats tchèques, la délégation russe vota au congrès pour la résolution de Vienne, contre celle de Prague. J'essayai d'introduire un amendement, mais je n'eus pas de succès. En fin de compte, je ne voyais pas bien moi-même quel « amendement » il convenait d'apporter à toute la politique de la social-démocratie. Pour bien corriger, il eût fallu déclarer à cette social-démocratie la guerre sainte. Mais nous ne nous engageâmes dans cette voie qu'en 1914.

CHAPITRE XVII

LA PRÉPARATION D'UNE AUTRE RÉVOLUTION

Mon travail, pendant les années de la réaction, a consisté pour une bonne part en commentaires sur la révolution de 1905 et en une préparation théorique pour l'autre révolution.

Peu après mon arrivée à l'étranger, je fis une tournée dans les colonies russes d'émigrés et d'étudiants, leur lisant deux conférences : l'une sur *le Sort de la révolution russe* (en fonction de la situation politique actuelle); l'autre intitulée : *Capitalisme et socialisme* (perspectives de révolution sociale). La première de ces conférences démontrait que la perspective de la révolution russe, en tant que révolution permanente, était confirmée par l'expérience de 1905. La seconde conférence rattachait la révolution russe à la révolution mondiale.

A dater d'octobre 1908, j'éditai à Vienne un journal russe, *Pravda*, destiné aux masses ouvrières. Ce journal parvenait en Russie par des moyens de contrebandiers, soit par la frontière galicienne, soit par la mer Noire. Il parut pendant trois ans et demi, il fut tout au plus bi-mensuel, mais sa préparation exigeait un travail considérable et minutieux. La correspondance secrète avec la Russie prenait beaucoup de temps. Je me trouvais en outre en liaison avec l'union illégale des marins de la mer Noire que j'aidais pour la publication de leur journal.

Mon principal collaborateur à la *Pravda* fut A. A. Ioffé, qui devint dans la suite le diplomate soviétique bien connu. C'est de notre séjour à Vienne que date notre amitié.

Ioffé était un homme de haute valeur par ses idées, d'une grande douceur personnelle et d'un dévouement à la cause que rien ne pouvait ébranler. Il donnait à la *Pravda* ses forces comme ses ressources.

Souffrant d'une affection nerveuse, il suivit un traitement psychanalytique chez le fameux docteur viennois Alfred Adler, qui avait débuté comme disciple du professeur Freud mais qui, ensuite, fit opposition à son maître et créa sa propre école de psychologie individuelle. Par l'intermédiaire de Ioffé, je pris connaissance des problèmes de la psychanalyse qui me parurent extrêmement séduisants, quoique bien des choses dans ce domaine restent encore flottantes et fragiles, ouvrant toute carrière à la fantaisie et à l'arbitraire.

J'eus pour autre collaborateur l'étudiant Skobélev, qui devait être plus tard ministre du Travail dans le cabinet Kérensky. Lorsque nous nous retrouvâmes en 1917, nous étions des ennemis.

Pendant un certain temps, le secrétaire général de la *Pravda* fut Victor Kopp, maintenant ministre des soviets en Suède.

Pour une question qui intéressait la *Pravda* de Vienne, Ioffé se rendit en Russie. Il fut arrêté à Odessa, resta longtemps emprisonné, et fut ensuite déporté en Sibérie. Il ne devait être délivré que par la révolution de mars 1917.

Ioffé fut un des artisans les plus actifs de la révolution d'Octobre. Le courage personnel de cet homme gravement malade était véritablement merveilleux. Je vois encore, comme si nous y étions, cette silhouette plutôt corpulente s'avançant sous un ciel d'automne, à travers un champ que fouillent les obus, aux approches de Pétersbourg, en 1919. En son vêtement distingué de diplomate, la canne à la main, avec un affable sourire sur son calme visage, exactement comme s'il se promenait *Unter den Linden*, Ioffé regardait avec curiosité les explosions de projectiles qui avaient lieu tout près de nous, sans accélérer et sans ralentir son allure.

C'était un bon orateur, réfléchi et prenant à l'âme; comme écrivain, il valait autant. Dans tous ses travaux, il se montrait méticuleux, qualité qui manque tellement à nombre de révolutionnaires. Lénine appréciait hautement le travail diplomatique de Ioffé. J'ai été lié plus étroitement que personne avec cet homme pendant de nombreuses années. Son dévouement dans l'amitié et sa fidélité aux idées n'avaient rien de comparable.

Il finit tragiquement. De graves maladies héréditaires le rongeaient. Il ne souffrait pas moins de la persécution éhontée qu'exerçaient les épigones à l'égard des marxistes. N'ayant plus la possibilité de combattre sa maladie, ni par conséquent de poursuivre une lutte politique, Ioffé se suicida pendant l'automne de 1927. La lettre qu'il écrivit pour moi avant de mourir fut volée, sur sa table de nuit, par les agents de Staline. Les lignes qui en appelaient à une attention affectueuse furent arrachées du texte, falsifiées, mensongèrement rapportées par Iaroslavsky et d'autres individus moralement déchus. Cela n'empêchera pas le nom de Ioffé d'être inscrit pour toujours dans le livre de la révolution, comme un des plus beaux.

Pendant la période la plus sombre, la plus fermée aux espoirs, de la réaction, Ioffé et moi attendîmes en toute assurance une nouvelle révolution et précisément dans la forme qu'elle devait prendre en 1917.

Svertchkov, qui, en ces années-là, était menchévik, et qui est maintenant un staliniste, écrit dans ses souvenirs sur la *Pravda* de Vienne :

« Dans ce journal, il [Trotsky] continuait avec persévérance et entêtement à soutenir l'idée d'une révolution russe « permanente », c'est-à-dire qu'il démontrait qu'une fois commencée, la révolution ne pourrait s'arrêter avant d'avoir amené le renversement du capitalisme et l'établissement du régime socialiste dans le monde entier. On se moquait de lui, on l'accusait d'être un romantique et de bien d'autres péchés, du côté des bolcheviks comme de celui des menchéviks, mais il persistait, il maintenait son point de vue, sans s'arrêter aux attaques. »

En 1909, je caractérisais comme il suit les rapports révolutionnaires entre le prolétariat et les paysans, dans la revue polonaise de Rosa Luxemburg :

« Le crétinisme local est la malédiction historique des mouvements ruraux. L'ineptie politique du moujik qui démolissait tout chez le seigneur du village pour s'emparer de sa terre et qui, ensuite, ayant revêtu la blouse du soldat, allait tirer sur les ouvriers, a brisé le premier flot de la révolution russe (1905). Tous les événements de cette révolution peuvent être considérés comme une série d'impitoyables leçons de choses, au moyen desquelles l'histoire fait entrer dans la tête des paysans l'idée d'une liaison entre le besoin qu'ils éprouvent de posséder des terres et le problème central d'un nouveau pouvoir d'État. »

Citant l'exemple de la Finlande, où la social-démocratie avait pris une formidable importance dans les campagnes, je concluais ainsi :

« Quelle ne sera pas la nouvelle influence que conquerra chez les paysans notre parti, au cours et par suite de la direction qu'il prendra d'un nouveau mouvement, infiniment plus étendu, des masses de la ville et des villages! Cela sera, bien entendu, si nous ne déposons pas nous-mêmes les armes, redoutant les séductions du pouvoir politique vers lequel nous portera inévitablement le flot nouveau. »

Est-ce ainsi que l'on « ignore la classe paysanne » ou que l'on « saute par-dessus la question agraire »?

Le 4 décembre 1909, lorsque la révolution semblait écrasée pour toujours et sans espoir de relèvement, j'écrivais dans la *Pravda* : « Dès à présent, à travers les sombres nuées de réaction qui nous couvrent, nous entrevoyons la lueur d'un nouvel Octobre victorieux. »

Les libéraux n'étaient pas seuls à railler ces paroles : les menchéviks faisaient de même; à tous il semblait que c'étaient là des cris déclamatoires pour la propagande, et rien de plus. Le professeur Milioukov, auquel on doit en partie l'invention du terme « le trotskysme », me répliquait :

« L'idée d'une dictature du prolétariat est tout à fait enfantine et pas un homme en Europe ne la soutiendra. »

Néanmoins, en 1917, eurent lieu des événements qui ont dû fortement ébranler la superbe assurance du professeur libéral.

Pendant les années de la réaction, je m'occupai des problèmes de la situation générale du commerce et de l'industrie, sur le plan mondial comme à l'échelle nationale. C'était l'intérêt de la révolution qui me guidait : je cherchais à m'expliquer la dépendance mutuelle des fluctuations commerciales et industrielles, d'une part, et, d'autre part, des phases du mouvement ouvrier et de la lutte révolutionnaire. Sur ce point, comme dans toutes les questions du même ordre, je me gardais surtout d'établir une dépendance automatique de la politique à l'égard de l'économie. Les réactions mutuelles devaient être déduites du processus pris dans son ensemble.

Je me trouvais encore en Bohême, dans la petite ville de Hirschberg, quand il y eut à la Bourse de New York *a black Friday*. Cette journée présageait une crise mondiale qui devait fatalement gagner la Russie, secouée par la guerre qu'elle avait menée contre le Japon et par la révolution. Quelles seraient les conséquences de cette crise?

L'opinion qui prédominait dans le parti, et il faut ajouter dans ses deux fractions, était que la crise provoquerait une aggravation de la lutte révolutionnaire. J'adoptai un autre point de vue. Après une période de grandes batailles et de grandes défaites, une crise agit sur la classe ouvrière non pour l'exalter, mais pour l'accabler : elle lui enlève toute confiance en ses propres forces et décompose en elle les forces politiques. Il faut qu'une nouvelle animation dans la vie industrielle vienne alors resserrer le prolétariat, le régénérer, lui redonner de l'assurance, le rendre capable de poursuivre la lutte.

Cette prévision parut sujette à critique et à défiance. Les économistes officiels du parti développaient, en outre, cette idée qu'en régime de contre-révolution un redressement industriel n'était en général pas possible.

M'opposant à eux, je partais de ce point qu'une nouvelle animation de la vie politique était inévitable, que ce relèvement devait susciter une nouvelle vague de grèves. Après quoi une nouvelle crise économique pourrait donner une impulsion à la lutte révolutionnaire.

Ces prévisions furent entièrement justifiées. Le redressement industriel eut lieu en 1910, indépendamment de la contre-révolution. Aussitôt se déclencha un mouvement de grèves. La fusillade dirigée, en 1912, contre les ouvriers des gisements aurifères de la Léna eut un écho formidable dans tout le pays. En 1914, lorsque la crise fut indubitable, Pétersbourg devint l'arène des barricades ouvrières. Poincaré a pu s'en rendre compte quand il vint en visite chez le tsar, à la veille de la guerre.

Cette expérience théorique et politique eut pour moi une valeur inappréciable dans la suite. Au IIIe congrès de l'Internationale communiste, je dressai contre moi l'écrasante majorité des délégués lorsque j'affirmai avec insistance qu'un redressement économique de l'Europe d'après-guerre était inévitable et serait la condition première de nouvelles crises révolutionnaires. Bien plus récemment, j'eus encore à reprocher au VIe congrès de l'I. C. de n'avoir pas du tout compris le revirement économique et politique qui s'était produit en Chine, de s'être trompé en espérant, après les cruelles défaites qu'a subies la révolution dans ce pays, une reprise du mouvement révolutionnaire comme conséquence de l'aggravation de la crise économique intérieure.

La dialectique de ce processus n'est pas tellement complexe en soi. Mais il est plus aisé de la formuler dans les grandes lignes que de la découvrir en chaque occasion qui se présente, dans les faits mêmes de la vie. Jusqu'à ce jour, je me heurte, sur cette question, à des préjugés des plus tenaces qui, en politique, conduisent à des fautes grossières et à de très pénibles conséquences.

Dans les appréciations que donnait la *Pravda* sur les destinées ultérieures du menchévisme et sur les tâches d'organisation du parti, elle était loin d'atteindre à la clairvoyance de Lénine. J'espérais encore que la révolution prochaine forcerait les menchéviks à s'engager, comme en 1905, dans la voie révolutionnaire. Je n'accordais pas assez d'importance à la sélection idéologique préparatoire, à la trempe politique qu'il faut d'abord acquérir. Dans les questions de développement à l'intérieur du parti, je péchais par une sorte de fatalisme *socialo-révolutionnaire*. C'était une position erronée. Mais elle était incalculablement supérieure au fatalisme *bureaucratique*, dépourvu d'idéologie, qui distingue la majorité de mes critiques actuels dans le camp de l'Internationale communiste.

En 1912, lorsque l'on constata sans le moindre doute un nouveau redressement politique, je tentai de convoquer une conférence d'unification de toutes les fractions de la social-démocratie. En cette période, je n'étais pas seul à espérer la reconstitution de l'unité de la social-démocratie russe : l'exemple de Rosa Luxemburg en est la preuve. Pendant l'été de 1911, elle écrivit :

« Malgré tout, l'unité du parti peut être sauvegardée si l'on *contraint* les deux fractions à convoquer une conférence commune. »

En août 1911, elle répétait :

« Le seul moyen de sauver l'unité est de réaliser une conférence générale, composée d'hommes envoyés de Russie, car ceux qui vivent là-bas veulent la paix entre eux et l'unité, et ils sont la seule force qui puisse mettre à la raison nos coqs de l'étranger. »

Parmi les bolcheviks eux-mêmes, les tendances à la conciliation étaient alors très fortes et je ne perdais pas l'espoir que cela engagerait Lénine aussi à participer à la conférence. Pourtant, il s'opposa de toutes ses forces à l'unification. Toute la suite des événements a démontré que Lénine avait eu raison.

La conférence eut lieu à Vienne en août 1912, sans l'assistance des bolcheviks, et je me trouvai, formellement, engagé dans un « bloc » avec les menchéviks et certains groupes de bolcheviks dissidents. Ce bloc n'avait pas de base politique; sur toutes les questions essentielles, j'étais en désaccord avec les menchéviks. La lutte contre eux reprit dès le lendemain de la clôture de la conférence. Quotidiennement, de graves conflits surgissaient, provoqués par la profonde opposition des deux tendances : celle de la révolution sociale et celle du réformisme démocratique.

Le 4 mai, peu avant la conférence, Axelrod écrivait ceci :

> « De la lettre de Trotsky, il m'est resté l'impression très pénible qu'il ne désire pas se rapprocher effectivement, sérieusement, de nous et des amis que nous avons en Russie... pour un travail commun contre l'ennemi commun. »

En effet, je n'avais pas et je ne pouvais avoir l'intention de m'unir avec les menchéviks pour combattre... les bolcheviks.

Après la conférence, Martov se plaint, dans une lettre à Axelrod, de voir que Trotsky reprend « les pires manières de l'individualisme littéraire de Lénine et de Plékhanov ».

La correspondance d'Axelrod et de Martov qui a été publiée voici quelques années témoigne de la haine avérée qu'ils avaient pour moi. Bien qu'il y eût entre eux et moi un abîme, je n'ai jamais éprouvé le même sentiment à leur égard. Et maintenant encore, j'évoque avec reconnaissance ce dont je leur fus redevable en mes jeunes années.

L'épisode de ce qu'on a appelé « le bloc d'août » est relaté dans tous les manuels « antitrotskystes » de l'époque des épigones. Pour les novices et les ignorants, on représente en outre le bolchevisme comme étant sorti tout armé du laboratoire de l'histoire. Or, l'histoire de la lutte entre bolcheviks et menchéviks est aussi l'histoire d'incessantes tentatives d'unification. Quand Lénine rentra en Russie, en 1917, il fit un dernier effort pour traiter avec les menchéviks-internationalistes. Lorsque je rentrai d'Amérique, en mai, la majorité des organisations social-démocrates en province se composait de bolcheviks et de menchéviks unifiés. A la conférence du parti qui avait eu lieu en mars 1917, peu de temps avant l'arrivée de Lénine, Staline prêchait l'union avec le parti de Tsérételli. Même après la révolution d'Octobre, Zinoviev, Kaménev, Rykov, Lounatcharsky et des dizaines d'autres luttèrent avec acharnement pour une coalition avec les socialistes-révolutionnaires et les menchéviks. Et ce sont ces hommes qui, maintenant, essaient de prolonger leur existence idéologique en répandant d'épouvantables histoires sur la conférence d'unification qui se tint à Vienne en 1912!

La *Kievskaïa Mysl* me proposa de partir comme correspondant de guerre pour les Balkans. Cette offre était d'autant plus opportune que, de toute évidence, la conférence d'août avait déjà avorté. Je sentais le besoin de m'arracher, au moins pour quelque temps, aux affaires de l'émigration russe. Plusieurs mois passés dans la péninsule balkanique, en temps de guerre, me furent d'un grand enseignement.

Je me rendis en septembre dans le Sud-Orient. Je croyais la guerre non seulement probable, mais inévitable. Mais lorsque, sur le pavé de Belgrade, je vis de longues files de réservistes, lorsque je vis clairement qu'aucun retour en arrière n'était possible, que la guerre serait, qu'elle aurait lieu dans quelques jours, lorsque j'appris que quelques hommes bien connus de moi portaient déjà le fusil sur la frontière et qu'ils seraient forcés, les premiers, de tuer et de mourir, la guerre que j'avais envisagée si légèrement dans mes pensées et mes articles me parut invraisemblable, impossible. Je regardai passer comme un fantôme tel régiment qui partait pour le front, — le 18e d'infanterie, — en uniforme kaki, ayant pour chaussures des *lapti* et des brins de verdure au bonnet. Ces chaussons de teille et ce feuillage sur la tête, avec un complet équipement pour la bataille, donnaient aux soldats l'air de victimes destinées au sacrifice. Et rien ne pouvait être aussi poignant en ce moment, aussi intolérable, rien ne marquait mieux la folie de la guerre, que ces branchettes et ces chaussons de moujiks. Combien la génération actuelle a distancé les habitudes et les états d'âme de 1912! Je comprenais fort bien, dès lors, qu'un point de vue de moraliste humanitaire sur le processus historique est tout ce qu'il y a de plus stérile. Mais je n'en étais pas aux explications, je vivais un sentiment. Mon âme était pénétrée directement, indiciblement, par le tragique de l'histoire : impuissance devant le destin, cuisante douleur pour ces nuées de sauterelles que sont les hommes.

La guerre fut délarée deux ou trois jours après.

« En Russie, écrivais-je, vous le savez et vous y croyez; mais moi, ici, je ne puis y croire. Cette combinaison de choses tout ordinaires, quotidiennes, humaines, — poules, cigares, gamins morveux aux pieds nus, — avec le fait incroyablement tragique de la guerre — ne me rentre pas dans la tête. Je sais que la guerre est déclarée, qu'elle est commencée, mais je n'ai pas encore appris à y croire. »

Il fallut pourtant bien y croire, et pour longtemps.

Les années 1912-1913 me permirent de connaître de près la Serbie, la Bulgarie, la Roumanie et — de savoir ce que c'est que la guerre. Ce fut, sous beaucoup de rapports, une importante préparation non seulement à 1914, mais à 1917. Dans mes articles, j'ouvris la lutte contre l'imposture du slavophilisme, contre le chauvinisme en général, contre les illusions de la guerre, contre les méthodes scientifiquement organisées du bourrage de crânes.

La rédaction de la *Kievskaïa Mysl* eut assez de cran pour imprimer l'article dans lequel je racontais les atrocités commises par des Bulgares sur des Turcs blessés et prisonniers et dénonçais le complot du silence observé dans la presse russe.

Il s'ensuivit une tempête d'indignation dans la presse libérale. Le 30 janvier 1913, je posai à Milioukov une question « extra-parlementaire » sur les actes de sauvagerie commis par des « Slaves » contre des Turcs. Cloué au mur, Milioukov, défenseur juré de la Bulgarie officielle, essaya vainement de s'en tirer par des balbutiements. La polémique dura quelques semaines. Il était inévitable que les journaux du gouvernement insinuassent que, sous le pseudonyme d'Antide Oto, se cachait non seulement un émigré, mais un agent de l'Autriche-Hongrie.

Le mois que je passai en Roumanie me lia avec Dobrujanu-Gherea et consolida à tout jamais mon amitié avec Rakovsky, que je connaissais depuis 1903.

Dobrujanu, révolutionnaire russe des années 1870-1880, s'était arrêté « en passant », en Roumanie, à la veille de la guerre russo-turque; les circonstances l'amenèrent à y rester. Quelques années plus tard, notre compatriote, sous le nom de Gherea, prit une grande influence d'abord sur les intellectuels roumains, puis sur les ouvriers avancés. La critique littéraire, basée sur la vie sociale, fut le principal domaine dans lequel Gherea forma la conscience de l'avant-garde des intellectuels roumains. Partant de questions d'esthétique et de morale individuelle, il conduisait au socialisme scientifique. La plupart des hommes politiques de la Roumanie, de presque tous les partis, ont passé dans leur jeunesse par une courte école de marxisme sous la direction de Gherea. Ce qui ne les a pas empêchés d'ailleurs, en leurs années de maturité, de mener une politique de banditisme réactionnaire.

Christian Rakovsky est une des figures les plus internationales dans le mouvement européen. Bulgare d'origine, natif de la ville de Kotel, qui est au cœur même de la Bulgarie, mais sujet roumain parce que la carte le voulait ainsi, médecin formé à l'école française, Russe par ses liaisons, ses sympathies et ses ouvrages, Rakovsky possède toutes les langues des Balkans et quatre langues européennes; en diverses périodes, il a activement participé à la vie intérieure de quatre partis socialistes : bulgare, russe, français et roumain — pour devenir ensuite un des leaders de la fédération des soviets, un des fondateurs de l'Internationale communiste, le président du soviet des commissaires du peuple de l'Ukraine, le représentant diplomatique de l'U. R. S. S. en Angleterre et en France, et pour partager le sort de l'opposition de gauche. Les caractéristiques personnelles de Rakovsky, de larges vues sur la situation internationale et une profonde noblesse d'âme, l'ont rendu particulièrement odieux à Staline qui incarne les traits exactement opposés.

En 1913, Rakovsky fut l'organisateur et le leader du parti socialiste roumain qui devait, plus tard, adhérer à l'Internationale communiste. Le parti grandissait. Rakovsky était le directeur de son journal quotidien et lui fournissait des fonds. Au bord de la mer Noire, non loin de Mangalia, Rakovsky possédait par héritage une petite propriété dont le revenu servait à soutenir le parti socialiste roumain et un bon nombre de groupes et personnalités révolutionnaires dans d'autres pays. Rakovsky passait trois jours par semaine à Bucarest, écrivant des articles, dirigeant les séances du comité central, parlant dans des meetings, conduisant des manifestations. Ensuite, il prenait le train pour regagner le rivage de la mer Noire, rapportant chez lui de la ficelle, des clous, divers objets indispensables. Il allait aux champs, vérifiant le travail d'un nouveau tracteur, courant derrière la machine, dans le sillon, en redingote de citadin. Le surlendemain, Rakovsky rentrait en ville au plus vite pour ne pas manquer un meeting ou une séance. Je l'accompagnais dans ses voyages et admirais cette énergie bouillonnante, infatigable, cette constante fraîcheur d'esprit, et tant de délicates attentions à l'égard des petites gens. Dans les rues de Mangalia, Rakovsky, en un quart d'heure, passait de la langue roumaine au turc, du turc au bulgare, puis à l'allemand et au français, s'adressant à des colons et représentants de commerce; il en venait au russe avec des *skoptsy* qui habitaient les environs en grand nombre. Ses propos étaient ceux d'un propriétaire, d'un docteur, d'un Bulgare, d'un sujet roumain et, plus souvent encore, d'un socialiste. C'est ainsi qu'il passa devant mes yeux, miracle vivant, dans les rues de cette petite ville écartée, insouciante, paresseuse, du bord de la mer. Mais, la nuit venue, il roulait dans le train, à toute vitesse, vers le champ de bataille. Et il se sentait aussi bien, il avait la même assurance à Bucarest qu'à Sofia, à Paris, à Pétersbourg ou à Kharkov.

Les années de ma deuxième émigration furent celles de ma collaboration à la presse démocratique russe. Je débutai dans la *Kievskaïa Mysl* par un grand article sur la revue munichoise *Simplicissimus* qui, pendant un certain temps, m'intéressa à tel point que j'en feuilletai attentivement tous les cahiers depuis le premier de la collection : les dessins de T. T. Heine étaient alors encore tout pénétrés d'un vif sentiment social.

Vers le même temps, j'étudiai de plus près la littérature allemande contemporaine. J'écrivis même sur Wedekind un grand article de critique sociale, car on s'occupait de plus en plus de lui en Russie à mesure que déclinaient les élans révolutionnaires.

La *Kievskaïa Mysl* était, dans le Midi, le journal radical le plus répandu, et il se colorait de marxisme. Un quotidien de cette sorte ne pouvait exister qu'à Kiev où la vie industrielle est peu avancée, où les antagonismes de classes ne sont pas développés, où il existe de grandes traditions de radicalisme intellectuel. *Mutatis mutandis*, on peut dire que ce journal radical fut fondé à Kiev pour les mêmes raisons qui appelèrent à Munich l'apparition du *Simplicissimus*.

J'écrivais pour la *Mysl* des articles très variés, parfois très risqués au point de vue de la censure. Souvent, de petits articles étaient le résultat d'un grand travail préparatoire. Bien entendu, je ne pouvais pas dire, dans un journal qui paraissait légalement et qui n'appartenait pas au parti, tout ce que j'avais envie de dire. Mais je n'écrivais jamais ce que je ne voulais pas dire. Les articles que j'ai donnés à la *Kievskaïa Mysl* ont été reproduits en plusieurs tomes par les éditions des soviets. Je n'ai pas eu à renier une ligne de ce que j'avais écrit. Peut-être n'est-il pas inutile de rappeler maintenant que j'ai collaboré à la presse bourgeoise avec l'assentiment formel du comité central où Lénine avait pour lui la majorité.

J'ai déjà dit que, dès notre arrivée, nous nous étions installés en banlieue.

« Hutteldorf, a écrit ma femme, me plut. Le logement était meilleur que nous ne l'avions pu espérer, car ici les villas se louaient d'ordinaire au printemps, et nous prîmes logis pour l'automne et l'hiver. De nos fenêtres s'apercevaient les montagnes, toutes colorées du rouge sombre automnal. On pouvait gagner le large par une porte à claire-voie, sans passer par la rue. En hiver, le dimanche, des Viennois, traînant des luges, portant des skis, couverts de sweaters, coiffés de petits bonnets aux couleurs vives, passaient par chez nous, en route vers la montagne. En avril, nous dûmes quitter les lieux, le prix de la location étant doublé : déjà, dans le jardin et au-delà, fleurissaient les violettes qui embaumaient les chambres, par les fenêtres ouvertes. C'est là que naquit Sérioja. Nous dûmes déménager vers un endroit plus démocratique, Sievering.

« Nos enfants parlaient le russe et, en même temps, l'allemand. Au " jardin d'enfants " et à l'école, ils s'expliquaient en allemand; à la maison, jouant ensemble, ils continuaient à parler la même langue; mais, dès que leur père ou moi les interpellions, ils revenaient à l'emploi du russe. Lorsque nous leur parlions allemand, ils éprouvaient une certaine gêne et répondaient en russe. Au cours des dernières années, ils s'assimilèrent le parler viennois et le possédèrent merveilleusement.

« Ils aimaient à fréquenter la famille Kliatchko, dans laquelle le maître de maison, sa femme et leurs enfants déjà grands avaient pour eux toutes sortes d'attentions, leur montraient bien des choses intéressantes et leur faisaient de beaux cadeaux.

« Nos enfants aimaient aussi Riazanov, le commentateur bien connu de Marx. Riazanov, qui habitait alors à Vienne, frappait l'imagination de nos garçons par ses prouesses de gymnaste et leur plaisait par tout le bruit qu'il faisait. Un jour, notre cadet, chez le coiffeur, attendait d'être tondu, et j'étais assise là : du doigt, Sérioja me fit signe pour m'appeler et me dit à l'oreille :

« — Je veux qu'il me coiffe comme Riazanov.

« Il avait été séduit par le vaste crâne chauve de Riazanov, qui n'était pas comme la tête des autres, mais beaucoup mieux.

« Lorsque Liovik entra à l'école, la question du catéchisme se posa. Selon la loi autrichienne de l'époque, les enfants devaient être éduqués jusqu'à quatorze ans dans la foi de leurs pères. Comme il n'y avait aucune indication de religion dans nos papiers d'identité, nous choisîmes pour nos enfants la confession luthérienne, religion qui nous parut la plus légère pour leurs jeunes épaules, pour leurs jeunes âmes.

« Le dogme de Luther était enseigné par une institutrice, dans l'école même, mais en dehors des heures de classe proprement dites. Ces leçons plaisaient à Liovik, cela se voyait à sa frimousse, mais il ne jugeait pas utile de s'exprimer longuement là-dessus à la maison. Un soir, comme il était déjà couché, je l'entendis chuchoter quelque chose dans son lit. Je lui demandai de quoi il parlait. Il me répondit :

« — C'est une prière. Tu sais, il y a des prières très jolies. C'est comme des vers. »

Dès l'époque de ma première émigration, mes parents firent quelques premiers voyages à l'étranger. Ils vinrent me voir à Paris; ensuite, à Vienne, ils m'amenèrent ma fille aînée qu'ils avaient gardée chez eux, au village. En 1910, ils vinrent à Berlin. Vers ce temps, ils s'étaient déjà définitivement résignés à me voir suivre ma destinée. Dans ce sens, le dernier argument massue fut, semble-t-il, la publication de mon premier livre en allemand.

Ma mère était gravement malade, d'une actinomycose. Elle endura, pendant ses dix dernières années, ses souffrances comme une charge de plus, sans cesser de travailler. On lui fit, à Berlin, l'ablation d'une glande surrénale. Elle avait alors soixante ans. Dans les premiers mois qui suivirent l'opération, sa santé redevint florissante. Le cas fut assez largement remarqué dans le monde médical. Mais la maladie reprit bientôt son cours et, en quelques mois, l'emporta. Ma mère est morte à Ianovka où elle avait passé son existence de travailleuse et élevé ses enfants.

Ce grand chapitre sur mon séjour à Vienne ne serait pas complet si j'omettais de dire que nos amis les plus intimes, en cet endroit, furent le vieil émigré S. L. Kliatchko et sa famille. Toute l'histoire de ma deuxième émigration est liée étroitement à la vie de cette famille, qui était un véritable foyer de larges intérêts politiques, et, en général, de préoccupations intellectuelles, où l'on faisait de la musique, où l'on parlait quatre langues, où l'on entretenait les relations les plus variées avec des personnalités européennes.

La mort du chef de cette famille, Sémion Lvovitch, en avril 1914, fut pour ma femme et pour moi un grand deuil.

Léon Tolstoï a écrit de son frère Serge, qui était richement doué, qu'il ne lui avait manqué que quelques petits défauts pour devenir un grand artiste.

On pourrait en dire autant de Sémion Lvovitch : il avait tout ce qu'il fallait pour devenir un homme politique remarquable, sauf les défauts indispensables.

Dans la famille Kliatchko, nous avons toujours trouvé de l'assistance et de l'amitié, et nous avions fréquemment besoin de l'une ou de l'autre.

Les honoraires que je recevais de la *Kievskaïa Mysl* auraient été tout à fait suffisants pour notre modeste existence. Mais il y eut des mois où le travail que je faisais pour la *Pravda* m'empêchait d'écrire une seule ligne rétribuée. Alors, il y avait crise. Ma femme connaissait fort bien le chemin du mont-de-piété, et je vendis plus d'une fois aux bouquinistes des livres que j'avais achetés en des jours plus fortunés. Il arriva que notre humble mobilier fût saisi comme garantie du loyer. Nous avions deux petits enfants; nous n'avions pas de bonne pour les garder. Notre vie pesait doublement sur ma femme. Elle trouvait, malgré tout, encore du temps et des forces pour m'aider dans mon travail révolutionnaire.

CHAPITRE XVIII

LE COMMENCEMENT DE LA GUERRE

On vit apparaître sur les palissades et murs de Vienne cette inscription : « *Alle Serben müssen sterben!* » C'était devenu le cri de rappel des gamins de la rue. Notre cadet, Sérioja, toujours animé de l'esprit de contradiction, s'écria sur la pelouse de Sievering : « *Hoch Serbien!* » Il rentra à la maison couvert de bleus, ayant fait sa première expérience de politique internationale.

Buchanan, l'ancien ambassadeur de Grande-Bretagne à Pétersbourg, parle avec enthousiasme dans ses Mémoires des « merveilleuses premières journées d'août », pendant lesquelles la Russie lui parut « complètement transfigurée ». On peut trouver l'expression du même ravissement dans les souvenirs d'autres hommes d'État, bien qu'ils n'aient pas incarné aussi intégralement l'infatuation bornée des classes dirigeantes. Dans tous les centres européens, les journées d'août furent également « merveilleuses », tous les pays apparurent « transfigurés » pour travailler à leur destruction mutuelle.

L'élan patriotique des masses en Autriche-Hongrie fut, de tous, le plus inattendu. Qu'est-ce qui pouvait bien pousser l'ouvrier cordonnier de Vienne, Pospeszil, moitié Allemand, moitié Tchèque, ou notre marchande de légumes, Frau Maresch, ou le cocher Frankl, à manifester sur la place, devant le ministère de la Guerre? Une idée nationale? Laquelle? L'Autriche-Hongrie était la négation même de l'idée de nationalité. Non, la force motrice était ailleurs.

Il existe beaucoup de gens de cette sorte, dont toute vie, jour après jour, se passe dans une monotonie sans espoir. C'est sur eux que repose la société contemporaine. Le tocsin de la mobilisation générale intervient dans leur existence comme une promesse. Tout ce dont on a l'habitude et la nausée est rejeté; on entre dans le royaume du neuf et de l'extraordinaire. Les changements qui doivent se produire par la suite sont encore moins prévisibles. Peut-on dire que cela ira mieux ou plus mal? Mieux, bien sûr... Comment Pospeszil trouverait-il pire que ce qu'il a connu en temps « normal »?

Je rôdais par les rues centrales de cette Vienne que je connaissais si bien et j'observais la foule qui peuplait d'une façon si insolite le quartier chic du Ring : là, des espoirs s'étaient éveillés. Et ces espoirs ne s'étaient-ils pas partiellement réalisés déjà? En tout autre temps, est-ce que des facteurs du chemin de fer, des blanchisseuses, des cordonniers, des ouvriers et des apprentis des faubourgs auraient pu se sentir chez eux, maîtres de la situation, sur le Ring? La guerre s'empare de tous, et, par suite, les opprimés, ceux que la vie a trompés, se sentent alors comme à un niveau d'égalité avec les riches et les puissants. Que ceci ne soit pas pris pour un paradoxe : dans les dispositions de la foule viennoise qui manifestait à la gloire des armes des Habsbourg je retrouvais certains traits que je connaissais depuis les journées d'octobre 1905, à Pétersbourg. Ce n'est pas pour rien que la guerre s'est souvent montrée dans l'histoire comme la mère de la révolution...

Pourtant, quelle différence, ou plus exactement quelle opposition dans l'attitude des classes à l'égard de la guerre et de la révolution. Buchanan, en ces journées d'août, dit que c'était « merveilleux » et que la Russie s'était réveillée. Par contre, sur les journées les plus pathétiques de 1905, le comte Witte avait écrit : « L'immense majorité de la Russie semble prise de folie. »

De même que la révolution, la guerre jette, du haut au bas, toute l'existence hors des voies coutumières. Mais la révolution porte ses coups contre le pouvoir existant. Bien différemment, la guerre, dans les premiers temps, fortifie le pouvoir de l'État qui, dans le chaos soulevé, semble alors l'unique appui, tant que la guerre même n'aura pas sapé ce pouvoir. Les espoirs que l'on pouvait fonder sur des mouvements sociaux et nationaux, à Prague ou à Trieste, comme à Varsovie ou à Tiflis, étaient absolument dépourvus de toute base au début de la guerre.

En septembre 1914, j'écrivais à destination de la Russie :

« La mobilisation et la déclaration de guerre ont en quelque sorte effacé tous les antagonismes nationaux et sociaux dans le pays. Mais ce n'est qu'un délai accordé par l'histoire, une façon de moratorium politique. Les traites ont été protestées, mais il faudra bien payer. »

Lorsque j'écrivais ainsi, j'avais en vue, bien entendu, non seulement l'Autriche-Hongrie, mais la Russie, et la Russie avant tout.

Les événements se suivaient, s'accumulaient. On apprit par télégramme l'assassinat de Jaurès. Les journaux contenaient tant de perfides mensonges qu'il ne restait plus, du moins pour quelques heures, qu'à douter et à espérer. Mais cette possibilité même disparut bientôt. Jaurès fut assassiné par ses ennemis et trahi par son propre parti.

Quelle fut l'attitude que je trouvai dans les cercles dirigeants de la social-démocratie autrichienne, à l'égard de la guerre? Les uns s'en réjouissaient ouvertement, dans un langage qui débordait d'injures grossières à l'adresse des Serbes et des Russes, et sans trop distinguer les gouvernements de leurs peuples. Ils étaient au fond, organiquement, des nationalistes; le léger vernis de culture socialiste dont ils étaient couverts tombait d'eux, et non pas de jour en jour, mais d'heure en heure. Je me rappelle comment H. Deutsch, qui devint dans la suite quelque chose comme un ministre de la Guerre, parlait délibérément de cette guerre qu'il disait inévitable et salutaire, puisqu'elle devait enfin délivrer l'Autriche du « cauchemar » serbe. D'autres, et à leur tête Victor Adler, considéraient la guerre comme une catastrophe extérieure qu'il fallait savoir supporter. Cette passivité expectative ne servait cependant qu'à dissimuler l'aile du parti qui était activement nationaliste. En certaines occasions, de profonds penseurs évoquèrent la victoire des Allemands, en 1871, laquelle avait assuré les progrès de l'industrie germanique et, par conséquent, ceux de la social-démocratie.

C'est le 1er août que l'Allemagne déclara la guerre à la Russie. Avant cette date, les Russes quittaient déjà Vienne. Au matin du 3 août, je me rendis à la Wienzeile, pour consulter les députés socialistes, pour leur demander ce que nous avions à faire, nous autres émigrés russes. Friedrich Adler, mû par la force d'inertie, continuait encore dans son cabinet à remuer des livres, des papiers, à préparer des timbres pour le congrès international socialiste qui devait avoir lieu, prochainement, à Vienne. Cette idée de congrès n'était pourtant déjà plus que du passé. D'autres forces entraient dans la carrière...

Le vieil Adler me proposa de me conduire immédiatement à la première source de renseignements chez le chef de la police politique, un nommé Geyer. En auto, sur le chemin de la préfecture, je fis observer à Adler que la guerre avait donné au pays comme des apparences de fête.

— Ceux qui se réjouissent, me répondit-il aussitôt, ce sont ceux qui ne partent pas pour le front. En outre, on voit maintenant dans la rue tous les déséquilibrés, tous les fous... C'est leur bon temps. L'assassinat de Jaurès n'est qu'un début. La guerre donne du large à tous les instincts, à toutes les formes de démence...

Psychiatre par son ancienne éducation médicale, Adler considérait souvent les événements politiques — « surtout ceux d'Autriche », disait-il ironiquement — d'un point de vue psychopathologique. Il était bien loin de penser alors que son propre fils commettrait un meurtre politique. Dans la revue *Kampf* qui était dirigée par Friedrich, son fils, j'avais publié, juste à la veille de la guerre, un article dans lequel je démontrais l'inutilité du terrorisme individuel. Il convient de remarquer que le directeur de la revue approuvait fort cet article. L'acte de terrorisme qu'il commit ensuite fut une explosion d'opportuniste en détresse, — rien de plus. Après avoir donné issue à son désespoir, Friedrich Adler rentra dans la ligne d'autrefois.

Geyer déclara, en termes circonspects, que, le lendemain matin, l'ordre pourrait bien être donné d'un internement des Russes et des Serbes.

— Vous me recommandez donc de partir?

— Et plus vous ferez vite, mieux cela vaudra.

— C'est bon. Je pars demain, avec ma famille, pour la Suisse.

— Hum... Je préférerais que vous partiez aujourd'hui.

Cette conversation eut lieu à trois heures de l'après-midi; à six heures dix j'étais déjà, avec ma famille, dans le train qui partait pour Zurich. Je laissais derrière moi des relations de sept années, des livres, des archives, des ouvrages commencés, dont une polémique avec le professeur Masaryk sur les destinées de la culture russe.

Le télégramme qui annonçait la capitulation de la social-démocratie allemande me secoua bien plus que la déclaration de guerre, bien que je fusse assez loin d'idéaliser naïvement le socialisme germanique.

J'écrivais déjà, en 1905, et je l'ai récrit plus d'une fois :

« Les partis socialistes européens ont élaboré leur conservatisme, qui devient d'autant plus fort que de plus grandes masses sont gagnées par le socialisme... Par suite, la social-démocratie peut devenir, à un certain moment, un obstacle immédiat dans un conflit qui se déclarerait entre les ouvriers et la réaction bourgeoise. En d'autres termes, le conservatisme de propagande socialiste du parti prolétarien peut, à un certain moment, gêner la lutte directe du prolétariat pour la conquête du pouvoir. »

Je ne m'attendais pas à trouver, en cas de guerre, les leaders officiels de l'Internationale capables de prendre une sérieuse initiative révolutionnaire. Mais je n'aurais pas cru que la social-démocratie pût tout simplement ramper à plat ventre devant le militarisme national.

Quand on reçut en Suisse le numéro du *Vorwärts* où il était rendu compte de la séance du Reichstag qui avait eu lieu le 4 août, Lénine décida sans hésiter que c'était une contrefaçon, un document inventé par le G. Q. G. allemand pour tromper et terrifier l'ennemi. Telle était encore — en dépit de la faculté critique de Lénine — la foi que l'on gardait à la social-démocratie allemande.

Et cependant, à la même date, l'*Arbeiter Zeitung* de Vienne disait de la capitulation du socialisme allemand que c'était « une grande journée pour la nation allemande »... Ce fut un apogée pour Austerlitz. Son « Austerlitz »!... Moi, je ne croyais pas apocryphe le numéro du *Vorwärts*. Les premières impressions recueillies directement à Vienne m'avaient préparé au pire. Cependant le vote du 4 août me donna une des émotions les plus tragiques de mon existence. Que dirait Engels? me demandais-je. La réponse était claire pour moi. Et comment agirait Bebel? Sur ce point je n'y voyais pas tout à fait nettement. Mais Bebel n'existait plus. Il ne restait que Haase, honnête démocrate de province, dépourvu de toutes perspectives théoriques et de tempérament révolutionnaire. Dans toute situation critique, il était enclin à s'abstenir des décisions sans retour et, recourant à des demi-mesures, il préférait temporiser. Les événements le dépassaient de beaucoup. Et derrière lui, les Scheidemann, les Ebert, les Wels...

La Suisse donnait des reflets de l'Allemagne et de la France, mais sous des aspects de neutralité, c'est-à-dire en des formes adoucies et tout à fait en réduction. On en avait l'image la plus frappante à l'Assemblée fédérale dont faisaient partie deux députés socialistes qui portaient les mêmes nom et prénom : Johann Sigg, de Zurich, et Jean Sigg, de Genève : le premier, ardent germanophile, le second plus ardemment encore francophile. C'est ainsi qu'en Suisse pouvait se mirer l'Internationale.

La guerre était déclarée depuis plus d'un mois lorsque je rencontrai dans une rue de Zurich le vieux Molkenbuhr qui était venu là pour travailler l'opinion publique. Comme je lui demandais comment le parti se représentait la marche de la guerre mondiale, ce vénérable membre de la direction me répondit :

— Dans les deux mois qui vont suivre, nous en finirons avec la France. Nous nous tournerons alors vers l'Est. Nous en finirons avec les troupes du tsar, et, alors, dans trois mois, dans quatre au plus, nous donnerons à l'Europe une paix solide.

Je rapporte cette réponse mot à mot, d'après mon carnet où je l'inscrivis aussitôt.

Bien entendu, Molkenbuhr n'exprimait pas son appréciation personnelle. Il transmettait seulement l'opinion officielle de la social-démocratie.

A la même époque, l'ambassadeur de France à Pétersbourg pariait à Buchanan cinq livres sterling que la guerre serait terminée avant la Noël.

Non, nous autres, « utopistes », avons été en quelque chose meilleurs prophètes que ces réalistes, les messieurs de la social-démocratie et de la diplomatie.

La Suisse, où je devais attendre, à l'écart de la guerre, me rappelait la pension finnoise « Rauha » où j'avais appris, pendant l'automne de 1905, la montée du flot révolutionnaire. Bien entendu, l'armée, en Suisse, était aussi mobilisée et, à Bâle, on entendait même le grondement de la canonnade. Cependant, l'immense pension de famille helvétique, où le plus grave souci était celui d'une pléthore de fromages et d'une disette de pommes de terre, ressemblait à une paisible oasis cernée par les feux de la guerre. Et je me disais : peut-être ne sommes-nous pas si loin du moment où nous pourrons quitter cet asile pour revoir les ouvriers de Pétersbourg, dans la salle de l'Institut technologique.

Pour vivre cette heure, nous avions encore trente-trois mois à attendre.

Le besoin de me rendre compte de ce qui se passait m'amena à tenir un journal.

Le 9 août, j'écrivais déjà :

« Ce qui est évident, c'est ceci : il ne s'agit plus de fautes commises, de certaines démarches opportunistes, de déclarations maladroites à des tribunes parlementaires, du vote du budget par les social-démocrates du grand-duché de Bade, ni des expériences du ministérialisme français, ni de certains renégats parmi les chefs; il s'agit du *naufrage de l'Internationale* à une époque où les responsabilités sont les plus grandes et pour laquelle tous les travaux qui ont été faits n'ont été que des travaux préparatoires. »

Le 11 août, j'écrivais ceci :

« C'est seulement un réveil du mouvement révolutionnaire socialiste — lequel doit prendre immédiatement des formes extrêmement violentes — qui jettera les bases de la nouvelle Internationale. Les années qui viennent seront l'époque de la révolution sociale. »

J'entrai activement dans la vie du parti socialiste suisse. Dans la base ouvrière, mon internationalisme rencontrait des sympathies presque unanimes. De chaque réunion du parti je rapportais double provision d'assurance en la justesse de ma position. Je trouvai mon premier point d'appui dans l'union ouvrière *Eintracht* dont la composition était internationaliste. D'accord avec la direction, je rédigeai, au début de septembre, un projet de manifeste contre la guerre et le social-patriotisme. La direction invita les leaders du parti à assister à une réunion où je devais parler en allemand pour défendre le manifeste. Mais les leaders ne vinrent pas. Ils voyaient trop de risque à prendre position sur une question aussi discutée; ils préféraient attendre et se bornaient pour l'instant à critiquer en chambre les « exagérations » du chauvinisme allemand et français. L'assemblée de l'*Eintracht* adopta presque à l'unanimité le manifeste qui, malgré toutes ses réticences, donna une sérieuse impulsion à l'opinion dans le parti. Ce fut peut-être, à dater du début de la guerre, le premier document internationaliste émanant d'une organisation ouvrière.

C'est alors que, pour la première fois aussi, je connus de plus près Radek qui était arrivé d'Allemagne en Suisse. Il se situait à l'extrême-gauche du parti allemand et j'espérais trouver en lui un partisan de mes idées. En effet, Radek parlait avec une extraordinaire intransigeance des dirigeants de la social-démocratie allemande. Sur ce point, nous étions d'accord. Mais je constatai avec étonnement, en causant avec lui, qu'il ne croyait pas à la possibilité d'une révolution prolétarienne à l'occasion de la guerre, ni, en général, dans un prochain avenir. Non, répondait-il, les forces productrices de l'humanité prise dans son ensemble ne sont pas encore suffisamment développées.

J'étais trop habitué déjà à entendre dire que les forces productrices de la Russie étaient insuffisantes pour garantir la conquête du pouvoir par la classe ouvrière, mais je n'imaginais pas qu'une pareille réponse pût venir d'un homme politique, d'un révolutionnaire d'un pays capitaliste avancé. Peu après mon départ de Zurich, Radek fit, à une autre assemblée de l'*Eintracht*, une grande conférence dans laquelle il tenta de démontrer, avec force arguments, que le monde capitaliste n'était pas préparé pour la révolution socialiste.

Sur la conférence de Radek comme, en général, sur la vie de carrefour que fut pour les socialistes cette période de Zurich au début de la guerre, on a le récit de l'historien suisse Brupbacher dans des Mémoires qui ne manquent pas d'intérêt. Il est curieux de constater que Brupbacher dit de mes idées d'alors que c'étaient des opinions... pacifistes. Il est impossible de comprendre ce qu'il entendait par là. Une des brochures qu'il a écrites caractérise ainsi, par son titre même, sa propre évolution : *Du petit bourgeois au bolchevik*. J'ai pu me faire une idée suffisamment claire des opinions qu'avait alors Brupbacher pour adopter intégralement la première moitié de son titre. Quant à la deuxième, je ne voudrais pas en prendre la responsabilité.

Lorsque les journaux socialistes allemands et français eurent donné un clair tableau de la catastrophe morale qui s'était produite dans le socialisme officiel, je mis de côté mon carnet de notes pour écrire une brochure politique sur la guerre et l'Internationale. Sous l'impression du premier entretien que je venais d'avoir avec Radek, j'écrivis pour cette brochure une préface dans laquelle je soulignais avec la plus grande énergie que la guerre actuelle n'était pas autre chose qu'une insurrection des forces productrices du capitalisme prises dans leur ensemble mondial, contre la propriété privée, d'une part, — contre les frontières des États, de l'autre...

La brochure intitulée : *La Guerre et l'Internationale*, de même que mes autres livres, eut un sort d'abord en Suisse, puis en Allemagne et en France, plus tard en Amérique, et enfin dans la république des Soviets. Sur tout cela, il faut dire ici quelques mots.

Mon manuscrit, rédigé en russe, fut traduit par un Russe qui était loin de posséder à fond la langue allemande. Ce fut un professeur de Zurich, Ragaz, qui se chargea de reviser la traduction en allemand. Ce fut pour moi une occasion de faire connaissance avec cette personnalité originale. Chrétien croyant, et, bien mieux, théologien par éducation et par profession, Ragaz se situait en même temps à l'extrême-gauche du socialisme suisse, il admettait les plus extrêmes méthodes de lutte contre la guerre et se prononçait pour une révolution prolétarienne. Lui et sa femme me séduisirent par leur attitude morale, profondément sérieuse, à l'égard des problèmes politiques, ce qui les distinguait à leur avantage des fonctionnaires autrichiens, allemands, suisses, de la social-démocratie, et de bien d'autres, dénués de toute idéologie.

Si je ne me trompe, Ragaz fut, plus tard, obligé de sacrifier à ses idées sa chaire universitaire. Pour le milieu auquel il appartenait, ce n'était pas peu de chose. Mais, dans les conversations que j'eus avec lui, tout en ressentant de la déférence pour cet homme peu ordinaire, j'eus aussi la sensation presque physique d'un voile très fin, mais absolument impénétrable, jeté entre nous. Il était mystique jusqu'au fond : il ne cherchait pas à communiquer ses croyances, il ne les mentionnait même pas, mais l'idée même de l'insurrection armée, dans les propos qu'il tenait, s'enveloppait de souffles de l'au-delà qui ne me donnaient qu'une désagréable sensation de froid. Dès le temps où j'avais commencé à écrire, je m'étais senti matérialiste par intuition, puis matérialiste conscient, et non seulement je ne me sentis pas le besoin de connaître des mondes d'un autre ordre, mais je ne pus jamais trouver un contact psychologique avec des gens qui ont assez de finesse pour avouer simultanément Darwin et la Sainte-Trinité.

Grâce à Ragaz, mon livre parut en bon allemand. Dès décembre 1914, il trouva, de Suisse, des débouchés en Autriche et en Allemagne. Ce furent des hommes de gauche, F. Platten et d'autres qui s'en occupèrent. Destinée aux pays allemands, la brochure était avant tout dirigée contre la social-démocratie allemande, parti dirigeant de la IIe Internationale. Il me souvient qu'un journaliste, nommé Heilmann, qui tenait les premiers violons parmi les chauvins, déclara au sujet de cette brochure que c'était l'ouvrage d'un fou, mais d'un fou qui avait de la suite dans ses idées. Je ne pouvais espérer plus grand éloge... Bien entendu, on insinua que cet ouvrage était un adroit moyen de propagande pour les Alliés.

Un peu plus tard, en France, sans m'y être attendu, je devais lire dans les journaux un télégramme venu de Suisse d'après lequel un tribunal allemand me condamnait par contumace à la prison pour ma brochure de Zurich. J'en conclus que cet ouvrage avait eu l'effet souhaité. Les juges qui étaient à la dévotion des Hohenzollern me rendirent, par cette sentence, devant laquelle je ne m'empressai pas de me mettre en règle, un service inappréciable. Pour ceux des calomniateurs et mouchards de l'Entente qui s'occupèrent de moi, la condamnation portée par des Allemands créa toujours une grosse difficulté lorsqu'ils essayèrent noblement de démontrer que j'étais, en fait, un agent du G. Q. G. allemand.

Et cela n'empêcha pas les autorités françaises de retenir à la frontière ma brochure, « étant donné son origine allemande ». Pour défendre cet ouvrage contre la censure française, une note équivoque parut dans le journal de Gustave Hervé. Je pense que cette note a été écrite par Charles Rappoport, qui est assez connu, et qui, dans tous les cas, est l'auteur de la plus grande quantité de calembours qu'un homme ait jamais imaginés, consacrant à cela sa longue existence.

Après la révolution d'Octobre, un éditeur de New-York, esprit inventif, fit paraître ma brochure allemande sous l'aspect d'un livre. D'après ce qu'il a raconté lui-même, Wilson lui aurait demandé, de la Maison-Blanche, par téléphone, communication des bonnes feuilles : c'était le moment où le président fabriquait ses quatorze articles, et, à ce que racontent des gens renseignés, il ne pouvait pas digérer que des bolcheviks lui eussent enlevé les meilleures de ses formules. En deux mois, ma brochure devait être enlevée en Amérique, à seize mille exemplaires. Mais on en arriva aux journées de Brest-Litovsk. La presse américaine se souleva furieusement contre moi et ma brochure disparut aussitôt du marché.

Dans la Russie des Soviets, ma brochure de Zurich fut

rééditée bien des fois, elle devint un manuel pour l'étude du marxisme en ce qui concerne la guerre. Elle ne fut élaguée du « marché » de l'Internationale communiste qu'après 1924, époque où l'on découvrit le « trotskysme ». Actuellement, c'est un ouvrage interdit, de même qu'avant la révolution. Nous voyons ainsi que les livres ont un sort.

CHAPITRE XIX

PARIS ET ZIMMERWALD

Le 19 novembre 1914, je franchissais la frontière française, en qualité de correspondant de guerre de la *Kievskaïa Mysl.* J'avais accepté l'invite de ce journal d'autant plus volontiers que cette mission me donnait la possibilité de voir de plus près la guerre.

Paris était triste; les rues, à la tombée de la nuit, étaient plongées dans les ténèbres. Des zeppelins venaient l'attaquer. Quand les armées allemandes furent repoussées, après la bataille de la Marne, la guerre devint de plus en plus exigeante et implacable. Dans le chaos sans bornes qui dévorait l'Europe, tandis que se taisaient les masses ouvrières, trompées et trahies par la social-démocratie, les machines à exterminer fonctionnaient automatiquement. La civilisation capitaliste arrivait à l'absurde en essayant de percer le crâne épais de l'humanité.

Au moment où les Allemands s'approchaient de Paris que désertaient les bourgeois, deux émigrés russes créèrent là de toutes pièces, un petit journal quotidien, rédigé dans leur langue. Cet organe avait pour objet d'expliquer aux Russes perdus dans Paris le sens des événements et de ne pas laisser s'éteindre l'esprit de solidarité internationale. Au moment de lancer le premier numéro, la « caisse » des éditeurs contenait tout juste trente francs. Pas un homme de « bon sens » n'aurait pu croire qu'on parviendrait à publier un quotidien avec ce capital social. Et, en effet, au moins une fois par semaine, le journal, bien que ses rédacteurs et collaborateurs travaillassent gratuitement, passait par une crise à laquelle, semblait-il, on ne trouverait pas d'issue. On en trouvait une cependant.

Dévoués à leur journal, les typos enduraient famine; les rédacteurs couraient la ville à la recherche de quelques dizaines de francs, — et le numéro suivant sortait à son heure. C'est ainsi que, sous les coups du déficit et de la censure, disparaissant parfois et reparaissant aussitôt sous un nouveau nom, le journal vécut deux ans et demi, c'est-à-dire jusqu'à la révolution de Février 1917.

Aussitôt arrivé à Paris, je me mis à collaborer avec zèle à *Naché Slovo* qui s'appelait encore *Goloss*. Ce quotidien fut pour moi un très important instrument d'orientation au cours des événements L'expérience que j'y pris me fut utile plus tard, lorsque j'eus à m'occuper plus directement d'affaires de guerre.

Ma famille ne vint en France qu'en mai 1915. Nous nous installâmes à Sèvres, dans une petite maison que mit à notre disposition pour quelques mois un jeune ami, le peintre italien René Parece. Nos garçons allaient à l'école de la ville. Le printemps était fort beau, la verdure semblait particulièrement tendre et caressante. Mais le nombre des femmes en deuil ne cessait d'augmenter. Les écoliers devenaient des orphelins. Deux armées s'étaient profondément retranchées dans la terre. On n'apercevait point d'issue. Clemenceau, dans son journal, commençait à attaquer Joffre. Le sous-sol de la réaction préparait un coup d'État. Le bruit en courait de bouche en bouche. Il arriva que, pendant un ou deux jours, *le Temps*, dans ses colonnes, dit du parlement que c'était « un âne », ni plus ni moins. Et pourtant ce journal continuait à exiger sévèrement des socialistes le respect de l'Union sacrée.

Jaurès n'était plus. Je visitai le restaurant du « Croissant » où il avait été assassiné. J'aurais voulu retrouver ses traces. Au point de vue politique j'étais éloigné de lui, mais il était impossible de ne pas éprouver l'attraction exercée par cette puissante figure. Le monde spirituel de Jaurès, qui se composait de traditions nationales, d'une métaphysique des principes moraux, d'amour pour les misérables et d'imagination poétique, avait des traits tout aussi nettement aristocratiques que de son aspect moral Bebel apparaissait simplement plébéien. Tous deux, cependant, dépassaient de toute la tête ceux qui ont recueilli leur succession.

J'ai entendu Jaurès dans des meetings à Paris, dans des congrès internationaux, dans des commissions. Et chaque fois, ce fut comme si je l'entendais pour la première fois. Il n'accumulait pas les routines; pour le fond, il ne se répétait jamais; toujours il faisait une nouvelle découverte de lui-même, toujours il mobilisait à nouveau les sources cachées de son inspiration. Doué d'une vigueur imposante, d'une force élémentaire comme celle d'une cascade, il avait aussi une grande douceur qui brillait sur son visage comme le reflet d'une haute culture. Il précipitait des rochers, grondait tel un tonnerre, ébranlait les fondations, mais jamais il ne s'assourdissait lui-même, il se tenait toujours sur ses gardes, il avait l'oreille assez fine, pour saisir la moindre interpellation, pour y répliquer, pour parer aux objections, parfois en termes impitoyables, balayant les résistances comme un ouragan, mais aussi sachant parler avec générosité et douceur, comme un éducateur, comme un frère aîné.

Jaurès et Bebel ont été les antipodes et, en même temps, les sommets de la IIe Internationale. Ils furent profondément nationaux : Jaurès avec son ardente rhétorique latine, Bebel avec sa sécheresse de protestant. Je les ai aimés tous deux, mais différemment. Bebel épuisa ses forces physiques. Jaurès tomba en pleine floraison. Mais tous deux ont disparu en temps opportun. Leur fin marque la limite à laquelle s'est achevée la mission historique, progressiste, de la IIe Internationale.

Le parti socialiste français était dans un état de complète démoralisation. La place de Jaurès ne pouvait être occupée par personne. Vaillant, ancien « antimilitariste », sortait chaque jour des articles imprégnés du plus violent chauvinisme. Je rencontrai par hasard ce vieil homme au comité d'action qui se composait de délégués du parti et des syndicats. Vaillant ressemblait à son ombre : l'ombre du blanquisme avec les traditions des guerres de sans-culottes, à l'époque de Raymond Poincaré. La France d'avant-guerre, où la croissance de la population était trop lente, où le conservatisme dominait dans la vie économique et dans la pensée, semblait être, pour Vaillant, le seul pays de mouvement et de progrès, la nation élue, émancipatrice, la seule au contact de laquelle les autres peuples pourraient s'éveiller à une vie spirituelle. Son socialisme était chauvin, son chauvinisme était messianique.

Jules Guesde, leader de l'aile marxiste, qui s'était dépensé jusqu'au bout dans une longue lutte épuisante contre les fétiches de la démocratie, ne se trouva capable que d'abandonner son autorité morale, jusque-là jamais entachée, devant « l'autel » de la défense nationale. Ce fut un mélange de tout. Marcel Sembat, auteur du livre *Faites un roi sinon faites la paix*, fut un des collègues de Guesde dans le cabinet... Viviani!... Pierre Renaudel se trouva pour un temps « dirigeant » du parti. En fin de compte, il fallait bien mettre quelqu'un à la place de Jaurès. Avec grand effort, Renaudel tâchait, par le geste et les roulements de sa voix, d'imiter le leader assassiné. Longuet se traînait à sa suite, mais non sans quelque gêne qu'il tâchait de faire passer pour de l'esprit de gauche. Par toute sa conduite, il rappelait que Marx n'a pas à répondre pour ses petits-fils. Le syndicalisme officiel, représenté par Jouhaux, secrétaire général de la C. G. T., perdit ses couleurs en vingt-quatre heures. Il avait rejeté « l'étatisme » en temps de paix; il se mit à genoux devant l'État en temps de guerre.

Le bouffon révolutionnaire Hervé, qui, la veille encore, était antimilitariste, retourna sa veste, et, en qualité d'extrême chauvin, resta ce qu'il avait toujours été : un bouffon content de lui-même. Comme pour railler plus brillamment les idées qu'il avait défendues naguère, son journal continuait à s'appeler : *La Guerre sociale.*

Le tout, pris ensemble, avait l'air d'une mascarade de deuil, d'un carnaval de la mort. Il était impossible de ne pas se dire : non, vraiment, nous sommes plus sérieusement bâtis, nous n'avons pas été surpris par les événements, nous en avions prévu quelque chose, nous prévoyons d'autres choses maintenant et nous sommes prêts à bien des rencontres.

Que de fois n'avons-nous pas fermé les poings lorsque des Renaudel, des Hervé et autres gens de même espèce essayaient à distance de fraterniser avec Karl Liebknecht! Les quelques éléments d'opposition étaient dispersés, çà et là, dans le parti et les syndicats, mais ils ne donnaient presque pas signe de vie.

La plus grande figure que j'aie trouvée alors à Paris, parmi les émigrés russes, fut, sans aucun doute, Martov, leader des menchéviks, un des hommes les plus doués que j'aie jamais rencontrés. Son malheur était que le sort eût fait de lui un homme politique à une époque révolutionnaire sans lui donner l'indispensable provision de volonté qu'il fallait pour ce temps. Dans l'économie spirituelle de Martov, il n'y avait pas de balance équilibrée, et cela se manifestait tragiquement chaque fois qu'il se produisait de grands événements. J'ai observé Martov à trois étapes historiques : en 1905, en 1914, et en 1917. La première réaction de Martov devant les faits avait presque toujours un caractère révolutionnaire. Mais il n'avait pas encore jeté ses idées sur le papier que déjà des doutes l'assaillaient de toutes parts. Sa pensée riche, souple et variée, manquait du support de la volonté. Dans les lettres qu'il adressait en 1905 à Axelrod, au moment où la première révolution était à son point culminant, Martov se plaint amèrement de ne point parvenir à rassembler ses idées. Et il n'y réussit pas, en effet, jusqu'à l'arrivée de la réaction. Au début de la guerre, il se lamente encore : les événements, écrit-il au même Axelrod, l'ont amené sur la limite où commence la folie. Enfin, en 1917, il esquisse un mouvement irrésolu vers la gauche et, à l'intérieur de sa fraction, il cède le commandement à Tsérételli et à Dann; or, le premier, au point de vue intellectuel, et le second, sous tous les rapports, n'arrivaient guère qu'à la hauteur de son genou.

Le 14 octobre 1914, Martov écrivait à Axelrod :

« Plutôt qu'avec Plékhanov, nous pourrions peut-être nous entendre avec Lénine qui, selon toute apparence, se prépare à agir en militant contre l'opportunisme dans l'Internationale. »

Mais de telles dispositions, chez Martov, ne duraient pas longtemps. A Paris, je le trouvai déjà dans un état de dépérissement. Notre collaboration à *Naché Slovo* devint en quelques jours une lutte implacable qui s'acheva par la démission de Martov, comme membre de la rédaction, et enfin comme simple collaborateur.

Bientôt après mon arrivée à Paris, Martov et moi allâmes à la recherche de Monatte, un des rédacteurs de *la Vie ouvrière*, organe syndicaliste.

Ancien instituteur, puis correcteur d'imprimerie, le type même de l'ouvrier parisien par son aspect, homme de grande intelligence et de caractère, Monatte ne dévia pas une minute dans le sens d'une acceptation résignée du militarisme et de l'État bourgeois. Mais où chercher une issue? A cet égard, nous n'étions pas d'accord. Monatte « niait » l'État et la lutte politique. L'État, passant outre à cette négation, força Monatte à revêtir le pantalon rouge quand il se fut prononcé ouvertement contre le chauvinisme syndical.

Par l'intermédiaire de Monatte, je me liai étroitement avec le journaliste Rosmer qui appartenait aussi à l'école anarcho-syndicaliste, mais qui, au fond, comme l'ont prouvé les événements, était déjà beaucoup plus proche du marxisme que les guesdistes. C'est depuis lors que je suis attaché à Rosmer, dans un sentiment d'amitié intime qui a duré à travers les épreuves de la guerre, de la révolution, du pouvoir soviétique et de la défaite de l'opposition...

Dans le même milieu, je fis connaissance avec plusieurs autres militants du mouvement ouvrier français dont je ne savais rien auparavant : le secrétaire de la Fédération des métaux, Merrheim, homme circonspect, réservé, insinuant, qui devait finir si tristement sous tous les rapports; le journaliste Guilbeaux qui fut dans la suite, condamné, par contumace, à mort pour une prétendue « trahison »; le « papa » Bourderon, secrétaire de la fédération du Tonneau; l'instituteur Loriot, qui cherchait une issue dans la voie du socialisme révolutionnaire, — et bien d'autres.

Nous nous rencontrions une fois par semaine, quai Jemmapes; parfois, nous nous retrouvions plus nombreux à la Grange-aux-Belles, échangeant entre nous des secrets de coulisses sur la guerre et les travaux de la diplomatie, critiquant le socialisme officiel, cherchant à déceler les symptômes d'un réveil socialiste, persuadant les hésitants, préparant l'avenir.

Le 4 août 1915, j'écrivais dans *Naché Slovo* :

« Malgré tout, nous arrivons à cet anniversaire sanglant sans la moindre défaillance morale, sans aucun scepticisme politique. Internationalistes révolutionnaires, nous nous sommes maintenus, dans la plus grande des catastrophes mondiales, sur nos positions d'analyse, de critique et de clairvoyance. Nous avons refusé de prendre les lunettes " nationales " que distribuaient les divers grands états-majors, non seulement à bas prix, mais avec des primes. Nous avons continué à voir les choses comme elles sont, à les nommer par leurs noms et à prévoir la suite logique de leur mouvement. »

Et maintenant, treize années s'étant écoulées, je ne puis que répéter les mêmes paroles. Le sentiment de supériorité que nous avions sur la pensée politique officielle (y compris le socialisme patriotique), sentiment qui ne nous a pas quitté un seul jour, n'était pas le résultat d'une appréciation illégitimement présomptueuse. Il n'y avait rien de personnel dans ce sentiment; il provenait de la position de principe que nous avions adoptée : nous occupions un haut sommet. Le point de vue critique nous donnait avant tout la possibilité de discerner plus clairement les perspectives de la guerre. Les deux parties belligérantes comptaient, comme on sait, sur une prompte victoire. On pourrait rapporter des preuves sans nombre de cet optimisme à la légère.

« Mon collègue français — écrit Buchanan dans ses Mémoires — fut, pendant un certain temps, si optimiste qu'il me paria cinq livres sterling que la guerre serait terminée avant la Noël. »

Buchanan lui-même, en son for intérieur, remettait la fin de la guerre à Pâques tout au plus tard.

A partir de l'automne de 1914, en dépit de toutes les prédictions officielles, nous répétâmes, de jour en jour, dans notre journal, que la guerre durerait à n'en plus finir et que toute l'Europe en sortirait brisée. Des dizaines de fois nous écrivîmes, dans *Naché Slovo*, que même en cas de victoire des Alliés, la France, après la guerre, lorsque les fumées et les gaz se seraient dissipés, se trouverait, sur l'arène internationale, dans la situation d'une grande Belgique, simplement. Nous prévîmes avec certitude la dictature mondiale des États-Unis qui s'annonçait. « L'impérialisme, écrivions-nous pour la centième fois, le 5 septembre 1916, par cette guerre, mise sur les forts; c'est à eux qu'appartiendra le monde. »

De Sèvres, ma famille avait depuis longtemps déménagé pour habiter la petite rue Oudry. Paris se vidait de plus en plus. Les horloges de la ville s'arrêtaient les unes après les autres. Le Lion de Belfort avait, on ne savait pourquoi, de la paille sale dans la gueule. La guerre continuait à s'enterrer dans les tranchées. Sortir de là, sortir des trous, du marasme, de l'immobilité, — tel était le cri des patriotes. Du mouvement! du mouvement! C'est ainsi qu'on en arriva aux terribles folies des batailles de Verdun. En ces journées-là, me démenant sous les foudres de la censure de guerre, j'écrivis dans *Naché Slovo* :

« Si grande que soit l'importance militaire des combats de Verdun, leur portée politique est infiniment plus grande. A Berlin et en d'autres lieux (*sic*) on a voulu du " mouvement " : ils l'auront. Chut! Sous Verdun, on forge *notre* journée de demain. »

Au printemps de 1915 arriva à Paris le député italien Morgari, secrétaire de la fraction socialiste du parlement de Rome, naïf éclectique, dont le dessein était d'amener les socialistes français et anglais à une conférence internationale. A la terrasse d'un café des grands boulevards, nous eûmes, avec Morgari, une conférence de plusieurs députés socialistes, lesquels, pour des raisons peu claires, se croyaient des hommes de « gauche ». Tant que l'entretien se limita à des palabres pacifistes et à la répétition de lieux communs sur la nécessité de rétablir les relations internationales, cela marcha assez bien. Mais lorsque Morgari, d'un ton tragique de conspirateur, parla de la nécessité de se procurer de faux passeports pour passer en Suisse (de toute évidence, il était séduit par le côté « carbonariste » de l'affaire), messieurs les députés firent longue mine, et l'un d'eux — je ne sais plus lequel — se hâta d'appeler le garçon et de régler toutes les consommations. Le fantôme de Molière apparut sur cette terrasse; peut-être aussi celui de Rabelais. L'affaire en resta là. Rentrant chez nous, Martov et moi, nous en rîmes beaucoup, amusés et fâchés en même temps.

Monatte et Rosmer, déjà mobilisés, ne pouvaient venir avec nous. Je partis pour la conférence avec Merrheim et Bourderon, pacifistes très modérés. Nul de nous n'eut besoin de faux passeports, car le gouvernement, ne s'étant pas encore déshabitué des procédés d'avant-guerre, nous avait délivré des papiers en bonne et due forme.

L'organisation même de la conférence fut à la charge de Grimm, leader socialiste de Berne, qui s'efforça alors de s'élever au-dessus du niveau bourgeois de son parti, au-dessus de son propre niveau. Il prépara pour les réunions un local à dix kilomètres de Berne, dans le petit village de Zimmerwald, qui domine de haut la ville. Les délégués prirent place, en se serrant, dans quatre voitures, et gagnèrent la montagne. Les passants considéraient avec curiosité ce convoi extraordinaire. Les délégués eux-mêmes plaisantaient, disant qu'un demi-siècle après la fondation de la première Internationale, il était possible de transporter tous les internationalistes dans quatre voitures. Mais il n'y avait aucun scepticisme dans ce badinage. Le fil de l'histoire casse souvent. Il faut faire un nouveau nœud. C'est ce que nous allions faire à Zimmerwald.

Les journées de la conférence (du 5 au 8 septembre 1915) furent orageuses. L'aile révolutionnaire, à la tête de laquelle se trouvait Lénine, et le groupe pacifiste auquel appartenait la majorité des délégués réussirent difficilement à s'entendre sur un manifeste commun dont j'élaborai le projet. Le manifeste ne disait pas tout ce qu'il aurait fallu dire, loin de là. Mais il marquait tout de même un grand pas en avant. Lénine, s'était tenu à l'extrême flanc gauche. Sur un bon nombre de questions, il se trouva tout seul dans cette gauche à laquelle je n'appartenais pas formellement, bien que je fusse proche d'elle sur toutes les questions essentielles. C'est à Zimmerwald que Lénine tendit fortement le ressort pour une future action internationale. Dans ce petit village de la montagne suisse, il posa les premières pierres de l'Internationale révolutionnaire.

Les délégués français signalèrent dans leur rapport l'importance qu'avait pour eux l'existence de *Naché Slovo*, qui établissait un lien d'opinion avec le mouvement internationaliste des autres pays. Rakovsky fit remarquer que *Naché Slovo* avait joué un rôle important dans l'élaboration de l'attitude internationaliste des partis social-démocrates balkaniques. Le parti italien connaissait aussi *Naché Slovo* d'après les nombreuses traductions qu'avait faites Balabanova. Cependant, c'est dans la presse allemande que notre journal était le plus souvent cité, et partiellement dans la presse officieuse : tout comme Renaudel essayait de s'appuyer sur Liebknecht, Scheidemann n'aurait pas détesté de nous compter pour des alliés.

Liebknecht ne vint pas à Zimmerwald : il était déjà prisonnier sous l'uniforme des Hohenzollern, en attendant de devenir un simple détenu. Mais il envoya à la conférence une lettre qui marquait énergiquement son passage de la ligne pacifiste à la ligne révolutionnaire. Son nom fut prononcé plus d'une fois à Zimmerwald; c'était déjà un nom générique dans la lutte qui déchirait le socialisme mondial.

Il fut rigoureusement interdit aux membres de la conférence d'envoyer des communiqués, de crainte que des informations données prématurément à la presse ne créassent des difficultés aux délégués quand ils auraient à repasser les frontières.

Quelques jours plus tard, le nom de Zimmerwald, complètement inconnu la veille, retentissait dans le monde entier. Cela produisit une impression foudroyante sur le patron de notre hôtel : ce brave Suisse déclara à Grimm que la valeur de son bien en allait être considérablement augmentée, et qu'en conséquence il était tout disposé à verser une certaine somme au fond de la IIIe Internationale. Je pense, toutefois, qu'il a dû bientôt se raviser.

La conférence de Zimmerwald donna une forte impulsion

au mouvement qui se développait contre la guerre en différents pays. En Allemagne, les spartakistes étendirent plus largement leur action. En France se constitua un comité pour la reprise des relations internationales. La partie ouvrière de la colonie russe, à Paris, se resserra autour de *Naché Slovo*, le soutenant de toute sa vigueur, à travers les difficultés financières et bien d'autres embarras. Martov qui, dans la première période, avait été un collaborateur zélé, quitta le journal. Les dissentiments d'importance secondaire qui me séparaient encore de Lénine à Zimmerwald allaient s'effacer en quelques mois.

Cependant, des nuées s'assemblaient sur nos têtes, qui s'épaissirent de plus en plus dans le cours de 1916. Sous forme de « communiqués », *la Liberté* publiait des notes non signées où nous étions accusés de germanophilie. De plus en plus fréquemment, nous recevions des lettres de menaces anonymes. Accusations et menaces provenaient sans aucun doute de l'ambassade de Russie. De louches figures rôdaient constamment autour de notre imprimerie. Hervé pointait sur nous son doigt de policier. Le professeur Durkheim, président de la commission gouvernementale de l'émigration russe, faisait savoir que, dans les hautes sphères, il était question d'interdire *Naché Slovo* et d'expulser son rédacteur en chef. Pourtant, l'affaire traîna. Il était difficile de nous prendre en faute, car je ne commettais pas d'infractions aux lois ni même aux mesures illégales de la censure. Il fallait bien trouver un prétexte d'apparence convenable. En fin de compte, on réussit à en trouver, ou plutôt à en créer un.

CHAPITRE XX

EXPULSÉ DE FRANCE

Certains organes de la presse française ont déclaré, après mon arrivée à Constantinople, que l'arrêté d'expulsion pris en France contre moi restait en vigueur jusqu'à ce jour, c'est-à-dire treize ans après. S'il en est ainsi, il faut convenir que toutes les valeurs ne se sont pas perdues dans la plus terrible des catastrophes mondiales. En vérité, des générations entières sont tombées, en ces années, sous la mitraille, des villes entières ont été détruites, des couronnes impériales et royales ont roulé par les terrains vagues de l'Europe, les frontières des États ont été modifiées, celles mêmes de la France qui me sont interdites ont été déplacées. Mais, de ce grandiose cataclysme subsiste par bonheur l'arrêté que signa M. Malvy au début de l'automne de 1916. Que conclure du fait que M. Malvy lui-même a ensuite eu le temps de se faire bannir, puis de rentrer dans son pays? Fréquemment, dans l'histoire, l'œuvre sortie des mains d'un homme s'avère plus forte que son créateur.

A vrai dire, un juriste rigoureux peut répliquer qu'il n'aperçoit pas l'indispensable pérennité que pourrait avoir un décret. En 1918, par exemple, la mission militaire française à Moscou mit à ma disposition des officiers en activité; il est douteux qu'on ait pu agir ainsi à l'égard d'un étranger « indésirable », à qui le séjour en France serait interdit. Par exemple encore, le 10 octobre 1922, M. Herriot me rendit visite à Moscou, mais non du tout dans le dessein de me rappeler que, par décret, j'étais expulsé de son pays. Au contraire, c'est moi qui lui rappelai cette décision administrative, lorsqu'il me demanda aimablement à quelle époque je comptais venir à Paris. Mais, en évoquant le passé, je plaisantais. Nous en avons ri tous deux — différemment à vrai dire, mais ensemble. Il est encore vrai qu'en 1925, M. Herbette, ambassadeur de France, à l'inauguration de la centrale d'électricité de Chatoura, répondit à mon discours, au nom des diplomates présents, par les félicitations les plus aimables, et que l'oreille la plus soupçonneuse n'aurait pas saisi là le moindre écho de l'arrêté de M. Malvy.

Que conclure de tout cela? Qu'un des deux inspecteurs qui me conduisirent à Irun, en septembre 1916, avait bien raison quand il me dit :

— Les gouvernements viennent et s'en vont; la police reste!

Pour qu'on comprenne mieux les circonstances de mon expulsion, il est nécessaire que j'expose, en deux mots, les conditions dans lesquelles paraissait le petit journal dont j'étais le rédacteur en chef. Notre grand ennemi, naturellement, était l'ambassade de Russie. On s'y appliquait à traduire en français les articles de *Naché Slovo* qu'on communiquait, avec des commentaires appropriés, au Quai d'Orsay et au ministère de la Guerre. De là, des coups de téléphone alarmants étaient donnés à notre censeur militaire, M. Chasles, qui avait passé de longues années en Russie comme professeur de français. M. Chasles ne se distinguait pas par l'esprit de décision. En cas de doute, il se décidait toujours à biffer plutôt qu'à maintenir un texte. Il est regrettable qu'il ne s'en soit pas tenu à la même règle à l'égard de la biographie de Lénine qu'il a écrite, quelques années plus tard, et qui est très mauvaise... Censeur terrorisé, M. Chasles prit la défense non seulement du tsar et de la tsarine, de Sazonov et de Milioukov qui rêvait la conquête des Dardanelles, mais même de Raspoutine!... Il n'est nullement gênant d'ajouter que toute la lutte menée contre *Naché Slovo* — une véritable guerre de grignotement — eut pour cause non pas l'internationalisme du journal, mais son esprit révolutionnaire à l'égard du tsarisme.

Nous constatâmes pour la première fois que la censure atteignait son paroxysme le plus aigu au moment où les Russes remportèrent des succès en Galicie. Dès la moindre réussite sur le front, l'ambassade du tsar devenait insolente au dernier degré. Cette fois-là, elle en arriva à faire biffer intégralement le nécrologe du comte Witte, même le titre de l'article, qui comptait tout juste les cinq lettres du nom.

Il convient encore d'ajouter qu'au même moment, l'on imprimait dans un organe officiel de la marine russe, à Pétersbourg, des articles d'une insolence rare à l'égard de la République française; on se moquait de son parlement et de ces « misérables roitelets », les députés du Palais-Bourbon. Muni du numéro de la revue pétersbourgeoise, j'allai m'expliquer à la censure.

— A proprement parler, me dit M. Chasles, je n'y suis pour rien. Toutes les instructions concernant votre publication viennent du ministère des Affaires étrangères. Ne voudriez-vous pas causer avec un de nos diplomates?

Une demi-heure plus tard, au ministère de la Guerre, je voyais venir à moi un diplomate, un gentleman à cheveux gris. Entre nous eut lieu le dialogue suivant, que j'ai noté presque aussitôt après :

— Ne pourriez-vous pas m'expliquer pourquoi l'on m'a supprimé un article consacré à un bureaucrate russe en retraite, en disgrâce, et qui, d'ailleurs, vient de mourir? Quel rapport cela peut-il avoir avec les opérations de guerre?

— Vous savez, ces articles-là *leur* sont désagréables, fit le diplomate en donnant un coup de tête du côté de la rue de Grenelle.

— Mais nous écrivons justement pour leur être désagréables...

Le diplomate sourit avec indulgence à cette sortie, comme à une boutade.

— Nous sommes en guerre. Nous dépendons de nos Alliés.

— Vous voulez dire que le régime intérieur de la France se trouve sous le contrôle de la diplomatie tsariste? Dans ce cas, n'y a-t-il pas eu erreur quand vos ancêtres ont coupé la tête à Louis Capet?

— Oh! vous exagérez. Et ne l'oubliez pas, je vous prie : nous sommes en guerre...

La conversation devint alors oiseuse. Le diplomate m'expliqua, avec un fin sourire, que, les dignitaires du pouvoir étant mortels, les vivants n'aimaient guère à entendre parler mal des dignitaires morts.

Après cette entrevue, tout marcha comme précédemment. Le censeur biffait. Souvent, au lieu d'un journal, nous sortions une feuille de papier blanc. Nous ne nous sommes jamais rendu coupables d'avoir transgressé la volonté de M. Chasles. Et ce monsieur était encore moins disposé à agir contre les intentions de ceux qui l'avaient placé.

Néanmoins, en septembre 1916, la préfecture me signifia l'arrêté d'expulsion. Quel motif? On ne m'en dit rien alors. C'est seulement avec le temps qu'on a pu découvrir qu'il y avait eu un acte d'odieuse provocation organisé en France par la Sûreté russe.

Lorsque le député Jean Longuet vint protester, ou plus exactement exprimer sa désolation — car les protestations de Longuet sont toujours modulées sur les tons les plus doux — auprès de Briand, le président du Conseil lui répondit :

— Mais savez-vous que l'on a trouvé des numéros de *Naché Slovo*, à Marseille, sur des soldats russes qui ont assassiné leur colonel?

Longuet ne s'attendait pas à cela. Il connaissait la direction zimmerwaldienne du journal, il pouvait l'admettre d'une façon ou d'une autre, mais le meurtre d'un colonel ne pouvait que le décontenancer.

Il vint aux informations chez mes amis français, et ceux-ci me questionnèrent à leur tour, mais je n'en savais pas davantage qu'eux-mêmes sur le meurtre commis à Marseille.

Par hasard, des correspondants de la presse libérale russe, patriotes et adversaires de *Naché Slovo*, se mêlèrent de l'affaire et élucidèrent toutes les circonstances de cette histoire.

Il se trouva qu'en expédiant à la République française des soldats russes — des détachements insignifiants qu'on disait « symboliques » — le gouvernement du tsar avait aussi mobilisé en toute hâte un nombre proportionné de mouchards et d'agents provocateurs.

Parmi ces derniers se trouvait un certain Winning (si je ne me trompe), venu de Londres avec une recommandation du consul de Russie.

Pour ses débuts, Winning essaya d'amener à la propagande « révolutionnaire » parmi les soldats, les plus modérés des correspondants de la presse russe. Mais là il essuya des rebuffades.

Il n'osa pas s'adresser à la rédaction de *Naché Slovo*, par suite de quoi nous ne sûmes rien de lui. Ayant échoué à Paris, Winning gagna Toulon où il eut, apparemment, un certain succès parmi les matelots russes auxquels il était plus difficile de deviner ce qu'il valait.

De Toulon il écrivit à différents journalistes russes :

« Pour notre travail, le terrain est ici très favorable; envoyez-moi des livres et des journaux révolutionnaires. »

Il prenait ses destinataires au petit bonheur; il ne reçut pas une réponse.

A Toulon, une vive agitation éclata sur le croiseur russe *Askold*. Elle fut brutalement étouffée. Le rôle de Winning dans cette affaire était trop évident : il jugea opportun de transporter son activité à Marseille.

Là aussi le terrain se trouva « favorable ». Ce ne fut pas sans la participation de Winning qu'une fermentation se produisit parmi les soldats russes, qui aboutit à ceci que le colonel Krause fut lapidé par ses soldats, dans la cour d'une caserne. Quand on vint arrêter les hommes mêlés à cette affaire, on trouva sur eux un seul et même numéro de *Naché Slovo*. Lorsque les journalistes russes arrivèrent à Marseille pour s'informer sur ce qui s'était passé, les officiers leur apprirent qu'un certain Winning, pendant la mutinerie, avait glissé des exemplaires de *Naché Slovo* à ceux qui en voulaient comme à ceux qui n'en voulaient pas. C'est seulement ainsi que l'on trouva le journal sur des hommes arrêtés qui ne pouvaient avoir eu le temps de le lire.

Il faut remarquer qu'aussitôt après l'entretien de Longuet avec Briand, concernant mon expulsion, c'est-à-dire avant que le rôle de Winning dans cette affaire fût élucidé, j'exprimai, dans une lettre ouverte à Jules Guesde, cette idée que *Naché Slovo* aurait bien pu être distribué à dessein aux soldats, au bon moment, par un provocateur. Cette hypothèse fut confirmée, beaucoup plus tôt que je ne pouvais m'y attendre, et d'une façon incontestable, par de violents ennemis de notre journal. Mais qu'importait! La diplomatie tsariste avait trop clairement donné à entendre au gouvernement de la république que, s'il désirait recevoir des soldats russes, il devait immédiatement détruire notre nid de révolutionnaires. Ce but fut atteint : le gouvernement qui avait hésité jusque-là supprima *Naché Slovo*, et le ministre de l'Intérieur, Malvy, signa à mon égard un arrêté d'expulsion préparé d'avance par la préfecture de police.

Le cabinet se sentit alors solidement à couvert. Briand signala comme motif de mon expulsion l'affaire de Marseille non seulement à Jean Longuet, mais à plusieurs autres députés, notamment à Leygues, président d'une commission parlementaire. Cela ne pouvait pas ne pas agir. Mais comme *Naché Slovo* ne pouvait avoir provoqué le meurtre d'un colonel, étant un journal rigoureusement contrôlé par la censure, qui se vendait librement dans les kiosques, l'affaire resta mystérieuse tant qu'on n'en connut pas les dessous, l'œuvre de provocation. On en eut des révélations même à la chambre. Il m'a été rapporté que Painlevé, alors ministre de l'Instruction publique, se serait écrié, quand on l'informa de ce qui s'était passé dans la coulisse :

— C'est une honte... On ne peut pas laisser les choses ainsi!...

Mais on était en guerre. Le tsar était un allié. Il était impossible de démasquer Winning. Il ne restait plus qu'à exécuter l'ordre de Malvy.

La préfecture me fit savoir qu'étant expulsé, je pouvais opter pour un pays de mon choix. J'apprenais en même temps que l'Angleterre et l'Italie refusaient l'honneur de me donner asile. Restait la Suisse. Mais — hélas! — la légation de ce pays me refusa brutalement son visa. Je télégraphiai à des Suisses de mes amis. Je reçus une réponse qui devait me tranquilliser: on m'accepterait. Cependant, la légation de Suisse maintint son interdit. Comme on l'a su plus tard, l'ambassade de Russie, soutenue par les Alliés, avait fait pression à Berne et les autorités différèrent la solution pour attendre que je fusse expulsé d'un autre côté. Je ne pouvais gagner la Hollande ou les pays scandinaves qu'en traversant l'Angleterre : le gouvernement anglais me refusa catégoriquement même le droit de transit. Restait l'Espagne. Mais là je refusai moi-même de gagner de mon propre gré la péninsule ibérique. Mes démarches à la préfecture durèrent environ six semaines. Des mouchards me suivaient de près, se tenaient en faction à la porte de l'immeuble où je logeais et devant la rédaction de notre journal, sans jamais me perdre de vue.

Enfin, les autorités parisiennes se décidèrent à employer les grands moyens. Le préfet de police, Laurent, me convoqua et me fit savoir que, puisque je me refusais à partir de bon gré, deux inspecteurs allaient venir chez moi.

— Ils seront en civil, ajouta-t-il du ton le plus prévenant.

L'ambassade était arrivée à ses fins. Je fus expulsé.

Dans certains détails de mon récit, il peut y avoir quelques petites inexactitudes; je me suis basé sur des notes prises alors. Mais tout l'essentiel est absolument incontestable. D'ailleurs, la plupart de ceux qui ont été mêlés à cette histoire vivent encore. Ils sont encore nombreux en France. Les papiers subsistent. Il ne serait vraiment pas difficile de rétablir les faits.

Pour moi, j'estime, sans aucun doute, que si l'on parvenait à extraire l'arrêté de Malvy des archives de la police, et si l'on soumettait ce document à une étude dactyloscopique, on y retrouverait quelque part, dans un coin, à coup sûr, l'empreinte de l'index de Winning.

CHAPITRE XXI

A TRAVERS L'ESPAGNE

Les deux inspecteurs de police m'attendaient chez moi, dans la petite rue Oudry : l'un de petite taille, presque vieux; l'autre énorme, chauve, d'un noir de goudron, âgé d'environ quarante-cinq ans. Leurs vêtements de civils leur allaient mal. Lorsqu'ils avaient à répondre, ils portaient involontairement la main à une visière inexistante. Au moment où je fis mes adieux à mes amis et à ma famille, les policiers, par un surcroît de politesse, se dissimulèrent derrière la porte. En sortant, le plus âgé ôta plusieurs fois son chapeau :

— Excusez, madame...

Un des deux mouchards qui m'avaient infatigablement et rageusement filé au cours des deux derniers mois, attendait en bas, sur le trottoir. Cette fois, il arrangea lui-même, d'un geste amical, le plaid et ferma la portière de l'auto. Il avait l'air d'un chasseur qui livre le gibier à l'acheteur. Nous partîmes.

Un rapide. Compartiment de troisième classe. Il se trouva que le plus âgé des inspecteurs avait des connaissances géographiques. Tomsk, Kazan, la foire de Nijni-Novgorod... Il savait tout. Il savait l'espagnol, il connaissait l'Espagne. L'autre, le grand noiraud, se tut longtemps, renfrogné, assis à l'écart. Mais, ensuite, il se montra plus ouvert.

— La race latine piétine sur place, les autres la dépassent, déclara-t-il tout à coup, nettoyant avec son couteau un morceau de lard étalé sur sa main velue, chargée de grosses bagues. Que trouvez-vous en littérature? C'est la décadence partout. En philosophie, c'est la même chose. Depuis le temps de Descartes et de Pascal, il n'y a pas de mouvement... La race latine piétine sur place...

Stupéfait, j'attendais la suite. Mais il se tut et se mit à mâcher son lard avec un petit pain.

— Vous avez eu Tolstoï, dit-il encore, mais Ibsen nous est plus compréhensible que Tolstoï.

Et il rentra dans son silence.

Le vieux, vexé de l'éclat de cette érudition, entreprit d'expliquer l'importance du transsibérien. Ensuite, complétant et atténuant aussi les déclarations pessimistes de son collègue, il ajouta :

— Oui, ce qui nous manque, c'est l'esprit d'initiative. Tout le monde cherche à devenir fonctionnaire. C'est triste, mais on ne peut pas le nier.

Résigné, je les écoutais tous deux, non sans curiosité.

— Les filatures? Oh! maintenant, ça devient impossible. Une filature est effective, pas vrai? quand ça ne se voit pas... Faudrait le dire carrément : c'est le métro qui tue la filature... Ceux qu'on doit filer, faudrait leur dire : prenez pas le métro. Alors, comme ça, la filature serait dans les possibilités...

Le noiraud ricana, d'un air sombre.

Et le vieux, tâchant d'atténuer :

— Souvent, on file des gens, hélas! sans savoir même pourquoi...

— Nous autres, de la police, on est des sceptiques, reprit le noiraud, sans chercher aucune transition. Vous avez vos idées à vous. Nous, on garde ce qui existe. Tenez, prenez notre grande Révolution... C'était-il un mouvement d'idées! Eh bien, quatorze ans après cette révolution, le peuple était plus malheureux que jamais! Lisez un peu Taine... Nous autres, de la police, on est des conservateurs par nos fonctions. Le scepticisme, c'est la seule philosophie qui répond à notre profession... A la fin des fins, y a personne qui choisisse son chemin... Le libre arbitre, ça n'existe pas... Tout est prédéterminé par la marche des choses...

Stoïque, il se mit à boire du vin rouge, au goulot même de la bouteille. Ensuite, renfonçant le bouchon :

— Renan, il a dit que les idées neuves viennent toujours trop tôt. Ça, c'est juste...

A ce moment, le noiraud jeta un coup d'œil soupçonneux sur ma main que j'avais par hasard posée sur la poignée de la portière. Pour le tranquilliser, je remis ma main dans ma poche.

Pendant ce temps, le vieux prenait sa revanche. Il parlait des Basques, de leur langue, des femmes, de leurs coiffures et de bien d'autres choses. Nous arrivions en gare d'Hendaye.

— C'est ici qu'a demeuré Déroulède, notre romantique national. Ça lui suffisait d'apercevoir les montagnes de France. Un don Quichotte dans son petit coin d'Espagne...

Le noiraud sourit d'un air de ferme indulgence.

— Suivez-moi, monsieur, au commissariat de la gare.

A Irun, un gendarme français me questionna, mais mon convoyeur lui fit un signe maçonnique et m'emmena en toute hâte par des couloirs.

— C'est fait avec discrétion, n'est-ce pas? me dit le noiraud. D'Irun, vous pouvez gagner Saint-Sébastien par le tramway. Vous devez vous donner un air de touriste pour ne pas éveiller les soupçons de la police espagnole qui est très, très méfiante. Et après ça, je ne vous connais plus, pas vrai?

Nous nous séparâmes froidement...

De Saint-Sébastien, où j'admirai la mer et fus épouvanté par le coût de la vie, je me rendis à Madrid : là, je ne connaissais absolument personne et personne ne me connaissait. De plus, comme je ne savais pas l'espagnol, je n'aurais pu me trouver plus isolé en plein Sahara ou dans la forteresse Pierre-et-Paul. Il ne me restait qu'à recourir au langage des beaux-arts. Deux années de guerre m'avaient contraint à oublier que cela aussi existe. J'allai contempler en véritable affamé les inappréciables trésors du musée de Madrid et je sentis, comme autrefois, ce qu'il y avait d' « éternel » dans cet art. Vélasquez... Ribera... Les tableaux de Bosch (Jérôme Aeken) dont l'allégresse naïve est géniale. Un vieux gardien me prêta une loupe pour examiner les petites figures de paysans, les ânons, les chiens, qui peuplent les tableaux de Miel. Là, on ne sentait plus du tout la guerre, tout était solidement en place, les couleurs continuaient à vivre d'une vie qui ne répond de rien devant personne.

Voici ce que je notai, au musée, dans mon carnet :

« Entre nous et ces anciens —sans contester leur importance ni les diminuer — un nouvel art s'est dressé, dès avant la guerre, plus intime, plus individualiste, nuancé, plus subjectif, plus tendu... La guerre emportera probablement pour longtemps ces états d'âme et cette manière, dans des passions et des souffrances de masses — mais cela ne peut nullement signifier que l'on en reviendra simplement aux vieilles formes, si belles soient-elles, au « fini » anatomique et botanique, aux cuisses à la Rubens (bien que les cuisses doivent vraisemblablement jouer un grand rôle dans l'art nouveau d'après-guerre, avide de vie). Il est difficile de deviner, mais après les extraordinaires émotions qui ont pris au cœur presque toute l'humanité civilisée, un nouvel art doit naître... »

A l'hôtel, le dictionnaire en main, je lisais les journaux espagnols et attendais des réponses aux lettres que j'avais expédiées en Suisse et en Italie. J'espérais encore pouvoir gagner ces pays.

Quatre jours après mon arrivée à Madrid, je reçus de Paris une lettre qui me donnait l'adresse du socialiste français Gabier. Il dirigeait, à Madrid, les bureaux d'une compagnie d'assurances. Bien qu'il occupât une situation bourgeoise, Gabier se déclara adversaire résolu de la politique patriotique de son parti. J'appris par lui que le parti espagnol se trouvait tout entier sous l'influence du social-patriotisme français. Il n'y avait de sérieuse opposition qu'à Barcelone, chez les syndicalistes. Le secrétaire du parti socialiste, Anguillano, à qui je voulus rendre visite, se trouvait en prison pour quinze jours, condamné pour avoir parlé peu respectueusement d'un saint catholique. Au temps jadis, Anguillano eût été tout simplement brûlé en autodafé.

J'attendais toujours une réponse de Suisse, j'apprenais par cœur des mots espagnols, je causais avec Gabier et visitais les musées. Le 9 novembre, la servante de la petite pension où Gabier m'avait installé m'appela par gestes épouvantés dans le corridor. Là, m'attendaient deux gaillards que leur mine donnait bien pour ce qu'ils étaient, lesquels, sans trop d'aménité, m'invitèrent à les suivre. Où cela? Bien entendu, à la préfecture de Madrid.

Là, on me fit asseoir dans un coin.

— Je suis donc arrêté? dis-je.

— Oui, *para una hora, dos horas.* (Pour une heure ou deux.)

Je restai à ma place sans bouger pendant sept heures de suite. A neuf heures du soir, on me conduisit à un étage supérieur et je comparus devant un Olympe assez nombreux.

— Pour quelle raison, en somme, m'avez-vous arrêté?

Cette simple question laissa les Olympiens interloqués. Chacun d'eux, à son tour, proposa quelque hypothèse. Il en fut un qui allégua les difficultés faites par le gouvernement russe aux étrangers qui désiraient obtenir un passeport pour se rendre en Russie.

— Si vous saviez, dit un autre, comme s'il cherchait à se

concilier ma sympathie, combien d'argent nous dépensons à poursuivre nos anarchistes!...

— Mais, pardon, je ne puis être simultanément responsable de ce que font la police russe et les anarchistes espagnols!...

— Bien sûr, bien sûr... C'est seulement pour vous donner un exemple...

— Quelles sont vos idées? me demanda enfin, après réflexion le chef.

J'exposai mes idées, en simplifiant.

— Alors, vous voyez bien, me répondit-on.

Finalement, le chef déclara, par l'intermédiaire de l'interprète, que j'étais invité à quitter l'Espagne dans le plus bref délai et qu'en attendant mon départ, ma liberté serait sujette « à une certaine limitation ».

— Vos idées sont *trop avancées*[1] pour l'Espagne, me fit-il dire, parlant à cœur ouvert, par l'interprète.

A minuit, un agent me conduisit, en fiacre, à la prison. Ce fut l'inévitable fouille au centre de l'étoile à cinq pointes que formait la maison, se composant de cinq corps de logis, à quatre étages chacun. Des escaliers en fer, suspendus. Ce silence particulier des prisons, silence nocturne, chargé de lourdes exhalaisons et de cauchemars. Une avare lumière électrique dans les couloirs. Tout ce que je connaissais déjà, toujours la même chose. Le grondement de la porte bardée de fer. Une grande chambre, dans la pénombre; la mauvaise odeur du lieu, un misérable lit qui vous dégoûte d'avance. Le bruit de tonnerre de la porte refermée...

Combien de fois déjà dans ma vie?...

J'ouvris le vasistas, derrière la grille de la fenêtre. Un souffle frais tomba sur moi. Sans me déshabiller, me boutonnant même sur tous les joints, je m'étendis sur le lit et me couvris de mon paletot. C'est alors seulement que je compris toute l'absurdité de ce qui m'arrivait. En prison, à Madrid. Je n'aurais jamais rêvé ça. Isvolsky avait bien travaillé! Enfermé à Madrid! Étendu sur un des lits de la « prison-modèle » de Madrid, j'en mourais de rire. Et j'en ris jusqu'au moment où je m'endormis.

A l'heure de la promenade, des détenus de droit commun m'expliquèrent que dans cette maison, il y avait des chambres payantes et d'autres gratuites. Une chambre de première classe coûtait une peseta et demie par jour; en deuxième classe, on

1. En français dans le texte. (*N. d. T.*)

payait soixante-quinze centimes. Tout détenu avait le droit d'occuper une chambre payante, mais nul n'était en droit d'en refuser une non-payante. La chambre où j'étais était payante et de première classe. Je recommençai à rire, de tout cœur. Mais, à la fin des fins, tout cela m'apparut simplement logique. Pourquoi y aurait-il de l'égalité dans la prison d'une société qui est tout entièrement construite sur l'inégalité? J'appris aussi que les habitants des chambres payantes pouvaient se promener deux fois par jour, et une heure chaque fois, tandis que les autres prisonniers n'avaient qu'une demi-heure pour prendre l'air dans leur journée. C'était encore dans la règle. Les poumons d'un voleur du Trésor, qui paie journellement un franc cinquante, ont droit à plus d'air que ceux d'un gréviste qui respire gratuitement.

Le surlendemain, je fus appelé à l'anthropométrie et l'on me pria de mettre les doigts dans de l'encre d'imprimerie pour les marquer sur des fiches. Je m'y refusai. Alors, on recourut à la « violence », mais avec la dernière courtoisie. Je regardais du côté de la fenêtre, tandis que le surveillant salissait poliment ma main, un doigt après l'autre, et l'appliquait une dizaine de fois sur des fiches et des feuilles, d'abord la main droite, puis la main gauche. Ensuite, on me demanda de m'asseoir et de me déchausser. Je refusai. L'affaire se compliquait. Les gens de l'administration tournaient autour de moi, très embarrassés.

En fin de compte, on me permit inopinément une entrevue avec Gabier et Anguillano : celui-ci avait été, la veille, relâché de prison, non de celle où j'étais. Ils m'apprirent que tout était mis en œuvre pour obtenir mon élargissement. Dans un corridor, je rencontrai l'aumônier. Il m'exprima sa sympathie de prêtre catholique pour mon pacifisme et ajouta en manière de consolation :

— *Paciencia! paciencia!*

Je n'avais plus en effet qu'à prendre patience.

Le matin du 12, un agent vint m'apprendre que le soir même, je devais partir pour Cadix et me demanda si je désirais payer mon billet. Mais je n'avais pas l'intention d'aller à Cadix. Je refusai nettement de payer le prix du voyage. Il me suffisait d'avoir réglé les frais d'une chambre dans une prison-modèle.

Ainsi donc, ce soir-là, nous partîmes de Madrid pour Cadix. Dépense à la charge du roi d'Espagne. Mais pourquoi Cadix? Encore une fois je consultai la carte. Cette ville se trouve à l'extrême pointe de la péninsule et du sud-ouest européen:

de Bérézov, avec un attelage de rennes, par l'Oural, par Pétersbourg, de là, en faisant un circuit, en Autriche, d'Autriche en Suisse, de Suisse en France, de France en Espagne, et enfin, à travers toute la presqu'île ibérique... Cadix... Direction générale : du nord-est au sud-ouest. Là, c'est le bout du continent, le commencement de l'océan. *Paciencia!...*

Les agents qui m'accompagnaient ne firent aucun mystère de notre voyage; bien au contraire, ils racontèrent à qui voulait les entendre, avec force détails, en me dépeignant à leur manière, du meilleur côté : ce n'est pas un faux monnayeur, c'est un *caballero*, mais qui n'a pas des idées comme il faut. Tout le monde cherchait à me consoler en m'assurant qu'à Cadix, le climat est très bon.

Je dis aux agents :

— Comment donc m'avez-vous découvert?

— C'est très simple : un télégramme de Paris...

C'était bien ce que je pensais.

La direction de Madrid avait reçu de la préfecture de police de Paris un télégramme disant : « Dangereux anarchiste — ici, mon nom — a passé frontière Saint-Sébastien. Veut résider Madrid. » De sorte que j'étais attendu et qu'on s'inquiéta fort en me recherchant toute une semaine. Les policiers français avaient mis bien de la « délicatesse » à me faire passer cette frontière; l'un d'eux, l'admirateur de Montaigne et de Renan, ne m'avait-il pas dit :

— *C'est fait avec discrétion, n'est-ce pas*[1]*?*

Mais, en même temps, la police française télégraphiait à celle de Madrid qu'un dangereux « anarchiste » passait les portes d'Irun et de Saint-Sébastien.

Dans toute cette histoire, le grand rôle fut tenu par le chef de la police dite judiciaire, Faux-Pas-Bidet. Ce fut l'inspirateur de la filature et de l'expulsion. Le dit Bidet se distinguait de ses collègues par une grossièreté et une brutalité insolites. Il avait essayé de prendre avec moi un ton que ne se seraient jamais permis les officiers de la gendarmerie du tsar. Nos entrevues se terminèrent toujours par des éclats. En sortant de son cabinet, je sentais sur mon dos son regard haineux.

Lorsque je vis Gabier à la prison, je lui dis que, certainement, mon arrestation avait été préparée par le Bidet-Faux-Pas. Ce nom, grâce à moi, passa dans la presse espagnole.

1. En français dans le texte. (*N. d. T.*)

Il fallut moins de deux ans pour que le sort m'accordât, à l'égard du sieur Bidet, une complète satisfaction, tout à fait inattendue.

Pendant l'été de 1918, un coup de téléphone au commissariat de la Guerre m'apprit que le Bidet, Bidet le foudre, était enfermé dans une de nos prisons soviétiques. Je n'en pouvais croire mes oreilles. Il se trouva que le gouvernement français avait expédié le Bidet parmi les membres de la mission militaire française, pour espionner et organiser des complots dans la Russie soviétique. Et il avait eu la maladresse de se faire prendre. On ne peut en demander davantage à Némésis, surtout si l'on pense que Malvy, ministre de l'Intérieur, qui avait signé l'arrêté de mon expulsion, fut bientôt lui-même banni de France, par l'opération du ministère Clemenceau, sous l'accusation d'intrigues pacifistes. Peut-on inventer pareille combinaison de circonstances? On dirait que c'est fait pour un film!

Lorsque le Bidet me fut amené au commissariat, je ne le reconnus pas tout de suite. Ce lanceur de foudres n'était plus qu'un simple mortel, et tout à fait déprimé. Je le regardais, ébahi.

— *Mais oui, monsieur*, me dit-il en baissant la tête, *c'est moi* [1]...

C'était, en effet, ce Bidet.

— Mais comment cela? Comment cela est-il arrivé?

Le Bidet ouvrit les bras en philosophe et me dit, avec toute la conviction d'un stoïque policier :

— *C'est la marche des événements* [2].

C'était bien ça. Belle formule. Dans ma mémoire reparut le fataliste noiraud qui m'avait mené à Saint-Sébastien : « Il n'y a pas de libre arbitre, tout est prédéterminé... »

— Mais enfin, monsieur Bidet, vous n'étiez guère poli, à mon égard, à Paris!...

— Hélas! je dois en convenir avec regret, monsieur le commissaire du peuple. J'y ai souvent réfléchi dans ma cellule.

Et il ajouta d'un air significatif :

— Il est parfois utile de connaître la prison en la voyant du dedans. Mais j'espère, tout de même, que ma conduite à Paris n'aura pas pour moi de fâcheuses conséquences...

Je le tranquillisai.

1. Les mots en italiques sont en français dans le texte. (*N. d. T.*)
2. En français dans le texte. (*N. d. T.*)

— Quand je serai rentré à Paris, m'assura-t-il, je ne ferai plus le même métier.

— Croyez-vous, monsieur Bidet? *On revient toujours à ses premières amours* [1].

J'ai si souvent raconté cette scène aux amis que je me rappelle ce dialogue comme s'il était d'hier. Dans la suite, le Bidet fut relaxé, à l'occasion d'un échange de prisonniers. Je ne sais ce qu'il est devenu.

En attendant, il nous faut quitter le commissariat de la Guerre et revenir à Cadix.

Après avoir consulté le gouverneur de la ville, le préfet m'apprit que le lendemain matin, à huit heures, je serais expédié à La Havane. Un bateau était, justement, par un heureux hasard, en partance pour cet endroit.

— Où ça?

— A La Havane.

— A-La-Ha-vane?...

— A La Havane!

— Je ne partirai pas de bon gré.

— Nous serons forcés de vous mettre en cale.

Le secrétaire du consulat d'Allemagne qui assistait à l'entretien, en qualité d'interprète, me conseilla de tenir compte des « réalités » (*sich mit den Realitäten abzufinden*).

Paciencia, paciencia! Mais c'en était trop. Je déclarai encore une fois que cela ne se passerait pas ainsi. Accompagné par des mouchards, je courus par les rues de cette ville délicieuse, sans trop la voir, et expédiai des télégrammes « urgents » à Gabier, à Anguillano, au directeur de la Sûreté, au ministre de l'Intérieur, au premier ministre Romanones, aux journaux libéraux, à des députés républicains, me servant de tous les arguments qui peuvent être insérés dans une dépêche. Ensuite, j'envoyai des lettres dans toutes les directions.

J'écrivis au député italien Serrati :

« Imaginez, mon cher ami, que vous vous trouviez actuellement à Tver, sous la surveillance de la police russe et que l'on veuille vous envoyer à Tokio, où vous n'avez pas du tout l'intention d'aller... Telle est à peu près ma situation à Cadix, à la veille du jour où l'on m'enverra à La Havane. »

Ensuite, toujours escorté par des mouchards, je revins à toute vitesse chez le préfet. Cédant à mes instances, celui-ci

1. En français dans le texte. (*N. d. T.*)

télégraphia, à mes frais, à Madrid, que je préférais rester en prison à Cadix, en attendant un bateau pour New York, plutôt que de me rendre à La Havane. Je ne voulais pas céder. Ce fut une chaude journée!

Pendant ce temps, le député républicain Castrovido interpellait aux Cortès, au sujet de mon arrestation et de mon expulsion. Une polémique s'ouvrit dans les journaux. Ceux de gauche attaquaient la police, mais, en qualité de francophiles, condamnaient mon « pacifisme ». Ceux de droite avaient de la sympathie pour mes sentiments « germanophiles » (s'expliquant ainsi pourquoi l'on m'avait expulsé de France), mais exprimaient des appréhensions à l'égard de mon « anarchisme ». Dans ce méli-mélo, personne ne comprenait plus rien. Cependant, on m'autorisa à attendre à Cadix l'arrivée du plus prochain bateau à destination de New York. C'était une sérieuse victoire...

Après cela, durant plusieurs semaines, je vécus sous la surveillance de la police gaditane. Mais ce fut une surveillance tout à fait placide et familiale — tout autre qu'à Paris.

En France, pendant les deux derniers mois, j'avais dû dépenser une bonne dose d'énergie à fuir les mouchards, sautant en taxi, me réfugiant dans l'obscurité d'un cinéma, me précipitant à la dernière seconde dans une voiture du métro, ou bien, au contraire, en descendant brusquement... Mes poursuivants avaient l'œil, eux aussi, et inventaient toutes sortes de trucs pour me rattraper : s'emparant les premiers des autos, montant la garde à la porte des cinémas, sautant, comme des bombes, à bas des trams et des rames de métro, provoquant l'indignation du public et des contrôleurs... Au fond, tout cela n'était que de l'art pour l'art. Toute mon activité politique s'étalait au grand jour sous les yeux de la police. Mais les filatures m'agaçaient et éveillaient en moi des instincts sportifs.

A Cadix, il en fut autrement : tel mouchard vient m'annoncer qu'il reviendra à telle heure et que je dois l'attendre patiemment à l'hôtel. D'autre part, il défend fermement mes intérêts, il m'aide à faire mes achats et me signale les crevasses du trottoir. Un marchand ambulant m'ayant demandé deux réaux pour une douzaine de crevettes, le mouchard le rembarra furieusement, avec des gestes menaçants, et comme le marchand sortait du café, courut après lui et fit sous les fenêtres un tel bruit qu'il ameuta la foule.

Je tâchais de ne pas trop perdre mon temps : j'étudiais, à la bibliothèque de la ville, l'histoire de l'Espagne; j'apprenais par cœur les conjugaisons des verbes espagnols et, me préparant pour l'Amérique, je revisais mon vocabulaire anglais. Les journées passaient insensiblement et, souvent vers le soir, je constatais avec regret que le jour du départ approchait et que je n'avais pas encore fait assez de progrès.

A la bibliothèque, j'étais toujours seul, si l'on ne tient pas compte des vers rongeurs de livres, qui avaient déjà dévoré nombre de volumes datant du XVIIIe siècle. Parfois, il fallait bien de l'application pour deviner le nom d'un auteur ou une date.

Je trouve dans mon carnet d'alors la notation suivante :

« Cet historien de la révolution espagnole parle des politiciens qui, cinq minutes avant la victoire du mouvement populaire, le condamnaient comme un crime et une folie, et qui, tout aussitôt après, cherchaient à se faire valoir. »

Le même historien continue ainsi :

« Ces habiles messieurs se sont montrés dans toutes les révolutions qui ont suivi et ont toujours crié plus fort que les autres. En espagnol, on les appelle des *panzistas*, du mot *panse*. On sait que de là vient le nom de notre vieille connaissance, Sancho Pança. Il est difficile de traduire ce mot, mais du point de vue linguistique seulement et aucunement sous le rapport de la politique. C'est là un type tout à fait international. »

Après 1917, j'ai eu bien souvent l'occasion de m'en persuader encore.

Il est à noter que les journaux de Cadix ne disaient absolument rien de la guerre, comme si elle n'existait pas. Lorsque j'attirais l'attention des gens avec qui je causais sur la complète absence des bulletins de guerre dans le journal local le plus répandu, *El Diario de Cadiz*, on me répondait avec étonnement :

— Pas possible!... Ah! oui, en effet!...

Ces gens-là ne s'en étaient donc pas aperçus plus tôt. En fin de compte, il y avait une guerre quelque part, au nord des Pyrénées. Moi-même, je commençais à perdre l'habitude de penser à la guerre.

Le bateau pour New York partait de Barcelone. J'obtins

l'autorisation de gagner cette ville, pour aller à la rencontre de ma famille.

A Barcelone, j'eus de nouvelles difficultés avec la police. Je protestai de nouveau, j'expédiai de nouveaux télégrammes, je fus suivi par d'autres mouchards. Ma famille arriva. Elle avait passé par bien des émotions à Paris. Mais, maintenant, tout allait bien. Nous visitâmes la ville, toujours suivis par les mouchards. Nos garçons apprécièrent la mer et les fruits qu'on vendait dans les rues. Nous nous étions déjà tous faits à l'idée d'aller en Amérique. Mes démarches pour obtenir le droit de gagner la Suisse par l'Italie n'avaient rien donné. Il est vrai que l'autorisation fut enfin accordée, sur les instances des socialistes italiens et suisses, mais alors, j'avais déjà pris passage avec les miens sur le vapeur espagnol qui sortit, le 25 décembre, du port de Barcelone. Le retard fut, bien entendu, machiné d'avance. Dans cette partie, Isvolsky combinait assez bien les choses.

La porte de l'Europe se refermait sur moi à Barcelone. La police nous installa, moi et les miens, sur le transatlantique espagnol *Montserrat* qui devait, en dix-sept jours, livrer sa cargaison, vive et morte, à New York. Dix-sept jours, c'est une durée qui aurait pu paraître bien séduisante à l'époque de Christophe Colomb dont la statue domine le port de Barcelone.

La mer fut extrêmement tempétueuse et fit tout pour nous rappeler le peu de valeur de l'existence. Le *Montserrat* était un vieux navire, peu fait pour la navigation sur l'océan. Mais le pavillon espagnol, neutre, diminuait de beaucoup les risques de torpillage. Et c'est pourquoi la compagnie prenait cher, logeait mal ses passagers et les nourrissait encore plus mal.

La population du navire était d'une composition variée et, dans l'ensemble, peu attirante. Il s'y trouvait nombre de déserteurs de différents pays, surtout de ceux dont le rang social est plus élevé. Tel artiste emportait ses tableaux, son talent, sa fortune et emmenait sa famille sous la protection de son vieux père, loin de la ligne du feu. Un boxeur, littérateur à l'occasion, cousin d'Oscar Wilde, avouait franchement qu'il aimait mieux démolir la mâchoire à des messieurs yankees, dans un noble sport, que de se faire casser les côtes par un Allemand. Un champion du billard, gentleman sans reproche, s'indignait à penser que l'appel touchait aussi ceux de son âge. Et pourquoi cela? Pour ce massacre insensé? Il exprimait ses sympathies aux idées de Zimmerwald... Tous les autres étaient de la même espèce : déserteurs, aventuriers, spéculateurs, bannis d'Europe — « éléments indésirables » — car qui pourrait avoir l'idée de traverser en cette saison l'Atlantique sur un mauvais vapeur espagnol?

Il serait plus embarrassant de caractériser les passagers de troisième classe. Entassés, se remuant peu, parlant peu, car ils mangent peu, mornes, ils voguent d'une mauvaise misère, trop coutumière, vers une autre qui est encore du domaine de l'inconnu. L'Amérique travaille pour l'Europe belligérante, elle a besoin de fraîches ressources en main-d'œuvre, à condition qu'on ne lui apporte ni trachome, ni anarchisme, ni autres maladies.

Le paquebot, pour nos garçons, est un champ illimité d'observations. A tout instant, ils découvrent quelque chose de nouveau.

— Tu sais, il y a un homme de chauffe qui est très gentil : c'est un républicain. Comme il a beaucoup voyagé d'un pays à l'autre, il parle dans une langue à lui.

— Un républicain? Mais comment l'avez-vous compris?

— Il nous a tout très bien expliqué; il a dit *Alfonso*, et, après, il a fait : pan-pan!...

Je dois en convenir, c'est un vrai républicain. Les enfants lui portent du raisin de Malaga et d'autres choses qui doivent lui faire plaisir. Ils nous mettent en relations. Ce républicain a vingt ans et, au sujet de la monarchie, il est évidemment très bien fixé.

1er janvier 1917. Sur le navire, tout le monde se souhaitait la bonne année. Deux journées de Nouvel An en France; la troisième sur l'océan. Que préparait 1917?

Un dimanche, le 13 janvier, nous arrivons devant New York. A trois heures du matin, réveil général. Nous sommes en place. Il fait sombre. Il fait froid. Du vent. De la pluie. Sur la berge, un humide amoncellement d'édifices. Le Nouveau Monde...

CHAPITRE XXII

NEW YORK

Je me trouvais à New York, cité fabuleusement prosaïque de l'automatisme capitaliste, où triomphent, dans les rues, la théorie esthétique du cubisme, et, dans les cœurs, la philosophie morale du dollar. New York m'en imposait parce qu'il exprime au mieux l'esprit moderne.

Le plus grand nombre des légendes que l'on a inventées à mon sujet se rapporte, je crois, à mon séjour aux États-Unis. En Norvège, où je n'avais fait que passer, des journalistes inventifs ont prétendu que je m'étais livré au nettoyage de la morue; mais pour New York, où j'ai passé deux mois, la presse m'a attribué une série de professions toutes plus intéressantes les unes que les autres. Si nous rapportions les aventures dont les journaux m'ont fait le héros, nous aurions, probablement, une biographie plus intéressante que celle que j'écris ici. Mais je me vois obligé de décevoir mes lecteurs américains. La seule profession que j'aie exercée à New York fut celle d'un révolutionnaire socialiste. Et comme on n'en était pas encore à la guerre « libératrice », « démocratique », cette profession n'était pas réputée, aux États-Unis, plus criminelle que celle d'un contrebandier de l'alcool. J'écrivis des articles, fus rédacteur en chef d'un journal et parlai dans des meetings ouvriers. J'étais extrêmement occupé et ne me sentais pas dépaysé.

Dans une des bibliothèques de New York, j'étudiai avec application la vie économique des États-Unis. Les chiffres qui exprimaient la croissance de l'exportation américaine depuis le début de la guerre me frappèrent. Ils furent pour moi une véritable révélation. Non seulement ils déterminaient d'avance l'entrée de l'Amérique dans la guerre, mais ils annonçaient le rôle décisif que devaient jouer dans le monde les États-Unis, lorsque la guerre serait finie.

J'écrivis dès alors plusieurs articles et fis quelques conférences sur ce sujet. Dès ce temps-là, le problème « Europe et Amérique » fut inscrit pour toujours dans le cercle de mes principales préoccupations. Actuellement encore j'étudie cette question, espérant pouvoir y consacrer un livre. Si l'on peut comprendre les destinées prochaines de l'humanité, il n'y a pas de thème plus significatif que celui-là.

Le lendemain de mon arrivée, j'écrivais dans le journal russe *Novyi Mir :*

« C'est avec une profonde confiance en la révolution qui vient que j'ai quitté l'Europe ensanglantée. Et c'est sans aucune illusion " démocratique " que j'ai pris pied sur le rivage de ce Nouveau Monde, qui a déjà assez vieilli. »

Dix jours plus tard, dans un meeting international de « bienvenue », je disais :

« Le fait économique qui a la plus haute importance, c'est que l'Europe se ruine aux sources mêmes de sa fortune, tandis que l'Amérique s'enrichit. Et, contemplant avec envie New York, moi qui ne me suis pas encore défait de mes sentiments d'Européen, je me demande, angoissé, si l'Europe pourra tenir... Ne va-t-elle pas se transformer en cimetière?... Le centre de gravité de la vie économique et culturelle ne va-t-il pas passer de ce côté, en Amérique? »

Quelles que soient les réussites actuelles de ce que l'on appelle la stabilisation européenne, la question se pose encore aujourd'hui comme alors.

Je fis des conférences en russe et en allemand dans divers quartiers de New York, à Philadelphie et dans d'autres villes des environs. Mes connaissances en anglais étaient alors plus faibles que celles que je possède présentement, et, par conséquent, je ne pouvais songer à parler publiquement en cette langue. Pourtant, j'ai rencontré plus d'une fois des citations de discours que j'aurais prononcés en anglais, là-bas... Tout récemment encore, un rédacteur d'un journal de Constantinople me décrivait à moi-même une de ces conférences imaginaires, à laquelle il aurait assisté comme étudiant en Amérique... En toute sincérité, je dois dire que je n'ai pas eu le courage de lui apprendre qu'il était victime de sa propre imagination. Mais, hélas! il n'en prit que plus d'assurance pour évoquer les mêmes « souvenirs » dans son journal.

Nous louâmes un logement dans un quartier ouvrier et achetâmes des meubles à crédit. Ce logement, qui nous coûtait dix-huit dollars par mois, comprenait des commodités absolument inouïes en Europe : électricité, four à gaz, salle de bain, téléphone, monte-charge automatique pour les produits qu'on faisait venir d'en bas et pour les déchets que l'on renvoyait.

Tout cela engagea du coup nos garçons à penser beaucoup de bien de New York. Pendant un certain temps, le téléphone, mystérieux instrument qu'ils n'avaient connu ni à Vienne ni à Paris, fut leur grande occupation.

Le concierge de notre maison était un nègre. Ma femme lui versa trois mois de loyer, mais il ne lui remit pas de quittance, le propriétaire ayant emporté, la veille, pour vérification, le livre à souches. Lorsque, deux jours plus tard, nous prîmes possession du logement, il se trouva que le nègre avait disparu, emportant les sommes versées par plusieurs locataires. Outre l'argent, nous lui avions confié nos bagages et effets. Nous fûmes très inquiets. Mauvais début. Mais nous retrouvâmes tout ce qui nous appartenait. Et lorsque nous ouvrîmes une caisse où il y avait de la vaisselle, nous ne fûmes pas peu étonnés d'y retrouver nos dollars, soigneusement enveloppés dans du papier. Le portier n'avait emporté que l'argent versé par ceux des locataires qui avaient reçu des quittances en bonne et due forme. Il n'avait pas ménagé le propriétaire, mais il n'avait pas voulu causer de dommages aux habitants de la maison. L'excellent homme, en vérité! Ma femme et moi fûmes profondément touchés de cette attention et avons gardé de ce nègre un souvenir reconnaissant. Ce petit incident me parut avoir une grande importance symptomatique. Devant moi semblait se soulever un coin du voile qui cache le problème « noir » aux États-Unis.

En ces mois-là, l'Amérique se préparait activement à la guerre. C'étaient, comme toujours, les pacifistes qui y poussaient le plus. Prononçant des discours qui ne leur coûtaient rien sur les avantages de la paix, comparativement à la guerre, ils terminaient toujours en prenant l'engagement de soutenir la guerre si celle-ci devenait « indispensable ». C'est dans cet esprit que Bryan menait son agitation. Les socialistes faisaient de l'accompagnement au chœur des pacifistes. On sait bien en effet que la guerre n'est odieuse à ces derniers qu'en temps de paix.

Lorsque les Allemands déclarèrent que rien ne les arrêterait plus dans la guerre sous-marine, des montagnes d'armes et de munitions, embouteillant les voies ferrées, surgirent dans toutes les gares et les ports de l'Est américain. Les prix des denrées de consommation courante subirent tout à coup une hausse considérable et j'ai vu, à New York, cette ville si riche, des femmes et des mères, descendues dans la rue par dizaines de milliers, renverser les étalages, saccager les boutiques où se vendaient ces denrées.

— Qu'arrivera-t-il, dans le monde entier, après la guerre? demandais-je, à moi-même et à d'autres.

Le 3 février eut lieu la rupture, depuis longtemps attendue, des rapports diplomatiques entre les États-Unis et l'Allemagne. De jour en jour, la musique du chauvinisme se faisait entendre plus fort. Les voix de ténors des pacifistes et de faussets des socialistes ne rompaient en rien l'harmonie. J'avais déjà observé tout cela en Europe et la mobilisation du patriotisme américain ne fut pour moi qu'une seconde représentation. Je notais les étapes parcourues dans mon journal russe et songeais à la sottise de l'humanité qui a tant de mal à s'instruire.

De la fenêtre de la rédaction, je pus observer la scène suivante : un vieillard, aux yeux purulents, à la barbe grise et hirsute, s'était arrêté devant une poubelle et en avait tiré un quignon de pain. Il tenta de le briser entre ses mains; le morceau était dur comme pierre; il le porta alors à ses dents, puis le frappa à plusieurs reprises contre le bord de la poubelle. Rien n'y fit, le pain résistait. Alors, le vieil homme, jetant un coup d'œil derrière lui, comme s'il était inquiet ou troublé fourra sa trouvaille sous son veston roux, et s'en alla, d'une démarche mal assurée, par la Saint Mark Street... C'était le 2 mars 1917. Ce mince événement ne pouvait en rien modifier les plans de la classe dirigeante. La guerre devait être « inévitable » et les pacifistes devaient la soutenir.

Une des premières personnes que nous rencontrâmes à New York fut Boukharine, qui avait été récemment expulsé de Scandinavie. Boukharine nous connaissait, ma famille et moi, depuis notre séjour à Vienne, et nous accueillit avec les transports puérils qui le caractérisent. Bien que nous fussions fatigués et qu'il fût tard, il nous emmena dès le premier jour,ma femme et moi, voir la bibliothèque publique.

Du jour où nous commençâmes à travailler ensemble, à New York, il faut dater l'attachement, sans cesse croissant, que me montra Boukharine et qui, en 1923, arriva à l'extrême contraire. Il est dans la nature de cet homme de s'appuyer toujours sur quelqu'un, d'être toujours en fonctions auprès de quelqu'un, de coller à quelqu'un. En de telles périodes, Boukharine n'est plus qu'un médium par l'intermédiaire duquel parle et agit quelqu'un d'autre. Mais il ne faut pas perdre de vue ce médium : sinon, sans s'en apercevoir, il tombera sous l'influence opposée, comme d'autres glissent sous une auto, et il dira pis que pendre de son idole de la veille avec tout l'enthousiasme qu'il éprouvait quand il en faisait l'éloge. Je n'ai jamais pris trop au sérieux Boukharine, le livrant à lui-même, c'est-à-dire à d'autres. Il fut, après la mort de Lénine, le médium de Zinoviev, puis celui de Staline. Au moment où j'écris ceci, Boukharine passe par une nouvelle crise, et il est pénétré de nouveaux fluides que je ne connais pas.

En Amérique se trouvait aussi, à cette époque, Kollontaï. Elle voyageait beaucoup et je la rencontrais en somme assez rarement.

Pendant la guerre, elle évolua fortement vers la gauche et quitta les menchéviks pour se ranger parmi les plus avancés des bolcheviks. La connaissance qu'elle a de plusieurs langues étrangères et son tempérament firent d'elle une précieuse agitatrice. Ses vues théoriques restèrent toujours indéterminées. Durant la période de New York, elle ne trouvait rien au monde de suffisamment révolutionnaire. Elle correspondait avec Lénine. Déformant les idées et les faits à travers le prisme de son « ultra-gauchisme » d'alors, elle informait Lénine sur ce qui se passait en Amérique, et, notamment, sur mon activité. Dans les lettres que lui a écrites son correspondant, on peut trouver des échos de ces informations sciemment défectueuses.

Dans la lutte que les épigones ont menée plus tard contre moi, ils ne manquèrent pas d'utiliser les jugements, de toute évidence erronés, que Lénine avait portés et dont il s'est dédit lui-même, par la parole et par les actes.

Rentrée en Russie, Kollontaï fit de l'opposition d'extrême-gauche, presque dès les premiers jours, non seulement contre moi, mais contre Lénine. Elle combattit âprement le « régime de Lénine et Trotsky », pour s'incliner ensuite, d'une façon touchante, devant le régime de Staline.

Le parti socialiste des États-Unis était, au point de vue idéologique, extrêmement en retard, même relativement au social-patriotisme européen. Cependant, le ton de hauteur de la presse américaine encore neutre, à l'égard de l'Europe « en démence », se retrouvait dans les jugements des socialistes du pays. Certains, comme Hillquit, n'auraient pas demandé mieux que de jouer le rôle de l'oncle socialiste d'Amérique qui arrive au bon moment en Europe pour réconcilier entre eux les partis de la IIe Internationale.

Je ne puis jusqu'à présent me rappeler sans en sourire les leaders du socialisme américain. Les immigrants qui avaient joué quelque rôle en Europe perdaient rapidement leur bagage de théorie dans l'agitation de la lutte menée pour réussir. Il existe aux États-Unis un grand nombre de médecins, d'avocats, de dentistes, d'ingénieurs, etc., qui réussissent parfaitement ou ne réussissent qu'à moitié, et qui partagent leurs précieux loisirs entre les concerts donnés par des célébrités européennes et le parti socialiste américain. Leur philosophie est faite de fragments et rognures des savantes idées qu'ils avaient acquises dans leur jeunesse d'étudiants. De plus, comme chacun d'eux a son auto, ils sont invariablement élus aux comités dirigeants, commissions et délégations du parti. Ce monde prétentieux met sa marque sur le socialisme américain. Wilson a eu sur lui infiniment plus d'autorité que Marx. En somme ce ne sont là que des variétés de M. Babbitt qui ajoutait, à ses affaires commerciales de la semaine, de languissantes méditations dominicales sur l'avenir de l'humanité. Ces gens-là vivent en petits clans nationaux où la solidarité créée par les idées sert le plus souvent à dissimuler les relations d'affaires. Chaque clan a son leader qui est d'ordinaire le plus fortuné des Babbitts. Tous sont très tolérants à l'égard de n'importe quelles idées, pourvu que ces idées ne détruisent rien de leur autorité traditionnelle et ne menacent pas — dieu préserve! — leur prospérité personnelle. Le plus Babbitt de tous les Babbitts est Hillquit, idéal du leader socialiste pour les dentistes qui réussissent dans leurs affaires.

Il me suffit de prendre un premier contact avec ces gens-là pour qu'ils me détestassent ouvertement. Mes sentiments à leur égard, peut-être plus calmes, n'étaient certainement pas ceux de la sympathie. Nous appartenions à des mondes différents. A mes yeux ils étaient la partie la plus pourrie du monde contre lequel j'ai mené et mène la lutte.

Le vieux Eugène Debs se détachait nettement sur le fond de l'ancienne génération par un feu intérieur, inextinguible d'idéalisme socialiste. Sincère révolutionnaire, mais romantique et prédicant, pas du tout homme politique et leader, Debs tombait sous l'influence des gens qui valaient, sous tous les rapports, moins que lui. Le grand art de Hillquit fut de garder à son extrême flanc gauche Debs sans rompre son amitié d'affaires avec Gompers.

Personnellement, Debs produisait une impression captivante. Quand nous nous rencontrions, il m'étreignait et m'embrassait : il faut noter que ce vieil homme n'était pas du nombre des « secs ». Lorsque les Babbitts me déclarèrent le blocus, Debs refusa d'y participer; il se borna à s'éloigner, avec chagrin.

J'étais entré dès les premiers jours dans la rédaction de *Novyi Mir*, quotidien russe auquel, outre Boukharine, collaboraient déjà Volodarsky, qu'assassinèrent plus tard des socialistes révolutionnaires, aux environs de Pétrograd, et Tchoudnovsky, qui fut blessé près de la capitale et tué ensuite en Ukraine. Ce journal devint le centre de la propagande révolutionnaire internationaliste. Il y avait, dans toutes les fédérations nationales du parti socialiste, des ouvriers sachant le russe. Nombre de membres de la fédération russe parlaient l'anglais. Les idées de *Novyi Mir* pénétraient ainsi, largement, dans les milieux ouvriers américains. Les mandarins du socialisme officiel s'inquiétèrent. Dans les cénacles commencèrent de furieuses intrigues contre ce nouveau venu d'Europe, débarqué à peine de la veille, qui, sans rien connaître à la psychologie américaine, prétendait imposer ses méthodes fantaisistes aux travailleurs des États-Unis. La lutte prit une extrême violence. Dans la fédération russe, les Babbitts « expérimentés » et « émérites » furent aussitôt refoulés. Dans la fédération allemande, le vieux Schlüter, rédacteur en chef de la *Volkszeitung*, émule de Hillquit, cédait de plus en plus de son influence au jeune rédacteur Lore qui marchait avec nous. Les Lettons étaient tout à fait des nôtres. La fédération finnoise se sentait portée vers nous. Nous pénétrions avec un succès croissant dans la puissante fédération juive, qui possédait un palais de quatorze étages, d'où se déversaient chaque jour deux cent mille exemplaires du journal *Vorwaerts*, imprégnés des relents d'un socialisme petit bourgeois et sentimental, toujours disposé à commettre les pires trahisons. Dans la masse ouvrière purement américaine, les relations et l'influence du parti socialiste en général, et de notre aile gauche révolutionnaire en particulier, étaient moins étendues. Le journal anglais du parti, *The Call* (*L'Appel*) était rédigé dans un esprit de neutralité pacifiste sans aucun véritable fond. Nous décidâmes de commencer par mettre sur pied un hebdomadaire marxiste combatif. Les préparatifs étaient en pleine marche. Mais ils furent interrompus... par la révolution russe.

Le télégraphe s'était mystérieusement tu pendant deux ou trois jours : soudain survinrent les premières informations sur le coup d'État qui s'était produit à Pétrograd, informations confuses, chaotiques. La population ouvrière de New York, composée de nombreuses races, fut toute saisie d'émotion. On voulait espérer, mais on n'osait pas. La presse américaine était bouleversée. De toutes parts arrivaient à la rédaction de *Novyi Mir* des journalistes, interviewers, chroniqueurs, reporters. Pendant un certain temps notre journal fut le foyer de convergence de la presse new-yorkaise. Les rédactions et organisations socialistes nous donnaient des coups de téléphone d'une façon presque ininterrompue.

— Nous avons un télégramme d'après lequel un ministère Goutchkov-Milioukov aurait été formé. Qu'est-ce que cela signifie?

— On dit qu'il y aura demain un ministère Milioukov-Kérensky.

— Tiens!

— Et ensuite?

— Ensuite? Ensuite, c'est nous...

— Oh! oh!

Les mêmes propos furent tenus des dizaines de fois. Presque toujours on prenait ce que je disais pour une plaisanterie.

Dans une réunion restreinte de social-démocrates russes, composée uniquement de notables et de très honorables, je fis une conférence où je démontrai que le parti du prolétariat devait inévitablement s'emparer du pouvoir au deuxième stade de la révolution russe. L'effet produit fut à peu près celui d'une pierre jetée dans un marais peuplé de grenouilles infatuées et flegmatiques. Le docteur Ingerman ne manqua pas d'expliquer à l'assemblée que j'ignorais jusqu'aux quatre règles de l'arithmétique politique et qu'il était inutile de perdre même cinq minutes à réfuter mes élucubrations.

Les masses ouvrières considéraient tout autrement les perspectives de la révolution.

Des meetings extraordinaires par le nombre et l'ardeur des participants se tinrent dans tous les quartiers de New York. Quand on apprit que le drapeau rouge flottait sur le Palais d'Hiver, des hurlements d'enthousiasme s'élevèrent de toutes parts. Non seulement les émigrés russes, mais leurs enfants, dont certains, déjà, ne savaient presque rien de leur langue maternelle, vinrent respirer dans ces assemblées les souffles ardents que nous envoyait la révolution.

Je ne faisais que de courtes apparitions chez moi. Cependant, notre vie de famille avait aussi sa complexité. Ma femme installait le nid. Nos enfants trouvèrent de nouveaux amis. Le préféré entre tous était le chauffeur du docteur M. La femme de ce docteur, en compagnie de la mienne, menait les gamins à la promenade et se montrait, à leur égard, très caressante. Mais elle n'était qu'une simple mortelle, tandis que son chauffeur était un magicien, un titan, un surhomme. La machine obéissait à son moindre geste. Le plus grand bonheur était de se trouver assis à côté de lui. Lorsque l'on s'arrêtait devant une confiserie, nos garçons, froissés, harcelaient leur mère :

— Pourquoi le chauffeur ne vient-il pas avec nous?

La faculté d'assimilation des enfants est incommensurable. A Vienne, où nous avions habité, le plus souvent, des quartiers ouvriers, mes fils parvinrent à posséder parfaitement, outre le russe et l'allemand, le dialecte viennois. Le docteur Alfred Adler observait avec une grande satisfaction qu'ils s'exprimaient dans ce dialecte aussi bien que n'importe quel bon vieux cocher de fiacre (*wie ein guter alter Wiener Fiakerkutscher*). A l'école de Zurich, il fallut s'adapter au dialecte zurichois qui, dans les basses classes, est la langue de l'enseignement, le pur allemand étant professé comme langue étrangère. A Paris, il fallut passer brusquement à l'étude du français. Nos gamins parvinrent à posséder complètement cette langue en quelques mois. Je leur ai plus d'une fois envié la désinvolture avec laquelle ils parlaient français. En Espagne et sur le navire espagnol, ils passèrent moins d'un mois. Mais ce leur fut suffisant pour saisir les mots et expressions les plus courants. Enfin, à New York, ils fréquentèrent, deux mois durant, une école américaine et parvinrent à posséder des éléments d'anglais. Après la révolution de février, ils continuèrent leurs études à Pétrograd. La vie des écoles était désorganisée. Les langues étrangères se volatilisèrent dans ces jeunes mémoires plus vite encore qu'elles ne s'y étaient fixées. Mais nos enfants parlaient le russe comme des étrangers. Nous observâmes bien des fois avec étonnement qu'ils construisaient une phrase russe comme une traduction mot à mot du français. Cependant, ils étaient déjà incapables de refaire la même phrase en français. C'est ainsi que, dans des cerveaux d'enfants, comme sur des palimpsestes, l'histoire de nos itinéraires d'émigration s'est trouvée inscrite.

Lorsque je téléphonai de la rédaction à ma femme qu'il y avait révolution à Pétersbourg, le cadet de nos garçons était couché, atteint de diphtérie. Il avait neuf ans. Mais il savait depuis longtemps et fort bien que la révolution, c'était l'amnistie, le retour en Russie et mille autres bonheurs. Il bondit et dansa sur son lit en l'honneur de la révolution. C'est ainsi que se décida sa guérison.

Nous avions hâte de prendre le premier bateau. Je courus les consulats, en quête de papiers et de visas. La veille du départ, le médecin autorisa notre petit convalescent à faire une promenade. Nous lui donnâmes une demi-heure, tandis que ma femme faisait les bagages. Que de fois déjà n'avait-elle pas procédé à cette opération! Mais notre garçon ne rentrait pas. J'étais à la rédaction. Trois heures d'angoisses s'écoulèrent. Un coup de téléphone à notre logement. D'abord une voix d'homme, inconnue, puis la voix de notre petit Serge :

— C'est moi, ici!...

Ici, c'était un commissariat de police, à l'autre bout de New York. Le garçon avait profité de sa première promenade pour résoudre une question qui le tourmentait depuis longtemps : existait-il effectivement une *première* rue? Nous habitions, si je ne me trompe, la 164e. Mais l'enfant s'était trompé de chemin, avait questionné des passants, et on l'avait conduit au commissariat. Par bonheur, il s'était rappelé notre numéro de téléphone.

Lorsque ma femme, en compagnie de notre fils aîné, arriva, une heure plus tard, au commissariat, elle fut joyeusement accueillie, comme une invitée longuement attendue. Notre Serge, tout rouge, jouait aux dames avec des policiers. Pour dissimuler la confusion que lui causaient les prévenances excessives des fonctionnaires, il mastiquait avec application une noire gomme américaine, en compagnie de ses nouveaux amis.

Par compensation, il se souvient, jusqu'à ce jour, du numéro de téléphone que nous avions à New York.

Ce serait une exagération criante que de dire que j'ai pris connaissance de cette ville. J'avais trop rapidement plongé dans les affaires du socialisme américain, et la tête la première. La révolution russe vint très vite. Je ne pus que saisir le rythme général de la vie du monstre qui s'appelle New York. Je partis pour l'Europe dans l'état d'esprit de celui qui n'a jeté qu'un coup d'œil sur l'intérieur de la forge où se préparera l'avenir de l'humanité. Je me consolais en pensant que je reviendrais un jour par là. Et je n'ai pas encore renoncé à cette espérance.

CHAPITRE XXIII

DANS UN CAMP DE CONCENTRATION

Le 25 mars, je me présentai au consulat général de Russie, à New York : le portrait de Nicolas II avait déjà été enlevé des bureaux, mais l'atmosphère pesante qui y régnait était encore celle d'un vieux poste de police. Après les inévitables anicroches et contestations, le consul général prescrivit de me délivrer des papiers valables pour notre rentrée en Russie.

Au consulat de Grande-Bretagne, où je remplis des feuilles d'enquête, il me fut déclaré que les autorités anglaises ne mettraient aucun obstacle à mon passage.

Tout était donc en ordre.

Le 27 mars, j'embarquai avec ma famille et plusieurs compatriotes sur le vapeur norvégien *Christianiafjord*. On vint nous faire des adieux, on nous apporta des fleurs, on prononça des discours. Nous nous rendions au pays de la révolution. Nous avions des passeports et les visas nécessaires. Révolution, fleurs et visas s'accordaient harmonieusement dans nos âmes de nomades.

A Halifax (Canada), le vapeur devait subir la visite des autorités de la marine militaire britannique. Les officiers de cette police examinèrent les papiers des Américains, Norvégiens, Danois et autres simplement pour la forme; mais nous, les Russes, fûmes soumis à un véritable interrogatoire : quelles étaient nos convictions?... quels étaient nos plans politiques?... etc. Je refusai d'entrer en conversation avec eux sur ce sujet. Mes pièces d'identité, voyez-les, mais n'en demandez pas davantage : la politique intérieure de la Russie ne se trouve pas, pour l'instant, sous le contrôle de la police maritime britannique.

Cela n'empêcha pas les officiers mouchards Macken et Westwood, après une deuxième tentative d'interrogatoire tout aussi vaine, de prendre des renseignements sur moi parmi les autres passagers. Les détectives insistèrent sur ce point que je devais être « *a dangerous socialist* ».

Toute l'enquête eut un caractère tellement indécent, et les révolutionnaires russes se trouvèrent placés dans une situation si exceptionnelle, en comparaison de ceux des autres passagers qui n'avaient pas la malchance d'appartenir à une nation alliée des Anglais, que certains d'entre nous expédièrent immédiatement une énergique protestation aux autorités supérieures contre les agissements de leurs policemen. Je m'abstins, jugeant inutile de me plaindre du diable à Belzébuth. A ce momentt nous n'avions cependant pas prévu la tournure qu'allaient prendre les événements.

Le 3 avril, des officiers anglais, escortés de matelots, montèrent à bord du *Christianiafjord* et, au nom de l'amiral commandant la place, nous intimèrent à moi et ma famille, ainsi qu'à cinq autres personnes, l'ordre de débarquer. Quant aux motifs de cette injonction, on nous promettait de tout « élucider » à Halifax. Nous déclarâmes illégales de telles exigences et refusâmes d'y obéir. Les matelots armés se jetèrent sur nous et, sous les huées d'un bon nombre de passagers qui leur criaient « *shame, shame!* » (« c'est une honte ») nous emportèrent à bras, nous mirent dans une vedette de la marine de guerre qui, convoyée par un croiseur, nous amena à Halifax. Comme une dizaine de matelots me tenaient et portaient, mon fils aîné courut à mon secours et, frappant un officier de son petit poing, me cria :

— Faut-il le battre encore, papa?

Il avait onze ans. Il venait de prendre sa première leçon sur la démocratie britannique.

La police laissa à Halifax ma femme et mes enfants. Les autres détenus furent expédiés par chemin de fer au camp d'Amherst où l'on gardait des prisonniers allemands. Là, dans la salle d'admission, nous subîmes une fouille telle que je n'avais rien connu de pareil, même lorsque je fus incarcéré à la forteresse Pierre-et-Paul. En effet, dans la prison du tsar, si l'on vous obligeait à vous mettre nu, si des gendarmes vous tâtaient le corps, c'était fait discrètement; à Amherst, chez ces démocrates nos alliés, on nous soumit à ces outrages éhontés en présence d'une dizaine de personnes. Je me rappellerai toujours le sergent Olsen, d'espèce suédo-canadienne, une tête rousse de criminel et d'argousin, qui joua le principal rôle dans l'affaire. Les canailles qui, de loin, en avaient ainsi disposé, savaient parfaitement que nous étions d'irréprochables révolutionnaires russes qui rentraient dans leur pays délivré par la révolution.

C'est seulement le lendemain matin que le commandant du camp, le colonel Morris, en réponse à nos incessantes réclamations et protestations, nous communiqua officiellement le motif de notre arrestation.

— Vous êtes dangereux pour le gouvernement russe actuel, nous dit-il laconiquement.

Le colonel n'était pas éloquent et, de plus, sa face avait un air plutôt émoustillé dès cette heure matinale.

— Mais enfin, les représentants du gouvernement russe à New York nous ont délivré des documents pour le passage en Russie et, de plus, il faut laisser audit gouvernement russe le soin de se défendre lui-même...

Le colonel Morris réfléchit, mâchonna et ajouta :

— Vous êtes dangereux pour les Alliés en général...

Aucun mandat d'arrêt ne nous fut signifié. Le colonel, en son nom personnel, dit encore que, comme émigrés politiques qui, de toute évidence, avaient eu des raisons de quitter leur pays, nous n'avions pas à nous étonner de ce qui nous arrivait. La révolution russe n'existait pas pour cet homme. Nous essayâmes de lui expliquer que les ministres du tsar, qui avaient fait de nous des émigrés politiques, étaient maintenant emprisonnés eux-mêmes, sauf quelques-uns qui avaient pu émigrer à leur tour. C'était trop difficile à comprendre pour ce monsieur qui avait fait sa carrière dans les colonies anglaises et dans la guerre contre les Boers. Comme je n'avais pas mis dans l'entretien toute la déférence désirable, il grogna derrière moi :

— Ah! si celui-là m'était tombé entre les pattes, sur la côte sud-africaine...

C'était son dicton favori.

Ma femme, légalement, n'était pas une émigrée politique puisqu'elle était partie pour l'étranger avec un passeport en règle. Néanmoins, elle se trouva arrêtée avec nos deux petits garçons, l'un de onze ans, l'autre de neuf. Je n'exagère pas en disant que les enfants furent arrêtés. Au début, les autorités canadiennes essayèrent de les séparer de leur mère et de les placer dans un asile. Bouleversée, ma femme déclara qu'elle ne permettrait jamais qu'on la séparât d'eux. C'est seulement à la suite de sa protestation qu'elle fut logée avec eux chez un agent de police anglo-russe qui, pour parer à l'expédition « illégale » de lettres ou de télégrammes, leur interdisait de sortir, même sans leur mère, autrement que sous une surveillance. C'est seulement onze jours plus tard que ma femme et mes enfants furent transférés dans un hôtel; il leur était enjoint de faire chaque jour acte de présence à la police.

Le camp militaire d'Amherst était établi dans une vieille fonderie, négligée au dernier degré, appartenant à un Allemand et mise sous séquestre. Les planches de couchage étaient disposées à trois étages et sur deux rangées en profondeur des deux côtés du local. Huit cents hommes vivaient dans ces conditions. Ils n'est pas difficile d'imaginer quelle était l'atmosphère de ce dortoir pendant la nuit. Les gens s'entassaient sans rémission dans les couloirs, se bousculaient à coups de coudes, se couchaient, se levaient, jouaient aux cartes ou aux échecs. Un bon nombre bricolaient, quelques-uns faisant preuve d'un art extraordinaire. Il me reste jusqu'à présent, à Moscou, des objets fabriqués par des prisonniers d'Amherst. Parmi les détenus, en dépit des efforts héroïques qu'ils faisaient pour garder leur santé physique et morale, il y avait cinq déments. Nous dormions et mangions avec ces fous, étant tous logés ensemble.

Sur huit cents prisonniers, en la compagnie desquels j'ai passé presque un mois, il y avait environ cinq cents matelots provenant de navires de guerre allemands coulés par les Anglais, environ deux cents ouvriers que la guerre avait surpris au Canada et une centaine d'officiers ou de civils appartenant à la bourgeoisie.

Nos rapports avec les camarades allemands devinrent de plus en plus clairs à mesure qu'ils comprirent que nous avions été arrêtés comme révolutionnaires et socialistes. Les officiers et principaux sous-officiers, qui vivaient à l'écart, séparés de nous par une cloison de planches, nous considérèrent aussitôt comme des ennemis. Mais les hommes du rang nous entouraient de plus en plus de leurs sympathies. Ce mois de résidence dans un camp fut comme un meeting ininterrompu. Je parlais aux prisonniers de la révolution russe, de Liebknecht, de Lénine, des causes de la faillite de la vieille Internationale, de l'intervention des États-Unis dans la guerre. Nous fîmes des conférences ; en outre, il y eut constamment des causeries de groupes. Nos amitiés se resserraient de jour en jour.

Quant à l'état d'esprit, la masse des prisonniers se divisait en deux catégories. Les uns disaient : « Non, c'est assez, il faut en finir une bonne fois. » Et ils méditaient de descendre dans la rue et sur les places publiques. D'autres disaient : « Pourquoi s'occupent-ils de moi ? Non, je ne me laisserai plus faire... »

— Mais comment t'en sortiras-tu ? demandaient d'autres.

L'ouvrier mineur Babinski, un haut Silésien aux yeux bleus, disait :

— Je m'établirai avec ma femme et mes enfants au fond d'une forêt, j'arrangerai tout autour de chez nous des pièges à loups, je ne sortirai pas sans mon fusil. Et qu'on n'essaie pas d'approcher !

— Et moi, tu ne me laisseras pas entrer, Babinski ?

— Pas plus toi qu'un autre. Je n'ai confiance en personne.

Les matelots faisaient tout pour m'alléger l'existence et c'est seulement par des protestations réitérées que je défendis mon droit à prendre mon rang comme tout le monde dans la queue qui se présentait à la cantine et à participer aux corvées générales de balayage, d'épluchage des pommes de terre, de lavage de vaisselle et de nettoyage des lieux d'aisances.

Les rapports entre les hommes du rang — la masse — et les officiers, dont certains, quoique prisonniers, dressaient des fiches sur la conduite de « leurs » matelots, étaient tout d'hostilité.

Finalement, les officiers portèrent plainte devant le chef du camp, le colonel Morris, lui signalant ma propagande antipatriotique. Le haut degré de l'armée anglaise prit immédiatement le parti des patriotes fidèles aux Hohenzollern et m'interdit de continuer à parler en public. Cette prohibition ne me fut signifiée d'ailleurs que vers la fin de notre séjour au camp et ne put que nous lier plus étroitement avec les matelots et les ouvriers qui répliquèrent à l'interdiction du colonel par une protestation écrite et couverte de cinq cent trente signatures. Un plébiscite de cette sorte, réalisé sous la lourde main du sergent Olsen, me donna complète satisfaction pour tous les désagréments que j'ai éprouvés dans le camp d'Amherst.

Pendant toute la durée de notre séjour en cet endroit, les autorités nous dénièrent obstinément le droit de correspondre avec le gouvernement russe. Les télégrammes que nous destinions à Pétrograd n'étaient pas expédiés. Nous essayâmes de nous plaindre de cette interdiction à Lloyd George qui était alors Premier Ministre. Mais cette dépêche ne fut pas plus transmise que les autres. Le colonel Morris avait pris dans les colonies l'habitude de simplifier l'*habeas corpus*. De plus, il était couvert par la guerre.

Avant de m'autoriser à avoir une entrevue avec ma femme, il posa comme condition que je ne lui donnerais aucune commission à l'adresse du consul de Russie. Cela peut sembler invraisemblable, mais c'est un fait. Je refusai l'entrevue. Bien entendu, le consul ne se hâtait pas du tout de nous venir en aide. Il attendait des instructions, qui n'arrivaient pas, sans doute...

Il faut dire que le mécanisme qui joua dans les coulisses pour notre arrestation et notre élargissement n'est pas encore tout à fait clair à mes yeux. Le gouvernement anglais avait dû inscrire mon nom sur ses listes noires, probablement dès l'époque où je militais en France. Il avait aidé par tous les moyens le gouvernement tsariste à me faire expulser d'Europe. C'est évidemment en considération de ces listes noires, avec l'appoint des renseignements reçus sur mon activité antipatriotique aux États-Unis, que les autorités anglaises m'arrêtèrent à Halifax.

Lorsque la nouvelle de notre arrestation parvint à la presse russe révolutionnaire, l'ambassade de Grande-Bretagne en Russie, n'ayant sans doute pas l'inquiétude de me voir rentrer de sitôt dans mon pays, envoya aux journaux de Pétrograd des communiqués officiels disant que les Russes arrêtés au Canada faisaient route « avec des subsides fournis par l'ambassade d'Allemagne, dans le dessein de renverser le gouvernement provisoire ». Cela, du moins, n'était pas équivoque.

La *Pravda* que dirigeait Lénine, sans aucun doute par la plume de Lénine lui-même, répondit à Buchanan le 16 avril :

« Peut-on croire une seule minute à la bonne foi d'un informateur selon lequel Trotsky, ancien président du soviet des députés ouvriers de Pétersbourg en 1905, révolutionnaire qui s'est consacré pendant des dizaines d'années au service désintéressé de la révolution, ait été capable de se lier avec un plan subventionné par le gouvernement allemand? C'est, en effet, une calomnie évidente, inouïe, impudente, à l'adresse d'un révolutionnaire. De qui avez-vous reçu ce renseignement, M. Buchanan? Pourquoi ne le diriez-vous pas?... Six hommes ont traîné par les bras et par les jambes le camarade Trotsky, — tout cela au nom de votre amitié pour le gouvernement provisoire! »

Quel fut effectivement, dans toute cette affaire, le rôle du gouvernement provisoire? C'est moins clair.

Il est inutile de démontrer que Milioukov, alors ministre des Affaires étrangères, était partisan de mon arrestation, de toute son âme. Dès 1905, il avait combattu rageusement le « trotskysme ». Le mot est de lui. Mais, en 1917, Milioukov dépendait des soviets et devait manœuvrer avec d'autant plus de prudence que ses alliés social-patriotes ne s'étaient pas encore engagés dans la persécution des bolcheviks.

Dans ses *Mémoires* l'ambassadeur de Grande-Bretagne Buchanan représente les choses ainsi : « Trotsky et d'autres furent arrêtés à Halifax en attendant que l'on sût les intentions du gouvernement provisoire à leur égard. »

Milioukov, selon Buchanan, aurait été immédiatement informé de notre arrestation. Dès le 8 avril, l'ambassadeur de Grande-Bretagne aurait transmis à son gouvernement une requête de Milioukov concernant notre élargissement. Mais, deux jours après, Milioukov retirait sa demande et exprimait l'espoir que nous serions retenus plus longtemps à Halifax.

« Ainsi, déclare Buchanan, c'est précisément le gouvernement provisoire qui est responsable de la détention prolongée qu'ils ont subie. »

Tout cela est assez pareil à la vérité. Buchanan oublie seulement d'expliquer dans ses *Mémoires* ce qu'il advint des subsides à moi accordés par les Allemands pour que je renversasse le gouvernement provisoire. Et ce n'est pas étonnant : mis au pied du mur par moi, dès que j'arrivai à Pétrograd, Buchanan se vit forcé de déclarer dans la presse qu'il ne savait absolument rien des prétendus subsides allemands.

Jamais on n'a autant menti qu'à l'époque de la « grande guerre émancipatrice ». Si le mensonge était un explosif, il ne serait resté de notre planète que des poussières bien longtemps avant le traité de Versailles.

A la fin des fins, le soviet intervint et Milioukov dut céder. C'est le 29 avril que l'on nous relâcha du camp de concentration. Encore une fois, cependant, en cette occasion, on usa de violence. On nous ordonna simplement de faire nos paquets et de partir sous escorte. Nous demandâmes à savoir où l'on nous envoyait et dans quel but. On refusa de nous répondre. Les prisonniers s'agitèrent, pensant qu'on allait nous enfermer dans une forteresse. Nous réclamâmes l'assistance du consul de Russie le plus proche. Nouveau refus. Nous avions assez de raisons pour ne pas croire aux bonnes intentions de ces messieurs les coureurs de haute mer. Nous déclarâmes que nous ne partirions pas de notre gré tant qu'on ne nous aurait pas indiqué le but du voyage. Le commandant ordonna d'employer la force. Les soldats qui devaient nous convoyer emportèrent nos bagages. Nous nous entêtâmes à rester couchés sur nos planches. L'escorte se vit alors dans la nécessité de nous emporter, de même que l'on nous avait enlevés du bateau un mois auparavant; mais, cette fois-ci, il fallait traverser une foule de matelots allemands très excités... Le commandant céda : dans son style à lui, qui était d'un colonial anglais, il nous déclara qu'il allait nous embarquer sur un navire danois, pour expédition en Russie. Sa face cramoisie était secouée de mouvements convulsifs. Il ne pouvait pas du tout se faire à cette idée que nous allions lui échapper. Ah! si nous lui étions tombés entre les pattes sur la côte sud-africaine!...

Lorsque l'on nous fit sortir du camp, nos camarades de détention nous firent des adieux solennels. Les officiers s'étaient renfermés dans leurs compartiments et quelques-uns seulement d'entre eux mirent le nez à des fissures de la cloison. Mais les matelots et les ouvriers s'étaient rangés en deux files, sur toute la longueur du passage, un orchestre fabriqué avec les moyens dont on disposait sur place joua une marche révolutionnaire, des mains amies se tendirent vers nous de toutes parts. Un des prisonniers prononça un bref discours : salut à la révolution russe, malédiction pour la monarchie allemande. Je me souviens jusqu'à présent du sentiment chaleureux de cette fraternisation, en pleine guerre, entre les matelots allemands d'Amherst et nous. Depuis, bon nombre d'entre eux m'ont envoyé d'Allemagne des lettres amicales.

Rencontrant l'officier de gendarmerie britannique Macken qui nous avait arrêtés et qui vint constater notre départ, je lui dis, en manière de menace, en le quittant, que, pour commencer, j'interpellerais à l'Assemblée constituante le ministre des Affaires étrangères Milioukov sur les sévices commis par la police anglo-canadienne à l'égard des citoyens russes.

Le gendarme trouva le mot qu'il fallait :

— J'espère, dit-il, que vous ne serez pas de l'Assemblée constituante...

CHAPITRE XXIV

A PÉTROGRAD

Le voyage, de Halifax à Pétrograd, ne nous laissa pas plus d'impressions que l'on n'en a dans un tunnel. Nous étions bien en effet dans le tunnel qui menait à la révolution. Je me rappelle seulement qu'en Suède il y avait des cartes de pain : c'était la première fois que j'en voyais.

En Finlande, en wagon, je me trouvai face à face avec Vandervelde et de Man qui se rendaient aussi à Pétrograd.

— Nous reconnaissez-vous? me dit de Man.

— Oh! oui, lui répondis-je, quoique les gens aient bien changé depuis la guerre.

Sur cette réplique dépourvue d'urbanité, la conversation s'arrêta.

De Man, dans sa jeunesse, avait essayé d'être marxiste et avait même attaqué assez heureusement Vandervelde. Pendant la guerre, il renonça, en politicien, aux innocentes folies de sa jeunesse; après la guerre, il y renonça même dans la théorie. Il ne fut plus qu'un agent de son gouvernement.

Quant à Vandervelde, il était le personnage le plus insignifiant du groupe dirigeant de l'Internationale. Il n'en était le président que parce qu'il avait été impossible d'élire un Allemand ou un Français. Comme théoricien, Vandervelde n'était qu'un compilateur. A l'égard des courants idéologiques du socialisme, il louvoyait de même que le gouvernement de son pays manœuvrait devant les grandes puissances. Il n'eut jamais aucune autorité sur les marxistes russes. Comme orateur, Vandervelde ne s'est pas élevé au-dessus d'une brillante médiocrité. Pendant la guerre, il échangea son poste de président de l'Internationale contre celui de ministre du roi. Je lui fis une guerre implacable dans mon journal de Paris. En réponse à cela, Vandervelde invitait les révolutionnaires russes à se réconcilier avec le tsarisme. Et il se rendait, maintenant, à Pétrograd pour engager la révolution russe à prendre la place du tsarisme dans la colonne des Alliés. Nous n'avions pas un mot à nous dire.

A Biéloostrov, nous fûmes accueillis par une délégation des internationalistes *unifiés* et du comité central des bolcheviks. Les menchéviks, même « internationalistes » (Martov et autres) n'étaient représentés par personne.

J'embrassai mon vieil ami Ouritsky que j'avais rencontré pour la première fois en Sibérie, au début de ce siècle. Ouritsky avait constamment collaboré, de Scandinavie, à *Naché Slovo* que nous publiions à Paris et avait assuré la liaison entre nous et la Russie pendant la guerre. Un an après cette rencontre, il fut assassiné par une jeune socialiste-révolutionnaire.

Dans cette délégation, je vis pour la première fois Karakhan qui devait, dans la suite, se faire une réputation comme diplomate des soviets. Les bolcheviks étaient représentés par Fédorov, ouvrier des métaux, qui devint bientôt président de la section ouvrière du soviet de Pétrograd.

Avant même d'arriver à Biéloostrov, je sus, par un journal russe tout récemment paru, que Tchernov, Tsérételli et Skobélev étaient entrés dans le cabinet de coalition du gouvernement provisoire. Du coup, l'on vit clairement comment se situaient les groupes politiques. Dès le premier jour, il allait falloir combattre sans merci, avec les bolcheviks, les menchéviks et les populistes.

A Pétrograd, gare de Finlande, une grande réception nous était réservée. Ouritsky et Fédorov prononcèrent des discours. Je répondis en parlant de la nécessité de préparer une autre révolution, qui, cette fois-ci, serait la nôtre. Lorsque, soudain, l'on m'enleva à bout de bras, je me rappelai immédiatement Halifax, où je m'étais trouvé dans la même situation. Mais, maintenant, c'étaient des mains amies qui me soulevaient. Nous étions entourés d'une quantité de drapeaux. J'aperçus le visage empreint d'émotion de ma femme, les faces pâles et inquiètes de mes garçons qui se demandaient si c'était en bien ou en mal qu'on me portait ainsi : la révolution les avait déçus une première fois.

En arrière, au bout du quai, je remarquai Vandervelde et de Man. Ils avaient fait exprès de se laisser distancer, ne risquant pas, évidemment, de se mêler à la foule. Les nouveaux ministres socialistes russes n'avaient ménagé à leur collègue belge aucune réception. Ils se souvenaient trop bien du rôle joué, la veille encore, par Vandervelde.

Aussitôt après la gare, ce fut pour moi un tourbillon dans lequel gens et épisodes passèrent comme des copeaux dans un torrent. Les plus grands événements sont les plus pauvres en souvenirs personnels : c'est ainsi que la mémoire se garde contre une surcharge. Il me semble que je me rendis aussitôt à la séance du comité exécutif. Tchkhéidzé, président inamovible de l'époque, me salua sèchement. Les bolcheviks proposèrent de m'inscrire parmi les membres du comité exécutif, en qualité d'ancien président du soviet de 1905. Il y eut une certaine confusion. Les menchéviks chuchotaient avec les populistes. Ils constituaient encore, en cette période, l'écrasante majorité dans toutes les institutions révolutionnaires. Il fut décidé de m'admettre avec voix consultative. Je reçus ma carte de membre du comité avec un verre de thé et un morceau de pain noir.

Non seulement mes enfants, mais ma femme et moi éprouvions un étonnement à entendre parler russe dans les rues de Pétrograd, à voir les enseignes et affiches écrites en russe. Il y avait dix ans que nous avions quitté la capitale, et, à cette époque, mon fils aîné avait tout juste un peu plus d'un an ; le cadet était né à Vienne.

Les effectifs de la garnison étaient formidables, mais déjà tout à fait inconsistants. Les soldats passaient en chantant des chansons révolutionnaires, portant des rubans rouges sur la poitrine. Cela semblait invraisemblable comme un rêve. Les tramways aussi étaient bondés de soldats. Dans certaines grandes avenues, on faisait encore l'exercice : les tirailleurs se couchaient, s'élançaient en ligne, se recouchaient. Derrière la révolution se dressait encore, de sa taille géante, le monstre de la guerre, projetant son ombre. Mais les masses ne croyaient déjà plus à la continuation des hostilités et il semblait que cet apprentissage du métier des armes se poursuivît simplement parce qu'on avait oublié de le décommander. La guerre était devenue impossible. C'est ce que ne parvenaient pas à comprendre non seulement les cadets mais les leaders de ce qu'on appelait « la démocratie révolutionnaire ». Ils avaient une peur terrible de lâcher la jupe de l'Entente.

Je connaissais peu Tsérételli et pas du tout Kérensky ; je connaissais mieux Tchkhéidzé ; Skobélev avait été mon élève ;

j'avais combattu plus d'une fois Tchernov dans des conférences contradictoires à l'étranger; je voyais Gotz pour la première fois. Et c'était là le groupe soviétique dirigeant de la démocratie.

Tsérételli les dépassait évidemment de toute la tête. Je l'avais rencontré déjà au congrès de Londres de 1907, où il représenta la fraction social-démocrate de la IIe Douma. Dès ce temps, en ses jeunes années, il était bon orateur, et pourvu d'un fonds moral très attachant. Les années de bagne qu'il vécut accrurent son autorité politique. Il rentra dans l'arène de la révolution en pleine maturité et prit immédiatement la première place parmi ceux qui pensaient comme lui ou qui étaient de ses alliés. Parmi nos adversaires, il était le seul que l'on pût prendre au sérieux. Mais, comme cela s'est fréquemment produit en histoire, il fallut la révolution pour démontrer que Tsérételli n'était pas un révolutionnaire. Celui qui ne voulait pas se perdre dans l'enchevêtrement des faits devait considérer la révolution russe non pas du point de vue seulement russe, mais dans sa perspective mondiale. Or, Tsérételli l'aborda uniquement d'après l'expérience de la Géorgie, complétée par ce que lui avait appris la IIe Douma d'empire. Ses vues en politique se révélèrent terriblement étriquées; son instruction apparut toute superficiellement littéraire. Il éprouvait une profonde déférence pour le libéralisme. Il envisageait l'inexorable dynamique de la révolution avec les yeux d'un bourgeois à demi instruit qui tremble pour la civilisation. De plus en plus, la masse qui s'éveillait lui paraissait être une populace en révolte. Dès les premiers mots échangés, il fut clair que c'était pour nous un ennemi. Lénine a dit de lui qu'il était « obtus ». C'était raide, mais juste. Tsérételli avait les dons et l'honnêteté d'un esprit borné.

De Kérensky, Lénine a dit que c'était un « petit fanfaron ». A cela, il y a peu de chose à ajouter. Kérensky était et est resté une figure fortuitement introduite dans l'histoire, un favori du moment. Toute puissante marée nouvelle de la révolution, entraînant des masses vierges qui n'ont pas encore de discernement, porte nécessairement très haut de ces héros d'une heure qui sont immédiatement éblouis de leur propre éclat. Kérensky était de la succession de Gapone et de Khroustalev. Il personnifiait l'accidentel dans la loi de l'histoire. Ses meilleurs discours ont valu ce que pourrait valoir de l'eau richement pilée dans un mortier. En 1917, cette eau était bouillante et donnait de la vapeur. Cela put faire une auréole. Skobélev entra dans la politique à Vienne, où il était étudiant et débuta sous ma direction. De la rédaction de la *Pravda* de Vienne, il rentra chez lui, au Caucase, pour tenter de se faire élire député à la IVe Douma. Il y réussit. Parlementaire, il tomba sous l'influence des menchéviks et c'est avec eux qu'il entra dans la révolution de février. Notre liaison était depuis longtemps rompue. Je le retrouvai à Pétrograd tout frais émoulu ministre du Travail. Il s'approcha de moi avec désinvolture, au comité exécutif, et me demanda ce que j'*en* pensais. Je lui répondis :

— Je pense que nous vous aurons bientôt réglé votre compte.

Il n'y a pas si longtemps, Skobélev, en riant, me rappelait cette amicale prédiction qui se réalisa six mois plus tard.

Peu après la victoire d'Octobre, Skobélev se déclara bolchevik. Lénine et moi étions d'avis de ne pas l'admettre au parti. Maintenant, il est, bien entendu, staliniste. Sous ce rapport, tout est dans l'ordre.

Ma femme, mes enfants et moi nous étions logés dans je ne sais quels « Kievskié Noméra »; nous n'avions qu'une chambre et nous avions eu du mal à l'obtenir.

Le lendemain de notre installation, un officier se présenta à nous dans tout l'éclat de son uniforme.

— Vous ne me reconnaissez pas?

Non, je ne le reconnaissais pas.

— Loguinov...

Alors, sous le brillant extérieur de cet officier, me revint en mémoire un jeune serrurier que j'avais connu en 1905. Il avait fait partie d'une compagnie ouvrière de combat, s'était battu, en embuscade derrière des bornes, contre les agents de police, et m'était attaché avec toute l'ardeur d'une jeune affection. Après 1905, je l'avais perdu de vue.

Maintenant seulement, en 1917, j'apprenais de lui qu'en réalité il n'avait jamais été le prolétaire Loguinov, que son vrai nom était Sérébrovsky, ancien étudiant technologue, d'une riche famille, mais qui, en ses jeunes années, s'était bien adapté aux milieux ouvriers. Durant la période de la réaction, il était devenu ingénieur, s'était depuis longtemps tenu à l'écart de la révolution et, pendant la guerre, avait été nommé, par le gouvernement, directeur de deux des plus grandes usines de Pétrograd.

La révolution de février avait réveillé en lui certains sentiments, il s'était souvenu du passé. Il avait appris mon retour par les journaux. Et voici qu'il était là, devant moi, et qu'il me demandait, avec une chaleureuse insistance, de venir avec ma famille loger chez lui, et tout de suite.

Après avoir hésité, nous acceptâmes.

Sérébrovsky avait un immense et riche appartement de directeur où il vivait seul avec sa jeune femme. Ils n'avaient pas d'enfants.

Tout avait été préparé d'avance. Dans cette ville à demi affamée et délabrée, nous nous trouvâmes comme en paradis.

Mais l'affaire se gâta lorsque la conversation porta sur la politique. Sérébrovsky était un patriote. Comme nous le découvrîmes plus tard, il avait une haine profonde pour les bolcheviks et il considérait Lénine comme un agent de l'Allemagne.

Dès les premiers mots, ayant trouvé de la résistance, il devint, à vrai dire, plus circonspect. Mais il nous était impossible de faire vie commune avec lui. Nous quittâmes l'appartement de ces hôtes accueillants, auxquels rien ne nous liait et nous reprîmes notre chambre des « Kievskié Noméra ». Après cela, Sérébrovsky attira encore une fois chez lui nos garçons. Il les régala de thé avec des confitures, et nos gamins, par gratitude, lui parlèrent du dernier discours que Lénine avait prononcé dans un meeting. Ils en étaient tout rouges, ils étaient contents de causer et de manger des confitures.

— Mais Lénine est un espion allemand, leur dit le maître de maison.

Quoi? comment?... Ces mots avaient été prononcés? Nos garçons laissèrent là le thé avec les confitures. Ils sautèrent sur leurs jambes et l'aîné s'écria :

— Eh bien, ça, c'est une cochonnerie!

Il n'avait pas trouvé dans son vocabulaire de mot qui convînt mieux à la situation.

Ce fut alors le tour du maître de maison de se sentir vexé. Nos relations s'arrêtèrent à ce point.

Après notre victoire d'Octobre, j'employai Sérébrovsky dans un établissement des soviets. Comme beaucoup d'autres du service des soviets, il passa au parti. Actuellement, il est membre du comité central du parti de Staline, il est une des colonnes du régime. Si, en 1905, il a pu se faire passer pour prolétaire, il lui est maintenant infiniment plus facile de se faire passer pour un bolchevik.

Après les Journées de juillet, dont il sera parlé plus loin, les calomnies lancées contre les bolcheviks inondèrent les rues de la capitale. Je fus arrêté par le gouvernement de Kérensky et deux mois après mon retour de l'émigration, je me retrouvai dans la prison de « Kresty » que je connaissais bien. Le colonel Morris, chef du camp d'Amherst, dut lire avec plaisir cette nouvelle dans son journal du matin, et il ne fut pas seul, sans doute, à éprouver ce sentiment. Mais nos garçons étaient mécontents.

— Qu'est-ce que c'est que cette révolution, disaient-ils, d'un ton de reproche à leur mère, si on enferme papa tantôt dans un camp de concentration, tantôt en prison?

Leur mère était d'accord avec eux, leur disant que ce n'était pas encore la vraie révolution. Mais des gouttes amères de scepticisme s'infiltraient en eux.

Lorsque je quittai la prison de la « démocratie révolutionnaire », nous nous installâmes dans un petit logement que louait la veuve d'un journaliste libéral, dans une grande maison bourgeoise. La préparation du coup d'État d'Octobre était poussée activement. Je devins président du soviet de Pétrograd. Mon nom était décliné de toutes les façons dans la presse. Dans l'immeuble que nous habitions, nous étions de plus en plus cernés par une muraille d'hostilité et de haine. Notre cuisinière, Anna Ossipovna, devait subir les attaques des ménagères lorsqu'elle se rendait au comité domiciliaire pour chercher du pain. Mon fils était persécuté à l'école, où on l'appelait, faisant allusion à son père, « le président ». Lorsque ma femme revenait du syndicat des menuisiers-ébénistes où elle avait un emploi, le portier principal l'accompagnait d'un regard haineux. C'était un supplice que de monter l'escalier. De plus en plus souvent, notre logeuse téléphonait pour savoir si ses meubles n'avaient pas été mis au pillage. Nous aurions voulu changer de local, mais où aller? Il n'y avait pas un local vacant en ville. La situation devenait de plus en plus intolérable.

Mais voici qu'un beau jour, — un beau jour vraiment, — ce blocus cessa, comme si quelqu'un était venu l'enlever du revers de la main. Le portier principal, au retour de ma femme, lui adressa le salut auquel n'avaient droit que les plus influents parmi les locataires. Au comité domiciliaire, le pain fut délivré sans retards et sans menaces. Personne ne nous fermait plus la porte au nez, en la faisant claquer.

Qui donc était parvenu à ce résultat? Quel magicien?

Ce fut l'œuvre de Nikolaï Markine. Il faut parler de lui, car c'est grâce à lui, grâce à une collectivité de Markine, que la révolution d'Octobre a triomphé.

Markine était un matelot de la Baltique, canonnier et bolchevik. Il ne se montra pas du premier coup tel qu'il était. Il n'était pas du tout dans son caractère de parader. Il n'était pas orateur, il avait l'élocution difficile. En outre, il était timide et renfermé, comme quelqu'un dont la force intérieure a subi un refoulement. Markine était fait d'un seul morceau, et d'un bon « matériau ». Je ne savais rien encore de son existence qu'il avait déjà pris sur lui souci de ma famille. Il avait fait connaissance avec nos garçons, leur avait offert, à l'Institut Smolny, du thé et des *butterbrots*; plus généralement, il leur avait dispensé les petites joies dont ce temps rigoureux était si avare. Sans en avoir l'air, il venait voir si tout marchait bien chez nous. Je ne soupçonnais pas son existence. Par nos garçons, par Anna Ossipovna, il sut que nous vivions dans un camp ennemi. Il vint jeter un coup d'œil chez le portier principal et au comité domiciliaire; je crois qu'il ne vint pas seul, mais avec un groupe de matelots. Il dut trouver des mots très persuasifs, car tout changea brusquement autour de nous. C'est ainsi qu'avant Octobre, une dictature du prolétariat, pour ainsi dire, s'établit dans notre maison bourgeoise. Plus tard seulement, nous apprîmes que nous en étions redevables à un matelot de la Baltique, ami de nos enfants.

Le comité exécutif central qui nous était hostile, cherchant un appui auprès des propriétaires d'imprimeries, enleva au soviet de Pétrograd son journal dès que celui-ci devint bolcheviste. Il nous fallait créer un nouveau journal. Je fis appel à Markine. Il disparut, s'éclipsa complètement, visita les lieux où il y avait quelque chose à faire, causa avec des typos et, en quelques jours, notre journal put paraître. Nous l'appelâmes *Rabotchii i Soldat*. Markine se trouvait jour et nuit à la rédaction, arrangeant tout.

Pendant les journées d'Octobre, cette figure solidement bâtie, face basanée et morose, surgissait toujours aux endroits les plus dangereux et aux heures où l'on avait le plus besoin d'elle. Markine ne venait me voir que pour me dire que tout marchait bien et pour me demander si nous n'avions pas besoin de quelque chose. Son expérience grandissait : il établissait la dictature du prolétariat à Pétrograd.

Une certaine pègre entreprit d'attaquer les caves et entrepôts de spiritueux de la capitale et des palais, richement pourvus. Il y avait certainement quelqu'un pour diriger ce mouvement menaçant, pour tenter de brûler la révolution au feu de l'alcool. Markine flaira le danger et entra aussitôt en bataille. Il assura la protection des caves, et là où il ne pouvait mieux faire, il détruisit les dépôts. Chaussé de hautes bottes, il enfonçait jusqu'aux genoux dans un flot de vins fins qui dégoulinait du verre des bouteilles. Par les ruisseaux, le vin coulait, imprégnant la neige, vers la Néva. Des ivrognes le lampaient, à même les rigoles. Markine, le revolver au poing, combattait pour la lucidité d'Octobre. Trempé jusqu'aux os, tout pénétré du bouquet des grands crus, il rentrait chez lui où l'attendaient dans les affres deux petits garçons. Markine repoussa l'offensive donnée au moyen de l'alcool par la contre-révolution.

Lorsque je fus chargé du commissariat des Affaires étrangères, il sembla qu'il serait impossible d'aborder la tâche. Les anciens adjoints du ministre aussi bien que les dactylos participaient tous au sabotage. Les armoires étaient fermées. Les clefs manquaient. Je m'adressai à Markine qui connaissait le secret de l'action directe. Deux ou trois diplomates furent enfermés pendant vingt-quatre heures et, le lendemain, Markine, m'apportant les clefs, m'invita à me rendre au commissariat. Mais j'étais retenu à l'Institut Smolny par des travaux d'une portée plus générale pour la révolution. Markine devint alors, provisoirement, le ministre des Affaires étrangères, sans en avoir le titre. Il débrouilla tout à sa manière dans le mécanisme du commissariat, procéda d'une main ferme à l'épuration, chassant les diplomates de haute lignée, les diplomates fripons, réorganisant la chancellerie. Il confisqua au profit des miséreux de tout âge les objets que l'on recevait encore en contrebande, par les valises diplomatiques. Il fit une sélection parmi les plus édifiants documents secrets et publia ce qu'il avait choisi, sous sa responsabilité personnelle, avec des notes de lui, en brochures. Markine ne portait pas l'insigne académique et même n'écrivait pas sans quelques fautes. Ses annotations étaient parfois d'un imprévu surprenant. Mais, dans l'ensemble, Markine le diplomate plantait solidement ses clous et en bonne place. Le baron von Kühlmann et le comte Czernin, à Brest-Litovsk, se jetèrent avec avidité sur le papier jaune des brochures de Markine.

Ensuite commença la guerre civile. Markine bouchait les

brèches, qui étaient nombreuses. Il s'occupa d'établir la dictature assez loin, dans l'Est. Il commandait une flottille sur la Volga et chassait l'ennemi. Lorsque j'apprenais qu'il se trouvait à un endroit plus particulièrement périlleux, je me sentais plus tranquille et comme réchauffé. Mais son heure sonna. Sur la Kama, une balle ennemie rejoignit Nikolaï Guéorguiévitch Markine et faucha ses solides jambes de marin. Lorsque je reçus la dépêche qui m'annonçait sa mort, ce fut comme si une colonne de granit s'écroulait devant moi.

Sur la petite table des enfants, il y avait son portrait. Il portait le béret, avec les rubans flottants.

— Garçons, garçons, Markine a été tué...

Devant moi, deux faces pâles, tendues par les crispations d'une douleur soudaine.

Avec nos enfants, Nikolaï traitait d'égal à égal. Il leur confiait ses desseins et les secrets de sa vie. A notre Sérioja, qui avait neuf ans, il avait raconté qu'une femme qu'il aimait depuis longtemps, et profondément, l'avait quitté et qu'à cause de cela il avait du noir dans l'âme. Sérioja, d'un chuchotement effrayé, avec des larmes aussi, avait fait confidence de ce secret à sa mère.

Et ce tendre ami, qui avait ouvert, en égal, son âme à nos enfants, était également un vieux loup de mer et un révolutionnaire, un véritable héros, comme dans le plus merveilleux des contes. Était-il possible qu'il fût mort, ce Markine qui, dans le sous-sol du ministère, nous avait appris à nous servir du revolver et de la carabine? Deux petits corps frissonnèrent longtemps sous leurs couvertures, dans le calme de la nuit, lorsque la sinistre nouvelle nous fut parvenue. La mère, seule, entendit leurs sanglots d'inconsolables.

Ma vie était emportée dans le tourbillon des meetings. Lorsque j'arrivai à Pétersbourg, tous les orateurs que je rencontrai étaient enroués ou avaient perdu la voix. La révolution de 1905 m'avait appris à ménager mon gosier. C'est pourquoi je réussis à peu près à rester dans le rang. Meetings dans les usines, dans les écoles, dans les théâtres, dans les cirques, dans les rues, sur les places... Je rentrais exténué, après minuit, je trouvais, dans un demi-sommeil agité, les meilleurs arguments que j'aurais dû opposer à nos adversaires politiques, et, à sept heures du matin, parfois plus tôt, j'étais tiré de mon sommeil par des coups odieux, intolérables, à ma porte : on venait me chercher pour un meeting à Peterhof; des matelots de Cronstadt étaient venus me prendre, en bateau à moteur, pour m'emmener chez eux. Chaque fois, il me semblait que je ne serais pas en état de donner à cette nouvelle réunion l'élan voulu. Mais je ne sais quelles réserves du système nerveux se révélaient alors; je parlais une heure, parfois deux, et, tandis que je parlais, j'étais étroitement entouré par des délégations venues de diverses usines, de divers quartiers. Il se trouvait qu'en trois, quatre ou cinq endroits, j'étais attendu par des milliers d'ouvriers, qui patientaient une et deux et trois heures. Que d'endurance mettait la masse réveillée à attendre, en ces jours-là, la parole nouvelle!

Les meetings qui se tenaient au cirque Moderne présentaient un intérêt particulier, non seulement pour moi, mais pour mes adversaires. Ceux-ci considéraient le cirque comme ma citadelle et n'essayèrent jamais d'y parler. En revanche, lorsque j'attaquais au soviet les conciliateurs, on m'interrompait souvent par des cris hostiles :

— Vous n'êtes pas ici au cirque Moderne!

Ce devint comme un refrain. D'ordinaire, au cirque, je prenais la parole le soir, quelquefois en pleine nuit. Mes auditeurs étaient des ouvriers, des soldats, de laborieuses mères de famille, des adolescents venus de la rue, les opprimés, les bas-fonds de la capitale. Il n'y avait pas place pour laisser tomber une épingle, les gens étaient entassés. De petits garçons étaient assis sur les épaules de leurs pères. Des nourrissons suçaient le sein maternel. Personne ne fumait. Les galeries supérieures menaçaient de s'effondrer sous la surcharge. Pour parvenir à la tribune, je devais passer par une étroite tranchée de corps, et parfois j'étais porté sur les bras. L'atmosphère, lourde de respirations et d'attente, éclatait en cris, en ces hurlements passionnés qui étaient dans la manière du cirque Moderne. Autour de moi, au-dessus de moi, des coudes étroitement serrés, des poitrines, des têtes... Je parlais comme du fond d'une chaude caverne de corps humains. Lorsque je faisais un geste un peu ample, j'atteignais toujours quelqu'un et, d'un mouvement de reconnaissance, l'auditeur touché me donnait à comprendre que je n'avais rien à regretter, que je ne devais pas m'interrompre, qu'il fallait continuer. Aucune lassitude ne pouvait subsister dans la tension électrique de cette agglomération humaine. La foule voulait savoir, comprendre, trouver sa voie. Par moment, on croyait sentir jusqu'aux lèvres la prenante question de cette multitude fondue en un seul être. Alors, les arguments conçus d'avance, les mots préparés, cédaient, se retiraient, sous l'autoritaire pression des sympathies, et d'autres mots sortaient de l'ombre, d'autres arguments tout armés, imprévus pour l'orateur, mais nécessaires à la masse. Et alors, l'orateur lui-même avait l'impression d'entendre quelqu'un qui eût parlé tout près de lui, de ne pouvoir suivre assez sa pensée, et sa seule inquiétude était que son double, comme un somnambule, ne tombât de l'amphithéâtre au son de sa voix de raisonneur.

Tel était le cirque Moderne. Il avait sa physionomie à lui, flambante, affectueuse et forcenée. Les nourrissons suçaient paisiblement des seins d'où partaient des cris d'assentiment ou de menace. La foule même était comme un bébé dont les lèvres sèches se collent aux tétins de la Révolution. Mais l'enfançon prenait rapidement de l'âge.

Sortir du cirque Moderne était encore plus difficile que d'y entrer. La foule ne se décidait pas à rompre le bloc qu'elle formait. Elle ne se dispersait pas. L'esprit perdu, le corps épuisé, il fallait voguer vers la porte, passant sur d'innombrables bras qui vous soulevaient au-dessus des têtes. Parfois, je discernais les figures de mes deux filles : elles habitaient dans le voisinage, avec leur mère. L'aînée allait sur ses seize ans; la cadette allait en avoir quinze. J'avais à peine le temps de faire un signe de tête vers leurs yeux émus ou de serrer en passant une main tendre et brûlante. Et la foule nous séparait encore.

Lorsque j'étais parvenu dehors, le cirque tout entier se mettait en mouvement. La rue anuitée s'animait de cris et du tapotement des pas. Une grand-porte s'ouvre, m'engloutit et se referme lourdement derrière moi. Des amis m'ont introduit dans le palais de la ballerine Kszesinska, que fit construire pour elle Nicolas II. C'est là que s'est retranché l'état-major des bolcheviks, et des capotes grises tiennent séance sur des sièges capitonnés de soie, piétinant de leurs lourdes bottes un parquet qui n'a pas été ciré depuis longtemps. Ici, l'on peut attendre, un moment, que la foule se soit écoulée, et repartir ensuite.

Un soir, revenant du meeting par des rues désertes, j'entends des pas qui me suivent. Il en avait été de même la veille, et, je crois, l'avant-veille. Serrant du poing mon browning, je fais brusquement demi-tour. Quelques pas en arrière :

— Que vous faut-il? demandai-je d'un ton menaçant.

J'avais devant moi une jeune figure, toute dévouée.

— Permettez-moi de veiller sur vous; le cirque est aussi fréquenté par des ennemis.

C'était l'étudiant Poznansky.

Dès lors, il ne me quitta plus. Pendant toutes les années de révolution, il fut à mes côtés, remplissant des missions très variées, mais qui engageaient toujours sa responsabilité. Il s'occupait de ma protection personnelle, créa un secrétariat pour mes expéditions militaires, découvrit des dépôts d'armements que l'on avait oubliés, trouva des livres dont on avait besoin, organisa, avec rien, peut-on dire, des escadrons, combattit au front, puis dans les rangs de l'opposition. Il est actuellement déporté. J'espère que nous nous retrouverons réunis.

Le 3 décembre, je fis, au cirque Moderne, une conférence sur l'activité du gouvernement soviétique. J'expliquai l'importance de la publication de la correspondance diplomatique du tsarisme et de Kérensky. Je racontai à mes fidèles auditeurs comment, ayant dit que le peuple ne pouvait plus verser son sang pour des traités qu'il n'avait ni conclus, ni lus, ni vus, je m'étais attiré cette réplique des conciliateurs du soviet, réplique véhémente :

— Pas de ce langage ici! Vous n'êtes pas au cirque Moderne!

Et je reprends la réponse que je fis aux conciliateurs :

— Je n'ai qu'une seule parole, qu'un seul langage, celui du révolutionnaire; c'est la langue que je parle dans les meetings populaires, c'est le langage que je tiendrai aux Alliés et aux Allemands.

Là, le compte rendu de la presse note de bruyants applaudissements.

Ma liaison avec le cirque Moderne ne cessa qu'en février, lorsque j'allai m'établir à Moscou.

CHAPITRE XXV

SUR DES CALOMNIATEURS

Au début de mai 1917, lorsque je parvins à Pétrograd, la campagne ouverte au sujet du « wagon plombé » dans lequel était arrivé Lénine battait son plein. Les ministres socialistes, tout neufs et tirés à quatre épingles, étaient les alliés de Lloyd George qui n'avait pas admis que Lénine se rendît en Russie. Et c'étaient ces mêmes messieurs qui traquaient Lénine parce qu'il avait passé par l'Allemagne. Les circonstances de mon voyage, complétant l'expérience faite par lui, furent tout aussi probantes pour la contre-partie. Ce qui n'empêcha pas que je fusse l'objet de la même calomnie. Buchanan, le premier, lui donna cours. Sous forme d'une lettre ouverte au ministre des Affaires étrangères — qui, en mai, était déjà Téréchtchenko et non plus Milioukov — j'écrivis le récit de mon odyssée à travers l'Atlantique. Comme conclusion, je posais la question suivante :

« Estimez-vous, monsieur le ministre, qu'il est dans l'ordre que l'Angleterre soit représentée par une personne qui s'est salie elle-même en lançant une aussi impudente calomnie et qui n'a pas levé le petit doigt, ensuite, pour se réhabiliter? »

Il n'y eut pas de réponse. Et je n'en attendais pas. Mais le journal de Milioukov s'entremit en faveur de l'ambassadeur allié en reprenant à son compte les calomnies qui me concernaient. Je décidai de clouer au pilori les diffamateurs d'une façon aussi solennelle que possible. Le premier congrès panrusse des soviets venait de s'ouvrir. Le 5 juin, la salle était archi-bondée. Je demandai, en fin de séance, à prendre la parole sur un cas personnel.

Voici comment, le lendemain, le journal de Gorki, qui était hostile aux bolcheviks, rapporta mes conclusions et, en général, tout l'épisode :

« Milioukov nous accuse d'être des agents à la solde du gouvernement allemand. Du haut de cette tribune de la démocratie révolutionnaire, je m'adresse à la presse russe honnête (Trotsky se tourne vers la table occupée par les journalistes) et je la prie de reproduire mes paroles : tant que Milioukov n'aura pas retiré cette accusation, il portera sur le front le stigmate d'un infâme calomniateur.

« La déclaration de Trotsky, prononcée avec force et dignité, appelle l'ovation unanime de toute la salle. Tout le congrès, sans distinction de fractions, l'applaudit bruyamment pendant plusieurs minutes. »

Il ne faut pas oublier que le congrès se composait, dans la proportion de neuf dixièmes, de nos adversaires. Mais ce succès, comme l'ont démontré les événements qui suivirent, devait être éphémère. Ce fut, en son genre, un des paradoxes du parlementarisme.

La *Rietch* essaya de relever le gant en annonçant, le lendemain, que j'avais touché, au *Deutscher patriotischer Verein* de New York, dix mille dollars pour renverser le gouvernement provisoire. Cela, du moins, c'était clair. Or, la vérité est qu'à l'avant-veille de mon départ pour l'Europe, des ouvriers allemands auxquels j'avais fait plus d'une fois des conférences, en collaboration avec des amis et partisans américains, russes, lettons, juifs, lithuaniens et finnois, organisèrent pour moi un meeting d'adieux au cours duquel il y eut une collecte pour les besoins de la révolution russe. On réunit ainsi trois cent dix dollars. Sur cette somme, les ouvriers allemands avaient versé, par l'intermédiaire de leur président, 100 dollars. La somme recueillie me fut remise et, le lendemain même, d'accord avec les organisateurs du meeting, je la répartis entre cinq émigrés qui rentraient en Russie et n'avaient pas assez d'argent pour leur voyage. Telle est l'histoire des « dix mille » dollars.

Je la racontai alors dans le journal de Gorki, *Novaïa Jizn* (27 juin) et terminai par cette leçon :

« Pour réduire à une plus juste mesure, désormais, les élucubrations combinées à mon égard par MM. les menteurs, calomniateurs, plumitifs des journaux cadets et autre canaille en général, je crois utile de déclarer que, dans toute ma vie, je n'ai jamais disposé en une fois non seulement de dix mille dollars, mais même du dixième de cette somme. Pareil aveu peut, à vrai dire, me perdre de réputation dans l'auditoire des cadets beaucoup plus gravement que toutes les insinuations de M. Milioukov. Mais je me suis depuis longtemps fait à l'idée de passer ma vie sans obtenir aucun signe d'approbation des bourgeois libéraux. »

Après cela, la noise ne continua qu'en sourdine. Je résumai la campagne dans une brochure adressée *A des Calomniateurs* et la livrai à l'impression. Huit jours plus tard éclatèrent les Journées de juillet et, le 23 du même mois, je fus emprisonné par le gouvernement provisoire, sous l'inculpation d'être au service du Kaiser. L'instruction fut menée par des juges qui avaient acquis leur expérience au service du tsar : ils n'étaient pas habitués à s'embarrasser de faits ou d'arguments. D'ailleurs, il y avait trop d'effervescence à ce moment-là. Lorsque je pris connaissance du dossier, l'indignation que provoqua en moi la vilenie de l'accusation ne fut mitigée que par le rire auquel donnait lieu l'inénarrable sottise du document.

Voici ce que je consignai sur le procès-verbal de l'instruction, en date du 1er septembre :

« Considérant que le tout premier des documents communiqués (déposition du sous-lieutenant Ermolenko) — lequel document a joué jusqu'à présent le rôle principal dans la persécution entreprise contre mon parti et moi-même avec le concours de certains fonctionnaires de la Justice — est indubitablement le fruit d'un travail conscient de fabrication, ayant pour but non d'élucider les circonstances de l'affaire, mais bien de les embrouiller avec malveillance; considérant que, dans ce document, M. le juge d'instruction Alexandrov a passé sous silence, d'une façon nettement préméditée, les principales questions et circonstances dont l'explication aurait nécessairement démontré toute la fausseté des déclarations dudit Ermolenko, inconnu pour moi; j'estime que, politiquement, et au point de vue moral, il serait avilissant pour moi de participer à la procédure d'instruction et réserve d'autant plus mon droit à dénoncer le véritable fond de l'accusation, devant l'opinion du pays, par tous les moyens qui seront en mon pouvoir. »

L'accusation fut bientôt noyée dans de grands événements qui engloutirent non seulement les juges d'instruction, mais toute la vieille Russie avec ses héros de « la dernière heure », du type Kérensky.

Je croyais n'avoir plus à revenir sur ce sujet. Mais il s'est trouvé un écrivain pour reprendre et soutenir en 1928 la vieille calomnie. Son nom est Kérensky. En 1928, c'est-à-dire onze ans après les événements révolutionnaires qui l'ont brusquement enlevé et fort justement balayé, Kérensky affirme que Lénine et autres bolcheviks étaient des agents du gouvernement allemand, qu'ils étaient en liaison avec l'état-major allemand, qu'ils touchaient de l'argent allemand pour provoquer une défaite de l'armée russe et le démembrement de la Russie. Tout cela est narré dans des dizaines de pages de son livre burlesque, principalement de la page 290 à 310. Je me faisais une idée assez claire du niveau intellectuel et moral de Kérensky, d'après les événements de 1917; néanmoins, je n'aurais jamais cru qu'il fût capable, après tout ce qui s'est passé, de risquer une pareille « accusation ». Il faut pourtant s'en tenir là : le fait est patent.

Kérensky écrit ceci :

« Que Lénine ait trahi la Russie au moment où la guerre arrivait à sa plus haute tension, *c'est un fait historique, impeccablement établi, incontestable.* » (Page 293.)

Qui donc a fourni ces preuves incontestables et où les a-t-il trouvées?

Kérensky commence par vaticiner largement : il raconte que l'état-major choisissait parmi les prisonniers russes des candidats à l'espionnage et les introduisait dans les effectifs des armées russes. Un de ces espions, un vrai ou un faux (souvent ils ne savaient pas eux-mêmes ce qu'ils étaient), vint trouver directement Kérensky pour lui révéler toute la technique de l'espionnage allemand. Mais, observe mélancoliquement Kérensky, ces « révélations » n'avaient « guère d'importance pratique ». (Page 295.)

Et voilà qui est juste! D'après Kérensky lui-même, il est clair qu'un médiocre aventurier a essayé de le mener par le bout du nez. Cet épisode avait-il quelque rapport avec Lénine et les bolcheviks en général? Pas le moindre. Kérensky en convient lui-même, l'épisode ne signifiait rien. Alors, pourquoi nous le raconter? Pour donner quelque ampleur au récit et accroître l'importance des révélations qui doivent suivre. Imitant son informateur, Kérensky voudrait mener le lecteur par le bout du nez.

Oui, dit-il, ce premier cas était sans importance, mais, *en revanche*, nous reçûmes d'une autre source une information « de haute valeur », laquelle « *prouva définitivement* qu'il y avait liaison entre les bolcheviks et l'état-major allemand ». (Page 295.) Notez bien ce : « prouva définitivement ». Voyons la suite : « Également, les moyens et les voies par lesquels ces liaisons étaient entretenues purent être établis. » (Page 295.) *Purent* être établis? C'est équivoque. *Furent*-ils établis? Nous allons l'apprendre. Un peu de patience : il a fallu onze ans pour mûrir cette « révélation » dans les profondeurs spirituelles de son auteur.

« En avril se présenta au quartier général du général Alexéiev un officier ukrainien du nom de Iarmolenko. » Nous avons déjà entendu ce nom. Nous avons là devant nous le principal personnage de toute l'affaire. Il n'est pas inutile de noter que Kérensky est incapable de se montrer exact même là où il n'est pas dans son intérêt de faire faute d'exactitude. Le nom du petit fripon qu'il met en scène n'est pas Iarmolenko, mais Ermolenko, c'est du moins sous ce nom qu'il figurait dans les papiers des juges d'instruction de M. Kérensky. Ainsi donc, le sous-lieutenant Ermolenko (c'est à dessein que Kérensky dit vaguement : « un officier ») se présenta au G. Q. G. en qualité, prétendait-il, d'agent de l'Allemagne, pour dénoncer de véritables agents allemands. La déposition de ce grand patriote, que la presse bourgeoise la plus hostile au bolchevisme fut bientôt forcée de caractériser comme un louche et douteux individu, démontra incontestablement et définitivement que Lénine n'a pas été une des plus grandes figures de l'histoire, mais tout simplement un des agents salariés de Ludendorff. Comment, cependant, le sous-lieutenant Ermolenko a-t-il connu ce grand secret et quelles preuves a-t-il apportées pour captiver Kérensky? Ermolenko, s'il faut l'en croire, a été chargé par l'état-major allemand de faire en Ukraine de la propagande séparatiste.

« On lui avait donné, raconte Kérensky, tous les renseignements indispensables sur les voies et les moyens par lesquels il lui convenait de rester en liaison avec les dirigeants (!) allemands, sur les banques (!) qui lui transmettraient les fonds nécessaires, sur les agents les plus importants, parmi lesquels se trouvaient de nombreux séparatistes ukrainiens et Lénine. »

Tout cela, textuellement, se lit, pages 295 et 296 du grand œuvre! A présent, du moins, nous saurons comment le grand état-major allemand traitait les espions. Quand un sous-lieutenant, obscur et presque illettré, s'avérait candidat au service d'espionnage, les chefs, au lieu de le placer sous la surveillance de quelque lieutenant du contre-espionnage allemand, mettaient le postulant en relations « avec les dirigeants » de chez eux, lui révélaient immédiatement toute la composition et le fonctionnement de leurs services, et lui fournissaient même la nomenclature des banques (il ne s'agit pas d'*une* banque, il s'agit de *toutes*) par lesquelles passaient les fonds secrets de l'Allemagne! Comme on voudra, mais on a l'impression, dont on ne saurait se défaire, que l'état-major allemand procédait avec la dernière sottise. Ce n'est pourtant qu'une impression : elle s'explique par ce fait que ledit état-major nous est ici représenté non pas tel qu'il était en réalité, mais tel que se le figuraient les deux sous-lieutenants Max et Moritz [1] : Ermolenko, le sous-lieutenant d'armée, et Kérensky, le sous-lieutenant de la politique.

Mais peut-être quoique inconnu, obscur et peu élevé en grade, Ermolenko occupait-il un poste important dans les services de l'espionnage allemand? Kérensky voudrait nous engager à le croire.

Par malheur, nous connaissons autre chose que le livre de Kérensky; nous possédons les sources auxquelles il a puisé.

Ermolenko, pour sa part, y va plus simplement que Kérensky. Dans ses dépositions, faites sur le ton que peut avoir un médiocre et bête aventurier, Ermolenko donne lui-même le prix de son travail : il se trouve que l'état-major allemand lui aurait versé, en tout et pour tout, quinze cents roubles de l'époque, des roubles alors extrêmement dépréciés, pour toutes ses dépenses d'homme qui avait à organiser la séparation de l'Ukraine et le renversement de Kérensky. Ermolenko avoue franchement, dans ses dépositions qui ont été, depuis, publiées, qu'il se plaignit amèrement de la parcimonie allemande, mais sans parvenir à un résultat. Il protestait : « Pourquoi si peu? » Mais les « dirigeants allemands » se montrèrent intraitables.

Au surplus, Ermolenko ne nous dit pas s'il mena ses pourparlers directement avec Ludendorff, ou avec Hindenburg, avec le Kronprinz ou avec l'ex-Kaiser... Ermolenko se refuse

1. Max et Moritz, personnages grotesques d'un roman de bibliothèque enfantine, connus en Allemagne comme l'ont été chez nous le sapeur Camembert et le fantassin Chapuzot. (*N. d. T.*)

obstinément à nommer les « dirigeants » qui lui octroyèrent largement quinze cents roubles pour assurer la débâcle de la Russie, pour ses frais de voyage, pour son tabac et la bouteille... Nous prenons sur nous d'émettre cette hypothèse que l'argent servit surtout à des libations et que, les fonds allemands s'étant épuisés dans les poches du sous-lieutenant, il renonça à faire appel aux banques dont on lui avait donné la liste à Berlin : valeureusement, il préféra se présenter à l'état-major russe pour obtenir des subsides patriotiques. Il est fort probable aussi qu'en cours de route, il fut cueilli par un des officiers russes du contre-espionnage, qui manœuvraient alors contre les bolcheviks. Et ce serait un officier de cette sorte qui, vraisemblablement, aurait donné à Ermolenko l'inspiration... Il en résulta, dans le cerveau peu spacieux du sous-lieutenant, quelque chose comme deux philosophies différentes : d'une part, il ne pouvait réprimer en lui-même un ressentiment contre le lieutenant allemand qui lui avait jeté à la figure quinze cents roubles et pas un *kopeck* de plus; d'autre part, il ne se permettrait pas d'oublier qu'il était dans la confidence des « dirigeants allemands », qu'il connaissait tout le système de l'espionnage allemand, avec ses agents et ses banques.

Quels sont les « nombreux séparatistes ukrainiens » que dénonça Ermolenko à Kérensky? On n'en voit rien dans le livre de ce dernier. Pour donner quelque poids aux lamentables mensonges d'Ermolenko, Kérensky en ajoute d'autres de son cru. Parmi les séparatistes, Ermolenko, comme on le voit d'après ses dépositions authentiques, nomma Ioltoukhovsky (dit Skoropis). Kérensky fait le silence sur ce nom parce qu'il sait bien que s'il le mentionnait, il serait forcé de reconnaître qu'Ermolenko n'a rien révélé. Le nom d'Ioltoukhovsky n'était un secret pour personne. Il avait été rappelé des dizaines de fois dans les journaux, en temps de guerre. Ioltoukhovsky ne cachait pas qu'il était en relations avec l'état-major allemand. A Paris, dans *Naché Slovo*, j'avais stigmatisé, dès la fin de 1914, le petit groupe d'Ukrainiens séparatistes qui s'était lié avec les autorités militaires allemandes. Je les avais tous désignés par leurs noms, et Ioltoukhovsky était du nombre.

Nous avons vu cependant qu'à Berlin l'on désigna à Ermolenko non seulement « de nombreux séparatistes ukrainiens », mais aussi... Lénine.

On peut encore comprendre que les séparatistes aient été indiqués à Ermolenko, puisqu'il rentrait en Russie pour faire lui-même de la propagande séparatiste. Mais, dans quel but lui aurait-on désigné Lénine?

Kérensky ne répond pas à cette question. Et ce n'est pas par hasard. En effet, Ermolenko introduit à tort et à travers, dans ses dépositions embrouillées, le nom de Lénine.

L'inspirateur de Kérensky raconte qu'il s'est engagé comme espion allemand dans un but « patriotique »; qu'il a réclamé une augmentation de ses « fonds secrets » (quinze cents roubles!) dès qu'on lui eut expliqué les fonctions qu'il aurait à remplir : espionnage, faire sauter des ponts; etc. En dehors de cette histoire, on lui aurait expliqué, selon lui (mais *qui* le lui a dit?), qu'en Russie il ne travaillerait « pas seul », que « Lénine et ses partisans travaillaient dans le même (!) sens ».

Tel est le texte littéral de ses dépositions.

Il en résulte qu'un petit agent, chargé de faire sauter des ponts, aurait été mis au courant, sans la moindre utilité pratique, d'un secret comme celui des rapports prétendus entre Lénine et Ludendorff...

Vers la fin de ses déclarations, et sans aucun rapport avec l'ensemble du racontar, fait évidemment sous l'influence grossière d'un souffleur, Ermolenko ajoute tout à coup ceci :

« On m'apprit [qui le lui a appris?] que Lénine avait participé à des conférences à Berlin, avec des représentants de l'état-major, et qu'il s'était arrêté chez Skoropis-Ioltoukhovsky, *ce dont je me convainquis par la suite.* » Un point, c'est tout.

Comment s'en est-il convaincu? Il n'en dit pas un mot. A l'égard de cette indication d'Ermolenko, la seule qui porte sur « un fait », le juge d'instruction Alexandrov ne fit preuve d'aucune curiosité. Il s'abstint de poser une bien simple question, il ne demanda pas au sous-lieutenant Ermolenko *comment* il avait pu savoir en toute certitude que Lénine, pendant la guerre, avait séjourné à Berlin et était descendu chez Skoropis-Ioltoukhovsky. Ou peut-être Alexandrov posa-t-il la question (il ne pouvait se dispenser de la poser!) et n'obtint-il en réponse qu'une sorte de mugissement confus, ce qui l'aurait décidé à ne pas consigner cet épisode dans le procès-verbal. Très probable!..

N'avons-nous pas le droit, devant toute cette cuisine, de nous écrier : quel est l'imbécile qui en sera dupe? Mais il existe, à ce que nous voyons, des « hommes d'État » qui font semblant de croire à ces histoires et invitent leurs lecteurs à y ajouter foi.

Est-ce bien tout? — Oui, pour le sous-lieutenant de l'armée, c'est fini... Mais... le sous-lieutenant de la politique a encore des hypothèses et des conjectures à nous soumettre. Suivons-le.

« Le gouvernement provisoire, raconte Kérensky, se voyait en face d'une tâche difficile qui était de suivre jusqu'au bout les fils indiqués par Ermolenko, de filer les agents qui faisaient la navette entre Lénine et Ludendorff et de les prendre en flagrant délit avec le plus possible de documents-massues. » (Page 296.)

Cette phrase d'apparence pompeuse ne tient qu'à deux fils : mensonge et lâcheté. C'est ici qu'apparaît pour la première fois le nom de Ludendorff. Dans les dépositions d'Ermolenko, il n'y a pas un seul nom allemand : le crâne du sous-lieutenant de l'armée était de trop petite capacité. En ce qui concerne les agents qui auraient fait la navette entre Lénine et Ludendorff, Kérensky parle à dessein sur un ton équivoque. D'une part, on pourrait penser qu'il est question d'agents bien déterminés, déjà connus, qu'il ne restait plus qu'à saisir avec les pièces du délit. D'autre part, il semblerait que, dans la tête de Kérensky, il n'y eut qu'une idée toute platonique desdits agents. S'il a eu l'intention de les « suivre à la trace [1] », il ne s'agissait encore que de talons inconnus, anonymes, transcendantaux. Avec toutes ses malices verbales, le calomniateur ne parvient qu'à mettre à nu son talon d'Achille, ou bien, pour en parler d'une façon moins classique, son sabot d'âne.

L'instruction de l'affaire, selon Kérensky, fut si secrète que quatre ministres seulement en furent informés. Le ministre de la Justice lui-même, l'infortuné Péréverzev, n'en savait rien! Voilà comment on traite sérieusement les affaires d'État! Tandis que l'état-major allemand livrait au premier venu non seulement les firmes de ses banques correspondantes, mais le secret de ses liaisons avec les leaders du plus grand parti révolutionnaire, Kérensky se conduisait tout autrement : lui compté, il ne trouvait que trois autres ministres assez fortement trempés pour ne pas laisser échapper les talons des agents de Ludendorff.

1. L'expression de Kérensky est « poursuivre sur les talons », d'où le jeu de mots de Trotsky. (*N. d. T.*)

Et il se plaint encore :

« La tâche était au plus haut degré difficile, embrouillée et de longue durée. » (Page 297.)

Nous le croyons volontiers, cette fois.

Et, de plus, le succès couronna entièrement les efforts du patriote. Kérensky le dit nettement :

« Le succès, en tout cas, fut tout simplement anéantissant pour Lénine. Les rapports de Lénine avec l'Allemagne étaient impeccablement établis. » (Page 297.)

Nous prions le lecteur de se rappeler ces mots : « impeccablement établis ».

Par qui et comment? Ici, Kérensky introduit dans son roman d'une cause criminelle deux révolutionnaires polonais assez connus, Ganetsky et Kozlovsky et une certaine Mme Sumenson au sujet de laquelle personne ne sait rien et dont l'existence même n'a jamais pu être démontrée. Ce furent les trois agents de liaisons, nous dit-on. Sur quoi Kérensky se base-t-il pour inscrire feu Kozlovsky et le bien vivant Ganetsky parmi ceux qui auraient servi d'intermédiaires entre Ludendorff et Lénine? On n'en sait rien. Ermolenko n'a jamais nommé ces personnes. On les voit apparaître dans les pages de Kérensky de même qu'elles furent révélées, dans les journaux de juillet 1917, de la façon la plus inattendue, *dei ex machina*, — le rôle de machine, en l'occasion, étant manifestement joué par le contre-espionnage tsariste.

Voici ce que raconte Kérensky :

« L'agent bolchevik allemand de Stockholm qui emportait des documents démontrant d'une façon irréfutable la liaison de Lénine avec le commandement allemand, devait être arrêté à la frontière russo-suédoise. La teneur des documents nous était exactement connue. » (Page 298.)

Cet agent, à ce qu'il paraît, aurait été Ganetsky. Nous voyons que les quatre ministres, dont le plus sage était certainement le ministre-président, n'avaient pas travaillé en vain : l'agent des bolcheviks apportait de Stockholm à Kérensky des documents connus d'avance (« exactement connus »), des papiers prouvant irréfutablement que Lénine était l'agent de Ludendorff.

Mais pourquoi Kérensky ne nous ferait-il pas confidence de son secret au sujet de ces documents? Pourquoi ne jetterait-il pas, même brièvement, quelque lumière sur ce qu'ils contenaient? Pourquoi ne nous dirait-il pas, ne fût-ce que par allusion, de quelle manière il en a connu d'avance la teneur? Pourquoi ne nous explique-t-il pas à quelles fins, à proprement parler, l'agent allemand des bolcheviks apportait en Russie des documents destinés à prouver que les bolcheviks étaient bien des agents allemands?

De tout cela, Kérensky ne nous dit pas un mot. Encore une fois, on ne peut que demander quel est l'imbécile qui voudra le croire.

Cependant, il se trouve aussi que l'agent de Stockholm ne fut pas arrêté. Les remarquables documents que Kérensky en 1917, « connaissait exactement », mais qui, en 1928, resteront de l'inconnu pour ses lecteurs, ne furent pas saisis. L'agent des bolcheviks était bien parti, mais il n'alla pas jusqu'à la frontière russo-suédoise. Pourquoi?... Seulement parce que le ministre de la justice Péréverzev, incapable de suivre les gens à la trace, avait bavardé, révélant trop tôt aux journaux le grand secret du sous-lieutenant Ermolenko. *Pourtant le bonheur était si possible, si proche* [1]!...

« Le travail auquel se livra pendant deux mois le gouvernement provisoire (principalement Teréchtchenko) pour découvrir les agissements des bolcheviks aboutit à *un échec.* » (Page 298.)

Oui, c'est bien ainsi que Kérensky s'exprime : « aboutit à un échec ».

Page 297, il était dit que « le succès de ce travail fut tout simplement anéantissant pour Lénine ». Ses relations avec Ludendorff furent « impeccablement établies ».

Mais, page 298, nous lisons qu' « un travail de deux mois aboutit à un échec... ».

N'est-ce pas là une assez drôle bouffonnerie?

Malgré la déconvenue des quatre ministres qui suivaient à la trace la dame Sumenson, inconnue de tout le monde, Kérensky ne perd pas courage. Au sujet des rapports des bolcheviks avec Ludendorff, il déclare fièrement ceci :

« Je puis seulement, *en pleine conscience de ma responsabilité devant l'histoire*, reprendre les paroles du procureur du tribunal de Pétrograd... » (Page 298.)

1. Phrase empruntée à l'*Eugène Oniéguine* de Pouchkine et passée en dicton d'une douce ironie, dans la langue russe. (*N. d. T.*)

C'est là qu'il se montre de toute sa hauteur! Tel l'entendirent plus d'une fois, parlant de la tribune, en 1917, les engagés volontaires, les lieutenants de gauche, les lycéens et les demoiselles démocrates : « en pleine conscience de ma responsabilité devant l'histoire! » Il est de cette taille-là, l'incomparable sous-lieutenant de la politique, Narcisse Kérensky! Mais, quelques pages plus loin, après ce beau serment, voici encore un aveu écrasant :

« Nous, gouvernement provisoire, avons ainsi laissé échapper pour toujours (!) la possibilité de démontrer définitivement, et avec des documents à l'appui, la trahison de Lénine. » (Page 305.)

« Laissé échapper pour toujours... » De tout ce qu'on avait bâti sur les épaules d'Ermolenko, il ne reste, en fin de compte, rien, si ce n'est une parole d'honneur donnée devant l'histoire.

Mais nous ne sommes pas au bout. La fausseté et la lâcheté de Kérensky sont encore, peut-être, plus manifestes quand il en vient à parler de moi. Terminant sa liste des agents allemands qui devaient être arrêtés sur son ordre, Kérensky note d'un ton discret :

« Quelques jours après, l'on arrêta aussi Trotsky et Lounatcharsky. » (Page 309.)

C'est le seul passage où Kérensky m'introduise dans les services de l'espionnage allemand. Il le fait d'une façon enveloppée, sans fleurs de rhétorique, sans dépenser sa « parole d'honneur ». Il a des raisons suffisantes pour agir ainsi. Il ne peut me passer tout à fait sous silence, car, de toutes manières, son gouvernement m'a arrêté et a formulé contre moi la même inculpation que contre Lénine. Mais il ne veut et ne peut trop s'étendre sur les points d'accusation : en ce qui me concerne, son gouvernement fit preuve particulièrement éclatante de sottise. Le seul indice de culpabilité qu'avait trouvé contre moi le juge d'instruction Alexandrov était mon passage à travers l'Allemagne, en wagon plombé et en compagnie de Lénine. Le vieux chien de garde de la justice tsariste ignorait absolument que le wagon plombé avait amené, avec Lénine, non pas moi, mais le leader des menchéviks, Martov. Je n'étais arrivé qu'un mois après Lénine, je venais de New York, j'avais passé par un camp de concentration au Canada et par les pays scandinaves. L'accusation dressée contre les bolcheviks provenait de misérables et méprisables faussaires qui ne jugeaient même pas nécessaire de rechercher dans les journaux quand et par quelle voie Trotsky était arrivé en Russie. Je pris le juge d'instruction en flagrant délit. Je lui jetai à la figure ses sales paperasses et lui tournai le dos, ne voulant plus causer avec lui. J'expédiai sur l'heure une protestation au gouvernement provisoire.

C'est ici que l'on voit le mieux à quel point Kérensky est coupable, de quelle façon grossièrement criminelle il trompe son lecteur. Il sait comment sa « justice », quand elle m'accusa, a honteusement échoué. Voilà pourquoi, m'introduisant incidemment dans les services de l'espionnage allemand, il n'a pas un seul mot pour rappeler comment lui et trois autres ministres me suivirent à la trace à travers l'Allemagne à une époque où j'étais enfermé dans un camp de concentration au Canada.

Généralisant ses idées, le calomniateur ajoute :

« Si Lénine n'avait pas eu l'appui de tout l'appareil matériel et technique de la propagande allemande, il n'aurait jamais réussi à ruiner la Russie. » (Page 299.)

Kérensky voudrait pouvoir croire que l'ancien régime (et lui-même avec ce régime) a été renversé non par le peuple révolutionnaire, mais par l'espionnage allemand. Combien est consolante une philosophie historique d'après laquelle toute la vie d'un grand pays n'aurait été qu'un jouet entre les mains d'une organisation d'espionnage de la nation voisine ! Mais si la puissance militaire et technique de l'Allemagne a pu renverser en quelques mois la démocratie de Kérensky, et implanter artificiellement le bolchevisme, comment se fait-il que l'appareil matériel et technique de toutes les puissances de l'Entente ait été incapable, en douze années, de détruire ce bolchevisme de création artificielle?

Mais nous n'allons pas nous lancer ici dans la philosophie de l'histoire. Restons dans le domaine des faits.

En quoi a consisté l'aide technique et financière de l'Allemagne? Kérensky ne nous en dit pas un mot. Les bolcheviks publiaient à Pétrograd, en 1917, un journal de petites dimensions, aussi petit que celui qu'ils avaient édité avant la guerre, en 1912. Ils lançaient des tracts. Ils avaient des agitateurs. En d'autres termes : nous étions un parti révolutionnaire. Où aperçoit-on l'assistance de l'espionnage allemand? Pas un mot là-dessus. Et que pourrait-on dire en effet?

Réprimant notre dégoût et recourant à une salutaire ironie qui est aussi nécessaire ici que le citron à qui est pris du mal de mer, nous avons analysé « devant la face de l'histoire » les dépositions de Kérensky. Nous n'avons laissé de côté aucun de ses arguments, aucune de ses considérations, bien que, dans le cours de tout ce travail, nous nous soyons creusé la tête à nous dire : est-ce bien la peine de s'occuper de ces ordures? Car enfin, Ludendorff, Hindenburg et beaucoup d'autres dirigeants et collaborateurs de l'état-major allemand sont encore en vie. Ils sont tous ennemis des bolcheviks. Qu'est-ce qui les empêcherait de révéler un vieux secret? Actuellement, c'est la social-démocratie qui détient le pouvoir en Allemagne, et elle a accès à toutes les archives. Si Ludendorff n'a pas caché à un Ermolenko ses prétendues relations avec Lénine, il faut penser qu'il y a en Allemagne bien des gens qui savaient au moins ce qu'on ne cachait pas à un sous-lieutenant russe. Pourquoi donc tous ces ennemis irréconciliables des bolcheviks et de la révolution d'Octobre se taisent-ils?

Kérensky allègue, il est vrai, les Mémoires de Ludendorff. Mais, de ces Mémoires, une seule chose est évidente : Ludendorff espérait que la révolution en Russie amènerait la décomposition de l'armée tsariste, il compta d'abord sur la révolution de février, puis sur Octobre. Pour voir clair dans le plan de Ludendorff, on n'avait pas besoin de ses Mémoires. Il suffisait de savoir qu'un groupe de révolutionnaires russes fut admis à traverser l'Allemagne. De la part de Ludendorff, c'était une aventure à courir en raison de la pénible situation militaire où se trouvait l'Allemagne. Lénine tira profit des calculs de Ludendorff pour ses propres calculs. Ludendorff se disait : Lénine renversera les patriotes, ensuite j'étoufferai Lénine et ses amis. Lénine se disait : je passerai dans le wagon de Ludendorff, et je le paierai à ma façon de ce service.

Que deux plans historiques opposés aient eu un point d'intersection, et que ce point ait été un « wagon plombé », — nous n'avions pas besoin des talents de policier de Kérensky pour nous le prouver. C'est un fait historique. Et, après cela, l'histoire a déjà eu le temps de vérifier la valeur des calculs contraires. Le 7 novembre 1917, les bolcheviks s'emparèrent du pouvoir. Exactement un an plus tard sous la puissante influence de la révolution russe, les masses révolutionnaires allemandes renversaient Ludendorff et ses patrons. Mais, dix ans après, le Narcisse démocrate, humilié par l'histoire, a essayé de rafraîchir une sotte calomnie, qui n'atteint pas Lénine, mais est dirigée contre un grand peuple et sa révolution.

CHAPITRE XXVI

DE JUILLET A OCTOBRE

Le 4 juin [1], la fraction bolchevique lut au congrès des soviets une déclaration déposée par moi, concernant l'offensive que préparait Kérensky sur le front. Nous signalions que cette offensive était une aventure qui menaçait l'existence même de l'armée. Mais le gouvernement provisoire s'enivrait d'éloquence oiseuse. Les ministres considéraient la masse des soldats, ébranlée jusqu'au plus profond par la révolution, comme une glaise dont on peut faire tout ce qu'on veut. Kérensky parcourait le front, conjurait, menaçait, s'agenouillait, baisait la terre et, en un mot, se livrait à toutes les pitreries, sans donner la moindre réponse à toutes les questions qui tourmentaient les soldats. Se dupant lui-même par de faciles effets, fort de l'appui du congrès des soviets, il donna l'ordre de l'offensive. Lorsque le désastre prédit par les bolcheviks éclata, ce fut ces derniers que l'on accusa. On les traqua avec une recrudescence d'acharnement. La réaction, sous le couvert du parti cadet, poussait de toutes parts et réclamait nos têtes.

La confiance des masses en le gouvernement provisoire était irrémédiablement compromise. Dans cette deuxième étape de la révolution, Pétrograd se montra encore, et de très loin, l'avant-garde. Au cours des Journées de juillet, ce poste avancé eut une escarmouche avec le gouvernement de Kérensky. Ce n'était pas encore l'insurrection, ce n'était qu'une reconnaissance poussée à fond. Mais, dès ce conflit ouvert, on put voir que Kérensky ne disposait d'aucune armée « démocra-

1. Ici et plus loin, les dates sont celles de l'ancien calendrier russe. Le 1er congrès des soviets s'ouvrit le 3/16 juin et c'est le lendemain, 4/17 juin, que se produisit l'événement en question. (*N. d. T.*)

tique », que les forces qui le soutenaient contre nous étaient celles de la contre-révolution.

J'étais en séance, au Palais de Tauride, le 3 juillet, lorsque j'appris la manifestation du régiment de mitrailleurs et l'appel lancé par lui aux autres troupes et aux usines. Cette nouvelle était pour moi inattendue. La démonstration était spontanée, elle venait de la base, sur une initiative anonyme. Le lendemain, elle prit plus d'ampleur, et notre parti en était déjà. Le Palais de Tauride fut envahi par le peuple. Il n'y avait qu'un mot d'ordre : « Le pouvoir aux soviets! » Devant le palais, un petit groupe d'individus suspects qui se tenait à l'écart de la foule arrêta le ministre de l'Agriculture, Tchernov, et l'obligea à monter dans une automobile. La multitude resta indifférente au sort du ministre, et, en tout cas, les sympathies n'allaient pas à lui. La nouvelle de l'arrestation de Tchernov et du triste sort qui le menaçait parvint à l'intérieur du palais. Les populistes décidèrent d'employer les autos-blindées à mitrailleuses pour sauver leur leader. La décroissance de leur popularité les rendait nerveux : ils voulurent montrer qu'ils avaient de la poigne. Je résolus de prendre place dans l'automobile où était Tchernov, de tenter de le sortir ainsi de la foule, pour lui rendre ensuite la liberté. Mais le bolchevik Raskolnikov, lieutenant de la flotte baltique, qui avait amené les matelots de Cronstadt à la manifestation, réclama avec une extrême émotion la mise en liberté immédiate du ministre, ne voulant pas que l'on prétendît ensuite que les marins l'avaient arrêté. Je pris le parti d'essayer d'aider Raskolnikov.

Pour la suite, je lui cède la parole :

« Il serait difficile de dire combien de temps aurait duré le tumulte, note l'expansif lieutenant dans ses Mémoires, si le camarade Trotsky n'était pas venu à la rescousse. D'un bond, il fut sur le capot de la voiture et, d'un large geste énergique d'homme qui en a assez d'attendre, réclama du calme. En une seconde, tout s'apaisa, un silence de mort régna. D'une forte voix, distincte, métallique... Lev Davidovitch prononça une courte harangue » [qui se termina ainsi : « Que celui qui veut faire violence à Tchernov lève la main! »] « Personne, continue Raskolnikov, n'osa même ouvrir la bouche, personne ne prononça un mot d'objection. — Citoyen Tchernov, vous êtes libre! proféra solennellement Trotsky, se tournant de toute sa stature vers le ministre, et l'invitant par le geste à descendre de l'automobile. Tchernov n'était ni mort ni vif. Je l'aidai à descendre, et, le visage défait, ravagé, d'un pas vacillant, irrésolu, il gravit les degrés et disparut dans le vestibule du palais. Satisfait de sa victoire, Lev Davidovitch s'éloigna avec lui. »

Si l'on met de côté l'excès de coloris pathétique, la scène est rendue avec exactitude. Ce qui n'empêcha pas la presse hostile d'affirmer que j'avais arrêté Tchernov pour le faire lyncher. Tchernov lui-même garda un silence embarrassé : il est gênant, en effet, pour un ministre « populaire » d'avouer qu'il a sauvé sa tête non par sa popularité, mais grâce à l'intervention d'un bolchevik.

L'une après l'autre, des députations venaient, au nom des manifestants, réclamer du comité exécutif qu'il prît le pouvoir. Tchkhéidzé, Tsérételli, Dan, Gotz occupaient les sièges du bureau comme des dieux-termes. Ils ne répondaient pas aux députations, regardaient vaguement devant eux ou bien échangeaient entre eux des coups d'œil inquiets et mystérieux. Les bolcheviks prenaient la parole, soutenant les délégations d'ouvriers et de soldats. Les membres du bureau se taisaient. Ils attendaient. Qu'attendaient-ils?... Des heures passèrent ainsi. La nuit était fort avancée lorsque les voûtes du palais retentirent des sonneries de victoire de clairons. Le bureau ressuscita, comme galvanisé par un courant électrique. Quelqu'un vint annoncer solennellement que le régiment volhynien était arrivé du front pour se mettre à la disposition du comité exécutif. Il se trouvait ainsi que, dans toute la formidable garnison de Pétrograd, la « démocratie » n'avait pas trouvé un seul corps de troupe sur lequel elle pût compter. Elle avait dû attendre que la force armée lui vînt du front. Toute la situation changea aussitôt. Les délégations furent expulsées, on refusa la parole aux bolcheviks. Les leaders de la démocratie décidèrent de se venger sur nous de la terreur que leur avaient inspirée les masses. De la tribune du comité exécutif partirent des discours sur l'émeute de gens armés que venaient d'écraser les troupes fidèles à la révolution. Il fut déclaré que les bolcheviks constituaient un parti contre-révolutionnaire. Tout cela grâce à l'arrivée d'un unique régiment, celui des Volhyniens. Or, trois mois et demi plus tard, ce même régiment contribuait à renverser le gouvernement de Kérensky.

Le 5, dans la matinée, j'eus une rencontre avec Lénine. L'offensive des masses était déjà réprimée.

— Maintenant, me dit Lénine, ils vont nous fusiller tous. C'est le bon moment pour eux.

Mais Lénine surestimait, en la personne de l'ennemi, son esprit de décision et sa capacité d'action, sinon sa haine. Nos adversaires ne nous fusillèrent pas, bien qu'ils y fussent tout disposés. Dans les rues, on frappait et on tuait des bolcheviks. Des *junkers* vinrent saccager le palais Kszesinska et l'imprimerie de la *Pravda*. Toute la rue, devant cet établissement, fut jonchée de manuscrits. Entre autres choses fut ainsi perdu mon pamphlet : *A des Calomniateurs*. L'exploration en profondeur de juillet était ramenée à une bataille unilatérale. L'adversaire vainquit sans peine car nous n'étions pas entrés en lutte. Le parti le paya chèrement. Lénine et Zinoviev durent se cacher. Il y eut d'innombrables arrestations, accompagnées de passages à tabac. Les Cosaques et les *junkers* volaient leur argent à ceux qu'ils arrêtaient, sous prétexte que c'était de l'argent « allemand ». Bien des compagnons de route et amis à demi déclarés nous tournèrent le dos. Au Palais de Tauride, nous fûmes déclarés contre-révolutionnaires et mis, en fait, hors la loi.

Dans les sphères supérieures du parti, la situation n'était pas fameuse. Lénine avait disparu. Le groupe de Kaménev releva la tête. Nombreux, et, parmi eux, Staline, furent ceux qui se tinrent cois, à l'écart des événements, attendant de pouvoir manifester leur sagesse en meilleure occasion. La fraction bolchevique du comité exécutif central se sentait orpheline au Palais de Tauride. Elle m'envoya une délégation pour me demander si je ne ferais pas un rapport sur la nouvelle situation, bien que je ne fusse pas encore membre du parti : l'acte qui devait formellement consacrer notre union avait été différé jusqu'au congrès du parti qui devait avoir lieu bientôt. Bien entendu, j'acceptai très volontiers de prendre la parole. L'entretien que j'eus avec la fraction bolchevique établit de ces liens moraux qui ne se forment que sous les coups les plus durs de l'ennemi. Je déclarai qu'après cette crise, nous pouvions nous attendre à un rapide redressement; que les masses s'attacheraient doublement à nous quand elles auraient vérifié par les faits notre fidélité; qu'il fallait, en ces journées, observer de près chaque révolutionnaire, car c'est en de tels moments que les gens sont pesés sur une balance qui ne trompe pas. Et je me rappelle encore, avec joie, l'accueil chaleureux et reconnaissant que me fit la fraction.

— Lénine n'est pas là, disait Mouralov, mais, parmi les autres, Trotsky est le seul qui n'ait pas perdu la tête.

Si j'écrivais ces Mémoires en d'autres conditions — il est d'ailleurs douteux que j'eusse pu les écrire en d'autres circonstances — je me sentirais gêné à relater bien des choses que je rapporte dans ces pages. Mais je ne puis me distraire de cette vaste falsification du passé, bien organisée, qui est un des principaux soucis des épigones. Mes amis sont emprisonnés ou déportés. Je suis forcé de dire de moi ce qu'en d'autres circonstances je n'aurais jamais dit. Il ne s'agit pas seulement pour moi de vérité historique; il s'agit d'une lutte politique qui continue.

C'est de ce temps que date mon indissoluble amitié combative et politique avec Mouralov. Sur cet homme, il faut dire ici au moins quelques mots. Vieux bolchevik, il a participé à la révolution de 1905, à Moscou. En 1906, à Serpoukhov, il fut pris dans un pogrom de Cent-Noirs qui avait lieu, comme toujours, sous la protection de la police. Mouralov est un magnifique géant dont l'intrépidité prend son équilibre dans une magnanime bonté. Il se trouva avec quelques hommes de gauche cerné par les ennemis, dans la maison des zemstvos. Il sortit de l'édifice le revolver au poing et, d'un pas égal, marcha sur la foule. Mais un groupe de Cent-Noirs, brigade de choc, lui barra le chemin, des cochers se mirent à vociférer.

— Place! cria le géant, sans s'arrêter, et il leva son revolver.

On sauta sur lui. Il abattit un homme sur place et en blessa un autre. La foule s'écarta brusquement. Sans presser le pas, fendant la multitude comme un brise-glace, Mouralov sortit de là, et, à pied, gagna Moscou.

Son procès dura deux ans et, malgré la réaction qui sévissait alors, se termina par un acquittement.

Il avait fait ses études comme agronome, il avait été soldat dans une compagnie des équipages automobiles pendant la guerre impérialiste, il dirigea les combats d'Octobre à Moscou et devint le premier commandant de la circonscription militaire de Moscou après la victoire. Il fut l'intrépide maréchal de la guerre révolutionnaire, toujours égal à lui-même, simple, sans pose. En campagne, il faisait une propagande infatigable, par actes utiles : il donnait des conseils aux agriculteurs, fauchait les blés, soignait les gens, médicamentait le bétail, aux heures de loisir. Dans les circonstances les plus difficiles, il émanait de lui de la sérénité, de l'assurance et de la chaleur de sentiment.

La guerre finie, Mouralov et moi tâchions de passer ensemble nos journées de liberté. Nous étions liés par la passion de la chasse. Nous avons roulé ensemble par le Nord et le Midi, tantôt à la poursuite de l'ours ou du loup, tantôt en quête de faisans et d'outardes. Actuellement, Mouralov chasse... en Sibérie, en qualité d'oppositionnel déporté.

Pendant les Journées de juillet, Mouralov ne flancha point et soutint beaucoup d'entre nous. Chacun des nôtres avait bien besoin de se posséder pour traverser les corridors et les salles du Palais de Tauride sans se courber, sans baisser la tête, à travers une haie de regards furibonds, au milieu de gens qui chuchotaient haineusement, qui se poussaient entre eux, du coude, avec affectation, disant : « Regarde ça, regarde! » et parmi certains qui, tout simplement, grinçaient des dents. Nul n'est plus rageur que le philistin « révolutionnaire », arrogant et bouffi d'orgueil, quand il commence à voir que la révolution, après l'avoir soudainement porté aux cimes, en vient à menacer sa prospérité temporaire. Pour aller au buffet du comité exécutif, il fallut suivre en ces jours-là un petit chemin du Calvaire.

On distribuait au buffet du thé et des *butterbrots* de pain noir avec fromage ou caviar rouge : le caviar abondait à Smolny et l'on en eut, plus tard, en quantité, au Kremlin. Pour le dîner, des *chtchi* [1] avec un morceau de bœuf.

Le buffet était tenu par un soldat nommé Grafov. Au moment où nous étions le plus traqués, alors que Lénine, déclaré espion allemand, restait caché dans une hutte, j'observai que Grafov m'offrait toujours le plus brûlant de ses verres de thé, le meilleur de ses *butterbrots*, sans toutefois me regarder en face. La chose était claire : les sympathies de Grafov allaient aux bolcheviks, mais il s'en cachait devant ses chefs. J'y regardai de plus près. Grafov n'était pas seul à sentir ainsi. Tout le petit personnel de Smolny — gardiens, courriers, sentinelles — était évidemment porté vers les bolcheviks. Je me dis alors que notre cause était déjà à moitié gagnée. Mais elle ne l'était encore qu'à moitié.

La presse menait contre les bolcheviks une campagne sans précédent pour l'acharnement et la malhonnêteté, et qui n'a été surpassée, en ce genre, que des années plus tard, par la campagne de Staline contre l'opposition.

Lounatcharsky fit, en juillet, plusieurs déclarations équivoques, lesquelles furent interprétées, non sans raison, dans la

1. Soupe aux choux. (*N. d. T.*)

presse, comme une abjuration du bolchevisme. Certains journaux m'attribuèrent des propos identiques. Le 10 juillet, j'envoyai au gouvernement provisoire une lettre dans laquelle je me déclarais en complète solidarité avec Lénine et qui se terminait ainsi :

« Vous n'êtes nullement fondés à m'excepter du décret d'arrestation rendu contre Lénine, Zinoviev et Kaménev... Vous n'avez aucune raison de douter que je sois un adversaire de la politique générale du gouvernement provisoire, tout aussi irréconciliable que le sont ces camarades... »

MM. les ministres agirent en conséquence : ils me firent arrêter comme espion allemand.

En mai, lorsque Tsérételli traquait les matelots et désarmait les mitrailleurs, je lui avais prédit que le jour n'était peut-être pas éloigné où il devrait demander le secours des matelots contre un général qui se chargerait de graisser la corde destinée à pendre la révolution.

En août, ce général se montra : c'était Kornilov. Tsérételli demanda de l'aide aux matelots de Cronstadt. Ceux-ci ne se refusèrent pas. Le croiseur *Avrora* entra dans les eaux de la Néva. C'est dans la prison de « Kresty » que je devais apprendre une si prompte réalisation de mon pronostic. Les matelots de l'*Aurore* m'envoyèrent une délégation pour prendre conseil : devaient-ils protéger le Palais d'Hiver ou lui donner l'assaut? Je leur conseillai d'attendre pour régler ses comptes à Kérensky et de se défaire d'abord de Kornilov.

— Nous n'y perdrons rien, leur dis-je.

— Rien?

— Rien.

Ma femme et mes garçons venaient me voir, à l'heure de la visite. Vers ce temps-là, les enfants avaient déjà acquis une certaine expérience politique. Ils passaient l'été dans une villa, chez des gens que nous connaissions, la famille du colonel retraité V***. Il venait là des hôtes, officiers pour la plupart, qui, en dégustant la vodka, insultaient les bolcheviks. Pendant les Journées de juillet, les outrages allèrent aux dernières extrémités. Un de ces officiers partit bientôt pour le Midi où se formaient déjà les cadres des futures armées blanches. Un autre, un jeune patriote, déclara à table que Lénine et Trotsky étaient des espions allemands. Mon aîné, s'armant d'une chaise, se jeta sur lui; le cadet courut à la rescousse, muni d'un couteau de table. Les grandes personnes leur firent lâcher prise. Sanglotant hystériquement, nos garçons s'enfermèrent dans leur chambre. Ils projetèrent de s'enfuir secrètement, de regagner à pied Pétrograd pour savoir ce qu'on y faisait des bolcheviks. Par chance, leur mère arriva, les calma et les emmena.

Mais, en ville, cela n'allait pas non plus très bien. Les journaux vitupéraient les bolcheviks. Le père était en prison. Décidément, la révolution ne justifiait pas les espérances. Cela n'empêcha pas nos garçons d'être ravis lorsque, sous leurs yeux, ma femme me passa à la dérobée, à travers la grille du parloir, un canif... Je persévérais à les consoler en leur disant que la vraie révolution était chose d'avenir.

Mes filles entraient déjà plus sérieusement dans la vie politique. Elles fréquentaient les meetings du cirque Moderne et participaient aux manifestations. En juillet, elles tombèrent dans une bagarre; elles furent bousculées, l'une y perdit ses lunettes, toutes deux y laissèrent leurs chapeaux. Et toutes deux craignaient de ne plus revoir leur père, qu'elles venaient à peine de retrouver à distance.

Durant les jours où Kornilov mena son offensive contre la capitale, le régime de la prison fut très menacé. Tous comprenaient que, si Kornilov s'emparait de la ville, il commencerait par faire égorger les bolcheviks que Kérensky avait fait arrêter. Le comité exécutif redoutait en outre que les gardes blancs qui se trouvaient dans la capitale ne fissent une incursion dans la prison. Un fort détachement de troupes fut envoyé pour protéger « Kresty ». Cet effectif, bien entendu, se révéla animé d'idées non « démocratiques », mais bolcheviques, et était tout disposé à nous relâcher au moment voulu. Mais ce geste aurait été le signal d'une insurrection immédiate, et l'heure n'en avait pas encore sonné.

Sur ces entrefaites, le gouvernement provisoire prit lui-même l'initiative de nous relaxer — poussé par les motifs qui l'avaient incité à demander l'aide des matelots bolcheviks pour défendre le Palais d'Hiver.

Aussitôt sorti de la prison, je me rendis au comité de défense de la révolution qui avait été récemment créé, et où je pris séance avec ces mêmes messieurs qui m'avaient enfermé en qualité d'agent des Hohenzollern, et n'avaient même pas eu le temps de me disculper.

Pour le dire en toute sincérité, les populistes et les menchéviks, par leur contenance, n'inspiraient que le désir de les voir saisis au collet par Kornilov et fortement secoués en l'air. Mais c'était un désir impie, et surtout peu politique.

Les bolcheviks s'étaient attelés à la défense et avaient occupé partout les avant-postes. L'expérience de la rébellion de Kornilov avait complété celle des Journées de juillet. Il se trouva encore une fois que Kérensky et Cie ne disposaient d'aucune force leur appartenant vraiment. L'armée qui s'était levée contre Kornilov était la future armée d'Octobre. Nous tirâmes profit du danger pour armer les ouvriers que Tsérételli avait constamment désarmés avec le plus grand zèle.

En ces jours-là, la ville avait fait silence. On attendait Kornilov, les uns dans l'espoir, les autres dans la terreur.

Nos garçons avaient entendu dire : « Il pourrait arriver demain. » Le matin, avant de s'être vêtus, ils regardaient de tous leurs yeux par la fenêtre : était-il arrivé, oui ou non?

Mais Kornilov n'était pas arrivé. L'élan révolutionnaire des masses était si puissant que la rébellion du général fondit d'elle-même, se volatilisa. Non sans utilité : ce fut tout au profit des bolcheviks.

J'écrivais au moment de la tentative de Kornilov :

« La revanche n'a pas tardé. Traqué, persécuté, calomnié, notre parti ne s'est jamais accru aussi rapidement qu'en ces derniers temps. Et de nos capitales, cela gagnera vite les provinces, des villes cela ira bientôt aux campagnes et aux armées... Sans cesser d'être une minute l'organisation de classe du prolétariat, notre parti, sous le feu de la répression, deviendra le véritable dirigeant de toutes les masses opprimées, écrasées, trompées et persécutées. »

A peine pouvions-nous suivre la marée montante. Le nombre des bolcheviks dans le soviet de Pétrograd s'accroissait de jour en jour. Nous étions déjà arrivés à la moitié de l'effectif. Cependant, il n'y avait pas encore un seul bolchevik au bureau. La question fut posée d'une réélection. Nous proposâmes aux menchéviks et aux populistes un bureau de coalition. Lénine, nous l'avons su plus tard, en fut mécontent : il craignait que l'on ne dissimulât là-dessous des tendances à la conciliation.

Mais il n'y eut aucun compromis. Quoique tout récemment encore nous eussions combattu ensemble Kornilov, Tsérételli rejeta l'idée d'un bureau de coalition.

C'était justement ce que nous voulions.

Restait à voter sur des listes.

Je posai cette question :

— Kérensky est-il, oui ou non, compris dans la liste de nos adversaires?

Formellement, il était membre du bureau, mais il ne venait jamais au soviet et, de toute manière, manifestait à son égard du dédain.

La question déconcerta les membres du bureau.

Personne n'aimait ni ne respectait Kérensky. Mais il était impossible de désavouer le ministre-président qu'on comptait parmi les siens.

Après avoir chuchoté entre eux, les membres du bureau répondirent :

— Mais bien sûr qu'il y est compris...

C'était ce que nous souhaitions.

Voici un fragment du procès-verbal :

« Nous étions persuadés que Kérensky n'était plus membre du soviet. (*Tempête d'applaudissements.*) Mais il se trouve que nous nous sommes trompés. Entre Tchkhéidzé et Zavadié plane l'ombre de Kérensky. Quand on vous propose d'approuver la ligne politique du bureau, rappelez-vous, n'oubliez pas qu'on vous propose ainsi d'approuver la politique de Kérensky. (*Tempête d'applaudissements.*) »

Cela rejeta de notre côté plus de cent délégués hésitants. Le soviet comptait beaucoup plus qu'un millier de membres. On votait en sortant par la porte. L'émotion était extrême dans la salle. Il ne s'agissait plus du bureau. Il s'agissait de la révolution. J'allais et venais dans les couloirs avec un petit groupe d'amis. Nous estimions que nous n'aurions pas tout à fait la moitié des voix, et nous étions prêts à considérer ce résultat comme un succès. Il se trouva que nous avions obtenu une majorité de plus de cent voix sur la coalition des socialistes révolutionnaires et des menchéviks. Nous étions vainqueurs. Je devins président du soviet. Tsérételli, en nous quittant, nous souhaita de nous maintenir dans le soviet au moins la moitié du temps qu'eux autres, socialistes, avaient passé à mener la révolution. En d'autres termes, nos adversaires ne nous faisaient crédit que pour trois mois. Ils se trompaient cruellement. Nous marchions avec assurance vers le pouvoir.

CHAPITRE XXVII

LA NUIT DÉCISIVE

La douzième heure de la révolution approchait. Smolny se transformait en forteresse. Dans les combles, il y avait une vingtaine de mitrailleuses, héritage de l'ancien comité exécutif. Le commandant de Smolny, le capitaine Grékov, était un ennemi déclaré. En revanche, le chef du détachement des mitrailleurs vint me dire que ses hommes tenaient pour les bolcheviks. Je chargeai quelqu'un — était-ce Markine? — d'aller vérifier l'état des mitrailleuses. Elles étaient en mauvais état : personne ne s'occupait de les fourbir. Les soldats avaient négligé ce travail précisément parce qu'ils ne se disposaient pas à défendre Kérensky. Je fis venir à Smolny un nouveau détachement de mitrailleurs sur lequel on pouvait compter. C'était un gris matin d'octobre, le 24 [1]. J'allais d'étage en étage, d'abord pour ne pas rester en place, ensuite pour voir si tout était bien en ordre et pour remonter le moral de ceux qui pouvaient en avoir besoin. Par les interminables corridors carrelés et encore plongés dans la pénombre, les soldats roulaient vaillamment, avec fracas, avec un bruit de bottes, leurs mitrailleuses. C'était le nouveau détachement que j'avais appelé. Aux portes des salles se montraient les visages ensommolés et épouvantés de quelques socialistes révolutionnaires et menchéviks qui se trouvaient encore à Smolny. Cette musique ne leur annonçait rien de bon. Les uns après les autres, ils se hâtaient de quitter Smolny. Nous restions les maîtres d'un

1. D'après le calendrier de « l'ancien style » qui était alors officiel en Russie. Suivant le calendrier européen, c'était le 6 novembre. C'est ce qui explique que l'on parle tantôt de la révolution d'Octobre, tantôt de la révolution de Novembre. (*Note de Trotsky.*)

édifice qui allait ériger sa tête bolchevique au-dessus de la ville et du pays.

De bonne heure, je rencontrai dans l'escalier un ouvrier et une ouvrière qui accouraient, essoufflés, de l'imprimerie du parti. Le gouvernement avait supprimé l'organe central du parti et le journal du soviet de Pétrograd. Les scellés avaient été mis à l'imprimerie par des agents du gouvernement qui s'étaient présentés accompagnés de *junkers*. Au premier moment, cette nouvelle faisait impression : telle est l'influence des formalités sur les esprits!

— Est-ce qu'on ne peut pas arracher les scellés? demande l'ouvrière.

— Arrachez-les, lui répondis-je, et pour qu'il n'arrive rien, nous vous donnerons une garde sûre.

— Il y a à côté de nous un bataillon de sapeurs, les soldats nous soutiendront, dit avec assurance l'ouvrière.

Le comité de guerre révolutionnaire prit immédiatement la décision suivante :

« 1° Rouvrir les imprimeries des journaux révolutionnaires. 2° Inviter les rédactions et les compositeurs à continuer la publication. 3° Le devoir d'honneur de protéger les imprimeries révolutionnaires contre les attentats de la contre-révolution est imposé aux valeureux soldats du régiment Litovsky et du 6ᵉ bataillon de réserve des sapeurs. »

Après cela l'imprimerie travailla sans interruption, les deux journaux purent paraître.

A la centrale des téléphones, le 24, des difficultés se produisirent : les *junkers* s'y étaient retranchés et, sous leur protection, les dames et demoiselles du téléphone commencèrent à faire opposition au soviet. Elles cessèrent tout à fait de nous donner la communication. Cet épisode fut la première manifestation du sabotage. Le comité de guerre révolutionnaire envoya à la centrale téléphonique un détachement de matelots qui établirent devant l'entrée deux petits canons. Le téléphone recommença à fonctionner. C'est ainsi que nous commençâmes à nous emparer des organes de la direction.

Au troisième étage de Smolny, dans une petite pièce d'angle, le comité siégeait en permanence. C'est là que se concentraient toutes les informations reçues sur les mouvements de troupes, sur l'état d'esprit des soldats et des ouvriers, sur l'agitation faite dans les casernes, sur les desseins des fauteurs de pogroms, sur les manœuvres des politiciens bourgeois et des ambassades étrangères, sur la vie au Palais d'Hiver, sur les conférences et consultations des anciens partis soviétiques. Les informateurs arrivaient de tous côtés. C'étaient des ouvriers, des soldats, des officiers, des garçons de cour, des *junkers* socialistes, des domestiques, des femmes de petits fonctionnaires. Nombreux étaient ceux qui apportaient des nouvelles ridicules, mais certains donnaient des indications sérieuses et précieuses. Pendant la dernière semaine, je ne sortis presque pas de Smolny, je couchais tout habillé sur un divan de cuir, je dormais seulement de temps à autre, constamment réveillé par des courriers, des éclaireurs, des chauffeurs, des télégraphistes et par les incessants appels du téléphone. La minute décisive approchait. Il était clair qu'il n'y avait pas de retour en arrière.

Vers la nuit du 24, les membres du comité révolutionnaire se dispersèrent dans les rayons. Je restai seul. Plus tard arriva Kaménev. Il était adversaire du soulèvement. Mais il venait passer cette nuit avec moi et nous restâmes tous deux dans la petite pièce d'angle du troisième étage qui ressemblait à la chambre de veille d'un capitaine de navire en cette nuit décisive de la révolution. Dans la grande pièce voisine, qui était vide, se trouvait l'appareil téléphonique. On sonnait à tout instant, pour communiquer des choses importantes ou insignifiantes. Les sonneries soulignaient plus nettement encore le silence tenu en éveil. Il était facile d'imaginer cette nuit d'un Pétersbourg désert, faiblement éclairé, traversé par les souffles automnaux de la mer. La bourgeoisie, les fonctionnaires devaient se ratatiner dans leurs lits, tâchant de deviner ce qui se faisait dans les rues mystérieuses et dangereuses. Les quartiers ouvriers dorment du sommeil tendu d'un bivouac prêt à la bataille. Les commissions et les conférences des partis gouvernementaux constatent leur impuissance dans les palais du tsar où les vivants fantômes de la démocratie se heurtent aux fantômes de la monarchie qui ne se sont pas encore dissipés. Par moments, les soieries et les orfrois des salles sont plongés dans les ténèbres : c'est le charbon qui manque. Dans les rayons, des détachements d'ouvriers, de matelots, de soldats, continuent à veiller. De jeunes prolétaires portent le fusil et des bandes-chargeurs à mitrailleuse en bandoulière. Des escouades préposées à la garde des rues se chauffent devant les bûchers en plein vent. Une vingtaine d'appareils téléphoniques concentrent la vie spirituelle de la capitale qui, par cette nuit d'automne, lève la tête, cherchant le passage d'une époque à la suivante.

Dans la chambre du troisième étage, viennent des nouvelles de tous les rayons, de tous les faubourgs, de toutes les approches de la capitale. Comme si tout avait été prévu, les chefs sont à leurs postes, les services de liaison sont assurés, il semble qu'on n'ait rien oublié. Il faut encore une vérification mentale. Cette nuit est décisive. La veille, j'avais dit, parfaitement convaincu, dans mon rapport aux délégués du IIe congrès des soviets : « Si vous ne flanchez pas, il n'y aura pas de guerre civile, nos ennemis capituleront immédiatement et vous occuperez la place qui vous appartient en droit. » On ne peut douter de la victoire. Elle est garantie dans toute la mesure où l'on peut en général garantir la victoire d'une insurrection. Et toutes ces heures sont pleines d'alarmes profondes, de tension, car la nuit qui vient va décider.

En mobilisant les *junkers*, le gouvernement avait ordonné, la veille, au croiseur *Avrora* (*Aurore*) de quitter les eaux de la Néva. Il s'agissait de ces mêmes matelots bolcheviks que Skobélev était venu trouver en août, le chapeau à la main, les priant de protéger le Palais d'Hiver contre les gens de Kornilov. Les matelots avaient demandé au comité de guerre révolutionnaire ce qu'ils devaient faire. Et l'*Aurore* se trouve, cette nuit, là où elle était hier. On me téléphone de Pavlovsk que le gouvernement fait venir de là des artilleurs; de Tsarskoïé Sélo, qu'il appelle un bataillon d'élite; de Peterhof, qu'il demande l'école des sous-lieutenants. Au Palais d'Hiver, Kérensky a rassemblé des *junkers*, des officiers et des femmes-soldats. Je donne aux commissaires l'ordre de placer sur les chemins qui mènent à Pétrograd des troupes de couverture absolument sûres et d'envoyer des agitateurs à la rencontre des troupes appelées par le gouvernement. Tous les pourparlers ont lieu par téléphone et peuvent être entièrement surpris par les agents du gouvernement. Sont-ils capables, cependant, de contrôler encore nos pourparlers? « Si vous ne pouvez les arrêter par la persuasion, employez les armes. Vous en répondez sur votre tête! » Je répète cette phrase plusieurs fois. Mais je ne crois pas encore tout à fait à l'efficacité de mon ordre. La révolution est encore trop confiante, trop généreuse, trop optimiste et étourdie. Elle menace d'employer les armes plutôt qu'elle ne s'en sert. Elles espère toujours que l'on pourra résoudre toutes les questions par des paroles. Elle y réussit pour l'instant. Les rassemblements d'éléments hostiles sont volatilisés sous la seule influence de son souffle brûlant. Dès le 24, ordre avait été donné d'employer les armes à la première tentative de pogroms dans la rue et d'agir implacablement. Mais les ennemis ne songent même pas à agir dans la rue. Ils se sont cachés. La rue est à nous. Sur tous les points d'accès de Pétrograd, nos commissaires veillent. L'école des sous-lieutenants et les artilleurs n'ont pas répondu à l'appel du gouvernement. Une partie seulement des *junkers* d'Oranienbaum a réussi à passer, la nuit, entre nos troupes de couverture, et j'étais renseigné par téléphone sur leurs mouvements ultérieurs. Ils finirent par envoyer des parlementaires à Smolny. C'est en vain que le gouvernement provisoire cherchait un appui. Le sol lui fuyait sous les pieds.

La garde extérieure de Smolny fut renforcée par un nouveau détachement de mitrailleurs. La liaison restait constante avec toutes les troupes de la garnison. Les compagnies de service veillaient dans tous les régiments. Les commissaires étaient à leurs postes. Il y avait des délégués de chaque formation à Smolny, à la disposition du comité de guerre révolutionnaire, pour le cas où la liaison aurait été interrompue. Des divers rayons s'avançaient dans les rues des détachements armés qui sonnaient aux portes des édifices publics ou bien les ouvraient sans sonner et occupaient les établissements, l'un après l'autre. Ces détachements trouvaient presque partout des amis qui les attendaient avec impatience. Dans les gares, des commissaires spécialement préposés surveillaient de près l'arrivée et le départ des trains, surtout de ceux qui transportaient des soldats. Rien d'alarmant. Tous les points les plus importants de la ville passaient à nous presque sans résistance, sans bataille, sans victimes. Le téléphone nous appelle : « Nous y sommes. »

Tout va bien. Cela ne peut aller mieux. On peut lâcher le téléphone. Je m'assois sur le divan. La tension des nerfs se relâche. Et c'est précisément pour cela qu'un sourd afflux de fatigue me monte à la tête. « Donnez-moi une cigarette », dis-je à Kaménev. En ces années-là, je fumais encore, bien que non régulièrement. J'aspire la fumée deux fois et j'ai à peine le temps de me dire : « Comme si ça ne suffisait pas », que je perds connaissance. J'ai hérité de ma mère cette disposition aux évanouissements quand j'éprouve une douleur physique ou un malaise. C'est ce qui a motivé les conclusions d'un médecin américain qui me prit pour un épileptique. Je reviens à moi, je vois le visage effrayé de Kaménev penché sur moi.

— Il faudrait peut-être aller chercher un médicament ? dit-il.

— Mieux vaudrait, lui répondis-je, après avoir réfléchi, trouver un peu de nourriture.

Je tâche de me rappeler quand j'ai mangé pour la dernière fois, et je n'y parviens pas. En tout cas, ce n'était pas la veille.

Le matin venu, je me jette sur les imprimés de la bourgeoisie et des conciliateurs. Les journaux avaient tellement et si follement hurlé à la prochaine attaque des soldats armés, au saccage, aux rivières de sang qui allaient inévitablement couler, au coup d'État, qu'ils n'avaient tout simplement pas aperçu l'insurrection qui se produisait en fait. La presse prenait pour monnaie sonnante nos pourparlers avec l'état-major et pour de l'irrésolution nos déclarations diplomatiques. Pendant ce temps, sans aucun désordre, sans aucune escarmouche dans la rue, presque sans un seul coup de fusil et sans verser de sang, les établissements publics, les uns après les autres, étaient occupés par des détachements de soldats, de matelots et de gardes rouges d'après les ordres de l'institut Smolny.

Les petits bourgeois, dans l'épouvante, se frottaient les yeux sous ce nouveau régime. Était-ce bien possible? Se pouvait-il que les bolcheviks eussent pris le pouvoir? Une délégation de la Douma municipale vint me trouver et me posa plusieurs questions inimitables : pensions-nous, disait-elle, agir, et comment agir, et quand? La Douma avait besoin de le savoir « dans les vingt-quatre heures ». Quelles mesures avaient été prises par le soviet pour assurer l'ordre et la sécurité? Etc., etc. Je répondis en donnant une opinion assez « dialectique » sur la révolution et j'invitai la Douma municipale à participer aux travaux du comité de guerre révolutionnaire en lui envoyant un délégué. Cela leur fit peur beaucoup plus que le coup d'État lui-même. Je terminai la conversation, comme toujours, dans l'esprit de la défense armée : « Si le gouvernement emploie contre nous le fer, c'est l'acier qui lui répondra. »

— Nous dissoudrez-vous parce que nous sommes adversaires du passage du pouvoir aux soviets?

Je répondis :

— La Douma actuelle représente hier; si un conflit s'élève, nous inviterons la population à réélire une Douma en votant sur la question du pouvoir.

La délégation partit comme elle était venue, sans avoir rien gagné. Mais elle laissait derrière elle, pour nous, un sentiment de sûre victoire. Quelque chose avait changé dans cette nuit. Trois semaines auparavant, nous avions gagné la majorité, dans le soviet de Pétrograd. Nous étions alors à peu près seulement un simple drapeau : nous n'avions ni imprimerie, ni caisse, ni services. Cette nuit encore, le gouvernement avait ordonné de mettre en arrestation le comité de guerre révolutionnaire et avait fait relever nos adresses. Maintenant, une députation de la Douma municipale se présentait, pour connaître le sort qui lui était réservé, devant le comité de guerre révolutionnaire « en état d'arrestation ».

Le gouvernement, comme auparavant, tenait ses séances dans le Palais d'Hiver, mais il n'était plus que l'ombre de lui-même. Politiquement, il n'existait déjà plus. Dans la journée du 25 octobre, le Palais d'Hiver fut progressivement cerné par nos troupes. A une heure de l'après-midi, je fis mon rapport au soviet de Pétrograd sur la situation. Voici comment ce rapport est reproduit dans plusieurs journaux :

« Au nom du comité de guerre révolutionnaire, je déclare que le gouvernement provisoire n'existe plus. (*Applaudissements.*) Certains ministres ont été arrêtés. (*Bravo !*) Les autres seront arrêtés d'une heure à l'autre ou très prochainement. (*Applaudissements.*) La garnison révolutionnaire, qui se trouve à la disposition du comité de guerre révolutionnaire, a dispersé l'assemblée du préparlement. (*Bruyants applaudissements.*) Nous avons ici veillé la nuit et surveillé par fil téléphonique pour savoir comment les détachements de soldats révolutionnaires et de la garde ouvrière remplissaient sans bruit leur tâche. L'habitant dormait tranquillement et ne savait pas que, pendant ce temps, un pouvoir était remplacé par un autre. Les gares, la poste, le télégraphe, l'Agence télégraphique de Pétrograd, la Banque d'État sont occupés. (*Bruyants applaudissements.*) Le Palais d'Hiver n'est pas encore pris, mais son sort sera décidé dans les minutes qui vont suivre. (*Applaudissements.*) »

Ce sec compte rendu pourrait donner une fausse idée de l'état d'esprit de l'assemblée. Voici ce qui me revient en mémoire : lorsque je fis mon rapport sur le changement de pouvoir qui avait eu lieu la nuit, le silence d'esprits tendus régna pendant quelques secondes. Ensuite, vinrent les applaudissements, mais non tumultueux, plutôt réfléchis. Toute la salle méditait ses émotions et attendait. Se préparant à la lutte, la classe ouvrière était saisie d'un enthousiasme indescriptible. Mais lorsque nous passâmes le seuil du pouvoir, l'enthousiasme non raisonné fit place à des méditations inquiètes. Et, en cela, s'exprimait un juste instinct historique. Car on pouvait se heurter à une formidable résistance du vieux monde, il y avait à prévoir des luttes, la faim, le froid, des destructions, du sang, des morts. Nombreux étaient ceux qui se disaient : serons-nous assez forts? Et c'est pour cela qu'on était inquiet et qu'on réfléchissait. Tous répondirent : nous serons assez forts. De nouveaux dangers se signalaient d'avance, dans une lointaine perspective. Pour l'instant, on avait le sentiment d'une grande victoire, et ce sentiment vous chantait dans le sang. Il trouva son issue lors du tumultueux accueil qui fut fait à Lénine, lorsque, pour la première fois, il parut à cette séance, après s'être caché pendant presque quatre mois.

Tard dans la soirée, attendant l'ouverture de la séance du congrès des soviets, nous nous reposions, Lénine et moi, à côté de la salle de réunion, dans une chambre vide où il n'y avait que des chaises. Quelqu'un étendit pour nous une couverture sur le plancher; quelqu'un — la sœur de Lénine, me semble t-il — nous trouva des oreillers. Nous étions couchés côte à côte, le corps et l'âme se reprenaient comme un ressort trop tendu. C'était un repos mérité. Nous ne pouvions pas dormir. Nous causions à mi-voix. Lénine venait seulement d'admettre tout à fait l'idée d'un retardement de l'insurrection. Ses appréhensions s'étaient dissipées. Il y avait dans sa voix des accents de rare intimité. Il me questionnait sur les escouades de gardes rouges, de matelots et de soldats qui avaient été placées partout.

— Quel magnifique tableau : l'ouvrier armé d'un fusil près du soldat qui se chauffe au bûcher de la rue! répétait-il avec un sentiment profond. On a enfin raccordé le soldat et l'ouvrier!

Ensuite, soudain, il se reprit :

— Mais le Palais d'Hiver? Il n'est pas encore pris? N'est-il pas arrivé quelque chose?

Je me soulevai pour me renseigner par téléphone sur la marche des opérations, mais il me retint :

— Restez couché, je vais en charger quelqu'un.

Nous ne pûmes rester couchés longtemps. Dans la salle voisine s'ouvrait la séance du congrès des soviets. Oulianova, la sœur de Lénine vint en courant me chercher :

— C'est Dan qui parle, on vous appelle.

D'une voix qui se brisait, Dan réglait leur compte aux conspirateurs et prophétisait l'inévitable krach de l'insurrection. Il exigeait que nous fissions une coalition avec les socialistes révolutionnaires et les menchéviks. Les partis qui, la veille encore, se trouvant au pouvoir, nous persécutaient et nous emprisonnaient, exigeaient un accord avec nous quand ils étaient renversés par nous.

Je répondis à Dan et, en sa personne, à l'hier de la révolution :

— Ce qui s'est produit, c'est une insurrection et non pas un complot. L'insurrection des masses populaires n'a pas besoin d'être justifiée. Nous avons donné de la trempe à l'énergie révolutionnaire des ouvriers et des soldats. Nous avons ouvertement forgé la volonté des masses pour l'insurrection. Notre soulèvement a remporté la victoire : et maintenant l'on nous propose de renoncer à cette victoire, de conclure des accords. Avec qui? Vous êtes de pauvres unités, vous êtes des banqueroutiers, votre rôle est joué. Allez là où est votre place : au panier de l'histoire.

Ce fut la dernière réplique dans le grand dialogue qui avait commencé le 3 avril, au jour et à l'heure de l'arrivée de Lénine à Pétrograd.

CHAPITRE XXVIII

LE « TROTSKYSME » EN 1917

Depuis 1904, j'étais en dehors des deux fractions de la social-démocratie. J'avais vécu les années de la première révolution, 1905-1907, côte à côte avec les bolcheviks. Pendant les années de la réaction, je défendis les méthodes de la révolution contre les menchéviks dans la presse marxiste internationale. Je ne perdais cependant pas l'espoir de voir les menchéviks s'orienter vers la gauche et je fis une série de tentatives d'unification. C'est seulement pendant la guerre que je compris que ces tentatives seraient inutiles. A New York, au début de mars, j'écrivis une série d'articles consacrés à l'étude des forces de classes et des perspectives de la révolution russe. En ce même temps, Lénine envoyait de Genève à Pétrograd ses *Lettres de loin*. Écrits sur deux points du monde que sépare l'océan, ces articles donnent une analyse identique de la situation et expriment des prévisions toutes pareilles. Toutes les formules essentielles — sur l'attitude à prendre à l'égard des paysans, de la bourgeoisie, du gouvernement provisoire, de la guerre, de la révolution internationale, sont absolument identiques. Sur la pierre à aiguiser de l'histoire, vérification fut faite alors des rapports du « trotskysme » et du léninisme. Cette vérification eut lieu dans les conditions d'une expérience de chimie pure. Je ne connaissais pas le jugement de Lénine. Je partais de mes propres prémisses et de ma propre expérience révolutionnaire. Et j'indiquais les mêmes perspectives, la même ligne stratégique que donnait Lénine.

Mais, peut-être, à cette époque, la question était-elle claire pour tout le monde et la solution tout aussi bien prévue pour tous. Non! Au contraire! Le jugement de Lénine fut en cette période — jusqu'au 4 avril 1917, c'est-à-dire jusqu'à son apparition sur l'arène de Pétrograd, — un jugement personnel individuel. Pas un des dirigeants du parti se trouvant alors en Russie, — pas un! — n'avait même l'idée de gouverner vers la dictature du prolétariat, vers la révolution socialiste. La conférence du parti qui avait réuni, à la veille de l'arrivée de Lénine, quelques dizaines de bolcheviks, avait montré qu'aucun d'eux n'allait en pensée au-delà de la démocratie. Ce n'est pas sans intention que les procès-verbaux de cette conférence restent cachés jusqu'à ce jour. Staline était d'avis de soutenir le gouvernement provisoire de Goutchkov-Milioukov et d'arriver à une fusion des bolcheviks avec les menchéviks. La même attitude fut prise (ou bien une attitude encore plus opportuniste) par Rykov, Kaménev, Molotov, Tomsky, Kalinine et tous autres dirigeants ou à demi dirigeants actuels. Iaroslavsky, Ordjonikidzé, le président du comité exécutif central de l'Ukraine, Pétrovsky, et d'autres, publiaient, pendant la révolution de février, à Iakoutsk, en commun avec les menchéviks, un journal appelé *Le Social-Démocrate*, dans lequel ils développaient les idées les plus vulgaires de l'opportunisme provincial. Si l'on reproduisait actuellement certains articles du *Social-Démocrate* d'Iakoutsk dont Iaroslavsky était le rédacteur en chef, on tuerait idéologiquement cet homme, en admettant toutefois qu'il soit possible de l'exécuter idéologiquement.

Telle est la garde actuelle du « « léninisme ». Qu'en diverses occasions, ces hommes aient répété les paroles et imité les gestes de Lénine, cela, je le sais. Mais, au début de 1917, ils étaient livrés à eux-mêmes. La situation était difficile. C'est alors qu'ils auraient dû montrer ce qu'ils avaient appris à l'école de Lénine et ce dont ils étaient capables sans Lénine. Qu'ils désignent seulement, parmi eux, un seul qui de lui-même ait su aborder la position qui fut identiquement formulée par Lénine à Genève et par moi à New York. Ils ne trouveront pas un nom. La *Pravda* de Pétrograd, dont les rédacteurs en chef, avant l'arrivée de Lénine, étaient Staline et Kaménev, est restée à tout jamais un monument d'esprit borné, d'aveuglement et d'opportunisme. Cependant la masse du parti, comme la classe ouvrière dans son ensemble, se dirigeait spontanément vers la lutte pour le pouvoir. Il n'y avait pas en somme d'autre voie, ni pour le parti ni pour le pays.

Pour défendre, pendant les années de la réaction, la perspective de la révolution permanente, il fallait des prévisions théoriques. Pour lancer, en mars 1917, le mot d'ordre de la lutte pour le pouvoir, il suffisait, ce me semble, du flair politique. Les facultés de prévision et même de flair ne se sont révélées chez aucun — pas un ! — des dirigeants actuels. Pas un d'entre eux, en mars 1917, n'avait dépassé la position du petit bourgeois démocrate de gauche. Aucun d'entre eux n'a passé convenablement l'examen de l'histoire.

J'arrivai à Pétrograd un mois après Lénine. Exactement le temps pendant lequel j'avais été retenu au Canada par Lloyd George. Je trouvai la situation dans le parti essentiellement modifiée. Lénine avait fait appel à la masse des partisans contre leurs tristes leaders. Il mena une lutte systématique contre ces « vieux bolcheviks — écrivait-il — qui ont déjà joué plus d'une fois un triste rôle dans l'histoire de notre parti, répétant sans y rien comprendre une formule apprise par cœur, au lieu d'étudier les particularités de la nouvelle et vivante situation ».

Kaménev et Rykov tentèrent de résister. Staline, en silence, se mit à l'écart. Il n'existe pas, pour l'époque, un seul article où celui-ci ait fait effort pour juger sa politique de la veille et s'ouvrir un chemin dans le sens de la position léniniste. Il se tut tout simplement. Il s'était trop compromis par la désastreuse direction qu'il avait donnée pendant le premier mois de la révolution. Il préféra se retirer dans l'ombre. Il ne prit publiquement nulle part la défense des idées de Lénine. Il éludait et attendait. Durant les mois où se fit la préparation théorique et politique d'Octobre, où s'engagèrent le plus sérieusement les responsabilités, Staline n'eut tout simplement pas d'existence politique.

Lorsque j'arrivai dans le pays, un bon nombre d'organisations social-démocrates groupaient encore des menchéviks et des bolcheviks. C'était la conséquence naturelle de la position que Staline, Kaménev et d'autres avaient prise non seulement au début de la révolution, mais aussi pendant la guerre, bien que, il faut en convenir, l'attitude de Staline en temps de guerre soit restée inconnue de tous : il n'a pas écrit une seule ligne sur cette question qui n'est pas d'une mince importance.

Actuellement, les manuels de l'Internationale communiste, dans le monde entier — pour les Jeunesses communistes en Scandinavie et les pionniers en Australie — répètent à satiété que Trotsky, en août 1912, fit une tentative pour unifier les bolcheviks avec les menchéviks. En revanche, il n'est dit nulle part que Staline, en mars 1917, prêchait une alliance avec le parti de Tsérételli et qu'en fait, jusqu'au milieu de 1917, Lénine ne parvint pas à dégager le parti du marais où l'avaient entraîné les dirigeants temporaires d'alors, actuellement devenus les épigones. Le fait que pas un d'entre eux ne comprit, au début de la révolution, le sens et la direction de celle-ci est maintenant interprété comme procédant de vues dialectiques particulièrement profondes, s'opposant à l'hérésie du trotskysme qui osa non seulement comprendre les faits de la veille, mais aussi prévoir ceux du lendemain.

Quand, arrivé à Pétersbourg, je déclarai à Kaménev que je n'objectais rien aux fameuses « thèses d'avril » de Lénine, qui déterminaient le cours nouveau du parti, Kaménev me répondit seulement :

— Je crois bien!...

Avant même d'avoir adhéré en bonne et due forme au parti, je contribuai à l'élaboration des plus importants documents du bolchevisme. Il ne vint à l'esprit de personne de demander si j'avais renoncé au « trotskysme » comme l'ont voulu savoir, à mille reprises, depuis, dans la période de décadence des épigones, les Cachin, les Thaelmann et autres parasites de la révolution d'Octobre. Si, à cette époque, on a pu voir le trotskysme opposé au léninisme, ce fut seulement en ce sens que, dans les sphères supérieures du parti, pendant avril, Lénine fut accusé de trotskysme. Kaménev en parlait ainsi, ouvertement et avec persistance. D'autres disaient de même, mais d'une façon plus circonspecte, dans les coulisses. Des dizaines de « vieux bolcheviks » me déclarèrent, après mon arrivée en Russie :

— Maintenant, c'est fête dans *votre* rue!...

Je fus forcé de démontrer que Lénine n'avait pas adopté ma position, qu'il avait simplement étendu la sienne et que, par la suite de cette évolution, où l'algèbre se simplifiait en arithmétique, l'identité de nos idées s'était manifestée. Il en fut bien ainsi.

Dès nos premières rencontres, et plus encore après les Journées de juillet, Lénine donnait l'impression d'une extrême concentration intérieure, d'un ramassement sur lui-même poussé au dernier degré — sous des apparences de calme et de simplicité prosaïque. Le régime kérenskyste semblait, en ces jours-là, tout-puissant. Le bolchevisme n'était représenté que par une « petite bande insignifiante ». C'est ainsi qu'il était traité officiellement. Le parti lui-même ne se rendait pas encore compte de la force qu'il allait avoir le lendemain. Et, cependant,

Lénine le conduisait, en toute assurance, vers les plus hautes tâches. Je m'attelai au travail et aidai Lénine.

Deux mois avant Octobre, j'écrivais :

« Pour nous, l'internationalisme n'est pas une idée abstraite, n'existant seulement que pour être trahie à la première occasion (ce qu'elle est pour un Tsérételli ou un Tchernov); c'est un principe qui nous dirige immédiatement et est profondément pratique. Un succès durable, décisif, n'est pas concevable pour nous en dehors d'une révolution européenne. »

A côté des noms de Tsérételli et de Tchernov, je ne pouvais pas alors encore ranger celui de Staline, philosophe du socialisme dans un seul pays. Je terminais mon article par ces mots :

« La *révolution permanente* contre le carnage permanent ! Telle est la lutte dont l'enjeu est le sort de l'humanité. »

Ce fut imprimé dans l'organe central de notre parti, le 7 septembre et reproduit en brochure. Pourquoi mes critiques actuels gardèrent-ils alors le silence sur le mot d'ordre hérétique d'une révolution permanente? Où étaient-ils? Les uns, comme Staline, attendaient les événements en regardant de côté et d'autre; les autres, comme Zinoviev, se cachaient sous la table.

Mais la plus grosse question est celle-ci : comment Lénine a-t-il pu tolérer ma propagande hérétique? Quand il était question de théorie, il ne connaissait ni condescendance ni indulgence. Comment a-t-il pu supporter que le « trotskysme » fût prêché dans l'organe central du parti?

Le 1er novembre 1917, à une séance du comité de Pétrograd (le procès-verbal de cette séance, historique sous tous rapports, est tenu secret jusqu'à présent), Lénine déclara que depuis que Trotsky s'était convaincu de l'impossibilité d'une alliance avec les menchéviks, « il n'y avait pas de meilleur bolchevik que lui ». Il montra par là clairement, et non pour la première fois, que si quelque chose nous séparait, ce n'était pas la théorie de la révolution permanente, c'était une question plus restreinte, quoique très importante, sur les rapports à garder envers le menchévisme.

Jetant un coup d'œil rétrospectif, deux ans après la révolution d'Octobre, Lénine écrivait :

« Au moment de la conquête du pouvoir, lorsque fut créée la république des soviets, le bolchevisme avait attiré à lui tout ce qu'il y avait de meilleur dans les tendances de la pensée socialiste proches de lui. »

Peut-il y avoir l'ombre d'un doute qu'en parlant d'une façon aussi marquée des *tendances de la pensée socialiste les plus proches du bolchevisme*, Lénine avait en vue tout d'abord ce que l'on appelle maintenant le « trotskysme historique »? En effet, quelle autre tendance pouvait être plus proche du bolchevisme que celle que je représentais? Qui donc Lénine pouvait-il avoir en vue? Marcel Cachin? Thaelmann? Pour Lénine, lorsqu'il passait en revue l'évolution du parti dans son ensemble, le trotskysme n'était pas quelque chose d'étranger ou d'hostile; c'était, au contraire, le courant de la pensée socialiste le plus proche du bolchevisme.

La véritable marche des idées n'eut, on le voit, rien de commun avec la caricature mensongère qu'en ont faite, profitant de la mort de Lénine et de la vague de réaction, les épigones.

CHAPITRE XXIX

AU POUVOIR

Ce furent des journées extraordinaires dans la vie du pays comme dans mon existence personnelle. La tension des passions sociales ainsi que de forces individuelles était arrivée au suprême degré. Les masses créaient une nouvelle époque, les dirigeants sentaient qu'ils marchaient, les pas dans les pas, avec l'histoire. En ces jours-là, des décisions furent prises, des ordres furent donnés d'où dépendait le sort du peuple pour une longue période. Cependant, ces résolutions n'étaient presque pas débattues. J'éprouverais quelque gêne à dire qu'elles étaient pesées et méditées comme il sied. On improvisait. Cela n'en allait pas plus mal. La pression des événements était si puissante, les tâches étaient si claires que les décisions les plus lourdes de responsabilité étaient données sans aucune peine, comme en passant, comme quelque chose qui va de soi, et étaient acceptées de même. La voie à suivre était déterminée à l'avance. Il fallait seulement désigner chaque tâche par son nom; il était inutile de démontrer; il n'était presque plus nécessaire de lancer des appels. Sans hésitations, sans incertitudes, la masse s'emparait de ce qui lui était imposé par la situation. Sous le poids des événements, les « leaders » formulaient simplement ce qui devait répondre aux besoins de la masse et aux exigences de l'histoire.

Le marxisme est à considérer comme l'expression consciente d'un processus historique inconscient. Mais le processus « inconscient », — au sens historico-philosophique, et non psychologique, — ne coïncide avec son expression consciente qu'en ses plus hauts sommets, lorsque la masse, par la poussée de ses forces élémentaires, force les portes de la routine sociale et donne une expression victorieuse aux plus profonds besoins de l'évolution historique. La conscience théorique la plus élevée que l'on a de l'époque fusionne, en de tels moments, avec l'action directe des couches les plus profondes, des masses opprimées les plus éloignées de toute théorie. La fusion créatrice du conscient avec l'inconscient est ce que l'on appelle, d'ordinaire, l'inspiration. La révolution est un moment d'inspiration exaltée dans l'histoire.

Tout véritable écrivain connaît des moments de création où quelqu'un de plus fort que lui guide sa main. Tout véritable orateur a connu des minutes où quelque chose de plus fort que lui ne l'était à ses heures ordinaires s'exprimait par ses lèvres. C'est cela, « l'inspiration ». Elle naît d'une suprême tension créatrice de toutes les forces. L'inconscient remonte de sa profonde tanière et se subordonne le travail conscient de la pensée, se l'assimile dans une sorte d'unité supérieure.

Les heures où la tension des forces spirituelles est poussée à son plus haut degré s'emparent quelquefois de l'activité individuelle sous tous ses aspects, car elle est liée au mouvement des masses. Telles furent les journées d'Octobre pour les « leaders ». Les forces latentes de l'organisme, ses instincts profonds, tout le flair hérité de fauves ancêtres, tout cela se souleva, rompit les guichets de la routine psychique et, — à côté des généralisations historico-philosophiques les plus élevées, — se mit au service de la révolution.

Ces deux processus, celui des individus et celui des masses, étaient basés sur une combinaison du conscient avec l'inconscient, de l'instinct, qui donne du ressort à la volonté, avec les plus hautes généralisations de l'esprit.

Extérieurement, cela n'avait pas du tout l'air pathétique : des hommes circulaient, las, affamés, non lavés, les yeux enflammés, les joues hérissées de poils parce qu'ils ne s'étaient pas rasés. Et chacun d'eux ne fut en mesure, plus tard, de raconter que très peu de chose sur les jours et les heures les plus critiques.

Voici un extrait des notes prises par ma femme, prises d'ailleurs bien plus tard :

« Nous vécûmes les derniers jours de la préparation d'Octobre rue de Tauride. L. D. [1] passait des journées entières à l'Institut

1. Lev Davidovitch Trotsky. (*N. d. T.*)

Smolny [1]. Je continuais mon travail au syndicat des menuisiers-ébénistes dont les dirigeants étaient des bolcheviks, et l'atmosphère était chaude. Toutes les heures de travail se passaient en discussions sur l'insurrection. Le président du syndicat était " du point de vue de Lénine-Trotsky " (c'est ainsi que cela s'appelait alors), et nous faisions de l'agitation avec lui. On parlait de soulèvement en tous lieux : dans la rue, au réfectoire, quand on se rencontrait dans les escaliers de l'Institut Smolny.

« On se nourrissait mal, on dormait peu. On travaillait à peu près vingt-quatre heures par jour. Nous étions séparés de nos garçons et les journées d'Octobre furent aussi pour moi des journées d'angoisse pour leur sort. Sur tout l'effectif de l'école où ils étaient placés, il y avait juste deux " bolcheviks ", notre Liova et notre Sérioja, et un troisième, un " sympathisant " comme ils disaient. Contre ces trois enfants se dressait le groupe compact des rejetons de la démocratie dirigeante, cadets et socialistes révolutionnaires. Comme toujours, quand les dissensions s'affirmaient sérieuses, la critique s'accompagnait d'arguments frappants. Le directeur eut plus d'une fois à tirer mes fils des mains d'une bande de jeunes " démocrates " qui leur étaient tombés dessus. En somme, les enfants faisaient seulement ce que faisaient leurs pères. Le directeur était un cadet. C'est pourquoi il ne manquait jamais de punir mon fils :

« — Prenez votre chapeau et rentrez chez vous...

« Après le coup d'État, il eût été tout à fait déraisonnable de laisser nos enfants dans cet établissement. Nous les envoyâmes dans une école populaire. Le milieu était plus simple et plus rude, mais on pouvait y respirer.

« L. D. et moi n'étions jamais à la maison. Nos garçons, quand ils rentraient de l'école et ne nous trouvaient pas, ne jugeaient pas utile non plus de rester enfermés entre quatre murs. Les manifestations, les bagarres, les coups de feu fréquents nous donnaient, en ces jours-là, de grandes inquiétudes à leur égard : leur état d'esprit était archi-révolutionnaire... Dans les entrevues hâtives que nous avions, ils nous racontaient leurs joies : tel jour, en tramway, ils s'étaient trouvés avec des Cosaques qui lisaient l'appel de papa : *Frères Cosaques!...*

« — Bon! Et alors?...

« — Ils lisaient ça, et se le passaient. C'était bien!

« — C'était bien?

« — Oh! oui!

« Une connaissance de L. D., l'ingénieur K***, qui avait une nombreuse famille et des enfants de tous âges, ainsi qu'une bonne et d'autres serviteurs, nous offrit de prendre pour un certain temps

1. Immense bâtiment qui, après avoir été, pendant de longues années, un Institut d'éducation pour les jeunes filles de la noblesse à Pétrograd, devint, en 1917, le quartier général des bolcheviks. (*N. d. T.*)

chez lui nos garçons afin de leur assurer quelque surveillance. Nous dûmes nous raccrocher à cette invitation qui nous sauvait. Chargée de diverses commissions par L. D., je passais à l'Institut Smolny jusqu'à cinq fois par jour. Tard dans la nuit, nous revenions rue de Tauride, et, dès le matin, nous nous séparions. L. D. se rendait à Smolny; moi, j'allais au syndicat. A mesure que les événements prenaient plus d'importance, on ne pouvait plus guère quitter Smolny. L. D., durant plusieurs journées, ne vint pas rue de Tauride, même pour y dormir. Souvent, je restais moi-même à Smolny. Sans se déshabiller, on passait la nuit sur des divans, dans des fauteuils. La température était assez fraîche, mais sèche, un temps d'automne, couvert, traversé par des bouffées de vent froid. Dans les rues du centre, tout était silencieux et désert. Il y avait dans ce calme quelque chose de terriblement vigilant. Smolny bouillonnait. L'immense salle des fêtes étincelait des milliers de feux de ses lustres magnifiques et était, chaque jour, tous les soirs, plus que pleine de monde. La vie était intense dans les usines et les fabriques. Mais les rues s'étaient tapies, avaient fait silence, comme si la ville, épouvantée, avait rentré sa tête dans ses épaules...

« Je me rappelle que, le lendemain ou le surlendemain du coup d'État, un matin, j'entrai dans une chambre de Smolny où j'aperçus Vladimir Ilitch, Lev Davidovitch et, je crois, Dzerjinsky, Joffé et beaucoup d'autres. Tous avaient le teint d'un gris verdâtre, le teint d'hommes qui n'ont pas dormi, des yeux enfoncés, des cols sales; la chambre était empestée de tabac... Quelqu'un était assis à une table; près de lui se tenait debout une foule qui attendait des ordres. Lénine, Trotsky étaient entourés. Il me semblait que les instructions étaient données comme en rêve. Il y avait dans les mouvements, dans les paroles, quelque chose de somnambulique; il me sembla, une minute, que j'étais moi-même en sommeil quand je voyais tout cela et que la révolution pouvait être perdue si « eux » ne dormaient pas un bon coup et ne mettaient pas des faux cols propres : cette vision de songe se rattachait étroitement à une affaire de faux cols... Je me rappelle que, le lendemain, je rencontrai Marie Iliinichna, sœur de Lénine, et lui signalai, en toute hâte, que Vladimir Ilitch aurait besoin de changer de col...

« — Oui, oui, me répondit-elle en riant.

« Mais, à mes yeux aussi, la question des cols propres avait déjà perdu sa signification de cauchemar. »

Le pouvoir est conquis, du moins à Pétrograd. Lénine n'a pas encore eu le temps de changer de col. Sur un visage las, ce sont bien les yeux de Lénine qui veillent toujours. Il me regarde amicalement, d'un bon regard, exprimant avec un certain embarras, d'un air anguleux, ce qui le fait intérieurement proche de moi.

— Vous savez, me dit-il, d'un ton hésitant, après les poursuites et cette vie du sous-sol... arriver au pouvoir...

Là, il chercha son expression et, passant tout à coup à l'allemand, avec un geste de la main autour de sa tête :

— *Es schwindelt* [1]!...

Nous nous entre-regardons, riant presque imperceptiblement : cela dure une minute ou deux, pas davantage... Ensuite, tout simplement, on passe à l'expédition des affaires courantes.

Il faut former le gouvernement. Nous sommes là quelques membres du comité central. Courte délibération dans un coin de la chambre.

— Comment l'appeler? pense tout haut Lénine. Surtout, pas de ministres! Le titre est abject, il a traîné partout.

— On pourrait dire « commissaires », proposai-je; mais il y a beaucoup trop de commissaires à présent... Peut-être « hauts commissaires »... Non, « haut commissaire » sonne mal... Et si l'on mettait : « commissaires du peuple »?...

— « Commissaire du peuple? » Ma foi, il me semble que ça pourrait aller... reprend Lénine. Et le gouvernement, dans son ensemble?

— Un Soviet, bien entendu, un soviet [2]... Le soviet des commissaires du peuple, hein?

— Le soviet des commissaires du peuple? s'écrie Lénine. C'est parfait. Ça sent terriblement la révolution!...

Lénine était peu enclin à s'occuper de l'esthétique de la révolution ou à en déguster le « romantisme ». Il n'en sentait que plus profondément la révolution dans son ensemble et il en définissait « l'odeur » d'autant plus infailliblement.

— Dites donc, me fit une fois, soudainement, Vladimir Ilitch, au cours de ces journées, — dites donc, si les gardes blancs nous tuent, croyez-vous que Sverdlov et Boukharine pourront se tirer d'affaire?

— Bah! peut-être qu'ils ne nous tueront pas, répondis-je en riant.

— Ah! le diable les connaît [3]! répliqua Lénine, en riant à son tour.

J'ai relaté cet épisode pour la première fois dans mes souve-

1. J'ai le vertige. (*N. d. T.*)
2. Soviet signifie conseil. (*N. d. T.*)
3. Expression familière qui correspond à : « sait-on jamais! » (*N. d. T.*)

nirs sur Lénine en 1924 [1]. Comme je l'ai appris plus tard, les membres du « triumvirat » d'alors, Staline, Zinoviev et Kaménev prirent comme un sanglant affront cette référence donnée par moi et dont, cependant, ils n'osèrent contester l'authenticité. Les faits sont les faits : Lénine n'avait nommé que Sverdlov et Boukharine. Aucun autre nom ne lui vint à l'esprit.

Lénine qui, à deux reprises, avait vécu dans l'émigration, où il avait passé quinze ans, sauf un court intervalle, connaissait les principaux cadres non émigrés du parti, par correspondance ou par les rares entrevues qu'il avait eues avec eux à l'étranger. C'est seulement après la révolution qu'il eut la possibilité de les observer de près, au travail. Il lui fallut alors reviser ses jugements ou modifier ceux qu'il s'était faits d'après les paroles d'autrui. Comme homme passionnément épris de morale, Lénine ne pouvait considérer personne avec indifférence. Il était dans la nature de ce penseur, observateur et stratège de s'intéresser vivement aux hommes. Kroupskaïa [2] le dit dans ses *Mémoires*. Jamais Lénine ne se formait d'emblée un jugement moyennement pondéré sur quelqu'un. Son œil était comme un microscope. Il grossissait énormément le trait qui, en telle circonstance, tombait dans le champ de sa vision. Il n'était pas rare que Lénine devînt véritablement amoureux de certaines personnes. Dans ces cas-là, je le taquinais :

— Je sais, je sais... Vous avez un nouveau roman...

Lénine lui-même se connaissait ce trait de caractère, et il riait en manière de réponse, un peu confus, un peu vexé.

L'attitude de Lénine à mon égard, dans le courant de 1917, passa par plusieurs phases. Il m'accueillit d'abord avec réserve, restant dans l'expectative. Les Journées de juillet nous rapprochèrent brusquement. Lorsque, contre la majorité des bolcheviks dirigeants, je lançai le mot d'ordre du boycottage du préparlement, Lénine écrivit, de l'asile où il était caché : « *Bravo, camarade Trotsky !* »

A certaines apparences fortuites et trompeuses, il lui sembla ensuite que, sur la question de l'insurrection armée, je me conduisais par trop en temporisateur. Cette crainte se fit jour dans plusieurs lettres écrites par Lénine au cours d'octobre. Son attitude à mon égard n'en fut que plus manifeste, plus chaleureuse, plus intimement affectueuse lors du coup d'État,

1. Léon Trotsky : *Lénine* (traduction française, p. 121; à la Librairie du Travail, 1925). (*N. d. T.*)
2. La femme de Lénine. (*N. d. T.*)

quand, allongés sur le plancher, dans la pénombre d'une chambre vide, nous nous reposions ensemble.

Le lendemain, à la séance du comité central du parti, Lénine proposa de me nommer président du soviet des commissaires du peuple. Je bondis pour protester, tant cette proposition me parut imprévue et déplacée.

Lénine insista :

— Pourquoi donc? Vous étiez à la tête du soviet de Pétrograd qui a pris le pouvoir...

Je demandai qu'on rejetât la proposition sans débat. Il en fut fait ainsi.

Le 1er novembre, au cours d'une ardente discussion au comité du parti de Pétrograd, Lénine s'écria :

— Il n'y a pas de meilleur bolchevik que Trotsky!

Venant de Lénine, cette parole voulait dire beaucoup. Et ce n'est pas par hasard que le procès-verbal de la séance où elle a été prononcée n'a pas été jusqu'à présent rendu public.

Après la conquête du pouvoir se posa la question de mes fonctions dans le gouvernement. Chose étrange : je n'y avais jamais pensé. Pas une fois il ne m'était arrivé, malgré l'expérience de 1905, de rattacher la question de mon avenir au problème du pouvoir. Dès mes jeunes années, je puis dire dès mon enfance, je rêvais de devenir écrivain. Dans les années qui suivirent, je subordonnai ce métier comme tout le reste aux fins révolutionnaires. J'eus toujours en vue la conquête du pouvoir par le parti. J'avais écrit et parlé des dizaines et des centaines de fois sur un programme de gouvernement révolutionnaire. Mais je ne m'étais jamais demandé quel serait mon travail personnel quand le pouvoir serait conquis. J'y fus pris à l'improviste. Après le coup d'État, je tentai de rester en dehors du gouvernement, demandant à prendre la direction de la presse du parti. Il se peut qu'en agissant ainsi j'aie été sous l'influence d'une certaine réaction nerveuse consécutive à la victoire. Les mois précédents avaient été trop profondément absorbés par la préparation du coup d'État. Chaque fibre en moi était tendue à l'excès. Lounatcharsky a raconté quelque part dans la presse que Trotsky circulait pareil à une bouteille de Leyde, et que le moindre contact avec lui provoquait une décharge. Le 7 novembre amena le dénouement. J'étais dans l'état d'un chirurgien qui vient de terminer une difficile et dangereuse opération : on se lave les mains, on se défait de sa blouse et on va se reposer.

Lénine, par contre, venait seulement de rentrer de son refuge, où il avait passé trois mois et demi, tourmenté de vivre à l'écart de la direction immédiate et pratique. Son retour coïncidait avec ma fatigue et je n'en étais que plus disposé à rentrer, au moins pour quelque temps, dans la coulisse. Mais Lénine ne voulait même pas en entendre parler. Il exigeait que je prisse la direction de l'Intérieur; la principale tâche était alors de combattre la contre-révolution. Je lui fis des objections et, entre autres arguments, je fis valoir la question des nationalités : était-il, disais-je, bien utile de donner à nos ennemis cette arme supplémentaire, mon origine juive?

Lénine était presque indigné.

— Nous faisons une grande révolution internationale. Quelle importance peuvent avoir de telles vétilles?...

Sur ce thème s'engagea entre nous une dispute à demi comique.

— La révolution est grande, répliquais-je, mais il reste un fameux nombre d'imbéciles...

— Est-ce que nous marchons sur le pas des imbéciles?

— Marcher sur leurs pas, non certes! Mais, parfois, il faut faire de petites concessions à la sottise... Pourquoi chercherions-nous, dès les premiers jours, des complications superflues?...

J'ai déjà mentionné que la question de nationalité, si importante dans la vie de la Russie, n'a joué dans ma vie personnelle presque aucun rôle. Dès ma première jeunesse, les préventions ou préjugés nationaux provoquaient en moi la gêne que doit éprouver un rationaliste, laquelle parfois devenait un dégoût, et même un écœurement moral. Mon éducation marxiste donna de la profondeur à cet état d'esprit, d'où sortit un internationalisme actif. La vie vécue en différents pays, dont j'appris les langues, la politique et la culture, m'aida à m'assimiler, en chair et en os, l'internationalisme. Si, en 1917 et plus tard, j'ai pris parfois argument de mon origine juive contre telle ou telle nomination, ce fut exclusivement par calcul politique.

Je m'étais acquis Sverdlov et quelques autres membres du comité central. Lénine resta en minorité. Il haussait les épaules, soupirait, dodelinait de la tête d'un air de reproche et ne se résigna qu'à l'idée que nous combattrions quand même la contre-révolution, sans distinctions administratives.

Cependant Sverdlov s'opposa résolument à ma désignation au service de la presse :

— Nous y mettrons, dit-il, Boukharine. Il faut opposer Lev Davidovitch à l'Europe. Qu'il prenne les Affaires étrangères...

— Que seront maintenant nos Affaires étrangères? répliqua Lénine.

Mais, à contrecœur, il consentit. A contrecœur, je consentis aussi. C'est ainsi que pour un trimestre, sur l'initiative de Sverdlov, je me trouvai à la tête de la diplomatie soviétique.

Le commissariat des Affaires étrangères signifiait qu'en somme j'étais exempté d'un travail ministériel. Aux camarades qui m'offrirent leur concours, je proposai presque invariablement de chercher une carrière moins ingrate pour leurs capacités. L'un d'eux, dans la suite, rapporta assez savoureusement dans ses Mémoires l'entretien qu'il avait eu avec moi bientôt après la formation du gouvernement soviétique.

« — Que peut être, lui dis-je, comme il le raconte, notre travail diplomatique? Je vais publier quelques proclamations révolutionnaires et je n'aurai plus qu'à fermer boutique. »

Mon interlocuteur était sincèrement chagriné de cette insuffisance du sens diplomatique en moi. Bien entendu, j'avais fait exprès d'exagérer l'expression de mon point de vue, désirant souligner que le centre de gravité ne portait pas alors sur la diplomatie.

L'essentiel du travail était, en effet, de développer la révolution d'Octobre, de l'étendre à tout le pays, de repousser l'incursion de Kérensky et du général Krasnov marchant sur Pétrograd, de combattre la contre-révolution. Nous remplîmes ces tâches en dehors des attributions ministérielles et ma collaboration avec Lénine fut tout le temps la plus étroite et incessante.

Le cabinet de Lénine et le mien, à l'institut Smolny, étaient reliés, ou plutôt séparés, aux deux extrémités du bâtiment, par un corridor si long que Lénine, plaisantant, proposait d'établir la communication par bicyclette. Nous avions entre nous le téléphone. Plusieurs fois par jour, je parcourais l'interminable couloir, une vraie fourmilière, pour rejoindre Lénine dans son cabinet et m'entendre avec lui. Un jeune matelot, qu'on appelait le secrétaire de Lénine, courait constamment pour m'apporter les notes du chef, lesquelles consistaient en deux ou trois phrases solidement bâties, où les mots les plus importants étaient soulignés deux ou trois fois; et chaque note se terminait par une question posée carrément.

Souvent, les petits papiers étaient accompagnés de projets de décrets qui exigeaient, d'urgence, une appréciation. Dans les archives du soviet des commissaires du peuple subsiste une importante quantité de documents de ce temps, écrits en partie par Lénine, en partie par moi, les textes de Lénine où j'ai fait des corrections, mes propositions complétées par Lénine.

Durant la première période, à peu près jusqu'en août 1918, je participai activement aux travaux du conseil des commissaires du peuple. Pendant le temps que nous passâmes à Smolny, Lénine, avec une avidité impatiente, s'efforçait de répliquer par des décrets à toutes les questions posées sur les plans économiques, politiques, administratifs et culturels. Ce qui le guidait, ce n'était pas la passion d'une réglementation bureaucratique; c'était le dessein de donner au programme du parti l'extension qu'il devait prendre dans le langage du pouvoir. Il savait que les décrets révolutionnaires ne sont appliqués que dans une très petite mesure. Mais pour garantir l'exécution et la vérification, il aurait fallu compter sur un appareil fonctionnant exactement, sur l'expérience et sur le temps. Or, personne n'aurait pu dire de combien de temps nous disposions. Les décrets, dans les premiers temps, avaient plus d'importance comme articles de propagande que comme textes administratifs. Lénine se hâtait de dire au peuple ce que c'était que le nouveau pouvoir, ce qu'il voulait et comment il se disposait à accomplir ses desseins. Il passait d'une question à une autre, merveilleusement infatigable, convoquait de petites conférences, demandait des références aux spécialistes et fouillait les livres lui-même. Je l'aidais.

En Lénine existait un sentiment très puissant de l'hérédité dans la tâche entreprise. En grand révolutionnaire, il comprenait ce que c'est qu'une tradition historique. Il était impossible de prévoir si nous resterions au pouvoir ou si nous en serions rejetés. Il fallait, en tout cas, mettre le plus de clarté possible dans l'expérience révolutionnaire de l'humanité. D'autres viendront et, profitant de ce que nous avons indiqué et commencé, feront un nouveau pas en avant. Tel fut le sens du travail législatif de la première période.

Dans les mêmes idées, Lénine réclamait, avec impatience, l'édition en russe des classiques du socialisme et du matérialisme. Il tâchait d'obtenir que le plus grand nombre possible de monuments révolutionnaires fussent posés, même les plus simples, des bustes, des plaques commémoratives, dans toutes les villes et même dans les bourgs; il fallait fixer dans l'imagination des masses ce qui s'était passé et laisser un sillon aussi creusé que possible dans la mémoire du peuple.

Chaque séance du conseil des commissaires du peuple, dont la composition se modifia assez souvent les premiers temps, partiellement, donnait le tableau de la plus grande improvisation législative. Tout était à reprendre par le commencement. Il n'y avait pas à chercher de « précédents » car l'histoire n'en avait aucune provision. Infatigable, Lénine présidait ce conseil cinq ou six heures de suite, et le conseil se tenait chaque jour. En règle générale, les questions étaient posées sans aucune préparation, presque toujours d'urgence. Très souvent, le fond de l'affaire était inconnu pour les membres du conseil comme pour leur président, jusqu'au début de la séance. Le temps accordé pour les débats était toujours restreint, on donnait tout juste une dizaine de minutes pour le premier rapport. Néanmoins, Lénine, cherchant à tâtons, trouvait toujours la ligne à suivre. Pour économiser le temps, il faisait passer aux commissaires en séance des billets, brièvement rédigés, réclamant tels ou tels renseignements. Ces écrits constituèrent une documentation épistolaire très large et très intéressante dans la technique législative du conseil de commissaires présidé par Lénine. La plupart de ces papiers, par malheur, n'ont pas été conservés : presque toujours, on écrivait sa réponse au verso de la question posée et, le plus souvent, la note était détruite immédiatement par le président. Le moment venu, Lénine donnait lecture de ses résolutions, toujours conçues avec une rigidité intentionnelle; après quoi, les débats cessaient ou bien prenaient forme de propositions pratiques. Les « points » indiqués par Lénine constituaient, d'ordinaire, l'essentiel du texte du décret.

Pour diriger ce travail, il fallait, entre autres capacités, une formidable imagination créatrice. Une des plus précieuses qualités d'une telle imagination est qu'elle puisse se représenter les gens, les choses et les phénomènes tels qu'ils sont, en réalité, même quand on ne les a jamais vus. Utilisant l'expérience que l'on a de la vie, ainsi que les bases théoriques, joindre entre eux de petits traits distincts, saisis au vol, les compléter d'après les lois non encore formulées de correspondance et de vraisemblance et recréer de telle manière, d'une façon très concrète, un domaine déterminé de la vie humaine, — telle est l'imagination qu'il faut au législateur, à l'administrateur, au leader, surtout en temps de révolution. La force de Lénine était, pour une énorme part, celle d'une imagination réaliste.

Inutile de dire que, dans la hâte fiévreuse de la création législative, un bon nombre de fautes furent commises, des mesures contradictoires furent prises. Mais, dans l'ensemble, les décrets rendus par Lénine à l'époque de Smolny, c'est-à-dire dans la période la plus agitée et la plus chaotique de la révolution, seront pour toujours entérinés par l'histoire comme la proclamation d'un monde nouveau. Non seulement les sociologues et les historiens, mais les législateurs de l'avenir s'adresseront plus d'une fois à cette source.

En ce temps-là, c'étaient des tâches pratiques qui s'imposaient avant tout, et surtout les problèmes de la guerre civile, des approvisionnements et des transports. Face à de telles nécessités furent créées des commissions extraordinaires qui devaient envisager de près les nouvelles tâches et mettre en mouvement telle ou telle administration qui piétinait inutilement, au seuil même de l'entreprise. Je dus, en ces mois, me mettre à la tête de plusieurs de ces commissions : celle des approvisionnements dont faisait partie Tsiouroupa, appelé pour la première fois au travail, celle des transports, celle des éditions et bien d'autres.

En ce qui concerne la diplomatie, exception faite pour les pourparlers de Brest-Litovsk, elle ne me prit que peu de temps. Néanmoins l'affaire fut un peu plus compliquée que je ne l'avais prévu. Dès les premiers jours, je dus engager des conversations diplomatiques, fort inattendues, avec... la tour Eiffel...

Au cours de l'insurrection, nous avions autre chose à faire que de nous intéresser aux « radios » de l'étranger. Mais lorsque je fus commissaire du peuple aux Affaires étrangères, je dus m'occuper de savoir ce que pensait le monde capitaliste de notre coup d'État. Inutile de dire que les félicitations ne se faisaient entendre de nulle part. Si disposé que fût le gouvernement de Berlin à user de coquetterie à l'égard des bolcheviks, il envoya de la station de Nauen une onde hostile lorsque la station de Tsarskoïé-Sélo transmit mon communiqué relatant notre victoire sur les troupes de Kérensky. Mais si Berlin et Vienne hésitaient tout de même entre leur haine de la révolution et l'espoir d'une paix avantageuse, tous les autres pays, non seulement les belligérants, mais même les neutres, exprimaient en diverses langues les sentiments et les réflexions des classes dirigeantes que nous venions de renverser dans la vieille Russie.

Dans ce chœur, la tour Eiffel se distinguait par ses fureurs; elle se mit même à parler russe, espérant évidemment atteindre ainsi directement les consciences du peuple russe. Quand je lisais les « radios » de Paris, il me semblait parfois que Clemenceau en personne était juché au sommet de la tour. Je le connaissais assez, en sa qualité de journaliste, pour reconnaître, sinon son style, du moins son inspiration. La haine montait à s'étouffer elle-même dans ces « radios », la fureur arrivait au plus haut degré. Il semblait parfois qu'au haut de la tour un scorpion allait, de lui-même, se planter son dard dans la tête.

Nous avions à notre disposition la station de Tsarskoïé-Sélo, et nous n'avions aucune raison de nous taire. Plusieurs jours durant, je dictai des répliques aux insultes de Clemenceau. J'avais de l'histoire politique de la France des connaissances assez étendues pour donner sur les principaux personnages des renseignements peu flatteurs et rappeler certains traits de leur biographie que l'on avait oubliés depuis l'affaire de Panama. Pendant quelques journées, ce fut un duel serré entre les tours de Paris et de Tsarskoïé-Sélo : l'éther, fluide neutre entre tous, transmettait consciencieusement les arguments des deux parties. Et qu'arriva-t-il? Je ne m'attendais pas moi-même à de si rapides résultats. Paris changea brusquement de ton : il s'expliqua dans la suite avec hostilité, mais poliment. Plus tard, je me suis rappelé bien des fois avec plaisir que j'avais débuté dans la carrière diplomatique en apprenant à la tour Eiffel les bonnes manières.

Le 18 novembre, le général Judson, chef de la mission américaine, vint me voir, subitement, à Smolny. Il commença par me dire qu'il n'avait pas encore la possibilité de parler au nom des États-Unis, mais qu'il espérait que tout marcherait *all right*. Le gouvernement soviétique avait-il l'intention d'essayer de liquider la guerre en accord avec les Alliés? Je répondis que les pourparlers qui auraient lieu devaient être entièrement rendus publics et que, par suite, les Alliés pourraient en suivre le développement et s'y joindre à une étape de leur choix. En conclusion, le général pacifiste me dit :

— Le temps des protestations et des menaces à l'adresse

du gouvernement soviétique est passé, si, toutefois, ce temps est jamais venu.

Mais on sait qu'une hirondelle, même avec les galons de général, ne fait pas le printemps.

Au début de décembre, eut lieu ma première et dernière entrevue avec l'ambassadeur de France, Noulens, ancien député radical, envoyé pour un rapprochement avec la révolution de Février, en remplacement de Paléologue, qui était ouvertement monarchiste, byzantin non seulement par son nom de famille, et que la république avait utilisé pour ses amitiés avec le tsar. Pour quelle raison Noulens fut-il choisi, et non pas un autre, je l'ignore. Mais il ne rehaussa pas l'opinion que j'avais de ceux qui règlent les destinées de l'humanité. L'entretien avait eu lieu sur l'initiative de Noulens et ne donna rien. Après avoir quelque peu tergiversé, Clemenceau opta définitivement pour le régime du fil barbelé.

Avec le général Niessel, chef de la mission française, j'eus, dans les murs de Smolny, une explication qui fut loin d'être amicale. Cet officier supérieur s'exerçait à satisfaire son goût de l'offensive par des opérations d'arrière-front. Du temps de Kérensky, il s'était accoutumé à commander et ne voulait pas renoncer à ses mauvaises habitudes. Pour le début de nos relations, je dus l'inviter à sortir de l'Institut Smolny. Bientôt nos rapports avec la mission militaire française devinrent encore plus compliqués. Cette mission avait un bureau d'information qui se transforma en fabrique d'insinuations infâmes contre la révolution. Tous les journaux hostiles publiaient quotidiennement des télégrammes « de Stockholm », tous plus fantaisistes, plus haineux, plus bêtes les uns que les autres. Les rédacteurs des journaux, interrogés sur la provenance des télégrammes « de Stockholm », indiquèrent la mission militaire française. Je posai officiellement la question au général Niessel. Il me répondit, le 22 décembre, par un document vraiment remarquable :

Il écrivait :

« De nombreux journalistes de différentes tendances viennent demander des renseignements à la mission. J'ai pleins pouvoirs pour les informer sur les opérations de guerre sur le front occidental, à Salonique, en Asie et sur la situation en France. Lors d'une (?) de ces visites, un (?) jeune officier s'est permis de faire part d'un bruit qui court maintenant la ville (?) et dont l'origine est attribuée à Stockholm... [1] »

En conclusion, le général promettait de « prendre des mesures pour qu'à l'avenir de pareilles bévues (?) ne pussent se renouveler ».

C'en était trop. Ce n'était pas pour rien que nous avions rappelé les convenances à la tour Eiffel. Nous n'allions pas permettre au général Niessel de bâtir sa tour à lui, une tour auxiliaire de falsification, à Moscou.

J'écrivis à Niessel le jour même :

« 1. Considérant que le bureau de propagande de la mission militaire française, appelé bureau d'*information*, a servi de source à des bruits sciemment mensongers, dans le but de jeter le trouble et le chaos dans l'opinion publique, ce bureau doit être fermé immédiatement. — 2. Le « jeune officier » qui a fabriqué de fausses informations est invité à quitter immédiatement la Russie. Je vous prie de me donner le nom de cet officier sans aucun retard. — 3. Le receveur des dépêches par radio attaché à la mission en est détaché. — 4. Les officiers français qui se trouvent sur le théâtre d'opérations de la guerre civile doivent être immédiatement rappelés à Moscou par un ordre spécial qui sera publié dans la presse. — 5. Prière de me tenir au courant de toutes les démarches qui seront faites par la mission à l'occasion de cette lettre. Le commissaire du peuple aux Affaires étrangères, L. Trotsky. »

Le « jeune officier » dut sortir de son anonymat; il dut, bouc émissaire, quitter la Russie. L'employé de la radio changea de poste. Le bureau d'information fut fermé. Les officiers français furent rappelés de la périphérie au centre. Mais tout cela n'était qu'escarmouches d'avant-postes.

Peu après, lorsque je pris le commissariat de la Guerre, ce fut suivi d'une trêve instable. Niessel, le général trop catégorique, fut remplacé par le général Lavergne, insinuant. La trêve ne dura pas longtemps. La mission militaire française, comme toute la diplomatie, se trouva bientôt au centre de tous les complots et actions armées contre le pouvoir des soviets. Mais cela ne se manifesta qu'après Brest, dans la période moscovite [2], au printemps et durant l'été de 1918.

1. Le texte français du général n'étant pas en notre possession, nous ne pouvons en donner ici qu'une traduction d'après le russe. (*N. d. T.*)

2. Sur cette période, consulter le livre de Trotsky : *Lénine*, pages 91 sq. (Librairie du Travail). (*N. d. T.*)

CHAPITRE XXX

A MOSCOU

La signature du traité de paix de Brest-Litovsk ôta toute signification politique à ma démission du commissariat des Affaires étrangères.

Entre-temps arriva de Londres Tchitchérine qui me remplaça. Je connaissais Tchitchérine depuis longtemps. Pendant la première révolution, fonctionnaire de la diplomatie, il avait adhéré à la social-démocratie et, en qualité de menchévik, s'était entièrement consacré au travail des « groupes collaborateurs » du parti à l'étranger. Au début de la guerre, il prit position sur un plan nettement patriotique, ce qu'il tenta de justifier par de nombreuses lettres envoyées de Londres. Une ou deux de ces lettres me furent adressées. Mais il se rapprocha assez vite des internationalistes et devint un actif collaborateur de *Naché Slovo* dont j'étais le rédacteur en chef à Paris. A la fin des fins, il fut emprisonné en Angleterre. Je réclamai son élargissement. Les pourparlers traînaient en longueur. Je menaçai d'agir par représailles contre les Anglais.

Buchanan, ambassadeur de Grande-Bretagne, écrivit dans son Journal :

« Dans l'argumentation de Trotsky, il y a finalement quelque chose de juste : si nous prétendons avoir le droit d'arrêter des Russes pour propagande pacifiste dans un pays qui désire continuer la guerre, il a aussi le droit d'arrêter les sujets britanniques qui continuent à faire de la propagande pour la guerre dans un pays où l'on désire la paix. »

Tchitchérine fut mis en liberté. Il arriva à Moscou au moment le plus opportun. Je lui remis avec un soupir de soulagement le gouvernail de la diplomatie. Je ne me montrais jamais au ministère. En de rares occasions, Tchitchérine me demandait conseil par téléphone. C'est seulement le 13 mars que la presse annonça ma sortie des Affaires étrangères et ma nomination de commissaire à la Guerre; en même temps, j'étais nommé président d'un conseil supérieur de l'armée qui avait été créé récemment, sur mon initiative.

Lénine, ainsi, était arrivé à ses fins. Il avait utilisé ma proposition de démission, à l'occasion des désaccords sur les pourparlers de Brest, uniquement pour réaliser sa première pensée en la modifiant selon les circonstances. Comme l'ennemi intérieur, renonçant aux conspirations, en était arrivé à créer des armées et des fronts, Lénine voulait que je prisse la tête des affaires militaires. Il avait déjà gagné dans ce sens Sverdlov. Je tentai de faire des objections.

— Qui donc mettrez-vous à cette place? me dit-il d'un ton brusque. Nommez-le!

Je réfléchis et acceptai.

Étais-je préparé pour le métier des armes? Bien entendu, non! Je n'avais même pas eu l'occasion de servir dans l'armée du tsar. Les années du service militaire s'étaient écoulées pour moi en prison, dans la déportation et dans l'émigration. En 1906, un jugement m'avait privé de tous mes droits civils et militaires.

J'avais abordé de plus près les questions du militarisme pendant la guerre des Balkans, ayant alors passé plusieurs mois en Serbie, en Bulgarie, et ensuite, en Roumanie. Mais je considérais en ce temps les choses du point de vue de la politique générale et non pas d'un point de vue purement militaire. La guerre mondiale avait familiarisé tout le monde, et moi entre autres, avec les problèmes du militarisme. Mon travail quotidien à *Naché Slovo* et ma collaboration à la *Kievskaïa Mysl* m'avaient incité à une étude méthodique des dernières informations et de mes observations. Mais il s'agissait encore de la guerre comme de la continuation d'une politique, et de l'armée comme de l'instrument de cette politique. Les problèmes d'organisation et de technique du militarisme étaient encore pour moi à l'arrière-plan. Par contre, la psychologie de l'armée — casernes, tranchées, combats, hôpitaux — m'avait beaucoup intéressé. Ce me fut très utile plus tard.

Dans les États parlementaires, il est arrivé plus d'une fois qu'à la tête des ministères de la Guerre et de la Marine se trouvassent des avocats et des journalistes qui, comme moi, observaient surtout les forces armées du haut d'une fenêtre de rédaction, dans un local seulement plus confortable. Mais la différence est tout de même évidente. En pays capitaliste, il s'agit de soutenir l'armée existante, c'est-à-dire en somme de donner simplement une couverture politique à un système de militarisme qui est autonome. Chez nous, il s'agissait de balayer à fond les restes de l'ancienne armée et d'en créer, sous le feu de l'ennemi, une nouvelle dont le schéma ne pouvait alors se trouver dans aucun livre. Cela explique assez pourquoi j'abordai sans assurance la tâche de commissaire à la Guerre et ne consentis à m'en charger qu'à défaut de tout autre qui eût pu s'y mettre.

Je ne me croyais pas stratège au moindre degré et je considérais sans aucune indulgence le débordement de dilettantisme stratégique provoqué par la révolution dans le parti. Il est vrai qu'en trois occasions — la guerre menée contre Dénikine, la défense de Pétrograd et la guerre contre Pilsudski — j'occupai une position indépendante de stratège et luttai pour la maintenir, tantôt contre les chefs d'armée, tantôt contre la majorité du comité exécutif. Mais, dans ces cas-là, mon attitude fut déterminée par des considérations politiques et économiques, nullement par des vues purement stratégiques. Il faut dire, au surplus, que les problèmes de haute stratégie ne peuvent se résoudre autrement.

Mon changement de travail coïncida avec le changement de résidence du gouvernement. Le transfert du pouvoir central à Moscou fut, bien entendu, un coup dur pour Pétrograd. Contre cette mesure s'éleva une forte opposition, presque générale, à la tête de laquelle se trouva Zinoviev, élu vers cette époque président du soviet de Pétrograd. Il avait avec lui Lounatcharsky, lequel, peu de jours après la révolution d'Octobre, avait donné sa démission, ne voulant pas prendre sur lui la responsabilité de la destruction (imaginaire) de l'église Saint-Basile, à Moscou; revenu à son poste, il ne voulait plus quitter l'Institut Smolny, devenu pour lui « le symbole de la révolution ». D'autres présentèrent des arguments plus réalistes. La majorité craignait surtout qu'il ne résultât de la décision une mauvaise impression parmi les ouvriers de Pétrograd. Nos ennemis faisaient courir le bruit que nous nous étions engagés envers Guillaume à rendre la capitale. Nous estimions, avec Lénine, au contraire, que le transfert du gouvernement à Moscou était une garantie de sûreté non seulement pour le gouvernement, mais pour Pétrograd même. La tentation de mettre la main, par une offensive brusquée, sur la capitale révolutionnaire, et d'y saisir le gouvernement, ne pouvait être que très grande pour l'Allemagne comme pour l'Entente. C'eût été une tout autre affaire que de s'emparer de Pétrograd en famine, où le gouvernement ne se trouvait plus.

En fin de compte, la résistance fut brisée, la majorité du comité central se prononça pour le transfert, et le 12 mars 1918, le gouvernement partit pour Moscou.

Pour atténuer l'impression produite par la destitution de la capitale d'Octobre, je restai encore huit ou dix jours à Piter [1]. L'administration du chemin de fer me retint à la gare, lors de mon départ, plusieurs heures : le sabotage, quoique déjà en décroissance, était encore assez fort. J'arrivai à Moscou le lendemain de ma nomination comme commissaire à la Guerre.

Avec ses murailles médiévales et ses innombrables coupoles dorées, le Kremlin, devenu la citadelle de la dictature révolutionnaire, semblait absolument paradoxal. Il est vrai que Smolny, qui avait été précédemment un institut d'éducation pour les jeunes filles de la noblesse, n'était pas destiné par son passé à recevoir des députés ouvriers, soldats et paysans...

Jusqu'à mars 1918, je n'étais jamais venu au Kremlin; d'une façon générale, je ne connaissais pas Moscou, exception faite pour un seul bâtiment : la prison de déportation de Boutyrki où j'avais passé six mois dans une tour pendant le rigoureux hiver de 1898-1899.

Celui qui serait venu au Kremlin en simple visiteur eût pu contempler et admirer ses antiquités, le palais d'Ivan le Terrible et le palais *Granovitaïa* [2]. Mais nous devions nous installer là pour longtemps. Le contact étroit et quotidien de deux pôles historiques contraires, de deux cultures inconciliables nous étonnait et nous amusait. Passant en voiture sur le pavé de bois qui se trouve devant le palais Nicolas, je jetai plus d'une fois un regard de côté sur le tsar-canon et le tsar-

1. Appellation familière et populaire de Pétersbourg. (*N. d. T.*)
2. Le Palais à Facettes. (*N. d. T.*)

bourdon[1]. La pesante barbarie moscovite se montrait par la brèche de la cloche, apparaissait à la gueule du canon. Le prince Hamlet eût répété en ce lieu : « Les temps se sont disloqués; fallait-il que je naquisse pour les raccommoder! » Mais nous n'avions rien d'Hamlet. Même dans la discussion des questions les plus importantes, Lénine, fréquemment, n'accordait aux orateurs que deux minutes pour parler. On pouvait peut-être méditer un peu plus d'une minute sur les contradictions dans le développement de ce pays arriéré, lorsque, tangentiellement au passé du Kremlin, on se rendait à toute vitesse d'une séance à une autre; mais on ne pouvait y songer davantage.

Le corps de logis des « Chevaliers », en face du palais *Potiechny* [2] avait été habité avant la révolution par des fonctionnaires du Kremlin. Tout le rez-de-chaussée était occupé par un haut dignitaire, commandant de la place. Ses appartements furent divisés en plusieurs parties. Lénine et moi nous y installâmes, il n'y avait entre nous qu'un corridor. On faisait salle à manger commune. La nourriture au Kremlin était alors la plus détestable. Au lieu de viande fraîche, de la viande salée. Du sable dans les farines et semoules. On avait seulement en abondance du caviar rouge, l'exportation ayant cessé. Je ne suis pas le seul à évoquer les premières années de la révolution comme teintées de la couleur de cet immanquable caviar.

Le carillon de la tour Spassky [3] subit une transformation. Désormais, les vieilles cloches, au lieu d'exécuter le « Bojé, tsaria khrani! » sonnaient languissamment et rêveusement, tous les quarts d'heure, *L'Internationale*. Les automobiles étaient admises à entrer par cette porte et ce tunnel. Au-dessus du portail, une icône antique dont le verre était brisé. La veilleuse, devant l'image était éteinte depuis longtemps. Souvent, quand on entrait au Kremlin, le regard s'arrêtait sur l'icône, tandis que l'oreille saisissait, d'en haut, *L'Internationale*. Au-dessus de la tour à carillon subsistait l'aigle bicéphale, toute dorée. Mais on l'avait découronnée. Je conseillai de fixer, sur le double chef de l'aigle, les emblèmes du marteau

1. Noms attribués par le populaire à deux des plus étonnantes curiosités du Kremlin, reliques brisées du XVIe siècle : un énorme canon et une énorme cloche. (*N. d. T.*)
2. Palais des « Divertissements » ou « Menus-Plaisirs ». (*N. d. T.*)
3. Tour dite du « Sauveur » qui surmonte une des grand-portes du Kremlin. (*N. d. T.*)

et de la faucille, afin que la « dislocation des temps » fût visible du haut de la tour Spassky. Mais on ne trouva pas le temps de s'en occuper.

Lénine et moi nous rencontrions, dans le corridor, dix fois par jour, et allions l'un chez l'autre nous faire part réciproquement de nos observations; ces visites duraient parfois dix minutes ou même un quart d'heure, — somme de temps qui était pour nous considérable. Lénine, en cette période, était volontiers causeur, mais, bien entendu, à sa mesure. Il y avait trop de neuf autour de nous, trop d'inconnu devant nous : il fallait se refaire, soi et les autres, sur un nouveau mode. C'est pourquoi l'on éprouvait le besoin de passer du particulier au général et du général au particulier. Le petit nuage qui s'était formé entre nous, à l'occasion de notre mésentente sur les pourparlers de Brest-Litovsk, s'était dissipé sans laisser de traces. L'attitude de Lénine à mon égard et envers les membres de ma famille était exceptionnellement affable et attentionnée. Fréquemment, il attrapait nos garçons dans le corridor et pirouettait avec eux.

Dans ma chambre, les meubles étaient en bouleau de Carélie. Sur la cheminée, la pendule, surmontée d'un Amour et d'une Psyché, sonnait d'une petite voix argentine. Tout en ce lieu était incommode pour le travail. Un relent d'oisiveté aristocratique s'exhalait de chaque fauteuil. Mais là encore, je ne prenais contact des choses que par la tangente, d'autant plus qu'en ces premières années je n'eus guère que l'occasion de coucher dans ce logement lorsque, revenant du front, je faisais de courtes incursions à Moscou.

Ce doit être le jour même où j'arrivai de Piter que nous eûmes, Lénine et moi, un entretien, debout au milieu de tout ce mobilier luxueux. Amour et Psyché nous interrompirent par leur chantante sonnerie. Je regardai Lénine, il me regarda, comme si nous nous étions surpris dans le même sentiment : le passé, dissimulé dans un coin, tendait l'oreille à nos propos. Ce passé nous circonvenait de toutes parts : nous le considérions sans déférence, mais aussi sans haine, avec un brin d'ironie. Il serait inexact de dire que nous nous accoutumâmes à l'agencement intérieur du Kremlin : il y avait trop de forces en jeu dans nos conditions d'existence. Nous n'avions pas le temps de nous « habituer ». Nous jetions des regards de travers sur ce qui nous entourait et, en aparté, disions, par manière d'encouragement ironique, aux Amours et aux Psychés :

« Hein, vous ne nous attendiez pas? Rien à faire, il faudra vous résigner... » C'est nous qui obligions les choses à s'apprivoiser.

Le petit personnel du Kremlin était resté en place. Il nous accueillit dans l'anxiété. Le régime des palais était rigoureux comme à la dure époque du servage; les emplois se repassaient de père en fils. Parmi les innombrables laquais et autres serviteurs de toutes catégories, il se trouvait un bon nombre de vieillards qui avaient été aux ordres de plusieurs empereurs.

L'un d'eux, un petit vieux rasé, nommé Stoupichine, homme de devoir, qui, jadis, avait terrorisé la domesticité, était considéré par ses cadets dans un sentiment où le respect de naguère s'accompagnait maintenant de façons provocantes. Infatigablement, il arpentait les corridors, remettait les fauteuils en place, époussetait, sauvegardait les apparences de l'ordre ancien. Pour dîner, nous avions une maigre soupe aux choux et de la *kacha* de sarrasin mal décortiquée; mais c'était servi dans des assiettes de la cour, marquées de l'aigle impériale.

— Regarde ce qu'il fait, chuchotait à sa mère notre Sérioja.

Le vieillard cheminait comme une ombre derrière les fauteuils des convives et tournait légèrement leurs assiettes, tantôt dans un sens, tantôt dans l'autre.

Ce fut Sérioja qui, le premier, devina ce mystère : l'étiquette voulait que l'aigle bicéphale peinte sur la moulure fût toujours exactement en face du dîneur.

— Avez-vous remarqué le petit vieux, Stoupichine? demandai-je à Lénine.

— Comment ne pas le remarquer? répondit-il avec une douce ironie.

Parfois on prenait en pitié ces vieillards déracinés. Stoupichine s'attacha bientôt très fortement à Lénine et, quand celui-ci alla s'établir dans un autre bâtiment plus proche du local où se réunissait le conseil des commissaires du peuple, reporta cette affection sur ma femme et moi, ayant remarqué que nous appréciions l'ordre et que nous respections sa sollicitude.

Le personnel des palais fut bientôt réformé. Les jeunes s'étaient rapidement adaptés au nouveau régime. Stoupichine ne voulait pas être mis à la retraite. On le nomma surveillant du grand palais, transformé en musée, et il venait fréquemment au corps de logis des Chevaliers, « pour jeter un coup d'œil ». Plus tard, ce fut lui qui garda la salle Saint-André, pendant les congrès et les conférences. Autour de lui, l'ordre régnait de nouveau et lui-même s'acquittait toujours des fonctions dont il avait été chargé du temps des réceptions du tsar ou des grands-ducs, à cette différence près qu'il servait maintenant l'Internationale communiste. Il partagea le sort du carillon de la tour Spassky, lequel, après avoir joué l'hymne du tsar, sonna l'hymne de la révolution.

En 1926, le vieux Stoupichine s'éteignait lentement dans un hôpital. Ma femme lui envoyait de menus cadeaux, et il pleurait de gratitude.

Moscou soviétique se présenta à nous comme un chaos. Nous y trouvâmes un autre conseil des commissaires du peuple, présidé par l'historien Pokrovsky qui était l'homme du monde le moins fait pour jouer ce rôle.

Le pouvoir de ce conseil s'étendait sur la région moscovite dont personne n'était capable de déterminer les limites. Au nord, Moscou s'attribuait le gouvernement d'Arkhangel, au sud, celui de Koursk. Ainsi, à Moscou, nous découvrîmes une autorité dont les pouvoirs, d'ailleurs assez problématiques, s'exerçaient sur les principaux territoires du pays des soviets. L'antagonisme historique entre Moscou et Pétrograd avait survécu à la révolution d'Octobre. Moscou avait été naguère un grand village, Pétrograd était une ville. Moscou était une ville de propriétaires nobles, de marchands. Pétrograd était une résidence de militaires et de fonctionnaires. Moscou était considéré comme le centre vraiment russe, slavophile, l'endroit où l'on reçoit un hôte avec le pain et le sel, le cœur de la Russie. Pétersbourg était l'Européen sans personnalité, l'égoïste, le cerveau bureaucratique du pays. Moscou était devenu le pays de l'industrie textile; Pétrograd celui des constructions métallurgiques. De telles oppositions représentaient, sous une forme littéraire, exagérée, de réelles différences. Nous les sentîmes immédiatement. Le patriotisme local atteignait même les plus tenaces des bolcheviks de Moscou.

Pour régler les rapports avec le commissariat du peuple de Moscou, une commission spéciale fut créée, que je présidai. Ce fut un travail curieux. Patiemment, nous fixâmes les attributions des commissariats régionaux, réservant au centre ce qui devait lui appartenir. A mesure que se faisait ce travail, il devint clair qu'il était inutile d'avoir deux gouvernements à Moscou. Les Moscovites eux-mêmes reconnurent la nécessité de liquider leur conseil de commissaires du peuple.

Pour la deuxième fois dans l'histoire de Russie, une période moscovite allait être celle du « rassemblement » de l'État et de la création de ses organes gouvernementaux. Déjà, Lénine, avec impatience, ironiquement, parfois même du ton le plus gouailleur, rembarrait ceux qui continuaient à répondre à toutes les questions par des formules générales de propagande. Combinant la fureur avec la bonhomie, il bondissait sur eux :

— Eh bien quoi, mon petit père, vous vous croyez encore à Smolny?

Il interrompait tel orateur qui avait commis un impair :

— Ça, c'est du pur Smolny!... Pensez un peu, voyons! Nous ne sommes plus à Smolny, nous avons gagné du terrain...

Lénine ne ménageait jamais les fortes expressions à l'adresse d'hier quand il s'agissait de préparer demain. Et, pour ce travail, nous marchions la main dans la main. Lénine était très minutieux. Moi, j'étais peut-être même pédant. Nous menâmes une lutte infatigable contre le laisser-aller et le relâchement. Je fis adopter un règlement sévère contre les retards et les ouvertures de séances à des heures indues. Pas à pas, le chaos reculait devant l'ordre.

Avant les séances où devaient être débattues des questions de principe ou des questions qui avaient pris de l'importance par suite de conflits entre commissariats, Lénine me demandait avec insistance, par téléphone, de prendre connaissance du problème.

La littérature actuelle concernant les dissentiments entre Lénine et Trotsky est surchargée de documents apocryphes. Il y a eu, bien entendu, entre nous, des désaccords. Mais il est arrivé, infiniment plus souvent, que nous nous missions d'accord, par un coup de téléphone, ou bien même sans avoir communiqué ensemble. Lorsqu'il était devenu clair que nous envisagions tel problème de la même façon, ni lui ni moi ne doutions de faire adopter la décision nécessaire. Lorsque Lénine craignait de rencontrer, de la part de quelqu'un, une sérieuse opposition à ses projets, il me faisait, par téléphone, un rappel :

— Ne manquez pas la séance. C'est à vous le premier que je donnerai la parole.

Je parlais quelques minutes. Lénine disait une ou deux fois, pendant mon discours :

— C'est juste!...

Et cela décidait de la solution à adopter.

Non que l'on eût peur de nous. Personne alors ne songeait même à prendre le ton des chefs, personne n'éprouvait l'abominable crainte de se compromettre en disant un mot de trop, en exprimant un vote incongru. Mais, la servilité bureaucratique étant moindre, l'autorité des dirigeants n'en était que plus forte. Lorsque je n'étais pas d'accord avec Lénine, de grands débats pouvaient éclater, et ils éclatèrent. Mais quand nous étions du même avis, la délibération était toujours très courte. Lorsque nous n'avions pas pu nous entendre d'avance, nous échangions, pendant la séance, de courts billets. Si, alors, nous ne nous entendions pas tout à fait, Lénine dirigeait les débats de manière à différer l'examen de la question. Le billet dans lequel je lui disais que je n'étais pas d'accord avec lui était parfois rédigé sur un ton plaisant et Lénine, en le lisant, sursautait de tout son corps. Il était très facile de le faire rire, surtout quand il était fatigué. En cela, il était enfantin. Cet homme qui était le plus viril de tous avait des traits de caractère puérils. Je triomphais lorsque je le voyais, d'un air drôle, réprimer à grand-peine un accès d'hilarité, tout en continuant à présider d'un air grave. Sur son visage crispé, les pommettes semblaient encore plus saillantes.

Le commissariat de la Guerre, où étaient concentrés tous mes travaux, non seulement pour le service de l'armée mais aussi pour le parti, sans compter les travaux littéraires et autres, se trouvait en dehors de l'enceinte du Kremlin. Le palais des Chevaliers n'était pour moi qu'un logement. Personne ne venait nous y voir. Pour affaires, on se présentait au commissariat. Quant à nous rendre visite simplement en amis, nul n'y pouvait songer, tant nous étions occupés. Nous revenions du service vers cinq heures. Vers sept heures, je me retrouvais au commissariat où avaient lieu des séances du soir. Lorsque la révolution se fut stabilisée, c'est-à-dire beaucoup plus tard, je consacrai des soirées à des études théoriques, à des travaux littéraires.

Ma femme faisait partie du commissariat de l'Instruction publique. Elle s'occupait des musées et des monuments historiques. Elle eut beaucoup à faire pour protéger les monuments anciens en une période de guerre civile. Sa tâche n'était pas facile. Ni les Blancs ni les Rouges n'étaient très disposés à épargner les manoirs, les Kremlins provinciaux, les vieilles églises. Des contestations s'élevèrent donc plus d'une fois entre le commissariat de la Guerre et l'administration des

Musées. Les conservateurs des palais et des temples reprochaient aux troupes de ne pas assez respecter la culture; les commissaires à la guerre accusaient les conservateurs de faire plus de cas des choses mortes que des hommes vivants. Il en résultait, pour la forme, que j'étais constamment en démêlés administratifs avec ma femme. On fit là-dessus bien des plaisanteries.

Nous correspondions maintenant avec Lénine surtout par téléphone. Les appels qu'il m'adressait, les miens à son adresse, étaient très fréquents, et il s'agissait entre nous des questions les plus diverses. Les autres commissariats l'accablaient souvent de plaintes sur l'Armée rouge. Lénine, immédiatement, me donnait un coup de téléphone. Cinq minutes après, il me demandait si je ne pouvais pas faire connaissance avec tel nouveau candidat au titre de commissaire de l'Agriculture ou de l'Inspection ouvrière et paysanne, pour formuler une opinion. Une heure plus tard, il lui était intéressant de savoir si je me tenais au courant de la polémique engagée au sujet de la culture prolétarienne et si je ne m'en mêlerais pas pour faire pièce à Boukharine. Ensuite, autre question : le commissariat de la Guerre ne peut-il, sur le front du Midi, détacher des camions automobiles pour amener aux gares des produits de ravitaillement. Encore une demi-heure, et Lénine me demandait si j'étais au courant des dissensions dans le parti communiste suédois. Et il en était ainsi chaque jour lorsque je me trouvais à Moscou.

Au moment de la dernière offensive allemande, la conduite des Français, du moins des plus raisonnables, changea brusquement : ils avaient compris toute la sottise des propos tenus sur notre accord secret avec les Hohenzollern. Ils avaient vu, non moins clairement, que nous ne pouvions pas continuer la guerre. Certains des officiers français insistèrent même, nous invitant à signer la paix pour gagner du temps. Cette idée fut défendue avec une toute particulière vigueur par un espion français, un aristocrate, royaliste, un borgne qui avait un œil de verre, qui m'offrit ses services pour les missions les plus dangereuses.

Le général Lavergne qui avait remplacé Niessel, me donnait, en termes circonspects et insinuants, des conseils de peu d'utilité mais apparemment bienveillants. D'après lui, le gouvernement français tenait désormais compte du traité de Brest-Litovsk et ne désirait que de nous aider, d'une façon tout à fait désintéressée, à refaire une armée. Il m'offrait de mettre à ma disposition des officiers de la très nombreuse mission française qui revenait de Roumanie. Deux d'entre eux, un colonel et un capitaine, s'installèrent juste en face du commissariat de la Guerre, pour être toujours à mes ordres. A mon grand regret, je dois avouer que je les soupçonnais d'être plus compétents en matière d'espionnage militaire que dans l'administration de l'armée. Ils me soumirent des rapports écrits que, dans le tohu-bohu de ces jours-là, je n'eus pas le temps d'examiner.

Un des épisodes de cette courte « trêve » fut que les missions militaires de l'Entente vinrent se présenter à moi. Elles étaient nombreuses et chacune d'elles comptait de nombreux membres. Mon cabinet, de dimensions exiguës, fut envahi par vingt hommes. C'était Lavergne qui les présentait. Certains d'entre eux formulèrent de petites amabilités. De tous se distingua un vaseux général italien qui me félicita d'avoir débarrassé Moscou de ses bandits.

— Maintenant, dit-il avec un sourire des plus charmants, on peut vivre à Moscou aussi tranquillement que dans les autres capitales du monde.

Je pensais qu'il exagérait un peu. Après cela, nous ne savions plus, absolument, que nous dire. Or, mes hôtes ne se décidaient pas à se lever et à partir. Moi, je ne savais comment me défaire d'eux. A la fin des fins, ce fut le général Lavergne qui nous tira d'embarras en me demandant si je ne verrais pas d'inconvénient que les attachés militaires me laissassent travailler en paix. Je répondis que j'étais au regret de me séparer de cette société choisie, mais que je n'osais protester. Il y a dans la vie de chacun de nous des scènes que l'on se rappelle avec un rire gêné. Mon entrevue avec les missions militaires de l'Entente fut de cette sorte.

Les affaires de la guerre me prenaient la plus grande partie de mon temps et même de plus en plus, car j'en étais moi-même à apprendre l'*a b c* du métier. Du point de vue de la technique et des opérations, j'estimais que ma tâche était, avant tout, de mettre les hommes qu'il fallait à la place qu'il fallait, et de leur donner la possibilité de faire leurs preuves. Mon travail politique et organisateur dans la création de l'armée se confondait entièrement avec le travail du parti. C'est seulement dans cette voie que le succès était possible.

Entre autres militants du parti, au commissariat de la Guerre, je trouvai le médecin militaire Skliansky. Il était encore tout jeune (en 1918, il avait vingt-six ans) mais il se distinguait par son activité, son application, sa faculté de juger des gens et des circonstances, en un mot par les qualités qui font un administrateur. Après avoir pris conseil de Sverdlov qui était irremplaçable en de telles circonstances, je choisis Skliansky comme vice-commissaire. Je n'ai jamais eu l'occasion de le regretter. Les fonctions d'adjoint au commissaire de la Guerre comportaient d'autant plus de responsabilités que je passais la plus grande partie de mon temps sur les fronts. En mon absence, Skliansky présidait le soviet de guerre révolutionnaire, dirigeait tous les travaux courants du commissariat, c'est-à-dire s'occupait principalement de servir le front; enfin, il représentait le commissariat de la Guerre au conseil de la Défense que présidait Lénine. Si l'on peut faire une comparaison avec le Lazare Carnot de la Révolution française, c'est précisément Skliansky qu'il faut nommer. Il a toujours été exact, infatigable, vigilant, au courant de ses affaires. La plupart des ordres lancés par le commissariat de la Guerre portaient la signature de Skliansky. Comme ces ordonnances étaient imprimées dans les organes du centre et dans les périodiques de province, le nom de Skliansky était connu partout. En qualité d'administrateur sérieux et ferme, il n'avait pas eu d'ennemis. Les dons exceptionnels de ce jeune homme indisposaient bien des médiocres qui avaient pris de l'âge. Staline excitait ces derniers dans la coulisse. Skliansky était attaqué, sournoisement, surtout en mon absence. Lénine qui le connaissait bien, le voyant au conseil de la Défense, tenait pour lui, chaque fois qu'il le fallait, comme une montagne.

— Un excellent travailleur, répétait-il invariablement, un remarquable travailleur...

Skliansky se tenait à l'écart des intrigues. Il travaillait; il écoutait les rapports des intendants; il recueillait des informations sur l'industrie; il calculait la quantité des cartouches dont on disposait et qui étaient toujours en nombre insuffisant; sans cesser un instant de fumer, il parlait par fil direct, appelait au téléphone les chefs et constituait des dossiers de renseignements pour le conseil de la Défense. On pouvait donner un coup de téléphone au commissariat, à deux ou trois heures du matin : Skliansky était à son poste, à son bureau.

— Quand donc dormez-vous? lui disais-je.

Il s'en tirait par des plaisanteries.

Je me rappelle avec satisfaction que le commissariat de la

Guerre ne sut presque rien des groupements individuels et des clans qui eurent une influence si pénible sur les autres administrations. La tension dans le travail, l'autorité des dirigeants, une bonne sélection d'hommes faite sans camaraderie et sans indulgence, un esprit de loyauté exigeant, — voilà ce qui assura le fonctionnement régulier, sans à-coups, d'un mécanisme massif, non des mieux réglés et très varié par sa composition. Dans tout cela, le rôle de Skliansky fut énorme.

La guerre civile m'avait éloigné du travail qui s'accomplissait au conseil des commissaires du peuple. Je vivais en wagon ou en automobile. Pendant les semaines et les mois que je passai à courir, j'étais trop détaché des affaires de l'État pour me remettre au courant lorsque je faisais un court séjour à Moscou.

Les plus importantes questions se décidaient, cependant, préalablement, au bureau politique. Parfois, je faisais un voyage dans l'expresse intention d'assister à une des séances de ce bureau, sur un appel de Lénine; ou bien, au contraire, rapportant du front une série de questions de principe, je convoquais, par l'intermédiaire de Sverdlov, le bureau politique en séance extraordinaire.

Ma correspondance avec Lénine, au cours de ces années, fut surtout consacrée aux problèmes quotidiens de la guerre civile : de courts billets ou de longs télégrammes complétaient les entretiens que nous avions eus ensemble ou préparaient ceux qui devaient avoir lieu. Quelle que soit la concision de ces documents d'affaires, ils révèlent au mieux le tableau des rapports qui existaient effectivement dans le groupe dirigeant des bolcheviks. Je publierai très prochainement, avec les commentaires qui s'imposent, cette abondante correspondance. Elle servira particulièrement à réfuter d'une façon écrasante le travail des historiens de l'école staliniste.

Lorsque Wilson entreprit, entre autres utopies asthéniques de professeur, de convoquer une conférence de conciliation de tous les gouvernements de la Russie, Lénine m'envoya, au front du sud, le 24 janvier 1919, une dépêche chiffrée : « Wilson propose une trêve et fait appel à une conférence de tous les gouvernements de Russie... C'est vous, je pense, qui devrez aller trouver Wilson... »

Ainsi, notre désaccord épisodique du temps de Brest-Litovsk n'empêcha nullement Lénine, lorsqu'un grand problème diplomatique se posa, de recourir encore à moi, bien que je fusse alors absorbé par la guerre. On sait qu'il ne résulta rien de l'initiative pacificatrice de Wilson, pas plus que de ses autres plans, de sorte que je n'eus pas à faire ce voyage.

Si l'on veut savoir comment Lénine appréciait mes travaux d'homme de guerre, on a, avec des centaines de témoignages donnés par lui-même, le récit coloré de Maxime Gorki :

« Lénine frappa du poing sur la table et dit :

« — Indiquez-moi un autre qui soit capable d'organiser, comme lui, presque une armée-modèle, et encore de conquérir l'estime des spécialistes de l'art militaire. Cet homme, nous l'avons. Nous avons tout ce qu'il faut. Et nous ferons des miracles. »

Dans la même causerie, d'après Gorki, Lénine lui aurait dit :

« — Oui, oui, je sais, on raconte par là des blagues sur mes rapports avec lui. On raconte beaucoup de blagues et plus particulièrement, ce me semble, sur moi et Trotsky. »

Que dirait à ce sujet Lénine, maintenant que les mensonges sur les rapports que j'ai eus avec lui sont, en dépit des faits, des documents et de la logique, élevés au degré d'un culte gouvernemental?

Lorsque, le lendemain de la révolution, je refusais le commissariat de l'Intérieur, je donnais, entre autres arguments, celui de ma nationalité. Dans le métier des armes, semblait-il, ce motif devait apporter des complications encore plus grandes que dans une administration civile. Mais il se trouva que Lénine avait raison. Pendant les années où la révolution *montait*, cette question n'était d'aucune importance. Les Blancs tentèrent, il est vrai, d'utiliser dans leur agitation, à l'intérieur de l'Armée rouge, des idées antisémites, mais ils n'eurent aucun succès. Nous en avons un bon nombre de preuves, même dans la presse des Blancs. Dans *les Archives de la Révolution russe*, cahiers édités à Berlin, un auteur, contre-révolutionnaire, raconte le fait significatif que voici :

« Un Cosaque qui était venu nous voir fut vexé d'entendre de quelqu'un qui cherchait à le blesser, qu'il était au service d'un youpin, qu'il marchait au combat sous les ordres du youpin Trotsky. Il répliqua avec tout le feu de la conviction :

« — Rien de pareil... Trotsky n'est pas un youpin!... Trotsky est un combattant... Un homme à nous... Un Russe!... Voilà,

Lénine, c'est un communiste. Un youpin!... Mais Trotsky est à nous... Un batailleur... Un Russe! Des nôtres!... »

On peut retrouver le même motif chez Babel, celui de nos jeunes écrivains qui a le plus de talent, dans sa *Cavalerie rouge* [1]...

La question de mes origines juives ne prit de l'importance qu'au début de la campagne politique engagée contre moi. Les antisémites relevèrent la tête en même temps que les anti-trotskystes. Les uns et les autres puisaient à la même source : réaction de la petite bourgeoisie contre Octobre.

1. Traduction française de Maurice Parijanine, aux Éditions Rieder. (*N. d. T.*)

CHAPITRE XXXI

LES POURPARLERS DE BREST-LITOVSK

Le décret de paix fut ratifié par le congrès des soviets le 26 octobre : nous n'étions alors en possession que de Pétrograd. Le 7 novembre, je proposai par radio aux Alliés et aux Empires de l'Europe centrale de conclure une paix générale. Les gouvernements de l'Entente, par l'intermédiaire de leurs agents, déclarèrent au généralissime Doukhonine que de nouvelles démarches dans le sens d'une paix séparée auraient « les plus graves conséquences ». A cette menace, je répondis par un manifeste à tous les ouvriers, soldats et paysans. L'appel était catégorique : je disais que nous avions renversé la bourgeoisie pour autre chose que pour laisser notre armée verser son sang sous le bâton de la bourgeoisie étrangère. Le 22 novembre, nous signâmes un accord d'armistice sur tous les fronts, de la Baltique à la mer Noire. Nous demandâmes de nouveau aux Alliés de mener en commun avec nous les pourparlers de paix. Nous ne reçûmes pas de réponse, mais nous ne fûmes plus menacés. Les gouvernements de l'Entente étaient arrivés à comprendre quelque chose.

Les pourparlers de paix commencèrent le 9 décembre, six semaines après le décret de paix; ce délai avait été tout à fait suffisant pour que les puissances de l'Entente prissent position.

Notre délégation, dès le début, fit sa déclaration de principe, concernant les bases d'une paix démocratique. La partie contraire demanda une suspension des pourparlers. La reprise était renvoyée à des dates de plus en plus éloignées. Les délégués de la Quadruple Alliance éprouvaient chez eux des difficultés de toute sorte en essayant de formuler une réponse à notre déclaration. Cette réponse vint le 25 décembre. Les gouvernements de la Quadruple Alliance « adhéraient » à la formule d'une paix démocratique : sans annexions, sans contributions, en réservant aux peuples le droit de disposer d'eux-mêmes.

Le 28 décembre eut lieu à Pétrograd une formidable manifestation pour une paix démocratique. Sans faire confiance à la réponse des Allemands, les masses avaient compris que c'était là une très importante victoire morale de la révolution.

Le lendemain matin, notre délégation nous apportait de Brest-Litovsk des nouvelles des exigences monstrueuses que Kühlmann formulait au nom des Empires centraux.

— Pour temporiser, dit Lénine, il faut un temporisateur.

Sur ses instances, je partis pour Brest-Litovsk.

J'avoue que je m'y rendis comme à un supplice. Un milieu d'hommes qui m'étaient étrangers et avec lesquels je n'avais rien de commun m'avait toujours effarouché; surtout celui-là. Je suis absolument incapable de comprendre les révolutionnaires qui deviennent volontiers des ambassadeurs et qui, dans leur nouveau milieu, nagent comme des poissons dans un bassin.

La première délégation soviétique, à la tête de laquelle se trouvait Ioffé, fut circonvenue de toutes part à Brest-Litovsk. Le prince Léopold de Bavière recevait nos camarades comme des « hôtes ». Toutes les délégations dînaient et soupaient ensemble. Le général Hoffmann devait regarder avec quelque curiosité Bitsenko, qui avait tué autrefois le général Sakharov. Les Allemands prenaient place à table, entre les nôtres, et tâchaient d'apprendre, amicalement, ce qu'ils avaient besoin de savoir. Il y avait, dans la première délégation, un ouvrier, un paysan et un soldat. C'étaient des hommes venus là par hasard, peu préparés à de telles intrigues. Le paysan, un vieil homme, se laissa même un peu griser pendant un dîner.

L'état-major du général Hoffmann publiait à l'usage des prisonniers un journal qui s'appelait le *Roussky Vestnik* [1] : dans les premiers temps, cette gazette parlait toujours des bolcheviks avec une touchante sympathie.

« Nos lecteurs, écrivait Hoffmann, nous demandent qui est Trotsky... » Et il leur parlait avec attendrissement de ma lutte contre le tsarisme et de mon livre allemand : *Russland in der Revolution*. « Le monde révolutionnaire tout entier fut dans

1. *Le Messager russe*. (*N. d. T.*)

l'enthousiasme en apprenant son heureuse évasion. » Et plus loin, l'on pouvait lire : « Lorsque le tsarisme fut renversé, les partisans secrets de ce régime emprisonnèrent Trotsky peu après son retour d'un exil qui avait duré de longues années. »

En un mot, il n'y avait pas de plus ardents révolutionnaires que Léopold de Bavière et Hoffmann de Prusse.

Cette idylle ne dura pas longtemps.

Au cours de la séance du 7 février, séance qui ne ressemblait pas le moins du monde à une idylle, je fis, en me retournant, la remarque suivante :

— Nous serions tentés de regretter que la presse officielle allemande et austro-hongroise nous ait adressé des compliments prématurés. Ce n'était nullement nécessaire pour mener à bien des pourparlers de paix.

En cette affaire, la social-démocratie n'était, elle aussi, que l'ombre du gouvernement des Hohenzollern et des Habsbourg. Scheidemann, Ebert et autres essayèrent au début de nous tapoter l'épaule d'un geste protecteur. Le journal de Vienne, *Die Arbeiter Zeitung*, déclarait, le 15 décembre, en termes pathétiques, que « le duel » entre Trotsky et Buchanan était le symbole de la grande lutte de notre temps : « la lutte du prolétariat contre le capital ». En des jours où Kühlmann et Czernin prenaient à la gorge la révolution russe, les austro-marxistes n'apercevaient qu'un « duel » entre Trotsky et... Buchanan !... Encore à présent, il est impossible d'évoquer sans dégoût cette hypocrisie.

« Trotsky, écrivaient les marxistes des Habsbourg, est fondé de pouvoirs pour représenter la volonté de paix de la classe ouvrière russe qui s'efforce de briser la chaîne de fer et d'or jetée sur elle par le capital anglais... »

Les dirigeants de la social-démocratie restaient de bon gré dans les entraves du capital austro-allemand et aidaient leur gouvernement à violenter, avec les mêmes chaînes, la révolution russe.

Dans la période la plus pénible des pourparlers, lorsque des numéros du *Vorwärts* de Berlin ou de l'*Arbeiter Zeitung* de Vienne nous tombaient sous les yeux, à Lénine ou à moi, nous nous passions, sans dire un mot, tels articles dont nous avions marqué des passages au crayon de couleur; nous échangions un rapide coup d'œil et détournions nos regards aussitôt, dans un inexprimable sentiment de honte pour ces messieurs qui, malgré tout, la veille encore, avaient été nos camarades dans l'Internationale. Celui qui a passé consciemment par cette phase a compris définitivement que la social-démocratie, quelles que soient les fluctuations de la situation générale, est historiquement morte.

Pour mettre fin à une mascarade indécente, je posai dans notre presse cette question : l'état-major allemand ne consentirait-il pas à raconter aux soldats allemands quelque chose sur Karl Liebknecht et Rosa Luxemburg?

Nous lançâmes aux soldats allemands un tract à ce sujet. *Le Messager russe* du général Hoffmann se mordit la langue. Dès mon arrivée à Brest, le général éleva une protestation contre notre propagande dans les troupes allemandes. Je me refusai à tout entretien en cette matière, en invitant Hoffmann à continuer sa propre propagande dans l'armée russe : nous étions à conditions égales, il n'y avait de différence que dans le caractère de la propagande. Je fis remarquer, à cette occasion, que si nos opinions ne concordaient pas sur certaines questions d'importance, cela se savait depuis longtemps et que la preuve en avait été donnée par un tribunal allemand qui, pendant la guerre, m'avait condamné par contumace à la prison. Un rappel si incongru produisit l'impression du plus grand des scandales. Bien des dignitaires en eurent le souffle coupé.

Kühlmann, s'adressant à Hoffmann :

— Voulez-vous prendre la parole?

Hoffmann :

— Non. C'en est assez.

Comme président de la délégation des soviets, je décidai de mettre brusquement fin aux relations familières qui s'étaient établies imperceptiblement dans la première période. Par l'intermédiaire de nos représentants militaires, je donnai à comprendre que je n'avais pas l'intention de me présenter au prince de Bavière.

On en prit note. J'exigeai que les repas eussent lieu séparément, alléguant que, pendant les suspensions de séances, nous avions besoin de conférer entre nous. Cette décision fut encore acceptée en silence.

Le 7 janvier, Czernin écrivait dans son journal intime :

« Avant le dîner, tous les Russes placés sous la direction de Trotsky sont arrivés. Ils ont immédiatement fait savoir en s'excusant, que désormais ils n'assisteraient plus aux agapes communes. Et, d'une façon générale, on ne les aperçoit plus. Il semble que, cette fois-ci, un vent souffle qui n'est plus du tout le même que la dernière fois. »

Aux relations faussement amicales succédèrent des rapports sèchement officiels. C'était d'autant plus opportun qu'après les préliminaires académiques il fallait en venir aux questions concrètes du traité de paix.

Kühlmann dominait de toute la tête Czernin et, je crois, les autres diplomates que j'ai eu l'occasion de rencontrer dans les années d'après-guerre. On sentait en lui du caractère, un esprit pratiquc fort au-dessus de l'ordinaire, et une suffisante provision de malveillance qu'il dépensait non seulement contre nous (là, on prenait barre sur lui), mais contre ses chers alliés.

Lorsque l'on discuta le problème des territoires occupés, Kühlmann, se redressant et élevant la voix, proféra ceci :

— Grâce à Dieu, *notre* territoire allemand n'est, nulle part, occupé par personne!...

Là-dessus, le comte Czernin se fit tout petit et devint verdâtre. C'était bien lui que Kühlmann avait visé. Leurs rapports étaient loin de ressembler à une amitié sans nuages.

Plus tard, lorsqu'il fut question de la Perse, occupée de deux côtés par des troupes étrangères, je fis observer que la Perse, n'étant pas, comme l'Autriche-Hongrie, l'alliée de quelqu'un, nul d'entre nous n'avait motif de persifler hypocritement un pays envahi, comme la Perse, même si l'on représentait un pays libre de toute occupation.

Czernin sursauta même, s'écriant :

— *Unerhört.* (C'est inouï!)

Mais, s'il semblait s'adresser à moi, pour la forme, c'est à Kühlmann qu'il répliquait.

Et il y eut plus d'un incident de cette sorte.

De même qu'un bon joueur d'échecs, quand il a été longtemps dans la nécessité de jouer avec de faibles partenaires, commence à perdre de ses moyens, Kühlmann qui, pendant la guerre, avait exclusivement agi dans le cercle de ses vassaux diplomatiques, austro-hongrois, turcs, bulgares, neutres, était enclin au début à sous-estimer ses adversaires révolutionnaires et à négliger son jeu. Plus d'une fois, surtout dans les premiers temps, je fus frappé de la grossièreté toute primitive de ses procédés : il ne comprenait rien à la psychologie de l'adversaire.

Ce n'est pas sans une émotion vive et désagréable que je me rendis à la première entrevue avec les diplomates. Dans le vestibule, devant le portemanteau, je tombai sur Kühlmann. Je ne le connaissais pas. C'est lui-même qui se présenta et il ajouta aussitôt qu'il était « très heureux » de me voir, car il vaut beaucoup mieux traiter avec le maître de la maison qu'avec son messager. Sa mine montrait qu'il était très satisfait de cette « subtile » manœuvre, calculée d'après la psychologie qu'il se faisait d'un « parvenu ». Mon sentiment à moi était d'avoir mis le pied dans une saleté. Je fis même, involontairement, un pas en arrière. Kühlmann comprit sa maladresse, se mit sur ses gardes et prit aussitôt un ton plus sec. Ce qui ne l'empêcha pas de revenir à la même attitude pour recevoir le chef de la délégation turque, un vieux diplomate de palais. En me présentant ses collègues, Kühlmann saisit le moment où le Turc faisait un pas en arrière pour me chuchoter d'un ton confidentiel, mais dans l'évidente intention d'être entendu du ministre oriental :

— C'est le meilleur diplomate de l'Europe.

Lorsque je racontai cela à Ioffé, il me répondit en riant :

— Quand nous nous sommes rencontrés pour la première fois, Kühlmann et moi, il m'en a dit tout autant.

Il est fort probable que Kühlmann donnait au « meilleur des diplomates » une compensation platonique pour lui arracher des concessions qui n'auraient rien de platonique. Il se peut aussi que Kühlmann ait alors cherché à atteindre un but secondaire, voulant faire entendre à Czernin qu'il ne le considérait pas comme le meilleur des diplomates... après lui-même...

Le 28 décembre, Kühlmann, d'après Czernin, lui aurait dit :

— L'empereur est le seul homme raisonnable de toute l'Allemagne.

Il faut penser que cette parole s'adressait non pas tant à Czernin qu'au Kaiser. Lorsqu'il s'agissait de transmettre des compliments à leurs destinataires, les diplomates se rendaient mutuellement d'indiscutables services. *Flattez, flattez, il en restera quelque chose* [1].

C'était la première fois que je me trouvais en face d'hommes de ce monde-là. Inutile de dire qu'auparavant je ne m'étais fait aucune illusion à leur sujet. Je soupçonnais bien que ce ne sont pas des dieux qui font cuire les pots de terre [2]. Mais il

1. En français dans le texte. (*N. d. T.*)
2. Dicton russe. Il faut l'entendre ainsi : le métier de diplomate n'est pas si sorcier. (*N. d. T.*)

faut avouer que je croyais leur niveau intellectuel plus élevé. L'impression que j'ai gardée de la première rencontre pourrait se formuler ainsi : ces gens n'accordent que peu de valeur à autrui et ont pour eux-mêmes très peu d'estime.

A ce sujet, il n'est pas inutile de raconter l'épisode suivant :

Sur l'initiative de Victor Adler qui fit tous ses efforts, en ces jours-là, pour m'exprimer sa sympathie personnelle, le comte Czernin m'offrit, sans avoir l'air d'y toucher, de m'envoyer à Moscou ma bibliothèque que j'avais dû laisser à Vienne au début de la guerre. Cette collection de livres présentait un certain intérêt, car, durant les longues années de l'émigration, j'avais rassemblé un bon nombre d'ouvrages russes révolutionnaires.

A peine avais-je, avec une certaine réserve, remercié le diplomate, qu'il me pria d'accorder des attentions à deux prisonniers autrichiens que l'on traitait, disait-il, mal chez nous. Cette transition brusque et, pourrais-je dire, marquée, d'une affaire de bibliothèque à une histoire de prisonniers (il s'agissait, bien entendu, non de soldats mais d'officiers d'un milieu proche au comte Czernin) me parut trop sans-gêne. Je répondis sèchement que, si les informations de Czernin, concernant ces prisonniers, étaient exactes, je ferais, selon mon devoir, tout ce qu'il fallait, mais que cette question n'avait aucun rapport avec ma bibliothèque.

Dans ses Mémoires, Czernin relate assez fidèlement cet épisode sans nier qu'il essaya de rattacher la question des prisonniers à celle de la bibliothèque. Au contraire, il semble bien que cette relation ait été pour lui dans l'ordre des choses. Il termine son récit par une phrase équivoque.

« Il veut avoir sa bibliothèque. »

Il me reste seulement à ajouter que, dès que j'eus reçu ladite bibliothèque, je la transmis immédiatement à l'un des instituts scientifiques de Moscou.

Les circonstances historiques furent telles que les délégués du régime le plus révolutionnaire que l'humanité ait jamais connu durent siéger devant le tapis vert des diplomates en compagnie de la plus réactionnaire des castes dans les classes dirigeantes. Nos adversaires redoutaient l'influence explosive des pourparlers avec les bolcheviks, et à tel point qu'ils auraient plutôt arrêté la conversation que de se transférer avec nous en pays neutre.

Czernin déclare franchement dans ses Mémoires qu'en pays

neutre les bolcheviks, avec l'aide de leurs amis internationaux, auraient inévitablement mené le jeu. Mais, officiellement, ce même Czernin avait allégué que, dans un milieu neutre, l'Angleterre et la France eussent immédiatement développé leurs intrigues, « tant ouvertement que dans les coulisses ». Je lui répliquai que « notre politique n'avait généralement que faire de coulisses, cette ressource de l'ancienne diplomatie ayant été radicalement supprimée, ainsi que bien d'autres choses, par le peuple russe, dans sa victorieuse insurrection du 25 octobre ». Mais nous dûmes nous incliner devant l'ultimatum et... rester à Brest-Litovsk.

A l'exception de quelques édifices qui se trouvaient à l'écart de la vieille ville et qui étaient occupés par l'état-major allemand, Brest-Litovsk, à proprement parler, n'existait plus. Tout en avait été incendié, dans un accès de rage impuissante, par les troupes du tsar, quand elles battirent en retraite. C'est très probablement pour cela que le général Hoffmann y avait établi son état-major afin de le tenir mieux en main.

L'installation et la nourriture étaient d'une remarquable simplicité. Le service était fait par des soldats allemands. Nous étions pour eux les messagers de la paix et ils nous regardaient avec espoir.

Autour des bâtiments occupés par l'état-major s'étendaient de hautes clôtures en fil de fer barbelé. Pendant mes promenades matinales, je tombais sur des écriteaux où il était dit : « Tout Russe qui sera trouvé ici sera fusillé. » Cela s'adressait aux prisonniers. Je me demandais si ce n'était pas aussi pour moi (car nous étions à demi prisonniers) et je revenais sur mes pas.

Brest est traversé par une excellente route stratégique. Durant les premiers jours, nous fîmes quelques promenades dans les automobiles de l'état-major. Mais un des membres de notre délégation eut à ce sujet une altercation avec un sous-officier allemand. Hoffmann m'en fit une plainte par lettre. Je lui répondis que, tout en remerciant, nous renoncions à nous servir désormais des automobiles qu'on avait mises à notre disposition.

Les pourparlers traînaient en longueur. Nos adversaires et nous devions consulter par fil direct nos gouvernements. Assez fréquemment, la ligne se trouvait hors de service. Fallait-il croire à des accidents physiques ou penser que l'adversaire provoquait ces interruptions pour gagner du temps? Nous ne pouvions nous en rendre compte.

En tout cas, les séances étaient fréquemment suspendues et les entretemps duraient parfois plusieurs jours. Pendant une de ces interruptions, je fis un voyage jusqu'à Varsovie. La ville était sous le régime des baïonnettes allemandes. La population s'intéressait extrêmement aux diplomates des soviets, mais elle ne le montrait qu'avec circonspection : personne ne savait encore comment tout cela finirait.

La lenteur des pourparlers nous était profitable. C'est même pour obtenir ce résultat que je me rendis à Brest. Mais je ne puis me faire aucun mérite personnel de ce qui arriva. Mes partenaires m'y aidèrent tant qu'ils purent.

Czernin note mélancoliquement dans son carnet :

« Ce n'est pas le temps qui manque ici : tantôt les Turcs ne sont pas prêts, tantôt les Bulgares une fois de plus; puis les Russes font traîner les choses, et les séances sont renvoyées à plus tard ou bien, à peine commencées, sont interrompues. »

Les Autrichiens, à leur tour, se mirent à différer quand ils rencontrèrent des difficultés du côté de la délégation ukrainienne.

Ce qui n'empêcha nullement, bien entendu, Kühlmann et Czernin d'accuser, en public, exclusivement la délégation russe de tous les retards qui survenaient. Contre quoi je protestai avec insistance, mais inutilement.

Vers la fin des pourparlers, il ne restait pas trace des compliments maladroits que la presse allemande officieuse avait adressés aux bolcheviks — et, exception faite pour les petites feuilles illégales, toute la presse allemande avait alors un caractère officieux. La *Tägliche Rundschau*, par exemple, se plaignait de constater qu' « à Brest-Liovsk, Trotsky s'est fait une chaire d'où sa voix peut porter à tous les confins du monde » et demandait qu'il y fût mis un terme au plus vite; de plus, elle déclarait carrément que « ni Lénine, ni Trotsky ne désirent la paix qui est pour eux, selon toute vraisemblance, une menace de pendaison ou d'emprisonnement ». Tel était aussi, en somme, le ton de la presse social-démocrate. Les Scheidemann, les Ebert, les Stampfer considéraient que notre plus grand crime était de compter sur une révolution allemande. Ces messieurs étaient loin de penser que, dans quelques mois, la révolution les prendrait par le collet et les porterait au pouvoir.

Il y avait longtemps que je n'avais lu des journaux allemands; à Brest, je repris ces lectures avec un grand intérêt; nos pourparlers y étaient examinés avec beaucoup de soin et d'une façon très tendancieuse. Mais les journaux ne suffisaient pas à remplir mon temps. Je résolus d'utiliser plus largement des loisirs forcés qui, je pouvais le prévoir, ne se renouvelleraient pas de sitôt. Nous avions avec nous quelques bonnes sténo-dactylos qui avaient été au service de la Douma d'Empire. Je me mis à leur dicter, de mémoire, un essai historique sur la révolution d'Octobre. C'est ainsi qu'en quelques séances fut écrite une brochure entière, destinée avant tout aux ouvriers de l'étranger. La nécessité de leur expliquer ce qui s'était passé s'imposait trop. Nous en avions causé, Lénine et moi, plus d'une fois, mais nous n'avions, ni l'un ni l'autre une minute de liberté pour travailler à cet ouvrage. Je n'avais pas prévu le moins du monde que Brest pût être le lieu où je me livrerais à des travaux littéraires. Lénine était véritablement heureux lorsque je lui apportai un manuscrit fin prêt sur la révolution d'Octobre. Lui et moi apercevions également en elle une des modestes garanties d'une future revanche révolutionnaire pour une paix écrasante. Ce petit livre fut bientôt traduit dans une douzaine de langues européennes et asiatiques. Bien que tous les partis de l'Internationale communiste, et le parti russe en tête, aient publié cet ouvrage en éditions innombrables, les épigones ne se sont pas gênés pour dire, après 1923, que c'était une production pernicieuse du trotskysme. Actuellement, la brochure est mise à l'Index de Staline. La préparation idéologique de Thermidor trouve une de ses nombreuses expressions dans cet épisode secondaire. Pour arriver à la victoire, il fallait d'abord couper le cordon ombilical de l'hérédité d'Octobre...

Les diplomates de l'autre côté trouvaient aussi des moyens d'employer les loisirs trop longs que leur donnait Brest. Le compte Czernin, comme nous l'apprend son journal intime, allait à la chasse, et, en outre, élargissait ses horizons en lisant des mémoires sur la révolution française. Il comparait les bolcheviks aux jacobins et s'efforçait ainsi d'arriver à des conclusions consolantes.

Ce diplomate des Habsbourg écrivit :

« Charlotte Corday a dit : “ Ce n'est pas un homme que j'ai tué, c'est une bête féroce. ” — Ces bolcheviks disparaîtront encore et qui sait s'il ne se trouvera pas une Corday pour un Trotsky. » (Page 310 [1].)

Bien entendu, en ces jours-là, je ne savais pas quelles étaient les salutaires méditations du pieux comte. Mais je crois volontiers qu'elles furent sincères.

A première vue, on peut se demander sur quoi comptait la diplomatie allemande quand elle fournit des formules démocratiques, le 25 décembre, à dessein seulement de montrer sous peu de jours ses appétits de louve. Pour le moins, le gouvernement allemand se risquait quand il engageait des débats théoriques sur le droit des nations à disposer d'elles-mêmes, débats dont l'initiative était due pour une bonne part à Kühlmann en personne. Dans cette voie, la diplomatie du Hohenzollern n'a guère moissonné de lauriers, et elle doit être la première à s'en apercevoir. C'est ainsi que Kühlmann voulait à tout prix démontrer que l'Allemagne, si elle se saisissait de la Pologne, de la Lithuanie, des Pays baltes et de la Finlande, ne ferait pas autre chose que d'assurer d'une certaine façon le droit des nations à disposer d'elles-mêmes, la volonté de ces peuples s'exprimant par l'intermédiaire d'organes « nationaux » qu'avaient créés... les autorités de l'occupation allemande. Mais la démonstration n'était pas facile. Cependant, Kühlmann ne voulait pas se rendre. Il me demandait avec persistance si je ne consentirais pas à reconnaître que, par exemple, le nizam de Hyderabad représentait la volonté des Hindous. Je répondais que, pour commencer, les troupes anglaises devaient évacuer l'Inde et qu'après cela, il était fort douteux que l'honorable nizam pût rester en place plus de vingt-quatre heures. Sans courtoisie, Kühlmann haussait les épaules. Le général Hoffmann faisait des « hum!... hum!... » qu'on entendait dans toute la salle. L'interprète traduisait. Les sténos sténographiaient. Et les débats n'en finissaient plus.

Le secret des agissements de la diplomatie allemande était en ceci que Kühlmann, d'avance, nous avait certainement crus disposés à jouer avec lui à quatre mains. Il devait raisonner à peu près ainsi : les bolcheviks sont arrivés au pouvoir en luttant pour la paix. Ils ne peuvent rester en place qu'à condition de signer un traité de paix. Il est vrai qu'ils se sont liés en formulant des clauses démocratiques. Mais à quoi

1. Trotsky cite toujours l'édition allemande. (*N. d. T.*)

servent les diplomates? Lui, Kühlmann, serait là pour renvoyer aux bolcheviks leurs formules révolutionnaires convenablement remises en style diplomatique. Les bolcheviks lui donneraient la possibilité de saisir, d'une façon masquée, des provinces et des peuples. Aux yeux du monde entier, la conquête allemande aurait la sanction de la révolution russe. Les bolcheviks auraient obtenu la paix.

A l'erreur de Kühlmann contribuèrent sans aucun doute nos libéraux, menchéviks et populistes qui, en temps voulu, représentèrent les pourparlers de Brest comme une comédie dont les rôles avaient été distribués d'avance.

Lorsque nous eûmes prouvé, d'une façon non équivoque, à nos partenaires de Brest qu'il ne s'agissait pas pour nous de dissimuler une affaire de coulisse, mais qu'il était question des principes de cohabitation entre peuples, Kühlmann, déjà lié par sa position de départ, considéra notre conduite presque comme une violation d'un traité tacite qui n'existait que dans son imagination. Il ne voulait absolument pas se détacher des principes démocratiques du 25 décembre. Se fiant à sa casuistique, qui n'était pas ordinaire, il espérait prouver au monde entier que le blanc ne diffère pas du noir.

Le comte Czernin secondait maladroitement Kühlmann et, commis par celui-ci, se chargeait, dans tous les moments critiques, de faire les déclarations les plus brutales et les plus cyniques. Par là, il espérait cacher sa faiblesse.

Par contre, le général Hoffmann apportait aux pourparlers une note rafraîchissante. Ne manifestant aucune sympathie pour les malices de la diplomatie, il mit plusieurs fois sa botte de soldat sur la table autour de laquelle avaient lieu les débats.

Quant à nous, nous ne doutâmes pas une seconde que, dans ces palabres, la seule réalité vraiment sérieuse était la botte de Hoffmann.

Parfois, cependant, le général faisait irruption dans des débats de pure politique. Mais il le faisait à sa manière. Mis hors de lui par des bavardages interminables sur le droit des peuples à disposer d'eux-mêmes, il arriva un beau matin (c'était le 14 janvier), muni d'une serviette bourrée de journaux russes, surtout de ceux qui appartenaient à la tendance socialiste révolutionnaire. Hoffmann lisait le russe couramment. En courtes phrases nettement détachées, d'un air de mordre pour se défendre ou de commander, le général accusa les bolcheviks d'avoir écrasé les libertés de la parole et des réunions, d'avoir violé les principes de la démocratie, et il cita, en les approuvant pleinement, des articles de ce parti terroriste russe qui, depuis 1902, avait envoyé dans l'autre monde un bon nombre de ceux qui, en Russie, pensaient comme Hoffmann. Avec indignation, le général accusait notre gouvernement de s'appuyer sur la force! C'était admirable à entendre.

Czernin écrivit dans son journal intime :

« Hoffmann a prononcé son malheureux discours. Voici quelques jours qu'il y travaillait, et il a été très fier du succès remporté. »

Je répondis à Hoffmann que dans une société divisée en classes, tout gouvernement s'appuyait sur la force. La différence était en ceci seulement que le général Hoffmann exerçait une répression pour défendre les gros propriétaires, tandis que nos mesures de force avaient pour but de défendre les travailleurs.

Pendant quelques minutes, la conférence de la paix devint un cercle de propagande marxiste pour débutants.

Ce qui surprend et indigne les gouvernements des autres pays dans nos actes, disais-je, c'est qu'au lieu d'arrêter les grévistes, nous arrêtons les capitalistes qui déclarent le lock-out; c'est qu'au lieu de fusiller les paysans qui réclament les terres, nous arrêtons les propriétaires et les officiers qui tentent de fusiller des paysans.

La face de Hoffmann prenait une teinte cramoisie. Après chaque incident de cette sorte, Kühlmann, avec une amabilité sarcastique, demandait à Hoffmann s'il désirait encore se prononcer sur le sujet en question. Le général répondait brusquement :

— Non! Ça suffit!

Et il jetait un coup d'œil colère vers la fenêtre.

Dans la société des diplomates, généraux et amiraux qui représentaient les Hohenzollern, les Habsbourg, les Cobourg et le sultan, les débats sur le rôle de la violence révolutionnaire étaient vraiment d'une saveur incomparable. Certains de ces messieurs, pourvus de titres et de décorations, ne firent, pendant toute la durée des pourparlers, que porter des regards étonnés tantôt sur Kühlmann ou Czernin, tantôt sur moi. Ils auraient bien voulu que quelqu'un leur expliquât, pour dieu, comment il fallait comprendre tout cela. Dans la coulisse, sans aucun doute, Kühlmann leur expliquait que notre existence n'était l'affaire que de quelques semaines, qu'il fallait profiter de ce court laps de temps pour conclure une paix « allemande » dont les conséquences seraient à la charge des héritiers des bolcheviks.

Dans les débats qui portaient sur des principes, ma position était plus avantageuse que celle de Kühlmann, dans la mesure même où celle du général Hoffmann était plus avantageuse que la mienne quand il s'agissait de faits de guerre. Voilà pourquoi le général se montrait impatient de ramener toutes les questions à un rapport de forces tandis que Kühlmann s'efforçait vainement de donner à une paix bâtie sur la carte militaire l'apparence d'une paix basée sur on ne sait quels principes.

Pour atténuer le sens des déclarations de Hoffmann, Kühlmann dit un jour qu'un soldat, par nécessité, s'exprimait plus fortement qu'un diplomate.

Je répondis que « nous autres, membres de la délégation russe, n'appartenions pas à l'école diplomatique et que nous pouvions nous considérer plutôt comme des soldats de la révolution »; que, par conséquent, nous préférions le grossier langage d'un soldat.

Il faut, d'ailleurs, ajouter que la courtoisie diplomatique de Kühlmann lui-même était fort conventionnelle. Le problème qu'il s'était assigné était évidemment insoluble... à moins qu'il n'obtînt notre concours... Mais c'était justement ce qui lui manquait.

« Nous sommes des révolutionnaires, expliquai-je à Kühlmann, mais nous sommes aussi des réalistes et nous préférons parler nettement d'annexions, plutôt que de ne pas appeler les choses par leur véritable nom. »

Il n'est pas surprenant que, de temps à autre, Kühlmann ait rejeté son masque diplomatique pour nous répliquer hargneusement. Je me rappelle encore de quel ton il déclara que l'Allemagne s'efforçait sincèrement de rétablir des relations amicales avec sa *puissante* voisine de l'Est. Le mot « puissante » fut prononcé d'une façon sarcastique si provocante que tous, même les alliés de Kühlmann, en eurent un léger tressaillement. Au surplus, Czernin redoutait par-dessus tout une rupture des pourparlers.

Je relevai le gant et rappelai encore ce que j'avais dit dans mon premier discours, le 10 janvier :

« Nous n'avons ni la possibilité, ni l'intention de contester que notre pays est affaibli par la politique des classes qui le dirigeaient avant nous, tout récemment. Mais la situation mondiale d'un pays n'est pas seulement déterminée par l'état actuel de son appareil technique; il faut compter aussi avec les possibilités qui sont en lui; de même que la puissance économique de l'Allemagne ne saurait être mesurée seulement d'après l'état actuel de ses approvisionnements. Une politique large et prévoyante s'appuie sur les tendances de développement, sur les forces intérieures qui, une fois ranimées, démontreront leur puissance un jour plus tôt ou plus tard. »

Neuf mois ne s'étaient pas écoulés après cela, le 3 octobre 1918, évoquant le défi que nous avait lancé Kühlmann à Brest-Litovsk, je disais, dans une séance du comité exécutif central panrusse :

« Nul de nous ne songerait à narguer l'Allemagne à l'occasion de la formidable catastrophe qui l'atteint. »

Il est inutile de démontrer que, pour une bonne part, cette catastrophe fut préparée à Brest par la diplomatie allemande, tant militaire que civile.

Plus nous mettions de précision à formuler nos questions, plus Hoffmann prenait le pas sur Kühlmann. Tous deux, et le général surtout, ne cherchaient même plus à dissimuler leur antagonisme. Lorsque, dans une réplique à une des attaques habituelles de Hoffmann, je mentionnai sans arrière-pensée le gouvernement allemand, le général m'interrompit d'une voix rauque de colère :

— Je représente ici non pas le gouvernement allemand mais le haut commandement de l'armée allemande!

Cela tinta comme un coup de pierre dans une vitre. Je considérai tour à tour mes partenaires qui étaient de l'autre côté de la table. Kühlmann, le visage crispé, regardait en-dessous du tapis. Sur la face de Czernin, il y avait lutte entre une certaine confusion et une satisfaction sardonique.

Je répondis qu'il n'était pas dans mes attributions de juger des rapports qui pouvaient exister entre le gouvernement de l'Empire allemand et son haut commandement militaire, mais que je n'avais de pouvoirs pour traiter qu'avec le gouvernement.

Kühlmann, grinçant des dents, prit acte de ma déclaration et s'y rallia.

Il eût été, bien entendu, naïf de s'exagérer la profondeur des dissentiments qui existaient entre la diplomatie et le chef militaire. Kühlmann cherchait à démontrer que les régions occupées avaient déjà « disposé d'elles-mêmes » en faveur de l'Allemagne, par l'intermédiaire de leurs organes nationaux plénipotentiaires. Hoffmann, de son côté, expliquait qu'en l'absence de tels organes plénipotentiaires dans les régions occupées, il ne pouvait être question pour les troupes allemandes de les évacuer. Les motifs donnés étaient diamétralement opposés; la conclusion pratique était la même.

A cet égard, Kühlmann essaya d'une malice qui, à première vue pourrait paraître invraisemblable. Dans une réponse écrite à une série de questions que nous avions posées, réponse qui fut lue par von Rosenberg, il était dit que les troupes allemandes ne pourraient évacuer les régions occupées avant la fin de la guerre sur le front occidental.

J'en tirai cette conclusion que l'évacuation aurait lieu *après* la fin de la guerre et demandai que l'on fixât le délai avec plus de précision.

Kühlmann se montra alors extrêmement surexcité. Il avait évidemment compté nous endormir avec sa formule. En d'autres termes, il avait voulu dissimuler son intention d'annexion... en jouant sur un mot. Voyant que cela ne réussissait pas, il expliqua, avec le concours de Hoffmann, que les troupes allemandes n'évacueraient ni *avant* ni *après* la fin de la guerre.

A la fin de janvier, je fis, sans espoir de succès, une tentative pour obtenir du gouvernement austro-hongrois l'autorisation d'aller à Vienne afin de mener des pourparlers avec les représentants du prolétariat autrichien. L'idée d'un tel voyage effraya, doit-on penser, surtout la social-démocratie autrichienne. J'essuyai naturellement un refus, motivé, si invraisemblable que cela puisse paraître, par cette considération que je n'avais point de pouvoirs pour mener de tels pourparlers.

Je répondis par la lettre suivante, adressée à Czernin :

« Monsieur le Ministre,

« En vous envoyant, ci-inclus, copie de la lettre que j'ai reçue de M. le Conseiller de légation comte Czakki, lettre en date du 26 du courant qui est apparemment votre réponse à mon télégramme du 24 du courant, je porte par la présente à votre connaissance que je prends note du refus qui m'est fait de l'autorisation d'aller à Vienne pour mener des pourparlers avec les représentants du prolétariat autrichien aux fins d'arriver à une paix démocratique. Je suis contraint de constater que, dans votre réponse, des considérations de pure formalité servent à masquer le refus d'admettre des pourparlers personnels entre les représentants du gouvernement ouvrier et paysan de la Russie et ceux du prolétariat d'Autriche. En ce qui concerne le motif donné dans la lettre, savoir que je n'aurais pas les pouvoirs indispensables pour mener de tels pourparlers, (motif inadmissible dans la forme comme pour le fond), je voudrais attirer votre attention, Monsieur le Ministre, sur ce fait que le droit de déterminer l'étendue et la nature de mes pouvoirs appartient exclusivement à mon gouvernement. »

Dans la dernière période des pourparlers, le principal atout entre les mains de Kühlmann et de Czernin fut la manifestation indépendante et hostile à Moscou de la *Rada* [1] de Kiev.

Les dirigeants de cette *Rada* représentaient une variété ukrainienne du kérenskysme. Ils ne différaient que fort peu de leur modèle grand-russien. Peut-être en ceci seulement qu'ils étaient encore plus que lui des « provinciaux ». Leurs délégués à Brest étaient des créatures bien faites pour se laisser mener par le bout du nez par n'importe quel diplomate du capitalisme. Non seulement Kühlmann, mais même Czernin s'y employaient avec une répugnance indulgente. Nos nigauds de démocrates ukrainiens ne se sentaient pas d'aise en voyant que de solides firmes comme celles du Hohenzollern et du Habsbourg les prenaient au sérieux. Lorsque Goloubovitch, chef de la délégation de la *Rada*, après avoir prononcé une réplique quelconque, se rasseyait en écartant soigneusement les longues basques de sa redingote noire, on pouvait craindre de le voir se liquéfier sur place par l'effet du contentement qui bouillonnait en lui.

Czernin incita, comme il le raconte lui-même, dans son journal intime, les Ukrainiens à faire une déclaration ouvertement hostile à la délégation des soviets. Les Ukrainiens, à force de zèle, dépassèrent la mesure. Pendant un quart d'heure leur orateur entassa grossièretés sur insolences, mettant en grand embarras le consciencieux interprète allemand qui avait du mal à se régler sur ce diapason.

En rapportant cette scène, le comte ambassadeur du Habs-

1. *Rada* : conseil, parlement et gouvernement.

bourg dit que j'avais l'air éperdu, que j'étais blême, convulsé, que des gouttes de sueur froide me coulaient du front, etc.

Après avoir fait la part de l'exagération, il faut avouer que cette scène fut effectivement des plus pénibles. Cependant, ce qui me pesait, ce n'était pas du tout, comme se l'imagine à tort Czernin, de nous entendre insulter par des compatriotes en présence d'étrangers. Non, ce qui était intolérable, c'était cet avilissement volontaire, frénétique, d'hommes qui représentaient après tout, d'une façon ou d'une autre, la révolution devant de hautains aristocrates qui les méprisaient. Une bassesse prétentieuse, une servilité de larbins qui bavaient d'enthousiasme, voilà ce qui sortait à flots de ces misérables démocrates nationalistes, inféodés pour un instant au pouvoir.

Kühlmann, Czernin, Hoffmann et autres haletaient, pareils, dans leur avidité d'entendre, à ces joueurs des champs de courses qui ont misé sur un bon cheval.

Reportant, après chaque phrase, son regard sur ses protecteurs pour obtenir d'eux un encouragement, le représentant ukrainien lisait sur son papier toutes les ignominies que sa délégation avait élaborées en quarante-huit heures de travail collectif.

Oui, ce fut une des plus infâmes scènes qu'il me soit arrivé de vivre. Mais sous les feux croisés des invectives et des regards sarcastiques, je ne doutai pas une minute que les larbins trop empressés seraient bientôt jetés à la porte par leurs maîtres triomphants, lesquels devraient, à leur tour, débarrasser sous peu les places confortablement installées depuis des siècles...

Pendant ce temps, les troupes révolutionnaires des soviets s'avançaient avec succès en Ukraine, se frayant une route vers le Dniepr. Et juste le jour où l'abcès fut définitivement mûr, où il fut clair que les délégués ukrainiens avaient traité avec Kühlmann et Czernin pour la vente de leur pays, les armées des soviets occupèrent Kiev.

Radek ayant demandé par fil direct quelle était la situation de la capitale ukrainienne, le télégraphiste allemand d'une station intermédiaire ne comprit pas à qui il parlait et répondit :

— Kiev est mort!

Le 7 février, je portai à la connaissance des délégations des empires centraux un radiotélégramme de Lénine annonçant que les troupes des soviets étaient entrées dans Kiev le 29 janvier; que le gouvernement de la *Rada*, abandonné de tous, avait vidé les lieux; que le comité exécutif central des soviets de l'Ukraine était proclamé pouvoir suprême du pays et était venu s'installer à Kiev; que le gouvernement de l'Ukraine reconnaissait son union fédérative avec la Russie et une complète unité en matières de politique intérieure et extérieure.

A la séance qui suivit immédiatement, je dis à Kühlmann et à Czernin qu'ils étaient en train de traiter avec la délégation d'un gouvernement dont le territoire avait au total les limites de Brest-Litovsk (d'après leur accord, cette ville était rattachée à l'Ukraine). Mais le gouvernement allemand ou, plus exactement, le haut commandement militaire avait déjà décidé à ce moment d'occuper l'Ukraine. La diplomatie des empires centraux avait tout simplement préparé un laissez-passer pour ses troupes. Ludendorff travaillait à merveille, préparant l'agonie de l'armée du Hohenzollern.

En ces jours-là, dans une prison allemande était détenu un homme que les politiciens de la social-démocratie traitaient de fol utopiste et que les juges avaient inculpé de haute trahison. Ce prisonnier écrivait :

« Le résultat des pourparlers de Brest n'est pas nul, même si l'on en vient maintenant à faire la paix par une brutale capitulation. Grâce aux délégués russes, Brest est devenu une tribune révolutionnaire qui retentit loin. Il a dénoncé les puissances de l'Europe centrale, il a décelé l'esprit de brigandage, de mensonge, d'astuce et d'hypocrisie de l'Allemagne. Il a rapporté un verdict écrasant sur la politique de paix de la majorité allemande (social-démocrate), politique qui n'est pas tellement papelarde que cynique. Il a pu déclencher en différents pays de considérables mouvements de masses. Et son tragique dénouement, l'intervention contre la révolution, a fait tressaillir toute fibre socialiste. On verra quelle sera, pour les triomphateurs d'aujourd'hui, la récolte qui mûrira après ces semailles. Ils n'en seront guère contents. »

(Karl Liebknecht : *Politische Aufzeichnungen aus seinem Nachlass.* Verlag Die Aktion, 1921, page 51.)

CHAPITRE XXXII

LA PAIX

Durant tout l'automne, quotidiennement, des délégués du front vinrent déclarer au soviet de Pétrograd que si la paix n'était pas conclue avant le 1er novembre, les soldats marcheraient sur l'arrière-front pour obtenir la paix par leurs propres moyens. C'était devenu le mot d'ordre des troupes de l'avant. En masses, les soldats désertaient les tranchées. La révolution d'Octobre interrompit dans une certaine mesure ce mouvement mais, bien entendu, ce n'était pas pour longtemps.

La révolution de février avait appris aux combattants qu'ils avaient été gouvernés par la bande de Raspoutine, laquelle les avait entraînés dans une guerre absurde et infâme : maintenant, ils ne voyaient aucune raison de continuer cette guerre simplement pour faire plaisir au jeune avocat Kérensky qui les en priait. Ils voulaient rentrer chez eux, revoir leurs familles, leurs champs, voir la révolution qui leur promettait la terre et la liberté mais qui, en attendant, les maintenait, affamés et pouilleux, dans les trous du front. Kérensky, vexé de la conduire des soldats, des ouvriers et des paysans, les appela un jour « des esclaves révoltés ». Il ne lui manquait que d'avoir compris une petite chose : la révolution consiste précisément en une insurrection d'esclaves qui ne veulent plus être ce qu'ils étaient.

Le protecteur et inspirateur de Kérensky, Buchanan, a eu l'imprudence de nous raconter dans ses Mémoires ce que furent pour lui et ses pareils la guerre et la révolution. Bien des mois après Octobre, Buchanan décrivait dans les termes suivants l'année russe 1916 — terrible année de défaites de l'armée tsariste, de désarroi économique, année où l'on faisait partout la queue pour se ravitailler, année pendant laquelle les gouvernants jouèrent à saute-mouton, sous le commandement de Raspoutine :

« Dans une des plus charmantes villas que nous visitâmes (Buchanan parle de son voyage en Crimée, en 1916), nous ne fûmes pas seulement accueillis avec le pain et le sel présentés sur un plat d'argent, mais, lors de notre départ, nous trouvâmes dans l'automobile des douzaines de bouteilles de vieux bourgogne dont je célébrai les mérites en le dégustant à déjeuner. Il est infiniment triste de jeter un regard en arrière sur ces jours heureux (!), perdus à tout jamais, et de songer à la misère et aux souffrances dont a été fait le sort de personnes qui nous avaient reçus avec tant d'amabilité et d'hospitalité. »

Buchanan n'envisage pas ici les souffrances des soldats dans les tranchées et des mères affamées qui prenaient leur tour aux portes des boutiques; il parle des souffrances des anciens propriétaires de délicieuses villas, il regrette pour eux les plateaux d'argent et les fins bourgognes. Quand on lit des lignes aussi sereinement impudentes, on se dit : non, ce n'est pas à tort que la révolution d'Octobre est venue au monde! Ce n'est pas à tort qu'elle a balayé non seulement les Romanov, mais un Buchanan et un Kérensky!

Lorsque je passai pour la première fois la ligne du front, en route vers Brest-Litovsk, ceux de nos camarades qui pensaient comme nous dans les tranchées étaient déjà incapables de préparer une manifestation tant soit peu importante pour protester contre les monstrueuses exigences de l'Allemagne : les tranchées étaient presque vides. Nul n'eût osé, après les expériences de Buchanan-Kérensky, parler, même d'une façon conditionnelle, de préparer la guerre. La paix, la paix à tout prix!... Plus tard, lors d'un de mes retours de Brest à Moscou, j'exhortai un des représentants du front au comité exécutif central panrusse à soutenir notre délégation par un discours énergique.

— Impossible, me répondit-il, absolument impossible!... Nous ne pourrions pas revenir aux tranchées, on ne nous comprendrait pas. Ils diraient que nous continuons à les tromper comme l'a fait Kérensky...

L'impossibilité de continuer la guerre était évidente. A cet égard, il n'y eut pas ombre de désaccord entre Lénine et moi. Nous considérions avec une égale stupéfaction Boukharine et autres apôtres de la « guerre révolutionnaire ».

Mais une autre question se posait, non moins importante; jusqu'à quel point pourrait aller le gouvernement des Hohenzollern dans sa lutte contre nous? Dans une lettre à un de ses amis, le comte Czernin écrivit, en ce temps-là, que si les forces étaient suffisantes, on devrait, au lieu de traiter avec les bolcheviks, faire marcher des troupes sur Pétrograd et, là, rétablir l'ordre. Ce n'était pas la mauvaise volonté qui manquait. Mais serait-on assez fort? Hohenzollern pourrait-il diriger ses armées contre une révolution qui voulait la paix? Quelle influence avaient pu avoir sur l'armée allemande la révolution de février puis celle d'Octobre? Dans quel délai cette influence se manifesterait-elle? On ne pouvait répondre. Il fallait tenter de trouver la réponse au cours des pourparlers. C'est pourquoi il était indispensable de traîner en longueur les négociations. Il fallait donner aux ouvriers européens le temps de s'assimiler comme il convenait le simple fait de la révolution soviétique et, en particulier, sa politique de paix. C'était d'autant plus important que la presse des pays de l'Entente, avec la presse russe des conciliateurs et des bourgeois, avait d'avance représenté les pourparlers de paix comme une comédie dont les rôles avaient été ingénieusement distribués.

Même en Allemagne, parmi l'opposition social-démocrate d'alors, qui n'aurait pas été loin d'incriminer en nous son impuissance, des bruits couraient d'après lesquels les bolcheviks auraient été de connivence avec le gouvernement allemand. Cette version n'en pouvait paraître que plus vraisemblable en France et en Angleterre. Il était clair que, si la bourgeoisie et la social-démocratie de l'Entente réussissaient à jeter dans les masses ouvrières des doutes sur notre compte, cela faciliterait extrêmement dans la suite une intervention militaire de l'Entente contre nous. J'estimais, par conséquent, qu'avant de signer une paix séparée, si c'était pour nous absolument inévitable, il était indispensable de donner, coûte que coûte, aux ouvriers d'Europe, une preuve éclatante et incontestable de la haine mortelle qui existait entre nous et les gouvernants de l'Allemagne. C'est précisément sous l'influence de ces considérations que j'arrivai à Brest-Litovsk dans la pensée d'une manifestation politique ainsi formulée : nous arrêtons la guerre, nous démobilisons, mais nous ne signons pas la paix [1]. Je raisonnais ainsi : si l'impérialisme

1. 10 février 1918. (*N. d. T.*)

allemand est incapable de faire marcher contre nous ses troupes, cela signifiera que nous avons remporté une formidable victoire, aux conséquences incalculables. Si, au contraire, il est encore possible au Hohenzollern de nous porter un coup, nous aurons toujours le temps de capituler assez tôt. Je pris conseil des autres membres de la délégation, dont Kaménev, je fus approuvé et j'écrivis à Lénine.

Il me répondit : « Quand vous viendrez à Moscou, nous en parlerons. »

Lorsque je lui exposai mes arguments, il me répliqua :

— Ce serait si bien qu'on ne peut demander mieux si le général Hoffmann était incapable de faire marcher ses troupes contre nous. Mais il y a peu d'espoir. Il trouvera pour cela des régiments spécialement sélectionnés parmi les *koulaks* [1] bavarois. Et en faut-il beaucoup contre nous? Vous dites vous-même que les tranchées sont vides. Et si les Allemands recommencent la guerre?

— Alors, nous serons forcés de signer la paix. Mais alors il sera clair pour tous que nous n'avions pas d'autre issue. Cela suffira pour porter un coup décisif à la légende d'après laquelle nous serions en relations secrètes avec le Hohenzollern.

— Bien sûr, cela a des avantages. Mais c'est trop risqué. Si nous devions périr pour la victoire de la révolution allemande, nous serions tenus de le faire. La révolution allemande serait infiniment plus importante que la nôtre. Mais quand viendra-t-elle? On n'en sait rien. Pour l'instant, il n'y a rien de plus important au monde que notre révolution. Il faut la sauvegarder à tout prix.

Aux difficultés du problème s'ajoutèrent d'extrêmes complications à l'intérieur du parti. Dans le parti, ou, du moins, parmi ses éléments dirigeants, prédominait une attitude intransigeante à l'égard de la signature de la paix dans les conditions de Brest. Les comptes rendus sténographiques que publiaient nos journaux sur les pourparlers entretenaient et aggravaient cet état d'esprit qui trouva son expression la plus vive dans le petit groupe du communisme de gauche, lequel préconisait le mot d'ordre d'une guerre révolutionnaire.

La lutte dans le parti devenait de jour en jour plus ardente.

1. Paysans riches. (*N. d. T.*)

En dépit d'une légende répandue plus tard, le conflit n'eut pas lieu entre Lénine et moi, mais bien entre Lénine et l'écrasante majorité des organisations dirigeantes du parti. Les principales questions débattues étaient celles-ci : pouvons-nous actuellement faire une guerre révolutionnaire et est-il admissible en général qu'un pouvoir révolutionnaire conclue des accords avec les impérialistes? Sur ces deux points, j'étais totalement et intégralement du côté de Lénine, répondant avec lui par un non à la première question et par un oui à la deuxième.

Un premier débat plus large s'ouvrit sur les points contestés, le 21 janvier, à la réunion des militants actifs du parti. Trois points de vue se manifestèrent. Lénine était d'avis de faire traîner encore les pourparlers, mais, en cas d'ultimatum, de capituler immédiatement. J'estimais nécessaire de conduire les pourparlers à une rupture, même en courant le danger d'une nouvelle offensive de l'Allemagne, afin de pouvoir capituler — le cas échéant — devant un emploi évident de la force. Boukharine demandait la guerre pour élargir l'arène de la révolution.

Dans cette réunion du 21 janvier, Lénine mena une lutte furieuse contre les partisans de la guerre révolutionnaire, se bornant à critiquer en quelques mots ma proposition.

Les partisans de la guerre révolutionnaire réunirent trente-deux voix; Lénine obtint quinze voix; moi seize.

Les résultats du vote ne caractérisent encore pas assez nettement l'opinion qui régnait dans le parti. Dans la couche supérieure du parti, sinon dans les masses, « l'aile gauche » était encore plus forte qu'à cette réunion. C'est ce qui assura le succès temporaire de ma formule. Les partisans de Boukharine la considérèrent comme un pas fait dans leur direction. Lénine, par contre, estimait, et il avait pleinement raison, qu'en différant de prendre une décision définitive, on arriverait à la victoire de son point de vue. Notre propre parti, en cette période, n'avait pas moins besoin que les ouvriers de l'Europe occidentale de découvrir le véritable état de choses. Dans toutes les institutions dirigeantes du parti et de l'État, Lénine était en minorité. Le conseil des commissaires du peuple ayant invité les soviets locaux à faire connaître leur opinion sur la guerre et la paix, plus de deux cents soviets répondirent avant le 5 mars. Deux seulement des plus importants soviets, celui de Pétrograd et celui de Sébastopol, se prononcèrent (en faisant des réserves) pour la paix. Par contre, une série de gros centres ouvriers (Moscou, Ekatérinbourg, Kharkov, Ekatérinoslav, Ivanovo-Voznessensk, Cronstadt, etc.) se déclarèrent, à une écrasante majorité de voix, pour la rupture des pourparlers. Le même état d'esprit régnait dans nos organisations du parti. Inutile de parler des socialistes révolutionnaires de gauche. En cette période, on n'aurait pu faire adopter le point de vue de Lénine que par une scission et un coup d'État, pas autrement. Cependant, chaque nouvelle journée devait augmenter le nombre des partisans de Lénine. Dans ces conditions, la formule « ni guerre, ni paix » était objectivement un pont pour gagner la position de Lénine. Ce pont fut passé par la majorité du parti, ou du moins, de ses éléments dirigeants.

Lénine me questionnait :

— C'est bon. Admettons que nous ayons refusé de signer la paix et qu'alors les Allemands prennent l'offensive. Que faites-vous dans ce cas?

— Nous signons la paix sous la menace des baïonnettes. Le tableau sera clair pour le monde entier.

— Et vous ne soutiendrez pas alors le mot d'ordre de la guerre révolutionnaire?

— En aucun cas.

— Dans ces conditions, l'expérience peut être déjà beaucoup moins périlleuse. Nous risquons de perdre l'Estonie ou la Lettonie.

Et Lénine ajouta, avec un sourire malicieux :

— Ne serait-ce que pour faire une bonne paix avec Trotsky, cela vaut la peine de perdre la Lettonie et l'Estonie...

Cette phrase fut son refrain pendant quelques jours.

A la séance décisive du comité central, qui eut lieu le 22 janvier, on adopta ma proposition : traîner en longueur les pourparlers; en cas d'ultimatum allemand, déclarer que la guerre est terminée, mais refuser de signer la paix; dans la suite, agir selon les circonstances.

Le 25 janvier, tard dans la soirée, se tint une réunion générale des comités centraux bolcheviks et de nos alliés d'alors, les socialistes révolutionnaires de gauche; la même formule y fut adoptée par une écrasante majorité. Il fut admis que cette résolution des deux comités centraux serait considérée (cela se faisait souvent en ce temps-là) comme une décision du conseil des commissaires du peuple.

Le 31 janvier, par fil direct de Brest à Smolny, je communiquais à Lénine ce qui suit :

« Parmi les innombrables rumeurs et informations que répand la presse allemande, s'est glissé un racontar absurde : on prétend que, démonstrativement, nous aurions l'intention de ne pas signer la paix, qu'il existerait à ce sujet des dissensions parmi les bolcheviks, etc., etc. J'ai en vue un télégramme de Stockholm qui se réfère au journal *Politiken*. Si je ne me trompe, *Politiken* est l'organe de Hœglund. Ne pourrait-on savoir de lui comment il se fait que sa rédaction imprime des sottises aussi monstrueuses, si tant est qu'une information pareille ait paru dans son journal? Étant donné que la presse bourgeoise allemande est pleine de cancans, il est bien douteux que les Allemands y attachent une grosse importance. Mais il s'agit ici d'un journal de l'aile gauche dont un des rédacteurs se trouve à Pétrograd. Cela donne une certaine autorité au communiqué et cela ne peut que jeter le trouble dans les esprits de nos partenaires.

« La presse austro-allemande est pleine d'informations relatant des atrocités qui seraient commises à Pétrograd, à Moscou, dans toute la Russie : centaines et milliers de meurtres, feux roulants de mitrailleuses, etc., etc. Il est absolument indispensable de confier à un homme de tête la charge de donner à l'Agence de Pétrograd et à la radio des informations quotidiennes sur la situation dans le pays. Il serait fort bien que le camarade Zinoviev prenne sur lui de remplir cette tâche. Elle est d'une formidable importance. Il faudrait surtout que de tels renseignements soient expédiés à Vorovsky et à Litvinov — ce qui peut être fait par l'intermédiaire de Tchitchérine.

« Nous n'avons eu qu'une seule séance de pure forme. Les Allemands font extrêmement traîner les pourparlers, évidemment en raison d'une crise intérieure. La presse allemande annonce à son de trompe que nous ne voudrions pas faire la paix, que nous nous occuperions seulement d'étendre la révolution à d'autres pays. Ces ânes ne peuvent pas comprendre que, précisément du point de vue du développement de la révolution européenne, il est pour nous de la plus grande importance de conclure la paix au plus vite.

« A-t-on pris des mesures pour expulser la légation roumaine? Je crois que le roi de Roumanie se trouve en Autriche. D'après un journal allemand, les fonds roumains que l'on garde à Moscou ne seraient pas ceux du Trésor national, mais de l'or déposé par la Banque nationale de Roumanie. Les sympathies de l'Allemagne officielle vont toutes, bien entendu, à la Roumanie. Votre Trotsky. »

Cette note demande des explications. Les communications par système Hughes étaient officiellement soustraites à tous écouteurs ou intercepteurs. Mais nous avions toutes raisons de penser que les Allemands, à Brest, lisaient notre correspondance par fil direct : nous avions une trop haute idée de leur technique. Il n'était pas possible de chiffrer tout, et puis même nous n'avions guère confiance en ce moyen. Or, le journal de Hœglund, *Politiken*, en publiant inopportunément une information prise à la première source, nous avait rendu un fort mauvais service. Voilà pourquoi toute cette note est rédigée non pas tant dans le but d'apprendre à Lénine la divulgation de notre décision secrète à l'étranger que d'essayer d'induire en erreur les Allemands. Le mot extrêmement peu courtois, « ces ânes », à l'adresse des journalistes, est employé pour donner au texte, autant que possible, un air « naturel ».

Je ne saurais dire dans quelle mesure cet artifice a pu tromper Kühlmann. En tout cas, ma déclaration du 10 février produisait sur nos adversaires l'impression de l'inattendu. Le 11 février, Czernin écrivait dans son journal intime : « Trotsky refuse de signer. La guerre est finie, mais la paix n'est pas faite. » (Page 337).

Il est difficile de le croire, mais l'école de Staline-Zinoviev a essayé, en 1924, de présenter les choses comme si, à Brest, j'avais agi contrairement à la décision du parti et du gouvernement. Les malheureux falsificateurs ne se donnent même pas la peine de jeter un coup d'œil sur les anciens procès-verbaux ou de relire leurs propres déclarations. Zinoviev qui parla au soviet de Pétrograd, le 11 février, c'est-à-dire le lendemain du jour où la déclaration avait été lue par moi à Brest, affirma que « la seule juste issue, dans la situation qui s'était faite, avait été trouvée par notre délégation ». C'est Zinoviev lui-même qui proposa une résolution approuvant le refus de signer le traité de paix, résolution qui fut approuvée par la majorité contre une voix, les menchéviks et les socialistes révolutionnaires s'étant abstenus.

Le 14 février, sur un rapport que je fis au comité exécutif central panrusse, Sverdlov, au nom de la fraction des bolcheviks déposa une résolution qui commençait ainsi :

« Le comité exécutif central panrusse, après avoir entendu et discuté le rapport de la délégation de la paix, approuve pleinement la façon d'agir de ses représentants à Brest. »

Il n'y eut pas une seule organisation particulière du parti ou des soviets qui, du 11 au 15 février, n'approuvât ouvertement les actes de la délégation soviétique.

Au congrès du parti, en mars 1918, Zinoviev déclara :

« Trotsky a raison de dire qu'il a agi conformément à la décision de la majorité autorisée du comité central Personne ne l'a contesté...»

Enfin, Lénine lui-même, à ce congrès, raconta comment « le comité central... avait adopté la décision de ne pas signer la paix... »

Ce qui n'a pas empêché d'instituer dans l'Internationale communiste un nouveau dogme selon lequel le refus de signer la paix à Brest aurait été un acte personnel de Trotsky.

Après les grèves d'octobre en Allemagne et en Autriche, on ne savait pas du tout si le gouvernement allemand se déciderait à prendre l'offensive; ni pour nous, ni pour le gouvernement allemand lui-même, ce n'était aussi certain que le déclarent maintenant certains sages à retardement. Le 10 février, les délégations d'Allemagne et d'Autriche-Hongrie à Brest en vinrent à conclure que « la situation proposée par Trotsky dans ses déclarations doit être acceptée ». Seul, le général Hoffmann déclara s'y opposer. Le lendemain, Kühlmann, d'après Czernin, à la séance de clôture de Brest, parla en toute assurance de la nécessité d'accepter la paix *de facto*. Nous eûmes aussitôt des échos de ces opinions. Toute notre délégation revint de Brest à Moscou sous l'impression que les Allemands ne prendraient pas l'offensive. Lénine était très satisfait du résultat obtenu.

— Mais ne nous tromperont-ils pas? demanda-t-il.

D'un geste, nous donnions à comprendre que cela ne nous paraissait pas probable.

— Alors, ça va, dit Lénine. S'il en est ainsi, tant mieux : les apparences sont sauvées et nous voilà sortis de la guerre.

Cependant, deux jours avant l'expiration du délai d'une semaine qui nous avait été fixé, nous reçûmes, du général Samoïlo qui était resté à Brest, un avis télégraphique disant que les Allemands, d'après la déclaration du général Hoffmann, se considéraient à partir du 18 février, midi, comme en état de guerre avec nous, et que, par conséquent, ils l'avaient invité, lui Samoïlo, à quitter Brest-Litovsk. Ce fut Lénine qui le premier eut ce télégramme entre les mains. Je me trouvais alors dans son cabinet où nous causions avec des socialistes révolutionnaires de gauche. Lénine me passa la dépêche sans dire un mot. Son regard me fit aussitôt sentir que cela allait mal. Lénine coupa court à la conversation avec les socialistes révolutionnaires et les congédia pour examiner la nouvelle situation.

— Ainsi, ils nous ont pourtant trompés. Ils ont gagné cinq jours... La Bête ne laisse rien perdre. Maintenant, donc, il ne reste plus qu'à signer d'après les anciennes conditions, si seulement les Allemands consentent à les maintenir.

Je continuai à insister dans ce sens qu'il fallait donner à Hoffmann le temps d'engager effectivement son offensive afin que les ouvriers d'Allemagne et ceux des pays de l'Entente pussent constater que cette attaque était un fait et non pas une simple menace.

— Non, répliqua Lénine. Il n'y a plus une heure à perdre. L'épreuve est faite. Hoffmann veut et peut faire la guerre. Impossible de différer. La Bête saute vivement.

En mars, Lénine disait au congrès du parti :

« Entre nous (c'est-à-dire entre lui et moi), il avait été convenu que nous tiendrions bon jusqu'à l'ultimatum des Allemands et que, dès l'ultimatum, nous céderions. »

J'ai parlé ci-dessus de cette convention. Lénine avait consenti à ne pas se prononcer ouvertement devant le parti contre ma formule uniquement parce que je lui avais promis de ne pas soutenir les partisans de la guerre révolutionnaire. Les représentants officiels de ce dernier groupe, Ouritsky, Radek et, je crois, Ossinsky, vinrent me proposer « le front unique ». Je ne leur laissai pas penser qu'il y eût quelque chose de commun entre nos attitudes. Lorsque le commandement allemand annonça la fin de l'armistice, Lénine me rappela notre convention. Je lui répondis qu'il ne s'agissait pas pour moi d'un ultimatum verbal, mais d'une véritable offensive des Allemands qui ne laisserait aucune suspicion sur nos véritables rapports avec eux.

Le 17 février, au comité central, en séance, Lénine avait mis aux voix une question préalable :

« Si nous constatons en fait une offensive allemande et si aucun soulèvement révolutionnaire ne se produit en Allemagne, ferons-nous la paix? »

A cette question essentielle, Boukharine et ses partisans répondirent par des abstentions, Krestinsky vota comme eux.

Ioffé émit un vote négatif. Lénine et moi votions dans le sens affirmatif.

Le lendemain matin, je votais contre l'expédition immédiate du télégramme que proposait Lénine, annonçant que nous étions disposés à signer la paix. Cependant, dans le courant de la journée, des dépêches nous apprirent que les Allemands avaient repris l'offensive, qu'ils s'étaient emparés de notre matériel de guerre et s'avançaient sur Dvinsk. Le soir même, je votai pour l'envoi du télégramme de Lénine : car, dès lors, il était hors de doute que la nouvelle de l'offensive allemande serait connue du monde entier.

Le 21 février, nous connûmes de nouvelles conditions de paix qui semblaient calculées pour rendre impossible la signature du traité. Au moment où notre délégation se présenta à Brest, les exigences des Allemands s'avérèrent, comme on sait, encore plus dures. Nous avions tous, et Lénine comme nous, jusqu'à un certain point, cette impression que les Allemands avaient dû se concerter avec l'Entente pour détruire les soviets et préparer sur les ossements de la révolution russe la paix du front occidental. S'il en avait été réellement ainsi, il est évident qu'aucune concession de notre part n'aurait remédié à la situation. La marche des événements en Ukraine et en Finlande faisait fortement pencher la balance du côté de la guerre. Chaque heure apportait quelque mauvaise nouvelle. On apprit que les Allemands avaient opéré une descente en Finlande et qu'ils avaient entrepris d'écraser le mouvement des ouvriers finnois.

Je heurtai Lénine dans un corridor, non loin de son cabinet. Il était extrêmement ému. Je ne l'avais jamais vu et ne l'ai jamais trouvé depuis dans un pareil état.

— Oui, dit-il, nous serons probablement forcés de batailler, bien que nous n'en ayons pas les moyens. Cette fois, je crois qu'il n'y a pas d'autre issue.

Mais, dix minutes ou un quart d'heure plus tard, lorsque j'entrai dans son cabinet, il me dit :

— Non, impossible de changer notre politique. Notre offensive ne sauverait pas la Finlande révolutionnaire et nous perdrait sûrement. Nous donnerons tout le secours possible aux ouvriers finlandais, mais sans quitter le terrain de la paix. Je ne sais si cela nous sauvera maintenant. Mais, en tout cas, c'est le seul chemin où le salut soit encore possible.

J'étais très sceptique sur la possibilité d'obtenir la paix, même au prix d'une complète capitulation. Mais Lénine décida de tenter cette voie en allant jusqu'au bout. Et comme il n'avait pas la majorité au comité central et qu'ainsi la décision dépendait de mon vote, je fis abstention pour laisser à Lénine une voix de majorité. C'est ainsi que je motivai mon attitude. Je raisonnais ainsi : si la capitulation ne nous donnait pas la paix, nous redresserions le front du parti dans la défense de la révolution par les armes à laquelle nous auraient contraints nos ennemis.

— Il me semble, dis-je à Lénine dans un entretien privé, qu'au point de vue politique il serait conforme à la situation que je donne ma démission de commissaire du peuple aux Affaires étrangères.

— Pourquoi cela? Ce sont, je l'espère, des procédés parlementaires que nous n'introduirons pas chez nous.

— Mais ma démission marquera pour les Allemands un changement radical de notre politique et augmentera leur confiance en notre réelle intention de signer cette fois la paix.

— C'est possible, dit Lénine d'un ton réfléchi. C'est là un sérieux motif politique.

Le 22 février, je fis savoir, en séance du comité central, que la mission militaire française m'avait proposé, au nom de la France et de l'Angleterre, de nous soutenir dans la guerre contre l'Allemagne. Je dis qu'on devait accepter cette offre, à condition, bien entendu, de maintenir l'entière indépendance de notre politique extérieure. Boukharine persistait à dire qu'il était inadmissible de faire un accord quelconque avec des impérialistes. Lénine me soutint de toute sa résolution et le comité central adopta ma proposition par six voix contre cinq. Il me souvient que Lénine dicta la décision prise dans les termes suivants :

« Donner pleins pouvoirs au camarade Trotsky pour accepter l'aide des brigands de l'impérialisme français contre les brigands allemands. »

Lénine a toujours préféré des formules qui ne laissaient pas subsister de doutes.

Au sortir de cette séance, Boukharine me rattrapa dans le long corridor de Smolny, m'enlaça et éclata en sanglots.

— Que faisons-nous! disait-il. Nous transformons le parti en un tas de fumier!

Boukharine, en général, a les larmes faciles et aime les expressions naturalistes. Mais, en cette circonstance, la situation était vraiment tragique. La révolution se trouvait entre l'enclume et le marteau.

Le 3 mars, notre délégation signa, sans le lire, le traité de paix. Devançant bien des idées de Clemenceau, la paix de Brest avait l'air d'un nœud de potence. Le 22 mars, le traité fut ratifié par le Reichstag. Les social-démocrates allemands avaient, d'avance, approuvé les principes du prochain Versailles. Les social-démocrates indépendants votèrent contre la ratification; ils commençaient seulement à décrire la courbe stérile qui les a ramenés à leur point de départ.

Jetant un regard en arrière sur la route parcourue, je marquai au VIIe congrès du parti (mars 1918) ma position avec assez de clarté et de plénitude :

« Si nous avions voulu effectivement, disais-je, obtenir seulement les conditions de paix les plus favorables, nous aurions dû consentir à signer dès novembre. Mais personne (sauf Zinoviev) n'a élevé la voix en ce sens : nous étions tous partisans de faire de l'agitation, de révolutionner la classe ouvrière allemande, austro-hongroise, toute la classe révolutionnaire de l'Europe. Cependant, tous nos pourparlers précédents avec les Allemands n'ont eu de sens que dans la mesure où on les prenait pour de la monnaie franche. J'ai déjà rapporté à la fraction [1] du IIIe congrès panrusse des soviets comment l'ancien ministre d'Autriche-Hongrie Gratz avait déclaré que les Allemands ne manquaient que d'un motif pour nous envoyer un ultimatum. Ils estimaient que nous cherchions nous-mêmes cet ultimatum... que nous nous engagions d'avance à *tout signer*, que nous jouions simplement une comédie de révolutionnaires. Dans cette situation, si nous ne signions pas, nous étions menacés de perdre Reval et d'autres places; en signant trop tôt, nous risquions de perdre les sympathies du prolétariat mondial, en tout ou en partie considérable. J'étais un de ceux qui croyaient que, vraisemblablement, les Allemands ne prendraient pas l'offensive; mais que, s'ils la prenaient, nous aurions toujours le temps de signer cette paix, même dans les pires conditions s'il le fallait. Avec le temps, me disais-je, tous constateront que nous n'avions pas d'autre issue. »

Il est remarquable qu'à la même époque, Liebknecht ait écrit du fond de sa prison :

« Il faut rejeter bien loin l'idée que l'issue actuelle soit, pour le développement ultérieur, pire que ne l'eût té un changement d'avis à Brest au début de février. C'est le contraire qui est le

1. Bolchevique. (*N. d. T.*)

vrai. Un pareil changement d'avis eût mis sous la plus mauvaise lumière la résistance et les répugnances d'auparavant, laissant apparaître la violence finale comme une *vis haud ingrata* [1]. Le cynisme criant au ciel, la bestialité de la dernière entrée en scène des Allemands, *repousse en arrière tous les soupçons.* »

Liebknecht avait progressé considérablement pendant la guerre, quand il eut définitivement appris à mettre un abîme entre lui et l'honnête manque de caractère de Haase. Il serait superflu de dire que Liebknecht était un révolutionnaire du courage le plus intrépide. Mais il commençait seulement à élaborer en lui le stratège. Cela se voyait quand se posait la question de son sort personnel, comme aussi dans sa politique révolutionnaire. Il ne se souciait pas du tout de sa propre sécurité. Quand il fut arrêté, bien des amis hochèrent la tête à propos de son abnégation et de sa « témérité ». Lénine, par contre, se préoccupa constamment de la sécurité des dirigeants. Il était le chef de l'état-major général et n'oubliait pas qu'en temps de guerre il devait assurer le haut commandement. Liebknecht était le capitaine qui mène lui-même ses troupes au combat. C'est pourquoi, notamment, il lui fut si difficile de comprendre notre stratégie de Brest-Litovsk. Il eût voulu d'abord nous voir jeter un défi au sort tout simplement, et marcher à la rencontre de la destinée. Plus d'une fois, en cette période, il condamna « la politique de Lénine et Trotsky », sans faire d'ailleurs, et avec toute raison, aucune distinction sur cette question fondamentale entre la ligne de Lénine et la mienne.

Par la suite, cependant, Liebknecht jugea autrement de la politique de Brest. Dès le début de mai, il écrivait :

« Il faut avant tout une chose aux soviets de Russie, avant toute autre chose, plus que toute autre chose, — et il s'agit non de manifestations ou de décors, mais d'une force rigide, sévère. A cette fin, en tout cas, outre l'énergie, il faut aussi de l'intelligence et du temps, — de l'intelligence pour gagner de ce temps qui est indispensable à la plus grande et intelligente énergie. »

Ainsi Liebknecht reconnaissait entièrement la justesse de la politique de Lénine à Brest, visant toute à gagner du temps.

La vérité fait son chemin. Mais la sottise est vivace. Un professeur américain, nommé Fisher, dans un gros livre consacré aux premières années de la révolution soviétique (*The Famine*

1. Violence qui n'a rien de désagréable, à laquelle on cède volontiers, en complice. (*N. d. T.*)

in Soviet Russia) m'attribue cette idée que les soviets ne feront jamais la guerre et ne signeront jamais aucune paix avec les gouvernements bourgeois. Cette formule absurde, ainsi que bien d'autres, a été empruntée par Fisher à Zinoviev et, en général, aux épigones; Fisher y a ajouté seulement, ce qui prouve qu'il n'y comprend rien lui-même.

Mes critiques, venus trop tard, en rapportant la proposition que j'avais faite à Brest, ont depuis longtemps rejeté à dessein les circonstances de temps et de lieu dans lesquelles elle avait été faite, et en ont tiré une formule universelle pour la pousser plus facilement jusqu'à l'absurde. Ils n'ont pas remarqué, cependant, que la situation ainsi définie : « ni paix, ni guerre », ou plus exactement : « ni *traité* de paix, ni guerre », n'a rien en soi d'antinaturel. Nous avons même, actuellement encore, des rapports de ce genre avec certains des plus grands pays du monde : les États-Unis et la Grande-Bretagne. Il est vrai que ce sont des situations établies contre notre désir, mais cela ne change rien à l'affaire. Il est, de plus, un pays à l'égard duquel nous avons pris nous-mêmes l'initiative d'une attitude « sans paix et sans guerre » : c'est la Roumanie. Mes critiques, en m'attribuant une formule universelle qui leur paraît être une pure absurdité, ne voient pas, chose étonnante, qu'ils reproduisent seulement la formule « absurde » de relations qui existent effectivement entre l'U. R. S. S. et plusieurs pays.

Comment Lénine lui-même considérait-il l'étape de Brest quand elle fut dépassée? D'une façon générale, il jugeait inutile de revenir sur le désaccord purement épisodique qui s'était produit entre lui et moi. En revanche, il parla plus d'une fois de « l'immense importance des pourparlers de Brest, au point de vue de la propagande ». (Cf., par exemple, son discours du 17 mai 1918.) Un an après Brest, Lénine, au congrès du parti, faisait cette observation :

« Étant terriblement isolés de l'Europe occidentale et de tous les autres pays, nous ne pouvions avoir aucune documentation objective pour juger de la rapidité possible ou des formes de croissance de la révolution prolétarienne en Occident. De cette situation complexe, il résulta que la question de la paix de Brest provoqua plus d'un différend dans notre parti. » (*Discours du 18 mars 1919.*)

Reste à se demander quelle a été, en ces jours-là, l'attitude de ceux qui, plus tard, devaient être mes critiques et mes accusateurs. Boukharine mena, pendant presque toute une année, une lutte acharnée contre Lénine (et contre moi), menaçant de faire une scission dans le parti. Il avait avec lui Kouïbychev, Iaroslavsky, Boubnov et bien d'autres qui sont maintenant les colonnes du stalinisme. Zinoviev, par contre, réclamait la signature immédiate de la paix, renonçant à cette tribune d'agitation que fut Brest. Lénine et moi condamnions d'un plein accord sa position. Kaménev, à Brest, avait accepté ma formule, mais, revenant à Moscou, se joignit à Lénine. Rykov n'était pas alors membre du comité central et, par suite, n'eut pas à participer aux conférences décisives. Dzerjinsky s'opposait à Lénine, mais, au dernier scrutin, se rattacha à lui. Quelle était la position de Staline? Comme toujours, il n'en avait aucune. Il attendait et faisait des combines.

— Le Vieux, me disait-il, en hochant la tête du côté de Lénine, espère toujours faire la paix; il n'y arrivera pas...

Ensuite, il allait rejoindre Lénine et lui faisait probablement les mêmes observations à mon sujet.

Staline ne prenait la parole nulle part. Personne ne s'intéressait particulièrement à ses contradictions. Sans aucun doute, mon principal souci, qui était, en cette question de la paix, de rendre notre conduite aussi compréhensible qu'il se pouvait au prolétariat mondial, était pour lui d'une importance secondaire. Ce qui l'intéressait, c'était « la paix dans un seul pays », de même que, plus tard, « le socialisme dans un seul pays ». Au scrutin décisif, il vota pour Lénine. C'est seulement quelques années plus tard que, pour mieux combattre le trotskysme, il élabora à son propre usage quelque chose dans le genre d'un « point de vue » sur les événements de Brest.

Ce n'est sans doute guère la peine d'insister. J'ai déjà consacré une place peu proportionnée aux dissensions de Brest. Mais il m'a semblé utile de déceler dans toute son ampleur un au moins des épisodes sur lesquels on élève des contestations, pour montrer ce qui s'est réellement passé et comment, dans la suite, cela a été représenté. Une des tâches accessoires que je m'assignais ici était de remettre les épigones à leur place.

En ce qui concerne Lénine, pas un homme sérieux, ne me suspectera d'avoir été guidé, à son égard, par le sentiment qu'on appelle en allemand *Rechthaberei* [1]. J'ai donné, de manière à être entendu de tous, et bien avant les autres, mon appréciation sur le rôle de Lénine pendant les journées de

1. Désir de chicaner sur des vétilles. (*N. d. T.*)

Brest. Le 3 octobre 1918, en séance extraordinaire et générale des organes supérieurs du pouvoir soviétique, je disais :

« Je crois de mon devoir de déclarer, dans cette assemblée dont l'autorité est grande, qu'à l'heure où beaucoup d'entre nous, et moi dans ce nombre, étions dans le doute, nous demandant s'il convenait, s'il était admissible de signer la paix de Brest-Litovsk, le camarade Lénine a été le seul à affirmer, avec une persévérance et une perspicacité incomparables, contre tant d'autres parmi nous, que nous devions en passer par là pour amener à la révolution le prolétariat mondial. Et maintenant encore nous devons avouer que ce n'est pas nous qui avions raison. »

Je n'ai pas attendu les révélations tardives des épigones pour reconnaître que la virilité politique géniale de Lénine, pendant les journées de Brest, a sauvé la dictature du prolétariat. Dans les paroles que je rapporte ci-dessus, je prenais sur moi une plus forte dose de responsabilité que je ne le méritais pour les fautes commises par d'autres. J'agis ainsi pour donner l'exemple. Le sténogramme note à ce passage : « longue ovation ». Le parti voulait montrer par là qu'il comprenait et appréciait mon attitude à l'égard de Lénine, attitude exempte de toute mesquinerie, de toute jalousie. Je comprenais trop clairement ce que signifiait Lénine pour la révolution, pour l'histoire et pour moi personnellement. Il avait été mon maître. Cela ne veut pas dire que je répétais, avec du retard, ses paroles et ses gestes. Mais j'avais appris, auprès de lui, à aboutir par moi-même aux solutions qu'il trouvait de son côté.

CHAPITRE XXXIII

UN MOIS A SVIIAJSK

Le printemps et l'été de 1918 furent des temps difficiles au dernier degré. C'est seulement alors que l'on se rendit compte des conséquences de la guerre. Par moments, on avait la sensation que tout glissait, se pulvérisait, la sensation de ne pouvoir se raccrocher à rien, s'appuyer sur rien. On en arrivait à se demander si, d'une façon générale, ce pays épuisé, ruiné, réduit au désespoir, aurait assez de sève vitale pour soutenir le nouveau régime et sauver son indépendance. Les approvisionnements faisaient défaut. L'armée n'existait plus. Les chemins de fer étaient en complet désarroi. Les services de l'État étaient à peine en formation. De toutes part suppuraient des complots.

A l'ouest, les Allemands s'étaient emparés de la Pologne, de la Lithuanie, de la Lettonie, de la Russie-Blanche et d'une considérable partie de la Grande-Russie. Ils occupaient Pskov. L'Ukraine était devenue une colonie austro-allemande. Sur la Volga, les agents de la France et de l'Angleterre soulevèrent, pendant l'été, un corps de Tchécoslovaques, ex-prisonniers de guerre. Le haut commandement allemand me fit entendre, par l'intermédiaire de son attaché militaire, que, si les Blancs de l'est s'avançaient sur Moscou, l'armée allemande marcherait vers la capitale, venant de l'ouest, par Orcha et Pskov, pour empêcher la formation d'un nouveau front oriental. Nous étions entre le marteau et l'enclume. Au nord, les Anglais et les Français s'étaient saisis de Mourmansk et d'Arkhangel, menaçant de progresser vers Vologda. A Iaroslav eut lieu un soulèvement de gardes blancs, organisé par Savinkov d'après les ordres de l'ambassadeur de France, Noulens, et du chargé d'affaires de la Grande-Bretagne, Lockhart, soulèvement qui avait pour but d'établir une liaison, par Vologda et Iaroslav, entre les armées alliées du nord et les Tchécoslovaques et gardes blancs sur la Volga. Dans l'Oural agissaient les bandes de Doutov. Au sud, sur le Don, éclatait une révolte dirigée par Krasnov qui était alors en liaison directe avec les Allemands. Les socialistes révolutionnaires de gauche complotèrent en juillet, tuèrent le comte Mirbach [1], tentèrent de provoquer un soulèvement dans l'est. Ils voulaient nous forcer à faire la guerre à l'Allemagne. Le front de la guerre civile devenait de plus en plus un anneau qui devait se resserrer plus étroitement autour de Moscou.

Après la reddition de Simbirsk, il fut décidé que je me rendrais sur la Volga, où le péril était le plus grand. Je m'occupai de la formation d'un train. A cette époque, la tâche n'était pas des plus aisées. Tout manquait, ou bien, plus exactement, personne ne savait où se trouvait le matériel dont on avait besoin. Le plus simple travail devenait une improvisation compliquée. Je ne pensais pas alors que j'aurais à passer dans ce train deux ans et demi. Je partis de Moscou le 7 août : je ne savais pas encore que Kazan s'était rendu la veille. C'est en cours de route que cette nouvelle alarmante me parvint. Les détachements de l'armée rouge qui avaient été formés en toute hâte avaient lâché pied sans combattre et avaient découvert Kazan. Une partie de l'état-major, comme on l'apprit, se composait de conspirateurs; l'autre partie avait été surprise et ses chefs s'étaient enfuis, dispersés, sous les balles. Où étaient le commandant en chef et autres dirigeants de l'armée? Personne n'en savait rien. Mon train s'arrêta à Sviiajsk, la plus importante des stations avant Kazan. C'est là que, pendant un mois, le sort de la révolution dut se résoudre une fois de plus. Pour moi, ce laps de temps fut une grande école.

L'armée qui se trouvait sous Sviiajsk se composait de détachements qui avaient battu en retraite sous Simbirsk et Kazan, ou de ceux qui étaient accourus à l'aide de divers côtés. Chaque détachement vivait de sa vie à lui. Dans l'ensemble, ils n'avaient tous envie que de battre en retraite. La supériorité de l'adversaire, en organisation et en expérience, était trop grande. Certaines compagnies de Blancs, composées presque uniquement d'officiers, faisaient merveille. La panique sortait du sol même. Les détachements rouges tout récemment arrivés avec de l'en-

1. Ambassadeur d'Allemagne à Moscou. (*N. d. T.*)

train, étaient immédiatement entraînés, par inertie, dans la retraite. Parmi les paysans, le bruit se répandit que les soviets ne dureraient pas longtemps. Les prêtres et les marchands relevaient la tête. Les éléments révolutionnaires des campagnes se cachèrent. Tout s'en allait en poussière, on ne savait à quoi se reprendre, la situation semblait irréparable.

Ici, sous Kazan, on pouvait, dans un petit espace, considérer la multiplicité des facteurs qui jouent dans l'histoire humaine et puiser des arguments contre le pusillanime fatalisme historique qui, en toutes questions concrètes et privées, se réfère passivement à des lois générales, laissant de côté le ressort principal : l'individu vivant et agissant.

Fallait-il beaucoup, en ces jours, pour renverser la révolution? Le territoire révolutionnaire était réduit aux dimensions de l'antique grand-duché moscovite. Il n'avait presque pas d'armée. Il était cerné par ses ennemis. Après Kazan, c'était Nijni-Novgorod qui se livrait. De là, la route sur Moscou s'ouvrait presque sans obstacles. Le sort de la révolution se décidait cette fois sous Sviiajsk. Et là, dans les moments les plus critiques, il dépendait d'un bataillon, d'une compagnie, de la résistance d'un commissaire... c'est-à-dire d'un cheveu. Et il en était ainsi de jour en jour.

Pourtant, la révolution fut sauvée. Qu'y fallut-il? Peu de chose. Il fallait que l'avant-garde des masses comprît le danger mortel. La principale condition du succès était de ne rien cacher, et avant tout de ne pas cacher sa faiblesse, de ne pas ruser avec la masse, de nommer toutes choses par leurs noms. La révolution était encore trop insouciante. La victoire d'Octobre avait été obtenue facilement. En même temps, elle n'avait pu supprimer d'un geste les calamités qui l'avaient provoquée. La montée des forces élémentaires avait faibli. L'ennemi l'emportait par ce qui nous manquait : par son organisation militaire. C'est sous Kazan que la révolution apprit l'art de s'organiser de même.

L'agitation, dans tout le pays, était entretenue par des télégrammes de Sviiajsk. Les soviets, le parti, les syndicats constituaient de nouveaux détachements et envoyaient du côté de Kazan des milliers de communistes. La majorité des jeunes du parti étaient inexpérimentés dans l'usage des armes. Mais ils voulaient vaincre à tout prix. Et c'était le plus important. Ils ont opéré un redressement de l'échine du corps amolli de l'armée.

Le commandant en chef du front oriental fut le colonel Vazetis qui avait été auparavant chef d'une division de chasseurs lettons. C'était le seul corps qui subsistât de l'ancienne armée. Les tâcherons, ouvriers et paysans pauvres de Lettonie détestaient les barons des pays baltes. Le tsarisme avait tiré profit de cette haine sociale dans sa guerre contre les Allemands. Les régiments lettons étaient les meilleurs de l'armée du tsar. Après la révolution de Février, ils devinrent presque intégralement bolcheviques et, pendant la révolution d'Octobre, jouèrent un rôle important.

Vazetis était entreprenant, actif et inventif. Il se distingua lors du soulèvement des socialistes révolutionnaires de gauche. C'est sous sa direction que furent braquées quelques pièces légères contre l'état-major des conjurés. Il suffit de deux ou trois coups tirés à bout portant pour faire peur, et sans qu'il y eût de victimes : les révoltés se dispersèrent.

Lorsque l'aventurier Mouraviev nous eut trahis, dans l'Est, Vazetis le remplaça. Très différent d'autres officiers sortis de l'Académie [1], Vazetis ne se perdait pas dans le chaos révolutionnaire, il y nageait gaiement, soufflant et crachant; il lançait des appels, encourageait, donnait des ordres, même lorsqu'il n'avait pas l'espoir de les voir exécuter. Alors que les autres « spécialistes » [2] redoutaient surtout de dépasser la mesure de leurs droits, Vazetis, en des moments d'inspiration, lançait des décrets, oubliant l'existence du conseil des commissaires du peuple et du conseil exécutif central panrusse.

Un an plus tard, environ, Vazetis fut accusé d'intentions et liaisons douteuses, de sorte qu'il fallut le remplacer. Mais il n'y avait rien de sérieux sous ces accusations. Il est possible qu'au moment où il s'endormait, il ait parfois lu quelques pages de la vie de Napoléon et qu'il ait fait part d'ambitieuses méditations à deux ou trois jeunes officiers... Actuellement, Vazetis est professeur à l'Académie militaire.

Le soir du 6 août, il fut un des derniers à sortir du quartier général de Kazan, au moment où les Blancs envahissaient le local. Il s'en tira bien et, par une voie détournée, parvint à Sviiajsk; il avait perdu Kazan, mais gardé son optimisme.

1. École supérieure de Guerre. (*N. d. T.*)

2. Dans le jargon de la révolution russe : les « *spetz* ». Officiers, ingénieurs, fonctionnaires de l'ancien régime qui ont consenti à travailler ou à combattre sous le contrôle des commissaires communistes. (*N. d. T.*)

Nous nous concertâmes sur les plus importantes questions, désignâmes un officier letton, Slavine, comme chef de la Ve armée, et nous nous séparâmes. Vazetis rejoignit son état-major. Je restai à Sviiajsk.

Dans mon train était arrivé entre autres, avec moi, Goussev. Il passait pour un « vieux bolchevik », ayant pris part au mouvement révolutionnaire de 1905. Pendant une dizaine d'années, il était rentré dans la vie bourgeoise, mais comme bien d'autres, était revenu à la révolution en 1917. Lénine et moi l'évinçâmes de l'armée parce qu'il s'était livré à de mesquines intrigues ; il fut immédiatement recueilli par Staline. Il a maintenant pour spécialité principale la falsification de l'histoire de la guerre civile. Ce qui le qualifie surtout en cette matière, c'est on cynisme apathique. Comme tous ceux qui appartiennent à l'école stalinienne, il ne cherche jamais à se rappeler ce qu'il a écrit ou dit la veille. Au début de 1924, lorsque la campagne menée contre moi était déjà ouvertement déclarée, Goussev y prenait part en chicaneur flegmatique; cependant, les souvenirs des journées vécues à Sviiajsk étaient encore trop vivants, bien que six années se fussent écoulées, et gênaient jusqu'à un certain point même Goussev. Voici ce qu'il a raconté des événements qui se sont produits sous Kazan :

« L'arrivée du camarade Trotsky détermina un revirement décisif de la situation. Le train du camarade Trotsky, en s'arrêtant à Sviiajsk, petite station perdue dans la campagne, apportait une forte volonté de victoire, de l'initiative et une pression résolue sur tous les travaux de l'armée. Dès les premiers jours, dans cette station encombrée par les convois qui suivaient d'innombrables régiments, station qui abritait la section politique et les services d'approvisionnement, comme aussi dans les troupes cantonnées à une quinzaine de verstes en avant, on sentit qu'un brusque changement venait de se produire. Cela se manifesta d'abord dans le domaine de la discipline. Les rudes méthodes du camarade Trotsky, à cette époque où l'on se battait en partisans indisciplinés... étaient avant tout et surtout convenables à leurs fins et indispensables. On ne serait arrivé à rien par des exhortations, et, de plus, l'on n'avait pas le temps d'exhorter. Pendant les vingt-cinq jours que le camarade Trotsky passa à Sviiajsk, un travail formidable fut accompli qui transforma les éléments disloqués et décomposés de la Ve armée en troupes combatives et les prépara à la reprise de Kazan. »

La trahison avait des nids dans l'état-major, dans les effectifs du commandement et alentour. L'ennemi savait où il devait frapper et agissait presque toujours à coup sûr. Cela décourageait les hommes. Bientôt après mon arrivée, je visitai les batteries du front. L'emplacement des pièces me fut montré par un officier d'artillerie expérimenté, qui avait du hâle et des yeux impénétrables. Il me demanda la permission de s'éloigner pour donner un ordre par téléphone. Quelques minutes après, deux obus éclatèrent en fourchette à une cinquantaine de pas; un troisième tomba tout à côté de moi. J'eus à peine le temps de me jeter sur le sol, je fus éclaboussé de terre. L'officier se tenait immobile, à l'écart, de la pâleur apparaissait dans son teint bronzé. Chose étrange : je ne soupçonnai rien, je crus à un effet du hasard. C'est seulement deux ans plus tard que je me rappelai brusquement, jusqu'aux moindres circonstances, ce qui s'était passé et il fut pour moi irréfutablement évident que l'artilleur était un ennemi : par téléphone, à l'aide de je ne sais quel poste intermédiaire, il avait indiqué le point de mire à la batterie des Blancs. Il risquait doublement : il pouvait être atteint par un des obus de l'adversaire ou être fusillé par les Rouges. J'ignore ce qu'il est devenu.

A peine étais-je rentré dans mon wagon que, de toutes parts, éclata une fusillade. Je bondis sur la plate-forme de la voiture. Au-dessus de nous évoluait un aéroplane blanc. De toute évidence, il visait notre train. Trois bombes tombèrent l'une après l'autre, décrivant de larges arcs de cercle, et ne firent de mal à personne. Des toits de nos wagons, on tirait sur l'ennemi à coups de fusils et de mitrailleuses. L'avion devint inaccessible, mais on tirait toujours. Nos hommes étaient tous comme des gens ivres. J'eus bien du mal à faire cesser le feu. Il se peut que l'officier d'artillerie ait fait savoir l'heure à laquelle je serais rentré dans mon wagon. Mais il y eut peut-être d'autres sources d'information.

La trahison agissait avec d'autant plus d'assurance que la situation militaire de la révolution semblait plus désespérée. Il fallait à tout prix, et le plus vite possible, remédier à l'automatisme de la déroute, alors que les hommes ne croyaient plus à la simple possibilité de s'arrêter, de faire demi-tour et de frapper l'ennemi en pleine poitrine.

J'avais amené dans mon train une cinquantaine de jeunes membres du parti de Moscou. Chacun d'eux se mettait en quatre : ils comblaient les vides, ils fondaient sous mes yeux, dans une folie d'héroïsme, s'exposant aux coups par manque d'expérience. Auprès d'eux cantonnait le 4ᵉ régiment letton. C'était le plus mauvais de toute la division désagrégée. Ces chasseurs étaient couchés dans la fange, sous la pluie et demandèrent la relève. Mais on ne savait comment les remplacer. Le commandant et le comité du régiment me firent savoir que, si la troupe n'était pas immédiatement relevée, « les conséquences seraient dangereuses pour la révolution ». C'était une menace. Je convoquai dans mon wagon le chef du régiment et le président du comité régimentaire. Moroses, ils maintenaient leur point de vue. Je les déclarai en état d'arrestation. Le chef de liaison du train, qui est maintenant commandant de place au Kremlin, les désarma dans son compartiment. Il n'y avait que nous deux dans le wagon; toute l'escorte se battait sur le front. Si ceux que nous arrêtions nous avaient opposé de la résistance, ou bien si le régiment avait pris parti pour eux et lâché ses positions, la situation pouvait devenir désespérée. Nous aurions dû rendre Sviiajsk et le pont qui traversait la Volga. Bien entendu, si mon train avait été pris par l'ennemi, cela aurait influé sur l'armée. La route de Moscou était alors ouverte. Mais l'arrestation réussit. Dans un ordre du jour à l'armée, je fis connaître que le commandant du régiment était traduit devant le tribunal révolutionnaire. Le régiment n'abandonna pas son poste. Le chef ne fut condamné qu'à la prison.

Les communistes exhortaient, expliquaient et donnaient l'exemple. Mais il était clair qu'avec de l'agitation seulement, on ne parviendrait pas à modifier l'état d'esprit, et, de plus, dans les circonstances où nous étions, nous avions trop peu de temps pour obtenir ce changement. Il fallait se résoudre à des mesures de rigueur. Je promulguai un ordre du jour qui fut imprimé par la typographie de mon train et lu à toutes nos troupes :

« Je donne cet avertissement : si quelque partie de l'armée bat en retraite sans autorisation, le commissaire du détachement sera fusillé le premier, et le commandant ensuite. Les soldats valeureux et braves seront placés aux postes de commandement. Les lâches, ceux qui ménagent leur peau, ceux qui trahissent, n'échapperont pas aux balles. J'en réponds devant toute l'Armée rouge. »

Le revirement, comme on peut penser, ne se fit pas d'un seul coup. Certains détachements continuèrent à lâcher les positions sans motif valable, ou bien s'égaillèrent dès le premier choc sérieux. Sviiajsk était à la merci d'un coup de main. Il y avait sur la Volga un vapeur sous pression, à la disposition de l'état-major. Dix hommes de mon train gardaient, montés en automobiles, le sentier pour piétons par lequel l'état-major pouvait gagner l'embarcadère. Le conseil de guerre de la Ve armée décida de m'inviter à occuper le bateau. Cette mesure, en soi, eût été raisonnable, mais je craignais qu'elle ne fît mauvais effet sur une armée nerveuse et peu sûre d'elle-même.

Justement alors, la situation du front s'était brusquement aggravée. Le régiment, tout fraîchement arrivé, sur lequel nous avions tant compté, lâcha pied avec son commissaire et son commandant en tête, s'empara, baïonnettes en avant, du vapeur et l'envahit, dans le dessein de gagner Nijni.

Un souffle d'anxiété passa sur le front. Tous les regards se tournaient vers le fleuve. La situation paraissait presque désespérée. L'état-major restait en place, bien que l'ennemi ne fût qu'à une distance d'un kilomètre ou deux : des obus éclataient dans les alentours.

J'eus un entretien avec l'irremplaçable Markine. A la tête d'une vingtaine de bons combattants, sur une canonnière improvisée, il s'approcha du vapeur chargé de déserteurs et, braquant sur eux une pièce d'artillerie, exigea leur soumission. En ce moment-là, tout dépendait du résultat de cette opération intérieure. Un seul coup de fusil pouvait amener la catastrophe. Les déserteurs se rendirent sans résistance. Le vapeur accosta l'embarcadère, les déserteurs descendirent. Je nommai une cour martiale qui condamna à mort le commandant, le commissaire et un certain nombre de soldats. Le fer rouge avait été mis sur la plaie purulente. J'expliquai au régiment la situation sans rien dissimuler, sans rien atténuer. Des communistes furent incorporés parmi les soldats. Sous un nouveau commandement, dans un autre état d'esprit, le régiment revint à ses positions. Tout cela avait été fait si vite que l'ennemi n'eut pas le temps de tirer parti de ces commotions.

Il fallait organiser l'aviation. Je fis venir l'ingénieur-pilote Akachev. D'opinion anarchiste, il travaillait cependant avec nous. Il montra de l'initiative et monta rapidement une flottille aérienne. Grâce à elle, nous obtînmes enfin la carte du front ennemi. Les chefs de la Ve armée n'agissaient plus à l'aveuglette. Nos aviateurs se mirent à faire, chaque jour, des vols de combat sur Kazan. La ville fut prise de la fièvre de l'inquiétude. Plus tard, après la prise de Kazan, on m'apporta, entre autres documents, le journal d'une jeune bourgeoise qui avait vécu le siège. Aux pages consacrées à la panique que causèrent nos aviateurs succédaient des pages consacrées à un flirt. La vie ne s'était pas arrêtée. Les officiers tchèques rivalisaient avec les officiers russes. Les romans commencés dans les salons de Kazan continuaient ou avaient parfois leur dénouement dans les sous-sols où l'on se réfugiait pour échapper aux bombes.

Le 28 août, les Blancs entreprirent une manœuvre d'encerclement. A la tête d'un fort détachement, le colonel Kappel devenu plus tard un général réputé de l'Armée blanche, se glissa, à la faveur de la nuit, sur nos derrières, s'empara de la petite station qui était la plus proche de nous, détruisit la voie du chemin de fer, renversa les poteaux télégraphiques et, nous ayant ainsi coupé la retraite, conduisit l'attaque sur Sviiajsk. Savinkov se trouvait, si je ne me trompe, dans l'état-major de Kappel. Nous fûmes pris plus qu'à l'improviste. Craignant d'inquiéter notre front qui ne tenait guère, nous ne lui empruntâmes que deux ou trois compagnies. Le chef de mon train mobilisa encore une fois tout ce qui lui tomba sous la main, dans les wagons et à la gare, même notre cuisinier. Nous avions suffisamment de fusils, de mitrailleuses, de grenades. L'équipe du train était composée de bons combattants. La ligne se coucha à une verste de notre position, le combat dura environ huit heures, il y eut des victimes des deux côtés, l'ennemi fut à bout de souffle et recula.

Pendant ce temps, la rupture des communications avec Sviiajsk avait provoqué à Moscou et sur toute la ligne ferroviaire une énorme émotion. En toute hâte arrivaient à la rescousse de petits détachements. La voie fut bientôt rétablie. Les troupes nouvellement arrivées furent incorporées à notre armée. Cependant, les journaux de Kazan annonçaient que mes communications étaient coupées, que j'étais prisonnier, que j'avais été tué, que je m'étais échappé en avion, mais qu'on avait pris, comme trophée, mon chien. Ce fidèle animal fut ensuite prisonnier sur tous les fronts de la guerre civile. Le plus souvent, c'était un dogue couleur chocolat, parfois un saint-bernard. Je m'en tirais à bon marché, d'autant plus que je n'ai jamais possédé de chien.

Comme je faisais ma ronde à trois heures du matin, dans

la nuit qui fut la plus critique de celles de Sviiajsk, j'entendis, dans le compartiment de la direction des opérations, une voix connue qui répétait :

— Il poussera si loin son jeu qu'il se fera prendre, il se perdra, et nous avec lui, c'est moi qui vous le prédis...

Je m'arrêtai sur le seuil. En face de moi étaient attablés devant une carte deux officiers de l'état-major général, encore tout jeunes. Celui qui parlait s'était penché vers eux, à demi couché sur la table, me tournant le dos. Sans doute lut-il sur les visages de ses interlocuteurs quelque chose d'imprévu, car il se tourna brusquement vers la porte. C'était Blagonravov, lieutenant de l'armée tsariste, jeune bolchevik. Sur son visage se figèrent l'effroi et la honte.

En qualité de commissaire, il avait pour tâche d'entretenir l'ardeur des spécialistes de la guerre. Au lieu de cela, à une minute critique, il les excitait contre moi, les engageant en somme à déserter, et je le prenais en flagrant délit.

Je n'en croyais ni mes yeux ni mes oreilles. Blagonravov, au cours de 1917, s'était montré révolutionnaire combatif. Il avait été commissaire de la forteresse Pierre-et-Paul au cours des journées de notre coup d'État; il avait participé ensuite à la liquidation du soulèvement des *junkers*. Je lui avais confié des missions lourdes de responsabilités pendant la période de Smolny. Il s'en était bien acquitté.

Je dis un jour, plaisantant, à Lénine :

— Un pareil lieutenant fera peut-être encore un Napoléon... Son nom même conviendrait assez : Blagonravov, c'est presque Buonaparte [1].

Lénine rit d'abord de cette comparaison inattendue; puis il songea un peu et, faisant saillir ses pommettes, me dit sérieusement, d'un ton presque menaçant :

— Eh bien, nous saurons régler leur compte aux Bonapartes, hein?

— Comme Dieu voudra, répondis-je, plaisantant à demi.

C'était donc ce Blagonravov que j'avais expédié sur le front oriental lorsque, faute de vigilance, se fut produite la trahison de Mouraviev. Au Kremlin, dans la salle de réception de Lénine, j'expliquais à Blagonravov les tâches qu'il aurait à remplir. Il me répondit, d'un air maussade :

1. Blagonravov signifie : « de bonnes mœurs ». Le rapprochement peut être fait avec Bonaparte. (*N. d. T.*)

— Toute l'affaire est en ceci que la révolution est en décroissance.

C'était au milieu de 1918.

— Est-il possible, lui demandai-je indigné, que vous vous soyez dépensé si vite?

Blagonravov se reprit, changea de ton et promit de faire tout ce qu'on lui demanderait. Je me tranquillisai.

Et voici qu'aux heures les plus critiques je le surprenais à la limite d'une véritable trahison. Nous sortîmes dans le corridor pour ne pas nous expliquer en présence des officiers. Blagonravov, tremblant, blême, portant la main à la visière de sa casquette.

— Ne me livrez pas au tribunal, répétait-il d'un ton désespéré. Je mériterai... Envoyez-moi comme soldat, en première ligne...

Ma prédiction n'avait rien valu : mon candidat aux Napoléons n'était qu'une poule mouillée. Il fut déplacé et expédié à un poste où il aurait moins de responsabilités. La révolution est une grande dévoratrice de gens et de caractères. Elle pousse les plus courageux à leur extermination et elle vide les moins résistants.

Actuellement, Blagonravov est un des membres du Gépéou, une des colonnes du régime. Dès Sviiajsk, il a dû se pénétrer de haine pour la « révolution permanente ».

Le sort de la révolution se débattait entre Sviiajsk et Kazan. Aucune voie de retraite, sauf la Volga. Le soviet révolutionnaire de l'armée avait déclaré que la question de ma sécurité à Sviiajsk gênait sa liberté d'action et avait insisté pour que je prisse place sur le fleuve. C'était le droit du soviet. Dès le début, j'avais établi en principe que ma présence à Sviiajsk ne devait gêner en rien les commandants de troupes, ni limiter leurs pouvoirs. Je m'en tins à cette règle dans mes visites à tous les fronts. Je me soumis donc et embarquai, non sur le vapeur qui avait été préparé pour moi, mais sur un torpilleur. Quatre petits torpilleurs avaient été amenés, avec de grandes difficultés, sur la Volga, par les canaux du système dit « Marie ». Plusieurs vapeurs du fleuve avaient été, pendant ce temps, armés de canons et de mitrailleuses.

La flottille, sous le commandement de Raskolnikov, entreprenait, cette nuit, une attaque sur Kazan. Il fallait passer devant des falaises sur lesquelles étaient installées les batteries des Blancs. Au-delà des falaises, le fleuve tournait et s'élargissait aussitôt. Là se trouvait la flottille de l'ennemi. Sur la berge d'en face s'ouvrait Kazan. Nous avions estimé que, dans les ténèbres, nous pourrions passer sans être vus devant les falaises, que nous pourrions démolir la flottille ennemie, les batteries du rivage et tirer sur la ville. Notre flottille s'avança en colonne, à la file indienne, tous feux éteints, comme larrons de nuit. Deux vieux pilotes de la Volga, l'un et l'autre portant la barbiche clairsemée et décolorée, se tenaient près du capitaine. Ils avaient été pris de force, ils avaient mortellement peur, nous détestaient, maudissaient leur existence, tremblotaient. Maintenant tout dépendait d'eux. Le capitaine leur rappelait de temps à autre qu'il les exécuterait tous deux sur place dans le cas où ils échoueraient le bateau sur un banc de sable.

Nous étions arrivés en face d'une falaise qui se profilait confusément dans les ténèbres quand un tir de mitrailleuse cingla le fleuve par le travers, en coup de fouet. Aussitôt partit de la hauteur un coup de canon. Nous avancions en silence. Dans notre sillage, d'en bas, on donnait la réplique. Plusieurs balles tintèrent sur le blindage de la passerelle, qui nous protégeait jusqu'à la ceinture. Nous nous baissâmes. Les pilotes se mirent sur leurs gardes, fouillèrent de leurs yeux de lynx les ténèbres, et à demi voix, d'un ton chaleureux, échangèrent des appels avec le capitaine.

Après la falaise, nous entrâmes tout d'un coup dans une vaste passe. Sur la rive opposée nous découvrîmes les feux de Kazan. Derrière nous, un tir très nourri, partant d'en haut et d'en bas. A notre droite, à deux cents pas au plus, sous le couvert de la rive montagneuse, se tenait la flottille de l'ennemi. On apercevait les bateaux en groupe confus. Raskolnikov donna l'ordre d'ouvrir le feu sur ces bâtiments. Le corps métallique de notre torpilleur hurla et glapit au premier coup de son canon. Nous avancions par bonds; un flanc de fer, dans la douleur, avec des grincements, enfantait des projectiles. Les ténèbres de la nuit furent soudain dénudées par une flamme. C'était qu'un de nos obus venait d'allumer une barge chargée de naphte. Une torche inattendue, non désirée, mais magnifique, se levait sur la Volga. Nous tirions maintenant sur le port. On y apercevait des pièces d'artillerie, mais elles ne répondaient pas. Sans doute les artilleurs s'étaient-ils tout simplement enfuis. Le fleuve était éclairé dans toute sa largeur. Derrière nous, personne. Nous étions seuls. L'artillerie ennemie avait probablement coupé la route aux autres bateaux de la flottille. Notre torpilleur faisait tache sur la passe comme une mouche sur une assiette blanche. Nous allions être pris sous les feux croisés de la falaise et du port. C'était inquiétant. Pour comble, nous ne pouvions plus nous diriger. La chaîne de commande du gouvernail avait été brisée, atteinte vraisemblablement par un projectile. On essaya de conduire avec un gouvernail à mains. Mais la chaîne brisée s'enroula autour de l'arbre, le gouvernail était endommagé, il ne pivotait plus. Il fallut arrêter les machines. Nous dérivâmes lentement vers la berge de Kazan, jusqu'au moment où le torpilleur accosta une vieille péniche à demi noyée. Fusillade et canonnade avaient cessé complètement. Il faisait clair comme en plein jour, le calme était aussi grand qu'en pleine nuit. Nous étions dans une souricière. Nous ne comprenions pas comment nous n'étions pas bombardés. Nous ne nous rendions pas assez compte des dévastations et de la panique causées par notre incursion.

A la fin des fins, nos jeunes commandants résolurent de s'écarter de la berge et de régler le mouvement du torpilleur en actionnant tantôt l'hélice de droite, tantôt celle de gauche. La manœuvre réussit. La torche de naphte flambait. Nous avancions vers la falaise. Personne ne tirait. Sous la hauteur, nous nous replongeâmes enfin dans l'ombre. On remonta de la chaufferie un matelot qui s'était évanoui. La batterie qui nous dominait ne tira pas un seul coup. Évidemment, on ne nous surveillait pas. Peut-être n'y avait-il plus personne pour nous surveiller. Nous étions sauvés. Il est très simple d'écrire ce mot : sauvés. Des lueurs de cigarettes apparurent. Les restes carbonisés d'une de nos canonnières improvisées étaient allongés sur la rive. Nous trouvâmes, sur d'autres bateaux, plusieurs blessés. C'est alors seulement que nous remarquâmes que l'étrave de notre torpilleur avait été finement percée, de part en part, par un obus de trois pouces. Nous étions à la première aube. Tous se sentaient comme des gens qui viennent de naître pour la seconde fois.

Un bonheur ne va jamais seul. On m'amèna un aviateur qui venait de descendre, apportant une bonne nouvelle. Du nord-est était arrivé aux portes de Kazan un détachement de la IIe armée, commandé par le cosaque Azine. Cette troupe s'était emparée de deux autos blindées, avait démoli deux pièces de batterie, avait mis l'ennemi en fuite et s'était emparée de deux villages à douze verstes de Kazan. Muni d'une instruction et d'une proclamation, l'aviateur avait pris le chemin du retour. Kazan était entre des tenailles. Notre incursion nocturne, comme nous le sûmes bientôt par nos espions, avait brisé la force de résistance des Blancs. La flottille ennemie avait été détruite presque complètement, les batteries de la rive avaient été réduites au silence. Le nom de « torpilleur » — sur la Volga! — avait produit autant d'effet sur les Blancs qu'en produisit plus tard, sous Pétrograd, le mot « tank » sur les jeunes troupes de l'Armée rouge. Des bruits coururent, d'après lesquels les Allemands auraient combattu avec les bolcheviks. Les classes aisées de la population de Kazan s'enfuirent en masse. Dans les quartiers ouvriers, on releva la tête. Il y eut une mutinerie à la poudrière. Dans nos troupes se manifesta la volonté de prendre l'offensive.

Pendant ce temps, la situation sous Kazan devenait méconnaissable. Des détachements d'origines diverses se constituaient en troupes régulières. Des ouvriers communistes de Pétrograd, de Moscou et d'autres lieux se mêlaient à eux. Nos régiments s'affermissaient, prenaient de la trempe Les commissaires acquirent dans les sections la valeur de guides révolutionnaires, représentants directs de la dictature. Les tribunaux démontrèrent que la révolution, se trouvant en danger de mort, exigeait la plus haute abnégation. Par de la propagande, par de l'organisation, par l'exemple révolutionnaire, par la répression, tout cela combiné, on arriva en quelques semaines à la transformation indispensable. D'une masse houleuse, qui se dissipait, sortit une véritable armée. Notre artillerie avait une évidente supériorité. Notre flottille était maîtresse du fleuve. Nos aviateurs dominaient dans les airs. Je ne doutais plus de la reprise de Kazan.

Or, soudain, le 1er septembre, je reçus un télégramme chiffré de Moscou :

« Revenez immédiatement. Ilitch [1] blessé, ignorons si danger. Calme complet. 31 aout 1918. Sverdlov. »

Je partis aussitôt. Dans les milieux du parti, à Moscou, les esprits étaient moroses, sombres, mais inébranlables. Sverdlov était la meilleure expression de cette fermeté.

1. Vladimir Ilitch Lénine. Il s'agit de l'attentat commis par la socialiste révolutionnaire Fania Kaplan. (*N. d. T.*)

Les médecins déclarèrent Lénine hors de danger, annoncèrent sa prochaine convalescence. Je donnai au parti l'espoir de rapides succès dans l'est et revint sans plus tarder à Sviiajsk.

On reprit Kazan le 10 septembre. Deux jours plus tard, la 1re armée, notre voisine, s'emparait de Simbirsk. Le fait n'était pas inattendu. Le commandant de cette Ire armée, Toukhatchevsky, avait promis, à la fin du mois d'août, de prendre Simbirsk le 12 septembre au plus tard. Il me télégraphia :

« Ordre exécuté. Pris Simbirsk. »

Lénine revenait à la santé. Il envoya un télégramme de félicitations enthousiastes. Sur toute la ligne, il y avait de l'amélioration.

Le principal dirigeant de la Ve armée fut Ivan Nikititch Smirnov. Fait d'une très grande importance, Smirnov est le type le plus complet et le plus achevé du révolutionnaire, de celui qui est entré dans le rang depuis plus de trente ans et qui, depuis lors, n'a ni connu ni cherché la relève. Pendant les plus dures années de la réaction, Smirnov continua à creuser des sapes. Quand il y avait éboulement, il ne perdait pas courage et recommençait. Ivan Nikititch fut toujours un homme de devoir. En ce point le révolutionnaire touche au bon soldat, et c'est pourquoi précisément un révolutionnaire peut devenir un excellent soldat. N'obéissant qu'à sa nature, Ivan Nikititch resta toujours un exemple de courage et de fermeté, sans la rudesse qui accompagne souvent de telles qualités. Tous les meilleurs militants de l'armée voulurent se conformer à ce modèle.

Larissa Reissner a écrit, au sujet du siège de Kazan :

« Personne n'était plus respecté qu'Ivan Nikititch. On sentait qu'à la pire minute, lui précisément serait le plus fort et le plus intrépide. »

Il n'y a pas ombre de pédantisme en Smirnov. C'est le plus sociable, jovial et spirituel des hommes. On se soumet d'autant plus facilement à son autorité qu'elle est moins visible et moins impérieuse, bien qu'incontestée. Se groupant autour de Smirnov, les communistes de la Ve armée ne firent plus qu'une seule famille politique qui, jusqu'à présent, après la liquidation de leur troupe, joue un rôle dans la vie du pays. « *Piatoarmeetz* », homme de la « V^{e} armée », cela a un sens particulier dans le vocabulaire de la révolution : il s'agit alors d'un véritable révolutionnaire, d'un homme de devoir et surtout d'un homme pur.

Avec Ivan Nikititch, les soldats de la Ve armée, quand la guerre civile fut terminée, reportèrent tout leur héroïsme dans le domaine du travail économique et, presque sans exception, se trouvèrent dans l'opposition. Smirnov fut à la tête de l'industrie de guerre, puis commissaire du peuple aux postes et télégraphes. Il est actuellement déporté au Caucase. Dans les prisons et en Sibérie on peut compter un bon nombre de ses émules de la Ve armée... Mais la révolution est une grande dévoratrice d'hommes et de caractères. Aux dernières nouvelles, il paraît que Smirnov a été brisé dans la lutte et qu'il prêche la capitulation.

Larissa Reissner, qui appelait Ivan Nikititch « la conscience de Sviiajsk », occupait elle-même une place importante dans la Ve armée, comme aussi dans toute la révolution. Cette belle jeune femme, qui avait ébloui bien des hommes, passa comme un brûlant météore sur le fond des événements. A l'aspect d'une déesse olympienne, elle joignait un esprit d'une fine ironie et la vaillance d'un guerrier. Lorsque Kazan fut occupé par les Blancs, elle se rendit, déguisée en paysanne, dans le camp ennemi pour espionner. Mais sa prestance était trop extraordinaire. Elle fut arrêtée. Un officier japonais, du service d'espionnage, lui fit subir un interrogatoire. Pendant une suspension de séance, elle réussit à se glisser par la porte qui était mal gardée, et disparut. Dès lors elle travailla en éclaireur. Plus tard, sur des navires de guerre, elle participa à des combats. Elle a consacré à la guerre civile des essais qui resteront dans la littérature. Elle décrivit non moins brillamment les industries de l'Oural et l'insurrection ouvrière dans la Ruhr. Elle désirait tout voir, tout connaître et participer à tout. En quelques brèves années, elle était devenue un écrivain de premier ordre. Sortie indemme des épreuves du feu et de l'eau, cette Pallas de la révolution fut brusquement consumée par le typhus dans le calme de Moscou : elle n'avait pas trente ans.

Un travailleur venait à l'autre; sous le feu, les hommes s'instruisaient en huit jours, l'armée se formait à merveille. L'étiage de la révolution — qui avait été le moment de la prise de Kazan — était dépassé. Parallèlement, une immense transformation avait lieu dans la classe paysanne. Les Blancs avaient donné aux moujiks quelques bonnes leçons de politique élémentaire. Dans les sept mois qui suivirent, l'Armée rouge dégagea un territoire de presque un million de kilomètres carrés, peuplé de quarante millions d'âmes. La révolution reprenait l'offensive. Dans leur fuite, les Blancs emportèrent de Kazan le fonds-or de la république qui avait été déposé dans cette ville en février, lors de l'offensive de Hoffmann. Nous ne le récupérâmes que bien plus tard, lorsque nous nous saisîmes de Koltchak.

Quand j'eus la possibilité de détourner mes regards de Sviiajsk, je constatai qu'il y avait du changement en Europe : l'armée allemande était dans une situation désastreuse.

CHAPITRE XXXIV

LE TRAIN

Il faut maintenant parler de ce qu'on appelait « le train du président du soviet de guerre révolutionnaire ». Ma vie personnelle, pendant les années les plus ardues de la révolution, a été indissolublement confondue avec la vie de ce convoi, laquelle, d'autre part, ne saurait être détachée de la vie de l'Armée rouge. Le train faisait la liaison entre le front et l'arrière, résolvait sur place les questions urgentes, instruisait, lançait des appels, ravitaillait, châtiait et récompensait.

On ne peut dresser une armée sans répression. On ne peut mener à la mort des masses d'hommes si le commandement ne dispose pas, dans son arsenal, de la peine de mort. Tant que les méchants singes sans queue qui s'appellent des hommes, et qui sont fiers de leur technique, formeront des armées et batailleront, le commandement placera les soldats dans l'éventualité d'une mort possible en avant ou d'une mort certaine à l'arrière.

Pourtant, ce n'est pas par la terreur que l'on fait des armées. Ce n'est pas faute de répression que l'armée du tsar s'était décomposée. En essayant de la sauver par le rétablissement de la peine de mort, Kérensky l'avait seulement achevée. Sur les cendres chaudes de la grande guerre, les bolcheviks créèrent une armée nouvelle. Pour celui qui entend quelque chose à l'histoire, ces faits n'ont pas besoin d'explications. Pour notre armée, le ciment le plus fort, ce furent les idées d'Octobre. Le train apportait ce ciment aux fronts.

Dans les gouvernements de Kalouga, de Voronèj ou de Riazan, des dizaines de milliers de jeunes paysans ne répondirent pas aux premiers appels lancés par les soviets. La guerre avait lieu loin de chez eux, le recrutement fonctionnait mal, les appels n'étaient pas pris au sérieux. On appelait déserteurs ceux qui ne se présentaient pas à l'appel. Une lutte sérieuse fut ouverte contre la désertion. Au commissariat de la guerre de Riazan, on rassembla jusqu'à quinze mille « déserteurs ». Comme je passais par Riazan, je décidai de les voir. On m'en dissuadait : « S'il y avait un malheur ! » Mais tout se passa le mieux du monde. Des baraquements où ils cantonnaient, on les appela :

— Camarades déserteurs, allez au meeting ! Le camarade Trotsky est venu vous voir !

Ils se précipitèrent, foule agitée, bruyante, curieuse, comme des écoliers. Je me les étais figurés plus mauvais. Ils m'avaient cru plus terrible. En quelques minutes je fus entouré par la confrérie, horde immense, turbulente, indisciplinée, mais nullement hostile. Les « camarades déserteurs » me dévisageaient de telle façon qu'on eût pu s'attendre à voir les yeux de plus d'un lui sauter hors de la tête. Je grimpai sur une table, dans la cour, et causai avec eux pendant près d'une heure et demie. C'était le plus accueillant des auditoires. Je tâchai de les rehausser dans leur propre estime et, finalement, les invitai à lever la main en signe de fidélité à la révolution. Sous mes yeux, ils avaient été gagnés par les idées nouvelles. Un véritable enthousiasme les posséda. Ils m'accompagnèrent jusqu'à l'automobile, me dévorant du regard, mais ils n'avaient plus peur, cela se voyait; ils étaient transportés, criaient à gorge déployée et ne se décidaient pas à me lâcher. J'ai appris plus tard, non sans fierté, qu'un des meilleurs moyens d'éducation qui furent employés à leur égard était de dire : « Eh bien, qu'avais-tu promis à Trotsky ? » Les régiments que formèrent les « déserteurs » de Riazan se battirent ensuite fort bien sur les fronts.

J'évoque la classe de seconde de l'école réale Saint-Paul, à Odessa. Quarante garçons qui ne différaient en rien de quarante autres garçons. Mais lorsque Burnand, au front marqué d'un « X » mystérieux, le surveillant Mayer, le surveillant Wilhelm, l'inspecteur Kaminsky et le directeur Schwanebach frappèrent de toute leur vigueur sur le groupe le plus porté à la critique, le plus hardi de la classe, les cafards et les crétins envieux relevèrent immédiatement la tête, entraînant leurs camarades.

Dans chaque régiment, chaque compagnie, il y a des hommes

de différentes valeurs. Les hommes conscients et capables d'abnégation constituent la minorité. A l'opposé, il existe une autre minorité infime d'hommes dépravés, de poltrons, ou d'ennemis conscients. Entre les deux minorités, un nombreux milieu d'incertains, d'hésitants. La débâcle se produit lorsque les meilleurs périssent ou sont réduits à s'effacer, lorsque ceux qui tiennent à leur peau ou les ennemis prennent le dessus. Ceux de la moyenne, en pareil cas, ne savent qui suivre et, à l'heure du danger, se laissent aller à la panique.

Le 24 janvier 1919, je disais, dans la grand-salle des Colonnes à Moscou, aux jeunes commandants :

« Donnez-moi trois mille déserteurs, appelez cela un régiment : je leur donnerai un chef combatif, un bon commissaire, ce qui convient comme chefs de bataillon, de compagnie et de peloton, et les trois mille déserteurs, en un mois, feront chez nous, en pays révolutionnaire, un excellent régiment... Dans ces dernières semaines, ajoutai-je, nous nous en sommes une fois de plus assurés par l'expérience des secteurs de Narva et de Pskov, où nous avons réussi à constituer d'excellentes troupes avec des débris. »

J'ai vécu deux ans et demi, sauf intervalles relativement courts, dans un wagon qui avait été, autrefois, au service du ministre des Voies et Communications. L'installation de cette voiture était bonne dans le sens du confort ministériel, mais elle n'était guère faite pour le travail. C'est là, que je recevais ceux qui m'apportaient des rapports en cours de route, c'est là que je consultais les autorités militaires et civiles des lieux où je passais, c'est là enfin que je déchiffrais les télégrammes, dictais des ordres et des articles. C'est de là que je partais avec mes collaborateurs pour de longues randonnées en automobile le long du front. Aux heures de loisir, je dictais en wagon mon livre contre Kautsky [1] et bien d'autres œuvres. En ces années, je m'habituai pour toujours — me semblait-il — à écrire et à méditer avec l'accompagnement des ressorts Pullman et des roues.

Mon train avait été formé en hâte dans la nuit du 7 au 8 août 1918, à Moscou. Le matin même, je partais pour Sviiajsk, me rendant au front tchécoslovaque. Dans la suite, mon matériel fut constamment remanié, devint plus compliqué, se perfectionna. Dès 1918, c'était un appareil volant de gouvernement.

1. *Terrorisme et Communisme* (Librairie de l'Humanité). (*N. d. T.*)

Il s'y trouvait un secrétariat, une imprimerie, une station télégraphique, une de radio, une d'électricité, une bibliothèque, un garage et des bains.

Le poids du train était tel qu'il lui fallait deux locomotives. On dut plus tard en faire deux convois. Lorsque les circonstances nous obligeaient à séjourner un certain temps dans un des secteurs du front, une des locomotives servait d'agent de liaison; l'autre était toujours sous pression. Le front avait des déplacements brusques et il ne fallait pas plaisanter.

Je n'ai pas sous la main l'histoire du train. Elle est conservée quelque part dans les archives de la Guerre. En temps utile, elle fut élaborée avec soin par mes jeunes collaborateurs. Le diagramme des déplacements du train fut tracé pour une exposition concernant la guerre civile et attira, d'après ce qu'en dirent les journaux, de nombreux visiteurs. Ensuite, il fut remis au musée de la Guerre. Actuellement, il est caché dans quelque réduit, avec des centaines, des milliers d'autres documents : affiches, proclamations, ordres, drapeaux, photographies, films, livres, discours, qui donnèrent une idée des péripéties les plus importantes de la guerre civile dont je fis partie d'une façon ou d'une autre.

Les éditions du commissariat de la Guerre ont eu le temps, de 1922 à 1924, c'est-à-dire jusqu'aux défaites de l'opposition, de publier, en cinq tomes, ceux de mes travaux qui concernent l'armée et la guerre civile. L'histoire du train n'y est pas comprise. Je ne pourrais actuellement reconstituer l'orbite des déplacements du convoi qu'en partie, enr eprenant les indications de lieu et de date qui accompagnent les éditoriaux du journal de train : *V Pouti* (En route) : Samara, Tchéliabinsk, Viatka, Pétrograd, Balachov, Smolensk, retour à Samara, Rostov, Novotcherkassk, Kiev, Jitomir, et ainsi de suite, interminablement. Je n'ai même pas sous la main le chiffre exact des distances parcourues au total pendant la guerre civile. Dans les études sur la guerre, une note explicative indique trente-six trajets, dont la longueur serait de plus de cent cinq mille kilomètres. Un de mes anciens compagnons de voyage m'écrit, se fiant à sa mémoire, qu'en trois ans nous avons parcouru une distance égale à cinq fois et demi le tour du monde, c'est-à-dire que son chiffre est le double du mien. Ne sont pas compris ici les dizaines de milliers de kilomètres couverts en automobile sur les flancs des voies ferrées et vers les lignes avancées du front. Comme le train se dirigeait, toujours vers les points les plus menacés, le schéma de ses déplacements, reporté sur la carte, donnait un tableau précis et, en même temps, clair de l'importance relative des divers fronts. C'est en 1920, dernière année de la guerre civile, que ces voyages furent les plus nombreux. En majeure partie, ils furent dirigés vers le front sud, qui resta tout le temps le plus opiniâtre, le plus persistant et le plus dangereux.

Que cherchait donc le « train du président du soviet de guerre révolutionnaire » sur les fronts de la guerre civile? Dans un sens général, la réponse est claire : il cherchait la victoire. Mais qu'apportait-il aux fronts? Quelles étaient ses méthodes d'action? Quel était le but immédiat de ses randonnées constantes d'un point à l'autre du pays?

Ce n'étaient pas seulement des voyages d'inspection. Non! Le travail du train se rapportait étroitement à l'organisation de l'armée, à son éducation, à sa direction et à son ravitaillement. Nous reformions l'armée, et sous le feu. Il en fut ainsi non seulement sous Sviiajsk où s'inscrit le premier mois de l'histoire du train. Il en fut ainsi sur tous les fronts. Avec des détachements de partisans, avec des réfugiés qui avaient échappé aux Blancs, avec des paysans mobilisés dans des districts voisins, avec des troupes ouvrières envoyées par les centres industriels, avec des groupes de communistes et de syndiqués, on créa sur place, au front, des compagnies, des bataillons, des régiments, parfois des divisions entières. Après des défaites et des retraites, une masse friable, prise de panique, était transformée, en deux ou trois semaines, en troupe combative. Que fallait-il pour cela? Beaucoup et peu. De bons commandants; quelques dizaines de combattants expérimentés; une dizaine de communistes dévoués; des bottes pour ceux qui arrivaient pieds nus; un établissement de bains; une énergique campagne de propagande; de la nourriture, du linge, du tabac et des allumettes. Le train s'occupait de tout cela. Nous avions toujours en réserve quelques communistes sérieux pour combler les brèches, une centaine ou deux de bons combattants, une petite provision de bottes, de vestes en cuir, de médicaments, de mitrailleuses, de jumelles, de cartes, de montres et de toutes autres allocations. Les ressources matérielles du train étaient bien entendu insignifiantes devant les besoins de l'armée. Mais elles étaient renouvelées constamment. L'important est que, des dizaines et des centaines de fois, elles ont joué le rôle de la pelletée de charbon qui est indispensable à un certain moment pour empêcher le feu de s'éteindre dans la cheminée.

Le télégraphe fonctionnait dans le train. Nous communiquions par fil direct avec Moscou. Mon adjoint, Skliansky, prenait note de mes demandes de ravitaillement absolument indispensable pour l'armée — parfois pour une division ou même pour un seul régiment. Les objets demandés arrivaient si rapidement qu'on n'eût pu les espérer si vite sans mon intervention. Bien entendu, on ne peut affirmer que cette méthode soit la bonne. Un pédant dirait qu'en matière de ravitaillement, comme dans tout ce qui concerne la guerre, c'est la méthode qui importe le plus. C'est juste. Je suis moi-même enclin à pécher plutôt dans le sens du pédantisme. Mais, pour nous, l'affaire était en ceci que nous ne voulions pas périr avant d'avoir créé un système bien équilibré. Voilà pourquoi nous fûmes forcés, surtout dans la première période, de substituer à l'action méthodique des improvisations, afin qu'on pût ensuite appuyer sur elles le système.

Dans tous mes voyages, je fus accompagné par des dirigeants de toutes les principales administrations de l'armée, et surtout de tous les services d'approvisionnements et de munitions. Nos intendants étaient hérités de l'ancienne armée. Ils essayaient de travailler à la mode d'autrefois, et travaillaient même plus mal, car les circonstances étaient infiniment plus difficiles. Dans ces migrations, nombreux furent les vieux spécialistes qui s'instruisirent aux choses nouvelles tandis que les nouveaux complétaient leur instruction par l'expérience.

Après avoir inspecté une division et reconnu sur place ses besoins, je convoquais à l'état-major ou au wagon-restaurant du train une conférence aussi nombreuse que possible, comprenant des représentants des petits gradés et des soldats de l'Armée rouge, y appelant des délégués de l'organisation locale du parti, des organes des soviets et des syndicats. J'arrivais ainsi à obtenir un tableau de la situation sans feintes et sans fausses couleurs. Ces conférences donnaient toujours, en outre, d'immédiats résultats pratiques. Si pauvres que fussent les organes du pouvoir local, ils se montraient toujours capables de se comprimer, de faire un effort, sacrifiant quelque chose pour l'armée. C'étaient les communistes qui se prodiguaient le plus. On prélevait dans divers services une nouvelle dizaine de militants et on les affectait aussitôt à quelque régiment hésitant. On trouvait une réserve de tissus pour en faire des blouses et des chaussettes [1], du cuir pour les ressemelages, un quintal de corps gras [2]. Mais ce que l'on pouvait recueillir sur place ne suffisait évidemment pas. Après chaque conférence, je transmettais à Moscou, par fil direct, une commande précise, en tenant compte des ressources de la capitale : finalement, la division recevait, et en temps voulu, ce dont elle avait un besoin plus qu'urgent. Les commandants et les commissaires du front apprenaient d'après l'expérience du train, à considérer leur tâche — celle de chefs, d'éducateurs, d'intendants, de juges — non en supérieurs, du haut de leurs états-majors, mais d'en bas, du point de vue de la compagnie et du peloton, du point de vue de la jeune recrue inexpérimentée.

Progressivement se constituaient des services centralisés pour l'approvisionnement du front et des armées, lesquels fonctionnaient plus ou moins bien. Mais, à eux seuls, ils ne faisaient pas et ne pouvaient faire tout le nécessaire. En temps de guerre, l'appareil le plus idéal aura des à-coups, surtout dans une guerre de manœuvres, toute faite de mouvements dont on ne peut — hélas ! — absolument pas prévoir les directions.

De plus, il ne faut pas oublier que nous combattions sans disposer d'aucun stock. Dès 1919, il ne restait plus rien dans les dépôts du centre. Une blouse endossée au front sortait directement des mains de la couseuse. La situation était particulièrement mauvaise sous le rapport des fusils et des cartouches. Les usines de Toula en fabriquaient au jour le jour. Pas un wagon de cartouches ne pouvait obtenir sa destination sans la signature du commandant général des armées. La fourniture en munitions et fusils donna toujours bien du fil à retordre. Parfois, le fil cassait. Alors, nous perdions des hommes et du terrain.

Si nous n'avions pas improvisé encore et encore dans tous les domaines, la guerre eût été pour nous inconcevable. Le train donnait l'initiative de ces improvisations et, en même temps, en était le régulateur. Tout en imprimant une impulsion aux entreprises spontanées du front et de l'arrière, nous avions le souci de les faire rentrer graduellement dans les canaux d'un système général. Je ne prétends pas dire que nous y réussissions

1. Les *portianki*, bandes de toile dont les paysans et les soldats s'enveloppent les pieds. (*N. d. T.*)

2. Le mot russe désigne toutes les graisses animales, y compris le beurre, ainsi que les huiles végétales. (*N. d. T.*)

toujours. Mais, comme l'a montré l'issue de la guerre civile, nous sommes arrivés au principal : à la victoire.

Particulièrement importantes furent nos visites à ceux des secteurs de l'armée où la trahison des effectifs de commandement causait des perturbations parfois catastrophiques. Le 23 août 1918, pendant les journées les plus critiques sous Kazan, je reçus de Lénine et de Sverdlov un télégramme chiffré :

« Sviiajsk — Trotsky. Trahison sur front Saratov, quoique découverte à temps, a provoqué fluctuations extrêmement dangereuses. Jugeons absolument indispensable que vous vous rendiez là, car votre apparition sur le front produit effet sur soldats et toute l'armée. Nous entendrons pour visite d'autres fronts. Répondez indiquant jour de votre départ, tout chiffré. N° 80. 22 août 1918. Lénine. Sverdlov. »

J'estimai qu'il m'était absolument impossible de quitter Sviiajsk : le départ du train eût ébranlé le front de Kazan qui vivait déjà des heures assez difficiles sans cela. Sous tous rapports, Kazan importait plus que Saratov. Lénine et Sverdlov en convinrent bientôt. Je ne me rendis à Saratov qu'après la reprise de Kazan. Mais des télégrammes du même genre rejoignaient le train dans tous ses raids ultérieurs. C'étaient Kiev et Viatka, c'étaient la Sibérie et la Crimée qui se plaignaient d'une situation difficile et qui réclamaient, soit à tour de rôle, soit ensemble, que le train vînt à la rescousse.

La guerre se déroulait dans la périphérie du pays, souvent dans les coins les plus reculés d'un front qui s'étendait sur huit mille kilomètres. Les régiments et les divisions restaient pendant des mois séparés du reste du monde. Ils se laissaient gagner par le découragement. Fréquemment, le matériel téléphonique manquait, même pour les communications intérieures. Le train était pour ces contingents le messager d'autres mondes. Nous avions toujours un stock d'appareils téléphoniques et de fils. Au-dessus d'un wagon spécial était tendue une antenne qui permettait, en cours de route, d'enregistrer les radios de la tour Eiffel, de Nauen, et au total de treize stations, dont, en première ligne, bien entendu, Moscou. Le train était toujours au courant de ce qui se passait dans le monde entier. Les dépêches les plus importantes étaient imprimées dans le journal du train et commentées, au fur et à mesure, par des articles, des tracts et des ordres du jour. L'aventure de Kapp, les complots de l'intérieur, les élections anglaises, la marche de stockage des blés et les prouesses du fascisme italien étaient expliqués à la trace même des événements et l'on en indiquait la corrélation avec les destinées des fronts d'Astrakhan ou d'Arkhangel. En même temps, les articles étaient transmis par fil direct à Moscou, et de là, par radio, à la presse de tout le pays. L'arrivée du train rattachait le détachement le plus isolé à l'armée entière, à la vie du pays, et du monde. Les bruits alarmants, les doutes se dissipaient, le moral se relevait. L'élan donné suffisait pour plusieurs semaines, parfois jusqu'au retour du train. Dans l'intervalle, des visites étaient faites par des membres du soviet de guerre révolutionnaire du front ou de l'armée, visites organisées sur le même modèle, mais avec des moyens plus modestes.

Tous mes travaux, et non pas seulement ceux de l'écrivain, dans le train, eussent été impossibles sans l'assistance de mes collaborateurs-sténographes : Glasmann, Sermux, et le jeune Nétchaïev. Ils travaillèrent nuit et jour, en cours de route, et le train, dans la fièvre de la guerre, contrevenant à toutes les règles de la prudence, roulait sur des traverses brisées, à une vitesse de plus de soixante-dix kilomètres à l'heure, de sorte que la carte suspendue au plafond du wagon allait et venait comme une balançoire. Je suivais toujours avec étonnement et reconnaissance les mouvements d'une main qui, malgré les cahots et les trépidations, traçait en toute assurance de fins caractères. Le texte dactylographié que l'on m'apportait une demi-heure plus tard n'avait pas besoin de corrections. Ce n'était pas du travail ordinaire, c'était un prodige de valeur. Glasmann et Sermux ont payé cher dans la suite leur dévouement héroïque à la révolution : le premier a été poussé au suicide par les staliniens; Sermux a été interné dans un trou perdu de Sibérie.

Le train comprenait un immense garage contenant plusieurs automobiles et un wagon-citerne à essence. Ainsi pouvait-on s'écarter du chemin de fer à des centaines de verstes. Sur les autos-camions et voitures légères prenait place une équipe de vingt à trente hommes, fusiliers et mitrailleurs d'élite. Ma voiture était également armée de deux mitrailleuses. Une guerre de manœuvres est toujours pleine d'imprévu. Dans les steppes, nous risquions de tomber sur des Cosaques partis en reconnaissance. C'est une bonne précaution que d'avoir des mitrailleuses sur les autos, du moins tant que la steppe ne se transforme pas en une mer de boue. Dans le gouvernement de

Voronèj, il nous arriva une fois, pendant l'automne de 1919, de faire du trois kilomètres à l'heure. Les voitures s'embourbaient profondément dans le *tchernoziom* [1] délavé. Chaque fois qu'il le fallait, les trente hommes sautaient à terre et donnaient un coup d'épaule. Comme nous passions un gué, nous restâmes en panne au beau milieu. Dans un premier mouvement d'humeur, je m'en pris à la machine qui était, selon moi, trop basse sur roues. Mon excellent chauffeur, l'Estonien Püvi, la considérait comme la première machine du monde. Il se tourna vers moi et, esquissant un salut militaire, me dit en son russe estropié :

— J'oserai rapporter, les ingénieurs ont pas prévu nous allions naviguer sur les eaux.

Si difficile que fût la situation, j'eus envie de l'embrasser pour cette juste remarque, froidement narquoise.

Le train n'était pas seulement une administration militaire et politique; c'était un instrument de combat. Par bien des particularités, il ressemblait plutôt à un train blindé qu'à un local d'état-major monté sur des roues. Il était d'ailleurs partiellement blindé : les locomotives et les wagons à mitrailleuses. Tous les travailleurs du train, sans exception, connaissaient le maniement des armes. Tous portaient l'équipement de cuir qui donne du poids et une allure imposante. Tous portaient au bras gauche, sous l'épaule, un insigne métallique de larges dimensions, soigneusement frappé à la Monnaie, qui devint très populaire dans l'armée. Les wagons étaient reliés à l'intérieur par le téléphone et un appareil de signalisation. Pour entretenir la vigilance, on donnait souvent l'alarme en cours de route, de jour comme de nuit. Des détachements armés sautaient à bas du train, dans la mesure des nécessités, pour des opérations de « descente ». Chaque fois que la centurie aux vestes de cuir apparaissait dans un endroit menacé, l'effet produit était irrésistible. Sentant la présence du train à quelques kilomètres de la ligne du feu, les troupes les plus énervées, et avant tout leurs chefs, tendaient toutes leurs forces. Quand les plateaux d'une balance sont en oscillation, le moindre poids suffit à l'emporter. Le train avec ses détachements fut l'once décisive, à plus de dix reprises, sinon des centaines de fois, pendant deux ans et demi. Lorsque les hommes de la « descente » remontaient à bord, il nous en manquait souvent

1. La *terre noire*, humus qui fait la richesse de ces provinces. (*N. d. T.*)

un. Dans l'ensemble, le train perdit environ quinze hommes, morts ou blessés, sans compter ceux qui se joignirent définitivement aux armées en campagne et que nous perdîmes de vue. C'est ainsi, par exemple, qu'une partie de notre contingent fut affectée à un train blindé, train-modèle, qui portait le nom de Lénine; une autre partie fut incorporée aux effectifs qui défendirent Pétrograd. Pour sa participation aux combats contre Ioudénitch, le train fut décoré de l'ordre du Drapeau rouge.

Le train eut parfois ses communications coupées, il se trouva sous la fusillade, il fut attaqué par des avions. Il n'est pas étonnant qu'il ait été enveloppé d'une légende tissée avec les victoires qu'il a remportées et avec ce qu'y ajouta l'imagination. Combien de fois des chefs de division, de brigade ou même de régiment nous demandèrent-ils de rester une demi-heure de plus avec eux, dans leur état-major, simplement pour causer, ou de les accompagner en automobile, ou à cheval, pour visiter un secteur éloigné, ou bien, du moins, d'envoyer quelques hommes de notre effectif, avec des effets d'équipement et des cadeaux, à seule fin de répandre plus largement le bruit de l'arrivée du train sur le front! « Ça nous tiendra lieu d'une division de réserve », disaient les chefs d'armées. La nouvelle de l'arrivée du train pénétrait aussi, bien entendu, dans les rangs ennemis. Là, on se représentait ce convoi mystérieux comme beaucoup plus terrible qu'il n'était en réalité. Et son influence morale n'en était que plus grande.

Le train avait conquis la haine des ennemis et en était fier. Des socialistes révolutionnaires tentèrent à plusieurs reprises de le détruire. Aux procès des socialistes révolutionnaires, cela fut avoué, d'une façon détaillée, par Séménov, organisateur de l'assassinat de Volodarsky et de l'attentat contre Lénine, qui avait également contribué à préparer des agressions contre le train. A proprement parler, l'entreprise ne présentait pas de grandes difficultés. Mais, à cette époque, les socialistes révolutionnaires s'étaient affaiblis au point de vue politique, ils avaient perdu toute foi en eux-mêmes et n'avaient plus aucune influence sur la jeunesse.

Au cours d'un de nos voyages vers le Midi, le train dérailla à la station Gorki. C'était la nuit : je fus projeté de côté et j'éprouvai l'angoisse qu'on doit connaître dans un tremblement de terre : le sol se dérobait, aucun appui. A demi endormi, j'étreignis de toutes mes forces, par les deux côtés, ma couche.

Le grondement habituel du train roulant cessa brusquement, le wagon se mit sur le côté et s'immobilisa. Dans le silence de la nuit, on n'entendait plus qu'une voix faible et plaintive. Les lourdes portes du wagon avaient été tellement coincées qu'on ne pouvait les ouvrir; impossible de sortir. Personne ne se montrait et cela était d'autant plus alarmant. L'ennemi était-il là? Le revolver au poing, je sautai dehors par la fenêtre et tombai sur un homme qui portait une lanterne. C'était le chef de train qui avait essayé sans succès de parvenir jusqu'à moi.

Le wagon était à demi couché, ayant trois roues profondément enfoncées dans le ballast, tandis que les trois autres étaient levées au-dessus des rails. Les plates-formes d'avant et d'arrière avaient été défoncées. Le garde-fou d'avant avait comprimé sur la plate-forme la sentinelle. De là cette petite voix plaintive, comme des sanglots d'enfant, qui s'élevait dans les ténèbres. Il ne fut pas facile de délivrer l'homme de la grille tombée sur lui. A l'étonnement de tous, il s'en tira avec des bleus et la peur qu'il avait eue.

Huit wagons en tout furent démolis. Le restaurant, qui avait servi de club pour le train, n'était plus qu'un monceau de copeaux vernis. Ceux qui attendaient de prendre leur service en lisant ou en jouant aux échecs dans cette voiture l'avaient tous quittée exactement à minuit, dix minutes avant la catastrophe. Les wagons de marchandises, contenant des livres, des effets d'équipement et des cadeaux pour le front, furent gravement endommagés.

Personne ne fut sérieusement blessé.

La cause du déraillement était une erreur d'aiguillage. On n'a jamais su si la faute avait été commise par négligence ou avec préméditation. Par bonheur, au moment où nous traversions la station, notre vitesse n'était que de trente kilomètres à l'heure.

Le contingent du train remplissait bien des missions accessoires : pendant la famine, les épidémies, dans les campagnes d'agitation, durant les congrès internationaux. Le train était chef [1]

1. Parrain. Le mot de « chef » a été pris dans ce sens après Octobre, et l'on a même fabriqué *chefstvo* qui correspond à parrainage. S'applique à des organisations, usines, entreprises qui « adoptent » des localités indigentes, des œuvres sociales, leur assurant un concours matériel et moral. De nombreuses unités de l'Armée rouge parrainent ainsi diverses œuvres. (*N. d. T.*)

d'un canton [1] et de plusieurs asiles d'enfants. Sa cellule communiste éditait son journal particulier : *Na Strajié* [2]. On peut y trouver la relation de bien des épisodes et aventures de guerre. A mon grand regret, ce journal, de même que beaucoup d'autres documents, manque dans mes archives de campagne pour l'heure actuelle.

Au moment de partir pour préparer l'offensive contre Wrangel qui s'était retranché en Crimée, j'écrivais, le 27 octobre 1920, dans le journal du train, *V Pouti* [3] :

« Notre convoi reprend la route du front.

« Les combattants de notre train se trouvaient sous les murs de Kazan au cours des rudes semaines de 1918 pendant lesquelles on lutta pour la possession de la Volga. Cette lutte est terminée depuis longtemps. Le pouvoir des soviets se rapproche de l'océan Pacifique.

« Les combattants de notre train ont lutté à leur honneur sous les murs de Pétrograd... Pétrograd a été sauvé et, dans ces dernières années, a reçu la visite d'un bon nombre de représentants du prolétariat mondial.

« Notre train s'est montré plus d'une fois sur le front de l'ouest. Les préliminaires de la paix sont maintenant signés avec la Pologne.

« Les combattants de notre train se trouvaient dans les steppes du Don lorsque Krasnov et ensuite Dénikine prenaient dans le midi l'offensive contre la Russie des soviets. Les jours de Krasnov et de Dénikine sont depuis longtemps échus.

« Reste la Crimée, dont le gouvernement français a fait sa forteresse. La garnison de Blancs de cette forteresse française est commandée par un mercenaire russo-allemand, le général baron Wrangel.

« La famille unie des hommes de notre train part pour une nouvelle campagne. Puisse cette campagne être la dernière! »

La campagne de Crimée fut en effet la dernière de la guerre civile. Quelques mois plus tard, le train désappareillait. En ces pages, d'ici, j'envoie mon salut fraternel à mes anciens compagnons de lutte.

1. Traduction approximative de *volost*. (*N. d. T.*)
2. *En garde*. (*N. d. T.*)
3. *En route*. (*N. d. T.*)

[illegible]

Au moment de partir, pour [illegible]

[illegible]

[illegible]

CHAPITRE XXXV

LA DÉFENSE DE PÉTROGRAD

Il y avait seize armées sur les fronts révolutionnaires de la République soviétique. La Révolution française en avait eu presque autant : quatorze. Chacune de nos seize armées a eu son histoire, assez courte, mais brillante. Il suffirait de citer le numéro d'une de ces formations pour évoquer aussitôt des dizaines d'épisodes sans exemple. Chaque armée avait sa physionomie vivante, éclatante, quoique changeante.

Dans la banlieue ouest de Pétrograd se tenait la VIIe armée. Une longue inaction avait eu de lourdes conséquences pour elle. La vigilance avait faibli. On prélevait sur cette troupe les meilleurs militants et des équipes entières pour les envoyer à d'autres secteurs du front, plus animés. Pour une armée révolutionnaire qui a besoin d'une certaine charge d'enthousiasme, le piétinement sur place s'achève presque toujours par des échecs, parfois par une catastrophe. Il en fut ainsi cette fois-là.

En juin 1919, un fort important du golfe de Finlande, *Krassnaïa Gorka*, fut enlevé par un détachement des gardes blancs. Quelques jours après la place était reprise par des marins de la flotte rouge. On découvrit que le chef de l'état-major de la VIIe armée, le colonel Lundquist, transmettait aux Blancs tous les renseignements de première main. D'autres conspirateurs s'entendaient avec lui. L'armée en fut ébranlée.

En juillet, c'est le général Ioudénitch qui devient commandant en chef de l'armée blanche du nord-ouest, Koltchak l'a reconnu comme son représentant. Avec l'assistance de l'Angleterre et de l'Estonie, un gouvernement russe, dit « du Nord-

Ouest » fut créé en août. La flotte anglaise, dans le golfe de Finlande, avait promis son concours à Ioudénitch.

L'offensive de Ioudénitch avait été calculée pour un moment où nous nous débattions dans de terribles difficultés. Dénikine s'était emparé d'Orel et menaçait Toula, centre de l'industrie de guerre. De là, le chemin n'était pas long jusqu'à Moscou. Le midi prenait toute notre attention. Or, le premier coup violent qui fut porté du côté de l'ouest fit perdre définitivement son équilibre à la VIIe armée. Elle se laissa refouler presque sans résistance, abandonnant armes et équipages. Les dirigeants de Pétrograd, et Zinoviev le premier, informaient Lénine de la supériorité des armements de l'ennemi sous tous les rapports : armes automatiques, tanks, avions, flotte anglaise sur un des flancs, etc. Lénine en arriva à conclure que nous ne pourrions combattre avec succès l'armée d'officiers de Ioudénitch, équipée d'après les derniers modèles de la technique, qu'en découvrant et affaiblissant d'autres fronts, et avant tout celui du midi. Mais cette solution ne pouvait être envisagée. Restait, à son avis, une issue : abandonner Pétrograd et réduire l'étendue du front. Quand il eut conclu à la nécessité de cette douloureuse amputation, Lénine entreprit de gagner d'autres à son opinion. Aussitôt arrivé du sud à Moscou, je m'opposai résolument à ce plan. Ioudénitch et ses patrons ne se contenteraient pas de Pétrograd; ils voudraient joindre Dénikine à Moscou. A Pétrograd, Ioudénitch trouverait d'immenses ressources industrielles et des effectifs. En outre, il n'existe pas d'obstacles sérieux entre Piter [1] et Moscou. J'en conclus qu'il fallait défendre à tout prix Pétrograd.

Bien entendu, mon avis fut soutenu avant tout par des camarades de cette ville. Krestinsky, qui était alors membre du bureau politique, prit mon parti. Il me semble que Staline aussi se joignit à moi. A plusieurs reprises, en vingt-quatre heures, j'attaquai Lénine sur ce point. Il finit par dire :

— Eh bien, voyons, essayons...

Le 15 octobre, le bureau politique adopta une résolution proposée par moi concernant la situation sur les fronts :

« Considérant l'existence d'un très grave danger sur les fronts de guerre, tout sera fait pour transformer effectivement la Russie

1. Pétrograd. (*N. d. T.*)

soviétique en un camp retranché. Les organisations du parti et des syndicats feront un recensement des membres du parti, des travailleurs soviétiques et des syndiqués aptes au service militaire. »

Ensuite on fixait un certain nombre de mesures pratiques. Au sujet de Pétrograd, il était dit :

« Ne pas rendre la ville. »

Le même jour, je déposai au conseil de la défense un projet de décision :

« Défendre Pétrograd jusqu'à la dernière goutte de sang, sans céder un pouce de terrain et en continuant au besoin la lutte dans les rues. »

Je ne doutais pas que l'Armée blanche, comptant vingt-cinq mille combattants, même si elle avait réussi à envahir une ville de plus d'un million d'habitants, eût couru à sa perte, dans le cas où elle eût rencontré une résistance sérieuse et bien organisée.

En outre, j'estimais qu'il était indispensable, surtout au cas où l'Estonie et la Finlande se seraient mises en campagne, de préparer un plan de retraite de l'armée et des ouvriers dans la direction du sud-est : c'était le seul moyen de sauver la fleur de la classe ouvrière de Pétrograd, menacée d'extermination.

Le 16, je partis pour Pétrograd. Le lendemain, je reçus une lettre de Lénine :

« 17 octobre 1919. Camarade Trotsky. On vous a envoyé hier dans la nuit, en texte chiffré... la décision du conseil de la défense. Comme vous voyez, votre plan est adopté. Mais l'idée de la retraite des ouvriers de Piter vers le sud n'est pas repoussée, bien entendu (on dit que vous avez développé cette idée devant Krassine et Rykov); parler de cette retraite avant qu'elle soit nécessaire, ce serait détourner l'attention de la lutte jusqu'au bout. La tentative faite pour encercler Piter et le couper de ses communications demandera, cela se comprend, de nouvelles mesures appropriées que vous appliquerez sur place... Ci-joint un appel qui m'a été confié par le conseil de la défense. J'ai fait cela en hâte, c'est mal sorti, il vaut mieux que vous mettiez ma signature au-dessous de la vôtre. Salutations [1]. Lénine. »

1. Le mot russe est d'un ton plus amical. (*N. d. T.*)

Cette lettre, je pense, montre assez clairement comment mes plus graves dissentiments occasionnels avec Lénine, dissentiments inévitables dans une entreprise d'une telle envergure, étaient surmontés en pratique, ne laissant aucune trace dans nos rapports personnels et notre travail commun.

Il me vient à l'esprit que si, en octobre 1919, ce n'était pas Lénine qui avait défendu contre moi l'idée de la reddition de Pétrograd, si c'était moi qui avais soutenu cette idée contre lui, il existerait maintenant, dans toutes les langues du monde, une abondante littérature pour dénoncer cette manifestation désastreuse de « trotskysme ».

Dans le courant de 1918, l'Entente nous avait acculés à la guerre civile soi-disant pour assurer la victoire sur Guillaume. Mais nous étions maintenant en 1919. L'Allemagne était battue depuis longtemps. L'Entente n'en persistait pas moins à dépenser des centaines de millions pour semer la mort, la famine et les épidémies dans le pays de la révolution. Ioudénitch fut un des condottieri que payèrent l'Angleterre et la France. Il s'adossait à l'Estonie; son flanc gauche était couvert par la Finlande. L'Entente exigeait que ces deux pays, émancipés par la révolution, l'aidassent à égorger celle-ci. A Helsingfors comme à Reval, d'interminables pourparlers avaient lieu; les plateaux de la balance versaient tantôt d'un côté, tantôt de l'autre. Nous regardions avec anxiété deux petits États hostiles qui formaient les deux pièces d'une tenaille menaçant cette tête, Pétrograd.

Le 1er septembre, j'écrivis, en manière d'avertissement, ceci dans la *Pravda* :

« Au nombre des divisions que nous transférons en ce moment sur le front de Pétrograd, la cavalerie des Bachkirs ne sera pas au dernier plan et, dans le cas où les bourgeois finnois tenteraient d'assaillir Pétrograd, les Bachkirs rouges entreraient en ligne avec ce mot d'ordre : — Prendre Helsingfors! »

La division de cavalerie des Bachkirs avait été formée tout récemment. Dès le début, j'avais en vue de la transférer pour quelques mois à Pétrograd afin de donner aux hommes des steppes la possibilité de vivre quelque temps dans un milieu civilisé, de faire connaissance avec les ouvriers, de fréquenter les clubs, les meetings et les théâtres. A cette idée s'ajoutait maintenant une autre considération : il s'agissait de faire peur à la bourgeoisie finlandaise en agitant devant elle le spectre d'une invasion de Bachkirs.

Cependant, nos avertissements eurent moins de poids que les rapides progrès de Ioudénitch. Le 13 octobre, il avait pris Louga; le 16, il s'emparait de Krassnoïé Sélo et de Gatchina, dirigeant ses forces sur Pétrograd et cherchant à couper la voie ferrée Pétrograd-Moscou. Au dixième jour de son offensive, Ioudénitch se trouvait déjà à Tsarskoïé Sélo (Dietskoïé) [1]. Les cavaliers qu'il envoyait en reconnaissance apercevaient, d'une hauteur, la coupole dorée de la cathédrale Saint-Isaac.

Anticipant sur ce qui ne devait pas se produire, la station de radio finlandaise annonça l'occupation de Pétrograd par les troupes de Ioudénitch. Les ministres de l'Entente à Helsingfors transmirent officiellement la nouvelle à leurs gouvernements. Dans toute l'Europe, dans le monde entier, se répandit la nouvelle de la chute du rouge Pétrograd. Un journal suédois parla « d'une semaine de fièvre dans le monde au sujet de Pétrograd ».

L'agitation la plus grande régnait dans les cercles dirigeants de la Finlande. Non seulement les officiers mais le gouvernement étaient partisans d'une intervention. Personne ne voulait laisser échapper le butin. La social-démocratie finlandaise promit, bien entendu, d'observer la « neutralité ». « La question de l'intervention, écrit un des historiens blancs, n'était plus débattue que du point de vue financier. » Il ne restait qu'à fixer formellement la garantie : cinquante millions de francs; tel était le prix du sang de Pétrograd à la Bourse de l'Entente.

Non moins angoissante était la question de l'Estonie. Le 17 octobre, j'écrivais à Lénine :

« Si nous gardons Pétrograd, ce que j'espère, nous aurons la possibilité de liquider totalement Ioudénitch. La difficulté sera que Ioudénitch jouira du droit d'asile en Estonie. Il faudrait que ce pays fermât ses frontières à son invasion. Dans le cas contraire, nous devons garder le droit d'envahir l'Estonie sur les traces de Ioudénitch. »

Cette proposition fut adoptée lorsque nos troupes eurent mis Ioudénitch en déroute; mais elles n'y réussirent pas du premier coup.

Je trouvai Pétrograd dans le plus extrême désarroi. Tout

1. *Tsarskoïé Sélo* (Bourg du Tsar) était une résidence impériale qui a été transformée depuis en colonie enfantine (*Dietskoïé Sélo*). (*N. d. T.*)

s'en allait en glissade. Nos régiments refluaient, se disloquaient. Les commandants tournaient les yeux vers les communistes, les communistes se tournaient vers Zinoviev. Celui-ci était le centre même de la confusion générale. Sverdlov me dit une fois :

— Zinoviev, c'est la panique...

Or, Sverdlov connaissait son monde. Et en effet, dans les périodes favorables, lorsque, selon l'expression de Lénine, « on n'avait rien à craindre », Zinoviev montait très facilement au septième ciel. Mais lorsque les affaires allaient mal, Zinoviev s'étendait sur un divan, non pas au sens figuré, mais au sens propre, et soupirait. A dater de 1917, j'avais pu constater que, pour Zinoviev, il n'y avait pas de milieu : ou le septième ciel, ou le canapé. Cette fois-ci, je le trouvais sur le canapé. Autour de lui se trouvaient aussi des hommes courageux, comme Lachévitch. Mais tous avaient les bras cassés. Tout le monde le sentait et cela s'apercevait en toutes choses. De Smolny, par téléphone, je commandai une automobile au garage de l'armée. La voiture n'arriva pas à l'heure dite. D'après la voix du préposé, j'avais compris que l'apathie, le découragement, la résignation à subir la fatalité avaient gagné même les services subalternes de l'administration. Il fallait prendre des mesures exceptionnelles, car l'ennemi était déjà à nos portes. Comme toujours en pareil cas, je demandai l'appui du contingent de mon train. C'étaient des hommes sur lesquels on pouvait compter dans les circonstances les plus difficiles. Ils vérifiaient, exerçaient une pression, faisaient la liaison, remplaçaient les incapables, comblaient les brèches.

De l'appareil officiel qui ne ressemblait plus à rien, je descendis à deux ou trois étages plus bas : j'allai voir les rayons du parti, les usines, les fabriques, les casernes. Comme on s'attendait à la reddition de la ville, personne n'osait se montrer. Mais dès que la base sentit que Pétrograd ne serait pas livré et qu'au besoin il serait défendu par des combats de rues, l'état d'esprit changea. Les plus valeureux, les plus capables de sacrifice relevèrent la tête. Des détachements d'hommes et de femmes, munis d'outils de sape, partirent des usines et des fabriques. Les ouvriers de Pétrograd n'avaient pas alors bonne mine : le teint terreux parce qu'ils ne mangeaient pas à leur faim, des vêtements en loques, des bottes trouées, souvent dépareillées.

— Nous ne livrerons pas Pétrograd, camarades?

— Nous ne le livrerons pas!

Il y avait une flamme de passion toute singulière dans les yeux des femmes. Les mères, les épouses, les filles refusaient de se séparer du nid familial, peu attrayant, mais déjà réchauffé.

— Nous ne le livrerons pas! s'exclamaient de fortes voix de femmes, et les mains étreignaient des manches de pioches comme si c'étaient des fusils.

Un bon nombre de femmes savaient manier de vrais fusils ou prendre place à la mitrailleuse. Toute la capitale était divisée en rayons que dirigeaient des états-majors ouvriers. Les points stratégiques les plus importants furent protégés par des barbelés. Des positions furent choisies pour l'artillerie et l'on détermina d'avance les points à viser. Sur les grandes places et aux principaux carrefours, on établit environ soixante pièces bien dissimulées. On fortifia les canaux, les squares, les murailles, les palissades, les maisons. Dans la périphérie et le long de la Néva on creusa des tranchées. Toute la partie sud de la ville fut transformée en forteresse. Dans de nombreuses rues, sur de nombreuses places, on dressa des barricades. Un nouvel état d'esprit, partant des quartiers ouvriers, gagna les casernes, les milieux de l'arrière et l'armée en campagne.

Ioudénitch ne se trouvait plus qu'à dix ou quinze verstes de Pétrograd. Il était sur les hauteurs de Poulkovo que j'avais visitées deux ans auparavant, lorsque la révolution, qui venait à peine de remporter sa première victoire, défendait son existence contre les troupes de Kérensky et de Krasnov. Maintenant encore, le sort de Pétrograd ne tenait qu'à un cheveu. Il fallait briser l'inertie de nos troupes en retraite immédiatement et à quelque prix que ce fût.

Par ordre du jour du 18 octobre, j'interdis « de communiquer par écrit de fausses nouvelles, concernant de violents combats, là où il n'y avait qu'une violente panique. Tout mensonge sera châtié comme une trahison. Dans les affaires de guerre, on peut admettre des erreurs, mais non des mensonges, des tromperies; on ne peut se mentir à soi-même ».

Comme toujours, aux heures difficiles, j'estimais indispensable de découvrir avant tout à l'armée et au pays la cruelle vérité. Je fis connaître à l'opinion un mouvement de retraite absurde qui s'était produit dans la même journée :

« Une compagnie du régiment de chasseurs a pris peur au sujet d'une ligne ennemie qui apparaissait sur son flanc. Le commandant du régiment a donné l'ordre de battre en retraite. Le régiment est parti vers l'arrière au pas de course, couvrant huit ou dix verstes dans la direction d'Alexandrovka. Après vérification, il est évident que sur le flanc de ce régiment se trouvait une de nos troupes... Le régiment qui avait reculé ainsi n'était pourtant pas du tout si mauvais. Dès qu'on lui eut rendu confiance en lui-même, il revint sur ses pas et, à marche forcée, parfois au pas de course, tout en sueur malgré le temps froid, refit huit verstes en une heure, chassa l'adversaire peu nombreux et réoccupa ses positions avec peu de pertes. »

Dans ce petit épisode, j'eus à jouer pour la première et l'unique fois de toute la guerre le rôle de chef de régiment. Lorsque les fuyards tombèrent presque sur l'état-major de la division, à Alexandrovka, je montai sur le premier cheval venu et fis faire demi-tour à ces troupes. Aux premiers moments, il y eut de la confusion : les hommes ne comprenaient pas tous de quoi il s'agissait et quelques-uns continuaient à battre en retraite. Mais, sur ma monture, allant et venant, je les ramenais, l'un après l'autre. Alors seulement je vis que mon estafette, Kozlov, paysan de la banlieue de Moscou, ancien soldat, galopait à ma suite. Il était en pleine ivresse de bataille. Le nagan [1] au poing, il parcourait les rangs, répétant mes appels, brandissant son arme et hurlant de toutes ses forces :

— Ayez pas peur, les enfants! C'est le camarade Trotsky qui nous conduit!...

L'offensive fut aussi rapide que l'avait été la retraite. Pas un soldat de l'Armée rouge ne resta en arrière. A deux verstes de distance commença le doucereux et exécrable sifflement des balles, nos premiers blessés tombèrent. Le commandant du régiment était méconnaissable. Il se montrait dans les secteurs les plus exposés et, dans le temps qu'il fallut pour reprendre les positions abandonnées, il fut blessé aux deux jambes. Je rentrai à l'état-major en camion. En route, nous ramassâmes des blessés. L'impulsion était donnée. De tout mon être je sentis que nous garderions Pétrograd.

Ici, probablement faut-il s'arrêter à une question que le lecteur s'est peut-être déjà posée deux fois : un homme qui dirige l'ensemble d'une armée a-t-il le droit de courir des dangers personnels dans des combats avec certaines unités? A cela je répondrai qu'il n'existe pas de règles absolues, ni pour la paix ni pour la guerre. Tout dépend des circonstances.

1. Revolver de guerre. (*N. d. T.*)

Les officiers qui m'accompagnèrent dans mes tournées au front ont dit plus d'une fois qu' « en de pareils endroits, même les chefs de division, jadis, ne jetaient pas un coup d'œil ». A ce sujet, les journalistes bourgeois parlèrent d'une recherche de « réclame » traduisant dans la langue qui leur est familière ce qui dépassait leur horizon.

En réalité, les circonstances de la création de l'Armée rouge, le choix de ses unités et le caractère même de la guerre civile exigeaient précisément cette conduite et non pas une autre. Car tout était à refaire : la discipline, les habitudes du combattant et l'autorité militaire. De même que nous n'étions pas en mesure, surtout dans la première période, de fournir à l'armée, conformément au plan, tout le nécessaire venant d'un seul centre, de même ne pouvions-nous pas donner à cette armée, bâtie hâtivement sous le feu, un élan révolutionnaire au moyen de circulaires ou d'appels à demi-anonymes. Au regard du soldat, il fallait conquérir dès le premier jour l'autorité qui, le lendemain, justifierait pour lui les sévères exigences du haut commandement. Là où il n'y avait pas de traditions, il fallait un clair exemple. Le risque personnel n'était qu'une dépense supplémentaire indispensable sur le chemin de la victoire...

Les effectifs du commandement s'étaient habitués à la malchance. Il fallut les secouer, les rafraîchir, les renouveler. Il y eut encore de plus grands changements dans le contingent des commissaires. Chaque élément de troupe fut renforcé par des communistes. Quelques forces nouvelles arrivèrent. Les élèves des écoles militaires furent jetés en première ligne. En deux ou trois jours, on réussit à redresser l'appareil du ravitaillement qui s'était complètement relâché. Le soldat de l'Armée rouge mangea mieux, put changer de linge, eut des chaussures neuves, entendit un discours, se réveilla, prit de l'allant et devint tout autre.

La journée du 21 octobre fut décisive. Nos troupes avaient reculé sur les hauteurs de Poulkovo. Lâcher ce point, c'était accepter la bataille dans les murs de la capitale. Jusqu'à ce jour les Blancs avaient avancé, ne rencontrant qu'une résistance insignifiante. Le 21, notre armée se retrancha sur la ligne de Poulkovo et opposa de la résistance. L'offensive de l'ennemi s'arrêta. Le 22, l'Armée rouge prit elle-même l'offensive. Ioudénitch avait eu le temps de faire avancer ses réserves et de renforcer ses rangs. Les combats devinrent acharnés. Au soir du 23, nous nous emparions de Dietskoïé Sélo et de Pavlovsk. Pendant ce temps, la XVe armée, notre voisine, commençait à faire pression du côté sud, menaçant de plus en plus les derrières et l'aile droite des Blancs. Un revirement se produisit. Celles de nos troupes qui avaient été surprises par l'offensive et qu'une série de revers avaient rendues furieuses rivalisèrent d'abnégation et d'héroïsme. Les victimes furent nombreuses. Le haut commandement des Blancs affirma qu'elles étaient en plus grand nombre chez nous que chez eux. C'est possible : ils avaient plus d'expérience et plus d'armes. De notre côté, ce qui l'emportait, c'était l'abnégation. Les jeunes ouvriers et paysans, les élèves des cours de Moscou et de Piter ne se ménageaient pas. Ils s'élançaient contre les mitrailleuses et se jetaient contre les tanks, le revolver au poing. L'état-major des Blancs écrivit sur « la folie héroïque des Rouges ».

Dans les journées qui avaient précédé, il n'y avait presque pas eu de prisonniers. On pouvait compter facilement les transfuges de l'Armée blanche. Le nombre des transfuges et des prisonniers s'accrut subitement. Tenant compte de la fureur des combats, je lançai, le 24 octobre, un ordre du jour où il était dit :

« Malheur au soldat indigne qui lèverait le couteau sur un prisonnier ou sur un transfuge! »

Nous avancions. Ni les Estoniens ni les Finnois ne pensaient plus à une intervention. Les Blancs, écrasés, furent refoulés en quinze jours jusqu'aux frontières de l'Estonie, dans une complète débâcle. Le gouvernement d'Estonie les désarma. Ni à Londres ni à Paris, personne ne pensait plus à eux. C'est dans la famine et le froid que périt ce qui avait été, la veille encore, l'armée du Nord-Ouest de l'Entente. On admit dans les baraquements-hôpitaux quatorze mille malades du typhus. C'est ainsi que s'acheva « la semaine mondiale de la fièvre de Pétrograd ».

Les dirigeants de l'Armée blanche se plaignirent amèrement, dans la suite, de l'amiral anglais Cowan qui, malgré ses promesses, ne les aurait pas suffisamment soutenus du côté du golfe de Finlande. Ces plaintes étaient pour le moins exagérées. Trois de nos torpilleurs avaient été détruits par des mines, dans une course de nuit, entraînant dans l'abîme cinq cent cinquante jeunes marins. Cela au moins doit être porté à l'actif de l'amiral anglais. L'ordre du jour qui annonça ce deuil à l'armée et à la flotte s'exprimait ainsi :

« Combattants rouges!

« Sur tous les fronts, vous vous heurtez aux intrigues hostiles de l'Angleterre. Les armées de la contre-révolution tirent sur vous avec des canons anglais. Dans les dépôts de Schenkursk et de l'Onéga, sur les fronts du sud et de l'ouest, vous découvrez des munitions qui proviennent d'Angleterre. Les prisonniers que vous faites portent des uniformes anglais. Des femmes et des enfants, à Arkhangel et à Astrakhan, sont massacrés, ou mutilés par des aviateurs anglais avec de la dynamite anglaise. Des vaisseaux anglais bombardent nos côtes...

« Mais même actuellement, alors que nous combattons avec acharnement le mercenaire de l'Angleterre, Ioudénitch, j'exige de vous que vous n'oubliez jamais qu'il existe deux Angleterres. A côté de l'Angleterre des profits, de la violence, de la corruption, des atrocités, il existe une Angleterre du travail, pleine de puissance spirituelle, dévouée aux grands idéaux de la solidarité internationale. Nous avons contre nous l'Angleterre des boursiers, vile et sans honneur. L'Angleterre laborieuse, le peuple, est pour nous. » (Ordre du jour à l'armée et à la flotte, du 24 octobre 1919, nº 159.)

Les tâches de l'éducation socialiste étaient étroitement rattachées par nous à celles de la guerre. Les idées dont on prend conscience sous le feu sont acquises fortement et pour toujours.

Dans les drames de Shakespeare, le tragique alterne avec le comique, parce que dans la vie, ce qui est grand se combine avec ce qui est petit et vulgaire.

Zinoviev, qui, vers ce temps-là, avait eu le temps de se relever de son canapé et qui était en train de grimper vers le deuxième ou le troisième ciel, me communiqua, au nom de l'Internationale communiste, le document suivant :

« Défendre Pétrograd rouge, c'était rendre un service inappréciable au prolétariat mondial, et, par conséquent, à l'Internationale communiste. La première place dans la défense de Pétrograd vous appartient, bien entendu, cher camarade Trotsky. Au nom du comité exécutif de l'Internationale communiste, je vous transmets des drapeaux que je vous prie de remettre aux éléments les plus méritants de la glorieuse Armée rouge que vous dirigez. Le président du comité exécutif de l'Internationale communiste, G. Zinoviev. »

Je reçus des documents du même genre de la part du soviet de Pétrograd, des syndicats et d'autres organisations. Je transmis les drapeaux à différents régiments; mes secrétaires rangèrent dans les archives les documents. Ces lettres ne furent tirées de là que beaucoup plus tard, lorsque Zinoviev se mit à chanter, d'une autre voix, de tout autres chansons.

Il est maintenant difficile d'évoquer, et même de se rappeler l'explosion d'enthousiasme que provoqua la victoire remportée sous Pétrograd. Elle coïncidait d'ailleurs avec le début de succès décisifs sur le front du Midi. La révolution, de nouveau, relevait bien haut la tête. Aux yeux de Lénine, la victoire remportée sur Ioudénitch eut d'autant plus d'importance que vers le milieu d'octobre il la considérait comme presque impossible. Au bureau politique, il fut décidé de me décerner l'ordre du Drapeau rouge pour la défense de Pétrograd. Cette décision me mit dans une situation très délicate. J'avais admis la création d'une décoration révolutionnaire non sans hésiter : il n'y avait pas si longtemps que nous avions aboli les ordres chevaleresques de l'ancien régime. En instituant un ordre nouveau, je songeais à donner un stimulant de plus à ceux pour lesquels il ne suffit pas d'avoir conscience de leur devoir révolutionnaire. Lénine m'avait soutenu. La nouvelle décoration fut bien adoptée. Du moins, en ces années-là, la donnait-on pour de véritables services rendus dans la bataille, sous le feu. Maintenant on me l'accordait. Je ne pouvais pas la refuser sans disqualifier un insigne que j'avais tant de fois distribué moi-même. Il ne me restait qu'à accepter ce qui était conventionnel.

A cela se rattache un épisode qui ne s'est éclairé de sa vraie lumière pour moi que plus tard. A la fin d'une séance de bureau politique, Kaménev, non sans une certaine confusion, proposa de décorer de cet ordre Staline.

— Pour quoi? demanda Kalinine d'un ton d'indignation très sincère. — Pourquoi à Staline, je ne peux pas comprendre?

On le calma par une plaisanterie et la proposition fut approuvée.

Boukharine, pendant la suspension de séance, se jeta sur Kalinine :

— Comment n'as-tu pas compris? C'est Ilitch qui a imaginé ça : Staline est incapable de vivre quand il ne possède pas quelque chose qu'il voit à un autre. Il ne pardonnerait pas ça.

Je comprenais parfaitement Lénine et l'approuvais à part moi.

La remise des décorations se faisait avec un cérémonial plus que solennel, au Grand Théâtre, où je lus un rapport sur la situation militaire devant la réunion générale des institutions soviétiques dirigeantes. Lorsque le président nomma en fin de compte Staline, j'essayai d'applaudir. Je fus soutenu par deux ou trois auditeurs qui n'étaient pas très sûrs d'eux-mêmes. Il y eut dans la salle un petit froid d'étonnement, particulièrement sensible après les ovations qui avaient précédé. Staline lui-même, fort raisonnablement, était absent.

Je fus beaucoup plus satisfait de voir que l'ordre du Drapeau rouge était décerné à mon train, à titre collectif.

« Dans la lutte héroïque de la VIIe armée, — disait l'ordre du jour du 4 novembre, — les travailleurs de notre train ont dignement combattu, depuis le 17 octobre jusqu'au 3 novembre. Les camarades Kliger, Ivanov et Zastar sont tombés. Les camarades Prede, Draudin, Purin, Tcherniavstsev, Kouprié-vitch, Tesnek ont été blessés. Les camarades Adamson, Purin, Kilelis ont été contusionnés. Je ne nomme pas les autres parce qu'il faudrait les nommer tous. Dans le revirement qui s'est produit sur le front, les combattants de notre train n'occupent pas la dernière place. »

Quelques mois plus tard, Lénine, m'appela un jour par téléphone :

— Avez-vous lu le livre de Kirdetsov?

Ce nom ne me disait rien.

— C'est un Blanc, un ennemi. Il parle de l'offensive menée par Ioudénitch sur Pétrograd...

Il faut dire que Lénine, en général, suivait beaucoup plus attentivement que moi, ce qui paraissait dans la presse des Blancs.

Le surlendemain, il me demanda encore :

— L'avez-vous lu?

— Non.

— Voulez-vous que je vous l'envoie?

Mais je devais avoir chez moi ce livre : nous recevions, Lénine et moi, les mêmes nouveautés de la littérature par Berlin.

— Il faut absolument que vous lisiez le dernier chapitre : c'est un jugement de l'ennemi, et il y est question de vous...

Oui, mais je ne trouvai pas le temps de le lire.

Chose étrange, ce livre m'est tombé récemment sous la main à Constantinople. Je me suis rappelé avec quelle insistance Lénine m'avait invité à lire le dernier chapitre.

Voici l'appréciation de l'adversaire, d'un des ministres de Ioudénitch, qui avait tellement intéressé Lénine :

« Dès le 16 novembre, Trotsky arrivait en toute hâte sur le front de Pétrograd et le désarroi de l'état-major rouge disparut devant son énergie bouillonnante. Quelques heures avant la prise de Gatchina, il tente encore d'arrêter l'offensive des Blancs, mais, voyant que c'est impossible, il se hâte de quitter la ville pour organiser la défense de Tsarskoïé-Sélo. Le gros de ses réserves n'était pas encore arrivé, mais il concentre rapidement tous les élèves des écoles militaires de Pétrograd, mobilise toute la population masculine de Pétrograd et, à l'aide de mitrailleuses [?!] il ramène sur leurs positions toutes les troupes de l'Armée rouge; par des mesures énergiques, il met en défense tous les abords de Pétrograd... Trotsky a réussi à organiser dans Pétrograd même des détachements d'ouvriers communistes fortement inspirés et à les jeter en pleine lutte. D'après le témoignage de l'état-major de Ioudénitch, ce sont ces détachements, et non pas [?] les troupes de l'Armée rouge, ce sont aussi les bataillons de matelots et ceux des écoles militaires qui se sont battus comme des lions. Ils s'élançaient contre les tanks, la baïonnette en avant, et, tombant par rangées sous le feu exterminateur des monstres d'acier, ils continuaient à défendre persévéramment leurs positions. »

Personne n'a jamais fait marcher les soldats de l'Armée rouge en les menaçant du feu des mitrailleuses. Mais nous avons sauvegardé Pétrograd.

CHAPITRE XXXVI

L'OPPOSITION MILITAIRE

La question essentielle d'une heureuse construction de l'Armée rouge était celle de rapports justes à établir entre le prolétariat et la classe paysanne dans le pays. Plus tard, en 1923, on a inventé une légende des plus bêtes : on a prétendu que j'avais « sous-estimé » la classe paysanne. Or, de 1918 à 1921, j'ai eu l'occasion, plus étroitement et plus immédiatement que personne, d'examiner pratiquement le problème du village russe : l'armée, pour la plus grande masse, était formée de paysans et agissait dans un entourage de ruraux. Je ne puis m'arrêter ici sur cette grande question. Je me bornerai à en donner deux ou trois illustrations, mais suffisamment parlantes.

Le 22 mars 1919, par fil direct, je demandais au comité central de « résoudre la question de la revision du comité exécutif central dans la région de la Volga et de la nomination d'une commission autorisée du comité exécutif central et du comité central. La tâche de la commission sera d'entretenir, parmi les paysans de la région de la Volga, la confiance dans le pouvoir soviétique central, d'éliminer les désordres les plus criants dans les localités et de punir les représentants du pouvoir soviétique les plus coupables, de recueillir les plaintes et les documents qui pourraient servir de base à des décrets démonstratifs en faveur des paysans de condition moyenne ».

Il n'est pas sans intérêt de noter que cette conversation, par fil direct, eut lieu entre moi et Staline et que c'est précisément à lui que j'expliquais l'importance de la question des paysans de condition moyenne.

C'est dans la même année 1919 que Kalinine fut, sur mon initiative, élu président du comité exécutif central, en tant que personne proche des paysans de condition moyenne et connaissant bien leurs besoins. Il est cependant beaucoup plus important de noter qu'en février 1920, après avoir observé les conditions de vie dans l'Oural, je réclamai avec insistance une nouvelle politique économique. Au comité central, je réunis exactement quatre voix contre onze. Lénine, à cette époque, était adversaire d'une modification dans la répartition des approvisionnements, et il l'était irréductiblement. Staline, bien entendu, vota contre moi. L'adoption d'une nouvelle politique économique n'eut lieu qu'un an plus tard, à vrai dire à l'unanimité, mais sous le grondement de l'insurrection de Cronstadt et dans l'atmoshpère des dispositions menaçantes de toute l'armée.

Presque toutes, sinon toutes, les questions de principe et les difficultés de l'édification soviétique des années suivantes se sont posées devant nous surtout dans le domaine militaire et sous une forme extrêmement concentrée. Là, en règle générale, aucun délai n'était accordé. Toute erreur comportait immédiatement sa punition. L'opposition faite à de telles décisions vérifiait sa propre valeur sur place, par les faits. De là, dans l'ensemble, la logique intérieure dans la construction de l'Armée rouge, l'absence d'errements d'un système à l'autre. Si nous avions eu plus de temps pour raisonner et discuter, nous aurions commis, probablement, beaucoup plus de fautes.

Néanmoins la lutte intérieure, dans le parti, était par moments acharnée. Et comment pouvait-il en être autrement? L'entreprise était trop nouvelle, les difficultés étaient trop grandes.

L'ancienne armée en était encore à se disperser dans le pays, répandant la haine de la guerre; nous avions à former de nouveaux régiments. On chassait de l'ancienne armée les officiers du tsar ; en certains endroits, on leur réglait leur compte sans pitié. Or, nous étions obligés de demander à des officiers du tsar de devenir moniteurs dans la nouvelle armée. Les comités, dans les vieux régiments, s'étaient formés comme des incarnations de la révolution même, du moins dans la première étape. Dans les nouveaux régiments, le principe même des comités ne pouvait être toléré, en tant que principe de décomposition. Les malédictions envoyées à l'adresse de la vieille discipline retentissaient encore que déjà nous commencions à en établir une nouvelle. Après avoir recouru aux volontaires, il fallut, à bref délai, en revenir à la conscription forcée; après les détachements de partisans, il fallut avoir une organisation militaire exacte. La lutte contre l'esprit du partisanat fut menée par nous sans interruption, de jour en jour, et exigea la plus grande persistance, une intransigeance qui alla parfois jusqu'aux mesures de rigueur. Le chaos des entreprises de partisans était l'expression même des dessous ruraux de la révolution. La lutte contre le partisanat fut par conséquent une bataille pour l'esprit politique prolétarien contre l'élément petit bourgeois anarchiste qui tendait à le ruiner. Cependant les méthodes et les us des partisans trouvaient leur reflet même dans les rangs du parti.

L'opposition, dans les questions militaires, s'était formée dès les premiers mois de l'organisation de l'Armée rouge. Dans l'essentiel, cette opposition défendait le principe de l'élection des chefs, protestait contre l'emploi de spécialistes, contre l'établissement d'une discipline de fer, contre la centralisation des pouvoirs de l'armée, etc. Les oppositionnels tentaient de trouver une formule théorique générale. Une armée centralisée, affirmaient-ils, c'est l'armée d'un État impérialiste. La révolution doit renoncer non seulement à la guerre de tranchées, mais à une armée centralisée. La révolution est toute construite sur sa propre mobilité, sur la hardiesse des coups qu'elle porte, sur les manœuvres qu'elle fait. Sa force combative consiste dans des détachements indépendants, peu nombreux, combinés avec toutes les sortes d'armes, ne se rattachant pas à une base, s'appuyant sur les sympathies de la population, attaquant librement l'ennemi par ses derrières. etc. En un mot, la tactique de la révolution devait être celle de la *petite guerre*. Tout cela était extrêmement abstrait, et, au fond, c'était une idéalisation de notre faiblesse. L'expérience sérieuse de la guerre civile détruisit bientôt ces préjugés. Les avantages d'une organisation et d'une stratégie centralisées sur l'improvisation locale, sur le séparatisme et le fédéralisme militaires se découvrirent trop tôt et assez clairement dans l'expérience de la lutte.

Il y avait au service de l'Armée rouge des milliers d'anciens officiers du cadre; il y en eut ensuite des dizaines de milliers. Nombre d'entre eux, d'après ce qu'ils dirent eux-mêmes, considéraient encore, deux ans auparavant, les libéraux modérés comme d'extrêmes révolutionnaires; quant aux bolcheviks, ils étaient pour eux du domaine de la quatrième dimension.

« En vérité, nous aurions trop peu d'estime pour nous-mêmes et notre parti, — écrivais-je contre l'opposition d'alors, — pour la puissance morale de notre idée, pour la force attractive de notre morale révolutionnaire, si nous pensions que nous ne sommes pas capables d'amener à nous des milliers et des milliers de spécialistes, dont des militaires. »

Non sans difficultés et tracas, nous y parvînmes incontestablement à la fin des fins.

Les communistes n'entrèrent pas facilement dans le travail de l'armée. Il y fallut une sélection et une éducation. Dès le mois d'août 1918, sous Kazan, je télégraphiais à Lénine :

« Envoyer ici des communistes qui sachent obéir, qui soient prêts à supporter des privations et consentent à mourir. Nous n'avons pas besoin ici d'agitateurs à la légère. »

Un an plus tard, en Ukraine, où l'anarchie, même dans les rangs de l'armée, était particulièrement sensible, j'écrivais dans un ordre du jour pour la XIVe armée :

« Je vous préviens que tout communiste délégué par le parti dans les rangs de l'Armée rouge est un soldat comme les autres, qu'il a les mêmes droits et les mêmes devoirs que ceux de tout autre soldat de l'Armée rouge. Les communistes pris en flagrant délit d'infractions ou de crimes à l'égard des devoirs révolutionnaires de l'armée seront punis à double titre, car ce qui peut être pardonné à l'ignorant, à l'inconscient, ne peut être pardonné à un membre du parti qui est à la tête de la classe ouvrière du monde entier. »

Il est clair que, sur ce terrain, les querelles furent nombreuses et que les mécontents ne manquèrent pas.

A l'opposition militaire appartenait, par exemple, Piatakov, qui est actuellement directeur de la Banque d'État. En général, il était de n'importe quelle opposition, et toujours pour finir en fonctionnaire. Il y a trois ou quatre ans, lorsque Piatakov appartenait encore avec moi à un certain groupe, je prédis, par plaisanterie, qu'en cas de coup d'État bonapartiste, il prendrait, dès le lendemain, son portefeuille et se rendrait à la chancellerie. Maintenant, je dois ajouter, plus sérieusement, que si cela ne se produit pas ce sera uniquement parce qu'il n'y a pas de coup d'État bonapartiste; en d'autres termes, ce ne sera nullement de la faute de Piatakov.

En Ukraine, Piatakov eut une influence considérable et non par hasard; c'est un marxiste assez instruit, surtout dans le domaine économique, et c'est incontestablement un administrateur, qui a des réserves de volonté. Dans les premières années, Piatakov avait aussi de l'énergie révolutionnaire, une énergie qui, cependant, a rapidement dégénéré en conservatisme bureaucratique. Pour combattre les idées à demi anarchistes de Piatakov concernant l'organisation de l'armée, j'employai le procédé suivant : je lui confiai immédiatement un poste responsable, ce qui le forçait de passer de la parole aux actes. Le procédé n'est pas nouveau, mais il est irremplaçable en bien des cas. Le sens de l'administration lui suggéra bientôt d'employer les méthodes contre lesquelles il avait guerroyé en paroles.

De telles transformations ne furent pas rares. Tous les meilleurs éléments de l'opposition militaire s'entraînèrent bientôt au travail. En même temps, je proposais aux plus irréductibles de former, d'après leurs principes, plusieurs régiments, promettant de leur assurer toutes les ressources indispensables. Il n'y eut qu'un groupe, de district, sur la Volga, pour accepter le défi et pour former un régiment qui, d'ailleurs, ne se distinguait en rien des autres troupes. L'Armée rouge remportait la victoire sur tous les fronts et l'opposition, en fin de compte, se réduisit à rien.

Dans l'Armée rouge et l'opposition militaire, Tsaritsyne prit une importance particulière : là, les travailleurs de l'armée se groupaient autour de Vorochilov. Les détachements révolutionnaires avaient le plus souvent à leur tête d'anciens sous-officiers, paysans originaires du Caucase septentrional. Le profond antagonisme qui existait entre les Cosaques et les paysans donna, dans les steppes du Midi, un caractère d'exceptionnelle férocité à la guerre civile, laquelle s'étendait à tous les villages et causait l'extermination complète de familles entières. C'était une guerre purement paysanne, qui se rattachait toute, par ses racines, au terroir et qui, par les fureurs que manifestèrent les moujiks, fut beaucoup plus terrible que la lutte révolutionnaire dans les autres parties du pays. Cette guerre suscita un bon nombre de solides partisans, tout à fait à la hauteur dans les rencontres qui eurent lieu en leurs limites régionales mais, d'ordinaire, fort incapables quand il fallait aborder des tâches militaires d'une plus grande envergure.

La biographie de Vorochilov témoigne de la vie d'un ouvrier révolutionnaire : meneur de grèves, travail clandestin, prison, déportation. Mais, comme beaucoup d'autres de la couche dirigeante actuelle, Vorochilov ne fut qu'un démocrate révolutionnaire national, issu des milieux ouvriers, rien de plus.

Cela devint particulièrement évident au cours de la guerre impérialiste, puis pendant la révolution de Février. Dans les biographies officielles de Vorochilov, les années 1914-1917 forment une lacune béante; il en est ainsi, d'ailleurs, pour la plupart des dirigeants actuels. Le secret de cette lacune est en ceci que, pendant la guerre, ces gens furent en majorité des patriotes et abandonnèrent tout travail révolutionnaire. Pendant la révolution de Février, Vorochilov, de même que Staline, soutint le gouvernement de Goutchkov-Milioukov, se plaçant à sa gauche. C'étaient des démocrates extrêmement révolutionnaires, mais nullement des internationalistes. On peut poser, comme règle générale, que les bolcheviks qui, pendant la guerre, ont été des patriotes et sont devenus des démocrates après la révolution de Février, sont maintenant des partisans du nationalo-socialisme de Staline. Vorochilov ne fait pas exception.

Bien qu'il appartînt, par ses origines, aux ouvriers de Louga, à un milieu privilégié dans le monde des travailleurs, il rappelait, par toutes ses habitudes, par tous ses goûts, le petit patron plutôt que le prolétaire. Après la révolution d'Octobre, Vorochilov devint naturellement le centre de l'opposition des sous-officiers et des partisans contre l'organisation militaire centralisée qui exigeait des connaissances dans l'art de la guerre et des vues plus larges. C'est ainsi que se forma l'opposition de Tsaritsyne.

Dans l'ambiance de Vorochilov, on parlait avec aversion des spécialistes, des académiciens de guerre des grands états-majors de Moscou. Mais comme les chefs des partisans ne possédaient pas par eux-mêmes de connaissances dans l'art militaire, chacun d'eux avait sous la main son « *spetz* », qui était seulement d'espèce inférieure et qui s'accrochait tant qu'il pouvait à sa place, écartant de plus capables et de mieux renseignés. Les chefs de partisans de Tsaritsyne traitaient le commandement du front soviétique méridional un peu mieux seulement qu'ils ne traitaient les Blancs. Leurs rapports avec le centre moscovite se bornaient à de continuelles demandes de munitions. Chez nous, tout était mesuré au compte-gouttes. Tout ce qui était fabriqué par les usines était immédiatement expédié aux armées. Aucune d'entre elles n'absorba autant de fusils et de cartouches que l'armée de Tsaritsyne. Au premier refus, Tsaritsyne criait à la trahison des « *spetz* » de Moscou. Dans la capitale résidait un représentant spécial de l'armée de Tsaritsyne qui avait pour fonction de nous arracher des munitions : le matelot Jivoder. Lorsque nous tendîmes de plus près le filet de la discipline, Jivoder se fit bandit; il fut, je crois, pris et fusillé.

Staline passa plusieurs mois à Tsaritsyne. Il combina sa lutte de coulisses contre moi, ce qui était alors déjà le plus essentiel de son activité, avec l'opposition locale de Vorochilov et de ses émules les plus proches. Cependant, Staline se tenait de manière à pouvoir, d'un saut, revenir en arrière à n'importe quel moment.

Journellement, des plaintes étaient portées contre Tsaritsyne par les commandants du grand état-major et du front. Impossible d'obtenir l'exécution d'un ordre; impossible de comprendre ce qui se passe là-bas; impossible même d'obtenir une réponse à une question posée. Lénine suivait avec anxiété le développement de ce conflit. Mieux que moi, il connaissait Staline et soupçonnait probablement que l'entêtement des gens de Tsaritsyne s'expliquait par les manœuvres de coulisses du régisseur Staline. La situation devint impossible. Je décidai d'aller mettre de l'ordre à Tsaritsyne. Après un nouveau conflit du commandement avec ce groupe, je réclamai avec instance le rappel de Staline. Ce fut fait par l'intermédiaire de Sverdlov qui partit lui-même chercher Staline par train spécial. Lénine désirait réduire le conflit au minimum et il avait certainement raison. Pour moi, je ne pensais nullement à Staline. En 1917, il avait passé devant moi comme une ombre imperceptible. Dans le feu de la lutte, j'oubliais d'ordinaire tout simplement son existence. Je pensais à l'armée de Tsaritsyne. J'avais besoin d'une aile gauche sur laquelle on pût compter pour le front sud. Je me rendis à Tsaritsyne pour obtenir ce résultat à quelque prix que ce fût. Sverdlov et moi, nous nous rencontrâmes en route. Il me questionna avec prudence sur mes intentions, puis me proposa de causer avec Staline, qui, comme il se trouva, revenait dans son wagon.

— Est-il possible que vous vouliez tous les chasser? me demanda Staline d'un ton plus que résigné. Ce sont de braves enfants.

— Ces braves enfants perdront la révolution qui ne peut attendre qu'ils sortent de l'âge puéril. Je ne veux qu'une chose : insérer Tsaritsyne dans la Russie soviétique.

Quelques heures après, je vis Vorochilov. L'alarme régnait dans l'état-major. Le bruit avait été lancé que Trotsky arrivait muni d'un grand balai, qu'il avait avec lui deux dizaines de généraux du tsar pour remplacer les chefs de partisans, lesquels (ce n'est pas inutile de le dire) à mon arrivée avaient en hâte pris les titres de commandants de régiments, de brigades et de divisions.

Je demandai à Vorochilov ce qu'il pensait des ordres du jour du front et des ordres du haut commandement.

Il s'ouvrit à moi : Tsaritsyne ne se croyait en devoir d'exécuter que les ordres qu'il jugeait justes.

C'en était trop. Je déclarai que s'il ne s'engageait pas à remplir exactement et sans condition les ordres et les tâches opératives, je l'expédierais immédiatement sous escorte à Moscou pour le livrer au tribunal.

Je ne déplaçai personne, ayant obtenu un engagement formel de soumission.

La majorité des communistes de l'armée de Tsaritsyne me soutinrent en toute conscience. J'allai visiter toutes les troupes et me montrai affable à l'égard des partisans parmi lesquels il y avait un bon nombre d'excellents soldats qui n'avaient besoin seulement que d'être bien dirigés. C'est avec ce résultat que je rentrai à Moscou.

De mon côté, dans toute cette affaire, il n'y avait pas ombre de partialité ou d'hostilité. Je puis affirmer que mes raisons individuelles n'ont jamais joué aucun rôle dans mon activité politique. Mais dans la grande lutte que nous menions, l'enjeu était trop considérable pour que je pusse jeter des regards à droite et à gauche. J'ai dû souvent, presque à chaque pas, marcher sur les cors de passions personnelles, d'amitiés ou d'amours-propres. Staline recueillait avec soin les gens qui avaient eu des cors écrasés. Il avait pour cela suffisamment de temps et son intérêt personnel y était. Le commandement de Tsaritsyne devint, dès ce temps, un de ses principaux instruments. Dès que Lénine tomba malade, Staline obtint, par l'intermédiaire de ses alliés, que Tsaritsyne s'appelât Stalingrad. La masse de la population ne comprenait même pas ce que signifiait ce nom. Et si, actuellement, Vorochilov est membre du bureau politique, la seule raison en est (je n'en vois pas d'autre) qu'en 1918 je l'ai forcé à se soumettre en le menaçant de le renvoyer à Moscou sous escorte.

Il me semble qu'il n'est pas sans intérêt d'illustrer cette relation de notre travail militaire, ou plutôt de la lutte intérieure au parti qui s'y rattacha, par quelques extraits d'une correspondance du parti qui date de l'époque et qui n'a jamais encore été publiée nulle part.

Le 4 octobre 1918, de Tambov, je disais par fil direct à Lénine et à Sverdlov :

« J'insiste catégoriquement pour que Staline soit rappelé. Sur le front de Tsaritsyne, cela ne va pas, bien que les forces soient surabondantes. Je le maintiens [Vorochilov] commandant de la Xe armée [de Tsaritsyne] à condition qu'il se soumette au commandant du front sud. Jusqu'à ce jour, les chefs de Tsaritsyne n'ont même pas envoyé à Kozlov de rapports sur leurs opérations. Je les ai soumis à l'obligation d'envoyer deux fois par jour des rapports sur leurs opérations et les reconnaissances faites. Si demain cet ordre n'est pas exécuté, je ferai mettre en jugement Vorochilov et porterai le fait, par ordre du jour, à l'armée. Pour l'offensive il ne reste que peu de temps avant que les routes soient coupées, tant pour les piétons que pour les cavaliers. Nous n'avons pas le temps de mener des pourparlers diplomatiques. »

Staline fut rappelé. Lénine comprenait trop bien que je n'étais guidé que par des considérations pratiques. En même temps, naturellement, le conflit lui donnait des soucis et il s'efforçait d'aplanir les difficultés. Le 23 octobre, il m'écrivait à Balachov :

« Aujourd'hui, Staline est arrivé; il nous a apporté la nouvelle de trois grandes victoires de nos troupes sous Tsaritsyne [1]. Staline a persuadé Vorochilov et Minine, qu'il considère comme des militants de très grande valeur, irremplaçables, de ne pas partir et de se soumettre entièrement aux ordres du centre; la seule raison de leur mécontentement, d'après lui, serait dans l'extrême retardement ou dans le défaut d'expédition des munitions et des cartouches, ce qui cause également la perte de l'armée du Caucase, forte de deux cent mille hommes et animée d'un très bon esprit [2].

« Staline voudrait bien travailler sur le front du Midi... Il espère que, par son travail, il réussira à démontrer la justesse de son point de vue... En vous communiquant, Lev Davidovitch, toutes ces déclarations de Staline, je vous prie d'y

1. En réalité, ces « victoires » n'eurent qu'un caractère épisodique. (*Note de Trotsky.*)

2. Cette armée de partisans se dispersa bientôt, sous le premier coup, montrant qu'elle était absolument incapable de se battre. (*Note de Trotsky.*)

réfléchir et de me dire d'abord si vous consentez à vous expliquer personnellement avec Staline, auquel cas il consentirait à venir vous rejoindre, et ensuite si vous croyez possible, dans certaines conditions concrètes, d'obvier aux tiraillements précédents et d'organiser un travail commun — ce que désire Staline. En ce qui me concerne, j'estime qu'il est indispensable de faire tous les efforts pour organiser un travail commun avec Staline. Lénine. »

Je répondis que j'y étais tout disposé et Staline fut nommé membre du comité de guerre révolutionnaire du front sud.

Hélas ! ce compromis ne donna pas de résultats. A Tsaritsyne, il n'y eut pas le moindre progrès.

Le 14 décembre, je télégraphiais à Lénine, de Koursk :

« Impossible maintenir plus longtemps Vorochilov quand toutes tentatives de compromis réduites à rien. Indispensable envoyer à Tsaritsyne nouveau comité guerre révolutionnaire avec nouveau commandant, renvoyant Vorochilov en Ukraine. »

Cette proposition fut acceptée sans objection. Mais en Ukraine aussi, cela n'allait pas mieux. L'anarchie qui y régnait sans cela empêchait l'armée de faire du bon travail. L'opposition de Vorochilov, derrière laquelle se tenait, comme précédemment, Staline, rendait ce travail absolument impossible.

Le 10 janvier 1919, je télégraphie, de la station Griazi, à Sverdlov, qui était alors président du comité exécutif central :

« Je déclare catégoriquement que ligne Tsaritsyne, ayant amené complet désarroi armée Tsaritsyne, ne peut être admise en Ukraine... Ligne Staline, Vorochilov et C° signifie ruine de toute l'affaire. Trotsky. »

Lénine et Sverdlov qui observent de loin le travail des « gens de Tsaritsyne » essaient encore d'arriver à un compromis. Par malheur, je ne possède pas leurs télégrammes. Je réponds à Lénine le 11 janvier :

« Il faut bien entendu un compromis, mais non pas un compromis pourri. En somme, tous les Tsaritsyniens se sont rassemblés à Kharkov... J'estime que le patronage accordé par Staline au courant de Tsaritsyne est une plaie des plus dangereuses, pire que toute trahison et félonie des spécialistes militaires... Trotsky. »

« Il faut un compromis, mais non pas un compromis pourri. » Quatre ans après, Lénine me renvoyait presque mot à mot la même phrase au sujet du même Staline. C'était à la veille du XIIe congrès du parti. Lénine se préparait à écraser le groupe staliniste. Il ouvrit l'offensive sur la ligne de la question nationale. Lorsque je proposai un compromis, Lénine répondit :

— Staline conclura un compromis pourri, mais ensuite il trompera.

Dans une lettre au comité central, en mars 1919, je répliquais à Zinoviev qui jouait un jeu équivoque avec l'opposition militaire :

« Je n'entreprendrai pas des recherches psychologiques individuelles pour savoir à quel groupe de l'opposition militaire doit être rattaché Vorochilov, mais je noterai que le seul reproche que je puisse me faire à son égard, c'est d'avoir tenté, pendant deux ou trois mois, d'agir par pourparlers, par persuasion, par des combinaisons personnelles, là où il eût été dans l'intérêt de notre cause de prendre une décision ferme et d'organisation. Car, à la fin des fins, la tâche, en ce qui concernait la Xᵉ armée, n'était pas de faire changer d'opinion Vorochilov, mais d'obtenir, dans le plus court délai, des succès militaires. »

Le 30 mai, de Kharkov, arrive à Lénine une réclamation insistante : on veut qu'un groupe spécial de troupes ukrainiennes soit formé sous le commandement de Vorochilov. Lénine me transmet par fil direct la question à la station Kantémirovka. Le 1ᵉʳ juin, je réponds à Lénine :

« Les tentatives faites par certains Ukrainiens pour unifier la IIᵉ armée, la XIIIᵉ et la VIIIᵉ entre les mains de Vorochilov n'ont aucun sens. Ce qu'il nous faut, ce n'est pas l'unité des opérations sur le Donetz, c'est un rassemblement général des forces contre Dénikine... L'idée d'une dictature de Vorochilov en affaires de guerre ou de ravitaillement en Ukraine est le résultat de l'esprit d'autonomie du Donetz qui est dirigé contre Kiev, c'est-à-dire contre le gouvernement ukrainien et contre le front du Midi... Je ne doute pas que la réalisation de ce plan pourrait seulement accroître le chaos et réduirait définitivement à rien la direction des opérations. Je vous prie d'exiger que Vorochilov et Mejlaouk remplissent intégralement la tâche réelle qui leur a été fixée. Trotsky. »

Le 1ᵉʳ juin, Lénine télégraphie à Vorochilov :

« Il faut, coûte que coûte, en finir immédiatement avec les palabres de meetings, consacrant totalement l'activité à la situation militaire, abandonnant tous projets de constituer des groupes distincts et toutes tentatives analogues pour reconstituer, sous une forme dissimulée, le front ukrainien... Lénine. »

Ayant constaté par expérience combien il était difficile d'aboutir à un résultat avec les autonomistes ukrainiens, éléments indisciplinés, Lénine convoqua le même jour le bureau politique et fit adopter la décision suivante qui fut immédiatement expédiée à Vorochilov et à d'autres intéressés :

« Le bureau politique du comité central, réuni le 1er juin, étant entièrement d'accord avec Trotsky, rejette résolument le plan des Ukrainiens visant à former une unité particulière dans le Donetz. Nous exigeons que Vorochilov et Mejlaouk s'acquittent de leur tâche immédiate... Dans le cas contraire, après-demain, Trotsky vous convoquera à Izioum et donnera des ordres plus détaillés. Par commission du bureau du comité central, Lénine. »

Le lendemain, le comité central examine une autre question : le chef d'armée Vorochilov s'est permis de mettre à la disposition de ses troupes la plus grande partie du matériel de guerre qui a été pris sur l'ennemi. Le comité central rend la décision suivante :

« Charger le camarade Rakovsky d'envoyer au camarade Trotsky, à Izioum, un télégramme à ce sujet et prier le camarade Trotsky de prendre les mesures les plus énergiques pour que ce matériel soit remis à la disposition du conseil de guerre révolutionnaire de la république. »

Le même jour, Lénine, par fil direct, me communique ce qui suit :

« Dybenko et Vorochilov gaspillent le matériel de guerre. Chaos complet. Aucune aide sérieuse au bassin du Donetz. Lénine. »

En d'autres termes, ce qui se passait en Ukraine était la répétition de ce que j'avais combattu à Tsaritsyne.

Il n'est pas étonnant que mes travaux du temps de guerre m'aient créé un bon nombre d'ennemis. Je ne regardais pas à droite et à gauche, je repoussais d'un coup de coude ceux qui étaient gênants pour les succès de l'armée ou bien, dans ma hâte, je marchais sur les pieds des badauds et je n'avais pas le temps de m'excuser. Il y a des gens qui n'oublient pas ces choses-là. Les mécontents, les offensés trouvaient leur chemin vers Staline; quelques-uns vers Zinoviev. Car ces derniers aussi se sentaient offensés. A chaque insuccès sur le front, les mécontents faisaient pression sur Lénine. Dans la coulisse, c'était déjà Staline qui dirigeait ces machinations. Des notes étaient envoyées, concernant le manque de justesse de la politique de guerre, la protection que j'accordais aux « *spetz* », le régime trop rigoureux infligé aux communistes, etc. Les chefs de guerre en disponibilité, les maréchaux manqués de l'Armée rouge présentaient rapports sur rapports, déclarant que les plans stratégiques étaient désastreux, que le commandement faisait du sabotage, et bien d'autres choses.

Lénine était trop absorbé par la direction générale pour se rendre sur les fronts ou aller voir de plus près le travail quotidien des services de la Guerre. Je passais la plupart de mon temps au milieu des armées, ce qui facilitait, à Moscou, les intrigues des babillards de coulisses. Leurs chuchotements persistants ne pouvaient pas manquer d'éveiller de temps à autre, en Lénine, quelque inquiétude. Lorsque je revenais à Moscou, il avait un bon nombre de doutes à m'exprimer et de questions à me poser. Mais il suffisait d'un entretien d'une demi-heure pour rétablir nos rapports de compréhension réciproque et d'entière solidarité. Lorsque nous essuyâmes des revers à l'est, au moment où Koltchak s'approchait du Volga, Lénine, en séance du conseil des commissaires du peuple, — séance à laquelle j'arrivai directement de mon train, m'envoya un petit billet ainsi conçu :

« Si nous chassions tous les « *spetz* » et si on nommait Lachévitch généralissime? »

Lachévitch était un vieux bolchevik qui avait atteint un grade de sous-officier dans la guerre « allemande ».

Je répondis sur le même bout de papier :

« Jeux d'enfants. »

Lénine me jeta, malicieusement, un regard en dessous, avec une grimace particulièrement expressive qui voulait à peu près dire : « Vous êtes bien sévère avec moi. » Mais dans le fond, il aimait des répliques assez raides qui ne laissaient plus de place à aucun doute. Après la séance, nous nous rapprochâmes. Lénine me questionna sur le front.

— Vous me demandez, dis-je, s'il ne vaudrait pas mieux chasser tous les anciens officiers. Mais savez-vous combien nous en avons maintenant dans l'armée?

— Je ne sais pas.

— Dites un chiffre par exemple?

— Je ne sais pas.

— Pas moins de trente mille.

— Hein? quoi?

— Pas moins de trente mille. Pour un traître, il faut compter une centaine de bons officiers, pour un transfuge, deux ou trois de tués. Par qui les remplacerions-nous tous?

Quelques jours plus tard, Lénine prononçait un discours sur les tâches de l'édification socialiste. Voici ce qu'il dit entre autres choses :

« Lorsque, récemment, le camarade Trotsky nous a fait savoir que, dans nos effectifs militaires, le nombre des officiers s'élève à quelques dizaines de milliers, j'ai eu une idée concrète des moyens secrets que nous avons d'utiliser notre ennemi,... de bâtir le communisme avec les briques ramassées par les capitalistes contre nous. »

Au congrès du parti qui eut lieu à peu près vers le même temps, Lénine, en mon absence — j'étais au front — présenta une défense passionnée de la politique de guerre que j'appliquais, contre la critique de l'opposition. C'est précisément pour cela que les procès-verbaux de la section de l'armée du VIIIe congrès du parti n'ont pas été publiés jusqu'à ce jour.

Un jour, au front du Midi, Menjinsky vint me rejoindre. Je le connaissais depuis longtemps. Pendant les années de la réaction, il appartenait au groupe des ultra-gauches ou « *vpérédovsty* », comme ils s'appelaient d'après leur revue (Bogdanov, Lounatcharsky et autres). Au surplus, Menjinsky était porté vers le syndicalisme français. Les gens de *Vpéred* ouvrirent à Bologne une école marxiste pour dix ou quinze ouvriers qui étaient arrivés illégalement de Russie. C'était en 1910. Pendant environ quinze jours, je fis dans cette école un cours de presse journalistique et des causeries sur des questions de tactique du parti. C'est là que je fis la connaissance de Menjinsky qui était arrivé de Paris. L'impression qu'il me fit sera traduite le plus exactement si je dis qu'il ne me fit aucune impression. Il avait plutôt l'air d'être l'ombre d'un autre homme inexistant ou l'esquisse mal réussie d'un portrait inachevé. Il y a des hommes de cette sorte. Parfois seulement un sourire insinuant, un jeu dissimulé du regard, prouvait que cet homme était dévoré par le besoin de sortir de son insignifiance. Je ne sais quelle fut sa conduite pendant les journées d'Octobre, ni même s'il eut alors une conduite à lui. Mais après la conquête du pouvoir, on le dirigea au petit bonheur vers le ministère des Finances. Il n'y manifesta aucune activité, ou bien, s'il en manifesta une, ce fut seulement pour démontrer son incapacité. Ensuite, Dzerjinsky le prit avec lui.

Dzerjinsky était un homme de volonté, passionné et d'une haute tension morale. Il couvrait de toute sa taille la commission extraordinaire. Personne ne remarquait Menjinsky qui, dans l'ombre, farfouillait des paperasses. C'est seulement lorsque Dzerjinsky se sépara de son adjoint Unschlicht — et cela dans la dernière période — que ne trouvant personne d'autre, il posa la candidature de Menjinsky. Tout le monde haussait les épaules.

— Qui donc prendrais-je d'autre? déclarait Dzerjinsky pour se justifier. Il n'y a personne!

Mais Staline soutint Menjinsky. D'une façon générale, Staline soutenait ceux qui étaient capables d'exister, au point de vue politique, par la grâce seulement de l'appareil. Et Menjinsky devint l'ombre fidèle de Staline au Guépéou. Après la mort de Dzerjinsky, Menjinsky se trouva non seulement chef du Guépéou, mais membre du comité central. C'est ainsi que sur l'écran de la bureaucratie, l'ombre d'un homme inexistant peut passer pour quelqu'un.

Il y a dix ans, cependant, Menjinsky essayait d'évoluer autour d'autres axes. Il vint me trouver dans mon wagon, m'apportant un rapport sur certaines sections spéciales de l'armée. Lorsque l'entretien officiel fut terminé, il se mit à tourner sur place, tantôt sur un pied, tantôt sur l'autre, avec le sourire insinuant qui, en lui, provoque tout à la fois de l'inquiétude et de l'étonnement. Il termina par une question : savais-je que Staline menait contre moi une intrigue compliquée?

— Quoi? m'écriai-je, absolument stupéfait, car j'étais fort loin de toutes idées ou inquiétudes de cet ordre.

— Oui, il suggère à Lénine et à d'autres que vous groupez autour de vous des hommes spécialement contre Lénine...

— Mais vous êtes fou, Menjinsky, réveillez-vous, s'il vous plaît; moi, je ne veux plus parler de cela.

Menjinsky partit, l'épaule de travers et toussotant. Je pense que c'est depuis ce jour-là qu'il a cherché d'autres actes pour se maintenir en circulation.

Mais, après une heure ou deux de travail, je sentis en moi-même que cela n'allait pas. Cet homme qui parlait à voix basse, d'une façon peu intelligible, avait jeté en moi de l'anxiété; comme si, à dîner, j'avais avalé un fragment de verre. Je fis appel à certains souvenirs, je fis des rapprochements.

Staline, pour moi, s'éclaira d'un autre côté. Beaucoup plus tard, Krestinsky me dit de lui :

— C'est un mauvais homme, il a les yeux jaunes.

C'est bien la *jaunisse morale* de Staline qui d'abord passa brièvement dans ma pensée après la visite de Menjinsky. Quand après cela, je fis une courte visite à Moscou, je commençai comme toujours par voir Lénine. Nous parlâmes du front. Lénine aimait fort les détails réalistes, les petits faits, les petits traits qui, sans détours, immédiatement, le mettaient au cœur même du sujet. Il ne tolérait pas de voir que l'existence, la vraie vie, fût abordée par la tangente. Sautant les questions intermédiaires, il me posait ses questions à lui, et je lui répondais, admirant sa façon d'insister en vrille. Nous riions. Lénine, le plus souvent, était gai. Moi aussi, je ne crois pas être morose. En fin de compte, je racontai la visite que m'avait faite Menjinsky au front du Midi.

— Est-il possible qu'il y ait là une parcelle de vérité?

Je remarquai immédiatement l'émotion de Lénine. Le sang lui monta même au visage.

— Ce sont des bêtises, répétait-il, mais sans assurance.

— Une seule chose m'intéresse, dis-je. Avez-vous pu une seule minute admettre cette pensée monstrueuse que je rassemblais des hommes contre vous?

— Des bêtises, répondit Lénine, et cette fois avec une telle fermeté que je me tranquillisai tout de suite.

C'était comme si un petit nuage, au-dessus de nous, s'était dissipé et nous nous fîmes nos adieux d'une façon particulièrement chaleureuse.

Mais j'avais compris que Menjinsky n'avait pas parlé en vain. Si Lénine niait sans dire toute sa pensée, c'était seulement parce qu'il craignait un conflit, un désaccord, une lutte personnelle. En ce point, j'étais tout à fait de sympathie avec lui. Mais Staline répandait évidemment la mauvaise semence. C'est seulement beaucoup plus tard que je vis combien systématiquement il y avait travaillé. Il ne s'était presque occupé que de cela. Car Staline n'a jamais accompli aucune tâche sérieuse.

— La première qualité de Staline, c'est la flemme, m'avait enseigné un jour Boukharine. Sa seconde qualité, c'est une envie irréconciliable à l'égard de ceux qui savent ou peuvent plus que lui. Il s'est conduit sournoisement même à l'égard de Lénine.

CHAPITRE XXXVII

DISSENSIONS SUR LA STRATÉGIE DE LA GUERRE

Dans ces pages, je ne raconte ni l'histoire de l'Armée rouge ni l'histoire des combats qu'elle a livrés. Ces deux thèmes, qui sont inséparables de l'histoire de la révolution et qui vont bien au-delà des limites d'une autobiographie, constitueront peut-être la matière d'un autre livre. Mais je ne puis ici laisser de côté la question des dissensions de stratégie et de politique qui se produisirent au cours de la guerre civile. Le sort de la révolution dépendait de la marche des opérations militaires. Le comité central du parti était de plus en plus absorbé par les problèmes de la guerre et, notamment, par les problèmes de stratégie. Les principaux postes du commandement étaient occupés par des spécialistes militaires de la vieille école. Il leur manquait de comprendre les conditions sociales et politiques. Les hommes politiques de la révolution qui constituaient le comité central du parti n'avaient pas assez de connaissances militaires. Les conceptions stratégiques d'une plus grande envergure étaient ordinairement le résultat d'un travail collectif et, comme toujours en de tels cas, engendraient des dissensions et des conflits.

Il y eut à quatre reprises des dissentiments sur les questions de stratégie qui atteignirent le comité central; autrement dit, il y eut autant de dissentiments que de fronts principaux. Je ne puis parler ici de ces désaccords qu'en abrégé, seulement pour introduire le lecteur dans le fond des problèmes qui se posèrent pour la direction militaire et, en même temps, pour repousser, en passant, les inventions qui ont été faites plus tard à mon sujet.

La première discussion aiguë fut soulevée au comité central, pendant l'été de 1919, à l'occasion de la situation qui s'était faite sur le front de l'est. Le commandant en chef était encore Vazetis. J'ai parlé de lui dans le chapitre consacré à Sviiajsk. Je m'étais soucié de fortifier Vazetis dans son assurance en lui-même, dans ses droits, dans son autorité. Sans cela, aucun commandement n'est concevable. Vazetis estimait qu'après les premiers grands succès que nous avions remportés contre Koltchak, nous n'avions pas à pousser trop loin à l'Orient, sur l'autre versant de l'Oural. Il désirait que le front de l'est hivernât sur les hauteurs. Cela devait donner la possibilité d'emprunter à l'est quelques divisions et de les transférer au midi où Dénikine devenait de plus en plus menaçant. Je soutins ce plan. Mais il rencontra une résistance résolue du côté de Kaménev, qui commandait le front oriental, qui avait été colonel du grand état-major, et des membres du conseil de la guerre, Smilga et Lachévitch, vieux bolcheviks.

Ils déclarèrent ceci : Koltchak était tellement écrasé que, pour le poursuivre, il ne fallait pas de grandes forces; l'important était de ne pas lui laisser le temps de souffler; sinon, pendant l'hiver, il se remettrait, et, vers le printemps, nous devrions recommencer une opération du côté de l'Orient. Il ne s'agissait donc que d'apprécier justement l'état de l'armée de Koltchak et de son arrière. J'estimais déjà que le front du midi était infiniment plus sérieux et dangereux que celui de l'est. Ce qui fut totalement confirmé dans la suite. Mais, dans le jugement porté sur l'armée de Koltchak, ce fut le commandement du front de l'est qui eut raison. Le comité central adopta une résolution contre le haut commandement, et par suite contre moi, étant donné que j'avais soutenu Vazetis, partant de ce point que, dans cette équation stratégique, il y avait plusieurs inconnues, mais que le plus solide, c'était la nécessité de soutenir l'autorité encore toute nouvelle du commandant en chef. La décision du comité central était juste. Le front de l'est fournit quelques effectifs pour le midi, et, en même temps, s'avança victorieusement vers le fond de la Sibérie sur les traces de Koltchak. Ce conflit causa des destitutions dans le haut commandement. Vazetis fut mis en disponibilité et remplacé par Kaménev.

Au fond, le dissentiment avait un caractère purement pratique. Dans mes rapports avec Lénine, bien entendu, on n'en vit rien du tout. Mais s'accrochant à de tels désaccords épisodiques, l'intrigue continuait à rouler ses fils. Le 4 juin 1919,

Staline effrayait Lénine, lui annonçant, du midi, que la direction militaire était désastreuse.

« Toute la question, écrivait-il, est maintenant de savoir si le comité central aura le courage de faire les déductions qui conviennent. Le comité central aura-t-il pour cela assez de caractère, assez de persévérance? »

Le sens de ces lignes est absolument clair. D'après leur ton, on voit que Staline avait soulevé la question plus d'une fois et que, plus d'une fois, il avait rencontré la résistance de Lénine. Je n'en savais encore rien. Mais je sentais une intrigue écœurante. N'ayant ni le temps ni l'envie de la débrouiller, je proposai, pour couper le nœud, au comité central, ma démission.

Le 5 juillet, le comité central répondit par la décision suivante :

« Le bureau d'organisation et le bureau politique du comité central ayant examiné et discuté sous tous les rapports la déclaration du camarade Trotsky, sont arrivés unanimement à cette conclusion qu'ils ne peuvent nullement accepter la démission du camarade Trotsky et satisfaire à sa demande. Le bureau d'organisation et le bureau politique du comité central feront tout ce qui dépendra d'eux pour faciliter au camarade Trotsky et rendre le plus profitable à la république le travail fait sur le front du midi, le plus pénible, le plus dangereux et le plus important actuellement, qui a été choisi par le camarade Trotsky lui-même. En tant que commissaire du peuple à la Guerre et président du conseil de guerre révolutionnaire, le camarade Trotsky peut parfaitement agir aussi à titre de membre du comité de guerre révolutionnaire du front sud avec le comité du front qu'il a lui-même désigné et que le comité central a accepté. Le bureau d'organisation et le bureau politique du comité central laissent au camarade Trotsky l'entière possibilité de tenter d'obtenir, par tous les moyens, ce qu'il estime être un correctif à la ligne générale dans la question militaire et, s'il le désire, s'efforceront de hâter la convocation du congrès du parti. Lénine, Kaménev, Krestinsky, Kalinine, Sérébriakov, Staline, Stassova. »

On voit que cette décision porte aussi la signature de Staline. Menant son intrigue dans les coulisses et accusant Lénine de manquer de courage et de constance, Staline ne se décidait cependant pas à s'opposer ouvertement au comité central.

Nous avons déjà dit que, dans la guerre civile, c'est le front du midi qui prit la place la plus importante. Les forces de l'ennemi consistaient en deux éléments distincts : d'une part, les Cosaques, surtout ceux du Kouban, et d'autre part l'Armée blanche de volontaires recrutés dans tout le pays. Les Cosaques voulaient défendre leurs frontières contre l'invasion des ouvriers et des paysans. L'armée des volontaires voulait prendre Moscou. Ces deux lignes de conduite ne coïncidèrent que dans la mesure où les volontaires, dans le nord du Caucase, firent front commun avec les Cosaques du Kouban. Mais, pour Dénikine, c'était une tâche difficile ou, à plus exactement parler, impossible que de faire marcher les Cosaques au-delà du Kouban. Notre haut commandement aborda la solution du problème du front sud comme une tâche stratégique abstraite, dont il ignora les bases sociales. Le Kouban était la principale base des volontaires. L'état-major décida par conséquent de porter un coup décisif sur cette base en partant de la Volga. On laisserait à Dénikine la faculté de se retrancher et d'allonger le cou vers Moscou. Pendant ce temps, derrière lui, on balaierait sa base du Kouban. Dénikine resterait suspendu entre le ciel et l'eau, et nous n'aurions plus qu'à le cueillir. Tel était, dans l'ensemble, le schéma stratégique. Schéma qui aurait été juste en toute autre occasion qu'une guerre civile. Devant les réalités du front du midi, ce programme était purement académique, et aida beaucoup l'ennemi. Si Dénikine ne put pousser les Cosaques à entreprendre une lointaine campagne contre le nord, nous l'aidâmes, par contre, en frappant dans les nids de la cosaquerie au midi. Dès lors, les Cosaques ne pouvaient plus se borner à se défendre seulement sur leurs propres terres. Nous avions, de nous-mêmes, lié leur sort à celui de l'armée des volontaires.

Bien que nous eussions préparé avec soin nos opérations, concentrant des forces et un matériel important, nous n'eûmes pas de succès. Sur les derrières de Dénikine, les Cosaques formaient un puissant rempart. Ils avaient pris racine dans leur territoire, ils s'y accrochaient des pieds et des mains. Notre offensive mit sur pied toute la population des Cosaques. Nous dépensâmes des forces et du temps pour arriver à faire rentrer dans l'Armée blanche tous les Cosaques qui étaient capables de porter les armes. Dénikine, pendant ce temps, se répandait sur l'Ukraine, complétait ses cadres s'avançait vers le nord, s'emparait de Koursk, s'emparait d'Orel et menaçait Toula. La reddition de Toula eût été pour nous une catastrophe, car elle eût comporté la perte des principales usines de fabrication des fusils et des cartouches.

Le plan que je proposais dès le début était tout contraire. Je proposais de couper d'abord les communications entre les volontaires et les Cosaques, et, ensuite, laissant les Cosaques livrés à eux-mêmes, de concentrer nos principales forces contre l'armée des volontaires. D'après ce plan, le grand coup devait être porté non pas de la Volga sur le Kouban, mais de Voronèj sur Kharkov et le bassin du Donetz. La population ouvrière et paysanne de ces régions qui séparent le Caucase septentrional de l'Ukraine était entièrement disposée en faveur de l'Armée rouge. En avançant dans cette direction, l'Armée rouge entrait comme un couteau dans du beurre. Les Cosaques seraient restés à leur place pour défendre leurs frontières contre les étrangers, mais nous ne les aurions pas touchés. La question de la cosaquerie serait restée un problème indépendant, non pas tant une question de guerre qu'un problème de politique. Mais avant tout, pour la stratégie, il fallait faire une distinction entre ce problème et la tâche que nous avions d'écraser d'abord l'armée des volontaires de Dénikine. A la fin des fins c'est précisément ce plan qui fut adopté, mais seulement, lorsque Dénikine menaça Toula dont la reddition eût été plus dangereuse que celle de Moscou. Nous avions perdu plusieurs mois, nous avions eu bien des victimes en trop et nous avions vécu plusieurs semaines d'extrême anxiété.

Je noterai en passant que nos dissentiments stratégiques sur le front du midi se rapportaient directement à la question d'une juste estimation ou d'une « sous-estimation » de la classe paysanne. J'avais édifié tout le plan en partant des rapports des paysans et des ouvriers d'une part et des Cosaques de l'autre, et c'est précisément sur cette ligne que j'opposais mon plan aux desseins abstraits et académiques du haut commandement qui avait obtenu le soutien de la majorité du comité central. Si j'avais dépensé le millième des efforts qui ont été faits pour prouver que je « sous-estimais » la classe paysanne, j'aurais pu dresser une accusation du même ordre, c'est-à-dire non moins absurde, non seulement contre Zinoviev, Staline et autres, mais même contre Lénine, mettant à la base nos dissentiments au sujet du front du midi.

Le troisième conflit d'ordre stratégique surgit à l'occasion de la campagne menée par Ioudénitch contre Pétrograd. On en a lu un récit et il est inutile d'y revenir. Je rappellerai seulement que, sous l'impression de la situation extrêmement pénible qui s'était faite dans le sud, d'où venait la principale menace, et influencé par les informations de Pétrograd où il était parlé des armements extraordinaires et des prétendus approvisionnements de Ioudénitch, Lénine en arriva à l'idée de réduire l'étendu du front en rendant Pétrograd. Ce fut probablement le seul cas où Zinoviev et Staline me soutinrent contre Lénine qui, quelques jours après, renonçait lui-même à son plan évidemment erroné.

Le dernier dissentiment, incontestablement le plus sérieux, concerna le sort du front polonais pendant l'été de 1920.

Le premier ministre de Grande-Bretagne, qui était alors Bonar Law, lut à la Chambre des Communes la lettre que j'avais adressée aux communistes français, dans le dessein de démontrer que nous nous serions préparés, pour l'automne de 1920, à écraser la Pologne. On trouve la même affirmation dans le livre de l'ancien ministre de la Guerre en Pologne Sikorski, mais avec citation du discours que j'avais fait au congrès international en juillet 1920. Tout cela, d'un bout à l'autre, n'est que pure sottise. Bien entendu, je n'ai jamais eu l'occasion d'exprimer des sympathies à la Pologne de Pilsudski, c'est-à-dire à la Pologne de l'oppression et de la persécution qui se déguise sous des phrases patriotiques et des airs d'héroïsme. Il n'est pas difficile de trouver dans mes discours bien des passages où je déclare que si Pilsudski nous force à la guerre, nous tâcherons de ne pas nous arrêter à moitié chemin. Des déclarations de ce genre étaient imposées par toute la situation. Mais en conclure que nous voulions la guerre avec la Pologne ou que nous la préparions, c'est mentir devant les faits et devant le bon sens. *De toute notre énergie nous voulions éviter cette guerre.* Nous n'avons négligé aucune mesure utile dans ce sens. Sikorski reconnaît que nous avons mené notre propagande pacifiste avec une extrême « habileté ». Il ne comprenait pas ou faisait semblant de ne pas comprendre que le secret de cette habileté était très simple; nous tâchions par tous les moyens d'arriver à la paix, même au prix de très sérieuses concessions. Peut-être étais-je, de tous, celui qui voulait le moins cette guerre, car je voyais trop clairement combien il nous serait difficile de la mener après trois années d'incessante guerre civile. Le gouvernement polonais, comme on peut le voir encore d'après le livre de Sikorski lui-même, entreprit la guerre consciemment et avec préméditation, malgré d'inlassables efforts de notre part pour maintenir la paix, efforts qui faisaient de notre politique extérieure quelque chose comme une combinaison de patience et d'insistance pédagogique. Sincèrement, nous voulions la paix. Pilsudski nous obligea à prendre la guerre. Nous ne pûmes mener cette guerre que parce que les larges masses populaires avaient suivi, de jour en jour, notre duel diplomatique avec la Pologne et savaient à coup sûr que cette guerre nous était imposée, et ne se trompaient pas d'un iota dans cette conviction.

Le pays fit encore un effort véritablement héroïque. La prise de Kiev par les Polonais, qui n'avait en elle-même aucun intérêt militaire, nous rendit un grand service : le pays se secouait. Je fis une nouvelle tournée dans les armées et dans les villes, mobilisant les gens et les ressources. Nous reprîmes Kiev. Nous remportâmes alors des succès. Les Polonais battirent en retraite avec une rapidité sur laquelle je n'avais pas compté, n'ayant pu croire à un tel degré d'étourderie de la part de Pilsudski qui mena sa campagne. Mais, de notre côté, en même temps que les premiers grands succès, il fallut bien voir que nous avions surestimé les possibilités qui s'ouvraient à nous. Une opinion se forma et s'affermit d'après laquelle la guerre qui, au début, avait été purement défensive, devait se transformer en une guerre d'offensive révolutionnaire. Bien entendu, en principe, je n'avais rien à répliquer à des arguments de cette sorte. Toute la question était de savoir quels étaient les rapports des forces. Il y avait une inconnue : quel était l'état d'esprit des ouvriers et des paysans polonais? Quelques-uns de nos camarades polonais, comme le défunt J. Marchlewski, compagnon de Rosa Luxembourg, jugeaient de la question d'une façon très réservée. L'appréciation de Marchlewski fut un important élément dans la tendance que j'eus à sortir le plus vite possible de la guerre. Mais il y eut d'autres voix. Certains exprimèrent d'ardents espoirs en une insurrection des ouvriers polonais. En tout cas, Lénine avait tracé un plan très net : mener l'affaire jusqu'au bout, c'est-à-dire entrer dans Varsovie pour aider les masses ouvrières polonaises à renverser le gouvernement de Pilsudski et à s'emparer du pouvoir. La résolution esquissée dans le milieu gouvernemental gagna sans difficulté les imaginations du haut commandement et du commandement du front de l'est.

Au moment où je rentrais encore une fois à Moscou, je trouvai qu'au centre l'on était très fortement disposé à mener la guerre « jusqu'au bout ». Je m'y opposai résolument. Les

Polonais demandaient déjà la paix. J'estimais que nous avions atteint l'apogée de nos succès et que si, sans tenir compte de nos forces, nous allions plus loin, nous pouvions laisser de côté la victoire déjà remportée et courir à la défaite.

Après la tension colossale qui avait permis à la IVe armée de couvrir en cinq semaines six cent cinquante kilomètres, elle ne pouvait plus avancer que par la force d'inertie. Ce n'était plus qu'une affaire de tension nerveuse, et les nerfs sont chose trop fine. Cependant, il suffit d'un choc violent pour ébranler notre front et transformer un élan d'offensive absolument inouï et sans précédent (Foch lui-même a été obligé de le reconnaître) en une retraite catastrophique. J'exigeai une conclusion immédiate, aussi rapide que possible de la paix, avant que l'armée eût définitivement perdu le souffle. Je fus soutenu, comme il me souvient, par Rykov seulement. Les autres avaient été conquis par Lénine en mon absence. Il fut décidé que l'on continuerait à *avancer*.

Par comparaison avec l'époque de Brest, les rôles s'étaient fortement renversés : j'exigeais *alors* qu'on ne se hâtât pas de conclure la paix et que, même au prix d'une perte de territoire, on donnât le temps au prolétariat allemand de comprendre la situation et de dire son mot. *Maintenant*, Lénine exigeait que nos armées continuassent à avancer et donnassent ainsi au prolétariat polonais le temps d'apprécier la situation et de se soulever.

D'autre part, la guerre de Pologne confirma ce qui avait été démontré par les hostilités de Brest : les événements d'une guerre et ceux d'un mouvement révolutionnaire de masse ont différentes mesures. Là où les armées en action comptent par journées et semaines, le mouvement des masses populaires se calcule d'ordinaire par mois et années. Si l'on ne tient pas compte exactement de cette différence des vitesses, les roues dentées de la guerre ne peuvent que casser les roues dentées de la révolution, et non pas les mettre en mouvement. En tout cas, c'est ainsi qu'il en est advenu dans la courte guerre de Brest, c'est ainsi qu'il en est advenu dans la grande guerre de Pologne. Nous avons dépassé notre propre victoire, courant à une pénible défaite.

Il est impossible de ne pas noter qu'une des causes de l'extension extraordinaire que prit la catastrophe sous Varsovie fut la conduite du commandement du groupe du sud des armées soviétiques qui avançaient dans la direction de Lvov (Lemberg). Le principal personnage politique, dans le conseil de guerre révolutionnaire de ce groupe, était Staline. Il voulait à tout prix entrer dans Lvov au moment même où Smilga avec Toukhatchevsky entreraient dans Varsovie. Il arrive parfois que des gens aient de telles ambitions! Lorsque le danger qui menaçait les armées de Toukhatchevsky se dessina entièrement, quand le haut commandement ordonna au front sud-ouest de modifier brusquement sa direction pour atteindre au flanc les armées polonaises sous Varsovie, le commandement du sud-ouest, encouragé par Staline, continua à marcher vers l'ouest : n'était-il pas plus important de prendre soi-même Lvov que d'aider « les autres » à prendre Varsovie? C'est seulement après des ordres répétés et des menaces que le commandement du front sud-ouest changea de direction. Mais plusieurs journées de retard avaient joué un rôle fatal.

Nos armées roulèrent en arrière sur plus de quatre cents kilomètres. Après les brillantes victoires remportées la veille, personne ne voulait se résigner à un tel résultat. Quand je revins du front de Wrangel, je trouvai, à Moscou, que l'on était disposé à une deuxième guerre avec les Polonais. Maintenant, Rykov lui-même avait passé dans un autre camp :

— Du moment qu'on a commencé, disait-il, il faut finir.

Le commandement du front occidental donnait des espérances : des troupes de complément étaient arrivées à suffisance, l'artillerie avait été remontée, etc. Le désir était le père de la pensée.

— Qu'avons-nous sur le front de l'ouest? répliquais-je. Des cadres dont le moral est détruit et dans lesquels, maintenant, on a versé une pâte humaine sans levain. Il est impossible de faire la guerre avec une pareille armée. Plus exactement, avec une pareille armée, on peut encore se défendre d'une façon ou d'une autre, en battant en retraite et en préparant à l'arrière une autre armée, mais il est absurde de penser que cette armée-ci puisse se relever dans une offensive victorieuse sur la voie qu'elle a semée de ses propres débris.

Je déclarai que la faute commise nous coûterait dix fois plus cher, que je n'accepterais pas la décision que l'on projetait et que j'en appellerais au parti. Lénine, formellement, défendait bien l'idée de continuer la guerre, mais sans l'assurance et l'insistance qu'il y avait mises la première fois. La persuasion inébranlable où j'étais de la nécessité de conclure la paix, même une paix pénible, produisit sur lui l'impression qu'il fallait. Il proposa de remettre à plus tard la décision jusqu'au jour où j'aurais visité le front de l'ouest et rapporté de là une impression directe sur l'état de nos armées après la retraite. Pour moi, cela signifiait qu'au fond, Lénine rejoignait déjà ma position.

A l'état-major du front, je trouvais que l'on était aussi disposé pour une nouvelle guerre. Mais il n'y avait aucune assurance de ces dispositions : c'était seulement un reflet des idées de Moscou. Plus je descendais les degrés de la hiérarchie — de l'armée à la division, au régiment et à la compagnie — plus il devenait clair qu'il était impossible d'entreprendre une guerre d'offensive. J'expédiai à Lénine une lettre à ce sujet, écrite à la main, sans en prendre même une copie, et je me dirigeai moi-même vers d'autres inspections. Il me suffit de deux ou trois journées passées au front pour m'assurer tout à fait suffisamment de la justesse des conclusions avec lesquelles j'étais arrivé au front. Je rentrai à Moscou et le bureau politique, presque unanimement, vota une résolution en faveur d'une conclusion immédiate de la paix.

L'erreur de calcul stratégique dans la guerre de Pologne eut des conséquences historiques formidables. La Pologne de Pilsudski sortit de la guerre fortifiée d'une façon inattendue. Par contre, un coup terrible avait été porté au développement de la révolution polonaise. La frontière établie d'après le traité de Riga séparait la république soviétique de l'Allemagne, ce qui eut, dans la suite, une importance exceptionnelle dans la vie des deux pays... Lénine, bien entendu, comprenait mieux que personne la signification de l'erreur « varsovienne » et y revint plus d'une fois, par la pensée et par la parole.

Dans les écrits des « épigones », Lénine est figuré à peu près comme les peintres d'icônes de Souzdal représentent les saints et le Christ : au lieu d'une figure idéale on a une caricature. Quels que soient les efforts des dessinateurs de Bon Dieu pour s'élever au-dessus d'eux-mêmes, ils n'expriment, en fin de compte, sur la planche, que leurs propres goûts et, par suite, donnent leur propre portrait, seulement idéalisé. Étant donné que la direction des épigones est soutenue par l'interdiction de douter de son infaillibilité, Lénine, dans la littérature des épigones, est représenté non pas comme un stratège révolutionnaire qui a génialement analysé les situations, mais comme un automate qui mécaniquement trouvait des décisions sans erreur. Le mot de *génie* a été, à l'égard de Lénine, prononcé par moi pour la première fois, lorsque d'autres ne se décidaient pas à le dire. Oui, Lénine a été génial de toute la génialité humaine. Mais il n'était pas un compteur mécanique qui ne commet pas de fautes. Il en commettait beaucoup moins que tout autre n'en aurait commis dans sa situation. Cependant, quand Lénine commettait des erreurs, elles étaient très grosses : elles étaient à l'échelle du plan colossal de tout son travail.

CHAPITRE XXXVIII

DE LA NOUVELLE POLITIQUE ÉCONOMIQUE ET MES RAPPORTS AVEC LÉNINE

Je me rapproche de la dernière période de mon travail fait en commun avec Lénine. Période qui a aussi son importance parce qu'on y trouve déjà certains éléments de la victoire que devaient remporter les épigones après Lénine.

Quand Lénine fut mort, on créa une sorte d'organisation complexe et à multiples ramifications historico-littéraires, pour créer une légende sur nos rapports mutuels. Le principal procédé employé est de choisir dans tout le passé les moments où nous n'étions pas d'accord et, en s'appuyant sur certaines expressions de polémique ou bien, plus souvent encore, sur de véritables inventions, de tracer le tableau d'une lutte incessante entre les deux « principes ». L'histoire de l'Église telle qu'elle est écrite par les apologistes du Moyen Age est un modèle de science quand on la compare avec les fantaisies historiques de l'école des épigones. La tâche de ces derniers a été facilitée dans une certaine mesure parce que, lorsque j'étais en désaccord avec Lénine, je le déclarais hautement et, lorsque je le jugeais indispensable, je faisais appel au parti. En ce qui concerne les épigones d'aujourd'hui, dans les cas, beaucoup plus fréquents, où ils ne s'entendaient pas avec Lénine, ils gardaient d'ordinaire le silence ou bien, comme Staline par exemple, boudaient et allaient se cacher quelques jours dans quelque village aux environs de Moscou. Dans l'immense majorité des cas, les décisions auxquelles nous arrivions, chacun de notre côté, Lénine et moi, coïncidaient dans tout l'essentiel. Nous nous comprenions à demi-mot. Lorsqu'il me semblait qu'une décision du bureau politique ou du conseil des commissaires du peuple pouvait être rédigée inexactement, j'envoyais à Lénine un billet sur un petit bout de papier. Il me répondait : « Absolument juste. Faites une proposition. » Parfois, lui aussi me questionnait de la même façon, voulant savoir si j'étais d'accord avec sa proposition et me demandant de le soutenir. Il arrivait constamment qu'il cherchât à s'entendre avec moi par téléphone sur la direction à donner aux affaires, et, quand la question était importante, il répétait avec insistance :

— Il faut absolument, absolument que vous veniez.

Lorsque nous nous prononcions tous les deux ensemble — et il en était ainsi sur l'immense majorité des questions de principe — ceux qui étaient mécontents de la décision adoptée, et dans ce nombre les épigones actuels, se taisaient tout simplement. Combien de fois n'est-il pas arrivé que Staline, Zinoviev ou bien Kaménev aient été en conflit avec moi sur une question de toute première importance, mais qu'ils se soient tus immédiatement dès qu'il était clair que Lénine était entièrement d'accord avec moi. On peut considérer comme on voudra cette disposition des « disciples » à renier leur opinion pour adopter celle de Lénine. Par là, rien ne garantissait qu'ils fussent capables d'arriver d'eux-mêmes aux décisions de Lénine... sans Lénine... Les dissentiments que j'ai pu avoir avec Lénine occupent dans ce livre une place qu'ils n'ont jamais eue dans la vie réelle. Cela s'explique de deux façons. Nos désaccords ne furent que des cas exceptionnels, et c'est précisément pour cela qu'ils ont attiré l'attention. Ensuite, après la mort de Lénine, de tels dissentiments, poussés par les épigones jusqu'à des dimensions astronomiques, ont pris le caractère d'un facteur politique indépendant qui n'avait plus rien de commun ni avec Lénine ni avec moi.

Dans un chapitre précédent, j'ai exposé, avec le plus grand détail, le fond et le développement de mes démêlés avec Lénine au sujet de la paix de Brest. Maintenant, il faut insister sur un autre dissentiment qui nous a opposés l'un à l'autre pendant deux mois, lors de la brisure de 1920 à 1921, à la veille de l'adoption de la nouvelle politique économique.

Il est hors de doute que ce que l'on a appelé la discussion sur les syndicats a assombri pendant quelque temps nos rapports. Nous étions tous deux trop révolutionnaires et trop hommes politiques pour savoir ou vouloir distinguer l'individuel du général. Pendant cette discussion, Staline et Zinoviev obtinrent, pour ainsi dire, la possibilité légale de transférer la lutte menée contre moi du milieu des coulisses à celui de la scène. Ils firent tout ce qu'ils purent pour tirer parti de la situation. Ce fut pour eux une répétition de la campagne qu'ils allaient mener contre le « trotskysme ». Mais c'est justement ce côté-là qui inquiétait le plus Lénine et il prit toutes mesures pour le paralyser.

Le fond politique de la discussion est tellement couvert d'ordures que je n'envie pas l'historien qui plus tard voudra creuser jusqu'à la racine des choses. Avec l'esprit de l'escalier, après la mort de Lénine, les épigones ont découvert qu'alors je « sous-estimais la classe paysanne » et même que j'aurais été presque hostile à la nouvelle politique économique. C'est, au fond, sur ces deux points que porta toute la lutte ultérieure. Dans la réalité, les motifs de la discussion devaient être recherchés d'un tout autre côté. Pour les découvrir, il faut remonter un peu plus haut.

Pendant l'automne de 1919, lorsque le nombre des locomotives en mauvais état s'éleva jusqu'à soixante pour cent du total, on pensa qu'il était absolument sûr qu'au printemps suivant la proportion serait de soixante-quinze pour cent. C'est ce qu'affirmaient les meilleurs spécialistes. Dans ces conditions, le mouvement ferroviaire n'avait plus aucun sens : en effet, s'il ne restait plus que vingt-cinq pour cent du contingent des locomotives, et en assez mauvais état, on ne pouvait plus desservir que les voies ferrées qui subsistaient au moyen d'un combustible encombrant, le bois de chauffage. L'ingénieur Lomonossov qui, en fait, dirigea pendant ces mois le transport, présenta et expliqua au gouvernement le diagramme de l'épidémie qui atteignit les locomotives. Marquant avec l'exactitude du mathématicien un certain point de l'année 1920, il déclara :

— Ici, c'est la mort.

— Que faut-il donc faire? demanda Lénine.

— On ne fait pas de miracles, répondit Lomonossov. Les bolcheviks non plus ne peuvent faire des miracles.

Nous nous regardâmes entre nous. Nous nous sentions d'autant plus écrasés que pas un d'entre nous ne connaissait la technique du transport et n'était au courant de calculs si pessimistes.

— Eh bien, dit Lénine sèchement, entre les dents, nous essaierons de faire un miracle.

Cependant, au cours des mois qui suivirent, la situation continuait d'empirer. Les causes objectives étaient pour cela très suffisantes. Mais il est fort probable que certains ingénieurs arrangèrent artificiellement, pour les besoins de leur diagramme à eux, la situation vraie des transports.

Je passai les mois d'hiver de 1919-1920 dans l'Oural où je dirigeai le travail économique. Lénine me proposa, par télégramme, de prendre la direction des transports et d'essayer de les relever au moyen de mesures d'exception. Je lui répondis, en cours de route, que j'acceptais.

De l'Oural, je revins avec une provision considérable d'observations économiques qui, toutes, pouvaient se résumer dans une seule conclusion générale : il fallait renoncer au communisme de guerre. Par la pratique, j'avais vu clairement que les méthodes du communisme de guerre, qui nous avaient été imposées par toutes les circonstances de la guerre civile, s'étaient épuisées d'elles-mêmes et que, pour le relèvement de l'économie, il était indispensable de réintroduire, à tout prix, l'élément de l'intérêt individuel, c'est-à-dire de rétablir à tel ou tel degré le marché intérieur. Je présentai au comité central un projet d'après lequel on devait substituer à la répartition forcée du ravitaillement, un impôt sur les céréales et la faculté des échanges commerciaux.

... « La politique actuelle de réquisition égalisatrice d'après les normes d'approvisionnement, de responsabilité mutuelle à la livraison et de répartition égalisatrice des produits de l'industrie mène à une réduction de l'agriculture, à une pulvérisation du prolétariat industriel et menace de briser définitivement la vie économique du pays. »

C'est ainsi que je parlais dans la déclaration que je donnai, en février 1920 au comité central.

Et je continuais ainsi :

... « Les ressources de l'approvisionnement peuvent bientôt s'épuiser; c'est une menace contre laquelle ne peut agir aucun appareil de réquisition, même perfectionné. On peut combattre de telles tendances de dégradation économique par les méthodes suivantes :

« 1° En remplaçant le prélèvement fait sur les excédents par une certaine défalcation (%) — quelque chose comme un impôt progressif sur le revenu prélevé en nature — et en calculant ainsi que la culture la plus étendue ou la mieux menée présente quand même un avantage;

« 2° En établissant une plus exacte correspondance entre les produits industriels fournis aux paysans et la quantité de céréales versées par eux, non seulement par cantons et bourgs, mais même par ménages. »

Ces propositions étaient, comme on le voit, extrêmement circonspectes. Mais il ne faut pas oublier que l'on n'est pas allé plus loin, dans les principes de la nouvelle politique économique, qui furent adoptés pour les premiers temps, un an plus tard.

Au début de 1920, Lénine se prononça résolument contre cette résolution, laquelle fut rejetée, au comité central, par onze voix contre quatre. Comme l'a montré la suite, la décision du comité central était erronée. Je ne portai pas la question devant le congrès qui, d'un bout à l'autre, se passa sous la marque du communisme de guerre. L'économie, pendant une année tout entière encore, se débattit dans une impasse. Mes dissentiments avec Lénine sortirent de cette impasse. Du moment que l'on rejetait des rapports basés sur les conditions du marché, j'exigeais une application juste et systématique des méthodes « de guerre », pour arriver à des succès réels dans l'économie. Dans le système du communisme de guerre, où toutes les ressources, du moins en principe, étaient nationalisées et distribuées d'après les indications de l'État, je n'apercevais pas de place pour un rôle indépendant des syndicats. Si l'industrie s'appuie sur l'assurance donnée par l'État aux ouvriers qu'ils obtiendront les produits indispensables, les syndicats doivent être inclus dans le système étatiste qui préside à l'industrie et à la répartition des produits. Là était le fond de la question de l'*étatisation* des syndicats qui procédait nécessairement du système du communisme de guerre et qui, dans ce sens, était défendue par moi.

D'après les principes qui ont été adoptés par le IXe congrès du parti, sur le communisme de guerre, j'avais construit tout mon travail sur l'organisation des transports. Le syndicat des cheminots était lié de la façon la plus étroite avec l'appareil administratif dirigeant. Les méthodes de pure discipline militaire avaient été étendues à tout l'appareil du transport. Je fis un rapprochement étroit entre l'administration de la guerre qui était la plus forte et la plus disciplinée de ce temps-là avec l'administration du transport. Cela présentait de sérieux avantages d'autant plus que les expéditions militaires, depuis que la guerre de Pologne était déclarée, avaient de nouveau pris la première place dans les travaux ferroviaires. Chaque jour, j'allais, des services de la guerre qui détruisaient par leur travail les voies ferrées, au commissariat des communications, où j'essayais non seulement de sauver les voies d'une destruction définitive, mais même de les relever.

Un an de travail dans les transports — ce fut pour moi personnellement une grande année d'école. Toutes les questions de principe de l'organisation socialiste de l'économie reçurent, dans le domaine du transport, l'expression la plus concentrée. Une énorme quantité de locomotives et de wagons, de toute espèce, encombraient les voies et les ateliers. La normalisation du transport qui, jusqu'à la révolution, avait à moitié appartenu à l'État, à moitié à des particuliers, devint l'objet de grands travaux préparatoires. Les locomotives furent classées par séries, les réparations se firent d'après un plan plus net, les ateliers reçurent des ordres précis où il était tenu compte de l'outillage. On calcula que les transports pourraient être ramenés au niveau d'avant-guerre en quatre ans et demi. Les mesures prises donnèrent des résultats indiscutables. Au printemps et pendant l'été de 1920, le transport commença à se délivrer de sa paralysie. Lénine ne manquait jamais l'occasion de noter que les chemins de fer étaient en plein réveil. Si la guerre, commencée par Pilsudski qui comptait d'abord sur la destruction de nos moyens de transport, n'a pas apporté à la Pologne les résultats attendus, c'est précisément parce que la courbe du mouvement des chemins de fer, soudain, s'est fortement relevée. De tels résultats ont été obtenus par des mesures administratives extrêmes qui s'imposaient forcément par suite de la pénible situation des transports et par suite du système même du communisme de guerre.

Cependant la masse ouvrière, qui avait fait trois ans de guerre civile, consentait de moins en moins à subir les méthodes du commandement militaire. Lénine sentit l'arrivée d'un moment critique avec son instinct politique qui ne se trompait jamais. Au moment où, partant de considérations purement économiques sur les bases du communisme de guerre, j'essayais d'obtenir des syndicats une tension persévérante des forces, Lénine, guidé par des considérations politiques, allait dans le sens d'un affaiblissement de la pression exercée par notre front militaire.

A la veille du Xe congrès, nos lignes de conduite se coupèrent en sens opposés. Une discussion éclata dans le parti. La discussion ne portait pas du tout sur le sujet. Le parti se demandait à quel rythme devait marcher l'étatisation des syndicats, alors qu'il s'agissait du pain quotidien, du combustible, des matières premières pour l'industrie. Le parti discuta fiévreusement de « l'école du communisme » alors qu'en réalité il s'agissait d'une catastrophe économique qui approchait de tout près. Les soulèvements à Cronstadt et dans le gouvernement de Tambov intervinrent dans la discussion comme un dernier avertissement. Lénine formula les premières thèses, très circonspectes, concernant l'adoption d'une nouvelle politique économique. Je me joignis immédiatement à lui. Pour moi ce n'était que la répétition des invites faites par moi-même un an auparavant. La discussion sur les syndicats perdit aussitôt toute signification. Au congrès, Lénine, dans ce débat, n'a pris aucune part, laissant à Zinoviev la faculté de s'amuser avec la douille d'une cartouche qui avait été tirée.

Aux débats, au congrès, je prévins que la résolution adoptée par la majorité dans les syndicats ne subsisterait pas jusqu'au prochain congrès, car la nouvelle orientation économique exigerait une revision complète de la stratégie professionnelle. Et, en effet, quelques mois après, Lénine avait élaboré des principes tout à fait nouveaux sur le rôle et les tâches des syndicats, d'après les bases de la nouvelle politique économique. J'adhérai entièrement à sa résolution. La solidarité entre nous était refaite. Lénine craignait, cependant, qu'en résultat du débat qui avait duré deux mois, des groupes résistants ne se formassent dans le parti, qui empoisonneraient les rapports et gêneraient le travail. Mais, dès le temps du congrès, j'avais cessé de conférer de toutes façons avec ceux qui pensaient comme moi sur la question syndicale. Quelques semaines après le congrès, Lénine put constater que, non moins que lui, je me souciais de liquider les petits groupes temporaires sous lesquels il ne restait aucune base de principe. Lénine en eut aussitôt le cœur plus léger. Il profita d'une remarque assez insolente, à mon adresse, de Molotov qui venait d'être élu au comité central, pour l'accuser de zèle irraisonnable et pour ajouter :

« La loyauté du camarade Trotsky dans les rapports à l'intérieur du parti est absolument irréprochable. »

Il répéta cette phrase avec insistance. Il était clair qu'il repoussait ainsi non seulement Molotov, mais encore quelques autres. C'est un fait que Staline et Zinoviev tentèrent de faire durer artificiellement les circonstances dans lesquelles pouvait se produire la discussion.

Staline, justement au Xe congrès, fut présenté, sur l'initiative de Zinoviev et contre la volonté de Lénine, comme candidat au poste de secrétaire général du parti. Le congrès croyait bien qu'il s'agissait d'une candidature posée par l'ensemble du comité central. Personne, d'ailleurs, n'accordait trop d'importance à cette élection. Les fonctions de secrétaire général, qui furent créées pour la première fois au Xe congrès, ne pouvaient avoir, du temps de Lénine, qu'un caractère technique; non pas un caractère politique. Et, néanmoins, Lénine éprouvait des craintes au sujet de Staline :

— Ledit cuisinier, affirmait-il, ne préparera que des plats épicés.

C'est précisément pour cela qu'à une des premières séances du comité central qui suivirent le congrès, Lénine souligna avec tant d'insistance « la loyauté de Trotsky » : il contrebattait les impatiences des intrigants.

La parole de Lénine n'était pas une simple observation jetée en passant. Pendant la guerre civile, Lénine montra un jour, non par des mots mais par des faits, quelle confiance il avait en moi : confiance morale poussée à un tel degré que l'on ne saurait en demander plus ni en donner davantage. Ce fut encore à l'occasion de cette opposition militaire que dirigeait, dans la coulisse, Staline. Pendant la guerre, j'ai eu, concentré entre mes mains, un pouvoir que, pratiquement, l'on pouvait dire illimité. Dans mon train siégeait un tribunal révolutionnaire; les fronts m'étaient subordonnés; l'arrière était subordonné aux fronts; et, en certaines périodes, presque tout le territoire de la république qui n'avait pas été saisi par les Blancs n'était en réalité qu'un arrière-front, avec des régions fortifiées. Ceux qui tombaient sous la roue du char de la guerre avaient des parents et des amis qui faisaient ce qu'ils pouvaient pour alléger le sort de leurs proches. Par différentes voies, les requêtes, les plaintes, les protestations affluaient à Moscou, surtout au bureau du comité exécutif central. Les premiers faits de cet ordre eurent lieu à l'occasion de ce qui se passa à Sviiajsk. J'ai raconté plus haut comment je traduisis devant le tribunal le commandant du IVe régiment letton, parce qu'il avait menacé de lâcher les positions avec son régiment. Le tribunal condamna le coupable à cinq années d'emprisonnement. Mais, déjà, au bout de quelques mois, arrivèrent des demandes d'élargissement en sa faveur. On fit une pression particulière sur Sverdlov. Il porta la question au bureau politique. J'exposai brièvement quelle avait été la situation au moment où le commandant de régiment m'avait menacé de « conséquences dangereuses pour la révolution ». Tandis que j'exposais les faits, le visage de Lénine s'assombrissait de plus en plus. A peine avais-je terminé qu'il s'exclamait, d'une voix étouffée, avec cet enrouement qui caractérisait chez lui la plus extrême émotion :

— Que cet homme reste en prison, qu'il y reste!...

Sverdlov jeta un coup d'œil sur Lénine, un autre sur moi, et dit :

— Je suis du même avis.

Il y eut un autre incident d'une signification bien plus considérable lorsque l'on fusilla un commandant et un commissaire qui avaient abandonné les positions, emmenant leur régiment, s'étaient emparés, les armes à la main, d'un vapeur et se disposaient à partir ainsi pour Nijni-Novgorod. Ce régiment avait été formé à Smolensk où la direction des affaires appartenait à des adversaires de ma politique de guerre qui en devinrent ensuite les plus chauds partisans. Mais, à ce moment-là, ils firent du bruit. Une commission du comité central, désignée sur ma demande, reconnut à l'unanimité que les actes des autorités militaires avaient été absolument justes, c'est-à-dire qu'ils avaient été nécessités par toute la situation. Cependant, les racontars équivoques ne cessaient pas. Il me sembla à plusieurs reprises que l'origine en était toute voisine, tout à côté du bureau politique. Mais je n'avais pas le temps d'enquêter et de débrouiller les intrigues. Une fois seulement, dans une séance du bureau politique, je fis observer que si des mesures draconiennes n'avaient pas été prises sous Sviiajsk, nous ne serions pas là à siéger.

— Absolument juste, s'écria Lénine, et, immédiatement, vite vite comme toujours, il se mit à écrire à l'encre rouge, au bas d'une feuille à en-tête du conseil des commissaires du peuple. La séance fut interrompue, étant donné que c'était Lénine le président. Deux minutes après, il me passait le papier qui était ainsi libellé *(voir page suivante)*.

— Je vous donnerai, me dit Lénine, autant de blancs-seings comme cela que vous en voudrez.

Dans les très dures circonstances de la guerre civile, alors qu'il fallait prendre en hâte des résolutions sans retour, parmi lesquelles il pouvait y en avoir d'erronées, Lénine apposait d'avance sa signature sous toute décision que je trouverais nécessaire de prendre plus tard. Cependant, de telles résolu-

R. S. F. S. R.

LE PRÉSIDENT DU CONSEIL DES
COMMISSAIRES DU PEUPLE.

Moscou, Kremlin
...juillet 1919.

Camarades,

Connaissant le caractère rigoureux des prescriptions du camarade Trotsky, je suis tellement persuadé au degré absolu, de la justesse, de la nécessité rationnelle, pour la cause, de l'ordre donné par le camarade Trotsky que je soutiens intégralement cette décision.

V. Oulianov Lénine.

tions dépendait la vie ou la mort de bien des hommes. La confiance de quelqu'un à l'égard d'autrui peut-elle être plus grande?

L'idée même de me délivrer un document si extraordinaire ne put naître en Lénine que parce qu'il connaissait mieux que moi ou soupçonnait les sources de l'intrigue et estimait indispensable de s'y opposer avec la plus grande fermeté. Mais il ne pouvait se décider à cette démarche qu'en étant persuadé, jusqu'au fond de l'âme, de l'impossibilité d'une action déloyale ou d'un abus de pouvoir de mon côté. Il avait exprimé cette assurance en peu de lignes avec le maximum d'énergie.

C'est en vain que les épigones rechercheraient dans leurs papiers un document du même genre. Staline ne pourrait guère tomber dans ses archives que sur le *Testament* de Lénine que l'on cache au parti et où il est dit de Staline lui-même que c'est un homme déloyal, capable d'abuser du pouvoir.

Il suffit de comparer les deux textes : celui par lequel Lénine me délivre une procuration morale illimitée et, d'autre part, l'attestation déshonorante pour Staline du *Testament*; on connaîtra ainsi, dans toute leur étendue, les rapports de Lénine avec moi et avec Staline.

CHAPITRE XXXIX

LA MALADIE DE LÉNINE

Je pris mon premier congé avant le IIe congrès de l'Internationale communiste, au printemps de 1920. Je passai environ deux mois dans la banlieue de Moscou. Mon temps se partageait entre le traitement médical que je suivais, — vers ce temps-là j'entrepris de me soigner sérieusement, — entre l'élaboration minutieuse du Manifeste qui devait tenir lieu de programme à l'Internationale communiste pour les plus proches années, et enfin la chasse. Le besoin de repos était grand après des années d'extrême tension. Mais je n'avais pas l'habitude du repos. Les promenades n'étaient pas un repos pour moi et ne le sont pas jusqu'à présent. Ce qu'il y a de séduisant dans la chasse, c'est qu'elle agit sur la conscience comme un sinapisme sur un endroit malade...

Un dimanche, au début de mai 1922, je pêchais au filet dans le vieux bras de la Moskova. Il pleuvait, l'herbe était mouillée, je glissai sur une pente, tombai et me fis une entorse. Cela n'avait rien de sérieux, je n'avais qu'à passer quelques jours au lit. Le surlendemain, Boukharine vint me voir.

— Vous aussi, couché! s'écria-t-il épouvanté.

— Mais qui donc encore? demandai-je.

— Ilitch va très mal; un coup de sang! Incapable de marcher, de parler! Les médecins se perdent en conjectures...

Lénine veillait de près sur la santé de ses collaborateurs et il se rappelait fréquemment ce qui avait été dit par je ne sais quel émigré. « Les anciens mourront les uns après les autres et les jeunes abandonneront l'héritage. »

— Y en a-t-il beaucoup, disait-il, parmi nous, qui sachent ce que c'est que l'Europe, quel est le mouvement ouvrier mondial? Tant que nous resterons seuls avec notre révolution, répétait-il, rien ne saurait remplacer l'expérience internationale du groupe dirigeant de notre parti.

Lénine était considéré comme un homme robuste et sa santé semblait être une des bases indestructibles de la révolution. Invariablement, il se montrait actif, vigilant, égal d'humeur, gai. Ce n'est qu'à de rares reprises que je notai des symptômes alarmants. Dans la période du IIe congrès de l'Internationale communiste, il m'avait frappé par son air fatigué, sa voix inégale, son sourire de malade. Je lui avais dit plus d'une fois qu'il se dépensait trop dans des affaires d'intérêt secondaire. Il en convenait, mais ne pouvait faire autrement. Il se plaignait parfois — toujours évasivement, d'un ton quelque peu gêné — d'avoir des maux de tête. Mais il lui suffisait de deux ou trois semaines de repos pour se rétablir. Il semblait que Lénine fût inusable.

A la fin de 1921 son état empira. Le 7 décembre, il avertit par un billet les membres du bureau politique :

« Je pars aujourd'hui. Bien que j'aie diminué ma portion de travail et augmenté ma portion de repos, ces derniers jours, mes insomnies se sont diablement renforcées. Je crains de n'être pas en état de faire le rapport ni à la conférence du parti, ni au congrès des soviets. »

Dès alors, il passa une bonne partie de son temps dans un village aux environs de Moscou. Mais, de là, il suivait avec la plus extrême attention la marche des affaires. On en était à la préparation de la conférence de Gênes. Lénine écrit, le 23 janvier 1922, aux membres du bureau politique :

« Je viens de recevoir deux lettres de Tchitchérine du 20 et du 22. Il demande s'il ne conviendrait pas de consentir, contre une compensation convenable, à de petites modifications dans notre constitution, c'est-à-dire d'admettre que les éléments parasitaires soient représentés dans les soviets. On ferait cela pour complaire aux Américains. Cette proposition de Tchitchérine, à mon avis, montre qu'il faut l'expédier immédiatement dans un sanatorium; tout relâchement à cet égard, tout atermoiement, etc., présenteraient, selon moi, un très grand danger pour tous les pourparlers. »

Dans chaque mot de ce billet, où l'intransigeance politique s'accompagne d'une bonhomie malicieuse, on sent vivre et respirer Lénine.

Son état de santé s'aggravait encore. En mars, il eut des

maux de tête de plus en plus forts. Cependant les médecins ne découvrirent aucune lésion organique et prescrivirent un repos prolongé. Lénine s'établit dans un village de banlieue d'où il ne sortait plus. C'est là qu'au début de mai il eut sa première attaque.

Il était tombé malade, comme je l'appris, deux jours avant moi. Pourquoi ne me l'avait-on pas dit tout de suite? A cette époque-là, aucun soupçon ne me venait à l'esprit.

— On n'a pas voulu vous inquiéter, me répondit Boukharine; on attendait de voir comment tournerait la chose.

Boukharine parlait tout à fait sincèrement, répétant ce qui lui avait été suggéré par « les supérieurs ». En cette période, il m'était attaché par un penchant tout à fait « boukharinien », c'est-à-dire à demi hystérique, à demi puéril. Comme il finissait de me raconter ce qui était arrivé à Lénine, il se jeta sur mon lit, et m'étreignant à travers la couverture, se mit à pousser des lamentations :

— Ne soyez pas malade, je vous en supplie, ne soyez pas malade... Il y a deux hommes dont je ne puis me représenter la mort sans épouvante... Ilitch et vous!...

Je lui fis amicalement honte pour lui rendre son équilibre. Il était gênant : j'avais besoin de concentrer mes réflexions sur la nouvelle alarmante qu'il m'avait apportée. Le coup était étourdissant. Il semblait que la révolution elle-même retînt sa respiration.

N. I. Sédova dit dans ses Mémoires :

« Les premiers bruits concernant la maladie de Lénine étaient transmis par chuchotements. On eût dit que personne n'aurait jamais imaginé que Lénine pût tomber malade. Nombreux étaient ceux qui savaient que Lénine veillait soigneusement à l'état de santé d'autrui, mais il paraissait incapable de tomber malade lui-même. Dans presque toute la génération aînée des révolutionnaires, le cœur flanchait, fatigué d'un trop long effort. Les médecins s'en plaignaient : « Les moteurs ont des à-coups chez presque tous. » Le professeur Guétier disait à Lev Davidovitch : « Il n'y a que deux cœurs qui fonctionnent bien : celui de Vladimir Ilitch et le vôtre. Quand on a le cœur aussi solide, on peut vivre cent ans. » Un examen fait par des médecins étrangers confirma que, de tous ceux qu'ils avaient auscultés à Moscou, deux cœurs en effet fonctionnaient au mieux : celui de Lénine et celui de Trotsky. Quand un changement brusque et inattendu pour les larges cercles se produisit dans la santé de Lénine, ce fut considéré comme un bouleversement dans la révolution même. Était-il possible que Lénine pût tomber malade comme tout le monde et mourir? On ne pouvait se faire à cette idée que Lénine avait perdu la faculté de bouger et de parler. Et l'on croyait, fortement, qu'il surmonterait tout, qu'il se relèverait et guérirait... »

Tel était l'état d'esprit de tout le parti.

Beaucoup plus tard, en me reportant au passé, je me rappelai avec un tout nouvel étonnement que la maladie de Lénine ne m'avait été annoncée que le surlendemain. Je ne m'y étais pas arrêté d'abord. Mais ce ne pouvait être un effet du hasard. Ceux qui, depuis longtemps, se préparaient à devenir mes adversaires, et Staline en tête, tâchaient de gagner du temps. La maladie de Lénine était telle qu'elle eût pu amener immédiatement un dénouement tragique. Dès le lendemain, ou même dans la journée, toutes les questions de direction pouvaient être posées nettement. Mes adversaires jugeaient important de gagner au moins une journée pour se préparer. Ils chuchotaient entre eux, cherchant à tâtons les voies et les moyens de lutte. C'est alors que probablement déjà se formait l'idée de la « troïka » Staline, Zinoviev, Kaménev, que l'on comptait m'opposer. Mais Lénine se rétablit. Son organisme, stimulé par une volonté inflexible, fit un gigantesque effort. Son cerveau épuisé d'anémie, devenu incapable de lier les sons et de discerner les lettres, s'était brusquement ranimé.

A la fin de mai, j'allai à la pêche à quatre-vingts verstes de Moscou. Il y avait là un sanatorium pour enfants qui portait le nom de Lénine. Les petits m'accompagnaient le long du lac, me questionnaient sur la santé de Vladimir Ilitch, lui envoyèrent par mon intermédiaire des fleurs des champs et une lettre. Lénine n'écrivait pas encore lui-même. Il dicta quelques lignes à son secrétaire :

« Vladimir Ilitch m'a chargé de vous écrire qu'il approuve chaleureusement votre idée d'envoyer en son nom un cadeau aux enfants du sanatorium de la station Podsolnetchnaïa. Vladimir Ilitch vous prie également de dire aux enfançons qu'il les remercie beaucoup de leur lettre cordiale et de leurs fleurs et qu'il regrette de ne pouvoir profiter de leur invitation; il ne doute pas que, parmi eux, il guérirait sûrement. »

En juillet, Lénine était déjà sur pied et, sans revenir officiellement à son travail jusqu'à octobre, il suivit tout ce qui se faisait, entrant dans toutes choses. Au cours de ces mois de convalescence, le procès des socialistes révolutionnaires, parmi bien d'autres faits, occupa beaucoup son attention. Des socialistes révolutionnaires avaient assassiné Volodarsky, avaient assassiné Ouritsky, avaient dangereusement blessé Lénine, avaient tenté à deux reprises de faire sauter mon train. Nous ne pouvions prendre cela à la légère. Bien que ne partant pas du point de vue idéaliste qui était celui de nos ennemis, nous étions capables d'apprécier « le rôle de l'individu dans l'histoire ». Nous ne pouvions fermer les yeux sur le danger qui menaçait la révolution dans le cas où nous laisserions nos ennemis assassiner les uns après les autres tous nos dirigeants.

Certains de nos amis humanitaires, de l'espèce qui n'est ni chaude ni froide, nous ont expliqué plus d'une fois qu'ils pouvaient encore comprendre la nécessité fatale de la répression en général; mais fusiller un ennemi que l'on tient déjà, c'est aller au-delà des limites de la légitime défense. Ils nous demandaient de faire preuve de « magnanimité ». Clara Zetkin et d'autres communistes européens qui, alors, avaient encore le courage — contre Lénine et contre moi — de dire ce qu'ils pensaient, insistaient pour que la vie des accusés fût épargnée. Ils nous proposèrent de nous borner à des peines d'emprisonnement. Cela semblait le plus simple. Mais la question de la répression individuelle dans une époque révolutionnaire prend un caractère tout à fait particulier, d'où s'écartent, avec impuissance, les lieux communs humanitaires. La bataille est livrée directement pour la possession du pouvoir, il est question, dans cette lutte, de vie ou de mort, c'est en cela que consiste la révolution; en de telles conditions, de quel effet peut être une incarcération pour des gens qui espèrent s'emparer du pouvoir en quelques semaines et emprisonner à leur tour ou exterminer ceux qui sont au gouvernail? Du point de vue de ce qu'on appelle la valeur absolue de l'existence humaine, la révolution doit être « condamnée », de même que la guerre, de même que toute l'histoire de l'humanité. Cependant, la notion même de la personnalité humaine n'a été élaborée qu'en résultat de nombreuses révolutions, et le processus est encore fort loin de son achèvement. Pour que la notion de la personnalité devienne réelle et que la notion à demi péjorative de « la masse » cesse d'être l'antithèse de la notion de « l'individu » telle qu'on la voit dans une philosophie de privilégiés, il faut que la masse elle-même, aidée du cric de la révolution, ou plus justement, d'une série de révolutions, s'élève à un degré supérieur dans l'histoire. Que cette voie soit bonne ou mauvaise du point de vue de la philosophie normative, je ne sais et j'avoue que cela ne m'intéresse pas. En revanche, je sais bien que c'est là la seule voie que l'humanité ait connue jusqu'à présent.

Ces réflexions n'ont aucunement pour objet de « justifier » la terreur révolutionnaire. Si l'on essayait de la justifier, c'est donc que l'on tiendrait compte de l'opinion des accusateurs. Mais qui sont-ils? Les organisateurs et les exploitants de la grande boucherie mondiale? Les nouveaux riches qui, en l'honneur du « soldat inconnu », brûlent l'encens de leurs cigares d'après-dîner? Les pacifistes qui ont combattu la guerre tant qu'elle n'était pas déclarée et qui sont disposés à recommencer leur odieuse mascarade? Lloyd George, Wilson et Poincaré qui, pour les crimes commis par le Hohenzollern (et par eux-mêmes) se croyaient en droit de faire mourir de faim les enfants allemands? Les conservateurs anglais ou les républicains français qui ont attisé sournoisement la guerre civile en Russie et qui, sans courir le moindre danger, ont essayé de battre monnaie à leur profit avec le sang russe? Et cette énumération pourrait devenir interminable. Il ne s'agit pas pour moi d'une justification philosophique, mais d'une explication politique. La révolution est la révolution parce qu'elle ramène toutes les contradictions de son développement à une alternative : la vie ou la mort. Peut-on croire que des gens qui, tous les cinquante ans, remettent en discussion la question de l'Alsace-Lorraine, en édifiant pour cela de véritables montagnes de cadavres, soient capables de modifier leur situation sociale avec l'aide simplement de la ventriloquie parlementaire? En tout cas, personne ne nous a encore montré comment cela pourrait se faire. Nous avons brisé la résistance des roches primitives en nous servant de l'acier et de la dynamite. Et lorsque l'ennemi tirait sur nous, le plus souvent avec des fusils empruntés aux nations les plus civilisées et démocratiques, nous lui répondions de la même façon. Voyant cela, Bernard Shaw secouait sa barbe, d'un air de reproche à l'adresse des uns et des autres. Mais personne ne s'est aperçu de cette manifestation sacramentelle.

Pendant l'été de 1922, la question de la répression prit une forme d'autant plus grave qu'il s'agissait cette fois des leaders d'un parti qui, autrefois, avait mené, avec nous la lutte révolutionnaire contre le tsarisme et qui, après la révolution d'Octobre, avait tourné l'arme de la terreur contre nous. Des transfuges du camp des socialistes révolutionnaires nous découvrirent que les actes de terrorisme les plus graves avaient été organisés non pas par des individus isolés, comme nous étions disposés à le croire au début, mais par le parti lui-même qui ne se décidait pourtant pas à prendre officiellement la responsabilité des assassinats qu'il commettait. Du côté du tribunal, une condamnation à mort était inévitable. Mais la mise à exécution aurait soulevé fatalement une vague de représailles. Se borner à des peines de détention, même pour de longues années, c'eût été simplement encourager les terroristes, car ils ne croyaient pas du tout à la durée du pouvoir soviétique. Il ne restait pas d'autre issue que de subordonner l'exécution de la sentence à la conduite du parti socialiste révolutionnaire, selon qu'il continuerait ou abandonnerait la lutte par de tels moyens. En d'autres termes, les leaders de ce parti seraient des otages.

Ma première entrevue avec Lénine, quand il fut guéri, eut justement lieu pendant le procès des socialistes révolutionnaires. Il adopta immédiatement et avec soulagement la solution que je proposais :

— C'est juste, il n'y a pas d'autre issue.

Lénine était visiblement réconforté par sa guérison. Mais il restait en lui une certaine anxiété.

— Vous comprenez, me disait-il, d'un air déconcerté, je ne pouvais plus parler, ni écrire... Il a fallu que je rapprenne...

Et il jetait sur moi un regard vif comme pour me sonder.

En octobre, Lénine revenait déjà officiellement à son travail, prenait la présidence du bureau politique et du conseil des commissaires du peuple, et en novembre, prononçait des discours-programmes qui, selon toute apparence, coûtèrent cher à son système artériel.

Lénine sentait qu'à l'occasion de sa maladie, on tissait déjà les fils encore imperceptibles d'un complot, derrière son dos et derrière le mien. Les épigones n'avaient pas encore brûlé leurs vaisseaux et n'avaient pas fait sauter les ponts. Mais déjà, en certains endroits, ils sciaient les poutres et glissaient imperceptiblement des cartouches de pyroxyline. En toute occasion favorable, ils se prononçaient contre mes propositions, comme pour s'exercer à l'indépendance, préparant avec soin chaque manifestation de cette sorte. En revenant au travail, observant avec une inquiétude croissante ce qui s'était passé en dix mois, Lénine tardait à désigner hautement les épigones pour ne pas aggraver les relations. Mais il se disposait à rembarrer la « troïka » et il commença à le faire sur des questions de détail.

Parmi une dizaine de tâches que je dirigeais sur le plan du parti, c'est-à-dire en quelque sorte incognito et non officiellement, il y avait la propagande antireligieuse à laquelle Lénine s'intéressait extrêmement. Il me pria plus d'une fois avec insistance de ne pas perdre de vue ce domaine. Au cours de sa convalescence, il lui fut rapporté que Staline manœuvrait aussi sur ce point contre moi, en remaniant l'appareil de la propagande anti-religieuse et en m'en écartant. Lénine envoya du village au bureau politique une lettre dans laquelle, sans nécessité apparente à première vue, il citait mon livre contre Kautsky, ajoutant de grands éloges pour l'auteur qu'il ne nommait d'ailleurs pas plus qu'il ne désignait le titre du livre. J'avoue que je ne devinai pas tout de suite que c'était là un moyen détourné de Lénine pour condamner les manœuvres dirigées contre moi par Staline. Cependant, on plaçait à la direction de la propagande antireligieuse Iaroslavsky, je crois, comme mon adjoint. Revenu à son travail et ayant appris cela, Lénine, dans une séance du bureau politique, tomba avec fureur sur Molotov, c'est-à-dire, en réalité, sur Staline :

— Ia-ro-slav-sky? Mais ne savez-vous pas ce que c'est qu'Ia-ro-slav-sky? C'est un homme qui ferait rire les poules. Comment pourra-t-il se tirer de cette tâche? — etc.

La vivacité de Lénine pouvait sembler excessive à des profanes. Mais il ne s'agissait pas d'Iaroslavsky, que Lénine, à vrai dire, supportait mal; il s'agissait de la direction du parti. Il y eut plus d'un incident de ce genre.

En somme, Staline, depuis qu'il était en contact plus permanent avec Lénine, c'est-à-dire surtout depuis le coup d'État d'Octobre, ne se relâchait pas d'une opposition sourde, impuissante, mais d'autant plus rageuse à son égard. D'une ambition sans borne, plein d'envie, il ne pouvait pas ne point sentir à chaque pas son infériorité intellectuelle et morale. Il tenta, apparemment, de se rapprocher de moi. C'est seulement plus tard que je me rendis compte des tentatives qu'il avait faites pour créer entre nous quelque chose comme de la familiarité. Mais il me répugnait par les traits de caractère qui ont fait ensuite sa force dans la vague de décadence : étroitesse des intérêts, empirisme, psychologie grossière, un singulier cynisme de provincial que le marxisme a émancipé de bien des préjugés sans les remplacer, cependant, par une philosophie générale profondément méditée et moralement assimilée. D'après certaines observations qu'il fit quelquefois et qui me semblèrent, à l'époque, tout occasionnelles, mais qui ne devaient guère l'être en réalité, Staline essayait de trouver en moi un appui contre le contrôle de Lénine qui lui était insupportable. A chaque tentative de ce genre, je faisais instinctivement un pas en arrière et je passais. Je pense que c'est là qu'il faut chercher les origines de l'hostilité froide de Staline à mon égard, hostilité peureuse dans les premiers temps et profondément perfide. Méthodiquement, il rassemblait autour de lui des hommes de son espèce, des naïfs enclins à vivre sans y chercher malice, ou enfin des offensés. Les premiers, les deuxièmes et les troisièmes étaient assez nombreux.

Il est hors de doute que, pour les affaires courantes, Lénine, en bien des cas, trouvait plus commode de s'en remettre à Staline, à Zinoviev ou à Kaménev qu'à moi. Préoccupé constamment de ménager son temps et celui des autres, Lénine s'efforçait de réduire au minimum la dépense d'énergie quand il s'agissait de surmonter des difficultés intérieures. J'avais mes idées à moi, mes méthodes de travail, mes procédés pour réaliser des décisions déjà adoptées. Lénine le savait assez et savait l'apprécier. Précisément pour cela, il comprenait trop bien que je ne valais rien pour faire des commissions. Quand il avait besoin de commissionnaires pour ses tâches journalières, il s'adressait à d'autres. Cela put, en certaines périodes, surtout lorsque j'étais en désaccord avec Lénine, donner à ses aides l'idée de leur particulière familiarité avec Lénine. C'est ainsi que Lénine nomma comme ses remplaçants à la présidence du conseil des commissaires du peuple d'abord Rykov et Tsiouroupa, et ensuite leur adjoignit Kaménev. J'estimais que ce choix était juste. Lénine avait besoin, dans la pratique, d'adjoints dociles; dans ce rôle je ne valais rien. Et je ne pouvais qu'être reconnaissant à Lénine de ce qu'il ne m'eût pas proposé de le remplacer. En cela je voyais non pas du tout un manque de confiance à mon égard, mais, au contraire, une appréciation nette et nullement offensante pour moi de mon caractère et de nos rapports mutuels.

J'eus plus tard la possibilité de m'en convaincre trop clairement. Dans l'intervalle entre sa première et sa deuxième crise, Lénine ne put travailler qu'en donnant la moitié de son énergie d'autrefois. Constamment, son système artériel subissait des secousses peu graves en apparence, mais menaçantes. A une des séances du bureau politique, comme il se levait pour envoyer à quelqu'un un billet (Lénine procédait ainsi pour accélérer le travail), il chancela légèrement. Je m'en aperçus seulement parce que Lénine eut aussitôt le visage tout défait. C'était encore un des nombreux avertissements que lui envoyaient les centres vitaux.

Lénine ne se faisait pas d'illusions à ce sujet. Il y pensait, cherchant à voir, sous tous les aspects, comment marcherait le travail sans lui et après lui. A cette époque se formait déjà dans sa tête le document qui, dans la suite, est devenu bien connu sous le titre de *Testament*.

Dans la même période, quelques semaines avant la deuxième crise, Lénine eut avec moi un grande conversation sur mes travaux ultérieurs. En raison de l'importance politique de l'entretien, j'en fis part dès alors à plusieurs personnes (Rakovsky, I.-N. Smirnov, Sosnovsky, Préobrajensky et d'autres). C'est grâce à cela que notre causerie est restée nettement marquée dans ma mémoire.

Voici comment les choses se passèrent :

Le comité central du syndicat des travailleurs de l'enseignement envoya une délégation à Lénine et à moi, demandant que je prisse, par surcroît, le commissariat de l'Instruction publique, de même que, pendant un an, j'avais dirigé le commissariat des Voies de Communication. Lénine me demanda mon avis. Je répondis qu'en matière d'instruction publique, la difficulté viendrait, comme en toute autre affaire, de l'appareil.

— Oui, le bureaucratisme, chez nous, est monstrueux, s'écria Lénine. J'en ai été épouvanté lorsque je suis revenu au travail... Mais c'est précisément pour cela qu'à mon avis il ne vous convient pas de vous enfoncer dans les affaires d'autres commissariats en plus de celui de la Guerre.

Avec chaleur, avec insistance, visiblement ému, Lénine exposait son plan. Les forces qu'il pouvait donner à la direction étaient limitées. Il avait trois remplaçants.

— Vous les connaissez. Kaménev, certainement, est un homme politique intelligent, mais que vaut-il comme administrateur? Tsiouroupa est malade. Quant à Rykov, mettons que ce soit un administrateur, mais il faudra le rendre au conseil supérieur de l'économie nationale. Il est indispensable que vous deveniez mon adjoint. La situation est telle que nous avons besoin d'un regroupement radical du personnel.

J'alléguai de nouveau que « l'appareil » me gênait de plus en plus dans mon travail, même au commissariat de la Guerre.

— Eh bien, vous pourrez secouer l'appareil, reprit vivement Lénine, faisant allusion à une expression que j'avais naguère employée.

Je répondis que j'avais en vue non seulement le bureaucratisme de l'État, mais celui du parti; que le fond de toutes les difficultés était dans la combinaison des deux appareils et dans la complicité mutuelle des groupes influents qui se formaient autour d'une hiérarchie de secrétaires du parti.

Lénine écoutait avec une extrême attention et confirmait mes idées de ce ton partant du creux de la poitrine qu'il prenait lorsque, sûr d'être compris jusqu'au bout par son interlocuteur et rejetant les formes nécessairement conventionnelles d'un entretien, il en venait ouvertement aux choses les plus importantes et les plus alarmantes.

Après un instant de réflexion, Lénine posa la question nettement :

— Ainsi, vous proposez d'ouvrir la lutte non seulement contre le bureaucratisme de l'État, mais contre le bureau d'organisation du comité central?

Je me mis à rire, tellement c'était inattendu. Le bureau d'organisation du comité central était le centre même de l'appareil de Staline.

— Mettons qu'il en soit ainsi.

— Eh bien, continua Lénine, visiblement satisfait de ce que nous avions donné à la question sa vraie formule, je vous propose de faire bloc avec vous : contre le bureaucratisme en général, contre le bureau d'organisation en particulier.

— Il est flatteur, répondis-je, de faire un bloc honnête avec un honnête homme.

Nous convînmes de nous revoir dans quelque temps. Lénine me proposa de réfléchir aux questions d'organisation. Il préconisait la création, près le comité central, d'une commission pour la lutte contre le bureaucratisme. Nous devions en faire partie tous les deux. Dans le fond, cette commission devait servir de levier pour la destruction de la fraction stalinienne, épine dorsale de la bureaucratie, et pour la création dans le parti de conditions qui m'auraient donné la possiblité de devenir remplaçant de Lénine; dans sa pensée : d'être son successeur au poste de président du conseil des commissaires du peuple.

C'est seulement quand on connaît ces choses que l'on arrive à comprendre nettement et intégralement le sens de ce qu'on appelle le *Testament*. Dans ce document, Lénine ne nomme que six personnes et les caractérise en pesant chaque mot. L'incontestable but du testament est de me faciliter le travail de direction. Lénine veut y arriver, bien entendu, en provoquant le moins possible de frottements personnels. Il parle de tous avec la plus grande circonspection. Il donne une nuance de douceur à des jugements qui sont écrasants dans le fond. En même temps, il atténue par des réserves ma désignation trop nette au premier poste. C'est seulement dans l'appréciation de Staline qu'apparaît un autre ton, lequel, dans un texte ajouté quelque temps plus tard au testament, devient tout simplement accablant.

De Zinoviev et de Kaménev, Lénine dit, comme sans avoir l'air d'y toucher, que leur capitulation, en 1917, ne fut pas « fortuite »; en d'autres termes qu'ils avaient cela dans le sang. Il est clair que de tels hommes ne peuvent diriger une révolution. Cependant, on ne peut leur reprocher leur passé. Boukharine n'est pas un marxiste, mais un scoliaste; en revanche, très sympathique. Piatakov est un administrateur capable, mais il ne vaut rien en politique. Il se peut, toutefois, que tous deux, Boukharine et Piatakov, réussissent encore à se former. Le plus capable est Trotsky; son défaut est dans un excès de confiance en lui-même. Staline est brutal, déloyal, capable d'abuser du pouvoir que lui donne l'appareil du parti. Il faut éliminer Staline pour éviter une scission. Tel est le fond du testament. Il complète et explique la proposition qui m'avait été faite par Lénine dans le dernier entretien.

Lénine, en somme, ne connut bien Staline qu'après Octobre. Il appréciait en lui de la fermeté, un esprit pratique qui était pour les trois quarts de la ruse. En même temps Lénine constatait à chaque pas l'ignorance de Staline, l'extrême étroitesse de ses vues politiques, une exceptionnelle grossièreté morale, un absolu manque de scrupules. Staline avait été élu secrétaire général du parti contre la volonté de Lénine qui se résignait à le voir à ce poste tant que lui-même fut à la tête du parti. Mais quand, après sa première crise, Lénine revint au travail, avec une santé débilitée, il se posa le problème de la direction dans son ensemble. De là son entretien avec moi. De là le *Testament*. Les dernières lignes en furent écrites le 4 janvier; ensuite deux mois s'écoulèrent pendant lesquels la situation se fixa définitivement. Lénine ne préparait plus seulement l'élimination de Staline du poste de secrétaire général; il voulait le disqualifier devant le parti. Sur la question du monopole du commerce extérieur, sur la question nationale, sur la question du régime intérieur au parti, sur l'inspection ouvrière et paysanne et sur la commission de contrôle, Lénine, systématiquement et avec persévérance, vise à porter, au XIIe congrès, dans la personne de Staline, le coup le plus terrible au bureaucratisme, à la solidarité de complices des fonctionnaires, aux abus de pouvoir, à l'arbitraire et à la brutalité.

Lénine aurait-il pu réussir le regroupement qu'il méditait dans la direction du parti? A ce moment-là, sans aucun doute. Les précédents de cette sorte avaient été nombreux; il y en avait un tout récent et très caractéristique. Alors que Lénine, en convalescence, vivait encore à la campagne et que j'étais absent de Moscou, le comité central avait adopté à l'unanimité, en novembre 1922, une décision qui portait un coup irréparable au monopole du commerce extérieur. Lénine et moi, indépendamment l'un de l'autre, donnâmes l'alarme; ensuite nous nous entendîmes par des échanges de lettres et nous nous accordâmes sur les démarches à faire. Quelques semaines plus tard, le comité central revenait avec autant d'unanimité sur sa décision qu'il en avait eu à la prendre.

Le 21 décembre, Lénine, triomphant, m'écrivait :

« Camarade Trotsky, il semble que l'on ait réussi à prendre la position sans tirer un seul coup de fusil, par une simple manœuvre. Je propose de ne pas s'en tenir là et de continuer l'offensive... »

Notre action commune contre le comité central, si elle avait eu lieu au début de 1923, nous aurait assuré certainement la victoire. Bien plus. Si j'avais agi à la veille du XIIe congrès dans l'esprit du « bloc » Lénine-Trotsky contre le bureaucratisme stalinien, je ne doute pas que j'aurais remporté la victoire, même sans l'assistance directe de Lénine dans la lutte. Dans quelle mesure cette victoire aurait-elle été durable, c'est une autre question. Pour la résoudre, il est indispensable de se rendre compte d'un certain nombre de processus objectifs qui eurent lieu dans le pays, dans la classe ouvrière et dans le parti lui-même. Thème tout particulier et très vaste. Kroupskaïa disait un jour, en 1927, que si Lénine vivait encore, il serait probablement déjà dans une des prisons de Staline. Je pense qu'elle avait raison. Car il ne s'agit pas de Staline lui-même, mais des forces que Staline exprime sans les comprendre. Cependant, en 1922-1923, il était encore tout à fait possible de s'emparer de la principale position stratégique en menant une offensive ouverte contre la fraction qui se formait rapidement des fonctionnaires nationalo-socialistes, des usurpateurs de l'appareil, des captateurs de l'héritage d'Octobre, des épigones du bolchevisme. Le principal obstacle dans cette voie était, cependant, l'état de santé de Lénine. On s'attendait à le voir se relever comme après la première crise et participer au XIIe congrès comme il avait participé au XIe. Lui-même y comptait bien. Les médecins parlaient d'un ton encourageant, quoique de moins en moins ferme. L'idée du « bloc Lénine et Trotsky » contre les gens de l'appareil et les bureaucrates n'était, à ce moment-là, entièrement connue que de Lénine et de moi ; les autres membres du bureau politique la devinaient vaguement. Les lettres de Lénine sur la question nationale, de même que son testament, n'étaient connues de personne. Mon action pouvait être comprise ou, plus exactement, représentée, comme une lutte personnelle pour prendre la place de Lénine dans le parti et dans l'État. Je ne pouvais songer à cela sans frémir. J'estimais que cela pourrait causer dans nos rangs une démoralisation qu'il aurait fallu ensuite payer cher, même en cas de victoire. Dans tous les plans et les calculs, il y avait un élément décisif : l'incertitude où j'étais à l'égard de Lénine à cause de son état de santé. Pourrait-il se prononcer? En aurait-il le temps? Le parti comprendra-t-il qu'il y avait lutte de Lénine et de Trotsky pour l'avenir de la révolution, et non pas lutte de Trotsky pour prendre la place de Lénine malade? En raison de la situation particulière que Lénine occupait dans le parti, l'incertitude où l'on était sur son état devint de la perplexité sur la condition même de tout le parti. Le provisoire s'éternisait, et c'était tout à l'avantage des épigones, dans la mesure où Staline, en tant que secrétaire général, devenait naturellement le majordome de l'appareil pour toute la durée de l' « interrègne ».

On était aux premiers jours de mars 1923. Lénine était alité dans sa chambre du grand palais des institutions judiciaires. La deuxième crise approchait, annoncée par une série de malaises. Moi-même, je fus cloué au lit quelques semaines par un lumbago. J'étais couché dans le bâtiment dit des Chevaliers, où se trouvait notre logement; ainsi étions-nous séparés de Lénine par l'immense cour du Kremlin. Ni Lénine ni moi ne pouvions même faire un pas jusqu'au téléphone; au surplus, les médecins avaient sévèrement interdit à Vladimir Ilitch de prendre la communication. Les deux secrétaires de Lénine, Fotiéva et Glasser font la liaison. Voici ce qu'elles me transmettent : Vladimir Ilitch est inquiet au plus haut degré des préparatifs que fait Staline pour le prochain congrès du parti, et surtout en raison des machinations fractionnelles auxquelles il se livre en Géorgie.

— Vladimir Ilitch prépare une vraie bombe contre Staline, pour le congrès.

Ainsi parla littéralement Fotiéva. Le mot de « bombe » était de Lénine et non pas d'elle.

— Vladimir Ilitch vous prie de prendre en main l'affaire de la Géorgie; il sera alors plus tranquille.

Le 5 mars, Lénine dicte un billet à mon adresse :

« Cher camarade Trotsky, je vous prie très instamment de vous charger de défendre la cause géorgienne au comité central du parti. Cette affaire est actuellement l'objet des « poursuites » de Staline et de Dzerjinsky et je ne puis me fier à leur impartialité. Même, c'est bien le contraire. Si vous consentiez à prendre la défense de cette cause, je pourrais être tranquille. Si, pour une raison ou pour une autre, vous n'acceptez pas, renvoyez-moi tout le dossier. J'en conclurai que cela ne vous convient pas. Avec mes meilleures salutations de camarade. Lénine. »

Mais pourquoi la question avait-elle pris tant d'acuité? demandai-je. Il se trouva que Staline avait encore trompé la confiance de Lénine; pour se ménager un appui en Géorgie il avait organisé, à l'insu de Lénine et de tout le comité central, avec l'aide d'Ordjonikidzé et non sans le soutien de Dzerjinsky, un coup d'État contre les meilleurs éléments du parti, en alléguant mensongèrement l'autorité du comité central. Profitant de ce que Lénine malade ne pouvait avoir d'entrevues avec les camarades, Staline essayait de l'entourer de fausses informations.

Lénine avait chargé son secrétariat de réunir un dossier complet sur la question géorgienne et était résolu à se prononcer ouvertement. Il est difficile de dire ce qui l'avait le plus ému de la déloyauté de Staline, ou de sa politique brutalement bureaucratique dans la question nationale. Probablement, la combinaison de l'une et de l'autre. Lénine se préparait à la lutte, mais il craignait de ne pouvoir parler lui-même au congrès, et cela le tourmentait.

— Si l'on s'entendait avec Zinoviev et Kaménev? lui suggèrent ses secrétaires.

Mais Lénine fait un geste de contrariété. Il prévoit nettement que, dans le cas où il devrait abandonner le travail, Zinoviev et Kaménev constitueront avec Staline une « troïka » contre moi et que, par conséquent, ils le trahiront.

— Mais ne savez-vous pas ce que pense Trotsky de la question géorgienne? demande Lénine.

— Trotsky au plenum [1] s'est prononcé tout à fait dans votre esprit, répond Glasser qui avait été secrétaire au plenum.

— Vous ne vous trompez pas?

— Non, Trotsky a accusé Ordjonikidzé, Vorochilov et Kalinine de ne pas comprendre la question nationale.

— Vérifiez cela encore une fois! réclame Lénine.

Le lendemain, Glasser me remet à la séance du comité central qui se tenait dans mon logement, un billet où elle a résumé mon discours de la veille et elle termine par cette question :

— Vous ai-je bien compris?

— Pourquoi avez-vous besoin de ça? demandai-je.

— Pour Vladimir Ilitch, répond Glasser.

— Le résumé est juste.

Cependant, Staline suivait avec inquiétude nos échanges de billets. Mais, à ce moment-là, je ne devinais pas encore de quoi il s'agissait...

Glasser me communiqua ensuite ceci :

« Quand Vladimir Ilitch a lu les papiers que nous avions échangés, son front s'est éclairé : “ Eh bien, maintenant, c'est une autre affaire! ” — Et il m'a chargée de vous remettre tous les manuscrits qui devaient entrer dans la fabrication de sa *bombe* pour le XIIe congrès. »

Les intentions de Lénine étaient dès lors parfaitement claires pour moi : prenant exemple de la politique de Staline, il vou-

1. Assemblée plénière du comité central. (*N. d. T.*)

lait dénoncer devant le parti, et sans rien ménager, le péril d'une dégénérescence bureaucratique de la dictature.

— Kaménev, dis-je à Fotiéva, part demain pour la Géorgie, il se rend à la conférence du parti. Je puis lui donner communication des manuscrits de Lénine pour l'engager à agir là-bas dans l'esprit qui convient. Demandez à Ilitch s'il faut le faire.

Un quart d'heure après, Fotiéva, revient, essoufflée :

— En aucun cas!

— Pourquoi cela?

— Vladimir Ilitch dit ceci : « Kaménev s'empressera de tout montrer à Staline et celui-ci cherchera un compromis frelaté pour nous tromper. »

— Ainsi donc, on en est arrivé si loin qu'Ilitch n'estime plus possible de conclure un compromis avec Staline, même sur une ligne juste?

— Oui, Ilitch n'a pas confiance en Staline, il veut se prononcer ouvertement contre lui devant tout le parti. Il prépare une bombe.

Environ une heure après cet entretien, Fotiéva revint, m'apportant un billet de Lénine adressé au vieux révolutionnaire Mdivani et autres adversaires de la politique de Staline en Géorgie. Lénine leur écrivait :

« De toute mon âme, je m'intéresse à votre cause. Je suis indigné de la brutalité d'Ordjonikidzé et des connivences de Staline et Dzerjinsky. Je prépare pour vous des notes et un discours. »

Une copie de ces lignes m'était adressée, mais il y en avait une autre pour Kaménev. Cela m'étonna.

— Vladimir Ilitch a donc changé d'avis? demandai-je.

— Oui, son état s'aggrave d'heure en heure. Il ne faut pas se fier aux déclarations rassurantes des médecins; Ilitch a déjà du mal à s'exprimer... La question de la Géorgie le tourmente extrêmement; il craint de se trouver au plus mal avant d'avoir pu rien entreprendre. En me remettant le billet, il a dit : « Pour ne pas arriver trop tard, il faut agir ouvertement avant le temps. »

— Mais cela signifie que je puis maintenant causer avec Kaménev?

— Évidemment.

— Dites-lui de venir me voir.

Kaménev arriva une heure après. Il était complètement désorienté. L'idée de la « troïka » Staline-Zinoviev-Kaménev était prête depuis longtemps. La pointe du triangle était dirigée contre moi. Le problème pour les conjurés était seulement de préparer une base d'organisation suffisante pour arriver au couronnement du groupe qui se serait déclaré l'héritier légitime de Lénine. Un tout petit billet suffisait pour crever ce plan. Kaménev ne savait quelle contenance prendre et il me l'avoua assez franchement.

Je lui donnai à lire les manuscrits de Lénine. Kaménev avait assez d'expérience comme homme politique pour comprendre immédiatement qu'aux yeux de Lénine il s'agissait non seulement de la Géorgie mais de tout le rôle joué par Staline dans le parti. Kaménev me donna des renseignements complémentaires. Il revenait justement de chez Nadejda Konstantinovna Kroupskaïa qui l'avait fait appeler. Très émue, elle lui avait dit :

— Vladimir vient de dicter à la sténo une lettre pour Staline dans laquelle il déclare qu'il rompt toutes relations avec lui.

Le motif immédiat avait un caractère à demi personnel. Staline faisait tout pour isoler Lénine des sources d'informations et manifestait, à cet égard, une grossièreté exceptionnelle à l'égard de Nadejda Konstantinovna.

— Mais vous connaissez Ilitch, avait ajouté Kroupskaïa : il ne serait jamais allé jusqu'à une rupture des rapports personnels s'il n'avait pas estimé qu'il faut démolir Staline en politique.

Kaménev était fort ému et blême. Il sentait le sol se dérober sous lui. Il ne savait sur quel pied danser, de quel côté se tourner. Peut-être avait-il tout simplement peur que je n'agisse contre lui avec malveillance. Je lui exposai mon point de vue sur la situation.

— Parfois, lui dis-je, devant un péril imaginaire, on prend peur et on s'attire une menace réelle. Dites-vous bien et dites aux autres que je n'ai pas la moindre intention d'engager au congrès la lutte pour arriver à des modifications d'organisation. Je suis d'avis de maintenir le *statu quo*. Si Lénine, avant le congrès peut se relever, ce qui n'est malheureusement pas probable, nous procéderons ensemble à un nouvel examen de cette question. Je ne suis pas d'avis d'en finir avec Staline, ni d'exclure Ordjonikidzé, ni d'écarter Dzerjinsky des Voies de Communication. Mais je suis d'accord avec Lénine sur le fond. Je veux que la politique nationale soit radicalement modifiée, que la répression exercée en Géorgie contre les adversaires de Staline cesse immédiatement, que l'on en finisse avec la pression administrative du parti, que l'on s'oriente plus fermement vers l'industrialisation et qu'il y ait une collaboration honnête dans les sphères dirigeantes. La résolution de Staline sur la question nationale ne vaut absolument rien. La pression brutale et insolente d'une grande puissance s'y trouve située sur le même plan que la protestation et la résistance des petites nationalités faibles et arriérées. J'ai donné à ma résolution la forme d'amendements apportés à celle de Staline, pour lui faciliter l'indispensable changement de direction. Mais il faut que ce changement soit immédiat et net. En outre, il est indispensable que Staline écrive immédiatement à Kroupskaïa une lettre d'excuses pour ses grossièretés et qu'il change effectivement de conduite. Qu'il ne cherche pas à se dérober. Il ne faut plus d'intrigues. Il faut une collaboration honnête. Quant à vous, déclarai-je à Kaménev, vous devez, à la conférence de Tiflis, viser à obtenir un complet changement d'attitude à l'égard des partisans géorgiens de la politique nationale de Lénine.

Kaménev eut un soupir de soulagement. Il accepta toutes mes propositions. Il craignait seulement que Staline ne s'entêtât :

— Il est grossier et capricieux, dit-il.

— Non, répondis-je, je ne pense pas qu'il s'entête, car il n'a à présent pas d'autre issue.

Tard dans la nuit, Kaménev me fit savoir qu'il s'était rendu chez Staline, à la campagne, et que celui-ci avait accepté toutes les conditions. Kroupskaïa avait déjà reçu de lui une lettre d'excuses. Mais elle n'avait pu montrer la lettre à Lénine, dont l'état avait empiré.

Il me sembla cependant que le ton de Kaménev n'était déjà plus celui qu'il avait eu en me quittant, quelques heures auparavant. C'est seulement plus tard que je vis d'où venait ce changement : il tenait à l'aggravation de la maladie de Lénine. En cours de route ou bien dès son arrivée à Tiflis, Kaménev reçut un télégramme chiffré de Staline lui annonçant que Lénine était de nouveau paralysé : incapable de parler et d'écrire. A la conférence géorgienne, Kaménev défendit la politique de Staline contre Lénine. Fortifiée par une félonie, la « troïka » existait dès lors.

L'offensive de Lénine était dirigée non seulement contre la personne de Staline, mais contre tout son état-major, et avan tout contre ceux qui l'aidaient, Dzerjinsky et Ordjonikidzé. Ces deux noms reviennent constamment dans la correspondance de Lénine au sujet de la Géorgie.

Dzerjinsky était un homme de passion fortement explosive. Son énergie était entretenue sous pression par de continuelles décharges électriques. A propos de chaque question, même secondaire, il s'enflammait, ses minces narines frémissaient, ses yeux lançaient des éclairs, sa voix montait et fréquemment en venait à se briser. En dépit de cette extrême tension nerveuse, Dzerjinsky ne connut jamais de périodes de défaillance ou d'apathie. Il semblait se trouver toujours en pleine mobilisation. Lénine l'avait un jour comparé à un pur sang des plus ardents. Dzerjinsky s'éprenait d'un amour éperdu pour toute tâche qu'il entreprenait, défendant ses collaborateurs contre les interventions et la critique avec une passion, une intransigeance, un fanatisme dans lesquels, cependant, il n'y avait rien d'un intérêt personnel : Dzerjinsky se dissolvait dans la cause sans laisser de trace.

Mais il n'avait pas de pensée à lui. Lui-même ne se considérait pas comme un homme politique, du moins du temps de Lénine. En diverses occasions, il me dit plus d'une fois :

— Je ne suis peut-être pas un mauvais révolutionnaire, mais je ne suis pas un leader, un homme d'État, un politique.

Ce n'était pas seulement de la modestie. Le jugement était juste dans le fond. Au point de vue politique, Dzerjinsky a toujours eu besoin de la direction immédiate de quelqu'un. Pendant de longues années, il a suivi Rosa Luxemburg et a mené la lutte qu'elle voulait non seulement avec un certain patriotisme polonais, mais avec des sentiments de bolchevik. En 1917 il adhéra au bolchevisme. Lénine me disait de lui avec enthousiasme :

— Il n'est resté aucune trace de la lutte d'autrefois.

Pendant deux ou trois années, il fut particulièrement porté vers moi. Dans ses dernières années, il soutint Staline. Dans le travail économique, il l'emportait par son tempérament : exhortant, poussant, entraînant. Il n'avait pas de conception réfléchie du développement économique. Il partagea toutes les erreurs de Staline et les défendit avec toute la passion dont il était capable. Il mourut pour ainsi dire debout; il avait à peine eu le temps de quitter la tribune d'où il avait attaqué avec violence l'opposition.

Quant à l'autre allié de Staline, Ordjonikidzé, Lénine estimait indispensable de l'exclure du parti pour l'arbitraire bureaucratique dont il s'était rendu coupable au Caucase. Je faisais des objections. Lénine me répondait par l'intermédiaire de sa secrétaire : « Au moins pour deux ans. » Combien alors il était loin de penser qu'Ordjonikidzé prendrait la tête de la commission de contrôle que Lénine destinait à combattre le bureaucratisme stalinien et qui devait incarner la conscience même du parti !

Outre les problèmes de politique générale, la campagne ouverte par Lénine avait pour but immédiat de créer les conditions les plus favorables à mon travail de direction, soit près de lui s'il pouvait se remettre, soit à sa place si la maladie le terrassait. Mais cette lutte n'ayant pu être menée jusqu'au bout, ni même jusqu'à moitié, donna des résultats tout à fait contraires. Lénine n'eut en somme que tout juste le temps de *déclarer* la guerre à Staline et à ses alliés, et encore le fait ne parvint-il à la connaissance que des intéressés, non pas à celle du parti. La fraction de Staline — qui n'était encore que la fraction de la « troïka » — se resserra davantage après le premier avertissement. La situation provisoire se maintint. Staline gardait le manche de l'appareil. La sélection artificielle des dirigeants fut poussée furieusement. Plus la « troïka » se sentait faible idéologiquement, plus elle me craignait (ayant peur de moi précisément parce qu'elle voulait me renverser) et plus elle était obligée de serrer tous les boulons du régime dans le parti et l'État. Beaucoup plus tard, en 1925, Boukharine, dans une conversation particulière, comme je lui faisais la critique de l'oppression exercée dans le parti, me répliqua :

— Il n'y a pas chez nous de démocratie parce que nous avons peur de vous.

— Tâchez donc, lui dis-je, en manière de conseil, de ne plus avoir peur et essayons de faire ensemble du bon travail.

Mais cet avis ne fut d'aucune utilité.

1923 fut la première année d'une lutte acharnée, mais encore sans bruit, pour l'étouffement et la démolition du parti bolchevique. Lénine se débattait avec une maladie terrible. La « troïka » combattait le parti. L'ambiance était d'une tension pénible qui, vers l'automne, aboutit à la « discussion » contre l'opposition. Le chapitre II de la révolution s'ouvrait : la lutte contre le trotskysme. Au fond, c'était une lutte contre la succession idéologique de Lénine.

CHAPITRE XL

LE COMPLOT DES ÉPIGONES

C'était dans les premières semaines de 1923. Le XIIe congrès approchait. Il ne restait presque aucun espoir d'y voir Lénine. On en vint à se demander qui ferait le rapport sur la politique générale. Staline dit, en séance du bureau politique :

— Bien entendu, Trotsky!

Kalinine et Rykov acquiescèrent aussitôt, ainsi que Kaménev, celui-ci visiblement de mauvais gré. Je fis des objections. Le parti se sentirait choqué si l'un d'entre nous essayait, en quelque sorte personnellement, de se substituer à Lénine malade. Il fallait se passer, cette fois-ci, d'un rapport d'introduction. On dirait ce qui devait être dit sur chacun des points de l'ordre du jour. En outre, ajoutai-je, nous sommes en désaccord avec vous sur certaines questions économiques.

— De quels désaccords s'agit-il? s'exclama Staline.

Kalinine ajouta :

— Au bureau politique, sur presque toutes les questions, on adopte toujours vos solutions.

Zinoviev était en congé au Caucase. On ne prit pas de décision. En tout cas, je me chargeai du rapport sur l'industrie.

Staline savait qu'un orage le menaçait du côté de Lénine, et il cherchait par tous les moyens à me flatter. Il répétait que le rapport politique devait être fait par le membre du comité central le plus influent et le plus populaire après Lénine, c'est-à-dire par Trotsky, que le parti n'attendait pas autre chose et ne comprendrait pas. Quand il se livrait à ces manifestations de fausse amitié, il m'inspirait encore plus d'aversion que lorsqu'il montrait ouvertement sa haine, d'autant plus que ses mobiles apparaissaient trop évidents.

Zinoviev revint du Caucase. Derrière mon dos avaient lieu d'incessantes consultations des fractions qui, en ce temps-là, étaient encore très fortement unies. Zinoviev demandait à faire le rapport politique. Kaménev questionnait les plus sûrs des « vieux bolcheviks », qui, en majorité, avaient abandonné le parti pendant dix ou quinze années :

— Tolérerons-nous que Trotsky devienne l'unique dirigeant du parti et de l'État?

De plus en plus souvent, dans les coins, on fouilla le passé, évoquant les démêlés que j'avais eus jadis avec Lénine. Ce devint la spécialité de Zinoviev.

Cependant, l'état de santé de Lénine s'était très sérieusement aggravé et, de ce côté-là, il n'y avait aucun « danger ». La « troïka » décida que le rapport politique serait fait par Zinoviev. Je n'objectai rien lorsque la question, après la préparation qu'il fallait dans la coulisse, fut portée au bureau politique. Tout portait le cachet de la situation provisoire. Il n'y avait pas de dissentiments affirmés, étant donné que la « troïka » n'avait pas de ligne à elle. Mes thèses sur l'industrie furent d'abord adoptées sans débats. Mais quand on sut à coup sûr qu'il n'y avait aucun espoir de voir Lénine revenir à son travail, la « troïka » évolua brusquement, craignant que le congrès du parti ne fût préparé trop pacifiquement. Dès alors, elle chercha la possibilité de s'opposer à moi dans la sphère dirigeante du parti. A la dernière minute qui précéda le congrès, Kaménev apporta à ma résolution qui avait déjà été approuvée, une addition concernant la classe paysanne. Il n'y aurait aucune utilité à insister ici sur le fond même de cet amendement qui n'avait aucune signification théorique ou politique, qui était simplement fait pour la provocation. Ce texte devait servir à m'accuser, pour l'instant encore dans les coulisses, d'avoir « sous-estimé » la classe paysanne. Trois ans après sa rupture avec Staline, Kaménev, du ton de bonhomie cynique qui le caractérise, me confessa comment avait été cuisinée cette accusation que, bien entendu, aucun des auteurs ne prenait au sérieux.

On sait qu'il serait vain d'opérer en politique avec des critères de morale abstraite. La morale politique procède de la politique même, elle en est une des fonctions. Seule, une politique mise au service d'une grande cause historique, peut s'assurer des méthodes d'action moralement irréprochables. Par contre, quand le niveau des tâches politiques s'abaisse, on en arrive inévitablement à une chute morale. Figaro, comme on sait, se refusait en général à faire une distinction entre la politique et l'intrigue. Et pourtant il vivait avant l'ère du parlementarisme. Lorsque les moralistes de la démocratie bourgeoise prétendent voir dans la dictature révolutionnaire, en tant que telle, la source des mauvaises mœurs politiques, on ne peut que hausser les épaules et s'apitoyer. Il serait très instructif de prendre un film du parlementarisme contemporain, ne serait-ce que pour une année. Seulement, il ne faudrait pas établir l'appareil de prise de vues à côté du fauteuil du président de la Chambre des Députés, au moment où l'on proclame une résolution patriotique; il faudrait le mettre en de tous autres endroits : dans des bureaux de banquiers et d'industriels, dans des coins discrets de rédaction, chez les princes de l'Église, dans les salons des dames qui s'occupent de politique, dans les ministères ; et, en même temps, on prendrait des photographies de la correspondance secrète des leaders des partis...

Mais, d'autre part, il sera tout à fait juste de dire qu'à l'égard des mœurs politiques d'une dictature révolutionnaire, on doive formuler des exigences très différentes de celles que l'on a pour les mœurs du parlementarisme. Les instruments et les méthodes de la dictature étant très affilés, il faut veiller de près à leur antisepsie. On n'a rien à craindre d'une pantoufle sale. Un rasoir mal tenu est très dangereux. Les méthodes de la « troïka » marquaient d'elles-mêmes, à mes yeux, un glissement politique.

La principale difficulté pour les conspirateurs était d'agir ouvertement contre moi devant les masses. Les ouvriers connaissaient Zinoviev et Kaménev et les écoutaient volontiers. Cependant, la conduite de ces derniers en 1917 était encore trop nettement marquée dans toutes les mémoires. Ils n'avaient pas d'autorité morale dans le parti. Quant à Staline, au-delà du cercle restreint des vieux bolcheviks, on ne le connaissait absolument pas. Certains de mes amis disaient : « Ils n'oseront jamais agir ouvertement contre vous. Dans la conscience du peuple, votre nom est trop indissolublement lié à celui de Lénine. On ne peut effacer d'un trait de plume ni la révolution d'Octobre, ni l'Armée rouge, ni la guerre civile. » Je n'étais pas du même avis. Les autorités individuelles en politique, surtout dans une politique révolutionnaire, jouent un grand rôle, et même un rôle gigantesque, mais qui n'est pourtant pas décisif. Des processus plus profonds, des processus de masses déterminent en fin de compte le sort des autorités individuelles. La calomnie dirigée contre les leaders du bolchevisme lors de la montée de la révolution ne pouvait que fortifier les bolcheviks. La calomnie contre les mêmes personnes au moment où la révolution était en décroissance pouvait devenir un instrument de victoire entre les mains de la réaction thermidorienne.

Ce qui se passait, objectivement, dans le pays et sur l'arène mondiale profitait à mes adversaires. Cependant leur tâche n'était pas si facile. La littérature du parti, la presse, les propagandistes, vivaient encore des impressions de la veille, reçues sous le signe de Lénine et de Trotsky. Il fallait imprimer à tout cela un tour de cent quatre-vingts degrés, non pas d'un seul coup, bien entendu, mais en s'y reprenant à plusieurs fois. Pour montrer quelle fut la grandeur de cette conversion, il est indispensable de donner ici quelques textes qui montrent le ton dominant dont on se servit dans la presse du parti pour parler des dirigeants de la révolution.

Le 14 octobre 1922, c'est-à-dire quand Lénine, après sa première crise, était revenu à son travail, Radek écrivait dans la *Pravda* :

« Si l'on peut dire du camarade Lénine qu'il est la raison de la révolution, la régissant par la transmission de la volonté, on peut caractériser le camarade Trotsky comme une volonté d'acier refrénée par la raison. La parole de Trotsky retentissait comme l'appel d'une cloche au travail. Toute la signification de cette voix, tout son sens et le sens même de notre travail des prochaines années en deviennent parfaitement clairs... » etc. Il est vrai que le caractère expansif de Radek est devenu proverbial ; il peut faire ainsi, mais il peut autrement. Ce qui importe beaucoup plus, c'est que ces lignes ont été imprimées dans l'organe central du parti, du vivant de Lénine, et que personne ne les a prises pour une dissonance.

En 1923, comme le complot de la « troïka » existait déjà, Lounatcharsky fut un des premiers à faire valoir l'autorité de Zinoviev. Mais comment lui fallut-il entamer cette entreprise ?

« Bien entendu, écrivait-il dans son portrait de Zinoviev, Lénine et Trotsky sont devenus les personnalités les plus populaires en amour ou en haine de notre époque, à peu près pour tout le globe terrestre. Zinoviev reste un peu en arrière, mais il faut remarquer que Lénine et Trotsky étaient comptés depuis longtemps dans nos rangs comme des hommes d'un talent si exceptionnel, comme des leaders si incontestables que leur montée prodigieuse pendant la révolution n'a pu éveiller en personne un particulier étonnement. »

Si je cite ces pompeux panégyriques d'un goût douteux, c'est seulement parce que j'en ai besoin comme d'éléments pour l'ensemble du tableau, ou bien, si l'on veut, comme de témoignages dans un procès.

C'est avec un véritable dégoût que je dois encore citer un troisième témoin, Iaroslavsky, dont les louanges sont, à vrai dire, plus intolérables que les diatribes. Cet homme joue actuellement un rôle très important dans le parti, donnant, par l'insignifiance de sa valeur spirituelle, la mesure de la chute des dirigeants. Iaroslavsky ne s'est élevé à jouer son rôle actuel que par les degrés des calomnies qu'il a dressées contre moi. En qualité de falsificateur officiel de l'histoire du parti, il représente le passé comme une lutte incessante de Trotsky contre Lénine. Inutile de dire que Trotsky a « sous-estimé », « ignoré » la classe paysanne, qu'il ne l'a pas « remarquée ». Pourtant, en février 1923, à un moment où Iaroslavsky devait déjà connaître suffisamment bien mes rapports avec Lénine et mon opinion sur la classe paysanne, il caractérisait dans les termes suivants mon passé, mes premiers pas dans l'action littéraire (1900-1902) par un grand article :

« La brillante activité de littérateur-publiciste du camarade Trotsky lui a fait un nom mondial de « roi des pamphlétaires » : c'est ainsi que le nomme l'écrivain anglais Bernard Shaw. Quiconque, depuis un quart de siècle, a été au courant de cette activité doit se persuader que ce talent particulièrement éclatant... » etc.

« Nombreux, probablement, sont ceux qui ont vu une photographie de Trotsky adolescent, laquelle est assez répandue, etc.; sous ce front haut, bouillonnait alors déjà un torrent d'images, de pensées, de sentiments qui parfois entraînèrent le camarade Trotsky un peu à l'écart de la grand-route historique, qui le forcèrent parfois à choisir soit des détours trop accentués, soit un chemin trop témérairement brusqué vers un point que l'on ne pouvait attendre. Mais, dans toutes ces recherches, nous voyons un homme profondément dévoué à la révolution, qui a grandi pour jouer le rôle de tribun, dont le langage extrêmement acerbe, et souple comme l'acier, brise l'adversaire... » etc., etc.

Iaroslavsky continue, ivre de mots, ainsi :

« Les Sibériens lisaient avec enthousiasme ces brillants articles et en attendaient d'autres avec impatience. Peu nombreux étaient ceux qui en connaissaient l'auteur, et ceux qui connaissaient Trotsky ne pensaient pas le moins du monde alors qu'il serait un des dirigeants reconnus de l'armée la plus révolutionnaire et de la plus grande révolution dans le monde. »

Il en va encore plus mal, si possible, avec Iaroslavsky quand il prétend que j'ai voulu « ignorer » la classe paysanne. Le début de mon activité littéraire fut consacré aux campagnes. Voici ce qu'en dit Iaroslavsky :

« Trotsky ne put passer un certain temps dans un village de Sibérie sans entrer dans tous les détails de sa vie. Et, avant tout, son attention se porte sur l'appareil administratif du village sibérien. Dans une série de correspondances, il donne une brillante caractéristique de cet appareil... » Plus loin : « Trotsky ne voyait autour de lui que le village. Il souffrait à voir de tels besoins. Il se sentait écrasé par l'impuissance des ruraux, par les dénis de droit qui les atteignaient. »

Iaroslavsky demandait alors que mes articles sur la vie des campagnes fussent inclus dans une chrestomathie. Tout cela en 1923, en février, dans le mois où fut créée la légende d'après laquelle je ne me préoccupais nullement des ruraux. Mais Iaroslavsky se trouvait en Sibérie et, par suite, n'était pas encore au courant du « léninisme ».

Le dernier exemple que je veuille donner concerne Staline. Dès le premier anniversaire de la révolution d'Octobre, il avait écrit un article dirigé, d'une façon déguisée, contre moi. Pour expliquer cela, il faut rappeler que, dans la période de la préparation d'Octobre, Lénine se cachait en Finlande, que Kaménev, Zinoviev, Rykov, Kalinine s'opposaient à l'insurrection et que personne ne savait rien de Staline. Il en résulta que le parti rattachait le coup d'État d'Octobre surtout à mon nom. Au premier anniversaire d'Octobre, Staline essaya d'atténuer cette impression, remontrant contre moi qu'il y avait eu une direction générale du comité central. Mais, pour que son exposé fût plus ou moins acceptable, il fut forcé d'écrire ceci :

« Tout le travail d'organisation pratique de l'insurrection se fit sous la direction immédiate de Trotsky, président du soviet de Pétrograd. On peut dire en toute assurance que le parti doit avant tout et surtout au camarade Trotsky la rapide adhésion de la garnison du soviet et l'habile organisation du comité de guerre révolutionnaire. »

Si Staline écrivait ainsi, c'est parce que, en cette période, il était impossible, même pour lui, d'écrire autrement. Il a fallu des années d'attaques effrénées avant que Staline eût l'audace de dire à haute voix :

« Le camarade Trotsky n'a joué et ne pouvait jouer aucun rôle particulier ni dans le parti, ni dans la révolution d'Octobre. »

Quand on lui fit remarquer qu'il se contredisait, il répliqua en redoublant de grossièretés, simplement.

La « troïka » ne pouvait, en aucun cas, s'opposer à moi. Elle ne pouvait que m'opposer Lénine. Mais, pour cela, il eût fallu que Lénine eût perdu toute possibilité de s'opposer à la « troïka ». En d'autres termes, pour le succès de la campagne de la « troïka », il fallait ou bien que Lénine fût malade sans espoir de guérison, ou bien que son cadavre embaumé reposât dans un mausolée. Et encore cela ne suffisait-il pas. Il fallait que, pendant que l'on mènerait la campagne, je fusse sorti des rangs. C'est ce qui arriva pendant l'automne de 1923.

Je ne m'occupe pas ici d'une philosophie de l'histoire ; je montre quelle a été ma vie sur le fond des événements auxquels elle s'est attachée. Mais il est impossible de ne pas noter en passant comment le hasard vient à propos à l'aide de ce qui est la règle juste. A en parler plus largement, tout le processus historique est le prisme de la règle juste vue à travers le fortuit. Si nous nous servons du langage de la biologie, on peut dire que la règle rationnelle de l'histoire se réalise par une sélection naturelle des faits accidentels. C'est sur cette base que se développe l'activité humaine consciente qui soumet l'accidentel à une sélection artificielle...

Mais ici, je dois interrompre mon exposé pour parler de mon ami Ivan Vassiliévitch Zaïtsev, du village de Kalochino, qui se trouve sur la rivière Doubna. La région s'appelle Zabolotié et, comme l'indique son nom, est riche en gibier d'eau. La rivière de la Doubna, en cet endroit, déborde sur de grandes étendues. Les marais, les lacs, les petites mares, encadrés de roseaux, forment un large ruban qui s'étend presque sur quarante kilomètres. Au printemps, il y a des vols d'oies sauvages, de grues, de canards de toutes espèces, de bécasses, de bécassines et bécassons, toute la confrérie qui hante les marécages. A deux kilomètres, dans des fourrés, parmi des plaques de mousse, sur l'airelle rouge, les coqs de bruyère font leur toc-toc. Ivan Vassiliévitch fait avancer avec une seule rame courte son léger esquif creusé dans un tronc, par un étroit canal entre les bords marécageux. Le passage a été ouvert on ne sait quand, il y a peut-être deux ou trois cents ans ou plus, et l'on est obligé, chaque année, de le draguer pour qu'il ne s'envase pas. Il faut partir de Kalochino à minuit pour arriver à temps à la hutte, avant l'aube. La tourbière, à chaque pas que l'on fait, soulève son ventre onduleux. Autrefois, cela me faisait peur. Mais Ivan Vassiliévitch, dès ma première visite, me dit :

— Vas-y hardiment. Il est arrivé qu'on se noie dans le lac, mais personne ne s'est jamais perdu dans le marais.

Notre bateau est si léger et instable qu'il vaut mieux s'y tenir couché sur le dos, sans bouger, surtout quand il y a du vent. Les nautonniers, d'ordinaire, se mettent à genoux pour plus de sécurité. Seul, Ivan Vassiliévitch, bien qu'il soit boiteux, se dresse de toute sa taille, il est le grand maître de la chasse aux canards en ces lieux. Son père, son grand-père, et son bisaïeul étaient des spécialistes du canard. Il faut croire que leur ancêtre fournissait des canards, des oies et des cygnes à la table d'Ivan le Terrible. Zaïtsev ne s'intéresse pas à la chasse du coq de bruyère, du tétras, de la bécasse.

— Ça n'est pas dans ma partie, dit-il brièvement.

En revanche, il connaît à fond le canard, sa plume, sa voix, son âme. Debout dans notre nacelle, Ivan Vassiliévitch relève sur l'eau, de temps à autre, une plume, une autre, l'examine et dit :

— On va aller avec toi du côté de Gouchtchino; *hiarsoir*, le canard, i' s'est posé là...

— Et comment le sais-tu?

— La plume, tu vois, e' s'tient sur l'eau, elle est pas mouillée; c'est de la plume fraîche, elle a volé *hiarsoir*, et ça ne pouvait pas voler d'un autre côté que sur Gouchtchino.

Et voici les résultats : tandis que d'autres chercheurs ne rapportent qu'une paire ou deux de canards, nous en rapportions, Ivan Vassiliévitch et moi, une dizaine, quelquefois même quinze. A lui le mérite, à moi l'honneur. Il en est souvent ainsi dans la vie. Dans la hutte de roseau, Ivan Vassiliévitch porte à ses lèvres une paume caleuse et il cancane si tendrement de la part de la femelle que le plus prudent des mâles, même après avoir essuyé bien d'autres coups de feu, ne peut résister à cette séduction et vient décrire un cercle autour de la hutte, ou bien même se pose sur l'eau à cinq pas, si près que l'on a comme honte de tirer. Zaïtsev remarque tout, sait tout, flaire tout.

— Prépare-toi, me chuchote-t-il. En v'là un qui vient droit sur toi.

Je vois au loin, au-dessus d'un bois, les deux virgules des ailes, mais je ne saurais deviner que ce mâle est de l'espèce nommée par Ivan Vassiliévitch; non, lui seul, grand maître de la confrérie canardière, en est capable. Cependant l'oiseau vient directement à moi. Si je le manque, Ivan Vassiliévitch émet un très léger grognement, imperceptible, poli. Mais mieux vaudrait n'être jamais né que d'entendre derrière soi ce son grinçant.

Avant la guerre, Zaïtsev travaillait dans une manufacture textile. Maintenant encore, il va passer l'hiver à Moscou, pour travailler tantôt dans une chaufferie, tantôt dans une centrale d'électricité. Au cours des premières années qui suivirent la révolution, des combats furent livrés dans le pays d'Ivan Vassiliévitch; les bois et les tourbières brûlaient; les champs restaient nus; les canards ne venaient plus. Et Zaïtsev doutait du nouveau régime. Mais à partir de 1920, les canards reparurent, ou plus exactement parlant, arrivèrent en masse, et Ivan Vassiliévitch reconnut sans réserve le pouvoir des soviets.

Pendant tout une année, il y eut, à deux kilomètres de chez lui, une petite manufacture soviétique de mèches de lampes. Le directeur était l'ancien chauffeur de mon train militaire. La femme et la fille de Zaïtsev rapportaient chacune de la fabrique trente roubles par mois. C'était une opulence inouïe. Mais bientôt, la fabrique ayant fourni des mèches de lampes à tout le district, dut fermer. Et alors c'est le canard qui redevint la base du bien-être familial.

Le 1er mai, Ivan Vassiliévitch eut une place au grand théâtre de Moscou, dans une baignoire donnant sur la scène, là où l'on place les hôtes d'honneur. Il était assis au premier rang, ramenant sous lui sa jambe boiteuse, un peu troublé, mais gardant, comme toujours, sa dignité, et il m'écoutait faire mon rapport. C'était Mouralov qui l'avait amené, Mouralov avec qui, habituellement, nous partagions les joies et les désagréments de la chasse. Ivan Vassiliévitch fut content du rapport; il avait absolument tout compris et il en fit un exposé à sa manière à Kalochino. Cela consolida encore notre amitié à tous trois. Il faut dire que les vieux veneurs, surtout ceux des environs de Moscou, sont un peuple dépravé; ils se sont frottés de trop près aux seigneurs, ils s'entendent à flatter, à déformer la vérité, à se vanter. Mais Ivan Vassiliévitch n'est pas de ceux-là. Il y a en lui beaucoup de simplicité, une grande capacité d'observation et de la dignité personnelle. C'est parce que, dans l'âme, il n'est pas un industriel, mais un artiste de sa profession.

Lénine, lui aussi, allait à la chasse chez Zaïtsev, et Ivan Vassiliévitch montrait toujours l'endroit, dans un hangar en bois, où Lénine avait couché sur le foin. Lénine était un passionné chasseur, mais il chassait rarement. Il apportait à cet exercice trop de fougue, bien qu'il fût extrêmement mesuré dans les grandes affaires. Il arrive que de grands stratèges soient d'ordinaire de mauvais joueurs d'échecs; de même, des hommes qui ont le génie du point de mire politique peuvent être des chasseurs médiocres. Je me rappelle que c'est presque avec du désespoir, comme s'il avait commis quelque chose à jamais irréparable, que Lénine se plaignit à moi d'avoir raté, dans une battue, un renard à vingt-cinq pas. Je le comprenais et mon cœur se remplissait de sympathie pour lui.

Je n'eus pas une seule fois l'occasion de chasser avec Lénine; pourtant, nous en étions convenus bien des fois et nous avions pris les dernières dispositions. Dans les premières années qui suivirent la révolution, nous n'avions guère le temps de nous occuper de cela. Lénine ne sortait que rarement de Moscou pour gagner le large; quant à moi, je ne connaissais guère que mon wagon, les états-majors, l'automobile, et je n'eus pas une seule occasion de prendre un fusil de chasse. Mais dans les dernières années, quand la guerre civile fut finie, il y eut toujours quelques circonstances imprévues qui nous empêchaient, l'un ou l'autre, d'aller à la chasse ensemble. Ensuite Lénine tomba malade. Peu de temps avant qu'il s'alitât, nous étions convenus de nous rencontrer sur la rivière Chocha, dans le gouvernement de Tver. Mais l'auto de Lénine eut une panne sur un chemin de traverse et ne put me rejoindre. Lorsque Lénine se guérit de sa première attaque, il insista beaucoup pour qu'on lui permît de chasser. A la fin des fins, les médecins cédèrent, en posant cette condition qu'il ne se fatiguerait pas. Au cours d'une conférence, agronomique je crois, Lénine alla s'asseoir à côté de Mouralov :

— Vous allez à la chasse assez souvent avec Trotsky?

— Ça arrive.

— Et alors, ça marche?

— Des fois.

— Emmenez-moi, hein?

— Mais, pouvez-vous? demande Mouralov prudemment.

— Oui, oui, on m'a permis... Alors vous me prenez?

— Comment ne pas vous prendre, Vladimir Ilitch?

— Comme ça, je ferai le coup de feu, hein?

— On verra.

Cependant, Ilitch ne devait pas tirer son coup de fusil. Ce fut la maladie qui tira sur lui une deuxième fois. Ensuite vint le coup mortel.

Toute cette digression m'était nécessaire pour expliquer comment et pourquoi, un dimanche d'octobre 1923, je me trouvai à Zabolotié, sur le marais, au milieu des roseaux. C'était la nuit, il gelait un peu et, dans la hutte, j'étais assis, chaussé de bottes de feutre. Mais, le matin, le soleil donna une bonne chaleur, la glace du marais fondit. Un peu plus haut, l'automobile attendait. Le chauffeur Davydov, avec qui nous avions passé, coude à coude, à travers la guerre civile, brûlait comme toujours de l'impatience de savoir quel serait notre but. Du bateau à l'automobile, il n'y avait que cent pas à faire, pas plus. Mais à peine avais-je plongé mes bottes dans le marais que mes jambes se trouvèrent dans l'eau froide. Tandis que, sautillant, je courais jusqu'à la voiture, elles devinrent tout à fait glacées. Je m'assis à côté de Davydov et, me déchaussant, je me chauffai les pieds à la chaleur du moteur. Cependant le rhume l'emporta. Je dus m'aliter. Après l'influenza se déclara une fièvre pernicieuse. Les médecins m'interdirent de me lever. C'est ainsi que je restai couché tout le reste de l'automne et l'hiver. Il en résulta que je fus malade pendant toute la discussion de 1923 contre le « trotskysme ». On peut prévoir une révolution, une guerre, mais il est impossible de prévoir les conséquences d'une chasse au canard en automne.

Lénine était couché à Gorki; moi au Kremlin. Les épigones

élargissaient les cercles du complot. Dans les premiers temps, ils agirent avec circonspection, sournoisement, mêlant à leurs éloges des doses de plus en plus fortes de poison. Zinoviev même, le plus impatient d'entre eux, enveloppait la calomnie de maintes réserves.

« L'autorité du camarade Trotsky est connue de tous, — disait-il, le 15 décembre 1923, dans une réunion du parti à Pétrograd, — de même que nous connaissons ses mérites. Dans notre milieu, on peut ne pas s'étendre là-dessus. Cependant, les fautes sont des fautes. Lorsqu'il m'est arrivé de me tromper, le parti m'a secoué assez sérieusement... »

Et ainsi de suite, dans le même ton d'offensive froussarde qui fut longtemps celui des conspirateurs. C'est seulement dans la mesure où ils avaient tâté le terrain et saisi des positions qu'ils devenaient plus hardis.

Toute une science nouvelle fut créée : fabrication de réputations artificielles, rédaction de biographies fantaisistes, de réclames pour des leaders désignés d'avance. Une discipline d'ordre spécial et de moindre importance fut instituée pour l'étude de la question d'un presidium honoraire. Depuis Octobre il était d'usage, dans d'innombrables assemblées, d'élire Lénine et Trotsky membres honoraires du bureau. Ces deux noms étaient d'ordinaire cités ensemble dans les conversations, dans les articles, dans les poèmes et les *tchastouchki*. Il s'agissait maintenant de séparer les deux noms, ne fût-ce que mécaniquement, pour les opposer ensuite l'un à l'autre sur le plan politique. On inscrivit d'abord comme membres des bureaux de présidence tous les membres du bureau politique. Ensuite, on établit les listes dans l'ordre alphabétique. Plus tard cette distribution fut modifiée au profit de la nouvelle hiérarchie de leaders. On mit Zinoviev en tête de liste. L'exemple fut donné par Pétrograd. Et quelque temps après, les membres d'honneur des presidiums ne comptaient plus Trotsky parmi eux. Des protestations véhémentes s'élevaient toujours dans les rangs des assemblées. Fréquemment, le président du bureau se trouvait forcé d'expliquer par un malentendu l'omission de mon nom. Mais le compte rendu de la presse n'en disait mot, bien entendu. Ensuite on donna la première place dans les listes à Staline. Quand un président d'assemblée avait omis de faire ce que l'on attendait de lui, sa négligence était invariablement réparée par le compte rendu de presse. Des carrières s'édifiaient ou étaient brisées selon que les listes des bureaux d'honneur avaient été plus ou moins bien établies. Ce travail qui était, de tous, le plus persévérant et le plus systématique, était motivé par la nécessité de combattre « le culte des leaders ». A la conférence de Moscou, en janvier 1924, Préobrajensky dit aux épigones : « Oui, nous sommes contre le culte des leaders, mais nous ne voulons pas non plus qu'au lieu du culte d'un seul chef, on pratique celui de plusieurs autres de moindre envergure. »

« Ce furent de dures journées, — dit ma femme dans ses Mémoires, — des journées de lutte acharnée de L. D. au sein du bureau politique, contre ses membres. L. D. était seul contre tous et il était malade. A cause de son état de santé, les séances avaient lieu dans notre logement, je me tenais à côté, dans la chambre à coucher et j'entendais ce qu'il disait. Il parlait de toute son âme; il semblait qu'à chaque discours il perdît une partie de ses forces, tant il y mettait « de son sang ». Et j'entendais, en réponse, de froides répliques indifférentes. Car tout avait été décidé d'avance. Pourquoi se serait-on ému? Après chacune de ces séances, L. D. faisait de la température, il sortait de son cabinet trempé jusqu'aux os, se déshabillait et se couchait. Il fallait faire sécher son linge et ses vêtements comme s'il avait été pris sous une averse. Les séances étaient alors fréquentes, dans la chambre de L. D., dont le vieux tapis aux teintes fanées m'apparaissait, toutes les nuits, en rêve comme une panthère vivante : les séances tenues le jour devenaient des cauchemars nocturnes. Telle fut la première étape de la lutte avant qu'elle éclatât au dehors... »

Lorsque, plus tard, Zinoviev et Kaménev combattirent Staline, les secrets de cette première période furent révélés par les complices mêmes du complot. Car c'était bien un complot. Un bureau politique secret (la Sémiorka) fut créé, dont firent partie tous les membres du bureau politique officiel, sauf moi, mais avec, en plus, Kouïbychev, actuellement président du conseil supérieur de l'économie publique. Toutes les questions étaient résolues dans ce centre secret dont les participants étaient liés par une responsabilité mutuelle. Ils s'étaient engagés à ne pas polémiser entre eux et, en même temps, à chercher des occasions d'agir contre moi. Dans les organisations inférieures il existait des centres secrets du même genre, qui étaient rattachés à la « sémiorka » de Moscou par une sévère discipline. Pour la correspondance, ils avaient des chiffres particuliers. C'était une organisation illégale solidement constituée à l'intérieur du parti et qui, au début, n'était dirigée que contre un seul homme. Les responsables, dans le parti et dans l'État, étaient systématiquement choisis d'après un seul critère : « contre Trotsky ». Pendant le long « interrègne » que causa la maladie de Lénine, ce travail se fit infatigablement, mais, en même temps, avec prudence, sous le masque, afin de pouvoir conserver, dans le cas où Lénine reviendrait à la santé, les ponts que l'on avait minés. Les conspirateurs agissaient par allusions. On exigeait des candidats à telle ou telle fonction qu'ils devinassent ce qu'on attendait d'eux. Celui qui avait bien « deviné » obtenait de l'avancement. C'est ainsi que fut déterminé un certain genre de « carriérisme » qui plus tard s'appela ouvertement « l'antitrotskysme ». Il fallut la mort de Lénine pour laisser les mains libres à cette conspiration et lui permettre de se manifester au grand jour. Le processus de la sélection du personnel gagna les degrés subalternes. Il ne fut plus possible d'occuper un poste de directeur d'usine, de secrétaire d'une cellule corporative, de président d'un comité exécutif de canton, de comptable, de dactylo, si l'on ne se recommandait pas de l'antitrotskysme.

Les membres du parti qui élevaient la voix contre cette cabale devenaient victimes d'attaques perfides, motivées par des arguments complètement étrangers à la cause et fréquemment inventés. En revanche, les éléments d'un moral peu sûr qui, dans les cinq premières années du pouvoir soviétique avaient été implacablement expulsés du parti, s'assuraient maintenant au moyen d'une seule réplique lancée quelque part contre Trotsky.

Le même travail se fit, depuis la fin de 1923, dans toutes les sections de l'Internationale communiste : des leaders furent destitués, d'autres occupèrent leurs places, selon l'attitude qu'ils avaient pu prendre à l'égard de Trotsky. On procédait intensivement à une sélection artificielle des travailleurs, prenant non les meilleurs, mais les plus adaptés. Le courant général fut de remplacer les hommes indépendants et doués de talent par des médiocrités qui ne devaient leur situation qu'au bon plaisir de l'appareil. L'expression la plus éminente de la médiocrité dans l'appareil, ce fut alors Staline qui montait.

CHAPITRE XLI

LA MORT DE LÉNINE ET LE DÉPLACEMENT DU POUVOIR

On m'a demandé plus d'une fois, on me demande encore : Comment avez-vous pu perdre le pouvoir? Le plus souvent, cette question montre que l'interlocuteur se représente assez naïvement le pouvoir comme un objet matériel qu'on aurait laissé tomber, comme une montre ou un carnet qu'on aurait perdu. En réalité, lorsque des révolutionnaires qui ont dirigé la conquête du pouvoir arrivent à le perdre « sans combat » ou par catastrophe à une certaine étape, cela signifie que l'influence de certaines idées et de certains états d'âme est décroissante dans la sphère dirigeante de la révolution, ou bien que la décadence de l'esprit révolutionnaire a lieu dans les masses mêmes, ou bien enfin que l'un et l'autre milieu sont à leur déclin.

Les cadres dirigeants de ce parti sortis de l'action clandestine étaient animés par des tendances révolutionnaires que les leaders de la première période de la révolution formulèrent le plus clairement et le mieux, qu'ils mirent en pratique le plus complètement et avec le plus de succès. C'est cela qui, précisément, fit d'eux les leaders du parti, et par l'intermédiaire du parti, les leaders de la classe ouvrière et, par la classe ouvrière, les conducteurs du pays. C'est par cette voie que certains hommes concentrèrent le pouvoir entre leurs mains.

Mais les idées de la première période de la révolution perdaient insensiblement de leur influence sur les esprits de la sphère du parti qui possédaient le pouvoir immédiat pour gouverner le pays. Dans le pays même, des processus avaient lieu que l'on peut englober sous le terme général de réaction. Ces processus atteignirent plus ou moins la classe ouvrière, et notamment, les éléments ouvriers du parti. La sphère qui composait l'appareil du pouvoir eut alors des desseins nouveaux, distincts, auxquels elle s'efforça de subordonner la révolution. Entre les leaders qui traçaient la ligne historique de la classe et qui savaient voir par-dessus l'appareil, et cet appareil lui-même — énorme, lourd à manier, de composition hétérogène, qui absorbe facilement le communiste moyen, — une disjonction commença à s'esquisser. D'abord elle fut de caractère plus psychologique que politique. Les journées de la veille étaient encore trop récentes. Les mots d'ordre d'Octobre ne s'étaient pas encore effacés dans les mémoires. L'autorité personnelle des leaders de la première période était grande. Mais, sous le couvert des formes traditionnelles, une nouvelle psychologie se formait. Les perspectives internationales s'estompaient. Le travail quotidien absorbait totalement les hommes. De nouvelles méthodes, qui devaient servir à atteindre les buts fixés naguère, créaient de nouveaux desseins et, avant tout, une nouvelle psychologie. Pour nombre et nombre de gens, une situation temporaire apparut comme une station terminus. Un type nouveau se forma.

Les révolutionnaires, en fin de compte, sont faits de la même matière sociale que tous les autres hommes. Mais ils doivent avoir certaines particularités personnelles saillantes qui ont permis au processus historique de les distinguer des autres et de les grouper séparément. La vie commune, le travail théorique, la lutte sous un certain drapeau, la discipline collective, la trempe acquise sous le feu des dangers forment peu à peu le type révolutionnaire. On a pleinement le droit de parler du type psychologique du bolchevik pour l'opposer, par exemple, à celui du menchévik. Avec une suffisante expérience, on distingue même, à vue d'œil, un bolchevik d'un menchévik, et le pourcentage des erreurs n'est pas élevé.

Cela ne signifie pourtant pas que, dans un bolchevik, tout ait toujours été du bolchevisme. Transformer une certaine conception du monde en chair et en os, lui subordonner tous les aspects de sa conscience et combiner avec elle un monde de sentiments personnels — cela n'est pas donné à tous, c'est plutôt le privilège d'un petit nombre. Dans la masse ouvrière, cela est compensé par l'instinct de classe qui, dans les époques critiques, atteint à une grande subtilité.

Il y a, cependant, dans le parti et dans l'État, un grand nombre de révolutionnaires qui, quoique sortis en majorité de la masse, se sont depuis longtemps détachés d'elle et qui, par leur situation, s'opposent à elle. L'instinct de classe, en eux, s'est déjà évaporé. D'autre part, il leur manque une stabilité théorique et la largeur de vue pour embrasser le processus dans son ensemble. Dans leur psychologie, il subsiste un bon nombre d'endroits non défendus, à travers lesquels — lorsque la situation change — pénètrent librement des influences idéologiques hétérogènes et hostiles.

Dans les périodes de lutte clandestine, de soulèvements, de guerre civile, les éléments de cette sorte n'étaient que des soldats du parti. Dans leur conscience, une seule corde résonnait, et elle était au diapason du parti. Mais lorsque la tension fut moindre, lorsque les nomades de la révolution en vinrent à se fixer sur place, en eux se réveillèrent, s'animèrent et se développèrent les traits de caractère de l'homme du commun, les sympathies et les goûts de fonctionnaires contents d'eux-mêmes.

Fréquemment, certaines observations qui échappaient à Kalinine, à Vorochilov, à Staline, à Rykov, donnèrent de l'inquiétude. D'où cela vient-il? me demandai-je. De quel trou cela sort-il? Arrivant à telle ou telle séance, je trouvais des groupes en conversations qui cessaient souvent en ma présence. Dans ces causeries il n'y avait rien qui fût dirigé contre moi. Il n'y avait rien de contraire aux principes du parti. Mais l'état d'esprit était celui d'une tranquillisation morale, de la satisfaction de soi-même, d'un contentement trivial. Les gens éprouvaient tout à coup le besoin de se confesser entre eux de ce nouvel état d'esprit, et il est à propos de dire que les bavardages malveillants prenaient là leur large place. Auparavant, ces hommes en auraient éprouvé de la gêne non seulement devant Lénine et moi, mais devant eux-mêmes. Quand la vulgarité se révélait, par exemple dans une parole de Staline, Lénine, sans relever sa tête penchée très bas sur un papier, promenait de côté et d'autre un regard en dessous, comme pour voir si quelqu'un d'autre que lui avait compris à quel point le propos de Staline était intolérable. En de tels cas, il suffisait d'un bref coup d'œil ou d'une intonation pour que notre solidarité à Lénine et à moi nous apparût incontestable dans ces jugements psychologiques.

Si je n'ai pas pris part aux distractions qui entraient de plus en plus dans les mœurs de la nouvelle sphère dirigeante, ce n'est pas par moralité; c'est simplement parce que je n'avais pas envie de subir les épreuves du pire ennui. Aller en visite les uns chez les autres, être assidu à des représentations de ballets, assister à des beuveries collectives dans lesquelles on médisait des absents, cela ne me séduisait pas du tout. La nouvelle sphère supérieure sentait que ce genre de vie ne me convenait pas. Elle ne tâchait même pas de m'y engager. C'est pour cette même raison que bien des causeries de groupes cessaient dès que j'apparaissais et que les causeurs se séparaient, un peu confus pour eux-mêmes, avec une certaine hostilité à mon égard. Et cela marqua, si l'on veut, que je commençais à perdre le pouvoir.

Je me borne ici au côté psychologique de l'affaire, laissant à part les dessous sociaux, c'est-à-dire les modifications anatomiques de la société révolutionnaire. En fin de compte, ce sont, bien entendu, ces modifications qui décident. Mais on est obligé de prendre un contact immédiat avec leurs reflets psychologiques. Les événements internes se développaient relativement lentement, facilitant les processus molléculaires de la dégénérescence de la sphère supérieure et ne laissant presque pas de place pour que les deux positions inconciliables pussent s'affronter devant les masses. A cela, il faut encore ajouter que le nouvel état d'esprit resta longtemps et reste encore masqué par des formules traditionnelles. Il n'en était que plus difficile de déterminer jusqu'à quelle profondeur allait le processus de dégénérescence. Le complot de Thermidor, à la fin du XVIIIe siècle, préparé par la marche même de la révolution, avait éclaté d'un seul coup et avait pris la forme d'un dénouement sanglant. Notre Thermidor à nous traîna en longueur. La guillotine fut remplacée, du moins pour un laps de temps qu'on ne saurait déterminer, par le mensonge. La falsification du passé, systématique, organisée selon la méthode de la « chaîne », devint l'instrument d'une transformation de l'armement idéologique du parti officiel. La maladie de Lénine, et l'expectative où l'on se tenait pour le cas où il reviendrait à la direction, créèrent une situation provisoire indéterminée qui dura, avec un intervalle, près de deux ans. Si le mouvement révolutionnaire avait été en période ascendante, les atermoiements auraient profité à l'opposition. Mais la révolution essuyait alors, dans le plan international, défaites sur défaites, et les ajournements profitèrent au réformisme national, fortifiant automatiquement la bureaucratie de Staline contre moi et mes amis politiques. La campagne engagée contre la théorie de la révolution permanente, campagne due à de vrais philistins, à des ignorants, persécution tout simplement bête, provint précisément de ces sources psychologiques. Jacassant devant une bouteille ou revenant d'un spectacle de ballets, tel fonctionnaire content de lui-même, disait à tel autre non moins satisfait : « Trotsky n'a en tête que la révolution permanente. » A cela se rattachent les accusations qui ont été portées contre moi de n'avoir pas le sentiment de l'équipe, d'être un individualiste, un aristocrate. « On ne peut pas tout faire et agir tout le temps pour la révolution; il faut aussi songer à soi » — cet état d'esprit se traduisait ainsi : « A bas la révolution permanente ! » La protestation élevée contre les exigences théoriques du marxisme et les exigences politiques de la révolution prenaient graduellement, pour ces gens-là, la forme d'une lutte contre le « trotskysme ». Sous cette enseigne, le petit bourgeois se dégageait dans le bolchevik. Voilà en quoi consista la perte par moi du pouvoir, et ce qui détermina les formes dans lesquelles cette perte eut lieu.

J'ai raconté comment, sur son lit de mort, Lénine avait dirigé son coup contre Staline et ses alliés, Dzerjinsky et Ordjonikidzé. Lénine appréciait hautement Dzerjinsky. Il y eut entre eux un refroidissement lorsque Dzerjinsky comprit que Lénine ne le jugeait pas capable de diriger un travail d'économie. C'est précisément ce qui poussa Dzerjinsky dans la direction de Staline. Alors, Lénine estima nécessaire de frapper sur Dzerjinsky comme sur l'appui de Staline. Quant à Ordjonikidzé, Lénine voulait l'exclure du parti pour avoir démontré des qualités de général-gouverneur. Le billet dans lequel Lénine promettait aux bolcheviks de Géorgie de les soutenir sans réserves contre Staline, Dzerjinsky et Ordjonikidzé, était adressé à Mdivani. Le sort de ces quatre montre le plus clairement quel revirement a été fait par la fraction stalinienne dans le parti. Après la mort de Lénine, Dzerjinsky fut placé à la tête du conseil supérieur de l'Économie publique, c'est-à-dire à la tête de toute l'industrie d'État. Ordjonikidzé, que Lénine voulait exclure du parti, fut mis à la tête de la commission centrale de contrôle. Staline ne resta pas seulement, malgré Lénine, secrétaire général du parti, mais il obtint de l'appareil des pouvoirs inouïs. Enfin, Boudou Mdivani, avec qui Lénine se solidarisait contre Staline, est actuellement enfermé dans la prison de Tobolsk. Le même « regroupement » a été fait dans toute la direction du parti, du haut en bas. Bien plus : dans tous les partis de l'Internationale sans exception. Entre l'époque des épigones et celle de Lénine, il n'y a pas seulement un abîme idéologique, il y a aussi un changement d'organisation très achevé.

Staline a été l'instrument principal de cette transformation. Il a du sens pratique, de la persévérance, de l'insistance dans la poursuite des buts qu'il s'est assignés. L'étendue de ses vues politiques est extrêmement limitée. Son niveau théorique est tout à fait primitif. Son ouvrage de compilateur, *Les Bases du léninisme*, dans lequel il a essayé de payer son tribut aux traditions théoriques du parti, foisonne en erreurs d'écolier. Comme il ne connaît pas les langues étrangères, il est forcé de suivre la vie politique des autres pays uniquement d'après ce qui lui en est rapporté. Par sa formation d'esprit, cet empirique entêté manque d'imagination créatrice. Pour la sphère supérieure du parti (dans les cercles plus larges, on ne le connaissait pas en général) il a toujours paru créé pour jouer des rôles de deuxième et de troisième ordre. Et le fait qu'il joue maintenant le premier rôle est caractéristique, non pas tant pour lui que pour la période transitoire du glissement politique. Déjà Helvétius disait : « Toute époque a ses grands hommes, et, quand elle ne les a pas, elles les invente. » Le stalinisme est, avant tout, le travail automatique d'un appareil sans personnalité au déclin de la révolution.

Lénine expira le 21 janvier 1924. La mort ne fut pour lui qu'une délivrance de ses douleurs physiques et morales. Il n'a pu ressentir son impuissance, avant tout la privation de la parole alors qu'il était en pleine conscience, que comme une humiliation intolérable. Déjà, il ne pouvait plus supporter les médecins, leur ton protecteur, leurs petites plaisanteries banales, les phrases mensongères qu'ils prononçaient pour donner de l'espoir. Tant qu'il fut capable de parler, il posait, d'un air indifférent, des questions aux docteurs pour vérifier; il les surprenait sans qu'ils s'en aperçussent, dans leurs contradictions, obtenait de plus amples explications et jetait lui-même un coup d'œil dans les livres de médecine. Comme en toute autre affaire, il s'efforçait d'arriver avant tout à la clarté. Le seul des médecins qu'il tolérait bien était Fédor Alexandrovitch Guétier. C'était un bon médecin, absolument dépourvu de l'esprit de courtisanerie; il avait pour Lénine et Kroupskaïa une véritable affection d'homme à homme. En cette période, alors que Lénine n'admettait pas auprès de lui d'autres docteurs, Guétier ne trouvait aucun obstacle quand il venait le voir. Guétier fut aussi l'ami intime et le médecin de notre famille pendant toutes les années de la révolution. Grâce à quoi nous eûmes toujours les rapports les plus consciencieux et les plus réfléchis sur l'état dè santé de Vladimir Ilitch, rapports qui complétaient et corrigeaient les ternes bulletins officiels.

J'ai demandé plus d'une fois à Guétier si, dans le cas où Lénine guérirait, ses facultés mentales conserveraient leur vigueur. Guétier répondait à peu près ainsi : la tendance à la fatigue sera plus grande, la netteté du travail ne sera pas celle d'autrefois, mais le virtuose restera un virtuose.

Dans l'intervalle entre la première et la deuxième crise, ce diagnostic fut entièrement confirmé. A la fin des séances du bureau politique, Lénine donnait l'impression d'un homme absolument épuisé. Tous les muscles du visage étaient relâchés, l'éclat des yeux s'éteignait et même son front puissant se ternissait, ses épaules tombaient lourdement; — l'expression de son visage et de tout son corps pouvait se résumer en un seul mot : lassitude. En ces minutes inquiétantes, Lénine me semblait condamné. Mais quand il avait passé une bonne nuit, il retrouvait toute sa force de pensée. Les articles qu'il a écrits d'une crise à l'autre sont au niveau de ses meilleurs écrits. La lymphe qui nourrissait la source était la même, mais elle se raréfiait. Cependant, même après la deuxième crise, Guétier ne nous ôtait pas le dernier espoir. Mais ses appréciations devenaient de plus en plus attristantes. La maladie se prolongeait. Sans haine mais sans pitié, les forces aveugles de la nature enfonçaient le grand malade dans une impuissance sans issue. Lénine ne pouvait pas et ne devait pas vivre en invalide. Pourtant, tous, nous ne perdions pas l'espoir de le voir guérir.

Son mauvais état de santé se prolongeait cependant.

« Sur les instances des médecins, écrit N. I. Sédova, on transféra L. D. à la campagne. Là, Guétier le visitait souvent, le traitant avec des soins et une tendresse sincères. Guétier ne s'intéressait pas à la politique, mais il souffrait profondément pour nous, ne sachant comment exprimer sa sympathie. La persécution engagée contre nous le prit à l'improviste. Il ne comprenait pas, attendait et se tourmentait. A Arkhanguelskoïé il me parla avec émotion de la nécessité d'emmener L. D.

à Soukhoum. A la fin des fins nous nous y décidâmes. C'est un long voyage, par Bakou, Tiflis, Batoum; il fut encore plus long parce que la voie ferrée était encombrée de neige. Mais le voyage agissait plutôt comme un calmant. A mesure que nous nous éloignions de Moscou, nous nous détachions un peu des circonstances pénibles que nous avions vécues dans les derniers temps. Cependant, mon sentiment était d'emmener un grand malade. J'étais dans une incertitude accablante, me demandant quelle serait notre vie à Soukhoum, si ceux qui nous entoureraient seraient des amis ou des ennemis? »

Le 21 janvier nous trouva en gare de Tiflis, en route vers Soukhoum. J'étais avec ma femme dans le compartiment de travail de mon wagon et, comme toujours, en cette période, j'avais de la fièvre. Après avoir frappé, mon fidèle collaborateur Sermux, qui m'accompagnait jusqu'à Soukhoum, entra. A sa façon d'entrer, à sa face d'un gris verdâtre, à ses yeux vitreux qui m'évitaient, à la façon dont il me tendit un papier, je pressentis une catastrophe. C'était un télégramme déchiffré de Staline, m'annonçant la mort de Lénine. Je passai le papier à ma femme qui avait déjà eu le temps de comprendre tout...

Les autorités de Tiflis reçurent bientôt le même télégramme. La nouvelle de la mort de Lénine se répandait rapidement par ondes. J'obtins la liaison par fil direct avec le Kremlin. J'eus cette réponse : « Funérailles samedi, de toutes façons n'arriverez pas, conseillons suivre traitement. » Il n'y avait donc plus à choisir. En réalité, les obsèques n'eurent lieu que le dimanche et j'aurais pu parfaitement arriver à temps à Moscou. Si invraisemblable que cela puisse paraître, on me trompa sur la date des funérailles. Les conspirateurs avaient justement calculé qu'il ne me viendrait pas à l'idée de vérifier leurs dires et que, plus tard, on pourrait toujours inventer une explication. Je rappelle que je ne fus informé de la première crise de maladie de Lénine que le surlendemain. C'était une méthode. Le but était de gagner du temps.

Les camarades de Tiflis me demandaient de dire immédiatement mon mot sur la mort de Lénine. Mais je n'avais plus qu'un seul besoin : celui de rester seul. Je ne pouvais prendre la plume en main. Le texte bref du télégramme de Moscou bourdonnait dans ma tête. Les camarades qui s'étaient réunis attendaient, cependant, un écho. Ils avaient raison. J'écrivis des lignes d'adieu : Lénine est mort. Lénine n'est plus... Je transmis par fil direct ces quelques lignes écrites à la main.

« Nous arrivâmes tout à fait épuisés — écrit ma femme. C'était la première fois que nous voyions Soukhoum. Les mimosas étaient en fleurs, ils étaient nombreux. Des palmiers superbes. Des camélias. Nous étions en janvier et à Moscou régnaient les gelées les plus dures. Les habitants de l'Abkhazie nous accueillirent très amicalement. Dans le réfectoire de la maison de repos, deux portraits étaient suspendus l'un à côté de l'autre, l'un enveloppé d'un crêpe, celui de Vladimir Ilitch, l'autre étant celui de L. D. Nous avions envie d'enlever ce dernier, mais nous ne nous y décidâmes pas, craignant de faire quelque chose dans le genre d'une manifestation. »

A Soukhoum, je restai couché de longues journées, sur un balcon, face à la mer. Bien que ce fût le mois de janvier, le soleil brillait clair et chaud au ciel. Entre le balcon et la mer étincelante s'élevaient des palmiers. La sensation constante de la fièvre s'ajoutait à la pensée bourdonnante de la mort de Lénine. Je revoyais en esprit les étapes de ma vie, mes rencontres avec Lénine, les dissentiments, les polémiques, les rapprochements, le travail commun. Certains épisodes revenaient, d'une clarté fantastique. Peu à peu, tout l'ensemble se dessina avec une netteté de plus en plus grande. Je me représentai bien plus clairement les « disciples » qui avaient été fidèles au maître dans les petites choses mais non dans les grandes. Avec le souffle de la mer, de tout mon être, je me pénétrai de l'assurance en la justesse de mes vues historiques contre les épigones...

27 janvier 1924. Au-dessus des palmiers, au-dessus de la mer, un calme régnait sous la voûte bleue. Tout à coup des salves éclatèrent. Le tir pressé venait de quelque part d'en bas, du côté de la mer. C'était le salut de Soukhoum au chef dont on célébrait les obsèques à cette heure. Je pensais à lui, et à celle qui avait été sa compagne pendant de longues années et qui s'était assimilé le monde entier à travers lui; maintenant, elle l'ensevelissait et ne pouvait pas se sentir autrement que très seule parmi les millions d'hommes qui s'affligeaient autour d'elle, mais autrement qu'elle, non comme elle. Oui, je pensais à Nadejda Konstantinovna Kroupskaïa. J'avais envie de lui dire, de l'endroit où j'étais, un mot de salutation affectueuse, de sympathie, un mot caressant. Mais je ne m'y décidai pas. Toute parole semblait trop légère devant le poids de l'événement. Je craignais que cela n'eût un ton conventionnel. Je fus ému au plus profond, d'un sentiment de gratitude, lorsque,

quelques jours plus tard, sans m'y attendre, je reçus de Nadejda Konstantinovna, la lettre suivante :

« Cher Lev Davidovitch,

« Je vous écris pour vous raconter qu'environ un mois avant sa mort, parcourant votre livre, Vladimir Ilitch s'arrêta au passage où vous donnez une caractéristique de Marx et de Lénine, et me pria de lui relire encore une fois ces lignes, et les écouta très attentivement, et ensuite voulut les revoir encore une fois de ses yeux.

« Et voici ce que je veux encore vous dire : les sentiments que Vladimir Ilitch a conçus pour vous lorsque vous êtes venu chez nous à Londres, arrivant de Sibérie, n'ont pas changé jusqu'à sa mort.

« Je vous souhaite, Lev Davidovitch, de garder vos forces et votre santé et je vous embrasse bien fort. N. Kroupskaïa. »

Dans le petit livre que Vladimir Ilitch examina un mois avant sa mort, j'établissais un parallèle entre Lénine et Marx. Je connaissais trop bien l'attitude de Lénine à l'égard de Marx, attitude toute pleine de l'affection reconnaissante du disciple et — de fougue dans le sentiment de la distance. Les rapports du maître à l'élève devinrent, par la marche de l'histoire, ceux du théoricien précurseur au premier praticien. Dans mon article, je modifiais ce qu'il y avait de traditionnel dans le sentiment de la distance. Marx et Lénine, qui sont, historiquement, si étroitement liés et, en même temps, si différents, furent pour moi deux sommets de la puissance spirituelle de l'homme. Et je fus heureux d'apprendre que Lénine, peu avant sa fin, avait lu avec attention, peut-être avec émotion, ce que j'avais écrit de lui, car les dimensions de Marx étaient à ses yeux celles d'un Titan quand il s'agissait de mesurer une personnalité.

Ce n'était pas avec une moindre émotion que je lisais la lettre de Kroupskaïa. Elle évoquait deux points extrêmes de ma liaison avec Lénine : la journée d'octobre 1902 où, après mon évasion de Sibérie, de grand matin, je tirai Lénine de son dur petit lit de Londres, et la fin de décembre 1923, quand Lénine, par deux fois, lut mon appréciation sur l'œuvre de sa vie. Entre ces deux extrémités, vingt années s'étaient écoulées, d'abord de travail en commun, puis d'une lutte acharnée de fractions, puis encore de travail commun sur une base historique plus élevée. Selon Hegel : thèse, antithèse, synthèse. Et Kroupskaïa certifiait que l'attitude de Lénine à mon égard, malgré une période prolongée d'antithèse, restait ce qu'elle avait été à Londres : c'est-à-dire un soutien chaleureux, un attachement amical. Mais, déjà, sur une base historique plus haute. Même s'il n'existait aucun autre document, tous les volumes entassés par les falsificateurs ne l'emporteraient pas devant le jugement de l'histoire sur le petit billet que m'écrivit Kroupskaïa quelques jours après la mort de Lénine.

Je trouve encore ceci dans les notes de ma femme :

« Les journaux nous arrivèrent avec des retards considérables à cause des encombrements de neige, et ils nous apportaient des discours de deuil, des articles nécrologiques. Les amis attendaient L. D. à Moscou, pensaient qu'il reviendrait sur ses pas; il ne vint à l'idée de personne que Staline, par son télégramme, lui avait coupé le chemin du retour. Je me souviens d'une lettre de mon fils que nous reçûmes à Soukhoum. Il avait été tout secoué par la mort de Lénine; enrhumé, avec 40° de fièvre, il était allé, couvert d'une veste qui n'était pas du tout chaude, à la Salle des Colonnes faire ses adieux et il avait attendu, attendu sans fin, dans l'impatience de nous voir arriver. On sentait, dans sa lettre, de l'étonnement, de l'amertume et un certain ton de reproche. »

Une délégation du comité central, composée de Tomsky, de Frounzé, de Piatakov et de Goussev, vint me trouver à Soukhoum pour s'entendre avec moi sur certaines modifications dans le personnel du commissariat de la Guerre. Au fond, ce n'était plus que pure comédie. Le renouvellement du personnel de la Guerre s'était fait depuis longtemps, à toute vapeur, derrière moi, et il ne s'agissait que de garder un certain décorum.

Le premier coup porté à l'intérieur du commissariat de la Guerre tomba sur Skliansky. C'est avant tout sur lui que Staline se dédommagea de ses insuccès sous Tsaritsyne, de son échec sur le front du Midi, de son aventure sous Lvov. L'hydre de la chicane releva la tête. Pour saper les positions sous Skliansky, et l'on avait en vue les miennes, on avait placé au commissariat de la Guerre, quelques mois auparavant, Unschlicht, un intrigant ambitieux et dénué de talent; Skliansky fut déplacé. On lui substitua Frounzé qui, jusqu'alors, avait commandé les troupes en Ukraine. Frounzé était un caractère sérieux, son autorité dans le parti, par suite des années de bagne qu'il avait faites autrefois, était plus grande que la toute jeune autorité de Skliansky. En outre, pendant la guerre, Frounzé avait manifesté des qualités incontestables de capitaine de guerre. Comme administrateur militaire, il était incomparablement plus faible que Skliansky. Il se laissait entraîner par des schémas abstraits, il comprenait mal les hommes et tombait facilement sous l'influence des spécialistes, principalement sous celle des spécialistes de deuxième ordre.

Mais je voudrais dire ce que je sais encore de Skliansky. On le renvoya brutalement aux travaux d'économie — brutalement, c'est-à-dire dans la manière stalinienne toute pure, sans même l'avoir entendu. Dzerjinsky, qui était heureux de se défaire d'Unschlicht, son adjoint à la Guépéou, et d'acquérir pour l'industrie un administrateur de première classe tel que Skliansky, mit ce dernier à la tête du trust du drap. Skliansky haussa les épaules tout simplement et entra, tête baissée, dans sa nouvelle tâche. Quelques mois après, il décida d'aller faire une tournée aux États-Unis pour voir, s'instruire et acheter des machines. Avant son départ, il vint chez moi faire ses adieux et me demander des conseils. Nous avions travaillé coude à coude pendant les années de la guerre civile. Mais nous avions beaucoup plus parlé des compagnies de marche, des statuts militaires, des promotions accélérées du commandement, des réserves de cuivre et d'aluminium pour les usines de guerre, des vestes militaires et de l'assaisonnement des plats de l'armée que de questions concernant uniquement le parti. Nous n'avions pas assez de temps, l'un et l'autre. Lorsque Lénine tomba malade, lorsque l'intrigue des épigones allongea ses tentacules jusqu'au commissariat de la Guerre, j'évitai les conversations sur les thèmes qui intéressaient le parti, particulièrement avec les travailleurs dudit commissariat. La situation était trop peu définie, les dissentiments étaient encore trop peu marqués, la création de fractions dans l'armée comportait de trop grands dangers. Ensuite je fus malade. Au cours de l'entrevue que j'eus avec Skliansky, pendant l'été de 1925, alors que je n'étais plus à la tête du commissariat de la Guerre, nous parlâmes de bien des choses, sinon de tout.

— Dites-moi, me demanda Skliansky, qu'est-ce que c'est que Staline?

Skliansky connaissait par lui-même suffisamment Staline. Il voulait obtenir de moi une définition de cette personnalité et l'explication de ses succès. Je réfléchis.

— Staline, dis-je, est la plus éminente médiocrité de notre parti.

Cette définition, pour la première fois, au cours de cette

conversation, m'apparut dans toute sa signification non seulement psychologique mais sociale. A la mine de Skliansky, je vis tout de suite que j'avais aidé mon interlocuteur à percevoir quelque chose d'important.

— Savez-vous, me dit-il, ce qui est frappant dans la dernière période, c'est de voir, dans tous les domaines, surgir la médiocrité dorée et satisfaite d'elle-même. Et tout cela trouve son chef en Staline. D'où vient cela?

— C'est une réaction après la grande tension sociale et psychologique des premières années de la révolution. La contre-révolution victorieuse peut avoir ses grands hommes. Mais à son premier degré, Thermidor, elle a besoin de médiocrités qui ne voient pas plus loin que le bout de leur nez. Leur force est dans leur aveuglement politique, elle est celle du cheval de moulin qui croit monter alors qu'en réalité il ne fait que tourner la meule de haut en bas. Un cheval qui n'a pas d'œillères est incapable de ce travail.

Dans cette conversation, j'arrivai pour la première fois avec une entière clarté, je dirais même avec une certitude toute physique, au problème de Thermidor. Nous nous entendîmes avec Skliansky pour reprendre notre conversation quand il rentrerait d'Amérique. Quelques semaines s'écoulèrent et l'on reçut un télégramme annonçant que Skliansky, au cours d'une promenade en barque, s'était noyé dans un lac, en Amérique. La vie est inépuisable en méchantes inventions.

L'urne qui contenait les cendres de Skliansky fut apportée à Moscou. Personne ne doutait qu'elle ne fût placée dans la muraille du Kremlin, sur la Place Rouge qui est devenue le Panthéon de la révolution. Mais le secrétariat du comité central décida de la déposer dans un cimetière de banlieue. Ainsi, l'on n'avait pas oublié la visite d'adieux que m'avait faite Skliansky et l'on en tenait compte. La haine s'était reportée sur l'urne funéraire. En outre, il entrait dans le plan de la lutte générale menée contre la direction qui avait assuré la victoire dans la guerre civile de diminuer l'importance de Skliansky. Je ne pense pas que Skliansky, durant sa vie, se soit demandé où il serait enterré. Mais la décision du comité central prit un caractère de vilenie politique et personnelle. Surmontant ma répugnance, je donnai un coup de téléphone à Molotov. Cependant, la consigne fut maintenue implacablement. L'histoire reviendra à sa manière sur cette question comme sur d'autres.

La fièvre me revint pendant l'automne de 1924. Vers ce temps-là, la discussion reprit avec une nouvelle vigueur. Cette fois elle était provoquée d'en haut, d'après un plan élaboré d'avance. A Léningrad, à Moscou, en province, il y eut des centaines et des milliers de conférences secrètes pour préparer ce que l'on appelait « la discussion », c'est-à-dire pour engager systématiquement et méthodiquement une persécution qui, dès ce moment-là, visait non plus l'opposition mais moi-même en personne. Lorsque le travail clandestin de préparation fut terminé, sur un signal donné par la *Pravda*, la campagne contre le trotskysme s'ouvrit simultanément sur tous les points du territoire, du haut de toutes les tribunes, à toutes les pages et dans toutes les colonnes de la presse, dans tous les coins, dans les moindres fissures. Ce fut, en son genre, un spectacle imposant. La calomnie prit des apparences d'éruption volcanique. La large masse du parti fut ébranlée. Je gisais, en proie à la fièvre, et je me taisais. La presse et les orateurs ne faisaient pas autre chose que de dénoncer le trotskysme. Personne ne pouvait dire exactement ce que ce mot signifiait. De jour en jour, on évoquait des épisodes du passé, on citait des articles de polémique de Lénine qui avaient été écrits vingt ans auparavant, embrouillant, déformant et altérant les textes, et surtout les présentant comme s'ils dataient de la veille. Personne n'y comprenait rien. Si tout cela avait été de la réalité, Lénine aurait pourtant dû en savoir quelque chose. La révolution d'Octobre ne s'était-elle pas produite après tout cela? Et après notre coup d'État, n'y avait-il pas eu la guerre civile? Trotsky n'avait-il pas été avec Lénine le fondateur de l'Internationale communiste? Et les portraits de Trotsky ne figuraient-ils pas partout à côté de ceux de Lénine? Et tant d'autres, tant d'autres questions... Cependant la calomnie se déversait comme une lave froide. Mécaniquement, elle pesait sur les consciences et d'une façon encore plus accablante sur les volontés.

On cessa de considérer Lénine comme un leader révolutionnaire pour ne plus voir en lui que le chef d'une hiérarchie ecclésiastique. On édifia, sur la Place Rouge, en dépit de mes protestations, un mausolée indigne et offensant pour la conscience révolutionnaire. Les livres officiels publiés sur Lénine devinrent autant de mausolées. Sa pensée fut découpée en citations destinées à la prédication du mensonge. A l'aide du cadavre embaumé, on combattit le vivant Lénine et on combattit Trotsky. La masse en fut étourdie, abasourdie, terrorisée.

Ce que cuisinèrent les ignorants fut servi en telle abondance que, par la quantité, cela acquit une certaine valeur politique. Cela assourdissait, cela écrasait, cela démoralisait. Le parti se vit condamné au silence. Un régime de pure dictature sur le parti fut instauré. En d'autres termes : le parti cessa d'être un parti.

Le matin, on m'apportait au lit des journaux. Je parcourais les télégrammes, les titres d'articles, je jetais un coup d'œil sur les signatures. Je connaissais suffisamment bien ces gens-là, je savais ce qu'ils pensaient d'eux-mêmes, ce qu'ils étaient capables de dire et ce qu'ils avaient l'ordre de dire. En majorité, c'étaient des hommes que la révolution avait déjà complètement épuisés. Il y avait parmi eux des fanatiques bornés qui se laissaient tromper. Il y avait des jeunes gens qui, désireux de faire carrière, se hâtaient de prouver qu'ils étaient indispensables. Tous se contredisaient entre eux et se contredisaient eux-mêmes. Mais la calomnie n'arrêtait pas de rugir furieusement dans les journaux, de hurler avec rage, couvrant ainsi ses contradictions et son inanité. Elle l'emportait par la puissance du nombre.

« Le deuxième accès de la maladie de L. D. — écrit N. I. Sédova — coïncide avec la monstrueuse persécution qui fut engagée contre lui et que nous vécûmes comme la maladie la plus terrible. Les pages de la *Pravda* semblaient immenses, interminables ; chaque ligne, chaque lettre de ce journal apportaient un mensonge. L. D. se taisait. Mais combien lui coûtait ce silence ! Des amis venaient le voir pendant la journée et, parfois, la nuit. Je me rappelle que quelqu'un demanda à L. D. s'il n'avait pas lu le journal du matin. Il répondit qu'en général il ne lisait pas les journaux. En effet, il les prenait entre les mains, y jetait un coup d'œil distrait et les rejetait. Il semblait qu'il lui fût suffisant de les regarder pour connaître leur contenu. Il connaissait trop bien les cuisiniers qui préparaient ce plat, lequel était d'ailleurs toujours le même, chaque jour. Lire un journal de cette période, disait-il, c'était comme si l'on avait voulu « se fourrer dans la gorge une brosse à nettoyer les verres de lampe ». Cet effort aurait pu être fait si L. D. s'était décidé à répondre. Mais il se taisait. Sa bronchite se prolongeait à cause de son état de pénible nervosité. Il avait fortement maigri et pâli. En famille, nous évitions de parler de la persécution, mais nous étions aussi incapables de parler d'autre chose. Je me rappelle dans quel sentiment j'allais chaque jour à mon travail au commissariat de l'Instruction publique. C'était comme si j'avais dû passer sous les verges. Cependant, pas une fois on ne se permit à mon adresse une attaque ou une allusion désagréable : si je rencontrais le silence hostile d'un petit nombre d'autorités supérieures, j'avais sans aucun doute les sympathies de la majorité des travailleurs de l'endroit. Dans le parti, il y avait comme deux existences distinctes : une vie intérieure, dissimulée, et une autre toute en apparences, en démonstrations, qui était en complète contradiction avec la première. Rares étaient ceux qui avaient l'audace de manifester ce que sentait et pensait l'écrasante majorité, laquelle cachait ses sympathies sous des votes monolithiques. »

A cette même période se rattache la publication d'une lettre que j'avais adressée à Tchkhéidzé contre Lénine. Cet épisode se rapporte à avril 1913 : il fut provoqué par ce fait que le journal bolchevique légal qui paraissait à Pétersbourg s'appropria le titre de mon périodique de Vienne : *Pravda, rabotchaia gazéta*. Cela nous amena à un des conflits aigus dont est si riche la vie de l'émigration. J'écrivis à Tchkhéidzé, qui, pendant un certain temps, avait occupé une situation intermédiaire entre les mencheviks et les bolcheviks, une lettre dans laquelle je donnais cours à mon indignation contre le centre bolchevique et contre Lénine. Deux ou trois semaines plus tard, j'aurais sans aucun doute censuré moi-même ma lettre qui, un an ou deux après, n'était plus pour moi qu'une simple curiosité. Mais cette lettre eut son sort. Le département de la police l'intercepta. Mon épître resta dans les archives de la police jusqu'à la révolution d'Octobre. Après notre coup d'État, elle fut transmise aux archives de l'Institut d'Histoire du Parti. Lénine était parfaitement au courant de cette lettre. Pour lui comme pour moi, c'était de la neige d'antan, et rien de plus. En avait-on assez écrit, de toutes sortes de lettres, pendant les années de l'émigration! En 1924, les épigones tirèrent ce document des archives et le jetèrent à la tête du parti, lequel, à cette époque, se composait aux trois quarts de nouveaux venus. Ce n'est pas par hasard que l'on choisit, pour le faire, les mois qui suivirent immédiatement la mort de Lénine. Cette condition était indispensable pour deux raisons : en premier lieu, Lénine ne pouvait plus se relever pour donner à ces messieurs les noms qu'ils méritaient; en second lieu, les masses populaires étaient toutes pleines de l'affliction que leur avait causée la mort du chef. N'ayant aucune notion du passé du parti, les masses lurent les déclarations hostiles de Trotsky à l'égard de Lénine. Elles en furent abasourdies. Il est vrai que cela datait de douze ans, mais la chronologie n'était plus rien devant des citations détachées de leur contexte. L'usage qui fut fait par les épigones de ma lettre à Tchkhéidzé constitue une des plus grandes tromperies qu'on ait notées dans l'histoire. Les documents apocryphes qu'établirent les réactionnaires français pendant l'affaire Dreyfus ne sont rien en comparaison de ce faux politique dont se rendirent coupables Staline et ses complices.

La calomnie ne peut être une force que si elle correspond à un besoin historique. Je me disais en moi-même : il y a donc quelque chose de changé dans les rapports sociaux ou dans les opinions politiques si la calomnie trouve de si formidables débouchés. Il faut analyser à fond le contenu de la calomnie. Étant alité, j'en avais suffisamment le temps. D'où venait que l'on accusât Trotsky de chercher à « dépouiller le moujik » — formule que les agrariens réactionnaires, les socialistes-chrétiens et les fascistes dirigent toujours contre les socialistes, et, d'autant plus, contre les communistes? D'où venait cette persécution furieuse contre l'idée marxiste de la révolution permanente? D'où venait cette fanfaronnade nationaliste, la promesse d'édifier le socialisme dans un seul pays? Quelles étaient les couches de la population qui réclamaient de telles fadaises réactionnaires? Enfin, d'où venait, et pourquoi, cet abaissement du niveau théorique, cet abêtissement politique? Je feuillette dans mon lit mes articles d'autrefois et je tombe sur les lignes suivantes, écrites par moi, en 1909, lorsque la réaction stolypinienne battait son plein :

« Lorsque la courbe du développement historique est ascendante, l'opinion publique devient plus pénétrante, plus hardie, plus intelligente. Elle saisit au vol les faits et c'est au vol qu'elle les rattache par le fil de la généralisation... Mais lorsque la courbe politique est en décroissance, la sottise s'empare de l'opinion. Le précieux talent de la généralisation politique disparaît on ne sait où, sans laisser de traces. La sottise devient insolente, montre les dents et se moque de toute tentative de généralisation. Sentant qu'elle a du champ derrière elle, elle commence à instrumenter par ses propres moyens. » Un des principaux moyens qu'elle emploie, c'est la calomnie.

Je me dis : nous passons par une période de réaction. Ce qui a lieu, c'est un déplacement politique des classes, c'est une modification dans la conscience des classes. Après la grande tension, il y a reflux. Jusqu'à quel point ira-t-il? En tout cas, il n'ira pas jusqu'à l'extrême. Mais nul ne saurait indiquer d'avance la limite. Elle sera déterminée dans la lutte des forces intérieures. Il importe avant tout de comprendre ce qui se passe. Les profonds processus moléculaires de la réaction se font jour. Ils essaient de liquider ou du moins d'affaiblir l'état de dépendance de l'opinion publique à l'égard des idées, des mots d'ordre et des figures vivantes d'Octobre. Voilà le sens de ce qui se passe. Ne tombons pas dans le subjectivisme. Ne faisons pas les capricieux, ne nous vexons pas à constater que l'histoire mène son affaire par des voies compliquées et embrouillées. Comprendre ce qui se passe, c'est déjà assurer à moitié la victoire. Rira bien qui rira le dernier. »

CHAPITRE XLII

LA DERNIÈRE PÉRIODE DE LA LUTTE A L'INTÉRIEUR DU PARTI

En janvier 1925, je fus relevé de mes fonctions de commissaire du peuple à la Guerre. Cette décision avait été soigneusement préparée par la lutte qui avait précédé. Redoutant les traditions d'Octobre, les épigones craignaient surtout de laisser subsister les traditions de la guerre civile et de ma liaison avec l'armée. Je cédai mon poste militaire sans combattre et même avec un sentiment de soulagement, songeant à enlever à mes adversaires le moyen d'insinuer que je formais le plan d'utiliser l'armée à mes fins. Pour justifier leurs actes, les épigones m'avaient d'abord attribué des desseins fantastiques de cette sorte, et ensuite, finirent par y croire à moitié. Dès 1921 cependant, je m'intéressais personnellement à un autre domaine. La guerre était finie, l'armée qui avait compté 5 300 000 hommes n'en gardait plus que 600 000. Les travaux de la Guerre étaient réduits au train-train bureaucratique. La première place dans le pays était prise par les questions d'économie qui, au moment où se terminèrent les hostilités, absorbaient mon temps et mon attention beaucoup plus que les problèmes militaires.

En mai 1925, je fus nommé président du comité des concessions, chef de la direction électro-technique et président de la direction scientifique et technique de l'industrie. Ces trois domaines n'avaient rien de commun entre eux. On me les avait assignés à mon insu et l'on avait pour cela des raisons spécifiques : il s'agissait de m'isoler du parti, de me surcharger de travaux courants, de me placer sous un contrôle spécial, etc. Je m'efforçai pourtant consciencieusement d'entrer dans ma tâche sur ces nouvelles bases. M'appliquant au travail dans trois institutions que je ne connaissais pas, je m'y jetai la tête la première. Ce qui m'intéressait le plus, c'étaient les instituts scientifiques et techniques, lesquels, grâce à la centralisation de l'industrie, obtinrent chez nous une expansion assez considérable. J'inspectais avec assiduité les innombrables laboratoires, j'assistais avec beaucoup d'intérêt aux expériences, j'écoutais les explications de savants d'élite, j'étudiais, en mes heures de loisir, des manuels de chimie et d'hydro-dynamique et je me sentais à demi administrateur, à demi étudiant.

Ce n'est pas en vain qu'en mes jeunes années je m'étais disposé à entrer à la faculté des sciences. Je me reposais en quelque sorte de la politique en étudiant les sciences naturelles et la technologie. Comme chef de la direction électrotechnique, je visitais les centrales électriques que l'on était en train de construire et je fis, notamment, un voyage jusqu'au Dniepr où l'on effectuait alors de vastes travaux préparatoires pour la future station hydro-électrique. Deux bateliers, sur un léger canot de pêcheur, me firent descendre les rapides du fleuve à travers les remous, par la route que suivirent au temps jadis les Cosaques Zaporogues. Cela ne présentait, bien entendu, qu'un intérêt sportif. Mais j'étais profondément séduit par l'entreprise même du Dniepr, tant du point de vue économique que sous le rapport technique.

Pour prévenir des erreurs de calcul dans la construction de cette centrale, j'organisai une expertise américaine, qui fut suivie d'une expertise allemande. Je tâchai de rattacher mon nouveau travail non seulement aux problèmes courants de l'économie, mais aux tâches essentielles du socialisme. Luttant contre un esprit national obtus à l'égard des problèmes économiques (« l'indépendance » par un isolement où l'on est maître de son sort), je proposai l'élaboration d'un système de coefficient comparatif, concernant notre économie et l'économie mondiale. Ce problème se posait par suite de la nécessité de s'orienter convenablement sur le marché mondial, ce qui devait servir à résoudre les questions de l'importation, de l'exportation et de la politique des concessions. Dans le fond, le problème des coefficients relatifs, posé si l'on avouait la prépondérance des forces productrices mondiales sur toute production nationale, indiquait que j'engageais une campagne contre la théorie réactionnaire du socialisme dans un seul pays.

Sur les problèmes nouveaux que j'avais à résoudre, je faisais des conférences, je publiais des livres et des brochures. Mes adversaires ne pouvaient accepter la bataille sur ce terrain, et ne le voulaient pas. Ils formulèrent, pour eux-mêmes, la situation ainsi : Trotsky s'est fait une nouvelle citadelle. La direction électro-technique et les instituts scientifiques les inquiétèrent dès lors presque autant que le commissariat de la Guerre et l'Armée rouge les avaient alarmés. L'appareil de Staline me suivait à la trace. Toute démarche pratique de ma part donnait lieu à une intrigue compliquée dans la coulisse. Toute généralisation théorique apportait un aliment à la mythologie des ignares inventeurs du « trotskysme ». Mon travail pratique fut mis dans des conditions impossibles. Je n'exagérerai pas si je dis qu'une bonne partie du travail créateur de Staline et de son adjoint Molotov eut pour but d'organiser autour de moi un véritable sabotage. Il devint presque irréalisable d'obtenir les ressources indispensables pour les institutions qui dépendaient de moi. Les personnes qui travaillaient dans ces établissements craignaient pour leur sort ou, du moins, pour leur carrière.

La tentative faite par moi pour obtenir des vacances au point de vue politique n'avait donc évidemment pas réussi. Les épigones ne pouvaient plus s'arrêter à moitié chemin. Ce qu'ils avaient déjà fait leur inspirait trop de craintes. Les calomnies lancées la veille pesaient sur eux et exigeaient de leur part, pour aujourd'hui, un redoublement de perfidie. Je finis par demander d'être relevé de la direction électro-technique et de celle des instituts scientifiques et techniques. Le comité principal des concessions donnait tout de même moins de champ aux intrigues, le sort de chaque concession étant décidé au bureau politique.

Pendant ce temps, la vie du parti était arrivée à une nouvelle crise. Dans la première période de la lutte, on m'avait opposé la « troïka ». Mais ce triumvirat était lui-même loin de l'unité. Kaménev, de même que Zinoviev étaient, admettons, plus capables que Staline sur les plans théorique et politique. Mais à l'un et à l'autre, il manquait ce petit rien qui s'appelle du caractère. Les vues internationales, plus étendues que celles de Staline, qu'ils avaient acquises dans l'émigration sous la direction de Lénine, les avaient affaiblis, au lieu de les affermir. Le courant adopté était dans le sens d'un développement national autonome et la vieille formule du patriotisme russe : « on les couvrira du bonnet » était maintenant traduite avec zèle dans la langue néo-socialiste. La tentative que firent Zinoviev et Kaménev pour maintenir au moins partiellement les idées internationales fit d'eux, aux yeux de la bureaucratie, des « trotskystes » de deuxième ordre. Ils n'en mirent que plus d'acharnement dans leur campagne contre moi, pour consolider dans cette voie la confiance que leur accordait l'appareil. Mais ce furent de vains efforts. L'appareil découvrait de plus en plus clairement en Staline le plus solide de ses représentants. Zinoviev et Kaménev se trouvèrent bientôt en hostilité directe avec Staline, et quand ils essayèrent de soumettre la discussion intérieure de la « troïka » au comité central, il se trouva que Staline y possédait une majorité inébranlable.

Kaménev passait officiellement pour le dirigeant de Moscou. Mais, depuis l'écrasement de l'organisation moscovite du parti qui avait eu lieu en 1923 (avec la collaboration de Kaménev) lorsque l'organisation s'était prononcée en majorité en faveur de l'opposition, la masse des militants communistes de Moscou gardait un silence morose. Dès que Kaménev fit ses premières tentatives pour résister à Staline, il resta entre ciel et terre. Il en fut autrement à Pétrograd. Les communistes de cette capitale furent prémunis contre l'opposition de 1923 par la lourde toiture de l'appareil de Zinoviev. Mais maintenant, leur tour était venu. Les ouvriers de Léningrad s'émurent de voir le courant pris dans le sens du *koulak* et du socialisme dans un seul pays. La protestation de classe des ouvriers coïncida avec la Fronde déclarée du haut dignitaire Zinoviev. Ainsi se forma une nouvelle opposition dont fit même partie, dans les premiers temps, Nadejda Konstantinovna Kroupskaïa.

Au grand étonnement de tous et avant tout d'eux-mêmes, Zinoviev et Kaménev se trouvèrent forcés de reprendre, l'un après l'autre, les arguments critiques de l'opposition et furent bientôt relégués au camp des « trotskystes ». Il n'est pas étonnant que, dans notre milieu, le rapprochement fait avec Zinoviev et Kaménev ait semblé, pour le moins, paradoxal. Parmi les oppositionnels, un bon nombre se déclarèrent contre ce bloc. Certains d'entre eux, même — à vrai dire, très peu — jugèrent possible de faire bloc avec Staline contre Zinoviev et Kaménev. Un de mes amis intimes, Mratchkovsky, vieux révolutionnaire et un des meilleurs chefs d'armée dans la guerre civile, se prononça contre tout bloc avec qui que ce fût, donnant de son attitude l'explication classique : « Staline trompera, Zinoviev se dérobera. » Mais, en fin de compte, des questions de cet ordre sont résolues par des appréciations politiques et non psychologiques. Zinoviev et Kaménev reconnurent ouvertement que les « trotskystes » avaient eu raison dans la lutte menée contre eux depuis 1923. Ils adoptèrent les bases de notre plate-forme. En de telles conditions, il était impossible de ne pas faire bloc avec eux, d'autant plus qu'ils avaient derrière eux les milliers d'ouvriers révolutionnaires de Léningrad.

Kaménev et moi, en dehors des séances officielles, ne nous rencontrâmes pas pendant trois ans, c'est-à-dire à dater de la nuit où Kaménev, partant pour la Géorgie, promit de soutenir le point de vue de Lénine et le mien, mais, ayant appris que Lénine était dans un état grave, se rangea du côté de Staline. Dès sa première entrevue avec moi, Kaménev déclara ceci :

— Il suffit que vous vous montriez avec Zinoviev sur une même tribune : le parti trouvera aussitôt son véritable comité central.

Je ne pouvais que rire de cet optimisme bureaucratique. Kaménev, évidemment, sous-estimait le travail de décomposition du parti que la « troïka » avait accompli pendant trois ans. Je le lui indiquai sans aucune indulgence.

Le reflux du mouvement révolutionnaire qui avait commencé à la fin de 1923, c'est-à-dire après la défaite de la révolution allemande, prit une extension internationale. En Russie, la réaction contre Octobre battait son plein. L'appareil du parti se rangeait de plus en plus vers la droite. En de telles conditions, il eût été puéril de croire qu'il nous suffisait de nous unir pour que la victoire tombât à nos pieds comme un fruit mûr.

— Il nous faut viser loin, répétai-je des dizaines de fois à Kaménev et à Zinoviev. Il faut que nous nous préparions à une lutte sérieuse, et pour longtemps.

Dans leur premier empressement, mes nouveaux alliés acceptèrent bravement cette formule. Mais ils ne devaient pas y suffire bien longtemps. Leur assurance tombait, non de jour en jour, mais d'heure en heure. Mratchkovsky, dans ses jugements sur les personnes, avait eu tout à fait raison : Zinoviev finalement se déroba. Mais il n'entraîna pas à sa suite tous ceux qui pensaient comme lui, loin de là. Le double revirement de Zinoviev avait, en tout cas, porté un coup irréparable à la légende du trotskysme.

Au printemps de 1926, nous nous rendîmes, ma femme et moi, à Berlin. A bout de ressources devant la fièvre persistante qui me tenait, les médecins de Moscou, pour ne pas prendre sur eux toute la responsabilité, insistaient depuis longtemps sur la nécessité d'un voyage à l'étranger. Moi aussi, je voulais sortir de l'impasse : la fièvre me paralysait aux moments les plus critiques et était une sûre alliée pour mes adversaires. La question de ce voyage fut examinée au bureau politique. Le bureau se prononça en ce sens que, d'après toutes les données qu'il possédait et l'ensemble de la situation politique, il estimait que mon voyage serait extrêmement dangereux, tout en me concédant la liberté de décider. A la résolution était jointe une note du Guépéou rédigée dans ce sens qu'on ne saurait admettre mon voyage à l'étranger. Le bureau politique craignait sans aucun doute qu'au cas où il m'arriverait des aventures désagréables à l'étranger, la responsabilité n'en fût reportée sur lui par le parti. L'idée de m'expédier de force à l'étranger, et encore à Constantinople, n'avait pas encore illuminé le cerveau de policier de Staline. Il se peut aussi que le bureau politique ait craint, de ma part, une action à l'étranger, pour le resserrement de l'opposition du dehors. Quoi qu'il en soit, après avoir pris conseil de mes amis, je décidai de partir.

A l'ambassade d'Allemagne, un accord fut obtenu sans difficulté et, au milieu d'avril, je partis avec ma femme, muni d'un passeport diplomatique délivré au nom de Kouzmenko, membre du commissariat de l'Instruction publique de l'Ukraine. Nous fûmes accompagnés par mon secrétaire Sermux, l'ancien chef de mon train, et par le fondé de pouvoir du Guépéou. Zinoviev et Kaménev me firent des adieux presque touchants : ils n'avaient pas du tout envie de rester en tête à tête avec Staline.

J'avais connu assez bien, dans les années d'avant-guerre, le Berlin du Hohenzollern. Il avait sa physionomie, dont personne ne disait qu'elle était agréable, mais que beaucoup déclaraient imposante. Berlin avait changé. Il n'y n'avait plus maintenant de physionomie du tout, ou, du moins, ne la trouvais-je pas. La ville revenait lentement d'une longue et grave maladie qui avait été accompagnée d'une série d'opérations chirurgicales. L'inflation était déjà liquidée, mais le mark stabilisé n'était encore qu'un moyen d'estimation de l'anémie générale. Dans les rues, dans les magasins, sur les visages des passants, on sentait la pénurie et le désir impatient, parfois dévorant, d'un redressement. La ponctualité et la propreté allemande, pendant les dures années de la guerre, après les défaites et le brigandage de Versailles, avaient été vaincues par l'indigence. La fourmilière humaine réparait avec persévérance, mais sans joie, ses passages, ses couloirs, ses dépôts, écrasée sous la botte de la guerre. Dans le rythme de la rue, dans les mouvements et les gestes des passants, on sentait comme une nuance tragique de fatalisme : rien à faire; la vie, ce sont les travaux forcés à perpétuité, il faut tout reprendre par le commencement.

Pendant plusieurs semaines, je fus livré aux observations des médecins dans une des cliniques particulières de Berlin. A la recherche des origines mystérieuses de ma fièvre, les docteurs me repassaient l'un à l'autre. A la fin des fins, un spécialiste des maladies de la gorge émit l'hypothèse que la cause du mal pourrait bien être dans les amygdales et conseilla d'en faire, en tout cas, l'ablation. Les praticiens du diagnostic et les thérapeutes hésitaient : c'étaient des hommes d'âge qui, pendant la guerre, étaient restés à l'arrrière. Le chirurgien, qui avait pour lui toute l'expérience de la guerre, les considérait avec un mépris écrasant. A l'entendre, on fait à notre époque l'ablation des amygdales tout aussi facilement que l'on rase des moustaches. Il fallut accepter.

Les aides voulaient me lier les bras, mais l'opérateur se contenta de l'assurance que je lui donnai de ma fermeté. Tout en me disant des blagues encourageantes, le chirurgien, je le sentais bien, se concentrait sur lui-même, maîtrisant une émotion. Le plus désagréable était de rester immobile, couché sur le dos, et de s'étouffer de son propre sang. L'opération dura de quarante à cinquante minutes. Tout se passa fort bien, si l'on ne tient pas compte de ce fait qu'elle ne servit à rien : quelque temps après, la fièvre revint.

Le temps que je passai à Berlin, ou plus exactement à la clinique, ne fut pas perdu pour moi. Je me jetai sur la presse allemande qui m'avait presque complètement manqué depuis le mois d'août 1914. On m'apportait chaque jour une vingtaine de publications allemandes et quelques périodiques d'autres pays que je laissais tomber sur le plancher au fur et à mesure de la lecture. Les professeurs qui venaient me voir devaient marcher sur un tapis fait de journaux de toutes les tendances possibles. Pour la première fois, en somme, j'eus dans les oreilles la gamme complète de la politique républicaine allemande. A vrai dire, je n'y découvris rien d'inattendu. La république était comme l'enfant trouvé de la défaite militaire; les républicains l'étaient par nécessité, en vertu du traité de Versailles; les social-démocrates étaient les légataires universels de la révolution de novembre qu'ils avaient eux-mêmes étouffée; Hindenburg était un président démocrate. C'est à peu près ainsi que je m'étais représenté les choses. Il n'en était pas moins instructif de voir tout cela de plus près...

Le 1er mai, nous parcourûmes, ma femme et moi, la ville en automobile, nous allâmes dans les principaux quartiers, regardant les cortèges, les pancartes, écoutant les discours; nous atteignîmes l'Alexanderplatz, nous nous mêlâmes à la foule. J'ai vu bien des cortèges de Premier Mai, plus imposants, plus nombreux et plus décoratifs, mais il y avait longtemps que je n'avais eu la possibilité d'avancer dans la masse sans attirer sur moi l'attention, me sentant une parcelle d'un ensemble anonyme, écoutant et observant. Une fois seulement, le collaborateur qui nous accompagnait me dit d'un air circonspect :

— Tenez, là, on vend vos portraits...

Mais, dans ces portraits, personne n'aurait pu reconnaître Kouzmenko, membre d'un commissariat de l'Instruction publique.

Pour le cas où ces lignes tomberaient sous les yeux du comte Westarp, de Hermann Müller, de Stresemann, du comte Reventlow, de Hilferding ou d'autres adversaires de mon admission en Allemagne, je crois nécessaire de porter à leur connaissance qu'alors je ne lançai aucun mot d'ordre répréhensible, que je ne collai pas d'affiches subversives, et que je ne fus en somme qu'un observateur qui, quelques jours après, devait subir une opération.

Nous allâmes aussi à la « fête du vin » en banlieue... Il y avait là une multitude incalculable. En dépit des dispositions toutes printanières de la foule, soutenue par le soleil et le vin, l'ombre grise des années passées s'étendait sur les promeneurs, sur ceux qui s'amusaient ou essayaient de s'amuser. Il suffisait d'y regarder un peu plus attentivement et tous avaient l'air de sortir d'une lente convalescence : la gaîté réclamait d'eux encore trop d'effort. Nous passâmes plusieurs heures dans la foule, observant, causant avec les gens, mangeant des saucisses servies sur des assiettes de carton, et nous bûmes même de la bière dont j'avais eu le temps d'oublier le goût depuis 1917.

Je revenais rapidement à la santé après l'opération et je prévoyais déjà le jour de mon départ. Mais alors se produisit un incident inattendu qui, jusqu'à présent, n'est pas devenu tout à fait clair pour moi. Huit jours environ avant le départ, se montrèrent dans un corridor de la clinique deux messieurs en civil, de ceux dont les apparences indéterminées marquent tout à fait nettement la profession de policiers. Jetant un coup d'œil par la fenêtre dans la cour, j'y aperçus au moins une demi-douzaine de messieurs tout pareils, lesquels, tout en étant très différents les uns des autres, avaient en même temps entre eux une ressemblance parfaite. J'attirai là-dessus l'attention de Krestinsky qui, à ce moment-là, se trouvait chez moi. Quelques minutes plus tard, un des internes frappa à ma porte et me déclara, tout ému, que son professeur l'avait chargé de m'avertir : un attentat se préparait contre moi.

— J'espère qu'il n'est pas préparé par la police? demandai-je en indiquant les nombreux agents.

Le docteur émit cette hypothèse que la police était venue pour empêcher l'attentat.

Deux ou trois minutes après arriva un commissaire; il déclara à Krestinsky que la police, effectivement, avait été informée de la préparation d'un attentat contre moi et avait pris des mesures extraordinaires de protection. Toute la clinique s'agita. Les infirmières se transmettaient entre elles la nouvelle, disant et répétant aux malades que Trotsky se trouvait dans la clinique et que, pour cette raison, des bombes seraient jetées dans l'établissement. Il en résulta une atmosphère qui n'était guère celle d'un lieu de traitement. Je m'entendis avec Krestinsky pour mon transfert immédiat à l'ambassade des soviets. La rue, devant la clinique, était barrée par la police. Quand on me transporta, ma voiture fut accompagnée par des autos policières.

La version officielle fut à peu près celle-ci : on avait découvert un nouveau complot des monarchistes allemands et un des conspirateurs arrêtés aurait déclaré au juge d'instruction que les gardes blancs russes préparaient pour bientôt un attentat contre Trotsky qui se trouvait à Berlin. Il faut dire que les diplomates allemands avec lesquels nous nous étions entendus au sujet de mon voyage avaient omis intentionnellement de faire part de notre accord à la police, considérant que celle-ci avait dans ses effectifs un trop grand nombre de monarchistes. La police reçut avec défiance la déclaration du monarchiste qu'elle avait arrêté, mais enfin procéda à des vérifications au sujet de ma présence dans la clinique : à son grand étonnement il se trouva que le renseignement était vrai. Comme l'enquête se faisait aussi chez les professeurs, je reçus simultanément deux avertissements : celui de l'interne et celui du commissaire. Jusqu'à ce jour, naturellement, je ne sais si véritablement un attentat se préparait et si, effectivement, la police fut informée de ma présence par les propos d'un monarchiste qu'elle avait arrêté. Mais je soupçonne que les choses se firent plus simplement. Les diplomates, faut-il penser, ne gardèrent pas le « secret », et la police, vexée d'un manque de confiance, décida de montrer soit à Stresemann, soit à moi, que, sans sa collaboration, on ne pouvait se faire faire convenablement l'ablation des amygdales. Qu'il en soit ainsi ou autrement, la clinique fut bouleversée, et moi, puissamment protégé contre des ennemis problématiques, j'allai m'installer à l'ambassade. Il y eut plus tard dans la presse allemande de faibles échos, donnés sans aucune certitude, de cette histoire; évidemment, personne ne voulait y croire.

Les journées de mon séjour à Berlin coïncidèrent avec de grands événements européens : la grève générale en Angleterre et le coup d'État de Pilsudski en Pologne. Ces deux événements aggravèrent à l'extrême mes dissentiments avec les épigones et déterminèrent un développement plus violent de la lutte que nous devions mener par la suite.

A ce sujet, il faut dire ici quelques mots. Staline, Boukharine, et, dans la première période, même Zinoviev, croyaient couronner leur politique par un bloc diplomatique entre les dirigeants des syndicats soviétiques et le conseil général des trade-unions britanniques. Borné comme un provincial, Staline s'imaginait que Purcell et autres leaders des trade-unions étaient disposés à assurer, à une minute difficile, un appui à la république des soviets contre la bourgeoisie britannique, et qu'ils en étaient capables. Quant aux leaders des trade-unions, ils estimaient non sans raison que, devant la crise du capitalisme britannique et le mécontentement grandissant des masses, ils auraient intérêt à se donner une couverture du côté gauche, sous forme d'une amitié officielle avec les dirigeants des syndicats soviétiques, amitié qui ne les obligeait à rien. Des deux côtés, on prenait soin de ne marcher que par tours et détours, et l'on craignait plus que tout de nommer les choses par leurs noms. La politique pourrie s'était déjà brisée plus d'une fois aux grands événements. La grève générale de mai 1926 fut un fait d'une très haute importance non seulement dans la vie de l'Angleterre, mais dans la vie intérieure de notre parti.

Le sort de l'Angleterre, depuis la guerre, était d'un intérêt exceptionnel. Un changement considérable dans sa situation mondiale ne pouvait pas ne pas provoquer des modifications tout aussi brusques dans les rapports de ses forces intérieures. Il était parfaitement clair que, quand bien même l'Europe, dont l'Angleterre, parviendrait de nouveau à un certain équilibre social pour une plus ou moins longue période, la Grande-Bretagne ne pourrait arriver à cet équilibre qu'à travers une série de conflits et de secousses très sérieux. Je jugeais probable que le conflit dans l'industrie charbonnière pouvait précisément en Angleterre amener une grève générale. De là, je concluais qu'inévitablement, dans une période prochaine, des contradictions profondes entre les vieilles organisations de la classe ouvrière et ses nouvelles tâches historiques se manifesteraient. Pendant l'hiver de 1924, et au printemps de 1925, j'écrivis au Caucase, sur ce sujet, une brochure (*Où va l'Angleterre?*). Au fond, l'ouvrage était dirigé contre la conception officielle du bureau politique qui espérait voir évoluer vers la gauche le conseil général et le communisme pénétrer graduellement, sans douleur, les rangs du Labour Party et des trade-unions. Dans une certaine mesure, pour éviter des complications inutiles, mais aussi pour vérifier l'état d'esprit de mes adversaires, je soumis le manuscrit à l'examen du bureau politique. Comme il s'agissait de prévisions, et non pas d'une critique du passé, aucun des membres du bureau politique n'osa se prononcer. L'ouvrage passa sans difficulté par la censure et fut imprimé tel qu'il avait été écrit, sans la moindre modification. Il parut bientôt après en anglais. Les leaders officiels du socialisme anglais considérèrent cette brochure comme l'œuvre fantaisiste d'un étranger qui ne savait rien de la vie anglaise et qui rêvait de porter sur le terrain de la Grande-Bretagne la grève générale « à la russe ». Des jugements de cette sorte ont été formulés par dizaines, sinon par centaines, et il faut mentionner d'abord Mac Donald qui, dans le concours des banalités politiques, mérite incontestablement la première place.

Or, quelques mois à peine s'étaient écoulés que la grève des charbonnages devenait une grève générale. Je n'avais pas du tout compté sur une confirmation si rapide de mes prévisions. Si la grève générale démontrait la justesse d'un jugement marxiste s'opposant aux appréciations arbitraires du réformisme britannique, la conduite du conseil général pendant cette grève marqua la faillite des espérances placées par Staline sur Purcell. A la clinique, je rassemblais avec la plus grande avidité et collationnais tous les renseignements qui caractérisaient la marche de la grève générale et, particulièrement, les rapports des masses et des leaders. Ce qui m'indignait le plus, c'était le caractère des articles de la *Pravda* de Moscou. Elle se donnait comme tâche principale de dissimuler la faillite et de sauver la face. Pour y arriver, elle ne pouvait faire autrement que de déformer avec cynisme les faits. Il ne peut y avoir, pour un homme politique révolutionnaire, de plus grande chute idéologique que de tromper les masses !

Dès mon arrivée à Moscou, je réclamai une rupture immédiate du bloc fait avec le conseil général. Zinoviev, après les tergiversations inévitables, se joignit à moi. Radek fut d'un avis contraire. Staline s'accrochait au bloc, même à des apparences de bloc, de toutes ses forces. Les trade-unionistes britanniques attendirent la fin de leur grave crise intérieure et, ensuite, repoussèrent leur allié généreux mais inapte, d'un coup de pied peu courtois.

Des événements non moins notables avaient lieu, à la même époque, en Pologne. La petite bourgeoisie, cherchant avec effarement une issue, s'était engagée dans la voie de l'insurrection et avait élevé sur le pavois Pilsudski. Le leader du parti communiste, Warski, décida que, sous ses yeux, se développait « la dictature démocratique du prolétariat et des paysans », et il appela le parti communiste à l'aide de Pilsudski. Je connaissais Warski depuis longtemps. Du vivant de Rosa Luxemburg, il pouvait encore occuper sa place dans les rangs de la révolution. Par lui-même, il n'avait jamais été qu'une place vide. En 1924, Warski, après de grandes hésitations, déclara qu'il avait enfin compris combien le « trotskysme » était nuisible, comme sous-estimant la classe paysanne dans l'affaire de la dictature démocratique. Comme récompense pour sa docilité, il obtint le rôle de leader et il attendait avec impatience l'occasion d'étrenner les galons qu'il avait reçus si tard. En mai 1926, Warski ne manqua pas de profiter d'une occasion si exceptionnelle pour se flétrir lui-même et souiller le drapeau du parti. Bien entendu, il n'en fut pas châtié : l'appareil de Staline le protégea contre l'indignation des ouvriers polonais.

La lutte, pendant 1926, devenait de plus en plus ardente. Vers l'automne, l'opposition fit une incursion ouverte dans les réunions de cellules du parti. L'appareil opposa une résistance forcenée. A la lutte idéologique se substitua le mécanisme administratif : appels au téléphone de la bureaucratie du parti dans les réunions de cellules ouvrières, furieux encombrements d'automobiles, grondements de klaxons, coups de sifflets bien organisés, hurlements au moment où les oppositionnels montaient à la tribune. La fraction dirigeante l'emportait par la concentration mécanique de ses forces, par les menaces, par la répression. Avant même que la masse du parti eût eu le temps d'écouter, de comprendre et de parler, elle prit peur, à l'idée d'une scission et d'une catastrophe. L'opposition dut battre en retraite. Le 16 octobre, nous fîmes une déclaration où il était dit en substance que, considérant nos idées comme justes et gardant par devers nous le droit de combattre pour elles dans les rangs du parti, nous renoncions aux actes qui pouvaient amener un danger de scission. La déclaration du 16 octobre était faite non pour l'appareil mais pour la masse du parti. Ce fut une démonstration de notre désir de rester dans le parti et de le servir. Bien que les stalinistes, dès le lendemain, aient commencé à rompre la trêve, nous avions gagné du temps. L'hiver de 1926-1927 nous permit de souffler, d'arriver à approfondir théoriquement nos idées sur une série de questions.

Dès le début de 1927, Zinoviev était prêt à capituler, sinon d'un coup, du moins par étapes. Mais alors, se produisirent des événements bouleversants en Chine. Le caractère criminel de la politique de Staline sautait aux yeux. Cela retarda pour un certain temps la capitulation de Zinoviev et de tous ceux qui l'ont suivi un peu plus tard.

La direction des épigones en Chine marquait que l'on foulait aux pieds toutes les traditions du bolchevisme. Le parti communiste chinois fut, contre sa volonté, inséré dans le parti bourgeois du Kuomintang et soumis à la discipline militaire. La création des soviets fut interdite. Il fut recommandé aux communistes de contenir la révolution agraire et de ne pas armer les ouvriers sans l'autorisation de la bourgeoisie. Bien avant que Tchang Kaï-Chek eût écrasé les ouvriers de Shanghaï et eût concentré le pouvoir dans les mains de la clique militaire, nous avions annoncé que cette issue était inévitable.

Dès 1925, j'exigeais que les communistes sortissent du Kuomintang. La politique de Staline-Boukharine préparait et facilitait l'écrasement de la révolution; bien plus, avec les répressions exercées par l'appareil de l'État, elle assurait le travail contre-révolutionnaire de Tchang Kaï-Chek contre notre critique. En avril 1927, Staline, dans une réunion du parti à la salle des Colonnes, défendait encore la politique de la coalition avec Tchang Kaï-Chek et demandait de lui faire confiance. Cinq ou six jours après, Tchang Kaï-Chek noyait dans le sang les ouvriers de Shanghaï et le parti communiste.

Un flot d'indignation parcourut le parti. L'opposition releva la tête. En dépit de toutes les règles de la conspiration — et, à cette époque-là, nous étions forcés, à Moscou, de défendre les ouvriers chinois contre Tchang Kaï-Chek par des méthodes de conspirateurs — les oppositionnels vinrent par dizaines chez moi, au local du comité principal des concessions. Un bon nombre de jeunes camarades croyaient qu'une faillite si évidente de la politique de Staline devait rapprocher la victoire de l'opposition. Dans les premières journées qui suivirent le coup d'État de Tchang Kaï-Chek, je versai plus d'un seau d'eau froide sur les têtes de mes jeunes amis et non pas seulement sur ces jeunes têtes. Je démontrais que l'opposition ne pouvait nullement remonter grâce à la *défaite* de la révolution chinoise. Que nos prévisions se soient justifiées, cela nous attirera un millier, cinq ou dix milliers de nouveaux adhérents. Pour des millions d'hommes, ce qui a une signification décisive, ce n'est pas la prévision, c'est le fait même de l'écrasement du prolétariat révolutionnaire. Après l'écrasement de la révolution allemande en 1923, après l'échec de la grève générale anglaise en 1926, la nouvelle défaite en Chine ne peut que renforcer le découragement des masses à l'égard de la révolution internationale. Or, c'est ce découragement même qui est la source psychologique essentielle de la politique de Staline, faite d'un nationalo-réformisme.

Il se trouva, très vite, que, comme fraction, nous étions effectivement devenus plus forts, c'est-à-dire idéologiquement mieux groupés et plus nombreux. Mais le cordon ombilical qui nous rattachait au pouvoir fut coupé par le glaive de Tchang Kaï-Chek. L'allié russe de celui-ci, Staline, qui était définitivement compromis, n'avait plus qu'à compléter l'écrasement des ouvriers de Shanghaï par l'écrasement organisationnel de l'opposition. Le noyau de l'opposition était un groupe de vieux révolutionnaires. Mais nous n'étions déjà plus seuls. Autour de nous se groupaient des centaines et des milliers de révolutionnaires de la nouvelle génération, laquelle avait été pour la première fois appelée à la vie politique par la révolution d'Octobre, avait vécu la guerre civile, avait en toute sincérité pris l'alignement devant la gigantesque autorité du comité central de Lénine et qui, seulement à partir de 1923, s'était mise à penser avec indépendance, à critiquer, à appliquer les méthodes du marxisme aux nouvelles conversions du mouvement et qui, chose encore plus difficile, avait appris à assumer la responsabilité d'une initiative révolutionnaire. Actuellement, des milliers de ces jeunes révolutionnaires approfondissent leur expérience politique en étudiant la théorie dans les prisons et les lieux de déportation du régime staliniste.

Le groupe principal de l'opposition marchait vers ce dénouement les yeux ouverts. Nous comprenions trop clairement que, si nous voulions faire de nos idées celles de la nouvelle génération ouvrière, ce n'était pas par de la diplomatie et des arguties, mais, seulement, par une lutte ouverte sans nous arrêter devant aucune conséquence pratique. Nous allions au-devant d'une défaite immédiate, préparant avec assurance notre victoire idéologique dans un plus lointain avenir.

L'emploi de la force matérielle a joué et joue un rôle immense dans l'histoire humaine : parfois dans un sens progressiste, le plus souvent pour la réaction; cela dépend de la classe qui applique les mesures de violence, cela dépend aussi des buts poursuivis. Mais, de là, il y a loin jusqu'à conclure que, par la violence, on puisse résoudre *toutes* les questions et surmonter *tous* les obstacles. On peut par les armes retenir un certain temps le développement des tendances historiques progressistes. Il est impossible de couper une fois pour toujours la route aux idées progressistes. Voilà pourquoi, quand il s'agit de la lutte de grands principes, le révolutionnaire ne peut avoir qu'une règle : « Fais ce que dois, advienne que pourra. »

A mesure qu'approchait le XVe congrès qui était fixé pour la fin de 1927, le parti se sentait de plus en plus arrivé à un carrefour historique. Une profonde anxiété avait passé dans ses rangs. Si monstrueuse que fût la terreur, le désir d'entendre l'opposition s'était éveillé dans le parti. Ce but ne pouvait être atteint que dans une voie illégale. Il y eut, en divers coins de

Moscou et de Léningrad, des réunions secrètes d'ouvriers, d'ouvrières, d'étudiants, qui se rassemblaient au nombre de vingt, de cent, et même de deux cents, pour entendre un des représentants de l'opposition. Dans le courant d'une journée, je visitais deux ou trois, parfois quatre de ces réunions. Elles avaient lieu, habituellement, dans des logements d'ouvriers. Deux petites chambres bondées; l'orateur se tenait dans le cadre de la porte. Parfois, tous étaient assis par terre; le plus souvent, faute de place, il fallait converser tous debout. Les représentants de la commission de contrôle se présentaient fréquemment à de telles réunions, exigeant la dispersion de l'assemblée. On leur proposait de prendre part à la discussion. Quand ils faisaient du désordre, on les jetait dehors. Au total, dans ces assemblées, à Moscou et à Léningrad, environ vingt mille personnes passèrent. Le courant montait. L'opposition prépara très habilement une grande réunion dans la salle de l'École supérieure technique dont on s'était emparé par l'intérieur. Il y eut plus de deux mille assistants. Une grande foule resta dans la rue. Les tentatives faites par l'administration pour nous empêcher de parler furent impuissantes. Kaménev et moi parlâmes environ deux heures. A la fin des fins le comité central lança un appel aux ouvriers, leur indiquant la nécessité de disperser les assemblées de l'opposition par la force. Cet appel ne devait servir qu'à dissimuler les attaques soigneusement préparées contre l'opposition par des groupes de combat sous la direction du Guépéou. Staline désirait un dénouement sanglant. Nous donnâmes le signal d'une suspension temporaire des grandes réunions. Mais cela ne se fit qu'après la manifestation du 7 novembre.

En octobre 1927, la session du comité exécutif central avait lieu à Léningrad. En l'honneur de la session, il y eut une manifestation de masses. Par une rencontre fortuite de circonstances, cette manifestation prit un sens tout à fait inattendu. Avec Zinoviev et quelques autres personnes, je parcourus la ville en auto pour voir le nombre et l'état d'esprit des manifestants. Nous passâmes finalement devant le palais de Tauride où des tribunes avaient été établies sur des camions automobiles pour les membres du comité exécutif central. Notre voiture s'arrêta devant un barrage : on ne laissait pas passer. Nous n'avions pas eu le temps de nous demander comment nous sortirions de cette impasse que le commandant de la troupe se précipita vers notre automobile et, sans malice, nous proposa de nous mener à la tribune. Nous n'avions pas eu le temps de sortir de nos propres hésitations que déjà deux rangées de miliciens nous avaient frayé une voie vers le dernier des camions qui était encore libre. Dès que les masses surent que nous nous trouvions sur la tribune de l'extrémité, la manifestation changea brusquement d'aspect. Les masses passaient avec indifférence devant les premiers camions, sans répondre aux salutations qui leur étaient lancées, et se hâtaient vers nous. Bientôt, autour de notre camion, une digue humaine de milliers d'hommes fut formée. Les ouvriers et les soldats de l'Armée rouge s'arrêtaient, regardaient en l'air, poussaient des cris de bon accueil et n'avançaient que sous la poussée impatiente de la multitude qui était derrière eux. Un détachement de la milice, qui fut envoyé vers notre camion pour rétablir l'ordre, fut lui-même saisi par l'ambiance et ne manifesta aucune activité. Des centaines des agents les plus fidèles de l'appareil furent lancés dans la foule. Ils essayèrent de siffler, mais les coups de sifflet isolés se perdaient forcément dans les acclamations des sympathisants. Plus cela allait, plus cela devenait insoutenable pour les dirigeants officiels de la manifestation. Finalement, le président du comité exécutif central panrusse et quelques-uns des membres les plus en vue de ce comité descendirent de la tribune autour de laquelle le vide s'était fait, et grimpèrent sur la nôtre qui occupait la dernière place et n'était destinée qu'aux orateurs les moins remarqués. Cependant, ce coup audacieux ne sauva pas leur situation : la masse rappelait avec impatience des noms qui n'étaient pas ceux des maîtres officiels du moment.

Zinoviev, immédiatement, se trouva tout plein d'optimisme et espéra de la manifestation les plus grandes conséquences. Je ne me rattachais pas à son appréciation impulsive. La masse ouvrière de Pétrograd montrait qu'elle était mécontente sous la forme de sympathies platoniques à l'adresse des leaders de l'opposition, mais elle n'était pas encore capable d'empêcher l'appareil de nous régler notre compte. A cet égard, je ne me faisais aucune illusion. D'autre part, la manifestation devait suggérer à la fraction dirigeante la nécessité d'en finir le plus tôt possible avec l'opposition pour mettre la masse devant le fait accompli.

L'étape suivante fut celle de la manifestation de Moscou en l'honneur du Xe anniversaire d'Octobre. Comme organisateurs de cette manifestation, auteurs d'articles à ce sujet et orateurs, on vit partout des hommes qui, pendant la révolution d'Octobre, avaient été de l'autre côté de la barricade ou bien, tout simplement, s'étaient embusqués sous le toit familial, attendant de savoir comment tourneraient les événements, et qui n'avaient adhéré à la révolution qu'après sa victoire décisive. C'est avec humour plutôt qu'avec amertume que je lus les articles ou entendis par radio les discours dans lesquels ces parasites m'accusaient de trahir la révolution d'Octobre. Quand on comprend la dynamique d'un processus historique et qu'on voit comment votre adversaire est mû par les ficelles que tient une main dont il ne sait rien lui-même, les infamies et les perfidies les plus odieuses n'ont plus aucune prise sur vous.

Les oppositionnels décidèrent de participer au cortège avec leurs pancartes. Les mots d'ordre ainsi exposés n'étaient nullement dirigés contre le parti : « Tirons sur la droite, sur le koulak, sur le nepman, sur le bureaucrate. » « Exécutons le testament de Lénine. » « Contre l'opportunisme, contre la scission, pour l'unité du parti léniniste. » Actuellement, ces mots d'ordre constituent le Credo officiel de la fraction stalinister dans sa lutte contre la droite. Le 7 novembre 1927, les pancartes de l'opposition furent arrachées aux porteurs, mises en pièces; les porteurs eux-mêmes subirent les sévices d'équipes spécialement recrutées pour cela. L'expérience de la manifestation de Léningrad avait profité aux dirigeants officiels. Cette fois, ils s'étaient infiniment mieux préparés. On sentait du malaise dans la masse. Elle participait à la manifestation avec une anxiété profonde. Au-dessus de l'immense multitude désorientée et inquiète se dressaient deux groupes actifs : l'opposition et l'appareil. Comme volontaires pour la lutte contre les « trotskystes » vinrent au secours de l'appareil des éléments bien connus en tant que non révolutionnaires, partiellement même des éléments fascistes de la rue de Moscou. Un milicien, sous prétexte d'avertissement, tira publiquement sur mon automobile. Quelqu'un avait dirigé son bras. Un fonctionnaire ivre, d'une équipe de pompiers, sauta sur le marchepied de ma voiture, proférant les injures les plus grossières, et brisa une vitre. Pour quiconque sait voir, le 7 novembre 1927 à Moscou fut une répétition de Thermidor.

Il y eut une manifestation toute pareille à Léningrad. Zinoviev et Radek qui s'y étaient rendus subirent l'attaque d'un détachement spécial qui, prétendant les protéger contre la foule, les enferma pour tout le temps de la manifestation dans un bâtiment. Zinoviev nous écrivit le jour même, à Moscou :

« Toutes les informations indiquent que ces faits répugnants seront très utiles à notre cause. Nous nous inquiétons de savoir ce qui s'est passé chez vous. Les *liaisons* [il s'agit de causeries illégales avec les ouvriers] réussissent fort bien. Il y a un grand revirement en notre faveur. Pour l'instant, nous n'avons pas l'intention de quitter la place. »

Ce fut le dernier éclat de l'énergie oppositionnelle de Zinoviev. Le lendemain, il était rentré à Moscou et insistait pour capituler.

Le 16 novembre, Ioffé se suicidait et sa mort fit une trace profonde dans la lutte qui se développait.

Ioffé était très gravement malade. Du Japon où il avait été ambassadeur, on l'avait ramené dans le pire état. Il fut bien difficile d'obtenir qu'on l'envoyât à l'étranger. Ce voyage fut trop court. Les résultats furent bons mais insuffisants. Ioffé devint mon adjoint au comité principal des concessions. Toutes les affaires courantes reposaient sur lui. La crise du parti lui fut très pénible. Ce qui le bouleversa surtout, ce fut la perfidie. A plusieurs reprises il eut des élans pour s'engager à fond dans la lutte. Je l'en dissuadais, craignant pour sa santé. Ce qui indigna particulièrement Ioffé, ce fut la campagne menée contre la théorie de la révolution permanente. Il n'arrivait pas à digérer qu'on persécutât bassement ceux qui avaient prévu de loin la marche et le caractère de la révolution, cette persécution venant d'hommes qui profitaient seulement des résultats obtenus. Ioffé m'avait fait part d'une conversation qu'il avait eue avec Lénine, en 1919, je crois, sur le thème de la révolution permanente. Lénine lui avait dit :

— Oui, c'est Trotsky qui a eu raison.

Ioffé voulait publier cette conversation. Je faisais tout pour l'en dissuader. Je voyais d'avance quelle avalanche d'accusations infâmes tomberait sur lui. Ioffé savait insister, il avait sa manière à lui, avec de la douceur dans la forme mais inébranlable au fond. A chaque nouvelle explosion d'ignorance agressive et de félonie politique, il revenait chez moi, abattu et indigné, et répétait :

— Non, il faut publier la conversation.

Je lui démontrais une fois de plus qu'un « témoignage » de cette sorte ne changerait rien à rien, qu'il fallait refaire l'éducation de la nouvelle génération du parti et viser loin.

L'état physique de Ioffé, qui n'avait pas pu terminer sa cure à l'étranger, empirait de jour en jour. Vers l'automne, il fut forcé d'abandonner son travail et, ensuite, de s'aliter tout à fait. Des amis posèrent encore une fois la question de l'envoyer à l'étranger. Mais, cette fois, le comité central refusa purement et simplement. Déjà, les stalinistes se disposaient à expédier les oppositionnels dans une tout autre direction. Mon exclusion du comité central et ensuite du parti bouleversa Ioffé plus que personne. A l'indignation qu'il ressentit comme homme politique et personnellement, s'ajoutait la sensation vive de son impuissance physique. Il ne se trompait pas quand il sentait qu'il s'agissait du sort de la révolution. Il était incapable de lutter. Or, en dehors de la lutte, la vie, pour lui, n'avait aucun sens. Et il arriva à la dernière conclusion.

Je n'habitais déjà plus le Kremlin; je logeais chez mon ami Biéloborodov qui avait encore le titre de commissaire du peuple à l'Intérieur bien qu'il fût constamment filé lui-même par les agents du Guépéou. En ces jours-là, Biéloborodov se trouvait dans son pays natal, l'Oural, où dans sa lutte contre l'appareil il essayait de trouver un chemin vers les ouvriers.

Je donnai un coup de téléphone au logement de Ioffé pour m'informer de sa santé. Il répondit lui-même : l'appareil téléphonique était à son chevet. Il y avait dans le ton de sa voix — je ne m'en rendis compte que plus tard — quelque chose d'extraordinaire, de tendu, d'alarmant. Il me pria de venir le voir. Une circonstance m'empêcha de satisfaire à sa demande immédiatement. C'étaient alors des journées très agitées : constamment, des camarades venaient chez Biéloborodov me consulter sur des questions urgentes. Une heure ou deux plus tard, une voix que je ne connaissais pas me dit par téléphone :

— Adolphe Abramovitch vient de se tuer d'un coup de revolver. Il y a sur sa table un pli pour vous.

Chez Biéloborodov étaient toujours de garde plusieurs oppositionnels de l'armée. Ils m'accompagnaient lorsque j'allais en ville. Nous nous rendîmes en toute hâte chez Ioffé. Lorsque nous sonnâmes et frappâmes à la porte, une voix, de l'autre côté, demanda le nom du visiteur et on ne nous ouvrit pas tout de suite : quelque chose de louche se passait à l'intérieur.

Sur un oreiller ensanglanté se dessinait le visage calme pénétré de la plus grande douceur, d'Adolphe Abramovitch. B***, membre du Guépéou, fouillait comme il voulait dans son bureau. Le pli n'était pas sur la table. J'exigeai qu'on me le rendît immédiatement. B*** marmotta qu'il n'y avait pas eu de lettre. Son air et son accent ne laissaient aucun doute : il mentait. Quelques minutes après, des amis arrivèrent de tous les points de la ville. Les représentants officiels du commissariat des Affaires étrangères et des institutions du parti se trouvaient isolés dans la masse des oppositionnels. Cette nuit-là, plusieurs milliers de personnes visitèrent le logement. La nouvelle de la lettre volée se répandit en ville. Les journalistes étrangers la firent connaître dans leurs télégrammes. Il devenait impossible de cacher plus longtemps le document. A la fin, on remit à Rakovsky une reproduction photographique du papier. Je ne me charge pas d'expliquer pourquoi une lettre, que Ioffé avait écrite pour moi et sous enveloppe cachetée portant mon nom, fut remise à Rakovsky, et non pas dans l'original mais en copie photographique. La lettre de Ioffé donne une image fidèle jusqu'au bout de mon ami défunt, mais c'est une image faite une demi-heure avant sa mort. Ioffé savait comment je le considérais, il était lié avec moi d'une profonde confiance morale et il me donnait le droit de biffer dans la lettre ce qui pouvait être superflu ou peu convenable à publier. N'ayant pas réussi à dérober la lettre au monde entier, le cynique adversaire tenta inutilement d'ailleurs d'utiliser pour ses desseins les lignes qui, justement, n'étaient pas destinées à la publication.

Ioffé tâcha que sa mort servît la cause à laquelle il avait donné toute sa vie. La main qui devait, dans une demi-heure, presser la détente de l'arme, avait rédigé un dernier témoignage, donnant à un ami d'ultimes conseils. Voici ce que disait Ioffé, s'adressant personnellement à moi, dans sa lettre d'adieu :

« Nous sommes, vous et moi, cher Lev Davidovitch, liés par des dizaines d'années de travail en commun, et, j'ose l'espérer, d'amitié personnelle. Cela me donne le droit de vous dire, en vous quittant, ce qui me semble être erroné en vous. Je n'ai jamais douté de la justesse du chemin que vous avez tracé et vous savez que depuis plus de vingt ans, je marche avec vous, depuis les temps de « la révolution permanente ». Mais j'ai toujours estimé que ce qui vous manquait, c'était l'*intransigeance*, l'*opiniâtreté* de Lénine qui fut toujours prêt à rester même seul dans le chemin qu'il croyait le bon, prévoyant qu'il obtiendrait plus tard une majorité, que plus tard on reconnaîtrait toute la justesse de la voie suivie. *Vous avez toujours eu raison en politique*, depuis 1905, et je vous ai répété plus d'une fois ce que j'avais entendu de mes propres oreilles : Lénine reconnaissait que même en 1905 *ce n'était pas lui* qui avait raison, *que c'était vous*. Au moment de mourir, on ne ment pas, et je vous redis une fois de plus la même chose... Mais vous avez souvent *renoncé à soutenir la justesse de votre point de vue*, cherchant un accord, un compromis que vous surestimiez. C'est une erreur. Je le répète, en politique, vous avez toujours eu raison, mais maintenant *vous avez plus raison que jamais*. Un jour viendra où le parti le comprendra et l'histoire nécessairement l'appréciera. Ne vous effrayez donc pas maintenant si quelqu'un s'éloigne même de vous ou bien, et d'autant plus, si ceux qui viendront à vous ne sont pas aussi nombreux et ne viennent pas aussi vite que nous le voudrions tous. Vous voyez juste, mais le gage de la victoire de votre justesse d'idées est précisément dans le maximum d'intransigeance, dans la plus rigoureuse continuité, dans la complète absence de tout compromis, exactement de la même façon que ce fut le secret des victoires d'Ilitch. J'ai voulu vous le dire bien des fois, mais je ne m'y suis décidé qu'à présent, en adieu. »

On fixa les funérailles de Ioffé pour un jour ouvrable, à l'heure de la besogne, afin d'empêcher les ouvriers de Moscou d'y participer. Cependant elles ne rassemblèrent pas moins de dix mille personnes et ce fut une imposante manifestation oppositionnelle.

Pendant ce temps, la fraction de Staline s'occupait de la préparation du congrès, se hâtant de le placer devant le fait accompli de la scission. Ce que l'on appela les élections pour les conférences locales qui devaient envoyer des délégués au congrès eut lieu *avant* l'annonce officielle d'une « discussion » complètement faussée pendant laquelle des détachements militairement organisés de siffleurs empêchèrent les réunions de se tenir comme il fallait, par des moyens purement fascistes. Il serait difficile de concevoir quelque chose de plus infâme que la préparation du XVe congrès. Zinoviev et son groupe n'eurent aucune peine à deviner que le congrès achèverait seulement en politique l'écrasement matériel qui avait commencé dans les rues de Moscou et de Léningrad au dixième anniversaire de la révolution d'Octobre.

Le seul souci de Zinoviev et de ses amis était dès lors celui-ci : capituler en temps opportun. Ils ne pouvaient pas ne pas comprendre que les bureaucrates de Staline voyaient l'ennemi non pas en eux, oppositionnels de deuxième cuvée, mais dans le noyau de l'opposition qui était lié avec moi. Ils espéraient sinon mériter les bonnes grâces, du moins obtenir leur pardon par une rupture ostensible avec moi au moment du XVe congrès. Ils n'avaient pas calculé que quand on commet une double trahison, on en finit politiquement avec soi-même. Si, par leur coup de poignard dans le dos, ils ont temporairement affaibli notre groupe, ils se sont condamnés eux-mêmes à la mort politique. Le XVe congrès décida l'exclusion de l'opposition dans son ensemble. Les exclus étaient mis à la disposition du Guépéou.

CHAPITRE XLIII

DEPORTÉ

Sur notre déportation dans l'Asie centrale, je citerai intégralement le récit de ma femme.

« Le 16 janvier 1927 dès le matin, c'est la préparation des bagages. J'ai de la fièvre, des vertiges à cause de la chaleur et de ma faiblesse, dans le chaos des choses et des effets que nous venons de déménager du Kremlin et que l'on empaquette pour les expédier avec nous. Un enchevêtrement de meubles, de caisses, de linge, de livres et la foule interminable des visiteurs, des amis qui sont venus faire leurs adieux. F. A. Guétier, notre médecin et ami, nous conseillait naïvement de différer le départ à cause de mon rhume. Il ne se représentait pas clairement ce que signifiait notre voyage et ce que pouvait signifier maintenant un " délai ". Nous espérions qu'en wagon je guérirais bientôt, d'autant plus qu'à la maison, dans les conditions de " ces derniers jours " qui avaient précédé le départ, il était difficile de se remettre bien vite. Sous mes yeux passent sans cesse et rapidement de nouvelles figures; il y en a beaucoup que je vois pour la première fois. On s'embrasse, on serre des mains, on exprime des sympathies, des souhaits... Le chaos devient d'autant plus grand qu'on nous apporte des fleurs, des livres, des bonbons, des vêtements chauds, etc. La dernière journée de soucis, de tension, d'excitation arrive à sa fin. Nos effets sont partis pour la gare. Nos amis nous y ont devancés. Nous sommes assis dans la salle à manger, toute la famille, prêts au départ; nous attendons les agents du Guépéou. Nous regardons la pendule... Il est neuf heures... il est neuf heures et demie... personne. Dix heures. C'est l'heure du départ du train. Qu'est-il arrivé? A-t-on pris de nouvelles dispositions? Coup de téléphone. Le Guépéou fait savoir que notre départ est différé, sans donner aucun motif.

« — Pour longtemps? demanda L. D.

« — Pour deux jours, lui répond-on, vous partez après-demain.

« Une demi-heure plus tard on accourt de la gare s'enquérir de ce qui nous arrive; ce sont d'abord des jeunes gens, ensuite Rakovsky et d'autres. Il y avait une formidable manifestation à la gare. Les gens attendaient. On criait : " Vive Trotsky! " Mais on ne voyait pas Trotsky. Où était-il? Devant le wagon qui nous était destiné, une foule tumultueuse. De jeunes amis avaient fixé sur le toit du wagon un grand portrait de L. D. Ce fut accueilli par des " hourras " d'enthousiasme. Le train s'ébranla. Une secousse, une autre... Le convoi avait avancé et.. s'arrêta subitement. Des manifestants étaient allés, en courant, au-devant de la locomotive, d'autres s'étaient accrochés aux wagons et avaient arrêté le train, réclamant Trotsky. Le bruit courut dans la foule que les agents du Guépéou auraient introduit subrepticement L. D. dans un wagon et l'empêcheraient de se montrer à ceux qui lui faisaient cette conduite. L'émotion dans la gare était indescriptible. Il y eut des bagarres avec la milice et les agents du Guépéou, il y eut des victimes de l'un et de l'autre côté; des arrestations furent faites. Le train eut un retard d'une heure et demie. Un moment après, on nous rapporta de la gare nos bagages. Longtemps encore retentirent chez nous des sonneries de téléphone, venant d'amis qui désiraient constater que nous étions bien chez nous et qui nous apprenaient ce qui s'était passé à la gare. Il était beaucoup plus de minuit quand nous allâmes nous coucher. Après les émotions des jours précédents, nous dormîmes jusqu'à onze heures du matin. Plus aucune sonnerie. Le grand calme. La femme de mon fils aîné partit à son travail : n'avait-on pas encore deux jours devant soi? Mais à peine avions-nous eu le temps de déjeuner qu'il y eut une sonnerie : c'était F. V. Biéloborodova qui venait nous voir; puis ce fut M. M. Ioffé. Encore une sonnerie, et tout le logement fut envahi par des agents du Guépéou en civil et en uniforme. On remit à L. D. un mandat d'arrêt et d'expédition immédiate sous escorte à Alma-Ata. Mais qu'advenait-il des deux jours de délai dont le Guépéou avait parlé la veille? C'était encore une tromperie! Cette ruse de guerre avait été employée pour éviter une nouvelle manifestation au moment du départ.

« Les appels au téléphone n'arrêtaient pas. Mais il y avait un agent devant l'appareil qui, d'un air assez bonhomme, nous empêchait de répondre. Ce n'est que par un hasard que nous réussîmes à faire savoir à Biéloborodov que nous étions dans une souricière et qu'on nous enlevait par force. Plus tard, on nous apprit que " la direction politique " de l'expédition de L. D. avait été mise à la charge de Boukharine. C'est tout à fait dans l'esprit des machinations de Staline... On voyait fort bien que les agents étaient émus. L. D. refusa de partir de bon gré. Il profita du prétexte qu'on lui avait donné pour éclaircir complètement la situation. En effet, le bureau politique s'efforçait de donner à la déportation des oppositionnels, au moins de ceux qui étaient le plus en vue, l'apparence d'un accord de gré à gré. C'est dans ce sens que la déportation était expliquée aux ouvriers. Il fallait en finir avec cette légende et montrer ce qui était, et sous une telle forme qu'il fût impossible de se taire là-dessus ou de déformer la vérité. De là vint la décision que prit L. D. de forcer ses adversaires à employer ouvertement la violence. Nous nous enfermâmes avec deux de ceux qui étaient venus nous voir dans une chambre. Les pourparlers avec les agents du Guépéou eurent lieu à travers une porte fermée à clé. Les agents ne savaient que faire, hésitaient, consultèrent leurs chefs par téléphone, reçurent enfin des instructions et déclarèrent qu'ils allaient faire sauter la porte, étant donné qu'ils devaient exécuter les ordres reçus. L. D., pendant ce temps, dictait une instruction sur la conduite que devait suivre dans la suite l'opposition. Nous n'ouvrions pas. On entendit un coup de marteau. La vitre de la porte se brisa en éclats, un bras s'allongea qui portait les galons d'un uniforme.

« — Tirez sur moi, camarade Trotsky, tirez! répéta d'une voix émue et pressante Kichkine, ancien officier qui avait plus d'une fois accompagné L. D. dans ses tournées sur le front.

« — Ne dites pas de bêtises, Kichkine, répondit tranquillement L. D.; personne n'a l'intention de tirer sur vous; faites ce que vous avez à faire.

« Les agents ouvrirent la porte et entrèrent, émus, éperdus. Voyant que L. D. n'avait aux pieds que des chaussons, ils cherchèrent ses souliers et les lui mirent. Ils allèrent lui chercher sa pelisse, son bonnet, ils l'habillèrent. L. D. refusa de marcher. Ils l'emportèrent à bras-le-corps. Nous les suivîmes. Je jetai sur moi ma pelisse, je chaussai mes bottines fourrées... La porte derrière moi claqua brusquement. Il y avait du bruit à l'intérieur. D'un cri j'arrête l'escorte qui emporte L. D., dans l'escalier et j'exige qu'on laisse passer mes fils : l'aîné doit être déporté avec nous. La porte s'ouvrit toute grande, mes fils bondirent de là ainsi que nos visiteuses, Biéloborodova et Ioffé. Tous avaient réussi à s'ouvrir un chemin par la porte. Sérioja avait recouru à ses procédés de sportman. En descendant l'escalier, Liova sonnait à toutes les portes, criant :

« — On emporte le camarade Trotsky !

« Des visages effarés apparaissent aux portes des logements et sur l'escalier. Dans cette maison, il n'y a comme locataires que des travailleurs des soviets. L'auto fut remplie. C'est avec bien du mal que Sérioja réussit à y faire rentrer ses jambes. Avec nous se trouvait Biéloborodova. Nous partons par les rues de Moscou. Sérioja n'a pas de bonnet, dans la hâte de ce départ il n'a pas eu le temps de prendre le sien ; aucun de nous n'a de caoutchoucs, ni de gants ; pas une valise ; pas même un sac à main ; tous sont dépourvus du moindre bagage. On nous mène non pas à la gare de Kazan, mais dans une tout autre direction : à la gare d'Iaroslav. Sérioja fait une tentative pour sauter à bas de l'automobile, dans l'intention de courir au poste où il est employé, et d'apprendre à notre belle-sœur qu'on nous emmène. Les agents saisissent fortement Sérioja par les bras et, s'adressant à L. D. le prient d'engager son fils à ne pas descendre de l'automobile.

« Nous arrivâmes dans une gare complètement vide. Les agents portèrent encore L. D. comme ils l'avaient fait dans le logement. Liova criait aux quelques cheminots qu'on rencontrait :

« — Camarades, regardez comment on emporte le camarade Trotsky !

« Un agent du Guépéou, qui naguère avait accompagné L. D dans ses chasses, prit Liova au collet.

« — Vois-tu, cette espèce de pistolet ! s'écria-t-il avec insolence.

« Sérioja lui répliqua en lui envoyant la gifle d'un gymnaste expérimenté.

« Nous voici en wagon. Devant les fenêtres de notre compartiment et aux portières, des hommes de l'escorte. Les autres compartiments sont occupés par des agents du Guépéou. Où allons-nous ? Nous n'en savons rien. On ne nous a pas apporté nos effets. La locomotive qui n'emmenait que notre seul wagon se mit en marche. Il était deux heures de l'après-midi. Il se trouva que par le chemin de fer de ceinture nous nous dirigions vers une petite station perdue où l'on devait accrocher notre wagon à un train postal qui était parti de Moscou, de la gare de Kazan, se dirigeant vers Tachkent. A cinq heures, nous dîmes adieu à Sérioja et à Biéloborodova qui devaient prendre le train allant en sens inverse pour rentrer à Moscou.

« Nous continuâmes le voyage. J'avais de la fièvre. L. D. avait de l'entrain, il était presque gai. La situation était devenue nette. L'ambiance générale devint calme. L'escorte était prévenante et polie. On nous fit savoir que nos bagages partaient avec le train suivant et qu'à Frounzé (terminus de notre trajet par chemin de fer) ils nous rattraperaient : cela voulait dire au neuvième jour de notre voyage. Nous n'avions avec nous ni linge ni livres. Avec quel soin affectueux, pourtant, Sermux et Poznansky n'avaient-ils pas empaqueté les livres, les choisissant minutieusement, les uns pour la route, les autres pour les travaux des premiers temps! Avec quelle sollicitude Sermux avait emballé les accessoires de bureau de L. D., connaissant ses goûts et ses habitudes à la perfection! Que de voyages n'avait-il pas faits, pendant les années de la révolution, avec L. D. en qualité de sténographe et de secrétaire. L. D. en cours de route, travaillait toujours avec une triple énergie, profitant de l'absence du téléphone, n'étant pas dérangé par des visiteurs; et ce travail portait de tout son poids d'abord sur Glasmann, ensuite sur Sermux. Cette fois-ci nous étions partis pour un très long voyage sans un seul livre, sans un crayon, sans une feuille de papier. Avant le départ, Sérioja nous avait procuré l'ouvrage scientifique de Séménov-Tianchansky sur le Turkestan; nous avions l'intention de prendre en route quelque connaissance de notre nouvelle résidence que nous ne nous représentions qu'approximativement. Mais le livre de Séménov-Tianchansky était resté dans une valise avec d'autres effets, à Moscou. Nous étions donc en wagon sans aucun bagage, comme si nous nous rendions simplement d'un quartier de la ville dans un autre. Vers le soir, nous nous allongeâmes sur les banquettes, posant la tête sur les accoudoirs. A la porte entrouverte du compartiment se tenaient des sentinelles.

« Qu'est-ce qui nous attendait ensuite? Quel caractère allait prendre notre voyage? Et que serait le lieu de déportation? Dans quelles conditions nous y trouverions-nous? Le début n'annonçait rien de bon. Néanmoins, nous nous sentions calmes. Le wagon se balançait doucement. Nous étions couchés sur les banquettes. La porte entrouverte nous rappelait le régime de la prison. Nous étions las de tout l'imprévu, de la situation indéterminée, de la tension des derniers jours et nous nous reposions maintenant. Le calme régnait dans le wagon. L'escorte ne disait mot. J'étais souffrante. L. D. faisait tout pour alléger mon état, mais il ne disposait de rien que de sa bonne humeur caressante qui se communiquait à moi. Nous avions cessé de faire attention à ce qui nous entourait et nous jouissions de notre repos. Liova était dans le compartiment voisin. A Moscou, il s'était plongé tout entier dans le travail de l'opposition. Il était maintenant parti avec nous, en déportation, pour nous aider, il n'avait même pas eu le temps de dire adieu à sa femme. Dès lors, il fut notre unique moyen de communication avec le monde extérieur. Dans le compartiment il faisait presque sombre, des bougies brûlaient au-dessus de la portière jetant une lueur terne. Nous avancions vers l'Orient.

« Plus nous nous éloignions de Moscou, plus l'escorte se montrait prévenante. A Samara, elle alla nous acheter du linge de rechange, du savon, de la poudre dentifrice, des brosses, etc. Comme nourriture nous avions les dîners que l'on commandait d'avance pour nous et pour l'escorte aux restaurants des gares. L. D. qui était toujours astreint à une diète sévère, mangeait maintenant gaîment de tout ce qu'on apportait et nous remontait le moral à Liova et à moi. Je l'observais avec étonnement et quelque crainte. Les effets qui avaient été achetés pour nous à Samara reçurent, dans notre conversation familière, des noms particuliers : telle serviette de toilette portait celui de Menjinsky; chaussettes Iagoda (l'adjoint de Menjinsky), etc. Ainsi dénommées, les choses avaient un air plus drôle.

« Par suite des amoncellements de neige, notre train marchait avec un grand retard. Cependant, de jour en jour, nous entrions plus profondément dans l'Asie.

« Avant le départ, L. D. avait demandé qu'on lui permît d'emmener ses deux anciens collaborateurs. On le lui refusa. Alors Sermux et Poznansky décidèrent de partir de leur propre gré, dans le train même où nous serions. Ils s'installèrent dans un autre wagon, furent témoins de la manifestation, mais ne bougèrent pas de leur place, supposant que nous partions aussi dans le même convoi. Quelque temps après, ils découvrirent que nous n'y étions pas, descendirent à Arys et nous attendirent au train suivant. C'est là que nous les rejoignîmes. Liova seulement put les voir, car il jouissait d'une certaine liberté, mais tous nous fûmes profondément heureux de la rencontre. Voici une note de mon fils qui a été prise sur place : " Le matin, je me dirige vers la gare, pensant que j'y trouverai peut-être les camarades dont le sort a été l'objet de tant de conversations et d'inquiétudes pendant tout le trajet. Et en effet : les voilà tous les deux devant moi; ils occupent une table au buffet et jouent aux échecs. Il serait difficile de dépeindre ma joie. Je leur fais comprendre qu'ils ne doivent pas s'approcher de moi : après mon apparition au buffet, les allées et venues des agents sont comme toujours plus nombreuses. Je me hâte de retourner au wagon pour faire part de ma découverte. Joie générale. L. D. lui-même a de la peine à se fâcher de ce qu'ils ont fait : cependant, ils ont contrevenu à ses instructions et, au lieu de pousser plus loin leur voyage, ils ont attendu à la vue de tous, courant un risque inutile. Après m'être entendu avec L. D., je rédige pour eux un billet que j'espère pouvoir leur remettre quand il fera plus sombre. L'instruction comporte ceci : Poznansky se séparera de son compagnon, partira pour Tachkent immédiatement et y attendra un signal. Sermux poursuivra jusqu'à Alma-Ata sans entrer en communication avec nous. Passant sans m'arrêter devant Sermux, je réussis à lui donner rendez-vous derrière la gare, dans un lieu discret qui n'était pas éclairé. Poznansky y vient; nous ne réussissons pas tout de suite à nous rencontrer; quand nous nous trouvons enfin, nous sommes émus, nous nous hâtons, nous nous coupons constamment la parole. Je lui dis : " Ils ont brisé la porte, ils l'ont emporté sur les bras... " Lui ne comprend pas quels sont ceux qui ont brisé la porte, pourquoi on a emporté L. D. Je n'ai pas le temps de le lui expliquer, on pourrait nous découvrir. En somme, l'entrevue ne donna aucun résultat... "

« Après la découverte qu'avait faite mon fils à Arys, nous continuâmes le voyage avec le sentiment d'avoir un fidèle ami dans le train. Nous en étions heureux. Au dixième jour du voyage, nous reçûmes nos bagages et nous nous empressâmes de prendre le livre de Séménov-Tianchansky. Nous lûmes avec intérêt ce qui y était dit de la nature, de la population, des jardins de pommiers; le principal est que, là-bas, la chasse est merveilleuse. L. D. dépaqueta avec plaisir les accessoires de bureau qu'avait emballés Sermux. Nous arrivâmes à Frounzé

(Pichpek) de bonne heure dans la matinée. C'est la dernière station de chemin de fer. Il gelait fort. Une neige blanche, pure, délicieuse, inondée de rayons solaires, nous éblouissait. On nous apporta des *valenki* et des *touloupes*. J'étouffais sous le poids des vêtements et, néanmoins, j'eus froid en route. L'autobus avançait lentement sur la piste crissante de neige, le vent nous piquait à la figure. Après un trajet d'une trentaine de kilomètres, on s'arrêta. Il faisait sombre. Il nous semblait que nous nous trouvions au milieu d'un désert de neige. Deux des hommes de l'escorte (nous étions accompagnés par douze ou quinze hommes) s'approchèrent de nous et nous apprirent avec une certaine confusion que le gîte pour la nuit « n'était pas fameux ». Nous eûmes du mal à descendre de voiture et, cherchant à tâtons dans l'obscurité le seuil de la station postale et la porte basse, nous entrâmes et nous nous débarrassâmes avec plaisir de nos *touloupes*. Il faisait pourtant froid dans l'isba; l'endroit n'était pas chauffé. Les carreaux des toutes petites fenêtres étaient couverts de glaçons. Il y avait dans un coin un grand poêle russe, mais hélas! il était froid comme glace. Nous nous réchauffâmes avec du thé. Nous mangeâmes un morceau. L. D. se mit à causer avec la tenancière de la station, une femme cosaque, et il la questionna en détail sur son existence; il lui demanda aussi ce qu'elle savait de la chasse. Tout était curieux, mais le principal était que nous ne savions comment cela se terminerait. On fit les préparatifs du coucher. L'escorte s'était répartie dans le voisinage. Liova s'allongea sur un banc. L. D. et moi nous couchâmes sur la grande table, étendant sous nous les *touloupes*. Quand, enfin, nous fûmes installés pour la nuit dans les ténèbres de cette chambre glacée au plafond bas, j'éclatai de rire :

« — Cela ne ressemble pas du tout au logement du Kremlin!

« L. D. et Liova se montrèrent tout aussi amusés que moi.

« A l'aube, on se remit en route. Nous avions devant nous la partie la plus difficile du voyage. Il fallait passer la chaîne du Kourdaï. Le froid était dur. La pesanteur des vêtements était insupportable, c'était comme si un mur vous était tombé sur le dos. A une nouvelle étape, nous causâmes, en prenant le thé, avec un chauffeur et un agent du Guépéou qui étaient venus à notre rencontre d'Alma-Ata. Devant nous, peu à peu, certaines choses... parcelle par parcelle, se révélaient de la vie que nous ne connaissions pas encore. La route était difficile pour l'auto, les passages où la neige était tassée étaient parfois coupés par des amoncellements de neige fraîchement tombée. Le chauffeur menait adroitement sa machine, connaissait bien les particularités de la route, se réchauffait avec de la vodka. Vers la nuit, il gela de plus en plus fort. Sentant bien que tout dépendait de lui dans ce désert hivernal, le chauffeur se laissait aller à dire tout ce qu'il avait sur le cœur, critiquant sans cérémonie les chefs et le régime... Le représentant de l'autorité d'Alma-Ata, qui était assis à côté de lui cherchait même à se rendre aimable : pourvu seulement que notre conducteur nous menât à bon port! Il était plus de deux heures quand, en pleines ténèbres, la voiture s'arrêta. Nous étions arrivés. Où cela? Il se trouva que nous étions rue Gogol, à l'hôtel " Djétys ", un garni qui datait évidemment du temps de Gogol. On nous donna deux petites chambres. Les pièces d'à côté furent occupées par l'escorte et par les agents régionaux du Guépéou. Liova fit la vérification des bagages : il se trouva que deux valises, contenant du linge et des livres, étaient restées quelque part dans les neiges. Hélas! une fois de plus, nous avions perdu Séménov-Tianchansky. Nous avions perdu les cartes et les livres que L. D. avait rassemblés sur la Chine et l'Inde; nous avions perdu les accessoires de bureau. Pour la sauvegarde de nos valises, il n'avait pas suffi de... quinze paires d'yeux.

« Liova, dès le matin, partit en reconnaissance. Il parcourut la ville, et avant tout, il alla voir les postes et télégraphes, un endroit qui devait se placer au centre même de notre existence. Il découvrit également la pharmacie. Infatigable, il rechercha tous les objets dont nous aurions besoin, des plumes, des crayons, du pain, du beurre, des bougies... Ni L. D. ni moi, dans les premiers jours, ne sortîmes de notre chambre; ensuite, nous nous mîmes à faire de petites promenades le soir. Notre liaison avec le monde extérieur dépendait uniquement de notre fils.

« On nous apportait à manger d'une *Stolovaïa* voisine. Liova courait toute la journée. Nous l'attendions avec impatience. Il apportait les journaux. Il nous donnait aussi telles ou telles informations intéressantes sur les us et coutumes de la ville. Nous nous demandions avec inquiétude comment Sermux avait fait son voyage. Et un beau matin, quatre jours après notre arrivée à l'hôtel, nous entendîmes dans le corridor la voix bien connue. Comme elle nous était chère! Nous écoutions à travers la porte les paroles de Sermux, son ton, ses pas. Cela nous ouvrait de nouvelles perspectives. On lui donna une chambre dont la porte était juste en face de la nôtre. Je sortis dans le corridor, il me salua de loin... Nous n'osions pas encore entrer en conversation, mais nous nous réjouissions en silence de ce voisinage. Le lendemain, en catimini, nous le fîmes entrer dans notre chambre, nous lui apprîmes en toute hâte ce qui s'était passé et nous convînmes de ce qu'il y aurait à faire pour notre avenir commun. Mais cet avenir ne devait pas être de longue durée. Le même jour, à dix heures du soir, arriva le dénouement. Tout était calme dans l'hôtel. L. D. et moi étions assis dans notre chambre, la porte était entrouverte sur le corridor glacé, car le poêle de fonte nous chauffait intolérablement. Liova était dans sa chambre. Nous entendîmes des pas légers, circonspects, les pas d'hommes qui marchent en bottes de feutre, dans le couloir; aussitôt, nous nous mîmes à l'écoute tous les trois (il se trouva que Liova, lui aussi, tendait l'oreille et devinait ce qui se passait). " Ils sont venus ", pensai-je rapidement. Nous entendîmes qu'on entrait sans frapper dans la chambre de Sermux, qu'on lui disait " Dépêchez-vous! ", que Sermux répondait : " Je peux au moins mettre mes *valenki?* " Il était en pantoufles. Ce furent encore des pas légers, à peine perceptibles et le silence se rétablit. Ensuite, le portier ferma à clé la chambre d'où l'on avait emmené Sermux. Nous ne le revîmes plus. Il fut incarcéré quelques semaines dans le sous-sol du Guépéou d'Alma-Ata avec des criminels de droit commun, ne recevant qu'une ration de famine; ensuite on l'expédia à Moscou, en ne lui donnant que vingt-cinq *kopecks* par jour pour sa nourriture. Cela ne pouvait suffire, même pour acheter du pain.

« Poznansky, comme nous l'apprîmes plus tard, fut arrêté en même temps à Tachkent et on l'expédia aussi à Moscou. Trois mois plus tard, nous reçûmes d'eux des nouvelles : ils étaient déjà déportés. Par un heureux hasard, lorsque, de Moscou, on les conduisait en Orient, ils s'étaient trouvés dans le même wagon et leurs places étaient l'une en face de l'autre. Séparés pour un temps, ils s'étaient retrouvés pour être séparés encore : on les envoya dans des endroits différents.

« L. D. se trouva ainsi privé de ses collaborateurs. Les

adversaires prirent sur eux une revanche implacable pour les fidèles services qu'ils avaient rendus à la révolution, coude à coude avec L. D. Dès 1924, le gentil et modeste Glazmann avait été poussé au suicide. Sermux et Poznansky avaient été déportés. Boutov, le tranquille et laborieux Boutov avait été arrêté; on avait réclamé de lui de faux témoignages, on l'avait amené à une interminable grève de la faim et à la mort dans une infirmerie de prison. Ainsi, le " secrétariat " que les ennemis de L. D. considéraient avec une haine en quelque sorte mystique, comme la source de tous les maux, se trouva enfin détruit. Les ennemis estimaient que L. D. était maintenant définitivement désarmé dans la lointaine Alma-Ata. Vorochilov s'en vantait publiquement :

« — S'il meurt là-bas, nous ne le saurons pas de sitôt.

« Mais L. D. n'était pas désarmé. A trois, nous formâmes une coopération. Notre fils fut chargé surtout d'établir nos relations avec le monde extérieur. Il avait la direction de notre correspondance. L. D. le dénommait tantôt ministre des Affaires étrangères, tantôt ministre des Postes et des Télégraphes. Notre correspondance prit bientôt un développement formidable, et le poids en retombait surtout sur Liova. Il était également garde du corps. C'était aussi lui qui rassemblait les documents dont L. D. avait besoin pour ses travaux : il fouillait les réserves de la bibliothèque, se procurait de vieux journaux, recopiait des textes. Il menait tous les pourparlers avec les chefs de l'endroit, s'occupait d'organiser des chasses, veillait sur le chien et sur l'état des armes. En outre il étudiait avec assiduité la géographie économique et les langues étrangères.

« Quelques semaines après notre arrivée, les travaux scientifiques et politiques de L. D. étaient déjà en pleine marche. Plus tard, Liova trouva aussi une dactylo. Le Guépéou n'inquiéta pas celle-ci, mais, de toute évidence, l'obligea à rapporter tout ce qu'elle avait écrit chez nous. Il serait très intéressant d'entendre le témoignage de cette demoiselle qui était peu expérimentée dans la lutte contre le trotskysme.

« A Alma-Ata, la neige était belle, blanche, pure, sèche : à pied ou en véhicule, on ne circulait guère dans le pays; tout l'hiver, la neige gardait sa fraîcheur. Au printemps, elle était remplacée par des coquelicots. Quelle était leur abondance! C'étaient d'immenses tapis, la steppe en était couverte sur d'innombrables kilomètres, tout était d'un rouge vif. En été, c'étaient les pommes, la fameuse espèce qu'on cultive à Alma-Ata, de grosses pommes rouges. Il n'y avait pas en ville de service des eaux, ni de lumière, ni de chaussée. Au centre, au marché, dans la boue, sur les marches du magasin, des Kirghiz se chauffaient au soleil, cherchant sur eux-mêmes certains insectes. La malaria sévissait. Il y avait même des cas de peste et, pendant les mois d'été, le nombre des chiens malades de la rage était très grand. Les journaux annonçaient des cas fréquents de lèpre dans la région... Et, malgré tout, nous vécûmes bien cet été. Nous louâmes une isba chez un horticulteur, sur des contreforts, d'où la vue s'ouvrait sur des montagnes chargées de neige, ramifications des Tian-Chan. Avec le propriétaire et sa famille, nous nous occupions de surveiller la maturation des fruits et nous prenions notre part du travail de la récolte. Le jardin passa par plusieurs de ces époques. Il était couvert de fleurs blanches. Puis les arbres s'alourdirent, leurs branches abaissées étant appuyées sur des tuteurs. Ensuite, les fruits formèrent des tapis bariolés sous les arbres, sur des couches de paille et les pommiers, délivrés de leur charge, relevèrent leurs branches. Et, dans le jardin, cela sentait la pomme mûre, la poire mûre; des abeilles et des guêpes bourdonnaient. Nous préparions des confitures.

« En juin-juillet, dans la pommeraie, dans la petite maison couverte de roseaux entrelacés, le travail marchait sans arrêt, la machine à écrire crépitait sans cesse — chose inouïe dans cette région. L. D. dictait une critique du programme de l'Internationale communiste, la corrigeait et la donnait à recopier. Le courrier était abondant : on recevait de dix à quinze lettres par jour, un grand nombre de thèses de toutes sortes, de la critique, de la polémique intérieure, des nouvelles de Moscou, une grande quantité de télégrammes sur des questions de politique comme sur des questions de santé. Les grands problèmes d'intérêt mondial arrivaient pêle-mêle avec des questions locales, avec de petites questions qui, d'ailleurs, semblaient aussi très importantes. Les lettres de Sosnovsky se rapportaient toujours à des thèmes d'actualité et étaient rédigées avec son entrain et sa virulence habituels. On recopiait des lettres remarquables de Rakovsky et on les expédiait à d'autres. La petite chambre au plafond bas était encombrée de tables, de liasses de manuscrits, de cartons, de journaux, de livres, de textes recopiés, de coupures. Liova, pendant des journées entières, ne sortait pas de sa chambre qui se trouvait à côté de l'écurie : il tapait, corrigeait ce qui avait été tapé par la dactylographe, mettait sous enveloppe, expédiait ou recevait le courrier, recherchait les passages qu'on avait besoin de citer. Un invalide nous apportait de la ville, à cheval, la correspondance. Vers le soir, L. D., assez fréquemment, partait avec son fusil et son chien, gagnant les montagnes, accompagné tantôt par moi, tantôt par Liova. On rentrait rapportant des cailles, des ramiers, des bartavelles ou des faisans. Tout allait bien jusqu'à l'accès habituel de malaria.

« C'est ainsi que nous vécûmes une année à Alma-Ata, ville de tremblements de terre et d'inondations, au pied des contreforts des monts Tian-Chan, sur la frontière de la Chine, à deux cent cinquante kilomètres du chemin de fer, à quatre mille kilomètres de Moscou, dans la société des lettres, des livres et de la nature.

« Bien que, à tout instant, nous soyons tombés sur des amis qui devaient cacher leurs sentiments (il est encore trop tôt pour parler d'eux), nous étions extérieurement complètement isolés de la population environnante, car quiconque essayait de se mettre en contact avec nous s'exposait à une répression parfois très rigoureuse... »

Au récit de ma femme, j'ajouterai quelques extraits de ma correspondance d'alors.

Le 28 février, bientôt après notre arrivée, j'écrivais à quelques-uns de nos amis déportés :

« Comme on attend ici le transfert du gouvernement du Kazakstan, tous les logements ont été recensés. Ce n'est qu'en résultat de télégrammes envoyés par moi à Moscou, aux adresses le plus haut placées, que nous avons enfin obtenu un logement, après un séjour de trois semaines à l'hôtel. Il a fallu acheter quelques meubles, remettre à neuf un fourneau qui était en mauvais état et, d'une façon générale, s'occuper d'édification, à vrai dire, en dehors de tout plan : ce fut à la charge de Natalia Ivanovna et de Liova. L'édification n'est pas encore terminée à ce jour, car le fourneau ne veut pas se laisser chauffer...

« Je m'occupe beaucoup de l'Asie : géographie, économie, histoire et autres choses... Ce qui manque terriblement, ce sont les journaux étrangers. J'ai déjà écrit à certaines adresses pour demander qu'on m'envoie des journaux, même de ceux qui ne seraient pas de la dernière actualité. La poste arrive ici avec de grands retards et, autant qu'il paraît, très irrégulièrement...

« Le rôle du parti communiste hindou n'est pas du tout clair. Il y avait dans les journaux des télégrammes annonçant les manifestations dans certaines provinces des " partis ouvriers et paysans ". Cette dénomination elle-même donne des craintes légitimes. Car enfin, le Kuomintang, lui aussi, avait été déclaré en son temps parti ouvrier et paysan. Si nous allions avoir une répétition de ce qui s'est déjà passé !...

« L'antagonisme anglo-américain s'est enfin fait jour. Maintenant Staline avec Boukharine semblent commencer à comprendre de quoi il s'agit. Nos journaux, pourtant, simplifient beaucoup trop en présentant les choses comme si l'antagonisme anglo-américain, s'aggravant constamment, devait mener directement à la guerre. On peut penser sans le moindre doute que, dans cette question, il y aura encore plus d'un revirement. Pour les deux partenaires, la guerre serait une chose trop risquée. Ils feront encore plus d'un effort pour arriver à s'entendre et pour la pacification. Mais, dans l'ensemble, l'évolution va à pas de géant du côté d'un dénouement sanglant. »

Pour la première fois je venais de lire, en route, le pamphlet de Marx : *Herr Vogt* [1]. Pour réfuter une douzaine d'affirmations calomnieuses de Karl Vogt, Marx a écrit un livre de deux cents pages tassées, après avoir recueilli des documents, des témoignages, après avoir analysé les preuves directes et indirectes... Que ferions-nous si nous nous mettions à réfuter les calomnies des staliniens dans la même mesure ? Il faudrait peut-être éditer une encyclopédie comportant un millier de tomes...

En avril, je partageai avec les « initiés » les joies et les déceptions de la chasse :

« Nous partîmes avec notre fils sur la rivière Ili, dans la ferme intention d'utiliser la saison printanière jusqu'au bout. Cette fois, nous emportâmes des tentes, des pièces de feutre, des pelisses, etc., pour ne pas passer les nuits dans les yourtes [2]...

1. Voir traduction française de J. Molitor, édition Costes, Paris, 1927. (*N. d. T.*)

2. *Yourtes :* tentes de nomades. Ce mot est employé dans l'Asie occidentale et, notamment, chez les Ostiaks. (*N. d. T.*)

Mais la neige se remit à tomber, les gelées revinrent. Ces journées peuvent être dites celles de grandes épreuves. La nuit, le froid atteignait huit et dix degrés. Néanmoins, pendant neuf jours, nous n'entrâmes pas dans une seule isba. Grâce à notre linge chaud et à la grande quantité de vêtements que nous avions, nous ne souffrions presque pas du froid. Cependant, nos bottes, en une nuit, gelaient, et il fallait les réchauffer sur un bûcher; autrement, il était impossible de les mettre. Dans les premiers jours, nous chassâmes sur des marais; ensuite, sur un lac à découvert. J'avais, sur un monticule, une hutte pour la chasse aux canards, dans laquelle je passais de douze à quatorze heures par jour. Liova se tenait tout simplement dans les roseaux, sous les arbres.

« A cause du mauvais temps, les vols de gibier étant irréguliers, la chasse en tant que chasse, ne réussissait pas. Nous rapportâmes plus de quarante canards et deux oies. Néanmoins, ce voyage me donna un extrême plaisir dont le fond était que, pour un temps, j'étais revenu à la barbarie : dormir en plein air, manger, à ciel ouvert, du mouton préparé dans un seau, ne pas se laver, ne pas se déshabiller et par conséquent ne pas s'habiller, tomber de cheval dans une rivière (c'est la seule fois que je dus me déshabiller sous un soleil de midi qui était brûlant), passer presque les vingt-quatre heures de la journée sur un petit pilotis au milieu des eaux et des roseaux — tout cela ne peut être vécu que rarement. Je rentrai à la maison sans la moindre apparence de rhume. Mais, une fois là, je m'enrhumai dès le lendemain et je restai couché toute une semaine...

« Nous commençâmes aussitôt à recevoir des journaux de l'étranger, par Moscou et par Astrakhan, par l'intermédiaire de Rakovsky. Aujourd'hui, j'ai reçu de lui une lettre. Il élabore pour l'institut Marx-Engels une thèse sur le saint-simonisme. En outre, il travaille à ses Mémoires. Pour quiconque connaît un peu la vie de Rakovsky, il est facile d'imaginer l'immense intérêt que présenteront ses souvenirs. »

Le 24 mai, j'écrivais à Préobrajensky qui, déjà, tergiversait :

« Ayant reçu vos thèses, je n'en ai absolument rien communiqué par écrit à personne. Avant-hier, j'ai reçu de Kalpachov le télégramme suivant : “ Rejetons résolument propositions et appréciation Préobrajensky. Répondez immédiatement. Smilga, Alsky, Nétchaev. ” J'ai reçu hier un télégramme d'Oust-Koulom : “ N'estimons pas justes propositions de Préobrajensky. Biéloborodov, Valentinov. ” De Rakovsky, j'ai reçu hier une lettre dans laquelle il ne fait pas votre éloge, mais exprime son attitude à l'égard du “ cours de gauche ” de Staline par la formule anglaise : “ Voir venir. ” Hier encore, j'ai reçu des lettres de Biéloborodov et de Valentinov. Tous deux sont extrêmement alarmés par je ne sais quelle missive de Radek à Moscou, qui est toute pénétrée d'un état d'esprit inquiétant. Ils sont exaspérés. S'ils me transmettent exactement le contenu de la lettre de Radek, je me solidarise entièrement avec eux. Je ne recommanderais pas d'encourager les impressionnistes.

« Depuis mon retour de la chasse, c'est-à-dire depuis les derniers jours de mars, je reste à la maison, sans bouger, toujours devant un livre ou la plume à la main à peu près de sept ou huit heures du matin jusqu'à dix heures du soir. Je me dispose à prendre un peu de repos pendant quelques jours : actuellement, il n'y a pas de chasse possible; c'est pourquoi nous irons, Natalia Ivanovna, Sérioja (qui est ici en ce moment) et moi, à la pêche, sur la rivière Ili. De quoi il vous sera rendu compte en temps voulu.

« Avez-vous compris ce qui s'est passé en France avec les élections? Pour moi, je n'ai encore rien compris. La *Pravda* n'a même pas donné le chiffre total des votants, comparativement à celui des élections précédentes, de sorte que l'on ne peut savoir si le pourcentage des communistes s'est élevé ou abaissé. Je me dispose d'ailleurs à étudier cette question d'après les journaux étrangers, et alors j'écrirai. »

Le 26 mai, j'écrivais à Mikhaïl Okoudjava, un des vieux bolcheviks géorgiens :

« Dans la mesure où le cours nouveau de Staline indique des tâches à accomplir, il constitue sans aucun doute une tentative pour se rapprocher de notre position. En politique, ce qui décide cependant, ce n'est pas seulement le *quoi*, c'est aussi le *comment* et le *qui*. Les grandes batailles qui décideront du sort de la révolution sont encore affaire d'avenir.

« Nous avons toujours estimé, et nous l'avons dit plus d'une fois, que l'on ne saurait se représenter le processus du glissement politique de la fraction dirigeante comme une courbe constamment déclinante. Et le glissement, en effet, ne se fait pas dans le vide, mais dans une société de classes où se produisent de profondes frictions intérieures. La masse essentielle du parti ne forme pas du tout un monolithe, elle constitue simplement, au plus haut degré, une matière première pour la politique. Il est inévitable que se produisent en elle des processus de différenciation, sous la pression des forces de classe venant de droite comme de gauche. Les événements graves qui ont eu lieu, en cette dernière période, dans le parti et dont nous subissons, vous et nous, les conséquences, ne sont, en quelque sorte, que le prélude d'une évolution ultérieure. De même que l'ouverture d'un opéra comporte les thèmes musicaux de l'œuvre tout entière et les présente sous une forme concentrée, notre " ouverture " politique a seulement donné les mélodies qui, par la suite, se développeront dans toute leur ampleur, c'est-à-dire avec le concours des cuivres, des contrebasses, des tambours et autres instruments d'une sérieuse musique de classe. Le développement des événements confirme d'une façon absolument incontestable que nous avions raison, que nous avons encore raison, non seulement contre les hésitants et ceux qui ont retourné leur veste, c'est-à-dire contre les Zinoviev, les Kaménev, les Piatakov, et autres, mais contre nos chers amis de " la gauche ", les confusionnistes d'ultra-gauche, dans la mesure où ils sont disposés à prendre l'ouverture pour l'opéra, c'est-à-dire à penser que tous les processus essentiels dans le parti et dans l'État se sont déjà achevés, et que Thermidor dont ils ont entendu parler pour la première fois par nous, est déjà un fait accompli... Ne pas se laisser aller à la nervosité, ne pas se tracasser inutilement, soi et les autres, apprendre, attendre, suivre attentivement et ne pas laisser la ligne politique que l'on suit se couvrir de la rouille des vexations personnelles, telle doit être notre conduite. »

Le 9 juin mourut à Moscou ma fille Nina qui partageait avec ardeur mes idées. Elle avait vingt-six ans. Son mari avait été arrêté peu de temps avant ma déportation. Elle avait continué à militer dans l'opposition jusqu'au jour où elle s'alita. Une phtisie galopante se déclara qui l'emporta en quelques semaines. La lettre qu'elle m'avait écrite de l'hôpital mit soixante-treize jours à me parvenir et ne m'arriva qu'après sa mort.

Rakovsky m'envoya le 16 juin ce télégramme :

« Reçu hier ta lettre sur grave maladie de Nina. Télégraphié à Alexandra Guéorguievna (la femme de Rakovsky) à

Moscou. Aujourd'hui ai appris par les journaux que Nina a terminé le court trajet de sa vie révolutionnaire. Tout avec toi, cher ami, beaucoup de peine, mais espace infranchissable nous sépare. T'embrasse bien des fois fortement. Christian. »

Quinze jours plus tard arrivait une lettre de Rakovsky :

« Cher ami, j'éprouve une grande douleur pour Ninotchka, pour toi, pour vous tous. Depuis longtemps tu portes la lourde croix du révolutionnaire marxiste, mais maintenant tu éprouves pour la première fois la douleur infinie du père. De toute mon âme avec toi, je m'afflige d'être si loin de toi...

« Sérioja t'a probablement raconté quelles mesures absurdes ont été infligées à tes amis après le traitement inepte que tu as subi toi-même à Moscou. Je me suis présenté à ton logement une demi-heure après ton départ. Il y avait dans le salon un groupe de camarades, dont la plupart étaient des femmes; parmi eux, Mouralov. " Qui est ici le citoyen Rakovsky? dit une voix. — C'est moi, que vous faut-il? — Suivez-moi! " On me conduit par le corridor dans une petite chambre. Devant la porte, on m'ordonna de mettre " haut les mains! " Après avoir tâté mes poches on m'arrêta. On me rendit la liberté à cinq heures. Mouralov, qui avait été l'objet de la même procédure après moi, fut retenu jusque tard dans la nuit... " Ils ont perdu la tête ", me dis-je, et j'éprouvai non de la colère, mais de la honte pour nos propres camarades. »

J'écrivis à Rakovsky le 14 juillet :

« Cher Christian Guéorguiévitch, je ne t'ai pas plus écrit qu'aux autres amis depuis une éternité, me bornant à expédier divers documents. Après mon retour de l'Ili où j'ai eu la première nouvelle du grave état de Nina, nous sommes allés immédiatement nous installer dans une villa. C'est là que quelques jours après nous avons eu la nouvelle de la mort de Nina. Tu comprends ce que cela signifiait pour nous... Mais il fallait, sans perdre de temps, préparer pour le VIe congrès de l'Internationale communiste nos documents. C'était difficile. Mais, d'autre part, la nécessité d'accomplir ce travail coûte que coûte nous fit en quelque sorte l'effet d'un sinapisme et nous aida à dominer notre accablement pendant les premières semaines, les plus pénibles.

« Nous attendions ici, pendant tout le mois de juillet, l'arrivée de Zinouchka [ma fille aînée]. Mais, hélas! il a fallu y renoncer. Guétier a exigé catégoriquement qu'elle prît place immédiatement dans un sanatorium pour tuberculeux.

Chez elle, la maladie date de longtemps et, comme elle a dû soigner Ninoutchka pendant les trois derniers mois, alors que celle-ci était déjà condamnée par les médecins, son état de santé à elle est sérieusement compromis...

« Parlons maintenant des travaux pour le congrès. J'ai décidé de commencer par une critique du projet de programme, en examinant toutes les questions qui nous opposent à la direction officielle. En résultat, je suis arrivé à faire un petit livre dont l'étendue est celle de onze feuilles d'imprimerie [1]. Dans l'ensemble, je donnais le résumé de ce qui avait été le fruit de notre travail collectif dans les cinq dernières années, depuis que Lénine avait abandonné la direction du parti, depuis que régnaient sans vergogne les épigones qui vécurent d'abord sur les intérêts du capital mais qui, bientôt, se mirent à dépenser le capital même.

« Au sujet de l'adresse au congrès, j'ai reçu plusieurs dizaines de lettres et de télégrammes. La statistique des voix n'est pas encore établie. En tout cas, sur une bonne centaine de voix, il n'y en a que trois qui se soient prononcées pour les thèses de Préobrajensky...

« Il est fort probable que le bloc de Staline avec Boukharine-Rykov conservera encore à ce congrès une apparence d'unité, afin de faire une dernière tentative désespérée pour jeter sur nous, “ définitivement ”, une dalle mortuaire. Mais précisément, ce nouvel effort, qui, fatalement, ne réussira pas, peut extrêmement accélérer le processus de différenciation à l'intérieur du bloc, car, le lendemain même du congrès, la question se posera encore plus nettement : “ Où va-t-on ensuite? ” Quelle sera la réponse donnée à cette question? Après avoir perdu les possibilités de la situation révolutionnaire en Allemagne en 1923, nous avions, comme compensation, le zigzag d'ultra-gauche de 1924-1925 qui allait très en profondeur. Le cours d'ultra-gauche de Zinoviev fermenta grâce à la levure de la droite : lutte contre les partisans de l'industrialisation, roman avec Raditch, La Follette, l'Internationale paysanne, le Kuomintang, etc. Quand l'ultra-gauche se fut épuisée en vains efforts, la même levure de la droite amena la fermentation d'un cours de droite. On ne saurait exclure la possibilité d'un renouvellement des mêmes faits, plus largement, à une nouvelle étape, c'est-à-dire d'une

1. Soit cent soixante-seize pages. (*N. d. T.*)

nouvelle période de *l'ultra-gauchisme s'appuyant sur les mêmes prémisses opportunistes*. Cependant, les forces économiques du dessous peuvent briser ce courant d'ultra-gauchisme et imprimer un mouvement décisif vers la droite. »

En août, j'écrivais à plusieurs camarades :

« Vous avez certainement constaté que nos journaux ne donnent absolument aucun écho de la presse européenne et américaine concernant les événements qui se produisent dans notre parti. Cela seul donnait déjà à penser que de tels échos ne répondraient pas aux exigences du cours nouveau. Pour moi, ce n'est plus une hypothèse, c'est, au suprême degré, une claire démonstration donnée par la presse. Le camarade Andreïtchine m'a envoyé une page détachée du numéro de février de la revue américaine *The Nation*. Après avoir brièvement exposé les derniers événements qui se sont produits chez nous, cette revue, une des plus considérables de la démocratie de gauche, dit ceci :

« Tout cela met au premier plan la question suivante : qui est-ce qui représente la continuation du programme bolchevique en Russie, et qui amène l'inévitable réaction contre ce programme? Le lecteur américain a toujours estimé que Lénine et Trotsky représentaient la même cause; la presse conservatrice et les hommes d'État de chez nous sont arrivés à la même conclusion. C'est ainsi que le *Time* de New York a trouvé que, pour le nouvel an, le principal motif de réjouissance était dans l'exclusion de Trotsky, prononcée par le parti communiste, affirmant tout net que " l'opposition expulsée était d'avis d'éterniser les idées et le régime qui ont séparé la Russie de la civilisation occidentale ".

« La plupart des grands journaux européens écrivaient sur le même ton. Sir Austen Chamberlain, pendant la conférence de Genève, a déclaré, paraît-il, que l'Angleterre ne pouvait entrer en pourparlers avec la Russie pour cette simple raison que " Trotsky n'avait pas encore été collé au mur ". Chamberlain doit être maintenant satisfait du bannissement de Trotsky... En tout cas, les représentants de la réaction en Europe sont unanimes dans leurs conclusions : c'est Trotsky, et non pas Staline qui est pour eux le principal adversaire communiste. »

« C'est assez éloquent, n'est-ce pas? »

Un peu de statistique, d'après les notes prises par mon fils. D'avril à octobre 1928, nous avons envoyé d'Alma-Ata environ huit cents lettres politiques; dans ce nombre, une série d'ouvrages très étendus. Nous avons expédié environ cinq cent cinquante télégrammes. Nous avons reçu plus de mille lettres politiques, longues ou courtes, et environ sept cents télégrammes, qui pour la plupart étaient expédiés par des collectivités. Tout cela circulait principalement entre les lieux de déportation, mais, de notre exil, les lettres s'infiltraient dans le reste du pays. Or, dans les mois les plus propices, il n'y avait que la moitié de la correspondance qui nous arrivât. En outre, de Moscou, nous reçûmes huit ou neuf courriers secrets, c'est-à-dire des documents et des lettres de conspiration qui nous parvenaient par des émissaires spéciaux ; nous en envoyâmes tout autant à Moscou. La poste clandestine nous tenait au courant de toutes les affaires et nous permettait, quoique avec de grands retards, de faire écho aux principaux événements.

Ma santé, vers l'automne, se gâta. Le bruit en parvint à Moscou. Des ouvriers se mirent à poser des questions dans les réunions. Les rapporteurs officiels ne trouvèrent rien de mieux que de représenter mon état physique comme des plus florissants [1].

Le 20 septembre, ma femme expédia à Ouglanov, qui était alors secrétaire de l'organisation de Moscou, le télégramme suivant :

« Dans votre discours au plenum du comité de Moscou vous parlez de la maladie *imaginaire* de mon mari L. D. Trotsky. Voyant l'inquiétude et les protestations de nombreux camarades, vous vous écriez avec indignation : " Voilà à quelles mesures on a recours! " D'après vous donc, il faut penser que des mesures indignes sont employées non par ceux qui déportent les compagnons de lutte de Lénine et les condamnent à la maladie, mais par ceux qui protestent contre de tels procédés. Sur quoi vous basez-vous et de quel droit usez-vous pour apprendre au parti, aux travailleurs, au monde entier, que les nouvelles venues de la maladie de L. D. sont fausses? Car enfin, vous trompez le parti. Dans les archives du comité central, il y a des conclusions des meilleurs de nos médecins sur l'état de santé de L. D. Ces médecins se sont réunis en consultation à plusieurs reprises sur l'initiative de Vladimir Ilitch qui se préoccupait beaucoup de la santé de L. D. Ces consultations ont eu lieu également après la mort de Vladimir Ilitch et il y a été établi que L. D. souffrait de colite et d'une

1. Un communiqué en ce sens parut aussitôt dans *l'Humanité*. (*N. d. T.*)

goutte causée par un mauvais fonctionnement de la circulation. Vous savez peut-être qu'en mai 1926, L. D. a subi à Berlin une opération pour se délivrer d'une fièvre qui le tourmentait depuis plusieurs années, mais que l'opération a été sans résultat. La colite et la goutte ne sont pas des maladies dont on puisse se guérir, surtout à Alma-Ata. Elles progressent avec les années. On ne peut maintenir un certain état de santé qu'à condition de suivre un régime régulier et un traitement convenable. Il n'y a rien de cela à Alma-Ata. Vous pouvez vous renseigner sur le régime et le traitement nécessaires en interrogeant le commissaire du peuple à la Santé, Sémachko, qui a pris plusieurs fois part aux consultations organisées sur la demande de Vladimir Ilitch. Ici, en outre, L. D. est devenu victime de la malaria qui agit à son tour sur la colite et la goutte, provoquant périodiquement de forts maux de tête. Il y a des semaines et des mois pendant lesquels son état s'améliore. Viennent ensuite des semaines et des mois d'indispositions graves. Tel est le véritable état des choses. Vous avez déporté L. D. d'après l'article 58, comme " contre-révolutionnaire ". On pourrait comprendre que vous déclariez que la santé de L. D. ne vous intéresse pas. Vous seriez, dans ce cas, tout simplement conséquents, appliquant cette persévérance périlleuse qui, si on n'y met pas un terme, conduira au tombeau non seulement les meilleurs révolutionnaires, mais même le parti et la révolution. Mais là, évidemment, sous la pression de l'opinion publique des ouvriers, vous n'avez pas le courage d'aller jusqu'au bout. Au lieu de dire que la maladie de Trotsky est un avantage pour vous, car elle peut l'empêcher de penser et d'écrire, vous niez simplement sa maladie. Dans leurs diverses manifestations, Kalinine, Molotov et d'autres agissent de même. Ce fait que vous êtes *obligés* de répondre à cette question devant la masse et de vous en tirer par des arguments aussi indignes montre que la classe ouvrière ne croit pas aux calomnies politiques lancées contre Trotsky. Elle ne croira pas davantage aux mensonges que vous lancez concernant son état de santé. — N. I. Sédova-Trotsky. »

CHAPITRE XLIV

L'EXIL

A partir d'octobre, il y eut dans notre situation un changement très marqué. Nos relations avec ceux qui pensent comme nous, avec nos amis, même avec nos parents à Moscou, cessèrent brusquement; les lettres et les télégrammes n'arrivèrent plus. Au télégraphe de Moscou, comme nous l'avons appris par des voies particulières, s'amoncelèrent des centaines de dépêches qui m'étaient adressées, surtout pour l'anniversaire de la révolution d'Octobre. L'anneau se resserrait de plus en plus.

Pendant 1928, l'opposition, malgré des persécutions effrénées, grandissait évidemment, surtout dans les grandes entreprises industrielles. Cela amena une répression plus rigoureuse encore et, en particulier, l'arrêt complet de la correspondance des déportés, même quand ils s'écrivaient entre eux. Nous nous attendions à voir prendre à notre égard d'autres mesures du même genre, et nous ne nous trompions pas.

Le 16 décembre, un fondé de pouvoirs spéciaux du Guépéou de Moscou arriva et me transmit, au nom de cette institution, un ultimatum : je devais cesser de diriger la lutte de l'opposition pour m'épargner des mesures par lesquelles on « m'isolerait de la vie politique ». La question de mon expulsion à l'étranger n'était pas posée; ce discours, donc, autant que je pouvais comprendre, se rapportait à des mesures d'ordre intérieur. Je répondis à cet « ultimatum » par une lettre au comité central du parti et au Bureau de l'Internationale communiste. Je crois nécessaire de citer ici l'essentiel de cette lettre :

« Aujourd'hui, 16 décembre, le fondé de pouvoirs du

Guépéou Volinsky m'a présenté, au nom de cette institution, oralement, l'ultimatum suivant :

« " Le travail de vos partisans dans le pays — m'a-t-il dit presque mot à mot — a pris dans ces derniers temps un caractère nettement contre-révolutionnaire; les conditions dans lesquelles vous êtes placé à Alma-Ata vous donnent l'entière possibilité de diriger ce travail; en conséquence, l'institution du Guépéou a décidé d'exiger de vous l'engagement catégorique d'arrêter votre activité; autrement, l'institution se verra forcée de modifier vos conditions d'existence, dans ce sens qu'elle vous isolera complètement de la vie politique et que, par suite, se posera la question d'un transfert de votre résidence dans un autre endroit. "

« J'ai déclaré au fondé de pouvoirs du Guépéou que je ne pouvais lui donner une réponse écrite que dans le cas où je recevrais de lui un texte écrit formulant l'ultimatum du Guépéou. Je refusai de donner une simple réponse orale, étant assuré, d'après tout le passé, que mes paroles seraient encore perfidement dénaturées pour tromper les masses laborieuses de l'U. R. S. S. et du monde entier.

« Indépendamment cependant de la conduite que pourra tenir dans la suite l'institution du Guépéou, qui, dans cette affaire, ne joue pas un rôle indépendant, mais qui exécute seulement une décision ancienne et connue de moi depuis longtemps de l'étroite fraction de Staline, j'estime indispensable de porter à la connaissance du comité central du parti communiste russe et du comité exécutif de l'Internationale communiste ce qui suit :

« On me demande de renoncer à toute activité politique : cela veut dire que l'on me demande de renoncer à la lutte pour les intérêts du prolétariat international, lutte que je mène sans arrêt depuis trente-deux ans, c'est-à-dire depuis que je suis arrivé à la vie consciente. La tentative faite pour représenter cette activité comme " contre-révolutionnaire " vient de ceux que j'accuse devant le prolétariat international d'avoir foulé aux pieds les bases mêmes de l'enseignement de Marx et de Lénine, d'avoir violé les intérêts historiques de la révolution mondiale, d'avoir brisé avec les traditions et les testaments d'Octobre, dans une préparation inconsciente, mais d'autant plus périlleuse, de Thermidor.

« Renoncer à l'activité politique, ce serait cesser de lutter contre l'aveuglement de la direction actuelle du parti communiste russe qui, sur les difficultés objectives de l'édification socialiste, entasse de plus en plus d'erreurs politiques, venant de l'incapacité des opportunistes à mener une politique prolétarienne d'une grande amplitude politique;

« ce serait renoncer à la lutte contre le régime étouffant du parti qui reflète la pression croissante exercée par les classes hostiles sur l'avant-garde prolétarienne;

« ce serait se résigner passivement à la politique économique de l'opportunisme, laquelle, sapant et ébranlant les bases de la dictature du prolétariat, gênant son développement matériel et culturel, porte en même temps des coups funestes à l'union des ouvriers et des paysans laborieux, base du pouvoir soviétique...

« L'aile léniniste du parti reçoit des coups depuis 1923, c'est-à-dire à peu près depuis l'écrasement de la révolution allemande. La force croissante de ces coups se manifeste simultanément avec les défaites consécutives du prolétariat international et soviétique, résultat d'une direction opportuniste.

« La raison théorique et l'expérience politique prouvent qu'une période de fléchissement historique, de recul, c'est-à-dire de réaction peut venir non seulement après une révolution bourgeoise, mais même après une révolution prolétarienne. Depuis six ans, en U. R. S. S. nous vivons dans les conditions d'une réaction croissante contre Octobre, et, par conséquent, d'une préparation des voies pour Thermidor. L'expression la plus évidente et la plus achevée de cette réaction à l'intérieur du parti, c'est la sauvage persécution qui est exercée contre l'aile gauche et l'écrasement de son organisation.

« Dans ses dernières tentatives pour résister aux thermidoriens avoués, la fraction stalinienne vit d' " épaves " et de " débris " des idées de l'opposition. Elle est incapable de créer. La lutte à gauche lui ôte toute stabilité. Sa politique pratique est désaxée, fausse, contradictoire, sans aucune sûreté. La campagne qu'il est si nécessaire de mener contre le danger de droite reste, aux trois quarts, toute en apparence et sert avant tout à dissimuler aux masses une guerre de véritable extermination contre les bolcheviks léninistes. La bourgeoisie mondiale, le menchévisme mondial comprennent cette guerre de la même façon : ce sont des juges qui, depuis longtemps, voient " la justesse historique " du côté de Staline.

« S'il n'y avait pas eu cette politique aveugle, peureuse, inepte, qui consiste à s'adapter à la bureaucratie et à la petite bourgeoisie, la situation des masses laborieuses, en la douzième année de la dictature, serait incomparablement plus favorable; la défense militaire serait incalculablement plus forte et plus sûre; l'Internationale communiste serait à un niveau tout autre et ne reculerait point, pas à pas, devant la social-démocratie traîtresse et corrompue.

« L'inguérissable faiblesse de la réaction de l'appareil, quelle que soit sa puissance apparente, est en ceci qu'elle ne sait pas ce qu'elle fait. Elle se conforme aux commandes qui lui viennent des classes hostiles. Il ne peut y avoir de condamnation historique plus grande pour une fraction qui est sortie de la révolution et qui la sape.

« La plus grande force historique de l'opposition, si grande que soit apparemment sa faiblesse au moment présent, est en ceci qu'elle prend le pouls du processus historique mondial, qu'elle voit nettement la dynamique des forces de classe, qu'elle prévoit le lendemain et le prépare consciemment. Renoncer à l'activité politique, ce serait renoncer à préparer le lendemain.

« On me menace de modifier les conditions de mon existence et de m'isoler de la vie politique, comme si je n'étais pas actuellement déporté à quatre mille kilomètres de Moscou, à deux cent cinquante kilomètres du chemin de fer et à peu près à la même distance des frontières des provinces désertiques de la Chine occidentale, dans une localité où la malaria sévit de la façon la plus violente en même temps que la lèpre et la peste. Comme si la fraction de Staline, dont l'organe immédiat est le Guépéou, n'avait pas tout fait pour m'isoler non seulement de la vie politique mais de toute autre vie. Les journaux de Moscou n'arrivent ici que dans un délai qui peut aller de dix jours à un mois et plus. Les lettres m'arrivent à titre de rares exceptions, après avoir séjourné un mois, ou deux ou trois, dans les tiroirs du Guépéou et du secrétariat du comité central.

« Mes deux plus proches collaborateurs depuis le temps de la guerre civile, les camarades Sermux et Poznansky, s'étant décidés à m'accompagner de leur gré jusqu'au lieu de déportation, ont été arrêtés dès leur arrivée, incarcérés dans un sous-sol avec des criminels de droit commun et ensuite déportés dans des coins perdus de l'extrême nord. Une lettre de ma fille qui était malade sans espoir de guérison et que vous avez exclue du parti, lui interdisant tout travail, ne m'est parvenue de l'hôpital de Moscou, qu'après soixante-treize jours, de sorte que ma réponse n'est arrivée à Moscou qu'après sa mort. La lettre m'annonçant la sérieuse maladie de mon autre fille, également exclue par vous du parti et à laquelle le travail a été interdit, m'a été remise voilà un mois, quarante-trois jours après son départ de Moscou. Lorsque je demande par télégraphe des nouvelles de son état de santé, mes dépêches, le plus souvent, n'arrivent pas à destination. La situation est la même ou pire encore pour des milliers de bolcheviks léninistes irréprochables dont les mérites devant la révolution d'Octobre et le prolétariat international sont infiniment supérieurs aux mérites de ceux qui les ont incarcérés ou déportés.

« Préparant des mesures de répression de plus en plus dures contre l'opposition, l'étroite fraction de Staline, que Lénine a appelé dans son *Testament* " brutal et déloyal ", alors que ses défauts ne s'étaient pas encore manifestés en lui au centième, s'efforce constamment, par l'intermédiaire du Guépéou, de mettre artificiellement l'opposition dans une " liaison " quelconque avec les ennemis de la dictature prolétarienne. Dans leur cercle étroit, les dirigeants actuels disent : " Il faut cela pour la masse. " Parfois, plus cyniquement encore : " Ça, c'est pour les imbéciles ! " Un de mes plus proches collaborateurs, Guéorguii Vassiliévitch Boutov, qui était à la tête du secrétariat du comité de guerre révolutionnaire de la république pendant toutes les années de la guerre civile, a été arrêté et emprisonné dans des conditions inouïes ; on a cherché à obtenir de cet homme pur et modeste, de ce partisan sans reproche, la confirmation d'accusations qu'on savait être fausses, fictives, falsifiées, dans l'esprit des amalgames thermidoriens. Boutov répliqua par une héroïque grève de la faim qui dura environ cinquante jours et le conduisit, en septembre de cette année, à la mort en prison. La violence, les sévices, les tortures physiques et morales sont appliquées aux meilleurs militants bolcheviks pour leur fidélité aux traditions d'Octobre. Telles sont les conditions générales qui, s'il faut en croire l'institution du Guépéou, " n'empêchent pas " actuellement l'activité politique de l'opposition, et la mienne en particulier.

« La misérable menace qui m'est faite de modifier pour

moi ces conditions, dans le sens d'un isolement plus rigoureux, n'indique rien d'autre que la décision prise par la fraction de Staline de remplacer la déportation par la prison. Cette décision, comme il a été dit plus haut, n'a rien de nouveau pour moi. Prise en perspective dès 1924, elle est appliquée graduellement, progressivement, afin d'habituer, sans en avoir l'air, le parti écrasé et trompé aux méthodes de Staline, dans lesquelles une déloyauté grossière a mûri à présent, poussant jusqu'à l'ignominie bureaucratique la plus venimeuse.

« Dans la " Déclaration " que nous avons présentée au VIe congrès, nous écrivions littéralement, comme si nous avions prévu l'ultimatum qui m'est aujourd'hui adressé : " Exiger de révolutionnaires cette renonciation [renonciation à toute activité politique, c'est-à-dire décision de ne plus servir le parti et la révolution internationale], cela ne pouvait venir que d'une bureaucratie définitivement dévoyée. De tels engagements ne pourraient être pris que par de misérables renégats. "

« Je ne puis rien changer à ce qui a été dit alors.

« A chacun sa destinée. Vous voulez continuer à mettre en œuvre ce qui vous est inspiré par les forces de classes hostiles au prolétariat. Nous connaissons notre devoir. Nous l'accomplirons jusqu'au bout. L. Trotsky. 16 décembre 1928, Alma-Ata. »

Après cette réplique, un mois s'écoula sans aucun changement. Nos relations avec le monde extérieur étaient entièrement coupées, et, dans ce nombre, notre liaison illégale avec Moscou. Dans le courant de janvier, nous ne reçûmes que les journaux de Moscou. Plus on y parlait de la lutte contre la droite, plus nous étions certains dans notre attente de coups contre la gauche. C'est une méthode de la politique stalinienne.

L'émissaire du Guépéou de Moscou, Volinsky, était resté à Alma-Ata, attendant des instructions. Le 20 janvier, il se présenta chez moi, accompagné de nombreux agents armés du Guépéou qui occupèrent toutes les issues de la maison et il me remit l'extrait suivant d'un procès-verbal du Guépéou du 18 janvier 1929 :

« *Après avoir entendu :* la cause du citoyen Trotsky, Lev Davidovitch, conformément à l'article 58/10 du Code criminel, sur accusation d'activité contre-révolutionnaire, s'étant manifestée dans l'organisation d'un parti anti-soviétique illégal, dont l'activité en ces derniers temps vise à provoquer des manifestations anti-soviétiques et à préparer une lutte armée contre le pouvoir soviétique :

« *Il a été résolu :* le citoyen Trotsky, Lev Davidovitch, sera expulsé des frontières de l'U. R. S. S. »

Quand, plus tard, on me demanda de signer un papier comme quoi j'avais eu connaissance de cette décision, j'écrivis ceci :

« Criminelle pour le fond et illégale dans la forme, cette décision du Guépéou m'a été communiquée le 20 janvier 1929. Trotsky. »

Je disais de cette décision qu'elle était criminelle parce qu'elle prétendait d'une façon sciemment mensongère que je préparais une lutte armée contre le pouvoir soviétique. Cette formule dont Staline avait besoin pour justifier l'expulsion était en elle-même une manœuvre de sape des plus perfides contre le pouvoir soviétique. S'il était vrai que l'opposition, dirigée par les organisateurs de la révolution d'Octobre, par les constructeurs de la république des soviets et de l'Armée rouge, préparait le renversement par les armes du pouvoir soviétique, cela aurait indiqué que la situation était catastrophique dans le pays. Par bonheur, la formule du Guépéou n'est qu'une impudente invention. La politique de l'opposition n'a rien de commun avec la préparation d'une lutte armée. Nous partons intégralement de la conviction d'une profonde vitalité et élasticité du régime des soviets. Notre voie est celle d'une réforme intérieure.

Lorsque je demandai à savoir comment et de quel côté on m'expulserait, on me répondit que j'en serais informé, dans les limites de la Russie d'Europe, par un représentant du Guépéou qui viendrait à ma rencontre. Toute la journée suivante, nous travaillâmes fiévreusement à empaqueter nos effets qui se composaient presque exclusivement de manuscrits et de livres. Je noterai en passant que, du côté des agents du Guépéou, il n'y eut pas ombre d'hostilité. Bien au contraire. Le 22, à l'aube, nous prîmes place, ma femme, mon fils et moi, avec l'escorte, dans un autobus qui, sur une route de neige bien nivelée, nous conduisit jusqu'à l'autre versant des montagnes du Kourdaï. Au sommet des monts, la neige nouvelle s'accumulait, il y avait une forte tourmente. Le puissant tracteur, qui devait nous prendre en remorque pour passer le Kourdaï, s'enlisa lui-même jusqu'à la gorge dans les amoncellements avec sept automobiles qu'il traînait. Pendant la période des avalanches de neige, il y eut, sur ce point du défilé, sept hommes gelés et un bon nombre de chevaux. Il fallut se transborder avec tous les bagages sur des traîneaux légers. Plus de sept heures furent nécessaires pour un trajet d'environ trente kilomètres. Le long du chemin encombré de neige, il y avait de nombreux traîneaux abandonnés, les brancards en l'air, bien des chargements destinés à la voie ferrée du Turkestan-Sibérie qui était en construction, bien des bidons de pétrole, également couverts de neige. Les gens et les chevaux, fuyant la tourmente, s'étaient abrités dans les campements d'hivernage des Kirghiz, aux environs. Le défilé dans la montagne étant dépassé, nous retrouvâmes une automobile et, à Pichpek, nous eûmes un wagon de chemin de fer.

Les journaux de Moscou qui arrivaient là à notre rencontre montraient que l'on préparait l'opinion publique à l'idée d'une expulsion à l'étranger des dirigeants de l'opposition.

C'est dans la région d'Aktioubinsk que nous eûmes, par fil direct, l'annonce du lieu sur lequel on nous dirigeait : Constantinople. Je demandai à voir deux membres de ma famille à Moscou, mon fils cadet et ma belle-fille. Ils furent amenés à la station de Riajsk où ils furent soumis au même régime que nous. Un nouveau représentant du Guépéou, Boulanov, cherchait à me persuader des avantages de Constantinople. Je refusais catégoriquement d'en profiter. Par fil direct, Boulanov eut des pourparlers avec Moscou. Là-bas, l'on avait tout prévu, sauf les obstacles qui pourraient résulter de mon refus de gagner de bon gré l'étranger. Notre train, perdant sa direction, n'avance que mollement, puis s'arrête sur quelque embranchement perdu, près d'une petite station sans vie, et s'immobilise entre deux rangées de petits bois. Ainsi se passent des jours et des jours. Les boîtes de conserves que l'on a vidées s'accumulent autour du train. Les corbeaux et les pies s'assemblent en bandes de plus en plus nombreuses, cherchant leur pitance. Le lieu est sauvage, désertique. Il n'y a pas de lièvres : en automne, une terrible épidémie les a fauchés. En revanche, le renard a conduit ses foulées matoises jusqu'aux roues du train. Chaque jour, la locomotive, emmenant un wagon, se rend à une grande station pour y prendre le dîner et les journaux. La grippe sévit dans notre wagon. Nous relisons Anatole France et *l'Histoire de Russie* de Klutchevsky. Pour la première fois, je lis Istrati. Le froid atteint trente-huit degrés Réaumur, notre locomotive circule sur les rails pour ne pas geler en place. Par l'éther, les stations de radio s'interpellent, demandent où nous sommes. Nous n'entendons pas leurs questions, nous jouons aux échecs. Mais quand bien même nous les entendrions, nous ne pourrions pas leur répondre : amenés ici la nuit, nous ne savons pas où nous nous trouvons.

Ainsi s'écoulent douze jours et douze nuits. C'est là que nous avons appris par les journaux l'arrestation récente de plusieurs centaines de personnes, dont cent cinquante qui appartiennent à ce qu'on appelle « le centre trotskyste ». On publie les noms de Kavtaradzé, ancien président du conseil des commissaires du peuple de Géorgie, de Mdivani, ancien représentant commercial de l'U. R. S. S. en France, de Voronsky, notre meilleur critique littéraire, et d'autres. Ce sont tous des militants importants du parti, des organisateurs de la révolution d'Octobre.

Le 8 février, Boulanov déclare ceci :

— Malgré toutes les instances faites par Moscou, le gouvernement allemand a refusé catégoriquement de vous admettre en Allemagne. J'ai reçu l'ordre définitif de vous conduire à Constantinople.

— Mais je ne m'y rendrai pas de mon gré et je le déclarerai à la frontière turque.

— Cela ne changera rien à la situation. Vous n'en serez pas moins expédié en Turquie.

— Vous vous êtes donc entendus avec la police turque pour me forcer à m'établir dans ce pays?

Ici, un geste évasif qui signifie : nous ne sommes que des exécutants.

Après un arrêt de douze fois vingt-quatre heures, le wagon se remet en marche. Notre petit train s'agrandit car l'escorte augmente. Nous n'avons pas la possibilité de sortir du wagon, pendant tout le voyage, depuis Pichpek. Nous allons maintenant, à toute vapeur, vers le Midi. Nous ne nous arrêtons qu'aux petites stations pour prendre de l'eau et du combustible. Ces mesures d'extrême prudence avaient été prises parce qu'on se souvenait de la manifestation qui avait eu lieu à Moscou, en janvier 1928, lorsque je fus déporté. Les journaux, en cours de route, nous apportent des échos d'une nouvelle grande campagne contre les trotskystes. Entre les lignes, on peut voir qu'il y a lutte dans les hautes sphères à propos de mon expulsion. La fraction de Staline agit en toute hâte. Elle a pour cela assez de raisons. Elle doit surmonter des obstacles non seulement politiques mais matériels. Pour mon départ d'Odessa, on a désigné le vapeur *Kalinine*. Mais il est pris dans les glaces. Tous les efforts des brise-glace ont été vains. Moscou était attachée au fil télégraphique et demandait qu'on se hâtât. D'urgence, on mit sous pression un autre vapeur, l'*Ilitch*.

Notre train arriva à Odessa le 10, dans la nuit. Je contemplais par la fenêtre ces lieux que je connaissais bien : j'avais passé dans cette ville sept années de ma vie d'écolier. Notre wagon fut attaché directement à la locomotive. Il gelait très fort. Bien que ce fût en pleine nuit, l'embarcadère était cerné par des agents et des troupes du Guépéou. Là, je devais faire mes adieux à mon fils cadet et à ma bru qui partageaient notre détention depuis quinze jours. Nous regardions par la fenêtre du wagon le bateau qui nous était destiné et nous nous souvenions d'un autre vapeur qui, lui aussi, nous avait emportés dans une autre direction que celle que nous voulions. C'était en mars 1917, près d'Halifax, lorsque des matelots de la marine de guerre britannique m'avaient emporté de force du navire norvégien *Christianiafjord*. Notre réunion de famille était alors la même, mais nous étions plus jeunes de douze ans.

L'*Ilitch*, sans cargaison et sans autres passagers que nous, largua ses amarres vers une heure du matin. Sur un parcours d'une soixantaine de milles, la route nous fut ouverte par un brise-glace. La tempête qui sévissait ici ne nous atteignit que légèrement d'un dernier coup de son aile.

Le 12 février, nous entrâmes dans le Bosphore.

Un officier de la police turque monta à bord, à Biiouk-Déré pour voir les papiers des passagers; à l'exception de ma famille et des agents du Guépéou, il n'y avait pas un seul voyageur sur le bateau. Je remis à cet officier, aux fins de transmission au président de la république de Turquie, Kemal Pacha, la déclaration suivante :

« Monsieur, aux portes de Constantinople, j'ai l'honneur de vous faire savoir que je suis arrivé à la frontière turque non par ma volonté et que je ne passe cette frontière que par un acte de violence qui m'est faite.

« Veuillez, Monsieur le Président, agréer l'assurance de mes sentiments distingués. — L. Trotsky, 12 février 1929. »

Cette déclaration n'eut pas de suites. Le vapeur s'avança dans la rade. Après un voyage de vingt-deux jours, ayant couvert une distance de six mille kilomètres, nous nous trouvâmes à Constantinople.

CHAPITRE XLV

LA PLANÈTE SANS VISA

Nous sommes à Constantinople, d'abord au consulat, ensuite dans un appartement privé. Citons quelques notes de ma femme qui se rapportent à cette première période :

« Il est probablement inutile de s'arrêter sur les petites aventures qui se rapportent à notre installation à Constantinople : petites tromperies et petites violences. Je ne noterai qu'un épisode. C'était encore dans le train, dans notre voyage vers Odessa : le délégué du Guépéou, Boulanov, se répandait en considérations (absolument inutiles) sur les moyens d'assurer notre sécurité à l'étranger; L. D. l'interrompit brusquement en lui disant :

« — Laissez partir avec moi mes collaborateurs, Sermux et Poznansky; c'est la seule mesure qui soit plus ou moins efficace.

« A une des stations suivantes, il apporta d'un air vainqueur la réponse reçue par fil direct : le Guépéou, c'est-à-dire le bureau politique, était d'accord. L. D. lui dit en riant :

« — Ça ne signifie rien; vous nous tromperez.

« Boulanov qui, évidemment, se sentait sincèrement vexé, s'écria :

« — Alors, vous direz de moi que je suis une canaille!

« — Pourquoi vous vexer? répondit L. D. Ce n'est pas vous qui tromperez, c'est Staline.

« Dès son arrivée à Constantinople, L. D. demanda à être renseigné sur Sermux et Poznansky. Un représentant du consulat, quelques jours après, apporta la réponse télégraphique de Moscou : Sermux et Poznansky ne seraient pas relâchés. Tout le reste fut du même genre. »

Ce qui s'abattit sur nous, dès notre arrivée à Constantinople, par les journaux, ce fut un nombre incalculable de bruits, de suppositions et d'inventions concernant notre sort. La presse n'aime pas avoir des blancs dans ses informations et elle travaille sans rien ménager. Pour qu'une plante lève, la nature jette au vent des quantités de semences. La presse agit de la même manière. Elle saisit au vol et répand les bruits, les multipliant à l'infinité. Des centaines et des milliers d'informations se perdent avant qu'une version juste ait pu se fixer. Il y faut parfois plusieurs années. Mais il arrive aussi que, pour la vérité, le bon temps ne vienne jamais.

Ce qui frappe dans tous les cas où l'opinion publique est prise au vif, c'est la faculté humaine de mentir. Je parle de cela sans aucune indignation de moraliste, plutôt du ton d'un naturaliste qui constate un fait. Le besoin de mensonge et l'habitude du mensonge donnent l'image des contradictions de notre existence. On peut dire que les journaux ne disent la vérité que par exception. Je ne veux pas du tout par là blesser les journalistes. Ils ne diffèrent guère des autres hommes. Ils ne sont pour ces derniers que des porte-voix.

Zola disait de la presse financière française qu'elle se divisait en deux groupes : celle qui se vend et celle que l'on appelle « incorruptible », c'est-à-dire celle qui se vend dans des conditions exceptionnelles et à très haut prix. On peut en dire à peu près autant de la fausseté du langage des journaux en général. La presse jaune ment sans se gêner, sans réfléchir, sans regarder derrière elle. Des journaux comme le *Times* ou *le Temps* disent la vérité dans tous les cas où il est indifférent ou peu important de la dire, afin d'avoir la possibilité, en certaines occasions importantes, de tromper l'opinion publique avec toute l'autorité nécessaire.

Le *Times* imprima plus tard des informations d'après lesquelles je serais parti pour Constantinople en plein accord avec Staline pour préparer une conquête militaire du Proche-Orient. Une lutte qui avait duré six ans entre les épigones et moi était représentée comme une simple comédie où les rôles auraient été distribués d'avance. — Qui pourrait y croire? me demanderait un optimiste. Et il se tromperait. Il y a bien des gens qui peuvent y croire. Churchill, peut-être, ne croira pas son journal. Mais Clynes y croira sans aucun doute, au moins pour moitié. Et c'est en cela que consiste la mécanique de la démocratie capitaliste ; plus exactement, c'est en cela que se trouve un de ses ressorts les plus essentiels. Cependant, ceci n'est dit qu'en passant. Il sera plus loin question de Clynes.

Bientôt après mon arrivée à Constantinople, je lus dans un des journaux de Berlin le discours prononcé par le président du Reichstag à l'occasion du dixième anniversaire de l'Assemblée nationale de Weimar. Le discours se terminait ainsi : « *Vielleicht kommen wir sogar dazu, Herrn Trotzki das freiheitliche Asyl zu geben.* » (*Lebhafter Beifall bei der Mehrheit*). [1]

Les paroles de M. Löbe étaient pour moi tout à fait inattendues, d'autant plus que tout ce qui avait précédé me donnait des motifs de croire que le gouvernement allemand avait résolu par la négative la question de mon entrée en Allemagne. Telle était du moins l'affirmation catégorique des agents du gouvernement soviétique. Je fis venir chez moi, le 15 février, le représentant du Guépéou qui m'avait accompagné à Constantinople, et lui dis :

— Je dois arriver à cette conclusion que l'on m'a faussement informé. Le discours de Löbe a été prononcé le 6 février. Nous sommes partis avec vous, d'Odessa, pour la Turquie, seulement dans la nuit du 10 février. Par conséquent, le discours de Löbe était alors connu à Moscou. Je vous recommande de télégraphier immédiatement à Moscou et, en se basant sur le discours de Löbe, de s'adresser *effectivement* à Berlin, demandant aux Allemands qu'ils me donnent le visa. Ce sera la voie la moins honteuse pour en finir avec l'intrigue que Staline a évidemment manigancée sur la question de mon admission en Allemagne.

Le surlendemain, le délégué du Guépéou m'apportait la réponse suivante :

— En réponse au télégramme que j'ai envoyé à Moscou, il m'a été seulement confirmé que le gouvernement allemand a catégoriquement refusé de donner le visa dès le début de février; une nouvelle requête n'aurait aucun sens. Le discours de Löbe ne comporte aucune responsabilité. Si vous désirez vous en assurer, présentez vous-même une demande de visa.

Je ne pouvais croire à cette présentation des faits. J'estimais que le président du Reichstag devait connaître les intentions de son parti et de son gouvernement mieux que les agents du Guépéou. Le même jour, je télégraphiai à Löbe que, d'après ses paroles, j'avais demandé le visa au gouvernement allemand.

1. « Peut-être en arriverons-nous à donner à M. Trotsky un asile de liberté. » (Vifs applaudissements de la majorité.) (*N. d.T.*)

La presse démocratique et social-démocrate fit valoir, non sans ironie, qu'un partisan de la dictature révolutionnaire était obligé de chercher un asile dans un pays démocratique. Certains exprimaient même l'espoir que cette leçon m'apprendrait à estimer plus haut les institutions de la démocratie. Il ne me restait qu'à attendre pour voir comment la leçon se traduirait dans les faits.

Le droit d'asile démocratique ne consiste pas, bien entendu, en ceci qu'un gouvernement donne l'hospitalité à ceux qui pensent comme lui ; un droit de cette sorte était exercé par Abdul-Hamid. Il n'est pas non plus en ceci qu'une démocratie reçoit les exilés seulement sur l'autorisation du gouvernement qui les a exilés. Le droit d'asile (au moins sur le papier) consiste en ceci qu'un gouvernement donne une retraite même à ses adversaires, à condition qu'ils se soumettent aux lois du pays. Bien entendu, je ne pouvais entrer en Allemagne que comme l'adversaire intransigeant du gouvernement social-démocrate. Au représentant de la presse social-démocrate allemande qui vint chez moi à Constantinople pour me demander une interview, je donnai les explications indispensables que je reproduis ici dans la forme où je les ai rédigées moi-même immédiatement après l'entrevue :

« Comme je demande actuellement à être admis en Allemagne, où la majorité du gouvernement se compose de social-démocrates, je suis avant tout intéressé à définir mon attitude à l'égard de la social-démocratie. Dans ce domaine, rien n'est changé. Mon attitude à l'égard de la social-démocratie reste ce qu'elle était auparavant. Bien plus, ma lutte contre la fraction centriste de Staline n'est qu'un reflet de la lutte que je mène en général contre la social-démocratie. Ni vous ni moi n'avons besoin d'incertitudes ou de réticences.

« Certaines publications social-démocrates s'efforcent de trouver une contradiction entre mon attitude de principe à l'égard de la démocratie et ma demande de visa pour l'Allemagne. Il n'y a là aucune contradiction. Nous ne " nions " nullement la démocratie comme la " nient " les anarchistes (en paroles). La démocratie bourgeoise a des privilèges comparativement aux régimes gouvernementaux qui l'ont précédée. Mais elle n'est pas éternelle. Elle doit céder sa place à la société socialiste. Le pont pour arriver à la société socialiste, c'est la dictature du prolétariat.

« Les communistes dans tous les États parlementaires participent à la lutte parlementaire. L'utilisation du droit d'asile, en principe, ne se distingue nullement de l'utilisation du droit de vote, des droits de liberté de la presse, de réunions, etc. »

Autant que je puis savoir, cette interview ne fut pas publiée. Il n'y a rien d'étonnant en cela. Dans la presse social-démocrate, à ce moment, des voix s'élevaient, réclamant pour moi le droit d'asile. Un des avocats social-démocrates, le docteur K. Rosenfeld se chargea, de sa propre initiative, de m'obtenir le droit d'entrée en Allemagne. Cependant, il rencontra aussitôt de la résistance, car, quelques jours après, il me demanda, par télégramme, à quelles restrictions je consentirais pendant mon séjour en Allemagne.

Je répondis :

« J'ai l'intention de vivre dans un complet isolement, en dehors de Berlin; en aucun cas, je ne me montrerai dans les réunions publiques; je me bornerai à écrire, dans les cadres de la loi allemande. »

« Ainsi, il ne s'agissait plus d'un droit d'asile *démocratique*, mais du droit de vivre en Allemagne *dans une situation exceptionnelle*. La leçon de démocratie que se disposaient à me donner mes adversaires reçut, d'un coup, une interprétation négative. Mais nous n'en restâmes pas là. Quelques jours après, je reçus un nouveau télégramme : ne consentirais-je pas à me rendre en Allemagne uniquement pour me soigner? Je répondis par dépêche : " Je demande qu'au moins on me donne la possibilité d'une cure absolument indispensable en Allemagne ". »

Ainsi, le droit d'asile, à cette étape, était réduit au droit de faire une cure. Je nommai un certain nombre de médecins allemands réputés qui m'avaient soigné dans les dix dernières années et dont le secours m'était plus que jamais indispensable.

Vers Pâques, il y eut une nouvelle note dans la presse allemande : dans les sphères gouvernementales, on estime que Trotsky n'est pas tellement malade qu'il ait absolument besoin du traitement des médecins allemands et des stations thermales allemandes.

Le 31 mars, je télégraphiai au docteur Rosenfeld :

« D'après les journaux, ma maladie n'est pas tellement désespérée que je puisse obtenir l'entrée en Allemagne. Je demande si Löbe m'a offert *le droit d'asile ou le droit de cimetière*. Je suis prêt à subir l'examen de n'importe quelle commission médicale. Je m'engage, après avoir fait ma cure, à quitter l'Allemagne. »

Ainsi, pendant plusieurs semaines, le principe démocratique donna lieu, par trois fois, à des interprétations limitatives. Le droit d'asile devint d'abord le droit de vivre dans une situation exceptionnelle; ensuite, ce fut le droit de se soigner; enfin, ce fut le droit d'aller au cimetière. Mais cela signifiait que je ne pouvais apprécier les avantages de la démocratie dans toute leur ampleur qu'en qualité de défunt.

Il n'y eut pas de réponse à mon télégramme. Après avoir attendu quelques jours, je télégraphiai de nouveau à Berlin :

« Je considère l'absence de réponse comme une forme déloyale de refus. »

C'est seulement après cela que je reçus, le 12 avril, c'est-à-dire deux mois après, cette information que le gouvernement allemand rejetait ma demande de visa. Il ne m'est resté qu'à télégraphier au président du Reichstag, Löbe :

« Je regrette de n'avoir pas eu la possibilité d'apprendre par la pratique quels sont les avantages du droit démocratique d'aisile. — Trotsky. »

Telle est, brièvement rapportée, l'histoire édifiante de ma première tentative pour obtenir en Europe un visa « démocratique ».

Bien entendu, si l'on m'avait donné le droit d'asile, cela n'aurait entraîné au moindre degré le renversement de la théorie marxiste d'un État de classe. Le régime de la démocratie, qui provient non de principes dominants, mais des besoins réels de la classe dirigeante, en vertu de sa logique intérieure, comprend aussi le droit d'asile. Le fait d'accorder un asile à un révolutionnaire prolétarien n'est pas du tout en contradiction avec le caractère bourgeois de la démocratie. Mais, actuellement, il n'y a aucune nécessité d'insister sur cette argumentation, étant donné qu'aucun droit d'asile n'a été accordé dans l'Allemagne que dirigent les social-démocrates.

Staline, par l'intermédiaire du Guépéou, m'avait proposé, le 16 décembre, de renoncer à toute activité politique. La même condition fut posée du côté allemand, comme une chose qui s'entendait d'elle-même, quand on discuta dans la presse la question du droit d'asile. Cela signifiait que le gouvernement de Müller-Stresemann considérait comme dangereuses et nuisibles les idées que combattaient Staline et ses Thaelmann. Staline, en diplomate, et Thaelmann, en agitateur, exigeaient du gouvernement social-démocrate qu'il ne me reçût pas en Allemagne — sans doute, faut-il penser, au nom de la révolution prolétarienne. Sur un autre flanc, Chamberlain, le comte Westarp et autres pareils exigeaient qu'on me refusât le visa, dans l'intérêt de l'ordre capitaliste. Hermann Müller pouvait de cette façon donner des satisfactions indispensables à ses partenaires de la droite et à ses alliés de la gauche. Le gouvernement social-démocrate devint le lien d'un front unique international contre le marxisme révolutionnaire. Pour trouver l'image de ce front unique, il suffit de se reporter aux premières lignes du *Manifeste communiste* de Marx et Engels :

« Pour une croisade sacrée contre ce spectre (le communisme) toutes les forces de la vieille Europe se sont unies, — le pape et le tsar, Metternich et Guizot, les radicaux français et les policiers allemands. »

Les noms ne sont pas les mêmes; le fond est le même. Ce fait que les policiers allemands sont actuellement des social-démocrates ne change rien à l'affaire. En somme, ils protègent ce que défendaient les policiers du Hohenzollern.

La diversité des motifs que la démocratie invoque pour refuser le visa est très grande. Le gouvernement norvégien, voyez-vous, se fonde exclusivement sur des considérations de sécurité pour moi. Je n'aurais jamais pensé que j'avais à Oslo des protecteurs si dévoués, à des postes si responsables. Le gouvernement norvégien, bien entendu, se déclare tout entier pour le droit d'asile, de même que les gouvernements allemand, français, anglais et tous les autres. Le droit d'asile, comme on sait, est un principe inébranlable. Mais l'exilé doit, préalablement, présenter à Oslo un certificat comme quoi il ne sera pas assassiné. Dans ce cas, on lui accordera l'hospitalité... à condition, bien entendu, qu'on ne découvre pas d'autres obstacles.

Les débats qui eurent lieu par deux fois au Storting, au sujet de mon visa, constituent un document politique sans précédent. La lecture de ce texte me dédommagea au moins à moitié du refus qui fut opposé aux démarches de mes amis en Norvège.

Le premier ministre du pays, à cette occasion, s'était entretenu avant tout avec le chef de la Sûreté, dont la compétence, en matière de principes démocratiques — je le reconnais tout de suite — est incontestable. Donc le chef de la Sûreté, d'après le récit de M. Mohwinkel, fit valoir qu'il serait plus raisonnable de laisser les ennemis de Trotsky lui régler son compte ailleurs que sur le territoire norvégien. Ce n'était pas dit si nettement, mais c'était bien l'idée. Le ministre de la Justice, d'autre part, expliqua au parlement norvégien, que la protection de Trotsky serait une charge trop lourde pour le budget. Le principe de l'économie dans l'administration des affaires publiques, qui est aussi un des principes démocratiques incontestables, se trouva pour cette fois en opposition irréductible avec le droit d'asile. En tout cas, la conclusion fut que celui qui a le plus besoin d'un asile est aussi celui qui a le moins de chances d'en obtenir un.

Le gouvernement français se montra beaucoup plus spirituel : il allégua simplement que l'arrêté d'expulsion signé par Malvy n'avait pas été rapporté. C'est là un obstacle absolument insurmontable sur le chemin de la démocratie! J'ai raconté comment, après cette expulsion, et bien que l'arrêté de Malvy fût toujours en vigueur, le gouvernement français avait mis à ma disposition des officiers français, comment j'avais reçu la visite de députés, d'ambassadeurs et d'un des premiers ministres français. Mais ce sont là des faits qui, de toute évidence, se sont déroulés sur des plans sans aucun point d'intersection entre eux. Actuellement, donc, la situation est telle : le droit d'asile en France me serait accordé à coup sûr s'il n'existait pas dans les archives de la police un arrêté d'expulsion pris sur la demande de la diplomatie du tsar. On sait qu'un ordre de police est quelque chose dans le genre de l'étoile polaire : il n'y a aucune possibilité de l'abolir ou de le déplacer.

Qu'il en soit ainsi ou autrement, le droit d'asile est pourtant accordé à des exilés de France. Où est donc le pays dans lequel ce droit aurait trouvé... son refuge? Ne serait-ce pas l'Angleterre?

Le 5 juin 1929, l'Independent Labour Party, dont Mac Donald est membre, m'invitait, officiellement et de sa propre initiative, à venir en Angleterre faire une conférence à l'école du parti. L'invitation, signée par le secrétaire général du parti, portait ceci :

« En raison de la formation ici d'un gouvernement ouvrier, nous ne pouvons supposer que des obstacles s'élèvent à l'occasion de votre venue en Grande-Bretagne dans ce but. »

Néanmoins, des obstacles s'élevèrent. Non seulement il ne me fut pas donné de faire une conférence devant les partisans de Mac Donald, mais je ne devais même pas profiter de l'assistance des médecins anglais. Le visa me fut refusé purement et simplement. Clynes, ministre de la police du Labour Party, argumenta en faveur de cette interdiction, à la Chambre des

Communes. Il expliqua l'essence philosophique de la démocratie avec une spontanéité qui aurait fait honneur à n'importe quel ministre de Charles II. Le droit d'asile selon Clynes n'est pas pour un exilé le droit de demander un refuge, c'est pour l'État le droit de lui en refuser un. La définition de Clynes est remarquable en ce sens que, d'un seul coup, elle en finit avec les bases mêmes de ce qu'on appelle la démocratie. Le droit d'asile comme l'entend Clynes a toujours existé dans la Russie tsariste. Lorsque le shah de Perse, n'ayant pas réussi à pendre tous les révolutionnaires de chez lui, dut quitter le territoire de sa chère patrie, Nicolas II lui accorda le droit d'asile et, de plus, l'installa assez confortablement à Odessa. Cependant, aucun des révolutionnaires irlandais n'aurait eu l'idée de chercher un refuge dans la Russie tsariste dont la constitution se ramenait toute au principe de Clynes : les citoyens doivent se contenter de ce que leur donne ou leur enlève le pouvoir de l'État. Mussolini, récemment encore, accordait au padishah d'Afghanistan le droit d'asile en exacte conformité avec ce même principe.

Le pieux M. Clynes devrait du moins savoir que la démocratie a hérité, en un certain sens, le droit d'asile de l'Église chrétienne, laquelle, à vrai dire, tenait ce droit, comme tant d'autres du paganisme. Un criminel poursuivi n'avait qu'à pénétrer dans un temple, parfois même seulement à toucher l'anneau de la porte, pour être mis à l'abri de ses poursuivants. Ainsi, l'Église entendait le droit d'asile précisément dans le sens du droit de l'homme poursuivi, et non pas comme une mesure arbitraire des curés païens ou des sacrificateurs chrétiens [1]. Jusqu'à présent j'avais cru que les pieux travaillistes, peu renseignés en matière de socialisme, devaient du moins être de grands connaisseurs en traditions ecclésiastiques. Je constate maintenant qu'il n'en est rien.

Pourquoi cependant Clynes s'arrête-t-il dès le début dans sa théorie du droit politique? Il a tort. Le droit d'asile n'est qu'une des parties composantes du système de la démocratie. Ni par ses origines historiques, ni par sa nature juridique, il ne se distingue de la liberté de la parole, des réunions, etc. M. Clynes, il faut l'espérer, en viendra bientôt à déduire que la

1. Il y a ici une malice de Trotsky dans la confusion des termes que nous avons essayé de rendre en accentuant un peu le sens de deux mots russes qui se traduisent également par « prêtres » en français. (*N. d. T.*)

liberté de la parole ne consiste pas dans le droit des citoyens d'exprimer telles ou telles idées, mais que c'est un droit, pour l'État, d'interdire à ses sujets d'avoir de pareilles idées. A l'égard du droit de grève, cette déduction a déjà été faite d'une façon patente par la législation britannique.

Le malheur de Clynes est en ceci qu'il a dû expliquer ses actes à haute voix parce que, dans la fraction travailliste du parlement, il s'est trouvé des députés pour poser au ministre, quoique respectueusement, des questions gênantes. Le premier ministre de Norvège s'était trouvé dans une situation tout aussi désagréable. Le cabinet allemand ne connut pas de tels ennuis. Il ne se trouva pas un seul député, au Reichstag, pour s'intéresser à la question du droit d'asile. Ce fait acquiert une signification particulière si l'on se rappelle que le président du Reichstag, aux applaudissements de la majorité, promit de m'accorder ce droit alors que je ne l'avais pas encore demandé.

La révolution d'Octobre ne proclamait pas les principes abstraits de la démocratie, dont celui du droit d'asile. Le gouvernement soviétique se basait ouvertement sur le droit de la dictature révolutionnaire. Ce qui n'empêcha pas Vandervelde, de même que d'autres social-démocrates, de venir en république soviétique et même de prendre à Moscou le rôle d'avocats de gens qui avaient commis des actes de terrorisme contre les dirigeants de la révolution d'Octobre.

Quelques-uns des ministres actuels de la Grande-Bretagne sont aussi venus chez nous. Je ne puis me rappeler tous les noms, je n'ai pas de notes sous la main, mais il me souvient que parmi eux il y avait Snowden et Mrs Snowden. C'était, je pense, en 1920. Ils furent reçus non simplement comme des touristes, mais comme des hôtes, ce qui, je crois, était déjà de trop. Au Grand Théâtre, on leur donna une loge. Je m'en souviens à propos d'un petit épisode qu'il n'est pas inutile maintenant de raconter.

J'étais arrivé à Moscou du front, j'étais très loin de penser à nos hôtes britanniques, je ne savais même pas ce qu'ils étaient, car je ne lisais presque pas les journaux, étant trop absorbé par d'autres soucis. A la tête de la commission qui recevait Snowden, Mrs Snowden et, me semble-t-il, Bertrand Russell, et je crois encore Williams et plusieurs autres, il y avait Lozovsky. Il me fit savoir par téléphone que la commission réclamait ma présence au théâtre où se trouvaient nos hôtes anglais. Je tâchai de me dérober, mais Lozovsky insista en disant que sa commission avait reçu de pleins pouvoirs du bureau politique et que je devais donner aux autres l'exemple de la discipline. A contre cœur je me rendis au théâtre. Il y avait dans la loge environ une dizaine de nos invités anglais. La salle était archicomble. Au front, nous venions de remporter des victoires. L'assistance applaudissait à tout rompre. Les Anglais m'entourèrent et applaudissaient aussi. Parmi eux, il y avait M. Snowden. Actuellement, il éprouverait certainement de la gêne à avouer cette aventure. Mais cela ne peut pas êtree ffacé. Pourtant, quant à moi, je serais content de pouvoir l'effacer, car ma « fraternisation » avec les travaillistes n'a pas été seulement un malentendu; ce fut une erreur politique. Après m'être débarrassé aussi vite que possible des invités, je me rendis chez Lénine. Il était dans un état d'irritation :

— Est-il vrai que vous vous soyez montré dans une loge avec ces messieurs? (Lénine employa un autre mot que messieurs.)

J'alléguai les propos de Lozovsky, la commission du comité central, la discipline, et surtout ce fait que je n'avais aucune idée de ce qu'étaient nos hôtes. Lénine était très fâché contre Lozovsky, contre toute la commission, infiniment, et moi, je ne pus longtemps me pardonner mon imprudence.

Un des ministres anglais actuels vint à Moscou, plusieurs fois, ce me semble; en tout cas, il prit du repos dans la république des soviets, résida au Caucase et me visita. C'est M. Lansbury. La dernière fois, je le vis à Kislovodsk.

On me pria avec insistance de venir passer au moins un quart d'heure à la Maison de repos où vivaient des membres de notre parti et plusieurs étrangers. A la grande table étaient assises plusieurs dizaines de personnes. C'était une sorte de banquet frugal. La place d'honneur avait été réservée à l'invité, Lansbury. Quand j'arrivai, il prononça un speech et ensuite, se mit à chanter « *For he's a jolly good fellow* ». Tels sont les sentiments que m'exprimait M. Lansbury, quand il était au Caucase. Probablement voudrait-il pouvoir les oublier maintenant.

Je dois dire que, quand je demandai le visa, j'expédiai des télégrammes personnellement à Snowden et à Lansbury, leur rappelant qu'ils avaient joui de l'hospitalité des soviets et de la mienne. Mes dépêches n'ont pas dû faire grand effet sur eux. Les souvenirs, en politique, ont aussi peu de poids que les principes démocratiques.

M. Sidney Webb et Mrs Beatrice Webb m'ont fait récemment une visite des plus aimables, au début de mai 1929, quand je me trouvais déjà à Prinkipo. Nous parlâmes de la probabilité de l'arrivée au pouvoir du Labour Party. Je déclarai d'une façon incidente qu'aussitôt après la formation du gouvernement de Mac Donald, je demanderais le visa. M. Webb se prononça en ce sens que le gouvernement pourrait n'être pas assez fort et que, par suite de sa dépendance à l'égard des libéraux, il ne serait pas assez libre. Je répondis qu'un parti qui n'était pas assez fort pour répondre de ses actions n'avait pas le droit de prendre le pouvoir. Nos dissentiments irréductibles n'avaient d'ailleurs pas besoin d'être plus amplement vérifiés. Webb se trouva au pouvoir. Je demandai le visa. Le gouvernement de MacDonald me le refusa, mais non pas parce que les libéraux l'auraient empêché de manifester ses idées démocratiques. Bien au contraire. Le gouvernement travailliste me refusa le visa en dépit des protestations des libéraux. M. Webb n'avait pas prévu cette variante. Il faut d'ailleurs noter qu'il n'était pas encore, quand il vint à Prinkipo, le baron Passfield.

Je connais personnellement quelques-uns de ces hommes. Je puis juger des autres par analogie. Il me semble que je me les représente assez exactement. Ces hommes ont été poussés au pouvoir par la croissance automatique des organisations ouvrières, surtout après la guerre et en raison de l'épuisement politique du libéralisme. Ils ont complètement perdu le naïf idéalisme qu'il y avait dans certains d'entre eux, voilà vingt-cinq ou trente ans. Par contre, ils ont acquis la routine des politiciens et le sans-gêne dans l'emploi des moyens. Mais, pour l'étendue de leurs visées, ils sont restés ce qu'ils étaient autrefois : des petits bourgeois timides dont les méthodes de pensée sont restées infiniment en retard sur les méthodes de production de l'industrie charbonnière britannique. Actuellement, ce qu'ils craignent le plus, c'est que la haute noblesse de la cour et les gros capitalistes ne veuillent les prendre au sérieux. Et ce n'est pas étonnant : arrivés au pouvoir, ils sentent trop immédiatement leur faiblesse. Ils n'ont pas et ils ne peuvent avoir les qualités que possèdent les vieilles cliques gouvernementales dans lesquelles les traditions et les habitudes de domination se sont transmises de génération en génération, remplaçant souvent l'esprit et le talent. Mais ils n'ont pas non plus ce qui pourrait faire leur véritable force, c'est-à-dire la foi dans les masses et la capacité de se tenir sur leurs propres jambes. Ils ont peur des masses qui les porteraient à hauteur de leur rôle, comme ils craignent les clubs conservateurs qui frappent leur faible imagination par leur magnificence. Pour justifier leur arrivée au pouvoir, ils ont besoin de montrer aux vieilles classes dirigeantes qu'ils ne sont pas des parvenus de la révolution — Dieu préserve! — non, mais qu'ils méritent toute confiance, qu'ils sont dévoués à l'Église, au roi, à la Chambre des Lords, aux titres de noblesse, c'est-à-dire non seulement à la sainte propriété privée, mais à toutes les vieilleries qui restent du Moyen Age. Quand ils refusent le visa à un révolutionnaire, c'est, en somme, pour eux une bonne occasion de démontrer leur *respectability*. Je suis très heureux de leur avoir fourni cette occasion. Un temps viendra où cela sera compté. En politique, comme dans la nature, rien ne se perd...

Il ne faut pas beaucoup d'imagination pour se figurer quelle a été l'explication de M. Clynes avec son subordonné, le chef de la police politique. Pendant cet entretien, Clynes se sent comme un élève à l'examen et il a peur de montrer à l'examinateur qu'il n'est pas suffisamment ferme, homme d'État, conservateur. Le chef de la police politique n'a pas besoin d'un grand esprit inventif pour suggérer à Clynes la décision qui demain obtiendra le plein assentiment de la presse conservatrice. Mais la presse conservatrice ne se borne pas à accorder des éloges. Ses louanges sont écrasantes. Elle raille. Elle ne se donne pas la peine de dissimuler son dédain pour des hommes qui cherchent si bassement son approbation. Personne ne dira, par exemple, que le *Daily Express* soit une des institutions les plus intelligentes du monde. Cependant, ce journal trouve les mots les plus venimeux pour approuver le gouvernement travailliste qui a mis tant de soin à protéger le « susceptible Mac Donald » contre la présence d'un observateur révolutionnaire qui aurait agi derrière son dos.

Et ce sont des hommes de cette sorte qui seraient appelés à jeter les bases d'une nouvelle société humaine? Non, ils ne constituent que l'avant-dernière ressource de la vieille société. Je dis l'avant-dernière parce que la dernière sera dans la répression matérielle.

Je ne puis me dispenser de reconnaître que les échanges de vues des démocraties de l'Europe occidentale qui eurent lieu au sujet du droit d'asile m'ont procuré, entre autres choses, bien des minutes de gaîté. On avait parfois l'impression d'assister à la mise en scène « paneuropéenne » d'une comédie en un acte, sur le thème des principes de la démocratie. Le texte en aurait pu être écrit par Bernard Shaw si, à la lymphe fabienne qui coule dans ses veines, on pouvait ajouter cinq pour cent des globules rouges de Jonathan Swift. Mais quelque soit celui qui rédigera le texte, la pièce reste édifiante au plus haut degré : *l'Europe sans visa.* Inutile de parler de l'Amérique. Les États-Unis ne sont pas seulement le pays le plus puissant; c'est aussi le pays qui a le plus peur. Récemment, Hoover expliquait sa passion de la pêche par le caractère démocratique de cette distraction. S'il en est ainsi, ce dont je doute, Hoover est en tout cas une des rares survivances de la démocratie que l'on puisse encore découvrir aux États-Unis. Le droit d'asile n'existe plus là-bas depuis longtemps.

L'Europe et l'Amérique sans visa. Mais ces deux continents sont les maîtres des trois autres. Il en résulte donc que c'est : *la planète sans visa.*

On cherche à m'expliquer de divers côtés que ma défiance à l'égard de la démocratie est la plus grosse de mes erreurs. Combien n'a-t-on pas écrit à ce sujet d'articles et même de livres? Mais lorsque je demande que l'on me donne au moins une petite leçon de choses, démontrant la démocratie, il n'y a pas d'amateurs. La planète est bien sans visa. Pourquoi donc devrais-je croire qu'une question infiniment plus importante, le conflit engagé entre les possédants et les indigents, sera résolue en exacte conformité avec les formes et les rites de la démocratie?

Mais j'entends venir une question : est-ce que la dictature révolutionnaire a donné les résultats qu'on attendait d'elle? On ne peut répondre à cela qu'en tenant compte de l'expérience de la révolution d'Octobre et en essayant de marquer ses perspectives ultérieures. Ce travail n'est pas celui qui convient à des pages d'autobiographie. Je m'efforcerai d'y répondre dans un livre spécial auquel je travaillais déjà lors de mon séjour en Asie centrale. Mais je ne puis pas terminer ce récit de ma vie sans avoir dit, au moins en quelques dizaines de lignes, pourquoi je reste intégralement et totalement dans la voie où je m'étais engagé.

Ce qui s'est passé du vivant de ma génération, actuellement arrivée à la maturité ou s'approchant de la vieillesse, peut être schématiquement représenté ainsi ;

Pendant plusieurs dizaines d'années — la fin du siècle précédent, le commencement de celui-ci — la population européenne a été brutalement disciplinée par l'industrie. Sous tous les rapports, l'éducation sociale a été subordonnée au principe de la productivité du travail. Cela a donné les plus grands résultats et cela a ouvert, semble-t-il, de nouvelles possibilités. Mais en réalité, cela ne pouvait amener que la guerre. Il est vrai que, par la guerre, l'humanité s'est convaincue de n'être pas tout à fait en dégénérescence, en dépit des glapissements d'une philosophie anémique; elle a appris qu'au contraire elle était pleine de vie, de forces, de courage et d'esprit d'entreprise. Par cette guerre, l'humanité s'est persuadée, avec une intensité inouïe, de sa puissance technique. Tout s'est passé comme si l'homme, pour s'assurer du bon état de son système respiratoire et digestif, se mettait, devant une glace, à se couper la gorge avec un rasoir.

Lorsque les opérations de 1914-1918 furent terminées, il fut déclaré que, désormais, le plus grand devoir moral était de panser les plaies qu'il avait été du plus haut devoir moral d'ouvrir dans les quatre années précédentes. L'amour du travail et l'esprit d'économie reprirent tous leurs droits; ils durent même se régler sur les principes rigides de la rationalisation. Ce que l'on appelle « le redressement » est dirigé par les classes, les partis et même les personnes qui ont dirigé la destruction. Là où il y a eu changement de régime politique, comme en Allemagne, le redressement a pour premiers directeurs ceux qui ont conduit à la destruction dans des rôles de deuxième et de troisième ordre. C'est en cela, à proprement parler, que consiste tout le changement.

La guerre a emporté toute une génération, comme pour jeter un intervalle dans la mémoire des peuples et pour empêcher la nouvelle génération de remarquer trop directement qu'au fond elle s'occupe de répéter ce qui a déjà été fait, mais à un degré historique plus élevé et, par suite, avec des conséquences encore plus menaçantes.

La classe ouvrière de Russie, sous la direction des bolcheviks, a tenté de reconstruire la vie de manière à exclure la possibilité des crises violentes de folie qui interviennent dans la vie de l'humanité et de façon à jeter les bases d'une culture plus élevée. En cela est le sens de la révolution d'Octobre. Bien entendu, le problème posé par elle n'est pas résolu ; mais ce problème, dans le fond, est posé pour plusieurs dizaines d'années. Bien plus : il faut considérer la révolution d'Octobre comme le point de départ d'une nouvelle histoire de l'humanité dans son ensemble.

A l'issue de la guerre de Trente ans, la Réforme en Allemagne devait sembler la cause d'hommes qui venaient de s'échapper de maisons de fous. Il en fut ainsi dans une certaine mesure : la population de l'Europe s'ensauva du couvent du Moyen Age. L'Allemagne moderne, l'Angleterre, les États-Unis, et en général toute l'humanité actuelle n'auraient pas été possibles sans une Réforme qui comportait d'innombrables victimes. S'il est admissible qu'il y ait des victimes — mais à qui en demander l'autorisation? — il faut que ce soit celles qui font avancer l'humanité.

On peut en dire autant de la Révolution française. Un étroit réactionnaire et pédant, Taine, s'imaginait faire Dieu sait quelle profonde découverte en établissant que, quelques années après la décapitation de Louis XVI, le peuple français était plus pauvre et plus malheureux que sous l'Ancien Régime. Mais l'affaire réside en ceci que des événements tels que la grande Révolution française ne peuvent être pris à la mesure de « quelques années ». Sans la grande révolution, toute la nouvelle France n'aurait pu se former et Taine lui-même serait resté un clerc chez un des accapareurs de l'Ancien Régime, au lieu de salir la révolution qui lui a ouvert une nouvelle carrière.

La révolution d'Octobre exige que l'on prenne des distances historiques encore plus grandes. Ce ne sont que des niais incorrigibles qui puissent lui reprocher de n'avoir pas donné en douze ans l'apaisement et la prospérité universels. Si l'on prend les mesures de la Réforme allemande et de la Révolution française qui ont été deux étapes dans le développement de la société bourgeoise, à une distance de presque trois siècles l'une de l'autre, il faut s'étonner seulement de constater que la Russie, arriérée et isolée, après douze années passées depuis sa révolution, ait assuré aux masses populaires un niveau de vie qui n'est pas plus bas que ce qu'il était à la veille de la guerre. Cela déjà est, en son genre, un miracle. Mais, bien entendu, la signification de la révolution d'Octobre n'est pas en cela. Elle est une expérience pour parvenir à un nouveau régime social. Ce régime sera modifié, refait et, peut-être, depuis la base même. Il recevra un tout autre caractère, se fondant sur une toute nouvelle technique. Mais, après plusieurs dizaines d'années, et, après plusieurs siècles, le nouveau régime social se retournera vers la révolution d'Octobre, de même que le régime bourgeois se retourne vers la Réforme allemande ou la Révolution française. C'est tellement clair, si indiscutable, si inébranlable que même les professeurs d'histoire le comprendront, dans un bon nombre d'années, il est vrai.

Eh bien, et qu'adviendra-t-il de vous-même? J'entends cette question dans laquelle la curiosité n'est pas exempte d'ironie. Ici, je ne puis ajouter que peu de choses à ce qui est déjà dit dans ce livre. Je ne mesure pas le processus historique avec le mètre de mon sort personnel. Au contraire, j'apprécie mon sort personnel non seulement objectivement, mais subjectivement, en liaison indissoluble avec la marche de l'évolution sociale.

Depuis que j'ai été expulsé, j'ai lu plus d'une fois dans les journaux des considérations sur la « tragédie » qui m'a atteint. Je ne connais pas de tragédie *personnelle*. Je sais que deux de ceux qui étaient à la tête de la révolution ne sont plus à leur place. Un journal américain, qui a imprimé un article de moi, y a ajouté une remarque profondément pensée, en ce sens qu'en dépit des coups subis par l'auteur, il aurait conservé, comme on le voit par l'article, la clarté de son raisonnement. Je ne puis que m'étonner de cette tentative de philistins pour établir une relation entre la force du jugement et l'occupation du poste gouvernemental, entre l'équilibre moral et les circonstances d'actualité. Je n'ai pas connu et je ne connais pas de pareille dépendance. En prison, ayant un livre ou une plume à la main, je vécus des heures de satisfaction aussi complète que dans les réunions de masses de la révolution. Le mécanisme du pouvoir a été ressenti par moi plutôt comme une charge inévitable que comme une satisfaction spirituelle. Mais, de tout cela, peut-être, on peut parler plutôt en citant de bonnes paroles venues d'ailleurs.

Le 26 janvier 1917, Rosa Luxemburg écrivait, de prison, à une amie :

« Cette complète dissolution dans la vulgarité est pour moi tout à fait incompréhensible et intolérable. Vois, par exemple, comment Gœthe s'élevait avec une supériorité sereine au-dessus des choses. Pense seulement à ce qu'il a dû vivre : la grande Révolution française, qui, à courte distance, devait lui sembler une force sanglante et sans aucun but, et ensuite, de 1793 à 1815, la série ininterrompue des guerres. Je ne te demande pas d'écrire des vers comme Gœthe, mais son regard sur la vie — l'universalisme des intérêts, l'harmonie intérieure — cela peut être assimilé par quiconque, ou du moins, on peut s'efforcer d'y arriver. Et si tu me disais : Gœthe n'est pas un militant politique, je pense que je te répondrais ceci : un militant doit justement s'efforcer de se mettre au-dessus des choses; autrement il restera le nez plongé dans toutes sortes de saletés; — bien entendu, je n'ai en vue ici qu'un militant de grand style... »

Belles paroles! Je les ai lues pour la première fois ces jours-ci et elles m'ont rendu la figure de Rosa Luxemburg plus proche et plus chère qu'auparavant.

Par ses idées, par son caractère, par toute sa manière de sentir le monde, Proudhon, ce Robinson Crusoé du socialisme, m'est étranger. Mais Proudhon avait la nature d'un combattant, il avait le désintéressement moral, la faculté de mépriser l'opinion publique officielle et enfin le feu d'une curiosité portée sur divers côtés ne s'éteignait pas en lui. Cela lui donnait la possibilité d'être toujours au-dessus de sa propre vie, dans les hauts et les bas, comme également au-dessus des réalités de son temps.

Le 26 avril 1852, Proudhon écrivait d'une prison à un de ses amis :

« Le mouvement ne se montre pas sans aucun doute juste ni direct, mais c'est une tendance constante. Ce qui est fait, à tour de rôle, par chaque gouvernement, au profit de la révolution, ne peut être retiré; ce que l'on fait contre la révolution passe comme un nuage; je me délecte à ce spectacle dans lequel je comprends chaque tableau; j'assiste à ces transformations de la vie du monde comme si j'en recevais d'en haut l'explication. Ce qui écrase les autres m'élève de plus en plus, m'inspire et me fortifie : comment voulez-vous donc que j'accuse le sort, que je pleure sur les gens et que je les maudisse? Le sort, je m'en moque! quant à ce qui concerne les gens, ils sont trop peu instruits, trop asservis pour que je puisse me sentir offensé à leur égard. »

Bien que tout cela ait un certain goût de pathétique ecclésiastique, ce sont de belles paroles. Je les signe.

LISTE DES OUVRAGES DE LÉON TROTSKY PUBLIÉS EN LANGUE FRANÇAISE

Après Munich : Une leçon toute fraîche, Publications populaires, 1938, 24 p.

Aux masses laborieuses de France, d'Angleterre, d'Amérique et du Japon, par Lénine, Tchitchérine, Trotsky. Placard in-4°.

Cours nouveau, Librairie du Travail, 1924, 128 p.

Déclarations pour le Congrès antifasciste européen de Paris, Paris, 1923, 24 p.

Défense du terrorisme, Nouvelle Revue critique, 1936, 192 p. Réédition, dans une traduction nouvelle, de *Terrorisme et communisme*, avec une nouvelle préface et avec la traduction de la préface à la deuxième édition anglaise de *Defence of Terrorism.*

1905, Librairie de L'Humanité, 384 p., 1923.

Du plan de la C. G. T. à la conquête du pouvoir, Paris, 1935, 16 p.

Entre l'impérialisme et la révolution, Librairie de L'Humanité, 1922, 180 p.

Entretien avec un ouvrier social-démocrate, La Vérité, 1933, 16 p.

Et maintenant?, Rieder, 1932, 68 p.

Europe et Amérique, Librairie de L'Humanité, 1926, 144 p.

Histoire de la Révolution russe. La Révolution de Février, Rieder, 2 vol., 322 et 350 p. Nouvelle édition, revue et corrigée, Éditions du Seuil, 1950, 1 vol., 442 p.

Histoire de la Révolution russe. La Révolution d'Octobre, Rieder, 2 vol., 482 et 574 p. Nouvelle édition, revue et corrigée, Éditions du Seuil, 1950, 1 vol., 640 p.

Jean Jaurès, Librairie de L'Humanité, 1924, 16 p.

La Bureaucratie stalinienne et l'assassinat de Kirov, Librairie du

Travail, 1935, deux éditions, l'une de 32 pages, l'autre de 48 pages.

La Commune de Paris et la Russie des soviets, Librairie de L'Humanité, 1921, 36 p.

La Crise du Parti communiste français, Librairie de L'Humanité, 1922, 32 p.

La Défense de l'U. R. S. S. et l'Opposition, Librairie du Travail, 1930, 64 p.

La Lutte contre le fascisme en Allemagne, Paris, 1933, 14 p.

La Nouvelle Constitution de l'U. R. S. S., édité par le Secrétariat international de la Ligue des Communistes internationalistes, 1936, 18 p.

La Nouvelle Politique économique des soviets et la révolution mondiale, Librairie de L'Humanité, 1923, 80 p.

La Quatrième Internationale et l'U. R. S. S., édité par la Ligue communiste, 1933, 32 p.

La Révolution défigurée, Rieder, 1929, 210 p.

La Révolution permanente, Rieder, 1932, 356 p.

La Révolution trahie, Grasset, 1936, 352 p.

La Seule Voie, édité par la Ligue communiste, 1932, 32 p.

La « Troisième Période » d'erreurs de l'Internationale communiste, Librairie du Travail, 1930, 64 p.

L'Avènement du bolchevisme, Chiron, 1920, 144 p.

Le Communisme en France et l'Internationale, Librairie de L'Humanité, 1922, 76 p.

Leçon d'Espagne, Éditions « Pionniers », 1946, 76 p.

Le Drame du prolétariat français, Librairie du Travail, 1925, 16 p. (Préface à « *la Nuit* » de Marcel Martinet.)

Le Marxisme et notre époque, Éditions « Pionniers », 1946, 38 p.

Lénine, Librairie du Travail, 1925, 232 p.

Le Salut du Parti communiste français, Librairie de L'Humanité, 1923.

Les Crimes de Staline, Éditions Bernard Grasset, 1937, 380 p.

Les Leçons d'Octobre, Cahiers du Bolchevisme, nos 5 et 6, décembre 1924.

Les Problèmes de la guerre civile, Librairie du Travail, 1926, 40 p.

Les Problèmes de la révolution allemande, édité par la Ligue communiste, 1931, 64 p.

Les Soviets et l'impérialisme mondial, Éditions de l'Internationale communiste, Pétrograd, 1920.

Les Soviets et l'impérialisme mondial, Librairie de L'Humanité, 1920, 32 p.

L'État ouvrier, Thermidor et bonapartisme, Librairie du Travail, 1935, 32 p.

Le Terrorisme, Librairie de l'Humanité, 1920, 24 p.

Leur Morale et la nôtre, Le Sagittaire, 1939, 89 p.

L'Internationale communiste après Lénine, Rieder, 1930, 439 p.

Ma vie, Rieder, 1930, 3 vol., de 275, 223 et 347 p.

Ma vie, édition abrégée en un volume, Rieder, 1934, 256 p.

Mon exil, édité par le Groupe communiste d'opposition belge, 1929, 48 p.

Nouvelle Étape, Librairie de l'Humanité, 1922, 144 p.

Où va la France?, Librairie du Travail, 1936, 194 p.

Où va l'Angleterre?, Librairie de l'Humanité, 1926, 248 p.

Pétrograd 1917-1919. Deux articles de G. Zinoviev et L. Trotsky, publiés à l'occasion du deuxième anniversaire de la révolution d'Octobre, Pétrograd, Éditions de l'Internationale communiste, 1920, 16 p.

Projet de plate-forme des bolcheviks-léninistes (Opposition) pour le XVe congrès du Parti communiste de l'U. R. S. S., Paris, 1927, 48 p.

Pour combattre le fascisme, il faut une puissante milice ouvrière, Charleroi, 1937, 24 p.

Qu'est-ce que le national-socialisme?, Nouvelle Revue Française, 1934, 14 p.

Signal d'alarme, édité par la Ligue communiste, 1933, 32 p.

Staline, Éditions Bernard Grasset, 1948, 624 p.

Terrorisme et communisme, Éditions de l'Internationale communiste, Pétrograd, 1920, 242 p.

Terrorisme et communisme, Librairie de l'Humanité, 1920, 248 p.

Vers le capitalisme ou vers le socialisme?, La Lutte de Classes, 1928, 76 p.

Vie de Lénine, Jeunesse, Rieder, 1936, 304 p.

Vingt lettres de Léon Trotsky, Librairie du Travail, 1919, 36 p.

De la Révolution d'Octobre à la paix de Brest-Litovsk, Édition de la revue « Demain », Genève, 1918, 160 p.

Entre l'impérialisme et la révolution, Librairie du Travail, 1922, [illegible] p.

De la révolution, Librairie de l'Humanité, [illegible]

[illegible] publié par le Groupe [illegible] d'opposition [illegible], 1929, 128 p.

Où va l'Angleterre?, Librairie de l'Humanité, 1926, 244 p.

Que faire? [illegible] Allemagne [illegible], Castelar, 1932, 144 p.

[illegible] Ligue communiste, 1931, [illegible] p.

[illegible], Rieder, 1928, 692 p.

Terrorisme et communisme, Librairie de l'Humanité, 1920, 243 p.

[illegible] 1928-1940 [illegible] Cahiers [illegible] 1976, [illegible] p.

INDEX

COLLECTION FOLIO

Dernières parutions

1775.	Thornton Wilder	*En voiture pour le ciel.*
1776.	XXX	*Le Roman de Renart.*
1777.	Sébastien Japrisot	*Adieu l'ami.*
1778.	Georges Brassens	*La mauvaise réputation.*
1779.	Robert Merle	*Un animal doué de raison.*
1780.	Maurice Pons	*Mademoiselle B.*
1781.	Sébastien Japrisot	*La course du lièvre à travers les champs.*
1782.	Simone de Beauvoir	*La force de l'âge.*
1783.	Paule Constant	*Balta.*
1784.	Jean-Denis Bredin	*Un coupable.*
1785.	Francis Iles	*... quant à la femme.*
1786.	Philippe Sollers	*Portrait du Joueur.*
1787.	Pascal Bruckner	*Monsieur Tac.*
1788.	Yukio Mishima	*Une soif d'amour.*
1789.	Aristophane	*Théâtre complet,* tome I.
1790.	Aristophane	*Théâtre complet,* tome II.
1791.	Thérèse de Saint Phalle	*La chandelle.*
1792.	Françoise Mallet-Joris	*Le rire de Laura.*
1793.	Roger Peyrefitte	*La soutane rouge.*
1794.	Jorge Luis Borges	*Livre de préfaces, suivi de Essai d'autobiographie.*
1795.	Claude Roy	*Léone, et les siens.*
1796.	Yachar Kemal	*La légende des Mille Taureaux.*
1797.	Romain Gary	*L'angoisse du roi Salomon.*
1798.	Georges Darien	*Le Voleur.*
1799.	Raymond Chandler	*Fais pas ta rosière !*
1800.	James Eastwood	*La femme à abattre.*

1801. David Goodis — *La pêche aux avaros.*
1802. Dashiell Hammett — *Le dixième indice* et autres enquêtes du Continental Op.
1803. Chester Himes — *Imbroglio negro.*
1804. William Irish — *J'ai épousé une ombre.*
1805. Simone de Beauvoir — *La cérémonie des adieux,* suivi de *Entretiens avec Jean-Paul Sartre (août-septembre 1974).*
1806. Sylvie Germain — *Le Livre des Nuits.*
1807. Suzanne Prou — *Les amis de Monsieur Paul.*
1808. John Dos Passos — *Aventures d'un jeune homme.*
1809. Guy de Maupassant — *La Petite Roque.*
1810. José Giovanni — *Le musher.*
1811. Patrick Modiano — *De si braves garçons.*
1812. Julio Cortázar — *Livre de Manuel.*
1813. Robert Graves — *Moi, Claude.*
1814. Chester Himes — *Couché dans le pain.*
1815. J.-P. Manchette — *Ô dingos, ô châteaux ! (Folle à tuer).*
1816. Charles Williams — *Vivement dimanche !*
1817. D. A. F. de Sade — *Les Crimes de l'amour.*
1818. Annie Ernaux — *La femme gelée.*
1819. Michel Rio — *Alizés.*
1820. Mustapha Tlili — *Gloire des sables.*
1821. Karen Blixen — *Nouveaux contes d'hiver.*
1822. Pablo Neruda — *J'avoue que j'ai vécu.*
1823. Mario Vargas Llosa — *La guerre de la fin du monde.*
1824. Alphonse Daudet — *Aventures prodigieuses de Tartarin de Tarascon.*
1825. James Eastwood — *Bas les masques.*
1826. David Goodis — *L'allumette facile.*
1827. Chester Himes — *Ne nous énervons pas !*
1828. François-Marie Banier — *Balthazar, fils de famille.*
1829. Pierre Magnan — *Le secret des Andrônes.*
1830. Ferdinando Camon — *La maladie humaine.*
1831. Milan Kundera — *Le livre du rire et de l'oubli.*
1832. Honoré de Balzac — *Physiologie du mariage.*
1833. Reiser — *La vie des bêtes.*
1834. Jean Diwo — *Les Dames du Faubourg.*
1835. Cesare Pavese — *Le camarade.*

1874. Jean-Jacques Rousseau — *Discours sur les sciences et les arts. Lettre à d'Alembert.*
1875. Catherine Rihoit — *Triomphe de l'amour.*
1876. Henri Vincenot — *Les étoiles de Compostelle.*
1877. Philip Roth — *Zuckerman enchaîné.*
1879. Jim Thompson — *Deuil dans le coton.*
1880. Donald E. Westlake — *Festival de crêpe.*
1881. Arnoul Gréban — *Le Mystère de la Passion.*
1882. Jules Romains — *Mort de quelqu'un.*
1883. Emmanuel Carrère — *La moustache.*
1884. Elsa Morante — *Mensonge et sortilège*, tome I.
1885. Hans Christian Andersen — *Contes choisis.*
1886. Michel Déon — *Bagages pour Vancouver.*
1887. Horace McCoy — *Adieu la vie, adieu l'amour...*
1888. Donald E. Westlake — *Pris dans la glu.*
1889. Michel Tauriac — *Jade.*
1890. Chester Himes — *Tout pour plaire.*
1891. Daniel Boulanger — *Vessies et lanternes.*
1892. Henri Pourrat — *Contes.*
1893. Alain Page — *Tchao pantin.*
1894. Elsa Morante — *Mensonge et sortilège*, tome II.
1895. Cesare Pavese — *Le métier de vivre.*
1896. Georges Conchon — *L'amour en face.*
1897. Jim Thompson — *Le lien conjugal.*
1898. Dashiell Hammett — *L'introuvable.*
1899. Octave Mirbeau — *Le Jardin des supplices.*
1900. Cervantès — *Don Quichotte*, tome I.
1901. Cervantès — *Don Quichotte*, tome II.
1902. Driss Chraïbi — *La Civilisation, ma Mère !...*
1903. Noëlle Châtelet — *Histoires de bouches.*
1904. Romain Gary — *Les enchanteurs.*
1905. Joseph Kessel — *Les cœurs purs.*
1906. Pierre Magnan — *Les charbonniers de la mort.*
1907. Gabriel Matzneff — *La diététique de lord Byron.*
1908. Michel Tournier — *La goutte d'or.*
1909. H. G. Wells — *Le joueur de croquet.*
1910. Raymond Chandler — *Un tueur sous la pluie.*
1911. Donald E. Westlake — *Un loup chasse l'autre.*
1912. Thierry Ardisson — *Louis XX.*
1913. Guy de Maupassant — *Monsieur Parent.*

1914.	Remo Forlani	*Papa est parti maman aussi.*
1915.	Albert Cohen	*Ô vous, frères humains.*
1916.	Zoé Oldenbourg	*Visages d'un autoportrait.*
1917.	Jean Sulivan	*Joie errante.*
1918.	Iris Murdoch	*Les angéliques.*
1919.	Alexandre Jardin	*Bille en tête.*
1920.	Pierre-Jean Remy	*Le sac du Palais d'Été.*
1921.	Pierre Assouline	*Une éminence grise (Jean Jardin, 1904-1976).*
1922.	Horace McCoy	*Un linceul n'a pas de poches.*
1923.	Chester Himes	*Il pleut des coups durs.*
1924.	Marcel Proust	*Du côté de chez Swann.*
1925.	Jeanne Bourin	*Le Grand Feu.*
1926.	William Goyen	*Arcadio.*
1927.	Michel Mohrt	*Mon royaume pour un cheval.*
1928.	Pascal Quignard	*Le salon du Wurtemberg.*
1929.	Maryse Condé	*Moi, Tituba sorcière...*
1930.	Jack-Alain Léger	*Pacific Palisades.*
1931.	Tom Sharpe	*La grande poursuite.*
1932.	Dashiell Hammett	*Le sac de Couffignal.*
1933.	J.-P. Manchette	*Morgue pleine.*
1934.	Marie Ndiaye	*Comédie classique.*

Impression Bussière à Saint-Amand (Cher),
le 30 mars 1988.
Dépôt légal : mars 1988.
1er dépôt légal dans la collection : septembre 1973.
Numéro d'imprimeur : 4220.
ISBN 2-07-036446-1./Imprimé en France.